Knaur®

Von Robert McCammon sind außerdem erschienen:

»Blutdurstig« (Band 1809)
»Wandernde Seelen« (Band 1810)
»Das Haus Usher« (Band 1812)
»Die schwarze Pyramide« (Band 1829)
»Höllenritt« (Band 1831)
»Tauchstation« (Band 1832)
»Baal« (Band 1833)
»Stadt des Untergangs und andere Horrorgeschichten« (Band 1837)

Dieses Buch wurde auf chlor- und säurefreiem Papier gedruckt.

Deutsche Erstausgabe April 1992

Titel der Originalausgabe »Boy's Life«

Originalverlag Pocket Books, New York
Umschlaggestaltung: Manfred Waller, Reinbek
Umschlagsillustration: Mall Photodesign
Satz: MPM, Wasserburg
Druck und Bindung: Elsnerdruck, Berlin
Printed in Germany 5 4 3 2 1
ISBN 3-426-60027-7

Robert R. McCammon

Unschuld und Unheil

Thriller

Aus dem Amerikanischen
von Ute Thiemann

Knaur

Wir rannten wie junge Furien
Wo Engel selbst verzagten.
Durch finstere, geheimnisvolle Wälder
Hetzten wir Dämonen auf wilden Jagden.
Eine Colaflasche diente uns als Fernrohr,
Um zu sehen, wie weit »weit« war.
Unsere Welt war voller Zauber,
So unendlich und wunderbar.
Wir liebten unsere Hunde wie Brüder,
Unsere Räder waren feurige Raketen.
Wir flogen hinauf zu den Sternen
Und auf Rundreisen zu den Planeten.
Wir schwangen wie Tarzan an Lianen,
Wir führten wie Zorro unsere Klingen,
Wir waren wie James Bond in seinem Ashton,
Und niemand konnte uns je bezwingen.
Wir blickten in die Zukunft
Und sahen ein fernes Land,
Wo all unsere Lieben alterslos waren
Und Zeit nichts als rieselnder Sand.
Das Leben war blanke Lebenslust,
Wir haben getobt, gejohlt und gerungen.
Im Spiegel seh ich einen älteren Mann,
Doch dieses Buch gilt allen Jungen.

Bevor wir unsere Reise beginnen, möchte ich Ihnen einige wichtige Dinge sagen.
Ich habe alles überlebt. Das ist der Nachteil, wenn man in der ersten Person über Ereignisse berichtet. Der Leser weiß, daß der Erzähler nicht umgekommen ist. Und so können Sie, was immer mir auch zustoßen mag – was immer mir auch zugestoßen *ist* –, sicher sein, daß ich alles überlebt habe, auch wenn mich die Erfahrung vielleicht zum Guten oder Schlechten verändert hat, doch das müssen Sie selbst entscheiden.
Es mag vielleicht einige Stellen geben, an denen Sie sagen: »He, woher weiß er, daß das so passiert ist oder daß diese Person dies oder jenes gesagt oder getan hat, wenn er doch gar nicht dabei war?« Die Antwort auf diese Frage ist, daß ich im nachhinein genug herausgefunden habe, um die Lükken zu füllen, und in einigen Fällen habe ich mir ausgedacht, was geschehen ist, und in wieder anderen Fällen habe ich mir gedacht, daß es so hätte geschehen sollen, auch wenn es nicht so war.
Ich wurde im Juli 1952 geboren. Ich gehe auf meinen vierzigsten Geburtstag zu. Mann, das ist eine ganz schöne Zahl, was? Ich bin nicht mehr, wie es immer in meinen Kritiken stand, ein »vielversprechendes junges Talent«. Ich bin, was ich bin. Ich schreibe seit meiner Grundschulzeit und habe mir Geschichten ausgedacht, lange bevor ich verstand, was ich da eigentlich tat. Seit 1978 veröffentliche ich, bin also ein Schreiber. Oder müßte es »Autor« heißen? Taschenbuchschreiber, Paperback Writer, wie die Beatles es nannten. Hardcover-Autor? Eins ist sicher: Ich habe mir zweifellos einen ziemlich harten Einband zuge-

legt. Ich habe Tritte eingesteckt und Freundlichkeiten mit einem Lächeln beantwortet wie jeder Bruder und jede Schwester auf unserem kreisenden Zuhause. Ich bin damit gesegnet worden, fähig zu sein, Charaktere und Welten einzig aus meiner Vorstellungskraft heraus zu erschaffen. Schreiber? Autor?
Wie wär's mit Geschichtenerzähler?
Ich wollte meine Erinnerungen auf Papier festhalten, damit sie mir nicht verlorengehen. Wissen Sie, ich glaube an Magie. Ich wurde geboren und aufgezogen in einer verzauberten Zeit, in einer verzauberten Stadt, unter Zauberern. Oh, die meisten anderen hatten keine Ahnung davon, daß wir umfangen von jenem Netz der Magie lebten, miteinander verbunden durch die silbernen Fäden des Zufalls und der Umstände. Doch ich habe es die ganze Zeit über gewußt. Als ich zwölf Jahre alt war, war die Welt meine Laterna magica, und in ihrem grünen, gespenstischen Schein habe ich die Vergangenheit, die Gegenwart und die Zukunft gesehen. Sie haben das sicher auch getan; Sie erinnern sich nur nicht mehr daran. Sehen Sie, meine Meinung ist folgende: Am Anfang tragen wir alle die Magie in uns. Wir werden mit Wirbelstürmen, Waldbränden und Kometen in unseren Herzen geboren. Wir werden mit der Fähigkeit geboren, die Vögel anzusingen und die Wolken zu deuten und unser Schicksal in Sandkörnern zu lesen. Doch dann wird uns die Magie aus unseren Herzen erzogen. Man predigt sie uns aus, prügelt sie uns aus, wäscht sie uns aus, kämmt sie uns aus. Man bringt uns auf den Pfad der Tugend und sagt uns, daß wir verantwortungsbewußt werden sollen. Sagt uns, daß wir uns unserem Alter entsprechend benehmen sollen, daß wir verdammt noch mal endlich erwachsen werden sollen. Und wissen Sie, warum man uns das gesagt hat? Weil die Menschen, die uns das gesagt haben, Angst vor unserem Ungestüm und unserer Jugend hatten, und weil die Magie, die

wir kannten, sie beschämte und traurig machte angesichts dessen, was sie in sich selbst hatten verdorren lassen.
Wenn man sich jedoch erst einmal so weit davon entfernt hat, kann man sie nie wirklich wieder zurückbekommen. Man kann Augenblicke davon haben. Bloße Momente des Wissens und des Erinnerns. Wenn Menschen im Kino anfangen zu heulen, dann geschieht das, weil in jenem dunklen Kinosaal für einen kurzen Augenblick der Brunnen der Magie angerührt wird. Dann treten sie wieder hinaus in die gleißende Sonne der Logik und der Vernunft, und die Magie verdorrt, und sie fühlen sich ein wenig wehmütig und wissen nicht, warum. Wenn ein Lied eine Erinnerung wachruft, wenn Staubkörnchen in einem Sonnenstrahl dich die Welt um dich herum vergessen lassen, wenn du nachts darauf lauschst, wie ein Zug in der Ferne über die Gleise rumpelt, und du dich fragst, wo er wohl hinfahren mag, dann betrittst du ein Reich jenseits von dem, was du bist und wo du bist. Für den Bruchteil eines Augenblicks betrittst du das Reich der Magie.
Daran glaube ich.
Die Wahrheit des Lebens ist, daß wir uns mit jedem Jahr weiter von der Essenz entfernen, die wir von Geburt in uns tragen. Man bürdet uns Pflichten auf, von denen einige gut, andere nicht ganz so gut sind. Dinge stoßen uns zu. Menschen, die wir lieben, sterben. Menschen erleiden Unfälle und werden zu Krüppeln. Menschen verirren sich aus dem einen oder anderen Grund. Das ist nicht sonderlich schwer in dieser Welt der verrückten Labyrinthe. Das Leben selbst tut sein Bestes, uns die Erinnerung an die Magie zu nehmen. Man merkt gar nicht, daß es geschieht, bis man eines Tages das Gefühl hat, etwas verloren zu haben, und man nicht weiß, was es ist. Es ist so, wie wenn du ein hübsches Mädchen anlächelst, und es nennt dich »Sir«. Es geschieht einfach.
Diese Erinnerungen daran, wer ich war und wo ich gelebt habe, sind sehr wichtig für mich. Sie stellen einen großen

Teil von dem dar, was ich sein werde, wenn sich meine Reise ihrem Ende entgegenneigt. Ich brauche die Erinnerung an die Magie, wenn ich jemals wieder selbst einen Zauber entstehen lassen möchte. Ich muß um sie wissen und mich erinnern, und ich will Ihnen davon erzählen.

Mein Name ist Cory Jay Mackenson. Die Stadt, in der ich aufgewachsen bin, war ein Ort namens Zephyr, im Süden Alabamas. Es wurde dort niemals zu kalt oder zu heiß. Die Straßen wurden von Wassereichen beschattet, und die Häuser hatten vorne Veranden und Fliegengitter an den Fenstern. Es gab einen Park mit zwei Baseballfeldern, eins für die Kinder und eins für die Erwachsenen, und ein öffentliches Freibad, dessen Wasser blau und klar war und in dem die Kinder im tiefen Teil nach Pennies tauchten. Jeden 4. Juli wurde ein Barbecue veranstaltet, und am Ende des Sommers fand ein Schreibwettbewerb statt. Als ich zwölf Jahre alt war, das war 1964, lebten etwa fünfzehnhundert Menschen in Zephyr. Es gab das Bright-Star-Café, ein Woolworth-Kaufhaus und einen kleinen Piggly-Wiggly-Gemischtwarenladen. Draußen an der Route 10 stand ein Haus, in dem böse Mädchen lebten. Nicht jede Familie hatte einen Fernseher. Das Land war trocken, was bedeutete, daß Alkoholschmuggler sich eine goldene Nase verdienten. Die Straßen führten nach Süden, Norden, Osten und Westen, und nachts kam ein Güterzug auf seinem Weg nach Birmingham durch und brachte den Geruch von verglühtem Eisen mit sich. Zephyr hatte vier Kirchen, eine Grundschule und einen Friedhof am Poulter Hill. In der Nähe gab es einen See, der so tief war, als hätte er überhaupt keinen Grund. Meine Heimatstadt war voll von Helden und Schurken, ehrlichen Leuten, die um die Schönheit von Wahrheit wußten, und anderen, deren Schönheit eine Lüge war. Meine Heimatstadt war Ihrer vermutlich sehr ähnlich.

Doch Zephyr war ein verzauberter Ort. Im Mondschein wandelten Geister umher. Sie kamen vom Friedhof und standen auf dem Hügel und sprachen über die guten alten Zeiten, als Coca-Cola noch wirklich Biß hatte und man einen Demokraten von einem Republikaner unterscheiden konnte. Ich weiß es, denn ich habe sie gehört. Der Wind in Zephyr strich durch die Fliegengitter und brachte den Duft von Geißblatt und erwachender Liebe mit sich, und zackige blaue Blitze zuckten krachend vom Himmel und erweckten Haß. Wir hatten Stürme und Dürrezeiten, und der Fluß, der sich an meiner Stadt entlangzog, hatte die schlechte Angewohnheit, das Land zu überfluten. Im Frühling meines fünften Lebensjahres spülte eine Flut Schlangen in die Straßen. Da stießen Hunderte von Falken wie ein dunkler Tornado vom Himmel herab und packten die Schlangen mit ihren todbringenden Schnäbeln, und der Fluß kuschte wie ein geprügelter Hund und zog sich zurück zu seinen Ufern. Dann kam die Sonne hervor wie ein Trompetensignal, und Dampf stieg von den blutbespritzten Dächern meiner Heimatstadt auf.

Wir hatten eine Hexe, die einhundertsechs Jahre alt war. Wir hatten einen Revolverhelden, der Wyatt Earp am O. K. Corral das Leben gerettet hatte. Wir hatten ein Ungeheuer im Fluß und ein Geheimnis im See. Wir hatten einen Geist, der auf den Straßen hinter dem Steuer eines schwarzen Dragster mit Flammen auf der Kühlerhaube spukte. Wir hatten einen Gabriel und einen Luzifer und einen Rebell, der von den Toten auferstand. Wir hatten einen außerirdischen Eindringling, einen Jungen, der wie kein zweiter den Baseball werfen konnte, und wir hatten einen Dinosaurier, der einfach so in der Merchants Street herumlief.

Es war ein verzauberter Ort.

In mir trage ich die Erinnerungen an ein Jungenleben, das in jenem Reich der Verzauberungen verbracht wurde.

Ich erinnere mich.

Dies sind die Dinge, die ich Ihnen erzählen möchte.

EINS

DIE FARBEN DES FRÜHLINGS

1
Vor Sonnenaufgang

»Cory? Wach auf, Junge. Es ist Zeit.«

Ich ließ mich von ihm aus der dunklen Höhle des Schlafes zerren, und ich schlug meine Augen auf und schaute zu ihm hoch. Er war schon angezogen, mit seiner dunkelbraunen Uniform mit seinem Namen – Tom – auf dem kleinen Schild, das auf die Brusttasche genäht war. Ich roch Eier und Schinken, und in der Küche spielte leise das Radio. Ein Topf klapperte und Gläser klirrten; Mom war bei ihrer Arbeit ebenso in ihrem Element wie eine Forelle sicher gegen die Strömung schwimmt. »Es ist Zeit«, sagte mein Vater, schaltete die Lampe neben meinem Bett an und ließ mich blinzelnd mit den letzten verblassenden Bildern meines Traums allein.

Die Sonne war noch nicht aufgegangen. Es war Mitte März, und ein kühler Wind pfiff durch die Bäume vor meinem Fenster. Wenn ich meine Hand gegen die Scheibe preßte, konnte ich den Wind fühlen. Als mein Dad in die Küche kam, um sich seinen Kaffee zu holen, und Mom dadurch wußte, daß ich wach war, drehte sie das Radio ein bißchen lauter, um den Wetterbericht zu hören. Der Frühling war vor ein paar Tagen ausgebrochen, doch in diesem Jahr hatte der Winter scharfe Zähne und Krallen, und er klammerte sich an den Süden wie ein Puma. Wir hatten keinen Schnee gehabt, wir hatten niemals Schnee, doch der Wind war schneidend, und er wurde direkt aus der Lunge des Pols herübergeblasen.

»Nimm den dicken Pullover!« rief Mom. »Hast du gehört?«

»Ich hab's gehört!« rief ich zurück und holte meinen dikken grünen Pullover aus der Kommode. Und so sieht mein Zimmer aus, im gelben Lampenlicht und mit dem scheppernden Heizlüfter: Indianischer Webteppich, so rot wie Cochises Blut; ein Schreibtisch mit sieben mystischen Schubladen; ein Sessel, überzogen mit einem Stoff, der ebenso samtig blauschwarz war wie Batmans Umhang; ein Aquarium mit winzigen Fischen, die so bleich waren, daß man ihre Herzen schlagen sehen konnte; die schon erwähnte Kommode, bedeckt mit Abziehbildern von Revell-Flugzeugbausätzen; ein Bett mit einem Quilt, der von einer Verwandten von Jefferson Davies genäht worden war; ein Schrank und Regale. O ja, die Regale. Wahre Schatzgruben. Auf den Regalen sind meine Sammlungen: Hunderte von Comic-Heften – Justice League, Flash, Green Lantern, Batman, The Spirit, Blackhawk, Sgt. Rock und Easy Company, Aquaman und The Fantastic Four. Da sind *Boy's Life*-Hefte, Dutzende von Ausgaben von *Famous Monsters of Filmland*, *Screen Thrills* und *Popular Mechanics*. Da ist eine gelbe Wand von *National Geographic*, und ich muß errötend eingestehen, daß ich weiß, wo all die Bilder aus Afrika zu finden sind.

Die Regale sind Meilen und Abermeilen lang. Meine Murmelsammlung funkelt in einem Marmeladenglas. Meine getrocknete Grille wartet darauf, im Sommer wieder zu zirpen. Mein Duncan-Jo-Jo, das pfeift, nur daß im Moment die Schnur gerissen ist und Dad es erst reparieren muß. Mein kleiner Katalog mit Kleiderstoffmustern, den ich von Mr. Parlowe vom Staggs Herrenausstatter bekommen habe. Ich lege mit diesen Stoffmustern das Innere meiner Flugzeugmodelle aus und stelle dann kleine Sitze aus Pappe darauf. Meine Silberkugel, geschmiedet vom Lone Ranger für einen Werwolfjäger. Mein Knopf aus dem Bürgerkrieg, der von einer Konföderiertenuniform abgerissen ist, als der Sturm über Shiloh hinwegfegte. Mein Gummimesser, mit dem ich in der Badewanne Jagd auf Killerkrokodile mache. Meine kanadischen Münzen, so glatt und eben wie die nördlichen Steppen. Ich bin unermeßlich reich.

»Frühstück ist fertig!« rief Mom. Ich zog den Reißverschluß von meinem Pullover hoch, der die gleiche Farbe wie das zerrissene Hemd von Sgt. Rock hatte. Meine Blue jeans hatten Flicken auf den Knien wie Tapferkeitsmedaillen, die für den Kampf mit Stacheldraht und Kies verliehen worden waren. Mein Flanellhemd war rot genug, um einen Bullen schwindlig werden zu lassen. Meine Socken waren weiß wie Taubenflügel und meine Turnschuhe schwarz wie die Nacht. Meine Mom war farbenblind, und mein Dad dachte, daß Schachbrettmuster und Karos gut zusammenpaßten. Ich konnte damit leben.

Es ist schon komisch, wie man manchmal die Menschen anschaut, die einen auf diese Welt gebracht haben, und sich in ihnen so deutlich wiedererkennen kann. Man stellt fest, daß jeder Mensch ein Kompromiß der Natur ist. Ich hatte das feingeschnittene Gesicht und das gewellte dunkelbraune Haar meiner Mutter, doch mein Vater hatte mir seine blauen Augen und seine Hakennase gegeben. Ich hatte die langgliedrigen Hände meiner Mutter – »Künstlerhände«, erklärte sie mir immer, wenn ich mich ärgerte, daß meine Finger so dürr waren – und von meinem Vater die buschigen Augenbrauen und das kleine Grübchen im Kinn. So manche Nacht wünschte ich mir, daß ich zu Bett gehen und mich beim Aufwachen in einen richtigen Mann wie James Arness in *Rauchende Colts* oder Clint Walker in *Cheyenne* verwandelt haben würde, doch die Wahrheit war nun einmal, daß ich ein mageres, tolpatschiges Kind von durchschnittlicher Größe und durchschnittlichem Aussehen war, so unscheinbar, daß man mich leicht mit der Tapete hätte verwechseln können, wenn ich die Augen schloß und die Luft anhielt. In meiner Phantasie jedoch jagte ich zusammen mit den Cowboys und Detektiven, die allabendlich über unseren Bildschirm flimmerten, nach Gesetzesbrechern, und draußen im Wald hinter unserem Haus half ich Tarzan, die Löwen herbeizurufen, und führte einen erfolgreichen Ein-Mann-Krieg gegen die Nazis. Ich hatte eine kleine Gruppe von Freunden, Jungen wie Johnny Wilson, Davy Ray Callan und Ben Sears, doch ich war nicht gerade das, was man beliebt nannte. Manchmal wurde ich nervös, wenn ich mit Leuten redete, und meine Zunge verknotete sich, also hielt ich lieber den Mund. Meine Freunde und ich hatten ungefähr die gleiche Größe, das gleiche Alter und das gleiche Temperament; wir gingen allem aus dem Weg, was wir im Kampf nicht besiegen konnten, und wir waren alle erbärmliche Kämpfer.

Ich glaube, hier hat das Schreiben angefangen. Das »Berichtigen«, wenn Sie so wollen. Das Berichtigen der Umstände, das Erschaffen einer Welt, so wie sie hätte sein sollen, wenn Gott nicht geschielt und vorstehende Zähne gehabt hätte. In der wirklichen Welt hatte ich keine Macht; in meiner Welt war ich ein Herkules, den keine Ketten mehr hielten.

Von einer Sache weiß ich, die ich von meinem Großvater Jaybird, dem Vater meines Dads, geerbt habe: Seine unstillbare Neugier. Er war sechsundsiebzig und so zäh wie Dörrfleisch, und er hatte eine böse Zunge und eine noch bösere Veranlagung, doch er streifte unaufhörlich durch die Wälder rund um seine Farm. Er brachte Dinge mit nach Hause, die Großmutter Sarah in Ohnmacht fallen ließen: Schlangenhäute, leere Hornissennester, sogar Tiere, die er tot gefunden hatte. Er mochte es, die Dinge mit seinem Taschenmesser aufzuschneiden, ihre blutigen Gedärme auf Zeitungspapier auszubreiten und sich anzuschauen, wie sie innen aussahen. Einmal hängte er eine tote Kröte an einen Baum, und ich durfte mit ihm zusammen zuschauen, wie die Fliegen sie auffraßen. Er brachte einen alten Sack voller Blätter mit nach Hause, schüttete sie im Wohnzimmer aus und untersuchte jedes einzelne mit einer Lupe, während er ihre Unterschiede in einem seiner unzähligen Nifty-Notizbücher aufschrieb. Er sammelte Zigarrenstummel und den ausgespuckten, getrockneten Saft von Kautabak, den er in Glasröhrchen aufbewahrte. Er konnte stundenlang im Dunkeln sitzen und in den Mond schauen.

Vielleicht war er verrückt. Vielleicht nennen sie jeden verrückt, der noch die Magie in sich trägt, nachdem er aufgehört hat, ein Kind zu sein. Doch Großvater Jaybird las mir die Comics aus den Sonntagsbeilagen vor, und er erzählte mir Geschichten von dem Spukhaus in dem kleinen Dorf, in dem er aufgewachsen war. Er konnte gemein und dumm und engstirnig sein, doch er entzündete eine Kerze der Neugier und des Staunens in mir, in deren Schein ich weit über die Grenzen von Zephyr hinwegsehen konnte.

An jenem Morgen vor dem Sonnenaufgang, an dem ich gemeinsam mit meinem Dad und meiner Mom in unserem Haus in der Hilltop Street über meinem Frühstück saß, schrieb man das Jahr 1964. Es lagen große Veränderungen in der Luft, Dinge, derer ich mir nicht bewußt war. In jenem Moment wußte ich nur, daß ich ein zweites Glas Orangensaft wollte, und daß ich meinem Dad auf seiner Runde helfen würde, bevor er mich zur Schule brachte. Und so ging ich, nachdem das Frühstück beendet und das Geschirr fortgeräumt war, hinaus, sagte Rebell guten Morgen und stellte ihm sein Gravy Train hin. Mom gab Dad und mir einen Kuß, ich zog meine mit Schaffell gefütterte Jacke über, nahm meine Schulbücher, und wir machten uns in dem alten, röhrenden Pick-up, den wir aus seinem Schuppen befreiten, auf den Weg. Rebell folgte uns ein Stück, doch an der Kreuzung Hilltop und Swanson Street kam er in das Revier von Bodog, dem deutschen Pinscher der Ramseys,

und er machte unter lautem Kläffen einen diplomatischen Rückzug.
Und Zephyr lag vor uns, noch still in ihren Träumen schlummernd, der Mond eine weiße Sichel am Himmel.
Nur einige wenige Lichter waren an. Es war noch nicht einmal fünf Uhr. Die Sichel des Mondes glitzerte auf der breiten Biegung des Tecumseh River, und wenn Old Moses dort herumschwamm, dann so tief, daß sein ledriger Bauch den Schlamm küßte. Die Bäume entlang der Straßen von Zephyr waren noch immer ohne Laub, und ihre Zweige wiegten sich im Wind. Die Ampeln – alle vier von ihnen an den sogenannten Hauptverkehrskreuzungen – blinkten noch gelb. Im Osten überspannte eine steinerne Brücke mit finster dreinblickenden Wasserspeiern die weite Senke, durch die sich der Fluß zog. Manche sagten, daß die Gesichter der in den zwanziger Jahren gemeißelten Wasserspeier verschiedene Generale der Konföderierten darstellten, gefallene Engel, wenn man so wollte. Im Westen schlängelte sich der Highway in die bewaldeten Hügel und zu anderen Städten. Im Norden wurde Zephyr von Eisenbahngleisen durchschnitten, mitten durch das Bruton-Viertel, in dem all die Schwarzen lebten. Im Süden lag der öffentliche Park, wo der Orchesterpavillon stand und zwei Baseball-Karos in den Boden gezogen worden waren. Der Park war nach Clifford Gray Haines, dem Gründer von Zephyr, benannt, und es gab eine Statue von ihm, wie er auf einem Felsen sitzt, das Kinn auf die Hand gestützt. Mein Dad sagte immer, sie sähe so aus, als ob Clifford unter ständiger Verstopfung litte und weder sein Geschäft machen noch vom Klo runterkommen konnte. Weiter südlich verließ Route 10 die Stadtgrenzen von Zephyr und schlängelte sich wie eine schwarze Blindschleiche vorbei an sumpfigen Wäldern, einem Wohnwagenplatz und Saxon's Lake, der in unbekannte Tiefen abfiel.
Dad bog in die Merchants Street, und wir fuhren durch das

Zentrum von Zephyr, wo sich die Geschäfte befanden. Da war Dollars Friseurladen, der Staggs Herrenausstatter, die Zephyr-Futtermittel- und Eisenwarenhandlung, der Piggly-Wiggly-Gemischtwarenladen, das Woolworth-Kaufhaus, das Lyric-Theater und die anderen Sehenswürdigkeiten entlang der von Bürgersteigen gesäumten Durchgangsstraße. Ehrlich gesagt, war es damit nicht weit her; wenn man ein paarmal mit den Augen blinzelte, war man schon vorbei. Dann überquerte Dad die Gleise, fuhr noch mal zwei Meilen und bog durch das Tor mit dem Schild: GREEN MEADOWS MOLKEREI. Die Milchwagen standen an der Laderampe und wurden aufgefüllt. Es herrschte reges Treiben, denn die Green Meadows Molkerei öffnete ihre Tore früh, und die Milchmänner hatten ihre festen Runden.

Manchmal, wenn mein Vater eine besonders große Fuhre hatte, bat er mich, ihm beim Ausliefern zu helfen. Ich liebte die Stille und Ruhe des Morgens. Ich liebte die Welt vor dem Sonnenaufgang. Ich liebte es, herauszufinden, was die verschiedenen Leute von der Molkerei bestellten. Ich weiß nicht, warum; vielleicht war das die Neugier meines Großvaters Jaybird in mir.

Mein Dad ging mit dem Vorarbeiter, einem großen Mann mit kurzgeschorenen Haaren namens Mr. Bowers, die Liste durch. Dann begannen Dad und ich unseren Milchwagen zu beladen mit Milchflaschen, Kartons mit frischen Eiern, Eimern mit Hüttenkäse und Green Meadows' hausgemachtem Kartoffel- und Bohnensalat. Alles war noch kalt vom Kühlraum, und die Milchflaschen glitzerten im Licht der Laderampe vor Eiskristallen. Ihre Papierkappen trugen die Gesichter eines lächelnden Milchmanns und die Worte »Gut für Dich!«. Als wir so arbeiteten, kam Mr. Bowers herüber und schaute uns mit seinem Klemmbrett unter dem Arm und seinem Kugelschreiber hinter dem Ohr zu. »Willst du später auch mal Milchmann werden, Cory?« fragte er mich, und ich erwiderte, vielleicht. »Die Welt wird immer Milchmänner brauchen«, fuhr Mr. Bowers fort. »Stimmt's nicht, Tom?«

»So ist es«, erwiderte mein Dad; dies war ein Satz für alle Gelegenheiten, und er sagte ihn immer, wenn er nur mit halbem Ohr zuhörte.

»Wenn du achtzehn bist, kommst du zu mir und bewirbst dich«, erklärte Mr. Bowers. »Wir bringen dich schon unter.« Er versetzte mir einen Klaps auf die Schulter, der meine Zähne klappern und die Flasche auf der Palette, die ich trug, klirren ließ.

Dann kletterte Dad hinter das großspeichige Lenkrad, ich stieg auf den Beifahrersitz, er drehte den Zündschlüssel um, der Motor sprang an, und wir setzten mit unserer sahnigen Fracht von der Laderampe zurück. Vor uns sank der Mond herab, und die letzten Sterne hingen am Rande der Nacht.

»Was hältst du davon?« fragte Dad. »Milchmann zu werden, meine ich. Würde dir das gefallen?«

»Würde schon Spaß machen«, sagte ich.

»Eigentlich nicht. Oh, es ist schon okay. Kein Job kann jeden Tag Spaß machen. Wenn ich es so recht bedenke, haben wir nie darüber gesprochen, was du werden möchtest, oder?«

»Nein, Sir.«

»Nun, ich finde nicht, daß du Milchmann werden solltest, nur weil ich das mache. Weißt du, ich wollte auch nicht immer Milchmann werden. Großvater Jaybird wollte, daß ich ein Farmer werde wie er selbst. Großmutter Sarah wollte, daß ich Arzt werde. Kannst du dir das vorstellen?« Er warf mir einen Blick zu und grinste. »Ich, ein Arzt! Doktor Tom! Nein, Sir, das wäre nichts für mich gewesen.«

»Was wolltest du denn werden?«

Mein Dad schwieg eine Weile. Er schien über die Frage irgendwo in einem dunklen Winkel nachzudenken. Mir wurde klar, daß ihn das noch nie jemand gefragt hatte. Er hielt das Lenkrad mit seinen erwachsenen Händen und steuerte die Straße, die sich vor uns im Scheinwerferlicht entrollte, entlang, und dann sagte er: »Der erste Mann auf der Venus. Oder ein Rodeoreiter. Oder ein Mann, der auf eine leere Wiese starren und vor seinem geistigen Auge genau das Haus sehen kann, das er bauen möchte, bis hin zum letzten Nagel und zur letzten Dachpfanne. Oder ein Detektiv.« Mein Dad stieß ein leises Glucksen aus. »Aber die Molkerei brauchte einen Milchmann, und so bin ich das geworden.«

»Ich wär schon gern ein Rennfahrer«, sagte ich. Mein Dad ging manchmal mit mir zu den Stock-Car-Rennen drüben in der Nähe von Barnesboro; und wir saßen da und aßen Hot dogs und schauten zu, wie bei den Zusammenstößen die Funken flogen. »Detektiv zu sein wär auch prima. Ich würde in Geheimnisse eindringen und so was, genau wie die Hardy Boys.«

»Ja, das wäre schon toll«, pflichtete mein Dad bei. »Aber man weiß nie, wie die Dinge sich entwickeln, und das ist die reine Wahrheit. Du zielst auf einen Ort, pfeilgerade, doch bevor du das Ziel triffst, kommt eine Windböe. Ich glaube, ich habe noch nicht einen Menschen getroffen, der geworden ist, was er in deinem Alter werden wollte.«

»Ich möchte alle Menschen auf der Welt gleichzeitig sein«, sagte ich. »Ich möchte eine Million Leben haben.«

»Nun« – und hier nickte mein Vater verständig – »das wäre schon ein feines Zauberkunststück, was?« Er zeigte mit dem Finger nach vorne. »Hier ist unser erster Halt.«

In jenem ersten Haus schienen Kinder zu leben, denn man hatte neben zwei Flaschen einfacher Milch zwei Flaschen mit Schokoladenmilch bestellt. Dann waren wir auch schon wieder unterwegs und fuhren durch Straßen, deren einzige Geräusche der Wind und das Anschlagen früh erwachter Hunde war; und wir hielten in der Shantuck Street, um Buttermilch und Hüttenkäse an jemanden auszuliefern, der offensichtlich eine Vorliebe für Säuerliches hatte. Wir ließen auf den Stufen der meisten Häuser der Bevard Lane glitzernde Flaschen zurück, und mein Dad arbeitete schnell, während ich in der Liste nachsah und die nächsten Bestellungen von der kühlen Ladefläche des Milchwagens bereitstellte; wir waren ein gutes Team.

Dad sagte, er hätte noch einige Kunden nach Süden hin in der Nähe von Saxon's Lake zu beliefern und dann würde er wieder zur Stadt zurückkehren, so daß wir die letzten der Bestellungen erledigen konnten, bevor meine erste Stunde begann. Er steuerte uns am Park vorbei und aus Zephyr hinaus, und der Wald umschloß uns von beiden Seiten der Straße her.

Es ging auf sechs Uhr zu. Im Osten, hinter den mit Kiefern bestandenen Hügeln, wurde der Himmel langsam heller. Der Wind schob sich durch die Bäume wie die Faust eines Schlägers. Wir begegneten einem Wagen, der in Richtung Norden unterwegs war. Der Fahrer blinkte mit seinen Scheinwerfern, und Dad winkte. »Marty Barklee auf seiner Zeitungsrunde«, erklärte mir Dad. Ich dachte über die Tatsache nach, daß es eine ganze Welt gab, die vor Sonnenaufgang ihren Geschäften nachging, und daß die Menschen, die jetzt gerade aufwachten, keinen Anteil daran hatten. Wir bogen von der Route 10 in einen Sandweg, um Milch, Buttermilch und Kartoffelsalat bei einem kleinen Haus abzuliefern, das von Wald umgeben war, und dann ging's weiter in südlicher Richtung auf den See zu. »College«, sagte mein Dad. »Ich denke, du solltest aufs College gehen.«

»Vermutlich«, erwiderte ich, doch es hörte sich so an, als würde es noch in sehr weiter Ferne liegen. Alles, was ich über Colleges wußte, war Auburn und Alabama Football, und die Tatsache, daß manche Leute Bear Bryant priesen, während andere Shug Jordan verehrten. Es kam mir so vor, als ob man das College, auf das man gehen wollte, danach aussuchte, welchen Trainer man lieber mochte.

»Du brauchst gute Zensuren, um aufs College zu gehen«, sagte Dad. »Mußt deine Hausaufgaben gut machen.«

»Müssen Detektive aufs College?«

»Ich denke schon, zumindest wenn sie es richtig professionell angehen wollen. Wenn ich aufs College gegangen wäre, wäre aus mir vielleicht so ein Mann geworden, der Häuser in seinem Kopf baut. Man weiß nie, was vor einem liegt, und das ist die ...«

Wahrheit wollte er sagen, doch er beendete den Satz nicht, denn in diesem Augenblick kamen wir um eine baumbestandene Kurve, und ein brauner Wagen sprang direkt vor uns aus dem Wald. Dad schrie auf, als hätte ihn eine Hornisse gestochen, während sein Fuß auf die Bremse trat.

Er riß das Lenkrad nach links, der braune Wagen schoß an uns vorbei, und ich sah, wie das Auto von der Route 10 abkam und die Böschung zu meiner Rechten hinunterraste. Seine Scheinwerfer waren nicht eingeschaltet, doch es saß jemand hinter dem Steuer. Die Räder des Wagens schnitten durch das Unterholz, dann schoß er über eine kleine Granitklippe und hinab in die Dunkelheit. Wasser spritzte hoch, und ich erkannte, daß das Auto geradewegs in Saxon's Lake gestürzt war.

»Er ist im Wasser!« rief ich, und Dad hielt den Milchwagen an, zog die Handbremse und sprang hinaus. Als ich rauskletterte, rannte Dad schon auf den See zu. Der Wind peitschte und tobte um uns herum, und Dad stand dort auf der Granitklippe. Im schwachen rosa Schein des Morgenlichts konnten wir den Wagen im Wasser schlingern sehen. Große Blasen blubberten aus dem Kofferraum.

»He!« schrie Dad. Er hatte die Hände zu einem Trichter um den Mund gelegt. »Kommen Sie raus!« Jeder wußte, daß Saxon's Lake tief wie die Sünde war, und wenn der Wagen in die tintenschwarzen Tiefen hinabsank, würde man ihn nie wieder zu Gesicht bekommen. »He, kommen Sie raus!« schrie Dad abermals, doch wer immer auch hinter dem Steuer saß, antwortete nicht. »Ich denke, er ist bewußtlos!« mutmaßte Dad, während er seine Schuhe auszog. Der Wagen begann sich auf die Beifahrerseite zu drehen, und es ertönte ein grauenhaftes, jaulendes Geräusch, das vermutlich vom Wasser stammte, das in den Wagen strömte. Dad sagte: »Geh einen Schritt zurück.« Ich tat es, und er sprang in den See.

Er war ein guter Schwimmer. Mit ein paar kraftvollen Zügen erreichte er den Wagen, und er sah, daß das Fenster auf der Fahrerseite offen war. Er konnte den Sog des Wassers, der den Wagen in die nie ausgeloteten Tiefen zog, um seine Beine herum spüren. »Raus da!« brüllte er, doch der Fahrer saß einfach nur da. Dad klammerte sich an die Tür, griff hinein und packte ihn an der Schulter. Es war ein Mann, und er trug kein Hemd. Sein Fleisch war weiß und kalt, und mein Dad spürte, wie ihn ein Schauder überlief. Der Kopf des Mannes rollte in den Nacken, und sein Mund stand offen. Er hatte kurzgeschorenes blondes Haar, seine Augen waren von schwarzblauen Beulen zugequollen, sein Gesicht war geschwollen und von schweren Schlägen gezeichnet. Um seine Kehle war eine kupferne Klaviersaite geknotet. Der dünne Draht war so festgezogen, daß er das Fleisch aufgeschlitzt hatte.

»Mein Gott«, flüsterte mein Dad, während er im Wasser paddelte.

Der Wagen machte einen Ruck nach vorn und fauchte. Der Kopf rollte wieder auf die Brust, als würde der Fahrer ein letztes Gebet sprechen wollen. Das Wasser stieg über die bloßen Knie des Fahrers. Mein Dad sah, daß der Fahrer nackt war, splitterfasernackt. Etwas glitzerte am Lenkrad,

und er entdeckte Handschellen, die das rechte Handgelenk des Mannes an die innere Speiche ketteten.
Mein Dad hatte vierunddreißig Jahre gelebt. Es war nicht der erste Tote, den er sah. Hodge Klemson, einer seiner besten Freunde, war im Tecumseh River ertrunken, als sie beide fünfzehn waren, und man hatte die Leiche erst drei Tage später gefunden, aufgedunsen und mit gelbem Schlamm vom Grund bedeckt wie eine verkrustete uralte Mumie. Er hatte vor sechs Jahren die Überreste von Walter und Jeanine Traynor gesehen – Walters Buick und ein Tieflader mit Baumstämmen, der von einem Jungen voller Aufputschmittel gesteuert wurde, waren frontal zusammengestoßen. Er hatte die verkohlte, feuchtglänzende Leiche von Little Stevie Cauley gesehen, nachdem die Feuerwehr die Flammen, die aus dem zermalmten schwarzen Dragster namens Midnight Mona schossen, gelöscht hatte. Er hatte das grinsende, starre Gesicht des Todes viele Male gesehen, hatten den Anblick wie ein Mann ertragen; dies hier war anders. Dies trug die Züge eines Mordes.
Der Wagen sank immer tiefer. Als die Motorhaube unter Wasser verschwand, richteten sich die Heckflossen auf. Die Leiche hinter dem Lenkrad rutschte zur Seite, und mein Vater entdeckte etwas auf der Schulter des Mannes. Eine blaue Stelle, die sich vom Weiß darum herum abhob. Kein blauer Fleck, nein, eine Tätowierung. Es war ein Schädel mit Flügeln, die sich von den knochigen Schläfen ausbreiteten.
Ein explosionsartiger Schwall von Luftblasen schoß aus dem Wagen, als noch mehr Wasser hineinströmte. Der See forderte sein Recht; er würde sich sein Spielzeug nehmen und es in einer geheimen Schublade verstecken. Als der Wagen in die trüben Tiefen hinabzusinken begann, packte der Sog die Beine meines Vaters und zog ihn mit hinab. Ich sah seinen Kopf unter der Oberfläche verschwinden, und ich rief voller Panik: »*Dad!*«

Er kämpfte unter Wasser gegen den Klammergriff des Sees. Der Wagen sackte unter ihm weg, und als seine Beine wild um sich tretend nach einem Halt in diesem flüssigen Grab suchten, schoß ein neuerlicher Schwall von Blasen nach oben, befreite ihn aus der Umklammerung, und er stieg auf ihrer silbernen Treppe hinauf zum Dachstuhl der Luft.
Ich sah, wie sein Kopf die Oberfläche durchbrach. »Dad!« schrie ich abermals. »Komm zurück, Dad!«
»Alles in Ordnung!« rief er, doch seine Stimme war zittrig. »Ich komm raus!« Er begann aufs Ufer zuzupaddeln wie ein Hund, denn sein Körper war plötzlich so schwach wie ein ausgewrungener Lumpen. Der See rülpste weiterhin, dort, wo der Wagen seine Gedärme aufwühlte, als würde er etwas Verdorbenes verdauen. Dad schaffte es nicht, den Granitvorsprung zu erklimmen, also schwamm er zu einer Stelle, wo er sich an Farnblättern und Steinen herausziehen konnte. »Alles in Ordnung!« wiederholte er, als er aus dem See kam und seine Beine bis zu den Knien in Schlamm versanken. Eine Schildkröte von der Größe eines Eßtellers lief eiligst an ihm vorbei und tauchte mit einem verwunderten Schnauben unter. Ich schaute zurück zum Milchwagen; ich weiß nicht warum, aber ich tat es.
Und ich sah eine Gestalt zwischen den Bäumen auf der anderen Straßenseite.
Sie stand einfach nur da, in einem langen, dunklen Mantel. Die Falten des Mantels bewegten sich im Wind. Vielleicht hatte ich den Blick desjenigen, der mich da beobachtete, während ich beobachtete, wie mein Vater zum versinkenden Auto schwamm, gespürt. Ich fröstelte, denn mir war plötzlich kalt bis auf die Knochen, und dann blinzelte ich ein paarmal, und dort, wo die Gestalt gestanden hatte, waren nur noch die windgepeitschten Bäume.
»Cory?« rief mein Dad. »Hilf mir mal raus, Junge!«
Ich lief hinunter zum schlammigen Ufer und gab ihm soviel

Hilfe, wie ein frierendes, verängstigtes Kind vermag. Dann fanden seine Füße festen Boden, und er strich sich das nasse Haar aus der Stirn. »Wir brauchen ein Telefon«, sagte er aufgeregt. »Da war ein Mann in dem Wagen. Der ist geradewegs auf den Grund gesunken!«
»Ich habe ... ich habe ...« Ich zeigte auf die Bäume auf der anderen Seite der Route 10. »Da war jemand ...«
»Komm jetzt, laß uns gehen!« Mein Vater hatte mit seinen kräftigen, klatschnassen Beinen schon halb die Straße überquert, die Schuhe in der Hand. Ich setzte meine eigenen Beine in Bewegung und folgte ihm so dicht auf wie ein Schatten. Mein Blick kehrte abermals zu der Stelle zurück, wo ich die Gestalt gesehen hatte, doch es war niemand dort, nicht die geringste Spur von jemandem.
Dad ließ den Motor des Milchwagens an und stellte die Heizung ganz hoch. Seine Zähne klapperten, und sein Gesicht sah in dem grauen Zwielicht so bleich wie Kerzenwachs aus. »Verdammte Sache«, sagte er, und das schockierte mich, denn er fluchte nie in meiner Gegenwart. »Er war mit Handschellen ans Lenkrad gekettet. Mit Handschellen. Mein Gott, sein ganzes Gesicht war blau von Schlägen!«
»Wer war es?«
»Ich weiß nicht«, antwortete er und fuhr Richtung Süden zum nächstgelegenen Haus. »Jemand hat ihn ganz schön in die Mangel genommen, das ist mal sicher! Mein Gott, ist mir kalt!«
Zur Rechten zweigte ein Feldweg ab, und mein Vater folgte ihm. Fünfzig Meter weiter stand ein kleines weißes Haus mit einer von Fliegengittern umgebenen Veranda. Auf der einen Seite war ein Rosengarten. Unter einem grünen Plastikbaldachin parkten zwei Wagen, einer ein roter Mustang und der andere ein alter, vom Rost zerfressener Cadillac. Mein Dad hielt vor dem Haus, sagte: »Warte hier«, ging in seinen nassen Socken zur Tür und läutete. Er mußte noch

zwei weitere Male läuten, bevor sich die Tür unter dem Klingeln kleiner Glöckchen öffnete und eine rothaarige Frau, in die meine Mutter dreimal hineingepaßt hätte, in einem blauen Morgenmantel mit schwarzem Blütenmuster darauf vor ihm stand.
»Miss Grace, ich muß dringend Ihr Telefon benutzen«, sagte Dad.
»Sie sind ja ganz *naß!*« Miss Graces Stimme klang, als riebe man eine Feile über ein rostiges Sägeblatt. In der einen Hand hielt sie eine Zigarette, und an ihren Fingern funkelten Ringe.
»Es ist etwas Schlimmes passiert«, erklärte ihr Dad, und sie seufzte wie eine Sturmwolke und sagte: »Also gut, kommen Sie rein. Passen Sie auf den Teppich auf.« Dad trat ins Haus, die klingelnde Tür schloß sich, und ich saß im Milchwagen, während die ersten orangefarbenen Sonnenstrahlen des Tages sich über die Hügelkuppen im Osten schoben. Ich konnte den See neben mir im Wagen riechen, eine kleine Pfütze war auf dem Boden unter dem Sitz meines Vaters. Ich hatte jemanden im Wald stehen sehen. Ich war mir da ganz sicher. Oder etwa doch nicht? Warum war er nicht herübergekommen, um sich nach dem Mann in dem Auto zu erkundigen? Und wer war der Mann in dem Auto gewesen?
Ich grübelte über diese Fragen nach, als sich die Haustür zum zweitenmal öffnete und Miss Grace herauskam, diesmal mit einem schlabbrigen weißen Pullover über ihrem blauen Morgenmantel. Sie trug Turnschuhe, und ihre Knöchel und Unterschenkel waren so dick wie Baumstämme. Mit einer Schachtel Lorna-Doone-Kekse in der einen Hand und der brennenden Zigarette in der anderen, kam sie zum Milchwagen herüber und lächelte mich an. »Hallo, du«, sagte sie. »Du mußt Cory sein.«
»Ja, Madam«, erwiderte ich.
Mit Miss Graces Lächeln war es nicht weit her. Ihre Lippen

waren schmal, die Brauen schwarze, aufgemalte Striche über tiefliegenden blauen Augen, und ihre Nase war breit und platt. Sie hielt mir die Lorna Doones hin. »Willst du 'nen Keks?«

Ich war nicht hungrig, doch meine Eltern hatten mir beigebracht, niemals ein Geschenk abzulehnen. Ich nahm einen.

»Nimm zwei«, bot Miss Grace an, und ich nahm einen zweiten Keks. Sie aß selbst einen, zog dann an der Zigarette und blies den Rauch durch die Nasenlöcher aus. »Dein Daddy ist unser Milchmann«, sagte sie. »Ich glaube, du hast uns auf deiner Liste. Sechs Flaschen Milch, zweimal Buttermilch, zweimal Schokomilch und drei Flaschen Sahne.«

Ich schaute auf der Liste nach. Da war ihr Name. Grace Stafford – und die Bestellung genauso, wie sie gesagt hatte. Ich erwiderte, daß ich die Sachen herausholen würde, und begann die Flaschen zusammenzupacken. »Wie alt bist du?« fragte mich Miss Grace, während ich arbeitete. »Zwölf?«

»Nein, Madam. Erst im Juli.«

»Ich habe auch einen Sohn.« Miss Grace klopfte Asche von ihrer Zigarette. Sie aß noch einen Keks. »Ist im Dezember zwanzig geworden. Er lebt in San Antonio. Weißt du, wo das ist?«

»Ja, Madam. Texas. Wo Alamo ist.«

»Stimmt. Ist zwanzig geworden, und damit bin ich achtunddreißig. Ein ganz schön altes Fossil, was?«

Das war eine Fangfrage, dachte ich bei mir. »Nein, Madam«, entschied ich mich zu antworten.

»Na, du bist ja ein richtiger kleiner Diplomat, was?« Sie lächelte wieder, und diesmal reichte das Lächeln bis zu ihren Augen. »Nimm noch 'nen Keks.« Sie ließ mir die Schachtel da, ging zur Tür hinüber und brüllte ins Haus: »Lainie! Lainie, krieg deinen Hintern hoch, und komm mal hier raus!«

Mein Dad erschien als erster. Im harten Licht des Morgens

sah er alt aus, und unter seinen Augen waren dunkle Schatten. »Ich hab im Büro vom Sheriff angerufen«, sagte er zu mir, als er sich auf seinen nassen Sitz setzte und seine Füße in seine Schuhe zwängte. »Jemand wird sich mit uns dort treffen, wo der Wagen in den See gestürzt ist.«

»Wer zum Teufel war es?« fragte Miss Grace.

»Ich konnte es nicht erkennen. Sein Gesicht war ...« Er warf mir einen kurzen Blick zu und schaute dann wieder zu Miss Grace. »Er war ziemlich übel zugerichtet.«

»Wahrscheinlich betrunken. Schwarz gebrannter Schnaps vermutlich.«

»Glaube ich nicht.« Dad hatte am Telefon nichts davon gesagt, daß der Fahrer nackt, mit einer Klaviersaite erdrosselt und mit Handschellen an das Lenkrad gekettet gewesen war. Das war einzig für die Ohren des Sheriffs und nicht für die von Miss Grace oder irgend jemandem sonst bestimmt. »Haben Sie je einen Typen mit einer Tätowierung auf der linken Schulter gesehen? Schaute aus wie ein Schädel, aus dem Flügel herauswachsen.«

»Ich habe mehr Tätowierungen gesehen als die Navy«, antwortete Miss Grace, »aber an so was kann ich mich hier aus der Gegend nicht erinnern. Warum? Hatte der Typ denn kein Hemd oder irgendwas anderes an?«

»Nein, hatte er nicht. Hatte diesen Schädel mit Flügeln genau hier eintätowiert.« Er tippte auf seine linke Schulter. Dad überlief wieder ein Schauder, und er rieb seine Hände aneinander. »Die kriegen den Wagen da nie mehr raus. Niemals. Saxon's Lake ist hundert Meter tief, mindestens.«

Die Glöckchen ertönten. Ich blickte von der Palette mit den Milchflaschen auf in Richtung Tür.

Eine junge Frau mit schlafverquollenen Augen stolperte heraus. Sie trug einen langen, karierten Morgenmantel und war barfuß. Ihr Haar hatte die Farbe von Maisstroh und hing auf ihre Schultern herab. Als sie sich dem Milchwagen näherte, blinzelte sie im Licht und sagte: »Gott, fühle ich mich abgefuckt.«

Ich denke, ich muß umgekippt sein, denn noch nie in meinem Leben hatte ich ein weibliches Wesen ein so schmutziges Wort benutzen hören. Oh, ich wußte, was das Wort bedeutete und alles, doch es so beiläufig von einem solch hübschen Mund ausgesprochen zu hören, traf mich bis ins Mark.

»Hier ist ein junger Mann anwesend, Lainie«, sagte Miss Grace mit einer Stimme, die einen Eisennagel dazu hätte bringen können, sich zu krümmen. »Paß bitte auf, was du von dir gibst.«

Lainie schaute mich an, und ihr eiskalter Blick erinnerte mich an das eine Mal, als ich eine Gabel in eine Steckdose gesteckt hatte. Lainies Augen waren schokoladenbraun, und ihre Lippen schienen unentschieden zwischen einem Lächeln und einem verächtlichen Grinsen. Etwas an ihrem Gesicht wirkte hart und argwöhnisch, als hätte sie jegliches Vertrauen verloren. In der Beuge ihres Halses war ein kleiner roter Fleck. »Wer ist der Junge?« fragte sie.

»Der Sohn von Mr. Mackenson. Benimm dich ein bißchen, ja?«

Ich schluckte schwer und wandte meinen Blick von Lainies Augen ab. Ihr Morgenmantel öffnete sich ein wenig. In diesem Moment wurde mir klar, was für Mädchen schmutzige Wörter benutzten und was für ein Haus dies war. Ich hatte sowohl von Johnny Wilson als auch von Ben Sears gehört, daß es irgendwo in der Nähe von Zephyr ein Haus voller Huren gab. Es war in der Grundschule allgemein bekannt. Wenn man zu jemandem sagte, er solle doch »eine Hure ficken«, dann stand man augenblicklich an der Schwelle zu größeren Gewalttätigkeiten. Ich hatte mir allerdings immer vorgestellt, daß das Bordell eine richtige Villa wäre, mit herabhängenden Weidenbäumen und schwarzen Dienern, die den Kunden Mint Juleps auf die Veranda brachten; in Wirklichkeit war das Bordell jedoch nicht viel besser als ein heruntergekommener Wohnwagen. Trotzdem, hier stand ich nun direkt davor, und das Mädchen mit dem maisfarbenen Haar und einem dreckigen Mund verdiente ihren Lebensunterhalt mit der Fleischeslust. Ich spürte, wie mir eine Gänsehaut über den Rücken lief, und ich kann Ihnen gar nicht sagen, was für Szenen wie ein träger, gefährlicher Sturm durch meinen Kopf zogen.

»Bring die Milch und das andere Zeug in die Küche«, befahl ihr Miss Grace.

Das verächtliche Grinsen gewann die Oberhand über das Lächeln, und die braunen Augen wurden schwarz. »Ich habe keinen Küchendienst! Es ist Donna Anns Woche!«

»Ich bestimme hier, wer Küchendienst hat, Missy, und du weißt auch ganz genau, warum ich dich für einen ganzen *Monat* in die Küche stecken sollte! Und jetzt tue, was ich dir gesagt habe, und halt deinen vorlauten Mund!«

Lainies Lippen verzogen sich zu einem gut geübten Schmollen. Doch ihre Augen nahmen den Tadel nicht mit derselben Verstellung auf; in ihnen loderte kalte Wut. Sie nahm mir die Palette ab, streckte mir, den Rücken zu meinem Dad und Miss Grace gekehrt, ihre feuchte rosa Zunge raus und rollte sie zu einer Röhre zusammen. Dann glitt die Zunge ruckartig in ihren Mund zurück, und sie drehte sich von mir weg und bedachte uns alle mit einem Hüftschwung, der ebenso bösartig wie eine schnippische Bemerkung war. Damit wackelte sie ins Haus. Nachdem Lainie verschwunden war, sagte Miss Grace: »Sie ist kalt wie Hundeschnauze.«

»Sind sie das nicht alle?« fragte Dad, und Miss Grace blies einen Rauchring und erwiderte: »Ja, aber sie tut noch nicht einmal so, als hätte sie Benehmen.« Dann sah sie mich an. »Cory, warum behältst du die Kekse nicht? Okay?«

Ich blickte zu Dad. Er zuckte mit den Schultern. »Ja, Madam«, sagte ich.
»Gut. Es war mir ein großes Vergnügen, dich kennenzulernen.« Miss Grace wandte ihre Aufmerksamkeit erneut meinem Vater zu, und ihre Zigarette kehrte zu ihrem Mund zurück. »Lassen Sie es mich wissen, wenn sich irgend etwas ergibt.«
»Das werde ich, und danke dafür, daß ich Ihr Telefon benutzen durfte.« Er rutschte wieder hinter das Lenkrad. »Ich nehme die Milchpalette beim nächstenmal mit.«
»Passen Sie auf sich auf«, sagte Miss Grace und ging in das weißgetünchte Bordell, während Dad den Motor anließ und die Handbremse löste.
Wir fuhren zu der Stelle zurück, wo der Wagen in den See gestürzt war. Saxon's Lake glitzerte im Schein der Morgensonne blau und purpurn. Dad bog mit dem Milchwagen in einen Feldweg; der Weg, wie uns beiden bewußt wurde, aus dem das Auto gekommen war. Dann saßen wir da und warteten auf den Sheriff. Das Sonnenlicht wurde stärker, und der Himmel färbte sich azurblau.
Während ich so dasaß, waren meine Gedanken in zwei Lager gespalten: Ein Teil grübelte über den Wagen und die Gestalt, die ich gesehen hatte, nach, und der andere Teil fragte sich, woher mein Dad Miss Grace vom Bordell so gut kannte. Doch Dad kannte alle seine Kunden; er erzählte Mom beim Abendessen von ihnen. Ich konnte mich jedoch nicht daran erinnern, daß er jemals Miss Grace oder das Bordell erwähnt hätte. Nun, es war auch nicht gerade das passende Gesprächsthema fürs Abendessen, oder? Und außerdem würden sie von solchen Dingen natürlich nicht reden, wenn ich in der Nähe war, selbst wenn alle meine Freunde und auch sonst jeder von der vierten Klasse an wußten, daß es irgendwo in der Nähe von Zephyr ein Haus voll böser Mädchen gab.
Ich war dort gewesen. Ich hatte mit eigenen Augen ein böses

Mädchen gesehen. Ich hatte Lainies zusammengerollte Zunge gesehen und ihren Hintern, der sich unter den Falten ihres Morgenmantels bewegte.
Das, so vermutete ich, würde mich wohl zu einer ganz schönen Berühmtheit machen.
»Cory«, sagte mein Vater leise. »Weißt du, was für ein Geschäft Miss Grace in dem Haus betreibt?«
»Ich ...« Selbst ein Drittkläßler hätte es sich ausrechnen können. »Ja, Sir.«
»An jedem anderen Tag hätte ich die Sachen einfach vor der Haustür abgestellt.« Er starrte auf den See hinaus, als würde er immer noch sehen, wie der Wagen langsam in seinen Tiefen versank, eine mit Handschellen angekettete Leiche hinter seinem Steuer. »Miss Grace ist seit zwei Jahren auf meiner Runde. Jeden Montag und Donnerstag, regelmäßig wie ein Uhrwerk. Und falls du es dich schon gefragt hast, deine Mutter *weiß*, daß ich hier herauskomme.«
Ich gab keine Antwort, doch ich fühlte mich ganz schön erleichtert.
»Ich möchte nicht, daß du irgend jemandem von Miss Grace oder dem Haus erzählst«, fuhr mein Vater fort. »Und ich möchte, daß du vergißt, was du gesehen und gehört hast, ja daß du überhaupt dort gewesen bist. Kannst du das?«
»Warum?« wollte ich wissen.
»Weil Miss Grace zwar ganz anders als du, ich oder deine Mutter sein mag, und sie mag auch hart und gemein sein, und ihre Art von Beruf ist wohl nicht gerade der Traum eines Pastors, aber sie hat das Herz am rechten Fleck. Ich möchte nur nicht, daß sie ins Gerede kommt. Je weniger über Miss Grace und das Haus dort gesprochen wird, desto besser. Verstehst du das?«
»Ich denke schon.«
»Gut.« Er preßte seine Hände gegen das Lenkrad und spreizte die Finger. Das Thema war abgeschlossen.

Ich hielt mein Wort. Meine Berühmtheit löste sich in Rauch auf, und damit hatte es sich.
Ich wollte gerade meinen Mund aufmachen und ihm von der Gestalt erzählen, die ich gesehen hatte, als ein schwarzweißer Ford mit einem Blaulicht auf dem Dach und dem Stadtwappen von Zephyr an der Fahrertür um die Kurve bog und neben dem Milchwagen anhielt. Sheriff Amory, dessen Vorname J. T. für Junior Talmadge war, stieg aus, und Dad ging ihm entgegen.
Sheriff Amory war ein hagerer, hochgewachsener Mann, dessen langgezogenes Gesicht mich an ein Bild erinnerte, das ich einmal gesehen hatte: Ichabod Crane beim Versuch, dem kopflosen Geisterreiter zu entkommen. Er hatte große Hände und Füße und Ohren, die Dumbo vor Neid hätten erblassen lassen. Wenn seine Nase noch länger gewesen wäre, hätte er einen guten Wetterhahn abgegeben. Er hatte seinen Sheriffstern vorne an den Hut gesteckt, und der Schädel darunter war, abgesehen von einem Kranz dunkelbrauner Haare, kahl. Er schob sich den Hut aus seiner glänzenden Stirn, während er und mein Dad am Seeufer standen und redeten, und ich beobachtete die Gesten meines Vaters, als er Sheriff Amory zeigte, von wo der Wagen gekommen und wohin er gefahren war. Dann schauten sie beide über die glatte Oberfläche des Sees, und ich wußte, woran sie dabei dachten.
Der Wagen hätte ebensogut zum Mittelpunkt der Erde hinabgesunken sein können. Selbst die Schildkröten, die am Seeufer lebten, konnten nicht tief genug hinunter, um den Wagen je wiederzufinden. Wer immer der Fahrer gewesen sein mochte, er hockte nun in der Finsternis, mit Schlamm zwischen den Zähnen.
»Mit Handschellen angekettet«, sagte Sheriff Amory mit seiner leisen Stimme. Er hatte buschige, dunkle Brauen über tiefliegenden Augen so schwarz wie Kohle, und die Farbe seiner Gesichtshaut deutete an, daß er eine Vorliebe für die

Nacht hatte. »Bist du dir ganz sicher, Tom? Auch über die Sache mit dem Draht?«
»Ich bin sicher. Wer immer den Typen erwürgt hat, hat ganze Arbeit geleistet. Hätte ihm beinahe den Kopf abgetrennt.«
»Mit Handschellen angekettet«, wiederholte der Sheriff. »Das hat man gemacht, damit er nicht nach oben treibt, vermute ich.« Er tippte mit dem Zeigefinger an seine Unterlippe. »Nun«, sagte er schließlich. »Ich denke, wir haben es hier mit einem Mord zu tun, meinst du nicht auch?«
»Wenn das keiner war, dann weiß ich nicht, was ein Mord ist.«
Während sie so miteinander redeten, stieg ich aus dem Milchwagen aus und schlenderte zu der Stelle hinüber, wo ich die Person gesehen hatte, die mich beobachtet hatte. Doch es war nichts außer Gräsern, Steinen und Erde, wo er gestanden hatte. Wenn es ein Mann gewesen war, dachte ich bei mir. Konnte es auch eine Frau gewesen sein? Ich hatte kein langes Haar gesehen, aber genaugenommen hatte ich überhaupt nicht viel gesehen, außer einem Mantel, der sich im Wind bewegte. Ich ging entlang der Baumreihe auf und ab. Dahinter wurde der Wald dichter, und der Sumpf begann. Ich fand nichts.
»Du kommst besser mit in mein Büro, und ich nehme die ganze Aussage zu Papier«, sagte der Sheriff zu meinem Vater. »Wenn du erst nach Hause fahren und dir was Trockenes anziehen willst, habe ich nichts dagegen.«
Mein Vater nickte. »Ich muß noch meine Runde zu Ende machen und Cory in die Schule bringen.«
»Okay. Sieht so aus, als könnten wir für den Typen da unten im See sowieso nicht mehr viel tun.« Die Hände in den Taschen vergraben, schüttelte er den Kopf. »Ein Mord. Der letzte Mord, den wir in Zephyr hatten, war 1961. Erinnerst

du dich noch daran, wie Bo Kallagan seine Frau mit einem Bowlingpokal erschlagen hat?«

Ich kehrte zum Milchwagen zurück und wartete auf meinen Dad. Die Sonne war nun endgültig aufgegangen und erhellte die Welt. Oder zumindest die Welt, die ich kannte. Doch die ganze Sache bedrückte mich sehr. Es kam mir so vor, als gäbe es zwei Welten: Eine vor Sonnenaufgang und eine danach. Und wenn das stimmte, dann gab es vielleicht auch ebenso Menschen, die Bewohner dieser verschiedenen Welten waren. Einige bewegten sich mühelos durch die Landschaft der Nacht, und andere klammerten sich an die hellen Stunden. Vielleicht hatte ich einen dieser Bewohner der Nacht gesehen, in der Welt vor Sonnenaufgang. Und vielleicht – ein erschreckender Gedanke – hatte auch er gesehen, daß *ich* ihn gesehen hatte.

Ich bemerkte, daß ich Matsch in den Milchwagen getragen hatte. Meine Turnschuhe waren ganz damit verschmiert.

Ich betrachtete die Sohlen und die Erde daran.

An der Sohle meines linken Turnschuhs klebte eine kleine grüne Feder.

2
Unten im Dunkeln

Die grüne Feder verschwand in meiner Tasche. Von dort fand sie ihren Weg in die White-Owl-Zigarrenkiste in meinem Zimmer, in der auch meine Sammlung von alten Schlüsseln und getrockneten Insekten war. Ich schloß den Deckel der Kiste, verstaute sie in einer meiner sieben mystischen Schreibtischschubladen und schob die Schublade zu.

Und so habe ich sie vergessen.

Je mehr ich über die Gestalt nachdachte, die ich am Rand des Waldes zu sehen geglaubt hatte, desto überzeugter war ich, daß ich mich getäuscht hatte, daß meine Augen zu verängstigt waren, da sie zuvor gesehen hatten, wie mein Dad von dem versinkenden Wagen unter die Wasseroberfläche gezogen wurde. Mehrere Male setzte ich an, Dad davon zu erzählen, doch es kam immer etwas dazwischen. Mom erlitt einen Tobsuchtsanfall, als sie hörte, daß er in den See gesprungen war. Sie war so wütend auf ihn, daß sie schluchzte, während sie schrie. Dad brachte sie schließlich dazu, sich an den Küchentisch zu setzen, und erklärte ihr ganz ruhig, warum er es getan hatte. »Da saß ein Mann am Steuer«, sagte Dad. »Ich wußte nicht, daß er schon tot war, ich dachte, er sei bewußtlos. Wenn ich einfach so dagestanden hätte, ohne etwas zu tun, wie hätte ich mir dann hinterher je wieder ins Gesicht sehen können?«

»Du hättest ertrinken können!« brüllte sie ihn an, und Tränen liefen über ihre Wangen. »Du hättest mit dem Kopf auf einen Stein schlagen und ertrinken können!«

»Ich bin nicht ertrunken. Ich bin nicht mit dem Kopf auf

einen Stein geschlagen. Ich habe getan, was ich tun mußte.« Er gab ihr eine Papierserviette, und sie trocknete sich die Augen damit. Eine letzte Salve schoß aus ihrem Mund: »Der See ist voller giftiger Schlangen! Du hättest mitten in eins ihrer Nester hineinschwimmen können!«

»Bin ich aber nicht«, erwiderte er, und sie seufzte und schüttelte den Kopf, als hätte sie den verrücktesten Narren der ganzen Welt zum Mann.

»Du ziehst jetzt besser die nassen Sachen aus«, sagte sie schließlich, und ihre Stimme klang wieder kontrolliert. »Ich danke nur Gott, daß deine Leiche jetzt nicht auch da unten auf dem Grund des Sees liegt.« Sie stand auf und half ihm, sein tropfnasses Hemd aufzuknöpfen. »Weißt du, wer es war?«

»Hab ihn nie zuvor gesehen.«

»Wer würde denn so etwas einem anderen menschlichen Wesen antun?«

»Das muß J. T. rausfinden.« Er streifte sein Hemd ab, und Mom nahm es mit zwei Fingern entgegen, als wäre das Wasser des Sees mit Lepra verseucht. »Ich muß rüber in sein Büro und ihm helfen, den Bericht zu schreiben. Ich sage dir, Rebecca, als ich in das Gesicht des toten Mannes blickte, ist mir beinahe das Herz stehengeblieben. So etwas habe ich noch nie gesehen, und ich hoffe bei Gott, daß ich es auch nie wieder sehen werde.«

»Gott im Himmel«, sagte Mom. »Was wäre gewesen, wenn du einen Herzanfall gehabt hättest? Wer hätte dann *dich* gerettet?«

Meine Mutter machte sich immer Sorgen. Sie lamentierte über das Wetter, die Preise für Lebensmittel, die kaputte Waschmaschine, darüber, daß der Tecumseh von der Papierfabrik in Adams Valley verschmutzt wurde, und über alles andere unter der Sonne. Für meine Mutter war die Welt ein großer Quilt, dessen Nähte beständig im Auflösen begriffen waren. Ihr Klagen und Sorgen funktionierte irgendwie wie eine Nadel, die diese gefährlichen Nähte wieder zusammenfügte. Wenn sie sich Ereignisse bis zu ihrem bittersten Ende vorstellte, schien sie eine Art Kontrolle über sie zu haben. Wie ich schon sagte, es war so ihre Art. Mein Vater konnte eine Handvoll Würfel in die Luft werfen, um eine Entscheidung zu treffen, doch meine Mutter durchlitt Stunde für Stunde unsägliche Qualen. Ich nehme an, sie glichen einander aus, wie zwei Menschen, die sich liebten, es tun sollten.

Die Eltern meiner Mutter, Großvater Austin und Großmutter Alice, lebten ungefähr zwölf Meilen südlich in einer Stadt namens Waxahatchee, am Rande des Robbins-Luftwaffenstützpunkts. Großmutter Alice war noch schlimmer als Mom, wenn es ums Sorgenmachen ging; etwas in ihrer Seele verlangte nach dem Manna der Tragödie. Großvater Austin dagegen – der Holzfäller gewesen war und ein Holzbein hatte, weil er mal mit der Kettensäge abgerutscht war – drohte ihr, er würde sein Bein abschrauben und ihr damit auf den Schädel schlagen, wenn sie nicht aufhören und ihn endlich in Ruhe lassen würde. Er nannte sein Holzbein seinen »Friedensstifter«, doch soweit ich weiß, hat er es nie zu einem anderen Zweck benutzt als zu dem, für den es gedrechselt wurde. Meine Mutter hatte einen älteren Bruder und eine ältere Schwester, doch mein Vater war ein Einzelkind.

Jedenfalls ging ich an jenem Tag zur Schule, und bei der ersten Gelegenheit erzählte ich Davy Ray Callan, Johnny Wilson und Ben Sears, was geschehen war. Als endlich die Schulglocke ertönte, lief ich nach Hause. Die Neuigkeit verbreitete sich in Zephyr wie ein knisternder Waldbrand. *Mord* war das Wort der Stunde. Meine Eltern kämpften gegen die Telefonanrufe an. Jeder wollte die grausigen Einzelheiten wissen. Ich ging nach draußen, um auf meinem verrosteten Fahrrad umherzufahren und mit Rebell ein kleines Wettren-

nen durch den Wald zu machen, und es kam mir in den Sinn, daß vielleicht einer der Anrufer die Einzelheiten schon längst kannte. Vielleicht versuchte einer von ihnen nur herauszufinden, ob er gesehen worden war oder was Sheriff Amory wußte.
Dann, als ich mit meinem Rad durch den Wald fuhr und Rebell neben mir herlief, wurde mir bewußt, daß jemand in meiner Heimatstadt vielleicht ein Mörder war.
Die Tage vergingen, und es wurde ein schöner warmer Frühling. Eine Woche nachdem Dad in Saxon's Lake gesprungen war, war der Stand der Dinge wie folgt: Sheriff Amory hatte niemanden gefunden, der in Zephyr oder einer der Nachbargemeinden vermißt wurde. Ein Artikel auf der Titelseite des wöchentlich erscheinenden *Adams Valley Journal* brachte keinerlei neue Informationen. Sheriff Amory und zwei seiner Deputys, einige Männer von der Feuerwehr und ein halbes Dutzend Freiwillige fuhren in Ruderbooten auf den See hinaus und zogen Netze hin und her, doch ihr einziger Fang waren wütende Schildkröten und Schlangen.
Saxon's Lake war in den Zwanzigern Saxon's Grube gewesen, bevor die Löffelbagger in einen unterirdischen Fluß eingebrochen waren, der sich nicht wieder zuschütten oder ableiten ließ. Schätzungen hinsichtlich seiner Tiefe schwankten zwischen hundert und hundertsiebzig Metern. Es gab auf der ganzen Welt kein Netz, das den versunkenen Wagen wieder an die Oberfläche hätte ziehen können.
Eines Abends kam der Sheriff vorbei, um mit Dad und Mom zu reden, und ich durfte dabeisein. »Wer immer es getan hat«, erklärte Sheriff Amory, der seinen Hut auf dem Schoß hatte und dessen Nase einen großen Schatten warf, »muß mit dem Wagen rückwärts in den Feldweg gegenüber vom See gefahren sein. Wir haben die Reifenspuren gefunden, aber die Fußabdrücke waren alle verwischt. Der Mörder muß

etwas auf das Gaspedal geklemmt haben. Kurz bevor du um die Kurve kamst, hat er die Handbremse gelöst, die Tür zugeschlagen und ist beiseite gesprungen, und der Wagen ist raus auf die Route 10 geschossen. Er wußte natürlich nicht, daß du kamst. Wenn du nicht dagewesen wärst, wäre der Wagen in den See gestürzt, versunken, und niemand hätte je erfahren, was da geschehen war.« Er zuckte mit den Schultern. »So weit bin ich bis jetzt.«

»Hast du mit Marty Barklee gesprochen?«

»Ja, habe ich. Marty hat nichts gesehen. So wie der Feldweg gelegen ist, ist es durchaus möglich, mit normalem Tempo direkt daran vorbeizufahren und ihn nicht zu bemerken.«

»Und wie geht's weiter?«

Der Sheriff dachte eine Weile über Dads Frage nach. Der Silberstern an seinem Hut glitzerte im Lampenlicht. Draußen bellte Rebell, und andere Hunde nahmen den Stammesruf auf und trugen ihn durch ganz Zephyr. Der Sheriff spreizte seine Finger und betrachtete sie. »Tom«, sagte er schließlich, »wir haben es hier mit einer kniffligen Sache zu tun. Wir haben Reifenspuren, aber keinen Wagen. Du sagst, du hast einen toten Mann gesehen, mit Handschellen an das Lenkrad gekettet und mit einem Draht um seinen Hals, aber wir haben keine Leiche, und wir werden wohl auch kaum eine finden. Niemand aus der Stadt wird vermißt. In der ganzen Gegend wird niemand vermißt, mit Ausnahme eines jungen Mädchens, dessen Mutter annimmt, daß es mit seinem Freund nach Nashville durchgebrannt ist. Und ganz nebenbei hatte der Junge auch keine Tätowierung. Ich kann niemanden auftreiben, der einen Kerl mit einer Tätowierung, wie du sie beschrieben hast, gesehen hat.«

»Ich weiß, was ich gesehen habe«, erwiderte Dad. »Zweifelst du etwa an meinen Worten, J. T.?«

»Nein, so hab ich das nicht gemeint. Ich sage nur, ich kann nichts weiter tun, bis wir ein Mordopfer haben. Ich brauche einen Namen, Tom. Ich brauche ein Gesicht. Ohne eine Identifizierung weiß ich doch gar nicht, wo ich anfangen soll.«

»Also läuft in der Zwischenzeit jemand, der einen anderen Menschen getötet hat, einfach frei herum und muß obendrein keine Angst haben, daß man ihn bald schnappt. Ist das so?«

»Ja«, gestand der Sheriff ein. »So ungefähr sieht's aus.«

Natürlich versprach Sheriff Amory, daß er weiter an dem Fall arbeiten und sich im ganzen Staat nach vermißten Personen umhören würde. Früher oder später, so sagte er, würde sich schon jemand nach dem Mann erkundigen, der im See verschwunden war. Als der Sheriff fort war, ging mein Vater nach draußen und setzte sich allein im Dunkeln auf die Veranda. Er saß dort noch lange nachdem Mom mir gesagt hatte, daß es Zeit fürs Bett war.

Das war die Nacht, in der der Schrei meines Vaters mich aus dem Schlaf aufschreckte.

Ich saß aufrecht im Bett und zitterte am ganzen Leib. Durch die Wand konnte ich hören, wie Mom auf Dad einredete. »Es ist schon gut«, sagte sie. »Es war ein Alptraum, nur ein Alptraum, alles ist in Ordnung.«

Dad war lange ganz still. Ich hörte im Badezimmer Wasser laufen. Dann das Quietschen der Bettgestellfedern. »Willst du es mir erzählen?« fragte ihn Mom.

»Nein. O Gott, nein.«

»Es war nur ein Alptraum.«

»Ist mir egal. Er war wirklich genug.«

»Kannst du wieder einschlafen?«

Er seufzte. Vor meinem geistigen Auge sah ich, wie er dort im abgedunkelten Schlafzimmer lag, das Gesicht in den Händen vergraben. »Ich weiß nicht«, erwiderte er.

»Laß mich dir deinen Rücken massieren.«
Die Bettfedern quietschten abermals, als sich das Gewicht ihrer Körper verlagerte. »Du bist schrecklich verspannt«, sagte Mom, »auch dein ganzer Nacken.«
»Es tut höllisch weh. Genau da, wo dein Daumen ist.«
»Es ist ein richtiger Knoten. Du mußt dir einen Muskel gezerrt haben.«
Stille. Auch meine Schultern und mein Nacken waren von den sanften Händen meiner Mutter gelockert worden. Dann hörte ich erneut die Stimme meines Vaters. »Ich hatte schon wieder einen Alptraum von dem Mann in dem Wagen.«
»Das dachte ich mir.«
»Ich schaute ihn an, wie er da so im Wagen saß, das Gesicht zu Brei geschlagen und seine Kehle mit einem Draht zugeschnürt. Ich sah die Handschellen an seinem Handgelenk und die Tätowierung auf seiner Schulter. Der Wagen sank tiefer, und dann ... dann schlug er die Augen auf.«
Ich erschauderte. Ich konnte es deutlich vor mir sehen, und die Stimme meines Vaters war nur mehr ein heiseres Flüstern.
»Er blickte mich direkt an. Blickte direkt in meine Augen. Wasser strömte aus seinen Augenhöhlen. Er öffnete den Mund, und seine Zunge war schwarz wie der Kopf einer Schlange. Und dann sagte er: ›Komm mit mir.‹«
»Denk nicht mehr daran«, fiel ihm Mom ins Wort. »Schließ einfach deine Augen und schlaf.«
»Ich kann nicht schlafen. Ich kann nicht.« Ich stellte mir den Körper meines Vaters vor, wie er wie ein Fragezeichen auf dem Bett lag, während Mom seine brettharten Rückenmuskeln knetete. »Mein Alptraum«, fuhr er fort. »Der Mann im Wagen streckte seinen Arm aus und packte mein Handgelenk. Seine Fingernägel waren blau. Seine Finger bohrten sich in meine Haut, und er sagte: ›Komm

mit mir, unten im Dunkeln.‹ Der Wagen ... der Wagen begann zu sinken, schneller und schneller, und ich versuchte mich zu befreien, doch er ließ mich nicht los, und er sagte: ›Komm mit mir, komm mit mir, unten im Dunkeln.‹ Und dann schloß sich der See über meinem Kopf, und ich konnte mich nicht befreien, und ich riß den Mund auf, um zu schreien, doch Wasser lief hinein. O Gott, Rebecca. O Gott.«

»Es war nicht wirklich. Hör mir zu! Es war nur ein Alptraum, und jetzt ist alles wieder gut.«

»Nein«, entgegnete Dad. »Ist es nicht. Diese Sache nagt an mir, und es wird immer schlimmer. Ich dachte, ich könnte darüber hinwegkommen. Ich will damit sagen, mein Gott, das war schließlich nicht der erste Tote, den ich gesehen habe. Von nahem. Aber das hier ... das hier ist anders. Dieser Draht um seinen Hals, die Handschellen, das Gesicht, das jemand zu Brei geschlagen hat ... es ist anders. Und nicht zu wissen, wer er war oder irgend etwas über ihn ... es nagt an mir, Tag und Nacht.«

»Es wird vorbeigehen«, versuchte Mom ihn zu beruhigen. »Das sagst du doch immer zu mir, wenn ich mir vor Sorge die Haare raufe. Wart's ab, sagst du dann immer zu mir. Es wird vorbeigehen.«

»Vielleicht wird es das. Ich hoffe bei Gott, daß es das wird. Doch für den Augenblick ist es in meinem Kopf, und ich kann es nicht loswerden, selbst wenn mein Leben davon abhinge. Das ist das Schlimmste, Rebecca; das ist es, was an meiner Seele frißt. Wer immer es getan hat, er muß hier aus der Gegend kommen. Es gibt keine andere Möglichkeit. Wer immer es getan hat, wußte, wie tief der See ist. Er wußte, daß die Leiche nie wieder auftauchen würde, wenn der Wagen erst einmal im See versunken war. Rebecca ... wer immer das getan hat, könnte jemand sein, dem ich die Milch bringe. Es könnte jemand sein, der mit uns in derselben Kirchenbank sitzt. Jemand, von dem wir Lebensmittel oder Kleidung kaufen. Jemand, den wir unser ganzes Leben gekannt haben ... oder von dem wir *dachten*, daß wir ihn kennen. Das macht mir angst, wie mir noch nie etwas in meinem Leben angst gemacht hat. Und weißt du, warum?« Er hielt einen Augenblick inne, und ich konnte deutlich vor mir sehen, wie die Ader an seiner Schläfe pochte. »Weil es, wenn es hier nicht sicher ist, nirgendwo auf der Welt sicher ist.« Seine Stimme zitterte leicht. Ich war froh, daß ich nicht im Schlafzimmer war und nicht sein Gesicht sehen konnte.

Zwei oder drei Minuten verstrichen. Ich denke, mein Vater lag einfach nur da und ließ sich von Mom den Rücken massieren. »Glaubst du, daß du nun wieder einschlafen kannst?« fragte sie ihn schließlich, und er antwortete: »Ich werde es versuchen.«

Die Federn quietschten ein paarmal. Ich hörte, wie meine Mutter etwas in sein Ohr flüsterte. Er erwiderte: »Das hoffe ich«, und dann waren sie still. Manchmal schnarchte mein Dad; heute nacht tat er es nicht. Ich fragte mich, ob er wohl wach lag, nachdem Mom wieder eingeschlafen war, und ob er die Leiche im Wagen sah, die nach ihm griff, um ihn herabzuziehen. Was er gesagt hatte, verfolgte mich: *Weil es, wenn es hier nicht sicher ist, nirgendwo auf der Welt sicher ist*. Diese Sache hatte meinen Vater schwer getroffen, an einer Stelle, die tiefer lag als der Grund von Saxon's Lake. Vielleicht war es die Plötzlichkeit dessen, was geschehen war, oder die Brutalität oder die Kaltblütigkeit. Vielleicht war es das Wissen, daß sich hinter geschlossenen Türen grauenhafte Geheimnisse verbargen, selbst in der freundlichsten Stadt.

Ich denke, mein Vater glaubte immer, daß alle Menschen gut seien, selbst in den geheimsten Winkeln ihres Herzens. Diese Sache hatte seine Grundfeste erschüttert, und es schien mir, als hätte der Mörder meinen Vater mit Handschellen an diesen Augenblick der Zeit gekettet, genau wie das Opfer mit Handschellen an das Lenkrad gekettet war. Ich schloß meine Augen und betete für Dad, daß er seinen Weg aus der Dunkelheit finden möge.

Der März ging sanft wie ein Lamm dahin, doch die Arbeit des Mörders war noch nicht beendet.

3
Der Eindringling

Die Gemüter beruhigten sich, wie sie es immer taten.

Am ersten Samstag im April, während die Bäume ausschlugen und die Blumen sich durch die sich erwärmende Erde schoben, saß ich zwischen Ben Sears und Johnny Wilson, umzingelt von kreischenden Horden wilder Krieger, während Tarzan – Gordon Scott, der beste Tarzan, den es je gab – sein Messer in den Bauch eines Krokodils rammte und Blut in scharlachroter Eastman-Farbe hervorsprudelte.

»Hast du das gesehen? Hast du das gesehen?« sagte Ben unentwegt und bohrte mir seinen Ellbogen in die Rippen. Natürlich sah ich es. Ich hatte ja schließlich Augen im Kopf, oder etwa nicht? Meine Rippen würden es nicht mehr bis zu dem Three-Stooges-Kurzfilm in der Pause des Doppelprogramms machen, das war sicher.

Das Lyric war das einzige Kino in Zephyr. Es war 1945 gebaut worden, nach dem Zweiten Weltkrieg, als Zephyrs Söhne nach Hause marschiert oder gehumpelt kamen und nach Unterhaltung verlangten, um die Alpträume von Hakenkreuzen und aufgehenden Sonnen zu vertreiben. Irgendein ehrenwerter Stadtvater griff tief in seine Tasche und kaufte einen Architekten aus Birmingham ein, der eine Blaupause zeichnete und Felder auf dem leeren Grundstück absteckte, wo einst eine Tabakscheune gestanden hatte. Ich war damals natürlich nicht dabei, doch Mr. Dollar konnte einem die ganze Geschichte erzählen. Ein Palast aus Stuckengeln wurde errichtet, und an Samstagnachmittagen hockten wir Teufel aus gemeinerem Lehm uns mit unserem Popcorn, Bonbons und Juhu-Gebrüll auf unsere Sitze, und unsere Eltern hatten ein paar Stunden Verschnaufpause.

Wie dem auch sei, meine beiden Kumpel und ich saßen da und schauten uns an einem Samstag nachmittag Tarzan an. Ich habe vergessen, warum Davy Ray nicht dabei war; ich glaube, er hatte Stubenarrest, weil er Molly Lujack mit einem Kiefernzapfen auf den Kopf gehauen hatte. Satelliten konnten aufsteigen und im Weltall Funken sprühen. Ein Mann mit einer Zigarre konnte in spanisch daherplappern, auf einer Inseln vor der Küste von Florida, während Blut eine Bucht für Schweine rot färbte. Dieser kahlköpfige Russe konnte mit seinem Schuh auf den Tisch hauen. Soldaten konnten ihre Sachen zusammenpacken und sich für eine Reise in einen Dschungel namens Vietnam bereitmachen. Atombomben konnten in der Wüste hochgehen und Puppen aus Reihenhaus-Wohnzimmern blasen. Nichts davon kümmerte uns. Das war keine Magie. Die Magie war im Innern des Lyric an Samstagnachmittagen, im Doppelprogramm, und wir verloren uns dankbar in ihrem Zauber.

Ich erinnere mich daran, einmal eine Fernsehsendung gesehen zu haben – 77 *Sunset Strip* –, in der der Held in ein Theater namens Lyric ging, und ich begann über das Wort nachzudenken. Ich schlug es in meinem zweitausendvierhundertdreiundachtzig Seiten dicken Lexikon nach, das Großvater Jaybird mir zu meinem zehnten Geburtstag geschenkt hatte. Unter »Lyric« stand dort: »Lyrisch. Melodisch. Zum Gesang geeignet. Ein lyrisches Gedicht. Auf der Lyra gespielt.« Das schien, bezogen auf ein Kino, keinen wirklichen Sinn zu ergeben, bis ich weiterlas, was in meinem Lexikon unter »Lyra« stand. »Lyra« brachte mich zu den Erzählgedichten, die von den umherziehenden Minnesängern vorgetragen wurden, ganz früher, als es noch Schlösser und Könige gab. Und das wiederum führte mich zu jenem wunderbaren Wort »Erzählung«. Es erschien mir von frühester Jugend an, als ob alle Formen menschlicher Kommunikation – seien es nun Filme, Fernsehen oder Bücher – damit beginnen, daß jemand eine Geschichte erzählen möchte. Dieses Bedürfnis, etwas zu erzählen, sich in eine universale Steckdose einzustöpseln, ist vermutlich eins unserer größten Verlangen. Und das Bedürfnis, Geschichten zu hören, andere Leben als unser eigenes zu durchleben, wenn auch nur für einen winzigen Augenblick, ist der Schlüssel zu der Magie, die uns im Herzen und in den Knochen steckt.

Das Lyrische.

»Stich zu, Tarzan! Stich zu!« brüllte Ben, und sein Ellbogen machte Überstunden. Ben Sears war ein dicker Junge mit braunen, kurzgeschorenen Haaren, einer hohen, mädchenhaften Stimme und einer Hornbrille. Es war noch kein Hemd erfunden worden, das im Hosenbund seiner Jeans steckengeblieben wäre. Er war so ungeschickt, daß er Gefahr lief, sich mit seinen Schnürsenkeln zu erdrosseln. Er hatte ein breites Kinn und dicke Backen, und kein Mädchen würde von ihm je als von ihrem Tarzan träumen, selbst nicht, als er erwachsen war, doch er war mein Freund. Im Gegensatz zu Ben mit seiner Körperfülle und Überschwenglichkeit war Johnny Wilson schlank, still und ein Bücherwurm. Er hatte etwas Indianerblut in seinen Adern, was sich in seinen schwarzen, leuchtenden Augen zeigte. Unter der Sommersonne wurde seine Haut braun wie eine Haselnuß. Sein Haar war ebenfalls beinahe schwarz und mit Vitalis zurückgekämmt, mit Ausnahme eines Büschels, das wie eine wilde Zwiebel auf der Linie seines Scheitels aufschoß. Sein Vater, der Vorarbeiter im Steinwerk zwischen Zephyr und Union Town war, trug sein Haar auf genau dieselbe Art. Johnnys Mutter war die Bibliothekslehrerin an der Zephyrer Grundschule, also denke ich, daß daher seine Leidenschaft für das Lesen stammte. Johnny verschlang Lexika wie andere Kinder Lutscher oder Zitronenbonbons. Er hatte eine Nase wie ein

Kriegsbeil, und eine kleine Narbe verunzierte seine rechte Braue, wo sein Cousin Philbo ihn 1960 mit einem Stock getroffen hatte, als sie Soldaten spielten. Johnny Wilson mußte auf dem Schulhof spöttische Bemerkungen über sich ergehen lassen, ein »Squawjunge« zu sein oder »Niggerblut« in den Adern zu haben, und darüber hinaus war er mit einem Klumpfuß geboren worden, was die Hänseleien noch verdoppelte. Er war ein Stoiker, lange bevor ich die Bedeutung des Wortes kannte.

Der Film schlängelte sich langsam auf sein Ende zu wie ein Dschungelstrom auf das Meer. Tarzan besiegte die bösen Elefantenjäger, brachte den Stern des Salomon zurück zu seinem Stamm und schwang sich an einer Liane in den Sonnenuntergang. Der Kurzfilm mit den Three Stooges fing an, in dem Moe Larry das Haar büschelweise ausriß und Curly in einer Badewanne voller Hummer saß. Wir hatten alle sehr viel Spaß.

Und dann begann ohne Fanfare der zweite Film.

Er war schwarzweiß, was augenblickliches Gemurre vom Publikum zur Folge hatte. Jeder wußte, daß Farbe das wirkliche Leben war. Der Titel erschien auf der Leinwand: *Invasion vom Mars*. Der Film wirkte alt, so als ob er in den Fünfzigern gedreht worden war. »Ich geh Popcorn holen«, verkündete Ben. »Will sonst noch wer was?« Wir verneinten, und er bahnte sich allein seinen Weg durch die vollen Ränge.

Der Vorspann kam zum Ende, und die Geschichte begann. Ben kehrte gerade rechtzeitig mit seiner Schachtel voll gebuttertem Popcorn zurück, um mitzukriegen, was der junge Held durch sein Fernglas sah, das er auf den stürmischen Nachthimmel gerichtet hatte: eine fliegende Untertasse, die in einen Sandhügel hinter seinem Haus stürzte. Gewöhnlich grölte und lachte das Samstagnachmittagspublikum lautstark, wenn es auf der Leinwand keine

Kämpfe zu sehen gab, doch diesmal brachte der bloße Anblick jener herabstürzenden, unheimlichen Untertasse alle zum Schweigen.

Ich glaube, daß der Kiosk im Foyer während der nächsten anderthalb Stunden keinerlei Geschäft machte, obgleich Kinder von ihren Plätzen aufstanden und nach draußen liefen, um einen Blick auf das helle Tageslicht zu werfen. Der Junge im Film konnte niemanden davon überzeugen, daß er eine fliegende Untertasse hatte landen sehen, und er beobachtete durch sein Fernrohr, wie ein Polizist wie von einem grotesken außerirdischen Staubsauger in einen Sandstrudel hineingesogen wurde. Dann kam derselbe Polizist zum Haus und erklärte dem Jungen, daß natürlich keine fliegende Untertasse gelandet war. Niemand sonst hatte diese fliegende Untertasse landen sehen, oder? Doch der Polizist benahm sich ... komisch. Als ob er ein Roboter wäre. Und die Augen in seinem teigigen Gesicht waren tot. Der Junge bemerkte eine seltsame x-förmige Wunde am Nacken des Mannes. Der Polizist, vor seinem Ausflug zum Sandhügel ein überschwenglich fröhlicher Mann, lächelte nicht. Er war verändert.

Die x-förmige Wunde tauchte nun auch auf anderen Nacken auf. Niemand glaubte dem Jungen, der versuchte, seine Eltern davon zu überzeugen, daß dort in der Erde hinter ihrem Haus ein Nest von Marsmenschen war. Dann gingen seine Eltern hinaus, um es sich selbst anzuschauen.

Ben hatte die Schachtel mit Popcorn auf seinem Schoß völlig vergessen. Johnny hatte die Knie bis an die Brust hochgezogen. Ich schien außerstande, Luft zu holen.

Oh, du bist so ein dummer Junge, sagten die grimmigen Eltern mit ihren ausdruckslosen Gesichtern, als sie von ihrem Spaziergang nach Hause kamen. Da ist nichts, wovor man Angst haben müßte. Absolut nichts. Alles ist in Ordnung. Komm mit uns, laß uns dort hinaufgehen, wo du

angeblich diese Untertasse hast landen sehen. Laß uns dir zeigen, was für ein dummer, dummer Junge du bist.
»Geh nicht«, flüsterte Ben. »Geh nicht geh nicht!« Ich hörte, wie seine Fingernägel über die Armlehne kratzten.
Der Junge rannte. Fort von zu Hause, fort von den Fremden, die das Lächeln verlernt zu haben schienen. Überall, wo er hinschaute, sah er die x-förmige Wunde. Der Polizeichef hatte eine im Nacken. Leute, die der Junge sein ganzes Leben lang gekannt hatte, waren plötzlich verändert, und sie wollten ihn festhalten, bis seine Eltern ihn abholten. Dummer, dummer Junge, sagten sie. Marsmenschen in der Erde, die die Welt unterwerfen wollen. Wer sollte denn so eine Geschichte glauben?
Am Ende dieses Schreckens stieg die Armee hinunter in ein Labyrinth von Tunneln, die die Marsmenschen unter der Erde gegraben hatten. Die Marsmenschen hatten dort unten eine Maschine, die sich in deinen Nacken bohrte und dich zu einem von ihnen machte. Der Anführer der Marsmenschen, ein Kopf mit Tentakeln in einer Glaskugel, sah aus, als wäre er aus einer Jauchegrube entstiegen. Der Junge und die Armee kämpften gegen die Marsmenschen, die durch die Tunnel schlurften, als hätten sie Mühe mit der Schwerkraft. Mitten im letzten Gefecht zwischen den Maschinen der Marsmenschen und Armeepanzern, als das Schicksal der Erde entschieden wurde ...
... erwachte der Junge.
Ein Traum, sagte sein Vater. Seine Mutter lächelte ihn an. Ein Traum. Nichts, vor dem man Angst haben muß. Schlaf wieder ein, wir sehen uns dann morgen früh.
Nur ein böser, böser Traum.
Und dann stand der Junge im Dunkeln auf, spähte durch sein Fernrohr und sah eine fliegende Untertasse, die sich aus dem stürmischen Nachthimmel in einen Sandhügel hinter dem Haus herabsenkte.

Ende?

Die Lichter gingen an. Der Samstagnachmittag im Kino war vorbei.

»Was ist denn mit denen los?« hörte ich Mr. Stellko, den Manager des Lyric, zu einem der Platzanweiser sagen, als wir hinaustrotteten. »Warum sind die so verdammt *still*?«

Blankes Entsetzen hat keine Stimme.

Irgendwie schafften wir es, auf unsere Räder zu steigen und in die Pedale zu treten. Einige Kinder gingen zu Fuß nach Hause, einige warteten auf ihre Eltern, die sie abholen würden. Alle waren wir miteinander verbunden durch das, dessen Zeuge wir gerade geworden waren, und als Ben, Johnny und ich an der Tankstelle in der Ridgeton Street hielten, um Luft in Johnnys Vorderreifen pumpen zu lassen, ertappte ich Ben, wie er auf Mr. Whites Nacken starrte, wo die sonnenverbrannte Haut Falten warf.

An der Ecke Bonner und Hilltop Street trennten sich unsere Wege. Johnny raste nach Hause, Ben trieb sein Rad mit seinen dicken Stummelbeinen an, und ich rang meiner verrosteten Kette mühsam jeden einzelnen Meter der Strecke ab. Mein Rad hatte seine besten Tage hinter sich. Es war schon uralt, als es auf einem Flohmarkt für mich gekauft wurde. Ich bat immer wieder um ein neues, doch mein Vater sagte, ich müßte mit dem zufrieden sein, was ich hatte, oder ganz ohne auskommen. Geld war einige Monate ziemlich knapp; der samstägliche Kinobesuch war ein Luxus. Irgendwann später fand ich heraus, daß die Samstagnachmittage die einzigen Stunden waren, in denen die Federn im Schlafzimmer meiner Eltern ihre Symphonie quietschen konnten, ohne daß ich mir den Kopf darüber zerbrach, was da wohl vor sich ging.

»Hast du dich amüsiert?« fragte meine Mutter, als ich vom Spielen mit Rebell hereinkam.

»Ja, Ma'am«, erwiderte ich. »Der Tarzanfilm war spitze.«

»War ein Doppelprogramm, nicht?« erkundigte sich Dad,

der mit hochgelegten Füßen auf dem Sofa saß. Im Fernsehen lief ein Baseballfreundschaftsspiel; es war nun wieder die Zeit dafür.

»Ja, Sir.« Ich ging an ihnen vorbei auf dem Weg zur Küche und zu einem Apfel.

»Nun, wovon handelte der andere Film?«

»Ach ... nichts«, antwortete ich.

Eltern können ein Ausweichmanöver schneller wittern als eine ausgehungerte Katze eine Maus. Sie ließen mich meinen Apfel nehmen, ihn unter dem Wasserhahn abwaschen, ihn polieren und ihn dann zurück ins Wohnzimmer bringen. Sie ließen mich hineinbeißen, und dann blickte mein Dad auf und sagte: »Was ist denn los mit dir?«

Ich kaute meinen Apfel. Mom setzte sich neben Dad, und beide Augenpaare waren auf mich gerichtet. »Sir?« fragte ich.

»Jeden Samstag kommst du hier hereingestürmt wie ein Cop bei einer Razzia und willst uns die Filme in allen Einzelheiten erzählen. Wir können dich kaum abhalten, sie Szene für Szene nachzuspielen. Also was ist heute mit dir los?«

»Äh ... ich denke, ich ... weiß es nicht genau.«

»Komm her«, sagte Mom. Als ich es tat, legte sie blitzschnell ihre Hand auf meine Stirn. »Kein Fieber. Cory, geht es dir gut?«

»Alles in Ordnung.«

»Also ein Film war über Tarzan«, hakte mein Vater weiter nach, so hartnäckig wie eine Bulldogge. »Worum ging's in dem anderen Film?«

Ich nahm an, daß ich ihnen wohl den Titel sagen konnte. Aber wie konnte ich ihnen erzählen, wovon er *wirklich* gehandelt hatte? Wie konnte ich ihnen erklären, daß der Film, den ich gerade gesehen hatte, die tiefste Angst eines jeden Kindes auf der Welt angerührt hatte, nämlich daß seine Eltern eines Tages plötzlich einfach fortgeholt und von kalt-

herzigen, gefühllosen Außerirdischen ersetzt wurden? »Es war ... ein Monsterfilm«, entschied ich mich schließlich zu sagen.
»Dann war es ja genau das richtige für dich.« Der Baseballschläger knallte wie ein Pistolenschuß, und Dad wandte seine Aufmerksamkeit wieder dem Spiel zu. »Los doch! Lauf, Mickey!«
Das Telefon klingelte. Hastig nahm ich den Hörer ab, damit meine Eltern mir nicht noch mehr Fragen stellen konnten.
»Cory? Hallo, hier ist Mrs. Sears. Kann ich bitte mal deine Mutter sprechen?«
»Einen Augenblick bitte. Mom?« rief ich. »Telefon für dich!«
Mom nahm den Hörer, und ich mußte dringend aufs Klo. Nur fürs kleine Geschäft, Gott sei Dank. Ich war mir nicht sicher, ob ich schon in der Lage sein würde, auf der Toilette zu sitzen, während ich die Bilder von dem Marsmenschenkopf mit den Tentakeln noch so deutlich vor Augen hatte.
»Rebecca?« sagte Mrs. Sears. »Wie geht's?«
»Mir geht's gut, Lizbeth. Hast du deine Tombolalose bekommen?«
»Ja, hab ich. Vier Stück, und ich hoffe, daß mir wenigstens eins Glück bringt.«
»Das ist gut.«
»Nun, der Grund, weshalb ich anrufe, ist der, daß Ben vor einer Weile vom Kino zurückgekommen ist, und ich mich frage, wie es Cory geht.«
»Cory? Ihm geht ...« Sie hielt inne und dachte kurz über mein sonderbares Verhalten nach. »Er sagt, es gehe ihm gut.«
»Genau wie Ben, aber er benimmt sich ein wenig ... ich weiß auch nicht, vielleicht ist ›beunruhigt‹ das Wort, nach dem ich suche. Gewöhnlich fällt er über Sim und mich her und will uns alles über die Filme erzählen, aber heute kön-

nen wir ihn nicht zum Reden bringen. Er ist im Moment hinten im Hof. Er will etwas nachsehen, doch er sagt uns nicht, was.«

»Cory ist im Badezimmer«, berichtete meine Mutter, als ob das auch ein Teil des Puzzles wäre. Sie senkte die Stimme, für den Fall, daß ich trotz meiner Verrichtung noch was hören konnte. »Er benimmt sich ein wenig komisch. Glaubst du, im Kino ist etwas zwischen den beiden vorgefallen?«

»Daran habe ich auch schon gedacht. Vielleicht haben sie sich zerstritten.«

»Nun, sie sind schon so lange Freunde, aber so was kommt immer mal vor.«

»Wie bei mir und Amy Lynn McGraw. Sechs Jahre waren wir die dicksten Freundinnen, und dann haben wir wegen eines verlorenen Päckchens mit Nähnadeln ein Jahr lang nicht mehr miteinander gesprochen. Ich habe mir gedacht, vielleicht sollten die Jungs zusammenkommen. Wenn sie einen Streit hatten, sollten sie es am besten gleich wieder ausbügeln.«

»Hört sich gut an.«

»Ich wollte Ben fragen, ob er Cory nicht über Nacht einladen will. Wärst du damit einverstanden?«

»Mir macht es nichts aus, aber ich muß erst Tom und Cory fragen.«

»Bleib mal 'ne Minute dran«, sagte Mrs. Sears, »Ben kommt gerade rein.« Meine Mutter hörte eine Fliegentür zuschlagen. »Ben? Ich habe gerade Corys Mutter an der Strippe. Würde es dir gefallen, wenn Cory die Nacht bei uns verbringt?« Meine Mutter horchte, doch sie konnte wegen des Rauschens der Spülung nicht verstehen, was Ben erwiderte. »Er sagt, das würde ihm gefallen«, berichtete ihr Mrs. Sears. Ich kam aus dem Badezimmer, und Mom fragte mich: »Cory, würdest du die Nacht gern bei Ben verbringen?«

Ich dachte darüber nach. »Ich weiß nicht«, antwortete ich, doch ich konnte ihr nicht sagen, warum. Das letztemal, als ich eine Nacht dort verbracht hatte, im Februar, war Mr. Sears die ganze Nacht nicht heimgekommen, und Mrs. Sears war hin und her gelaufen und hatte sich Sorgen gemacht, wo er wohl sein mochte. Ben verriet mir, daß sein Vater häufig über Nacht wegblieb, und bat mich, es niemandem zu erzählen.

»Ben möchte gern, daß du rüberkommst«, drängte Mom, die mein Zögern mißverstand.

Ich zuckte mit den Schultern. »Okay. Ich denke schon.«

»Dann geh und frag deinen Vater, ob er nichts dagegen hat.«

Während ich ins Wohnzimmer ging, um zu fragen, sagte meine Mutter zu Mrs. Sears: »Ich weiß, wie wichtig Freundschaft ist. Wir bringen sie schon wieder zusammen, wenn es da irgendein Problem gab.«

»Dad sagt, es ist okay«, berichtete ich ihr, als ich zurückkam. Wenn mein Vater sich ein Baseballspiel anschaute, hätte er zugestimmt, sich die Zähne mit Stacheldraht zu putzen.

»Lizbeth? Er kommt. So gegen sechs?« Sie legte ihre Hand über die Sprechmuschel und sagte zu mir: »Es gibt Brathähnchen zum Abendessen.«

Ich nickte und versuchte, ein Lächeln auf meine Lippen zu zaubern, doch meine Gedanken waren in den Tunneln, wo die Marsmenschen die Vernichtung der menschlichen Rasse planten, Stadt für Stadt.

»Rebecca? Wie läuft's denn sonst?« fragte Mrs. Sears. »Du weißt schon, was ich meine?«

»Zisch ab, Cory«, sagte Mom zu mir, und ich tat es sogar, obwohl ich wußte, daß wichtige Dinge besprochen werden würden. »Nun«, antwortete sie Lizbeth, »Tom schläft jetzt ein wenig besser, aber er hat immer noch Alpträume. Ich wünschte, ich könnte ihm irgendwie helfen, aber ich denke, er muß allein damit fertig werden.«

»Ich habe gehört, der Sheriff hat so gut wie aufgegeben.«
»Es ist schon drei Wochen her, und sie haben nicht die geringste Spur. J. T. hat Tom am Freitag erzählt, er würde überall im Staat anfragen, und auch in Georgia und Mississippi, doch er hat nichts rausgefunden. Es ist, als würde der Mann in dem Wagen von einem anderen Planeten kommen.«
»Was für ein scheußlicher Gedanke.«
»Aber da ist noch etwas anderes«, sagte meine Mutter, und ein tiefer Seufzer entrang sich ihr. »Tom hat sich ... verändert. Es sind nicht nur die Alpträume, Lizbeth.« Sie wandte sich zur Speisekammer um und zog die Schnur so weit es ging, damit Dad auch ja nichts hören konnte. »Er paßt jetzt immer genau auf, daß alle Türen und Fenster verriegelt sind; früher hat er sich nie um Schlösser geschert. Bis diese Sache geschehen ist, haben wir die Türen die meiste Zeit unverschlossen gelassen, wie alle anderen es auch tun. Jetzt steht Tom nachts zwei-, dreimal auf und überprüft die Riegel. Und letzte Woche ist er von seiner Runde zurückgekommen, und es war roter Schlamm an seinen Schuhen, obwohl es gar nicht geregnet hatte. Ich denke, er ist wieder zum See gegangen.«
»Aber warum denn bloß?«
»Ich weiß es nicht. Um etwas umherzugehen und nachzudenken, nehme ich an. Ich erinnere mich, daß ich mal einen gelben Kater hatte, als ich neun war, und der wurde vor unserem Haus von einem Laster überfahren. Calicos Blut war lange auf dem Asphalt zu sehen. Die Stelle hat mich angezogen. Ich haßte sie, doch ich mußte immer wieder dorthin gehen und mir ansehen, wo Calico gestorben war. Ich hatte permanent das Gefühl, daß ich etwas hätte tun können, um ihn am Leben zu erhalten. Vielleicht hatte ich auch nur bis dahin gedacht, daß alles ewig leben würde.« Sie hielt inne und starrte auf die Bleistiftstriche an der Hintertür, die von

meinen steten Wachstumsfortschritten zeugten. »Ich denke, Tom geht im Moment viel im Kopf herum.«

Ihre Unterhaltung bewegte sich nun um dieses und jenes, obgleich im Mittelpunkt noch immer der Zwischenfall am Saxon's Lake stand. Ich schaute mir mit Dad das Baseballspiel an, und ich bemerkte, daß er unablässig seine rechte Hand ballte und wieder öffnete, als würde er versuchen, etwas zu greifen oder sich selbst aus einem Griff zu befreien. Dann war es Zeit, mich für Ben fertigzumachen, und ich suchte meinen Pyjama, meine Zahnbürste, Socken und Unterwäsche zum Wechseln zusammen und verstaute alles in meinem Armeerucksack. Dad sagte, ich sollte vorsichtig sein, und Mom sagte, ich sollte mich gut amüsieren, aber morgen früh rechtzeitig für die Sonntagsschule zurückkommen. Ich kraulte Rebells Kopf, warf ihm einen Stock zum Fangen hin, stieg dann auf mein Fahrrad und radelte davon.

Ben wohnte nicht weit von uns entfernt, nur eine halbe Meile oder so von unserem Haus, am Ende der Deerman Street. In der Deerman Street radelte ich ganz leise, denn die Ecke Deerman und Shantuck wurde von dem düsteren grauen Steinhaus bewacht, in dem die berüchtigten Branlin-Brüder lebten. Die Branlins, dreizehn und vierzehn Jahre alt, hatten gefärbtes blondes Haar und großes Vergnügen an Zerstörung. Oft stromerten sie auf ihren identischen schwarzen Fahrrädern durch die Nachbarschaft wie Geier auf der Suche nach frischem Fleisch. Ich hatte von Davy Ray Callan erfahren, daß die Branlins manchmal versuchten, mit ihren schnellen schwarzen Rädern Autos von der Straße zu drängen, und daß er mit eigenen Ohren gehört hatte, wie Gotha Branlin, der ältere der beiden, seiner Mutter sagte, sie sollte doch zu dem bösen Haus gehen. Gotha und Gordo waren wie die schwarze Pest; man hoffte, daß sie einen nicht erwischten, doch wenn sie einen erst einmal in den Klauen hatten, gab es kein Entrinnen mehr.

Bis jetzt war ich ihrer wahllos treffenden Bösartigkeit entgangen. Ich hatte vor, daß es auch so blieb.
Bens Haus war unserem sehr ähnlich. Ben hatte einen braunen Hund namens Tumper, der sich von der Veranda erhob, um meine Ankunft mit Gebell zu begrüßen. Ben kam heraus, und Mrs. Sears sagte hallo und fragte, ob ich ein Glas Kräuterlimonade wollte. Sie hatte dunkles Haar und ein hübsches Gesicht, doch ihre Hüften waren so ausladend wie Wassermelonen. Im Haus kam Mr. Sears aus seiner Tischlerwerkstatt im Keller herauf, um sich mit mir zu unterhalten. Er war ebenfalls groß und füllig, hatte kurzgeschorene braune Haare und ein breites rotes Gesicht. Mr. Sears war ein fröhlicher Mann mit einem Grinsen, das seine vorstehenden Zähne entblößte. Auf seinem gestreiften Hemd hatte er noch Holzspäne. Er erzählte mir einen Witz über einen Baptisten-Pastor und ein Klohäuschen, den ich nicht wirklich verstand, doch er lachte bei der Pointe, um mir meinen Einsatz zu zeigen, und Ben sagte: »Ach, Daddy!«, als ob er diesen blöden Witz schon dutzendmal gehört hatte.
Ich packte meinen Rucksack in Bens Zimmer aus, wo er seine tollen Sammlungen von Baseballkarten, Kronkorken und Wespennestern verwahrte. Während ich mir einen Platz für meine Sachen suchte, setzte Ben sich auf seine Superman-Tagesdecke und sagte: »Hast du deinen Eltern von dem Film erzählt?«
»Nein. Und du?«
»Mm-mm.« Er zupfte einen losen Faden von Supermans Gesicht. »Wieso nicht?«
»Ich weiß nicht. Wieso hast *du* es nicht getan?«
Ben zuckte mit den Schultern, doch man konnte sehen, wie sein Gehirn arbeitete. »Ich denke«, erwiderte er, »es war einfach zu schrecklich, um es ihnen zu erzählen.«
»Ja.«

»Ich bin hinten rausgegangen«, berichtete Ben. »Kein Sand. Nur Fels.«

Wir kamen überein, daß Marsmenschen schon einige Mühe hätten, sich durch den ganzen Granit in den Hügeln um Zephyr zu bohren, wenn sie hier vorbeikämen. Dann öffnete Ben eine Pappschachtel und zeigte mir seine Bürgerkrieg-Kaugummikarten mit den blutrünstigen Bildern von Typen, die erschossen, mit Bajonetten aufgespießt oder von Kanonenkugeln zerfetzt wurden, und wir saßen da und dachten uns Geschichten für jede Karte aus, bis seine Mutter eine Glocke läutete, um uns mitzuteilen, daß die Brathähnchen fertig waren.

Nach dem Abendessen – und Mrs. Sears' wunderbaren Schokoladenkuchen, den wir mit einem Glas kalter Green-Meadows-Milch hinunterspülten – spielten wir alle eine Runde Scrabble. Bens Eltern spielten zusammen, und Mr. Sears versuchte immer wieder, erfundene Wörter durchzubekommen, von denen selbst ich wußte, daß sie nicht im Wörterbuch standen, zum Beispiel »Kaflaum« und »Goganus«. Mrs. Sears nannte ihn ein verrücktes Huhn, doch sie grinste über seine Späße genauso wie ich. »Cory, hast du schon von den drei Priestern gehört, die in den Himmel wollten?« fragte er, und bevor ich noch nein sagen konnte, war er schon mitten beim Witzeerzählen. Er schien Witze über Priester zu bevorzugen, und ich fragte mich, was Reverend Lovoy von der Methodistenkirche wohl davon halten würde.

Es war nach acht Uhr, und wir hatten gerade unser zweites Spiel begonnen, als Tumper auf der Vorderveranda anschlug. Einen Augenblick später klopfte es an der Tür. »Ich geh schon«, sagte Mr. Sears. Er öffnete die Tür, und davor stand ein drahtiger Mann mit einem zerfurchten Gesicht und Jeans und einem rot karierten Hemd. »He, Donny!« begrüßte ihn Mr. Sears. »Komm doch rein, du alter Geier!«

Mrs. Sears beäugte ihren Mann und den Mann namens Donny. Ich sah, wie sich ihr Gesicht anspannte.
Donny sprach sehr leise mit Mr. Sears, und Mr. Sears rief zu uns herüber: »Donny und ich setzen uns mal ein bißchen nach draußen auf die Veranda. Spielt einfach weiter.«
»Schatz?« Mrs. Sears brachte ein Lächeln auf ihre Lippen, doch ich sah, daß es ihr schwerfiel. »Ich brauche einen Partner.«
Die Fliegentür schloß sich hinter ihm.
Mrs. Sears saß lange ganz still da und starrte auf die Tür. Ihr Lächeln war verschwunden.
»Mom?« sagte Ben. »Du bist dran.«
»Schon gut.« Sie versuchte ihre Aufmerksamkeit wieder auf die Scrabblesteine zu richten. Ich konnte sehen, daß sie es mit aller Macht versuchte, doch ihr Blick wanderte immer wieder zur Fliegentür. Draußen auf der Veranda saßen Mr. Sears und der drahtige Mann namens Donny auf Klappstühlen. Ihre Unterhaltung war leise und ernst. »Schon gut«, wiederholte Bens Mutter. »Laß mich kurz nachdenken, nur eine Minute.«
Es verging mehr als eine Minute. Irgendwo in der Ferne begann ein Hund zu bellen. Dann zwei weitere. Tumper stimmte mit ein. Mrs. Sears wählte noch immer ihre Steinchen aus, als die Tür aufgestoßen wurde.
»He, Lizbeth! Ben! Kommt mal raus, und beeilt euch!«
»Was ist denn, Sim? Was ist ...«
»Kommt schnell raus!« schrie er, und natürlich standen wir alle vom Tisch auf, um nachzusehen.
Donny, der im Hof stand, schaute nach Westen. Die Hunde in der Nachbarschaft veranstalteten ein infernalisches Kläffkonzert. Lichter brannten in den Fenstern, und auch die anderen Leute kamen heraus, um nachzusehen, was der ganze Lärm bedeutete. Mr. Sears zeigte in die Richtung, in die Donny schaute. »Habt ihr jemals *so etwas* gesehen?«

Ich blickte hoch. Ben tat es mir nach, und ich hörte, wie er die Luft einsog, als hätte man ihm einen Schlag in die Magengrube versetzt.
Es kam aus dem Nachthimmel herunter, stieg herab vom Sternenzelt. Es war ein glühendes rotes Ding, das purpurne Flammenzungen hinter sich herzog, und es ließ einen weißen Schwanz aus Rauch in der Dunkelheit zurück.
In jenem Augenblick zersprang mir beinahe das Herz. Ben stolperte einen Schritt nach hinten, und er wäre vielleicht hingefallen, wäre er nicht gegen eine der Hüften seiner Mutter gestoßen. Ich wußte tief in meinem aufgewühlten, hämmernden Herzen, daß in diesem Moment überall in Zephyr Kinder, die am Nachmittag im Lyric-Theater gewesen waren, zum Himmel schauten und spürten, wie ihnen Angst die Kehle zuschnürte.
Ich war dicht dran, mir in die Hosen zu machen. Irgendwie schaffte ich es, nicht zu pinkeln, doch es war knapp.
Ben wimmerte. Er stieß undeutliche Laute aus und keuchte: »Es ist ... es ist ... es ist ...«
»Ein Komet!« rief Mr. Sears. »Seht euch nur an, wie das Ding herunterkommt!«
Donny brummte etwas und schob sich einen Zahnstocher in den Mundwinkel. Ich blickte zu ihm hinüber und sah im Schein der Verandaleuchte seine schmutzigen Fingernägel.
Der Komet stürzte funkensprühend in einer langgezogenen, langsamen Spirale herab. Er war völlig lautlos, doch die Leute riefen lärmend andere Leute herbei, sich das Ding anzusehen, und einige Hunde hatten jene Art von Jaulen angefangen, bei der einem die Haare zu Berge stehen.
»Der kommt zwischen Zephyr und Union Town runter«, bemerkte Donny. Er hatte seinen Kopf zur Seite geneigt; sein Gesicht war ausgemergelt und sein dunkles, angeklatschtes Haar glänzend von Brillantine. »Seht nur, wie dieser Bastard herabgeschossen kommt.«

Zwischen Zephyr und Union Town lagen acht Meilen Hügel, Wälder und Sumpf, durchzogen vom Tecumseh River. Bestes Marsmenschengelände, wenn es je welches gegeben hatte, dachte ich bei mir, und ich spürte, wie in meinem Gehirn große Alarmglocken zu läuten begannen. Ich blickte zu Ben hinüber. Seine Augen schienen von dem Druck blanker Angst aus dem Kopf zu treten. Als ich wieder auf den Feuerball starrte, galt mein einziger Gedanke dem Tentakelkopf mit dem durch und durch bösen und ein wenig orientalisch anmutenden Gesicht in der Glaskugel. Ich vermochte mich kaum auf den Beinen zu halten, so schlotterten mir die Knie.

»He, Sim?« Donnys Stimme war tief und träge, und er kaute an seinem Zahnstocher. »Warum sehen wir uns nicht an, wo das Schweineding runterkommt?« Er wandte sein Gesicht zu Mr. Sears um. Seine Nase war platt, als wäre sie von einer großen Faust gebrochen worden. »Was hältst du davon, Sim?«

»Ja!« erwiderte der. »Ja, das machen wir! Wir sehen uns mal an, wo es runterkommt!«

»Nein, Sim!« sagte Mrs. Sears. In ihrer Stimme lag etwas Flehendes. »Bleib heute bei mir und den Jungs!«

»Es ist ein Komet, Lizbeth!« erwiderte er grinsend. »Wie oft in deinem Leben bekommst du einen Kometen zu sehen?«

»Bitte, Sim.« Sie ergriff seinen Arm. »Bleib hier bei uns. Ja?« Ich sah, wie sich ihre Finger fester um seinen Arm klammerten.

»Der schlägt jede Minute auf.« Donny kaute verbissen an seinem Zahnstocher. »Wir vergeuden nur Zeit.«

»Ja! Wir vergeuden nur Zeit, Lizbeth!« Mr. Sears löste sich aus ihrem Griff. »Ich hole meine Jacke!« Er eilte die Verandastufen hinauf und ins Haus hinein. Bevor die Fliegentür zuschlagen konnte, stürzte Ben seinem Vater hinterher.

Mr. Sears ging in das Schlafzimmer, das er mit seiner Frau teilte. Er öffnete den Schrank, holte seine braune Popelinejacke heraus und zog sie an. Dann griff er auf das oberste Bord des Schranks, wo seine Hand für einen Moment unter einer roten Wolldecke verschwand. Als sie wieder zum Vorschein kam, betrat Ben hinter ihm das Zimmer und sah gerade noch etwas Metallisches zwischen seinen Fingern schimmern.

Ben wußte, was es war. Er wußte, wofür man es benutzte.

»Daddy?« sagte er. »Bitte, bleib zu Hause.«

»He, Junge!« Sein Vater drehte sich grinsend zu ihm um, während er das Metallding unter seine Jacke schob und den Reißverschluß hochzog. »Ich guck mir mit Mr. Blaylock an, wo der Komet runterkommt. Ich werd nicht lange weg sein.«

Ben stand in der Tür, zwischen seinem Vater und der Außenwelt. Seine Augen waren feucht, und es lag Angst in ihnen. »Kann ich mit dir kommen, Daddy?«

»Nein, Ben. Diesmal nicht. Ich muß jetzt los.«

»Laß mich mitkommen. Okay? Ich bin auch mucksmäuschenstill. Okay?«

»Nein, Junge.« Mr. Sears' Hand legte sich schwer auf Bens Schulter. »Du mußt hier bei deiner Mutter und Cory bleiben.« Obgleich Ben sich wehrte, schob die Hand seines Vaters ihn beiseite. »Sei jetzt ein guter Junge«, sagte Mr. Sears.

Ben versuchte es ein letztes Mal, indem er die Finger seines Vaters umklammerte, um ihn so zurückzuhalten. »Geh nicht! Bitte geh nicht!«

»Ben, benimm dich doch nicht wie ein Baby. Laß mich los, Junge.«

»Nein, Sir«, erwiderte Ben. Die Tränen in seinen Augen waren auf seine schwammigen Wangen getropft. »Das werde ich nicht.«

»Ich will mir doch nur ansehen, wo der Komet runterkommt. Ich bin bald wieder zurück.«
»Wenn du gehst ... wenn du gehst ...« Bens Kehle war von den Tränen wie zugeschnürt, und er vermochte kaum, die Worte herauszubringen. »Wenn du zurückkehrst, wirst du *anders* sein.«
»Komm endlich, Sim!« drängte Donny Blaylock von der Veranda aus.
»Ben«, sagte Mr. Sears streng, »ich gehe mit Mr. Blaylock weg. Benimm dich jetzt wie ein Mann.« Er löste seine Finger aus der Umklammerung. Ben stand vor ihm und sah ihn mit zutiefst gequältem Gesicht an. Sein Vater fuhr mit der Hand durch Bens kurzgeschorenen Schopf. »Ich bring dir ein Stück davon mit, okay, Tiger?«
»Geh nicht«, krächzte der heulende Tiger.
Sein Vater wandte ihm den Rücken zu und marschierte durch die Fliegentür nach draußen, wo Donny Blaylock schon auf ihn wartete. Ich stand noch immer neben Mrs. Sears im Hof und beobachtete das feurige Ding bei den letzten Sekunden seines Abstiegs. Mrs. Sears sagte: »Sim, tu's nicht«, doch ihre Stimme war so dünn, daß er sie nicht hören konnte. Mr. Sears sprach nicht mit seiner Frau, sondern folgte dem anderen Mann zu einem dunkelblauen Chevy, der am Bordstein geparkt war. Rote Schaumstoffwürfel hingen an der Antenne, und das rechte hintere Ende war eingedellt. Donny Blaylock rutschte hinter das Lenkrad, und Mr. Sears stieg auf der anderen Seite ein. Der Chevy brauste in einer schwarzen Auspuffgaswolke davon wie eine startende Rakete. Als der Wagen anfuhr, hörte ich Mr. Sears lachen, als hätte er gerade einen weiteren Priesterwitz erzählt. Donny Blaylock mußte das Gaspedal bis aufs Bodenblech getreten haben, denn die Hinterreifen kreischten, als der Chevy die Deerman Street hinauf davonjagte.
Ich blickte wieder nach Westen und sah das feurige Ding

hinter den bewaldeten Hügeln verschwinden. Sein Lichtschein pulsierte gegen die Dunkelheit wie ein lebendiges Herz. Es war irgendwo in der Wildnis auf die Erde gestürzt.
Dort draußen gab es nirgendwo Sand. Die Marsmenschen würden sich durch eine Menge Schlamm und Wasserpflanzen kämpfen müssen, dachte ich bei mir.
Ich hörte die Fliegentür zuschlagen und drehte mich um. Ben stand auf der Veranda und wischte sich mit dem Handrücken über die Augen. Er starrte die Deerman Street hinauf, als würde er den Weg des Chevys verfolgen, doch der Wagen war schon längst rechts in die Shantuck gebogen und außer Sichtweite.
In der Ferne, wahrscheinlich oben in Bruton, kläfften noch immer die Hunde. Mrs. Sears stieß einen langen, schwachen Seufzer aus. »Laßt uns wieder reingehen«, sagte sie.
Bens Augen waren verquollen, doch er weinte nicht mehr. Niemand schien noch Interesse an dem Scrabblespiel zu haben. »Warum geht ihr Jungs nicht in dein Zimmer zum Spielen, Ben?« sagte Mrs. Sears, und er nickte bedächtig. Seine Augen waren glasig, als hätte er einen schweren Schlag auf den Schädel bekommen. Mrs. Sears ging zurück in die Küche, wo sie den Wasserhahn aufdrehte. In Bens Zimmer setzte ich mich mit den Bürgerkriegskarten auf den Boden, während Ben am Fenster stand.
Ich konnte sehen, daß er litt. Ich hatte ihn noch nie zuvor so gesehen, und ich mußte einfach etwas sagen. »Mach dir keine Sorgen. Es sind keine Marsmenschen. Es war ein Meteor, das ist alles.«
Er antwortete nicht.
»Ein Meteor ist nur ein großer, heißer Felsbrocken«, fuhr ich fort. »Da sind keine Marsmenschen drin.« Ben schwieg weiter, völlig in seine eigenen Gedanken versunken.
»Deinem Dad wird schon nichts passieren«, sagte ich.

Da sprach Ben, und seine Stimme war schrecklich in ihrer vollkommenen Ruhe: »Wenn er zurückkommt, wird er anders sein.«
»Nein, das wird er nicht sein. Hör zu ... das war nur ein Film. Das haben die sich nur so ausgedacht.« Ich bemerkte, daß sich mit diesen Worten etwas in meinem eigenen Innern löste, und es fühlte sich zugleich schmerzhaft und gut an. »Verstehst du, es gibt nicht wirklich eine Maschine, die sich in den Nacken von Leuten bohrt. Es gibt nicht wirklich einen großen Marsmenschenkopf in einer Glaskugel. Das haben die sich alles nur ausgedacht. Du brauchst keine Angst zu haben. Verstehst du?«
»Wenn er zurückkommt, wird er anders sein«, wiederholte Ben.
Ich versuchte es weiter, doch nichts von dem, was ich sagte, vermochte ihn vom Gegenteil zu überzeugen. Mrs. Sears kam herein, und ihre Augen sahen ebenfalls verquollen aus. Doch sie brachte ein mutiges Lächeln zustande, das mich tief ins Herz traf, und sie sagte: »Cory, möchtest du zuerst in die Badewanne?«
Als Mrs. Sears um zehn Uhr das Licht in Bens Zimmer ausknipste, war ihr Mann noch nicht wieder zu Hause. Ich lag neben Ben unter dem frischen weißen Laken und lauschte in die Nacht. Ein paar Hunde hielten noch immer bellend eine Unterhaltung aufrecht, und hin und wieder tat Tumper leise seine Meinung dazu kund. »Ben?« flüsterte ich. »Bist du wach?« Er antwortete nicht, doch an der Art, wie er atmete, konnte ich erkennen, daß er nicht schlief. »Mach dir keine Sorgen«, sagte ich. »Okay?«
Er drehte sich um und vergrub sein Gesicht im Kissen.
Schließlich schlief ich ein. Erstaunlicherweise träumte ich nicht von Marsmenschen und x-förmigen Wunden auf den Nacken meiner Lieben. In meinem Traum schwamm mein Vater zu dem versinkenden Wagen, und als sein Kopf un-

terging, kam er nicht wieder hoch. Ich stand am Ufer und rief nach ihm, bis Lainie wie ein weißer Nebel auf mich zutrat und meine Hand mit einem klammen Griff umfaßte. Als sie mich vom See fortführte, konnte ich meine Mutter aus der Ferne nach mir rufen hören, und eine Gestalt stand am Waldrand, eingehüllt in einen langen Mantel, der im Wind flatterte.

Ein Erdbeben weckte mich.

Ich schlug meine Augen auf, und mein Herz raste. Es hatte ein lautes Krachen gegeben; das Geräusch hallte noch in meinem Kopf nach. Nirgends brannte Licht, noch immer regierte die Nacht. Ich streckte die Hand aus und berührte Ben neben mir. Er sog mit einem lauten Geräusch den Atem ein, als hätte ihn meine Berührung zu Tode erschreckt. Ich hörte einen Motor brüllen, richtete mich auf und schaute aus dem Fenster zur Deerman Street hinaus, wo ich gerade noch die Rücklichter eines Chevys sah, als Donny Blaylock davonbrauste.

Die Fliegentür, wurde es mir bewußt. Das Geräusch der zuschlagenden Fliegentür hatte mich geweckt.

»Ben?« flüsterte ich mit vom Schlaf belegter Stimme. »Dein Dad ist nach Hause gekommen!«

Irgend etwas anderes krachte im Wohnzimmer zu Boden. Das ganze Haus schien zu erbeben.

»Sim?« Es war Mrs. Sears' Stimme, aufgeregt und schrill. *»Sim?«*

Ich stand auf, doch Ben blieb einfach reglos liegen. Ich glaube, er starrte an die Decke. Ich tappte im Dunkeln durch den Flur, und die Dielenbretter knarrten unter meinen Füßen. Ich prallte gegen Mrs. Sears, die im Flur vor dem Durchgang zum Wohnzimmer stand. Nirgendwo brannte Licht.

Ich hörte schweres, schrecklich gepreßtes Atmen.

Es klang wie das Geräusch eines Marsmenschen, dessen

fremdartige Lunge mit der irdischen Luft kämpfte, dachte ich bei mir.
»Sim?« sagte Mrs. Sears. »Ich bin hier.«
»Hier«, antwortete eine Stimme. »Genau ... hier. Immer ... verdammt noch mal ... zur Stelle.«
Ja, es war die Stimme von Mr. Sears. Doch sie war anders. Verändert. Es lag kein Humor darin, kein Spaß, nicht die geringste Andeutung eines Priesterwitzes. Sie war so schwer wie das unentrinnbare Schicksal, und ebenso bösartig.
»Sim, ich schalte jetzt das Licht an.«
Klick.
Und da war er.
Mr. Sears kauerte auf Händen und Knien auf dem Boden, den Kopf gebeugt und eine Wange auf den Teppich gepreßt. Sein Gesicht sah aufgequollen und naß aus, und seine Augen waren tief in den fleischigen Falten versunken. Die rechte Schulter seiner Jacke war schmutzig, und seine Jeans war mit Erde verschmiert, als wäre er im Wald hingefallen. Er blinzelte ins Licht, und an seiner Unterlippe baumelte ein silberner Speichelfaden. »Wo ist sie?« fragte er. »Kannst du sie sehen?«
»Sie ist ... neben deiner rechten Hand.«
Seine linke Hand suchte nach etwas. »Du bist eine gottverdammte Lügnerin«, keuchte er.
»Deine andere Hand, Sim«, sagte Mrs. Sears matt.
Seine rechte Hand kroch auf das Metallding, das dort lag, zu. Es war eine kleine Metallflasche mit Whiskey. Seine Finger packten sie und zogen sie heran.
Er richtete sich etwas auf und starrte seine Frau an. Ein grausamer, häßlicher Zug huschte plötzlich über sein Gesicht. »Halt mir jetzt bloß keine Gardinenpredigt«, sagte er. »Mach bloß nicht dein großes, dummes, vorlautes Maul auf.«
Ich trat zurück in den Flur. Vor mir lag ein Monster, das seine Haut abgestreift hatte.

Mr. Sears versuchte zu stehen. Er klammerte sich an den Tisch, auf dem die Scrabblesteine lagen, und der kippte in einer Explosion von Vokalen und Konsonanten um. Dann schaffte er es, sich zu erheben, schraubte den Verschluß des Flachmanns auf und leckte den Flaschenhals ab.
»Komm ins Bett, Sim«, sagte Mrs. Sears; es war ohne jegliche Kraft ausgesprochen, als wüßte sie nur zu gut, wie das alles hier ausgehen würde.
»Komm ins Bett!« höhnte er. »Komm ins Bett!« Seine Lippe verzog sich hämisch. »Ich *will* nicht ins Bett kommen, du fette Kuh!«
Ich sah Mrs. Sears zittern, als wäre sie von einem Peitschenhieb getroffen worden. Eine Hand hatte sie auf ihren Mund gepreßt. »Oh . . . *Sim*«, stöhnte sie, und es war grauenhaft, diesen Laut zu hören.
Ich wich weiter zurück. Und dann ging plötzlich Ben in seinem gelben Pyjama an mir vorbei. Sein Gesicht war ausdruckslos, doch Tränen glitzerten auf seinen Wangen.
Es gibt Dinge, die viel schlimmer sind als Monsterfilme. Es gibt Schrecken, die die Fesseln der Leinwand und der bedruckten Seite sprengen und verzerrt und grinsend hinter dem Gesicht eines Menschen, den du liebst, zutage treten. In jenem Augenblick wußte ich, daß Ben liebend gern auf den Tentakelkopf in der Glaskugel geschaut hätte statt in die betrunkenen, blutunterlaufenen Augen seines Vaters.
»He, Benny, mein Junge!« sagte Mr. Sears. Er stolperte und fing sich an einem Sessel ab. »He, weißt du, was mit dir passiert ist? Weißt du, was? Der beste Teil von dir ist in dem geplatzten Gummi hängengeblieben, das ist passiert.«
Ben blieb neben seiner Mutter stehen. Welche Gefühle ihn auch immer in seinem Innern quälten, sie waren nicht auf seinem Gesicht zu lesen. Ich erkannte, daß er gewußt haben mußte, daß dies geschehen würde. Als sein Vater mit Donny

Blaylock davongefahren war, hatte Ben gewußt, daß er bei der Heimkehr verändert sein würde – nicht von den Marsmenschen, sondern von dem Selbstgebrannten in seinem Flachmann.

»Du bist mir ein schöner Anblick. Das gilt für euch beide.« Mr. Sears versuchte den Verschluß wieder draufzuschrauben, aber er wollte einfach nicht passen. »Wie ihr so dasteht mit euren vorlauten, klugen Mäulern. Du hältst das hier für komisch, nicht wahr, Junge?«

»Nein, Sir.«

»Doch, das tust du! Du kannst es gar nicht abwarten, dich totzulachen und es allen zu erzählen, oder? Wo ist der Mackenson-Junge? He, du!« Er erspähte mich draußen im Flur, und ich zuckte zusammen. »Du kannst deinem verdammten Milchkutschervater sagen, daß er geradewegs zur Hölle fahren soll. Hast du mich gehört?«

Ich nickte, und er beachtete mich nicht weiter. Dies war nicht Mr. Sears, der da sprach, jedenfalls nicht wirklich; dies war die Stimme von dem, was die Flasche in seiner Seele aufriß und blutend herausschleuderte, was sie zertrampelte und trat und quälte, bis die Stimme schreiend um Erlösung flehen mußte.

»Was hast du gesagt?« Er starrte Mrs. Sears unter schweren, geschwollenen Augenlidern an. »Was hast du *gesagt*?«

»Ich ... habe nichts ...«

Er stürzte sich wie ein wütender Stier auf sie. Mrs. Sears schrie auf und wich zurück, doch er packte sie mit einer Hand vorn am Nachthemd und holte mit der anderen Hand, in der er noch immer die Flasche umklammert hielt, aus, als wollte er ihr einen mächtigen Schlag ins Gesicht versetzen. »*Doch, das hast du!*« brüllte er. »*Wag ja nicht, mir Widerworte zu geben!*«

»Daddy, nicht!« flehte Ben, und er warf seine Arme um einen Schenkel seines Vaters und klammerte sich fest. Der

Augenblick zog sich in die Länge – Mr. Sears im Begriff, seine Frau zu schlagen, ich erstarrt vor Schrecken draußen im Flur, Ben an das Bein seines Vaters geklammert.
Mrs. Sears' Lippen bebten. Die Flasche hing noch immer über ihrem Gesicht, als sie hervorstieß: »Ich ... sagte ... daß wir beide dich lieben und daß ... wir möchten, daß du glücklich bist. Das ist alles.« Tränen rannen über ihre Wangen. »Einfach nur glücklich.«
Er entgegnete nichts. Seine Augen schlossen sich, und er öffnete sie mit großer Mühe wieder.
»Glücklich«, flüsterte er schließlich. Ben schluchzte nun, sein Gesicht gegen den Schenkel seines Vaters gepreßt, die Fingerknöchel weiß. Mr. Sears senkte seine Hand und ließ das Nachthemd seiner Frau los. »Glücklich. Sieh doch, wie glücklich ich bin. Schau dir mein Lächeln an.«
Sein Gesicht blieb unverändert.
Er stand da und atmete schwer, die Hand mit der Flasche schlaff neben dem Körper. Er wandte sich in eine Richtung um, dann in eine andere, doch er konnte sich nicht entscheiden, welchen Weg er nehmen sollte.
»Warum setzt du dich nicht hin, Sim?« fragte Mrs. Sears. Sie schniefte und wischte sich ihre tropfende Nase ab. »Soll ich dir helfen?«
Er nickte. »Ja. Hilf mir.«
Ben ließ ihn los, und Mrs. Sears führte ihren Mann zu seinem Sessel. Er plumpste in ihn hinein wie ein Sack schmutziger Wäsche, und dann starrte er mit offenstehendem Mund auf die gegenüberliegende Wand. Sie zog einen anderen Sessel dicht an seinen heran. Im Zimmer lag eine Stimmung, als wäre gerade ein Sturm hindurchgefegt. Er mochte wiederkommen, in einer anderen Nacht, doch für den Augenblick war er vorbei.
»Ich glaube nicht ...« Er hielt inne, als wäre ihm entfallen, was er gerade sagen wollte. Er suchte blinzelnd da-

nach. »Ich glaube nicht, daß ich wirklich auf der Höhe bin«, sagte er.

Mrs. Sears legte seinen Kopf sanft auf ihre Schulter. Er kniff die Augen zusammen, seine Brust hob sich schwer, und er begann zu weinen. Ich ging im Pyjama aus dem Haus in die kühle Nachtluft, denn es schien mir nicht richtig, jetzt dort zu sein, ein Fremder im Angesicht von persönlichem Schmerz.

Ich setzte mich auf die Verandastufen. Tumper kam herangetrabt, hockte sich neben mich und leckte meine Hand. Ich fühlte mich schrecklich weit von zu Hause weg.

Ben hatte es gewußt. Welchen Mut mußte es ihn gekostet haben, dort im Bett zu liegen und so zu tun, als schliefe er. Als die Fliegentür nach Mitternacht zuschlug, hatte er gewußt, daß der Eindringling, der sich im Körper seines Vaters verbarg, ins Haus gekommen war. Das Wissen und das Warten mußten eine unsagbare Qual gewesen sein.

Nach einer Weile kam Ben heraus und setzte sich neben mich auf die Stufen. Er fragte mich, ob ich in Ordnung sei, und ich bestätigte es. Ich fragte ihn, ob er in Ordnung sei. Er sagte ja. Ich glaubte ihm. Er hatte gelernt, damit zu leben, und obgleich es eine grauenhafte Sache war, versuchte er so gut er vermochte damit umzugehen.

»Mein Dad hat Anfälle«, erklärte Ben. »Manchmal sagt er schlimme Sachen, doch er kann nichts dafür.«

Ich nickte.

»Er hat nicht wirklich gemeint, was er über deinen Vater gesagt hat. Du haßt ihn doch nicht, oder?«

»Nein«, antwortete ich. »Das tue ich nicht.«

»*Mich* haßt du doch auch nicht, oder?«

»Nein. Ich hasse niemanden.«

»Du bist ein echter Kumpel«, sagte Ben und legte seinen Arm um meine Schulter.

Mrs. Sears kam heraus und brachte uns eine Decke, eine rote

Decke. Wir saßen da, während die Sterne langsam auf ihren Bahnen über den Himmel zogen, und schon bald begannen die ersten Vögel des Morgens zu singen.

Zum Frühstück hatten wir heiße Hafergrütze und Blaubeermuffins. Mrs. Sears sagte, daß Mr. Sears noch schliefe, daß er den größten Teil des Tages schlafen würde, und daß ich, wenn ich wollte, meine Mutter bitten könnte, sie anzurufen, und sie würden sich dann einmal richtig lange unterhalten. Nachdem ich mich angezogen und meine Sachen in meinen Rucksack gepackt hatte, bedankte ich mich bei Mrs. Sears für die Einladung, und Ben sagte, daß er mich morgen in der Schule sehen würde. Er brachte mich hinaus zu meinem Fahrrad, und wir sprachen noch kurz über unser Baseballteam, das bald mit dem Training anfangen würde. Es war nun wieder die Zeit dafür.

Nie wieder erwähnten wir einander gegenüber den Film, in dem die Marsmenschen versuchten, die Erde zu erobern, Stadt für Stadt, Väter, Mütter, Kinder. Wir hatten beide das Gesicht des Eindringlings gesehen.

Es war Sonntag morgen. Ich radelte nach Hause, und als ich mich umschaute, winkte mir mein Freund zum Abschied.

4
Wespen zu Ostern

Wie sich herausstellte, mußte der Meteor zu Asche verglüht sein, als er flammend aus dem Weltall herabstürzte. Ein paar Kiefern hatten Feuer gefangen, doch in der Nacht begann es zu regnen, und das Feuer erlosch zischend. Als am Montag morgen die Schulglocke läutete, regnete es noch immer, und der Regen hörte den ganzen langen grauen Tag über nicht auf. Der folgende Sonntag war Ostern, und Mom sagte, sie hoffe, daß der Regen – der laut Wetterbericht mit Unterbrechungen während der ganzen Woche fallen sollte – nicht die Osterparade am Samstag auf der Merchants Street verderben würde.

Früh am Morgen des Karfreitags, beginnend so gegen sechs Uhr, gab es immer eine etwas andere Art von Parade in Zephyr. Man versammelte sich in Bruton, an einem kleinen, purpur, orange, rot und sonnengelb gestrichenen Fachwerkhaus. Eine Prozession schwarzer Männer in schwarzen Anzügen, weißen Hemden und Krawatten machte sich von diesem Haus aus auf den Weg, gefolgt von einer Anzahl Frauen und Kinder in dunkler Kleidung. Zwei der Männer trugen Trommeln und schlugen einen langsamen, steten Rhythmus, mit dem sie die Schritte abmaßen. Die Prozession bewegte sich schweigend über die Bahngleise und die Merchants Street, das Zentrum der Stadt, entlang. Da es sich um ein jährlich wiederkehrendes Ereignis handelte, kamen viele der weißen Bevölkerung von Zephyr aus ihren Häusern, um an den Straßen zu stehen und es sich anzuschauen. Meine Mutter war eine von ihnen, auch wenn mein Vater zu dieser frühen Stunde immer schon bei der Arbeit war. Gewöhnlich begleitete ich sie, denn ich begriff die Bedeutung dieses Ereignisses ebenso wie jeder andere.

Die drei schwarzen Männer, die den Zug anführten, trugen grobe Leinensäcke. Um ihren Hals, über ihren Krawatten, baumelten Ketten aus Bernsteinkugeln, Hühnerknochen und den Schalen von kleinen Flußmuscheln. An diesem betreffenden Karfreitag waren die Straßen naß, und Regen nieselte herab, doch die Teilnehmer der schwarzen Parade trugen keine Regenschirme bei sich. Sie sprachen zu niemandem auf den Bürgersteigen, auch nicht zu denen, die unhöflich genug waren, das Wort an sie zu richten. Ich entdeckte Mr. Lightfoot ungefähr in der Mitte der Parade, doch obgleich er jedes weiße Gesicht in der Stadt kannte, schaute er weder nach rechts noch nach links, sondern nur geradeaus auf den Hinterkopf des Mannes, der vor ihm ging. Marcus Lightfoot war ein unschätzbares Juwel für die miteinander verbundenen Gemeinden von Bruton und Zephyr. Er war ein »Mädchen für alles«, der jedes Ding zu reparieren vermochte, das der menschliche Verstand erdacht hatte, auch wenn er dabei in demselben Tempo vorging, in dem Gras wuchs. Ich erspähte Mr. Dennis, den Hausmeister der Grundschule. Ich sah Mrs. Velvadine, die in der Küche unserer Kirche arbeitete, und Mrs. Pearl, die immer lachend und fröhlich in der Merchants-Street-Bäckerei anzutreffen war. Heute jedoch war sie ganz ernst, und sie trug eine Regenhaube aus durchsichtigem Plastik.

Ganz am Ende der Prozession, noch hinter den Frauen und Kindern, war ein spindeldürrer Mann mit einem schwarzen Frack und einem Zylinder. Er trug eine kleine Trommel, und seine in einem schwarzen Handschuh steckende Hand schlug einen steten Rhythmus darauf. Es waren dieser Mann und seine Frau, die viele der Schaulustigen an diesem kühlen, regnerischen Morgen aus den Häusern gelockt hatten.

Die Frau würde später eintreffen; er ging allein, den Kopf gesenkt.
Wir nannten ihn den Mondmann, denn wir kannten seinen wirklichen Namen nicht. Er war sehr alt, doch wie alt er genau war, vermochte man unmöglich zu sagen. Er, ebenso wie seine Frau, wurde mit Ausnahme dieser Gelegenheit nur sehr selten in Bruton gesehen. Ein Geburtsfehler oder eine Hauterkrankung hatte die eine Seite seines langen, schmalen Gesichts blaßgelb verfärbt, während die andere Seite ebenholzschwarz geblieben war. Die beiden Hälften verschmolzen in einem Gewirr von Flecken auf seiner Stirn, dem Rükken seiner elegant geschnittenen Nase und seinem von einem weißen Bart gezierten Kinn. Der Mondmann, ein Änigma, trug zwei Armbanduhren an jedem Handgelenk und an einer Kette um seinen Hals ein vergoldetes Kruzifix von der Größe einer Schinkenkeule. Er war, wie wir mutmaßten, sowohl der offizielle Zeitmesser der Prozession als auch einer ihrer Ehrengäste.
Die Prozession führte, Schritt um Schritt, durch Zephyr hindurch zu der Wasserspeierbrücke über dem Tecumseh. Es mochte eine Weile dauern, doch es war es wert, zu spät zur Schule zu kommen, um es sich anzusehen, und außerdem fing die Schule an Karfreitagen sowieso vor zehn Uhr nicht richtig an.
Wenn die Männer mit den Leinensäcken die Mitte der Brükke erreichten, hielten sie an und blieben wie schwarze Statuen stehen. Der Rest der Prozession kam so dicht heran wie möglich, ohne die Brücke zu blockieren, obwohl Sheriff Amory an der Strecke entlang Holzblöcke mit Blinklichtern aufgestellt hatte.
Bald würde ein Pontiac Bonneville, der von Stoßstange zu Stoßstange mit glitzerndem Plastikstraß bedeckt war, langsam von Bruton aus die Merchants Street entlangfahren, auf demselben Weg, den die Prozession genommen hatte. Wenn

er in der Mitte der Wasserspeierbrücke eintraf, stieg der Chauffeur aus, öffnete die hintere Tür, und der Mondmann nahm die faltige Hand seiner Frau und half ihr beim Verlassen des Wagens.

Die Dame war angekommen.

Sie war so dürr wie ein Schatten und ebenso dunkel. Sie hatte weiße Haare wie ein Wattebausch; ihr Hals war lang und königlich geschwungen, ihre Schultern hager, doch ungebeugt. Sie trug kein Gewand von exotischer Farbe und Schnitt, sondern ein schlichtes schwarzes Kleid mit einem silbernen Gürtel, dazu weiße Schuhe und ein weißes Pillendosenhütchen mit einem Schleier. Sie hatte weiße Handschuhe an, die bis zu ihren ebenholzfarbenen Ellbogen reichten. Während der Mondmann ihr aus dem Wagen half, spannte der Chauffeur einen Schirm auf und hielt ihn über ihren königlichen, uralten Kopf.

Die Dame, so hieß es, war im Jahre 1858 geboren worden, also einhundertsechs Jahre alt. Meine Mom sagte, die Dame sei Sklavin in Louisiana gewesen und mit ihrer Momma vor dem Bürgerkrieg in die Sümpfe geflohen. Die Dame war in einer Kolonie Leprakranker, entflohener Sträflinge und Sklaven im Bayou unterhalb von New Orleans aufgewachsen, und dort hatte sie alles gelernt, was sie wußte.

Die Dame war eine Königin, und Bruton war ihr Königreich. Niemand außerhalb von Bruton – und niemand in Bruton, so wie ich gehört hatte – kannte sie unter irgendeinem anderen Namen als »die Dame«. Er paßte zu ihr; sie war die Eleganz in Person.

Jemand reichte ihr eine Glocke. Sie stand da und schaute hinab auf den trägen braunen Fluß, dann begann sie langsam, die Glocke hin und her zu schwenken.

Ich wußte, was sie tat. Meine Mom wußte es auch. Jeder der Zuschauer wußte es.

Die Dame rief das Monstrum des Flusses aus seinem Palast aus Schlamm herauf.

Ich hatte jenes wilde Tier, das man Old Moses nannte, nie gesehen. Eines Nachts, als ich neun Jahre alt war, vermeinte ich, Old Moses nach einem schweren Wolkenbruch rufen zu hören, als die Luft selbst so dick wie Wasser war. Es war ein dumpfes Grollen, wie der tiefste Baßton einer Kirchenorgel, so tief, daß deine Knochen ihn eher vernahmen als deine Ohren. Es wurde zu einem heiseren Brüllen, das die Hunde der Stadt zum Wahnsinn trieb, und dann verstummte das Geräusch plötzlich. Es hatte nicht länger als fünf, vielleicht sechs Sekunden gedauert. Am nächsten Tag war das Geräusch das Gesprächsthema in der Schule. Eine Zugpfeife, lautete die Meinung von Ben und Davy Ray. Johnny teilte nicht mit, was er dachte. Daheim sagten meine Eltern, daß es wohl ein durchfahrender Zug gewesen sein mußte, doch wir fanden erst später heraus, daß der Regen gut zwanzig Meilen vor Zephyr einen Abschnitt der Gleise fortgespült hatte und daß der Güterzug nach Birmingham in jener Nacht gar nicht gefahren war.

Solche Dinge verwundern einen.

Einmal wurde eine verstümmelte Kuh unter der Wasserspeierbrücke angeschwemmt. Ohne Kopf und Gedärme, erzählte Mr. Dollar meinem Vater, als Dad und ich uns bei ihm die Haare schneiden ließen. Zwei Männer, die am Ufer kurz hinter Zephyr mit Netzen nach Flußkrebsen gefischt hatten, verbreiteten das Gerücht von einer menschlichen Leiche, die mit der Strömung an ihnen vorbeigetrieben war, die Brust geöffnet wie eine Sardinenbüchse und die Arme und Beine an den Gelenken abgerissen, doch flußabwärts wurde nie eine Leiche gefunden. Eines Nachts im Oktober stieß etwas gegen ein unter Wasser liegendes Fundament der Wasserspeierbrücke und hinterließ Risse in den Stützpfeilern, die mit Zement aufgefüllt werden mußten. »Ein großer

Baumstamm« lautete Bürgermeister Swopes offizielle Erklärung im *Adams Valley Journal.*

Die Dame läutete die Glocke, ihre Bewegungen waren so regelmäßig wie ein Metronom. Sie begann mit erstaunlich klarer und lauter Stimme zu summen und zu singen. Der Singsang bestand gänzlich aus afrikanischen Worten, die ich ungefähr so gut verstand wie Atomphysik. Immer wieder hielt sie eine Weile inne und neigte den Kopf leicht zur Seite, als lauschte oder wartete sie auf etwas. Dann begann sie erneut die Glocke zu schwenken. Nicht einmal sprach sie den Namen »Old Moses« aus. Sie sagte nur immer wieder »Damballah, Damballah, Damballah«, und dann erhob sich ihre Stimme abermals in einem afrikanischen Lied.

Schließlich hörte sie auf, die Glocke zu läuten, und ließ sie neben ihren Körper sinken. Sie blickte starr auf den Fluß, doch was sie sah, vermag ich nicht zu sagen. Dann trat sie zurück, und die drei Männer mit den Leinensäcken stellten sich an den Rand der Wasserspeierbrücke. Sie öffneten die Säcke und holten in Schlachterpapier eingewickelte Dinge hervor. Manche Pakete waren blutig, und man konnte den Kupfergeruch von frischem Fleisch riechen. Sie begannen, das blutige Festmahl auszupacken und warfen die Steaks, Filets und Rippenstücke hinunter in das aufgewühlte braune Wasser. Auch ein ganzes gerupftes Huhn verschwand im Fluß, gefolgt von Hühnerinnereien, die sie aus einem Plastikbehälter kippten. Kalbsgehirne rutschten aus einer grünen Schüssel, und aus einem der durchnäßten Pakete kamen noch feuchte Rindernieren und eine Leber zum Vorschein. Eine Flasche mit eingelegten Schweinsfüßen wurde geöffnet und ihr Inhalt spritzend ins Wasser gegossen. Schweineschnauze und -ohren folgten den Füßen. Das letzte, das in den Fluß geworfen wurde, war ein Rinderherz größer als die Faust eines Ringers. Es platschte hinein wie ein roter Stein, und dann falteten die drei Männer ihre Leinensäcke zusammen, und die Dame trat wieder vor, achtsam darauf bedacht, nicht in dem Blut auszurutschen, das auf den Asphalt getropft war.

Es schoß mir durch den Kopf, daß eine ganze Menge von Sonntagsessen gerade in den Fluß gewandert war.

»Damballah, Damballah, Damballah!« sang die Dame abermals. Sie stand vielleicht vier oder fünf Minuten dort und blickte reglos auf den Fluß, der unter der Brücke hindurchströmte. Dann hauchte sie einen langen, tiefen Seufzer, und als sie sich wieder zu ihrem Straß-Pontiac umwandte, sah ich ihr Gesicht hinter dem Schleier. Ihre Stirn war gerunzelt; was immer sie gesehen oder nicht gesehen hatte, sie war nicht sonderlich glücklich darüber. Sie stieg ins Auto, und der Mondmann folgte ihr. Dann schloß der Chauffeur die Wagentür und nahm seinen Platz hinter dem Lenkrad ein. Er setzte den Pontiac zu einer Stelle zurück, wo er wenden konnte, und fuhr dann in Richtung Bruton. Die Prozession kehrte auf demselben Weg nach Hause, auf dem sie gekommen war. Gewöhnlich war nun viel Gelächter und Gerede zu hören, und die Leute hielten an, um sich mit den Bekannten am Straßenrand zu unterhalten. An diesem speziellen Karfreitag jedoch war die düstere Stimmung der Dame ansteckend gewesen und niemandem schien so recht nach Lachen zumute zu sein.

Ich wußte genau um die Bedeutung dieses Rituals. Jeder in der Stadt wußte es. Die Dame brachte Old Moses sein jährliches Festmahl dar. Wann dies begonnen hatte, vermochte ich nicht zu sagen; es fand schon statt, lange bevor ich geboren war. Sie mögen Reverend Blessett von der Freedom Baptist Church zustimmen, der dies alles für heidnisches Teufelswerk hielt, das vom Bürgermeister und vom Stadtrat verboten werden sollte, doch genügend weiße Bewohner glaubten an Old Moses, um die Einwände des Pastors zu überstimmen. Es war so, als würde man eine Hasenpfote bei sich tragen oder Salz über seine Schulter werfen, wenn einem der Salznapf umkippte; derartige Dinge waren Teil des Kerns und Gewebes des Lebens, und besser man tat es, nur für den Fall, daß Gottes Wege unergründlicher waren, als wir Christen zu begreifen vermochten.

Am nächsten Tag war der Regen stärker, und Gewitterwolken zogen über Zephyr hinweg. Die Osterparade auf der Merchants Street wurde abgesagt, sehr zum Leidwesen des Kulturvereins und des Commerce Clubs. Mr. Vandercamp junior, dessen Familie das Eisenwaren- und Futtermittelgeschäft gehörte, war nun schon seit sechs Jahren als Osterhäschen verkleidet auf dem letzten Wagen gefahren, nachdem er die Aufgabe von Mr. Vandercamp senior übernommen hatte, der zu alt zum Hoppeln geworden war. Dieser Osterregen ertränkte alle Hoffnungen darauf, die Schokoladeneier zu fangen, die von den verschiedenen Kaufleuten und ihren Familien von ihren Wagen geworfen wurden; die Damen des Sunshine Clubs konnten nicht ihre Osterkleider, Ehemänner und Kinder vorzeigen; die Mitglieder von Zephyrs VFW-Abteilung konnten nicht hinter der Flagge hermarschieren; und die Konföderiertenbräute – Mädchen von der Adams-Valley-High-School – konnten nicht ihre Reifröcke tragen und kokett ihre Sonnenschirme drehen.

Der Ostermorgen kam, umfangen von Düsterkeit. Mein Dad und ich murrten im Verein, wenn es darum ging, sich herauszuputzen, gestärkte weiße Hemden, Anzüge und dazu passende Schuhe anzuziehen. Mom hatte eine Standardantwort auf unser Grollen parat, Dads »So ist es« sehr ähnlich. Sie sagte: »Es ist doch nur für einen Tag«, als ob das den steifen Kragen und den Krawattenknoten bequemer machen würde. Ostern war ein Familientag, und Mom rief Großvater Austin und Großmutter Alice an, und dann nahm Dad den Hörer, um Großvater Jaybird und Großmutter Sarah anzurufen. Wie immer zu Ostern würden wir uns in der First

Methodist Church in Zephyr versammeln, um eine Predigt über das leere Grab zu hören.
Die weiße Kirche in der Cedarvine Street, zwischen Bonner und Shantuck, füllte sich schon, als wir mit unserem Pick-up davor hielten. Wir gingen durch den klammen Nebel auf das Licht zu, das durch die bunten Glasfenster der Kirche strömte, und aller Glanz wurde von unseren Schuhen gewaschen. Unter dem vorstehenden Dach an der Eingangstür zogen Leute ihre Regenmäntel aus und schlossen ihre Schirme. Es war eine alte Kirche, gebaut 1939, und der weiße Putz fiel schon herab, so daß graue Flecken zurückblieben. Gewöhnlich wurde die Kirche zum Ostertag auf Hochglanz gebracht, doch in diesem Jahr hatte der Regen gegen den Pinsel und den Rasenmäher gesiegt, und so gewann auf dem Rasen das Unkraut die Oberhand.
»Komm rein, mein hübscher Knabe! Komm rein, Röslein! Paß auf die Stufe auf, Jungchen! Frohe Ostern, meine Taube!« Das war Dr. Lezander, der als Gemeindebegrüßer fungierte. Soweit ich wußte, hatte er nie einen Sonntag verpaßt. Dr. Frans Lezander war der Tierarzt von Zephyr, und er war es auch, der Rebell im letzten Jahr von den Würmern befreit hatte. Er war Holländer, und obgleich er noch immer einen starken Akzent hatte, waren er und seine Frau Veronica, wie Dad mir erzählte, schon lange vor meiner Geburt aus Holland herübergekommen. Er war Mitte Fünfzig, ungefähr einsfünfundsiebzig groß und hatte breite Schultern, eine Glatze und einen sauber gestutzten grauen Bart. Er trug schmucke Dreiteiler, immer mit einer Fliege und einer Nelke im Knopfloch, und er dachte sich ständig neue Namen aus für die Leute, die in die Kirche gingen. »Guten Morgen, Pfirsichblüte!« sagte er zu meiner lächelnden Mutter. Zu meinem Vater, mit einem knöchelknackenden Händedruck: »Na, gefällt dir der Regen, Sturmvogel?« Und zu mir, mit einem kameradschaftlichen Schulterdrücken und einem

Grinsen, bei dem das Licht auf einem silbernen Schneidezahn funkelte: »Tritt nur ein, kleiner Mustang!«
»Hast du gehört, wie Dr. Lezander mich genannt hat?« fragte ich Dad, als wir eingetreten waren. »*Mustang!*« Einen neuen Taufnamen für einen Tag zu bekommen, war immer einer der Höhepunkte des Kirchgangs.
Das Kirchenschiff war dampfig, obwohl die hölzernen Deckenventilatoren sich drehten. Die Glass-Schwestern saßen vorn und spielten ein Klavier- und Orgelduett. Sie waren die perfekte Definition des Wortes seltsam. Obgleich sie keine eineiigen Zwillinge waren, sahen sich die beiden alten Jungfern doch ähnlich genug, daß sie zwei leicht verzerrte Spiegelbilder hätten sein können. Beide waren lang und knochig; Sonia hatte aufgetürmtes weißlich-blondes Haar, und Katharina hatte aufgetürmtes blond-weißliches Haar. Beide trugen dicke, schwarzgefaßte Brillen. Sonia spielte Klavier und keine Orgel, während es bei Katharina genau umgekehrt war. Abhängig davon, wen man fragte, waren die Glass-Schwestern – die einander ständig zu triezen schienen und dennoch zusammen in einem Haus in der Shantuck Street lebten, das wie aus Pfefferkuchen gebaut aussah – entweder achtundfünfzig, zweiundsechzig oder fünfundsechzig. Das Seltsame an ihnen wurde schließlich durch ihre Garderobe noch verstärkt. Sonia trug nur Blau in wechselnden Schattierungen, während sich Katharina sklavisch in Grün kleidete. Was zum Unausweichlichen führte. Sonia wurde von uns Kindern nur Miss Blue Glass genannt, und Katharina hieß bei uns . . . Sie haben es erraten. Aber seltsam oder nicht, sie konnten spielen wie junge Götter.
Die Bänke waren beinahe bis auf den letzten Platz besetzt. Die Kirche sah aus und fühlte sich an wie ein Gewächshaus, in dem exotische Hüte erblüht waren. Andere Leute versuchten noch einen Platz zu finden, und einer der Platzanweiser – Mr. Horace Kaylor, der einen weißen Schnurrbart und ein

schielendes linkes Auge hatte, daß es einem kalt den Rücken hinunterlief, wenn er einen damit anschaute – kam den Gang entlang, um uns zu helfen.

»Tom! Hier drüben! Mein Gott, bist du blind?«

Auf der ganzen Welt gab es nur einen Menschen, der in der Kirche wie ein Elch brüllen würde.

Er stand auf und winkte mit den Armen über die hin und her laufenden Hüte hinweg. Ich konnte spüren, wie meine Mutter zusammenzuckte, und mein Dad legte seinen Arm um sie, als wollte er sie stützen, auf daß sie nicht vor Scham im Boden versank. Großvater Jaybird tat immer etwas, um, wie mein Vater sagte, wenn er glaubte, ich würde nicht zuhören, »sich in den Vordergrund zu spielen«, und der heutige Tag bildete da keine Ausnahme.

»Wir haben euch Plätze besetzt!« rief mein Großvater, und er brachte damit die Glass-Schwestern aus dem Konzept, so daß die eine zu hoch und die andere zu tief spielte. *»Kommt her, bevor sie sich einer unter den Nagel reißt!«*

Großvater Austin und Großmutter Alice saßen ebenfalls in derselben Reihe. Großvater Austin trug einen Leinenanzug, der aussah, als wäre er vom Regen zwei Nummern eingelaufen. Sein faltiger Hals wurde von einem gestärkten weißen Kragen und einer blauen Fliege zugeschnürt, sein schütteres weißes Haar war mit Pomade zurückgekämmt, und seine Augen waren kummervoll, während er so dasaß, das Holzbein steif unter der Bankreihe vor ihm ausgestreckt. Er saß neben Großvater Jaybird, was seine Erregung begründete: Die beiden paßten zusammen wie Matsch und Keks. Großmutter Alice hingegen war ein Bild des Glücks. Sie trug einen mit kleinen weißen Blüten verzierten Hut, ihre Handschuhe waren ebenfalls weiß, und ihr Kleid hatte die schimmernde grüne Farbe des Meeres bei Sonnenschein. Ihr liebes ovales Gesicht strahlte; sie saß neben Großmutter Sarah, und die beiden waren wie zwei Blumen im selben Strauß. Im

Moment jedoch zerrte Großmutter Sarah an Großvater Jaybirds Anzugjacke – derselbe schwarze Anzug, den er bei Regen und Sonnenschein, zu Ostern oder bei einer Beerdigung trug –, damit er sich endlich hinsetzte und aufhörte, den Verkehr zu regeln. Er wies die Leute auf den Bänken an, enger zusammenzurücken, und dann rief er: *»Hier haben noch zwei Mann Platz!«*

»Setz dich hin, Jay! Setz dich!« Schließlich kniff sie ihm in seinen knochigen Hintern, und er schaute sie böse an, doch er setzte sich hin.

Meine Eltern und ich zwängten uns mit in die Bank. Großvater Austin sagte zu Dad: »Schön, dich zu sehen, Tom«, und sie gaben einander die Hand. »Das heißt, wenn ich dich sehen *könnte.*« Seine Brille war beschlagen, und er nahm sie ab und putzte die Gläser mit einem Taschentuch. »Ich sage dir, so voll war es wohl seit einem Dutzend Ostergottesdiensten nicht ...«

»Die drängeln sich hier wie in einem Bordell am Zahltag, was, Tom?« fiel ihm Großvater Jaybird ins Wort, und Großmutter Sarah stieß ihm den Ellbogen so fest in die Rippen, daß sein falsches Gebiß klapperte.

»Ich wünschte, du würdest mich mal ausreden lassen«, blaffte Großvater Austin ihn an, und seine Wangen waren schon ganz rot. »Seit ich hier sitze, habe ich noch nicht einen Satz ...«

»Junge, du siehst gut aus!« plapperte Großvater Jaybird weiter, und er griff über Großvater Austin hinweg, um mir einen Klaps aufs Knie zu geben. »Rebecca, der Junge kriegt doch sein Fleisch, nicht wahr? Du weißt, ein Junge im Wachstum braucht Fleisch, damit er Muskeln bekommt!«

»Kannst du denn nicht hören?« fragte ihn Großvater Austin, und sein Gesicht war mittlerweile krebsrot.

»Was soll ich hören?« fragte Großvater Jaybird zurück.

»Dreh dein Hörgerät lauter, Jay«, sagte Großmutter Sarah.
»*Was?*«
»*Dein Hörgerät!*« schrie sie, mit den Nerven am Ende. »*Dreh es lauter!*«
Es würde ein Osterfest werden, an das man sich noch lange erinnerte.
Jeder begrüßte jeden, und noch immer kamen durchnäßte Menschen in die Kirche, während der Regen auf das Dach hämmerte. Großpapa Jaybird, sein Gesicht lang und hager und sein Haar ein weißer Borstenpinsel, wollte mit Dad über den Mord reden, doch Dad schüttelte den Kopf und weigerte sich, ein Wort zu sagen. Großmutter Sarah fragte mich, ob ich in diesem Jahr Baseball spielen würde, und ich sagte ja. Sie hatte ein fleischiges, freundliches Gesicht und blaßblaue Augen, die in Nestern aus Falten verborgen lagen, doch ich wußte, daß Großvater Jaybirds Art sie manchmal richtig giftig werden ließ.
Wegen des Regens waren die Fenster fest verschlossen, und die Luft wurde ziemlich klamm. Die Dielenbretter waren naß, die Wände tropften, und die Ventilatoren stöhnten bei jeder Umdrehung. Die Kirche roch nach hundert verschiedenen Parfüms, Rasiercremes und Haarwässer, plus den süßen Düften der Blüten, die Knopflöcher und Hüte zierten. Der in purpurne Gewänder gekleidete Chor zog ein. Bevor das erste Lied zu Ende war, schwitzte ich schon unter meinem Hemd. Wir erhoben uns, sangen einen Choral und setzten uns wieder. Zwei dicke Frauen – Mrs. Garrison und Mrs. Prathmore – traten nach vorn und sprachen über den Spendenfonds für die armen Familien von Adams Valley. Dann erhoben wir uns, sangen einen weiteren Choral und setzten uns wieder. Meine beiden Großväter hatten Stimmen wie Ochsenfrösche, die in einem Sumpfteich gegeneinander anquakten.
Der dicke, mondgesichtige Reverend Richmond Lovoy trat

an die Kanzel und begann davon zu sprechen, was für ein wunderbarer Tag dies war, so mit Jesus, der von den Toten auferstanden ist und dem allen. Reverend Lovoy hatte ein Komma aus braunen Haaren über seinem linken Auge, die Seiten waren ergraut, und jeden Sonntag befreiten sich seine zurückgekämmten Strähnen aus ihren Schellack-Verankerungen und rutschten wie eine braune Flutwelle über sein Gesicht, während er predigte und gestikulierte. Seine Frau hieß Esther und ihre drei Kinder Matthew, Luke und Joni.

Während der Reverend sprach und seine Stimme gegen das Donnergrollen des Himmels ankämpfte, erkannte ich plötzlich, wer dort direkt vor mir saß.

Der Dämon.

Sie konnte Gedanken lesen. Das war eine allseits akzeptierte Tatsache. Und in eben demselben Moment, in dem es mir dämmerte, daß sie dort saß, drehte ihr Kopf sich herum, und sie starrte mich mit diesen schwarzen Augen an, die eine Hexe zu Stein erstarren lassen konnten. Der Name des Dämons war Brenda Sutley. Sie war zehn Jahre alt, und sie hatte strähniges rotes Haar und ein bleiches, mit braunen Sommersprossen übersätes Gesicht. Ihre Augenbrauen waren so dick wie Raupen, und das unordentliche Arrangement ihrer Züge wirkte, als hätte jemand versucht, mit der flachen Seite einer Schaufel ein Feuer auf ihrem Gesicht auszuschlagen. Ihr rechtes Auge schien größer als das linke, die Nase war wie ein Geierschnabel mit zwei riesigen Löchern darin, und ihr schmallippiger Mund schien von einer Seite des Gesichts auf die andere zu wandern. Doch sie konnte nichts für ihre Erbanlagen; ihre Mutter war ein Feuerhydrant mit roten Haaren und einem braunen Schnurrbart, und neben ihrem rotbärtigen Vater hätte eine Zaunlatte muskulös ausgesehen. Mit all den Abartigkeiten in ihrer Abstammungslinie nahm es nicht Wunder, daß Brenda Sutley unheimlich war.

Zu dem Namen Dämon war sie gekommen, weil sie einmal in der Kunststunde ein Bild von ihrem Vater gemalt hatte, mit Hörnern und einem gespaltenen Schwanz und dann Mrs. Dixon, der Kunstlehrerin, und ihren Klassenkameraden erzählte, daß ihr Daddy im hintersten Winkel seines Kleiderschranks Zeitschriften verwahrte, in denen gezeigt wurde, wie Dämonenjungen ihre Schwänze in die Löcher von Dämonenmädchen steckten. Doch der Dämon tat mehr, als nur die intimsten Geheimnisse ihrer Familie auszuplaudern. Für ein Referat hatte sie einmal eine tote Katze in einer Schuhschachtel mitgebracht, auf deren Augäpfeln sie mit Klebeband zwei Pennies befestigt hatte; als Hausarbeit für den Kunstunterricht hatte sie einen Friedhof aus grünem und weißem Play-Doh gebastelt, mit den Namen ihrer Klassenkameraden und deren Todesdaten auf den Grabsteinen, was dazu führte, daß mehrere Kinder hysterische Anfälle bekamen, als ihnen bewußt wurde, daß sie ihren sechzehnten Geburtstag nicht mehr erleben würden; sie hatte eine Vorliebe für bizarre Streiche, bei denen Hundekot zwischen zwei Sandwichscheiben eine wichtige Rolle spielte, und es hielt sich hartnäckig das Gerücht, daß sie hinter den geborstenen Rohren im Mädchenklo im letzten November steckte, als alle Toiletten mit Notizpapier verstopft waren.
Sie war mit einem Wort unheimlich.
Und nun starrte Ihre Königliche Unheimlichkeit *mich* an. Ein Lächeln breitete sich langsam über ihren schiefen Mund aus. Ich konnte meinen Blick nicht von diesen stechenden schwarzen Augen abwenden, und ich dachte bei mir: *Jetzt hat sie dich.* Die Sache mit Erwachsenen ist die, daß ihre Gedanken, wenn du dir einmal wünschst, daß sie dir Aufmerksamkeit schenken und eingreifen, immer ganz weit weg sind; wenn du dir wünschst, daß sie ganz weit weg sind, kleben sie dir im Nacken. Ich wünschte mir, daß Dad oder Mom oder irgend jemand sonst Brenda Sutley befahl, sich

wieder umzudrehen und Reverend Lovoy zuzuhören, doch natürlich hatte der Dämon einen Zauber gesprochen, der sie unsichtbar machte. Niemand außer mir, ihrem momentanen Opfer, konnte sie sehen.

Ihre Hand hob sich wie der Kopf einer kleinen weißen Schlange mit schmutzigen Fängen. Langsam, mit einer bösartigen Grazie, streckte sie den Zeigefinger aus und zielte damit auf eins ihrer riesigen Nasenlöcher. Der Finger bohrte sich tief in das Loch, und ich dachte schon, sie würde ihn weiter hineinstoßen, bis er ganz verschwunden war. Dann wurde der Finger wieder herausgezogen, und an seiner Spitze hing ein feuchtglänzender grüner Klumpen von der Größe eines Maiskorns.

Ihre schwarzen Augen zuckten mit keiner Wimper. Ihr Mund begann sich zu öffnen.

Nein, flehten meine Gedanken sie an. *Nein, bitte tu's nicht!*

Der grün bedeckte Finger des Dämons näherte sich ihrer feuchten rosa Zunge.

Ich konnte nicht anders, als sie anzustarren, während mein Magen sich zu einem festen kleinen Knoten zusammenzog. Grün gegen Rosa. Dreckiger Fingernagel. Ein klebriger Klumpen, der daran baumelte.

Der Dämon leckte sich den Finger, wo das grüne Ding gewesen war. Ich denke, ich muß mich wild geschüttelt haben, denn Dad ergriff mein Knie und flüsterte: »Paß auf!«, doch natürlich sah er nicht den unsichtbaren Dämon oder ihren Akt ausgeklügelter Folter. Der Dämon lächelte mich an, Befriedigung in den schwarzen Augen, und dann wandte sie ihren Kopf wieder ab, und die Qual hatte ein Ende. Ihre Mutter hob eine Hand mit behaarten Knöcheln und strich über die feurigen Locken des Dämons, als wäre es das lieblichste kleine Mädchen, das je auf Gottes Erdboden einhergegangen war.

Reverend Lovoy bat alle zum Gebet. Ich senkte meinen Kopf und kniff fest die Augen zu.

Und nach ungefähr fünf Sekunden andächtiger Versenkung schlug etwas hart gegen meinen Hinterkopf.
Ich schaute mich um.
Schrecken packte mich. Direkt hinter mir saßen Gotha und Gordo Branlin. Ihre zinnfarbenen Augen blitzten wie gewetzte Klingen. Zu beiden Seiten von ihnen waren ihre Eltern tief ins Gebet versunken. Ich stellte mir vor, daß sie Gott um die Erlösung von ihrer Brut anflehten. Beide Branlin-Brüder trugen dunkelblaue Anzüge, weiße Hemden, und ihre Krawatten waren sehr ähnlich, nur daß Gothas schwarze Streifen auf Weiß hatte und Gordos rote. Gotha, der um ein Jahr ältere, hatte das weißeste Haar, das man sich vorstellen konnte; Gordos Haar spielte ein wenig ins Blonde. Ihre Gesichter sahen aus, als wären sie in braunen Fels gehauen, und selbst ihre Knochen – der Kiefer nach vorn gereckt, die Wangenknochen kurz davor, durch das Fleisch zu stoßen, die Stirn wie eine Granitplatte – kündeten von kaum verhohlener Bösartigkeit. In den flüchtigen Sekunden, in denen ich es wagte, in jene verschlagenen Antlitze zu blicken, stieß Gordo seinen erhobenen Mittelfinger in mein Gesicht, und Gotha lud einen Strohhalm mit einer weiteren harten schwarzen Erbse.
»Cory, dreh dich um!« flüsterte meine Mutter und zupfte an meinem Arm. »Schließ deine Augen und bete!«
Ich tat es. Die zweite Erbse prallte gegen meinen Hinterkopf. Diese Dinger konnten so höllisch weh tun, daß es einem die Tränen in die Augen trieb. Während des gesamten restlichen Gebets konnte ich die Branlins hinter mir flüstern und kichern hören wie böse Trolle. Sie hatten sich meinen Kopf zur Zielscheibe des Tages erwählt.
Nachdem das Gebet vorüber war, sangen wir einen weiteren Choral. Bekanntmachungen wurden vorgetragen und Gäste begrüßt. Der Kollektenteller wurde herumgereicht. Ich legte den Dollar, den Dad mir für diese Gelegenheit gegeben

hatte, darauf. Der Chor sang, begleitet von den Glass-Schwestern an Orgel und Klavier. Hinter mir kicherten die Branlins. Dann erhob sich Reverend Lovoy erneut, um seine Osterpredigt zu halten, und das war der Augenblick, in dem die Wespe auf meiner Hand landete.

Meine Hand ruhte auf meinem Knie. Ich bewegte sie nicht, selbst als die Angst wie ein Blitz durch meinen Körper schoß. Die Wespe zwängte sich zwischen meinen kleinen Finger und den Ringfinger und blieb dort sitzen. Ihr blauschwarzer Stachel zuckte.

Lassen Sie mich kurz ein paar Dinge über Wespen bemerken. Sie sind nicht wie Bienen. Bienen sind fett und glücklich, und sie summen umher von Blüte zu Blüte, ohne sich einen Deut um menschliches Fleisch zu scheren. Wespenbienen sind neugierig und launisch, doch auch sie sind zumeist berechenbar, und man kann ihnen deshalb aus dem Weg gehen. Eine Wespe jedoch, besonders die dunkle, schlanke Art von Wespe, die wie ein Dolch mit einem Kopf darauf aussieht, ist geboren, um ihren Stachel in die menschliche Epidermis zu stoßen und einen Schrei freizusetzen, wie ein Weinkenner, der einen erlesenen Tropfen entkorkt. Mit dem Kopf ein Wespennest zu streifen, kann ein Sinneserlebnis zur Folge haben, das, wie ich hörte, dem Gefühl sehr ähnlich ist, von einer Schrotladung getroffen zu werden. Ich habe das Gesicht eines Jungen gesehen, der in die Lippen und Augenlider gestochen wurde, als er im Sommer ein altes Haus erkundete; eine derartige geschwollene Qual würde ich nicht einmal den Branlins wünschen. Wespen waren verrückt; sie stachen wahllos ohne Sinn und Verstand. Sie würden dich bis ins Knochenmark stechen, wenn sie ihren Stachel so tief hineinbohren könnten. Sie sind voller Bösartigkeit, wie die Branlins. Wenn der Teufel tatsächlich einen Dienstgeist hatte, dann war es keine schwarze Katze oder ein Affe oder eine lederhäutige Echse; es war, und wird es immer sein, die Wespe.

Eine dritte Erbse traf mich am Hinterkopf. Doch ich starrte nur auf die Wespe, die eingezwängt zwischen meinem kleinen und meinem Ringfinger saß. Mein Herz hämmerte, und mir lief eine Gänsehaut über den Rücken. Irgend etwas sauste an meinem Gesicht vorbei, und ich blickte auf. Eine zweite Wespe kreiste um den Kopf des Dämons und landete auf ihrem Schopf. Der Dämon mußte ein Kribbeln gespürt haben. Sie griff nach hinten und schnippte die Wespe hinunter, ohne zu wissen, was sie da fortschnippte, und die Wespe erhob sich mit einem wütenden Summen ihrer schwarzen Flügel. Ich war mir ganz sicher, daß der Dämon gleich gestochen würde, doch die Wespe mußte ihre Brüder entdeckt haben, denn sie flog hinauf zur Decke.

Reverend Lovoy war mittlerweile richtig in Fahrt gekommen mit seiner Predigt über den gekreuzigten Jesus und die weinende Maria und den Stein, der fortgerollt worden war. Ich blickte zur Decke der Kirche auf.

In der Nähe eines der rotierenden Ventilatoren war ein kleines Loch, kaum größer als eine Münze. Während ich hinschaute, kamen drei Wespen aus dem Loch und stießen auf die versammelte Gemeinde herab. Einen Augenblick später kamen zwei weitere heraus und summten in der feuchten, süßlichen Luft umher.

Donner grollte über der Kirche. Das Geräusch des Regens übertönte beinahe Reverend Lovoys sich hebende und senkende Stimme. Ich hörte nicht, was er sagte; ich blickte erneut auf die Wespe zwischen meinen Fingern und dann wieder hinauf zum Loch in der Decke.

Mehr Wespen kamen heraus und sanken in trägen Spiralen in die dampfige, fest verschlossene, regenklamme Kirche herab. Ich zählte sie. Acht ... neun ... zehn ... elf. Einige hingen an den sich langsam drehenden Ventilatorblättern

und ließen sich von ihnen wie von einem Karussell herumtragen. Vierzehn ... fünfzehn ... sechzehn ... siebzehn. Ein dunkle, zuckende Faust von Wespen schob sich durch das Loch. Zwanzig ... einundzwanzig ... zweiundzwanzig. Bei fünfundzwanzig hörte ich auf zu zählen.
Da oben auf dem Dachboden muß ein Nest sein, dachte ich bei mir. Muß ein Nest von der Größe eines Fußballs sein, das in der feuchten Dunkelheit pulsierte. Während ich hinschaute, so gebannt von diesem Anblick, wie Maria es gewesen sein muß, als ein Fremder ihr auf der Straße die Wunden in seinen Rippen zeigte, drängte sich ein weiteres Dutzend Wespen aus dem Loch. Niemand sonst schien es zu bemerken; waren sie unsichtbar, so wie es der Dämon gewesen war, als sie den Popel aus der Nase holte? Die Wespen schwebten träge an der Decke im Kreis herum und herum, in Nachahmung der rotierenden Ventilatoren. Es waren nun genug, um eine dunkle Wolke zu bilden, als ob das Gewitter draußen einen Weg hier herein gefunden hatte.
Die Wespe zwischen meinen Fingern bewegte sich. Ich blickte auf sie und zuckte zusammen, als mich eine weitere Erbse am Hinterkopf traf, unten am kurzgeschorenen Haaransatz. Die Wespe kroch über meinen Zeigefinger und blieb auf dem Knöchel sitzen. Ihr Stachel lag gegen meine Haut gepreßt, und ich spürte seine winzige kleine Spitze wie ein Körnchen zermahlenen Glases.
Reverend Lovoy war nun ganz in seinem Element. Seine Arme fuchtelten umher, und sein Haar begann nach vorne zu rutschen. Draußen ertönten Donnerschläge, und der Regen prasselte auf das Dach. Es hörte sich an, als wäre der Jüngste Tag angebrochen, Zeit, ein paar Bäume zu fällen und die Tiere herbeizurufen, immer zwei von jeder Art. Alle bis auf die Wespen, dachte ich bei mir; diesmal konnten wir Noahs Fehler berichtigen. Ich starrte weiter mit einer Mischung aus Faszination und Furcht auf das Loch in der Dek-

ke. Es kam mir in den Sinn, daß der Teufel einen Weg gefunden hatte, sich in den Ostergottesdienst einzuschmuggeln, und da war er nun und kreiste über unseren Köpfen, auf der Suche nach Fleisch.

Zwei Dinge geschahen gleichzeitig.

Reverend Lovoy streckte seine Arme aus und sagte mit seiner lauten Pastorenstimme: »Und an jenem *wunderbaren* Morgen nach dem *dunkelsten* Tag kamen die Engel herab und *gakk*!« Er erhob die Hände zu den Engeln, und plötzlich mußte er feststellen, daß sie von kleinen Flügeln wimmelten.

Mom legte ihre Hand auf die meine, dort, wo meine eigene Wespe war, und drückte sie liebevoll.

Sie stach sie in demselben Augenblick, in dem die anderen Wespen entschieden, daß Reverend Lovoys Predigt nun lange genug gedauert hatte.

Sie schrie. Er schrie. Es war das Signal, auf das die Wespen gewartet hatten.

Die blauschwarze Wolke, über hundert Stachel stark, fiel wie ein Netz auf eine Herde gefangener Tiere auf uns herab.

Ich hörte Großvater Jaybird brüllen: »*Scheiße!*«, als er gestochen wurde. Großmutter Alice stieß einen dramatischen, bebenden Laut aus. Die Mutter des Dämons kreischte, während Wespen ihren Nacken angriffen. Der Vater des Dämons fuchtelte mit seinen dürren Armen. Der Dämon begann zu lachen. Hinter mir quakten die Branlins vor Schmerz, das Erbsenblasrohr war vergessen. Überall in der Kirche war Geschrei und Gebrüll, und Leute in Osteranzügen und -kleidern sprangen auf und fuchtelten mit den Armen in der Luft herum, als würden sie gegen die Teufel der unsichtbaren Dimension kämpfen. Reverend Lovoy vollführte einen Veitstanz unerträglicher Qual. Er schüttelte seine von Stichen übersäten Hände, als wollte er sie von den Handgelenken lösen. Der gesamte Chor hatte sich erhoben und sang, diesmal jedoch keine Choräle sondern Schmerzensschreie, während die Wespen Wangen, Kinne und Nasen stachen. Die Luft war voller dunkler, umherwirbelnder Trauben, die den Leuten ins Gesicht flogen und sich wie Dornenkronen um ihre Köpfe legten. »Raus hier! Raus hier!« schrie jemand. »Nehmt die Beine in die Hand!« brüllte jemand anders hinter mir. Die Glass-Schwestern waren die ersten, die zum Ausgang rannten, die Haare voller Wespen. Augenblicklich waren alle auf den Beinen, und was kaum zehn Sekunden zuvor noch ein friedvoller Gottesdienst gewesen war, verwandelte sich nun in eine wilde Flucht von panischen Rindern.

Wespen können so etwas aus einem machen.

»Mein verdammtes Bein hat sich verklemmt!« schrie Großvater Austin.

»Jay! Hilf ihm!« brüllte Großmutter Sarah, doch Großvater Jaybird kämpfte sich schon hinaus in die dichtgedrängte, umherfuchtelnde Menschenmenge im Gang.

Dad zog mich hoch. Ich hörte ein bösartiges Summen an meinem linken Ohr, und im nächsten Augenblick bekam ich einen Stich ins Ohrläppchen, der mir die Tränen in die Augen trieb. *»Au!«* hörte ich mich selbst ausrufen, aber inmitten des allgemeinen Geschreis und Gebrülls war ein einzelnes »Au« ohne Bedeutung. Zwei weitere Wespen vernahmen mich jedoch. Eine von ihnen erwischte mich an der rechten Schulter, indem sie glatt durch meine Anzugjacke und mein Hemd hindurchstach; die andere stürzte sich wie ein afrikanischer Speer auf mein Gesicht und spießte meine Oberlippe auf. Ich stieß einen erstickten Schrei aus – *auaauaaua* – von der Art, die Bände über Schmerz, aber nicht eine Silbe über Sinn spricht, und als ich mit meinen tränenden Augen auf den Dämon blickte, sah ich sie in der Bankreihe auf und ab hüpfen, den Mund zu einem Grinsen aufgerissen und das ganze Gesicht mit roten Schwielen bedeckt.

»*Alle raus hier!*« brüllte Dr. Lezander. Drei Wespen hingen pulsierend und stechend auf seiner Glatze. Hinter ihm stand seine grauhaarige, streng aussehende Frau; ihr mit blauen Blumen verzierter Osterhut war zur Seite gerutscht, und auf ihren breiten Schultern krabbelten Wespen. In der einen Hand hielt sie ihre Bibel umklammert, in der anderen ihre Handtasche und versetzte damit den angreifenden Schwärmen mit ungezügelter Kraft und dem geballten Zorn der Gerechten Schlag um Schlag.
Ohne einen Gedanken an Regenmäntel oder Schirme zu verschwenden, kämpften sich die Menschen auf ihrer Flucht aus der Folterkammer in den Wolkenbruch durch die Tür. Beim Eintritt in die Kirche war die Ostergemeinde ein Beispiel höflicher, christlicher Zivilisation gewesen; beim Hinausstürmen waren sie Barbaren bis ins Mark. Frauen und Kinder stürzten auf dem matschigen Vorhof zu Boden, und die Männer stolperten und fielen mit dem Gesicht voran in die wind- und regengepeitschten Pfützen. Osterhüte wurden von den Köpfen gerissen und rollten wie triefnasse Räder dahin, bis der Wolkenbruch sie platt zu Boden preßte.
Ich half Dad, Großvater Austins Holzbein unter der Bank hervorzuziehen. Wespen stießen auf seine Hände herab, und jedesmal, wenn eine zustach, konnte ich hören, wie er zischend Luft holte. Mom, Großmutter Alice und Großmutter Sarah versuchten, sich in den Gang zu drängen, wo die Leute hinstürzten und sich ineinander verfingen. Reverend Lovoy, dessen Finger mittlerweile zu dicken Würsten angeschwollen waren, versuchte, die Gesichter seiner Kinder zu schützen, indem er sie zwischen sich und die schluchzende Esther schob. Der Chor hatte sich aufgelöst, und einige von ihnen hatten ihre purpurnen Gewänder zurückgelassen. Dad und ich schafften Großvater Austin hinaus in den Gang. Wespen stürzten sich auf seinen Nacken, und seine Wangen waren naß. Dad wischte die Wespen

mit der Hand fort, doch noch mehr von ihnen schwärmten in einem wütenden Kreis um uns herum wie Komantschen um einen Planwagenzug. Kinder weinten, Frauen kreischten, und noch immer stürzten die Wespen herab und stachen. »Raus! Raus!« brüllte Dr. Lezander an der Tür und schob die Leute hindurch, die sich dort verkeilt hatten. Seine Frau, Veronica, eine stämmige holländische Bärin, packte sich eine strampelnde Seele und schleuderte den Mann förmlich durch die Tür.

Wir waren beinahe draußen. Großvater Austin stolperte, doch Dad fing ihn auf. Mom zupfte die Wespen aus Großmutter Sarahs Haar wie lebende Nesseln. Zwei glühendheiße Nadeln bohrten sich im Abstand von Sekundenbruchteilen in meinen Nacken, und der Schmerz fühlte sich an, als würde mir gleich der Kopf zerspringen. Dann packte Dad meinen Arm und zog, und der Regen prasselte auf meinen Schädel. Wir schafften es alle durch die Tür, doch Dad rutschte in einer Pfütze aus und fiel auf den Knien in den Matsch. Ich hielt meinen Nacken umklammert und rannte schreiend vor Schmerz im Kreis herum, und nach einer Weile rutschten mir die Füße unter dem Körper weg, und mein Osteranzug machte ebenfalls Bekanntschaft mit dem Zephyr-Schlamm.

Reverend Lovoy kam als letzter heraus. Der Regen prasselte auf uns herab und nahm uns jegliche Orientierung. Einige Leute hockten im Matsch; andere wanderten ziellos umher; wieder andere standen einfach nur da und ließen den Regen auf sich herabströmen, damit er die glühendheißen Qualen linderte.

Auch mir tat alles weh. Und ich stellte mir in meinem Delirium des Schmerzes vor, wie die Wespen hinter den geschlossenen Kirchentüren jubilierten. Schließlich war es auch für sie Ostern. Sie waren aus dem Grab des Winters auferstanden, der Jahreszeit, die Wespennester austrocknet und ihre schlafenden Jungen mumifiziert. Sie hatten ihren eigenen Stein beiseite gerollt und waren neugeboren in den Frühling hinausgetreten, und sie hatten uns eine stechende Predigt gehalten über die Hartnäckigkeit des Lebens, die uns weit länger anhaften würde als alles, was Reverend Lovoy hätte sagen können. Wir alle hatten die Dornen und Nägel auf die persönlichste Weise erfahren.

Jemand beugte sich zu mir herab. Ich spürte, wie kühler Schlamm auf die Stiche in meinem Nacken gelegt wurde. Ich blickte auf in Großvater Jaybirds regentriefendes Gesicht. Seine Haare standen ab, als hätte er einen elektrischen Schlag bekommen.

»Bist du in Ordnung, Junge?« fragte er mich.

Er hatte uns allen den Rücken zugekehrt und einzig seine eigene Haut gerettet. Er war ein Feigling und ein Judas gewesen, und es lag kein Trost darin, daß er mir den Schlamm auflegte.

Ich erwiderte nichts. Ich sah einfach durch ihn hindurch. Er sagte: »Du wirst es schon schaffen«, dann richtete er sich auf und ging hinüber, um nach Großmutter Sarah zu sehen, die zusammengekauert bei Mom und Großmutter Alice saß. Er wirkte auf mich wie eine halbertrunkene, räudige Ratte.

Ich hätte ihn vielleicht geschlagen, wenn ich die Größe meines Vaters gehabt hätte. Ich konnte nicht anders, als mich für ihn zu schämen, eine tiefe, brennende Scham. Und ich konnte nicht anders, als mich zu fragen, ob vielleicht etwas von Großvater Jaybirds Feigheit auch in *mir* steckte. Damals wußte ich es noch nicht, doch ich würde es schon bald herausfinden.

Irgendwo in Zephyr läuteten die Glocken einer anderen Kirche. Das Geräusch trieb durch den Regen zu uns herüber, als käme es aus einem Traum. Ich stand auf. Meine Oberlippe, meine Schulter und mein Nacken pochten. Die Sache

mit dem Schmerz ist die, daß er dich Demut lehrt. Selbst die Branlins wimmerten wie Babys. Ich habe nie jemanden gesehen, der sich noch großspurig benahm, nachdem sein ganzer Pelz von Stacheln durchbohrt wurde. Sie etwa?
Das Ostergeläut hallte über die regenüberschwemmte Stadt.
Die Kirche war aus.
Halleluja.

5
Der Tod eines Fahrrads

Der Regen hielt an.

Graue Wolken hingen über Zephyr, und aus ihren aufgequollenen Bäuchen stürzten wahre Fluten herab. Ich legte mich mit dem Prasseln des Regens auf dem Dach schlafen und erwachte mit Donnergrollen. Rebell zitterte und jaulte in seiner Hundehütte. Ich wußte, wie er sich fühlte. Meine Wespenstiche waren zu roten Beulen geschrumpft, doch Tag für Tag verstrich, ohne daß sich ein einziger Sonnenstrahl in meiner Heimatstadt sehen ließ; nur der unablässige Regen fiel vom Himmel, und wenn ich nicht mit Hausaufgaben beschäftigt war, hockte ich in meinem Zimmer und las zum wiederholten Male alte Ausgaben von *Famous Monsters* und meine gesammelten Comic-Hefte.

Das ganze Haus roch nach Regen, jener Geruch von feuchten Dielenbrettern und nasser Erde, der aus dem Keller heraufstieg. Aufgrund des Wolkenbruchs fiel die samstägliche Matineevorstellung im Lyric-Theater aus, da das Dach des Kinos leckte. Sogar die Luft fühlte sich glitschig an, wie grüner Moder, der auf feuchten Steinen wuchs. Eine Woche nach Ostern, beim Abendessen, legte Dad sein Messer und seine Gabel hin, schaute auf die beschlagenen, nassen Fenster und sagte: »Wir werden uns Kiemen wachsen lassen müssen, wenn das so weiter geht.«

Es ging so weiter. Die Luft war schwer von der Feuchtigkeit, und die Wolken ließen nur düsteres, sumpfiges Schummerlicht durch. Gärten wurden zu Teichen, und die Straßen verwandelten sich in Ströme. In der Schule entließ man uns früher, damit wir alle nach Hause kamen, und am Mittwoch nachmittag um siebzehn Minuten vor drei Uhr gab mein altes Fahrrad seinen Geist auf.

Gerade versuchte ich noch, durch die reißende Strömung auf der Deerman Street zu radeln. Im nächsten Augenblick versank mein Vorderrad in einem Krater, wo der Asphalt eingebrochen war, und die Erschütterung vibrierte durch den vom Rost zerfressenen Rahmen. Mehrere Dinge geschahen gleichzeitig: Der Lenker zerbrach, die Speichen des Vorderrads rissen, der Sattel knickte ab, der Rahmen barst an seinen alten Schweißnähten, und plötzlich lag ich bäuchlings im Wasser, das in meinen gelben Regenumhang strömte. Ich lag benommen da und versuchte herauszufinden, was zum Teufel mich umgeworfen hatte. Dann setzte ich mich auf, wischte mir das Wasser aus den Augen und schaute auf mein Rad, und im selben Augenblick wußte ich, daß es tot war.

Mein Fahrrad, das, im Verhältnis zu einem Jungenleben, schon alt war, lange bevor es durch einen Flohmarkt in meine Hände kam, hatte sein Leben ausgehaucht. Ich fühlte es, während ich so im strömenden Regen dasaß. Was immer es war, das einem von Menschenhand geschaffenen Ding eine Seele gab, es war aufgebrochen und zum wäßrigen Himmel aufgefahren. Der Rahmen war verbogen und geborsten, der Lenker hing nur noch an einer einzigen Schraube, der Sattel war herumgedreht wie ein Kopf auf einem gebrochenen Genick. Die Kette war vom Zahnrad gerissen, der Vorderreifen hatte sich von der Felge gelöst, und die zerbrochenen Speichen stachen heraus. Beinahe hätte ich beim Anblick dieses Gemetzels geweint, doch obgleich mein Herz schmerzte, wußte ich doch, daß Tränen nicht helfen würden. Die Kräfte meines Fahrrads waren schlicht erschöpft; es hatte das Ende seiner Tage erreicht, nichts weiter als das. Ich war nicht sein erster Besitzer, und vielleicht war auch das ein Grund dafür.

Vielleicht sehnt sich ein Fahrrad, wenn es einmal fortgegeben wurde, Jahr für Jahr nach der ersten Hand, die es lenkte, und träumt, während es alt wird, auf die ihm eigene Fahrradweise von den Straßen der Jugend. Dann gehörte es niemals wirklich mir; es begleitete mich auf meinen Wegen, doch in seinen Pedalen und seinem Lenker trug es die Erinnerung an einen anderen Herrn. Vielleicht hatte es sich an jenem verregneten Mittwoch selbst das Leben genommen, weil es wußte, daß ich mich nach einem Rad sehnte, das für mich, und nur für mich ganz allein, gebaut worden war. Vielleicht. Alles, was ich in diesem Moment mit Sicherheit wußte, war, daß ich den Rest des Heimwegs zu Fuß gehen mußte, und ich konnte den Kadaver nicht hinter mir herschleppen.

Ich zog es in irgendeinen Vorgarten und ließ es unter einer triefenden Eiche zurück, dann machte ich mich mit meinem durchnäßten Rucksack auf dem Rücken und nassen, quietschenden Schuhen auf den Weg.

Als mein Vater, der schon von der Molkerei zu Hause war, von der Sache mit dem Fahrrad hörte, setzte er mich in den Pick-up, und wir machten uns auf, den Kadaver in der Deerman Street einzusammeln. »Das kann repariert werden«, sagte er, während die Scheibenwischer hin und her über die Windschutzscheibe krochen. »Wir besorgen uns jemanden, der es wieder zusammenschweißt oder so was. Das ist auf alle Fälle billiger als ein neues Fahrrad.«

»Okay«, erwiderte ich, doch ich wußte, daß das Rad tot war. Kein Schweißbrenner auf der Welt würde es wieder zum Leben erwecken. »Das Vorderrad ist auch verbogen«, fügte ich noch hinzu, doch Dad konzentrierte sich ganz aufs Fahren.

Wir erreichten die Stelle, wo ich den Kadaver unter die Eiche gezogen hatte. »Wo ist es?« fragte Dad. »War es hier?«

Es war hier, auch wenn der Kadaver verschwunden war. Dad hielt den Pick-up an, stieg aus und klopfte an der Vordertür des Hauses, vor dem wir standen. Ich sah, wie sich die Tür öffnete und eine weißhaarige Frau herausspähte. Dad und sie redeten eine Minute oder so, und dann zeigte die Frau auf die Straße. Gleich darauf kam mein Dad zurück. Wasser tropfte von seiner Mütze, und er hatte seine Schultern unter seiner nassen Milchmannjacke hochgezogen. Er rutschte hinter das Lenkrad, schloß die Tür und sagte: »Nun, sie ging raus, um die Post zu holen, sah das Fahrrad unter ihrem Baum liegen und hat Mr. Sculley angerufen, damit er es abholt.« Mr. Emmett Sculley war Zephyrs Schrotthändler, und er fuhr in einem leuchtendgrünen Laster umher, auf dessen Seiten in roter Farbe SCULLEYS ANTIQUITÄTEN und eine Telefonnummer standen. Mein Dad ließ den Motor an und blickte zu mir herüber. Ich kannte diesen Blick; er war streng und wütend, und ich las eine düstere Zukunft darin. »Warum bist du nicht zu der Frau gegangen und hast ihr gesagt, daß du das Rad abholen würdest? Ist dir das denn gar nicht in den Sinn gekommen?«

»Nein, Sir«, mußte ich eingestehen. »Ich hab nicht dran gedacht.«

Nun, mein Dad fuhr vom Bordstein herunter auf die Straße, und wir machten uns wieder auf den Weg. Nicht nach Hause, sondern Richtung Westen. Ich wußte, wohin es ging. Mr. Sculleys Schrottplatz lag im Westen, jenseits der bewaldeten Stadtgrenze. Auf dem Weg bekam ich die Geschichte meines Vaters zu hören, jene, die wie folgt begann: »Als ich in deinem Alter war, mußte ich zu Fuß gehen, wenn ich irgendwo hinwollte. Ich wünschte, ich hätte damals ein Rad gehabt, selbst ein *gebrauchtes*. Himmel, wenn meine Kumpel und ich zwei oder drei Meilen laufen mußten, haben wir uns nicht lange große Gedanken darüber gemacht. Und wir waren sogar gesünder dadurch. Sonne, Wind oder Regen, es

war egal. Wir kamen überall an, wo wir hinwollten, auf unseren eigenen zwei Beinen ...« Und so weiter, Sie kennen die Art von Vortrag, die ich meine, der Lobgesang älterer Generationen auf die Kindheit.
Wir ließen die Stadtgrenze hinter uns, und die glänzende Straße schlängelte sich durch den nassen, grünen Wald. Der Regen prasselte noch immer herab, Nebelfetzen hingen an den Baumwipfeln und trieben über die Straße. Dad mußte langsam fahren, denn die Straße war in dieser Gegend gefährlich, selbst wenn der Asphalt trocken war. Mein Vater erzählte mir noch immer von den zweifelhaften Freuden, wenn man kein Rad besaß, was, wie mir langsam bewußt wurde, seine Art war, mir zu sagen, daß ich mich für den Fall, daß das Rad nicht mehr zu reparieren war, besser an den Gedanken gewöhnen sollte, von nun an zu Fuß zu gehen. Donner grollte jenseits der dunstverhangenen Hügel, die Straße vor uns war verlassen, während sie sich unter den Reifen wand wie ein Wildpferd, das einen Sattel abzuschütteln versuchte. Ich weiß nicht, warum ich gerade diesen Moment auswählte, um meinen Kopf umzuwenden und nach hinten zu schauen, doch ich tat es.
Und ich sah den Wagen, der sich mit hohem Tempo näherte. Meine Nackenhaare sträubten sich, und die Haut darunter kribbelte, als würden Ameisen darüberlaufen. Der Wagen war ein schwarzer, niedriger, gefährlich aussehender Panther mit funkelnden Chromzähnen, und er schoß um die langgezogene Kurve, die mein Vater gerade mit einer höchst vorsichtigen Kombination aus Bremse und Gaspedal hinter sich gebracht hatte. Der Motor des Pick-ups spuckte, doch ich konnte kein Geräusch von dem schwarzen Wagen hören, der immer näher kam. Ich vermochte eine Gestalt und ein bleiches Gesicht hinter dem Lenkrad auszumachen und sah rote und orangefarbene Flammen auf der ebenholzschwarzen Motorhaube, und dann hing der Wagen auch schon an unserer

Stoßstange und machte keine Anstalten, abzubremsen oder auszuschwenken, und ich schaute zu meinem Vater hinüber und schrie: *»Dad!«*
Er schreckte in seinem Sitz auf, und es verriß ihm das Steuer. Die Reifen des Pick-ups schlitterten nach links über den ausgeblichenen Mittelstreifen, und mein Vater versuchte mit aller Mühe, den Wagen davon abzuhalten, mit uns in den Wald zu schleudern. Dann faßten die Reifen wieder, der Pick-up fing sich in der Spur, und Dads Augen funkelten wütend, als er in meine Richtung herumwirbelte. »Bist du wahnsinnig?« brüllte er. »Willst du uns beide umbringen?«
Ich schaute nach hinten.
Der schwarze Wagen war verschwunden.
Er war nicht an uns vorbeigezogen. Er war nirgendwo abgebogen. Er war einfach verschwunden.
»Ich sah ... ich sah ...«
»Sahst *was? Wo?*« knurrte er.
»Ich dachte, ich hätte ... einen Wagen gesehen«, sagte ich. »Er wollte ... uns gerade rammen, dachte ich.«
Dad blickte in den Rückspiegel. Natürlich sah er nur denselben Regen und die leere Straße, die ich sah. Er streckte die Hand aus und legte sie auf meine Stirn, dann fragte er: »Fühlst du dich gut?«
»Ja, Sir.« Ich hatte kein Fieber. Zumindest dessen war ich mir sicher. Nachdem er sich überzeugt hatte, daß ich nicht krank war, zog mein Vater seine Hand fort und umfaßte wieder das Lenkrad. »Sitz einfach still«, sagte er, und ich gehorchte ihm. Er wandte seine Aufmerksamkeit erneut der heimtückischen Straße zu, doch alle paar Augenblicke reckte sich sein Kinn vor, und ich dachte mir, daß er wohl überlegte, ob er mich zu Dr. Parrish bringen mußte oder mir den Hintern versohlen sollte.
Ich sagte nichts von dem schwarzen Wagen, denn ich wußte,

daß Dad mir nicht glauben würde. Doch ich hatte den Wagen früher schon mal gesehen, auf den Straßen von Zephyr. Er hatte sein Kommen brüllend und aufheulend angekündigt, während er durch die Straßen jagte, und wenn er an dir vorbeikam, konntest du die Hitze riechen und den Asphalt schimmern sehen. »Der schnellste Wagen der Stadt«, hatte Davy Ray mir erzählt, als er und ich und die anderen Jungs vor dem Kühlhaus in der Merchants Street herumhingen und uns an einem schwülen Augusttag an der aufsteigenden Kälte der Eisblöcke kühlten. »Mein Dad sagt«, vertraute Davy Ray mir an, »niemand ist schneller als Midnight Mona.«

Midnight Mona. Das war der Name des Wagens. Der Typ, dem er gehörte, hieß Stevie Cauley. »Little Stevie« wurde er genannt, denn er war kaum mehr als einsfünfzig groß, obgleich er schon zwanzig war. Er rauchte Chesterfield-Zigaretten Kette, und vielleicht hatten die seinem Wachstum geschadet.

Doch der Grund, weshalb ich meinem Dad nichts von der plötzlich hinter uns aufgetauchten Midnight Mona erzählte, war, daß ich mich noch genau darauf besann, was eines Nachts im letzten Oktober geschehen war. Mein Dad, der damals Freiwilliger bei der Feuerwehr war, bekam einen Telefonanruf. Es war Chief Marchette, erzählte er Mom. Jemand hatte mit seinem Wagen auf der Route 16 einen Unfall gehabt, und das Auto stand nun brennend im Wald. Mein Dad war hingeeilt, um zu helfen, und er war ein paar Stunden später wieder nach Hause gekommen, mit Asche in seinem Haar und dem Geruch von verbranntem Holz in seinen Kleidern. Nach jener Nacht und dem, was er gesehen hatte, wollte er nicht mehr Feuerwehrmann sein.

Wir waren jetzt auf der Route 16. Und der Wagen, der den Unfall hatte und ausgebrannt war, war die Midnight Mona, mit Little Stevie Cauley hinter dem Lenkrad.

Little Stevie Cauleys Leiche – was davon übrig war, meine ich – lag in einem Sarg auf dem Friedhof am Poulter Hill. Midnight Mona war ebenfalls von uns gegangen, wo immer ausgebrannte Wagen auch hingehen mögen.
Doch ich hatte ihn gesehen, wie er hinter uns aus dem Nebel geschossen kam. Ich hatte jemanden hinter dem Lenkrad gesehen.
Ich hielt meinen Mund. Ich hatte schon genug Ärger am Hals.
Dad bog von der Route 16 ab auf eine matschige Seitenstraße, die sich durch den Wald schlängelte. Wir kamen zu einem Ort, wo verrostete alte Metallschilder jeglicher Art an die Bäume genagelt waren; es waren mindestens hundert, Werbeschilder für alles mögliche von Green-Spot-Orangenlimonade über B. C.-Kopfschmerzpulver bis zu »Grand Ole Opry«. Jenseits des Schilderwaldes führte die Straße zu einem Haus aus grauem Holz mit einer abgesackten Veranda. Im Vorgarten – und hiermit meine ich ein »Meer von Unkraut« statt eines Gartens, wie gewöhnliche Menschen ihn sich vielleicht vorstellen mögen – lag zu unordentlichen Haufen aufgetürmt ein Sammelsurium an vom Rost zerfressenen Wäschemangeln, Küchenherden, Lampen, Bettgestellen, elektrischen Ventilatoren, Eisschränken und anderen kleinen Gerätschaften. Da waren Drahtrollen, so groß wie mein Vater, und große Körbe voller Flaschen, und inmitten des Schrotts stand ein Metallschild, das einen lächelnden Polizisten darstellte, auf dessen Brust mit roten Lettern STOP STEHLE NICHT aufgemalt war. In seinem Kopf waren drei Einschußlöcher.
Ich glaube nicht, daß Diebstahl ein Problem für Mr. Sculley war, denn als mein Dad den Wagen anhielt und seine Tür öffnete, sprangen augenblicklich zwei rote Bluthunde von der Veranda auf und begannen ein infernalisches Kläffkonzert. Ein paar Sekunden später wurde die Fliegentür

aufgestoßen, und eine gebrechlich aussehende kleine Frau mit einem weißen Zopf und einem Gewehr trat aus dem Haus.

»Wer ist da?« brüllte sie mit der Stimme eines Holzfällers. »Was wollen Sie?«

Mein Vater hob die Hände. »Ich bin's, Tom Mackenson, Mrs. Sculley. Aus Zephyr.«

»Tom *wer?*«

»Mackenson!« Er mußte schreien, um sich über das Gebell Gehör zu verschaffen. »Aus Zephyr!«

Mrs. Sculley brüllte: »*Haltet das Maul!*«, und sie nahm eine Fliegenklatsche von einem Haken an der Verandawand und ließ sie ein paarmal auf die Rücken der Hunde herabsausen, woraufhin diese entschieden ruhiger wurden.

Ich stieg aus dem Pick-up aus und stellte mich dicht neben meinen Dad. Unsere Schuhe versanken in den sumpfigen Gräsern. »Ich muß mit Ihrem Mann sprechen, Mrs. Sculley«, sagte Dad zu ihr. »Er hat aus Versehen das Rad meines Jungen mitgenommen.«

»Hm. Emmett macht keine Fehler.«

»Bitte, ist er hier?«

»Hinterm Haus«, antwortete sie und deutete mit dem Gewehr in die Richtung. »In einem der Schuppen da hinten.«

»Danke.« Er setzte sich in Bewegung, ich folgte ihm, und wir hatten vielleicht ein halbes Dutzend Schritte zurückgelegt, als Mrs. Sculley rief: »He! Wenn Sie über was stolpern und sich die Beine brechen, sind wir nicht dafür haftbar, verstanden?«

Wenn das, was vor dem Haus lag, schon das reinste Chaos war, dann war das, was dahinter lag, ein wahrer Alptraum. Die beiden »Schuppen« waren Wellblechgebäude von der Größe von Tabaklagerhäusern. Um zu ihnen zu gelangen, mußte man einem holprigen Pfad folgen, der sich zwischen Bergen von ausrangierten Dingen hindurchschlängelte: Plattenspieler, zertrümmerte Skulpturen, Gartenschläuche, Stühle, Rasenmäher, Türen, Kaminsimse, Töpfe und Pfannen, alte Mauersteine, Dachziegel, Eisen, Heizkörper und Waschbecken, um nur einiges zu nennen. »Erbarmen«, sagte Dad, in erster Linie zu sich selbst, während wir durch das Tal zwischen den hochaufragenden Bergen schritten. Der Regen rann und spritzte über all diese Dinge, an einigen Stellen lief er in kleinen gurgelnden Strömen von den metallenen Berggipfeln herab. Und dann kamen wir zu einem großen verbogenen und in sich verkeilten Haufen von Dingen, der mich auf der Stelle erstarren ließ, denn ich wußte, daß ich einen wahrlich mystischen Ort gefunden hatte.

Vor mir lagen Hunderte von Fahrradrahmen, ohne Reifen, die Rücken gebrochen.

Man sagt, daß die Elefanten in Afrika irgendwo einen geheimen Friedhof haben, wo sie hingehen, um dort zu sterben, um dort ihre faltigen grauen Körper niederzulegen und dann als schwerelose Geister gen Himmel aufzusteigen. In jenem Augenblick glaubte ich, den Friedhof der Fahrräder gefunden zu haben, wo die Kadaver über die Jahre unter Regen und sengender Hitze verrosteten, lange nachdem die Geister ihres bewegten Lebens sich aus ihnen gelöst hatten. An einigen Stellen auf jenem riesigen Haufen waren die Fahrräder dahingeschmolzen, bis sie nur noch an rote und kupferne Blätter erinnerten, die darauf warteten, an einem Herbstnachmittag verbrannt zu werden. An einigen Stellen lugten zerbrochene Scheinwerfer hervor, blind, doch selbst noch im Tode allem trotzend. Verbogene Lenker hielten noch immer an ihren Plastikgriffen fest, und von einigen dieser Griffe baumelten Streifen bunten Vinyls wie ausgeblichene Flammen. Ich hatte eine Vision von all diesen Rädern, strahlend in frischen Lack gehüllt, mit neuen Reifen und neuen Pedalen, und Ketten, die sich in einem Bett aus neuem Schmieröl an ihr Zahnrad schmiegten. Das Bild erfüllte mich mit Traurigkeit, auf eine Weise, die ich nicht verstand, denn ich wußte, daß jegliches Ding nur die ihm zugedachte Zeit hatte, egal, wie gern wir es behalten würden.

»Tag, ihr da!« sagte jemand. »Dachte doch, daß ich die Sirenen gehört hätte.«

Mein Dad und ich schauten auf einen Mann, der eine große Schubkarre vor sich durch den Schlamm schob. Er trug einen Overall und matschverschmierte Stiefel, und er hatte einen dicken Bauch, einen mit Leberflecken übersäten Schädel mit einem Büschel weißer Haare ganz oben, ein faltiges Gesicht und eine Kartoffelnase mit kleinen geplatzten dunkelroten Äderchen an der Spitze. Seine grauen Augen blickten durch eine runde Brille. Er grinste ein breites Grinsen. Seine Zähne waren dunkelbraun, und auf seinem Kinn war eine Warze, aus der drei weiße Haare sprossen. »Was kann ich für euch tun?«

»Ich bin Tom Mackenson«, stellte sich mein Dad vor und streckte ihm die Hand entgegen. »Jays Sohn.«

»O ja! tschuldige, daß ich dich nicht gleich erkannt habe!« Mr. Sculley trug schmutzige Arbeitshandschuhe, und er zog einen davon aus, um meinem Vater die Hand zu schütteln. »Ist das Jays Enkel?«

»Ja. Er heißt Cory.«

»Hab dich schon mal gesehen, glaub ich«, sagte Mr. Sculley zu mir. »Ich kann mich noch erinnern, als dein Daddy in deinem Alter war. Dein Großvater und ich kennen uns schon 'ne ganze Weile.«

»Mr. Sculley, ich glaube, Sie haben heute nachmittag ein Fahrrad mitgenommen«, sagte Dad. »Vor einem Haus in der Deerman Street.«

»Hab ich. War aber nicht mehr viel mit los. Ganz auseinandergebrochen.«

»Nun, es war Corys Rad. Ich denke, es müßte mir gelingen,

es wieder zu reparieren, wenn wir es zurückbekommen könnten.«
»Hoppla!« sagte Mr. Sculley. Sein breites Grinsen sackte in sich zusammen. »Tom, ich denke nicht, daß ich das tun kann.«
»Warum nicht? Es *ist* hier, oder nicht?«
»Ja, es ist hier. *War* hier, meine ich.« Mr. Sculley deutete auf einen der Schuppen. »Ich hab's gerade vor ein paar Minuten dort reingeschafft.«
»Also können wir es herausholen und wieder mitnehmen, oder?«
Mr. Sculley kaute an seiner Unterlippe. Er blickte mich an und dann wieder Dad. »Ich denke nicht, Tom.« Er schob seine Karre beiseite, neben den Berg aus toten Rädern, und sagte: »Kommt mit und schaut es euch an.« Wir folgten ihm. Er hinkte, als ob seine Hüfte sich um eine Angel anstatt um ein Gelenk und eine Kapsel drehte.
»Seht ihr, die Sache ist die«, fuhr er fort. »Ich will diese alten Räder schon seit über einem Jahr loswerden. Will hier ein bißchen Ordnung machen, versteht ihr. Muß Platz schaffen für das Zeug, das neu reinkommt. Also sagte ich zu Belle – das ist meine Frau – ich sagte: ›Belle, wenn ich noch ein Rad dazubekomme, tu ich es. Nur noch ein einziges.‹« Er führte uns durch eine offene Tür in das kühle Innere des Gebäudes. Nackte Glühbirnen warfen Schatten zwischen weitere Schrottberge. Hier und dort erhoben sich größere Dinge aus der Dunkelheit wie Maschinen von Marsmenschen und offenbarten geheimnisvolle Kanten und Ecken. Irgend etwas quiekte und huschte davon; ob Mäuse oder Fledermäuse, vermag ich nicht zu sagen. Die Halle sah jedenfalls wie eine Höhle aus, in der sich Indianer-Joe wohl gefühlt hätte.
»Paßt auf, wo ihr hintretet«, warnte uns Mr. Sculley, als wir durch eine weitere Tür gingen. Dann blieb er neben

einer großen rechteckigen Maschine mit Hebeln und Schaltern stehen und sagte: »Diese Schrottpresse hier hat gerade vor fünfzehn Minuten dein Rad gefressen. Es ging als erstes hinein.« Er tippte gegen ein Faß voller verbogener und zerquetschter Metallteile. »Seht ihr, ich kann das hier als Schrott verkaufen. Ich habe auf ein letztes Rad gewartet, bevor ich mit dem Zerstückeln anfing, und deins war's.« Er schaute mich an. Die Glühbirne an der Decke schimmerte auf seiner regennassen Glatze, und seine Augen waren freundlich. »Tut mir leid, Cory. Wenn ich gewußt hätte, daß es jemandem gehört, hätte ich es behalten, aber es war tot.«

»*Tot?*« fragte mein Vater.

»Sicher. Alles stirbt. Haucht sein Leben aus, und weder Liebe noch gute Worte können es wieder reparieren. So war es auch mit diesem Rad. In dem Zustand sind sie alle, wenn sie schließlich hierhergebracht werden oder jemand anruft, damit ich sie abhole. Du weißt, daß dein Rad tot war, lange bevor ich es in die Presse gesteckt habe, nicht wahr, Cory?«

»Ja, Sir«, erwiderte ich. »Ich weiß es.«

»Es hat nicht gelitten«, sagte Mr. Sculley, und ich nickte. Es schien mir, als verstünde Mr. Sculley den wahren Kern des Daseins, und ich glaubte, daß er seine jungen Augen und sein junges Herz behalten hatte, auch wenn sein Körper alt geworden war. Er durchschaute die kosmische Ordnung der Dinge, und er wußte, daß es Leben nicht nur in Fleisch und Blut gibt, sondern auch in jenen Dingen – einem guten, treuen Paar Schuhe; einem verläßlichen Wagen; einem Füller, der immer funktionierte; einem Rad, das dich über viele Meilen getragen hatte –, in die wir unser Vertrauen legen und die uns die Sicherheit und Freude von Erinnerungen geben.

Die uralten, versteinerten Herzen mögen nun kichern und sagen: »Das ist doch *lächerlich*!« Aber lassen Sie mich Ihnen eine Frage stellen: Wünschen Sie sich denn niemals – selbst nur für einen winzigen Augenblick –, daß Sie noch einmal Ihr erstes Rad haben könnten? Sie erinnern sich daran, wie es aussah. Sie erinnern sich. Haben Sie es Trigger oder Fury oder Flicka oder Blitz genannt? Wer hat Ihnen dieses Rad genommen, und wo ging es hin? Haben Sie sich das jemals gefragt?

»Ich will dir mal was zeigen, Cory«, sagte Mr. Sculley und stupste meine Schulter. »Hier lang.«

Mein Dad und ich folgten ihm, fort von der Fahrrad-Zermalm-Maschine in einen weiteren Raum. Ein Fenster mit einer dreckigen Scheibe ließ schwaches grünliches Licht ein, das sich mit dem grellen Schein der Glühbirne verband. In diesem Raum stand Mr. Sculleys Schreibtisch und ein Aktenschrank. Er öffnete den Schrank und griff auf das oberste Brett. »Das hier zeige ich nicht jedem, aber ich denke, euch beide könnt's vielleicht interessieren.« Er schob einige Schachteln hin und her und suchte, dann sagte er plötzlich: »Da hab ich's«, und seine Hand kam aus dem Dunkeln wieder ins Licht.

Er hielt ein Holzstück in der Hand. Die Borke war ausgeblichen und von vertrockneten Mollusken bedeckt. Im Holz steckte etwas, das wie ein schlanker Elfenbeindolch von ungefähr zwölf Zentimeter Länge aussah. Mr. Sculley hielt es ans Licht, und seine Augen hinter der Brille funkelten. »Seht ihr das? Wofür haltet ihr es?«

»Keine Ahnung«, sagte Dad. Ich schüttelte ebenfalls meinen Kopf.

»Guckt es euch genau an.« Er hielt mir das Holzstück mit dem Elfenbeindolch vors Gesicht. Ich konnte Dellen und Kerben auf der Elfenbeinoberfläche erkennen, und die Kanten waren gezackt wie ein Angelmesser.

»Es ist ein Zahn«, sagte Mr. Sculley. »Oder eher noch ein Fangzahn.«

»Ein *Fangzahn?*« Dad runzelte die Stirn, und sein Blick huschte zwischen Mr. Sculley und dem Holzstück hin und her. »Das muß eine ganz schön große Schlange gewesen sein!«

»Keine Schlange, Tom. Ich habe dieses Stück aus einem Baumstamm geschnitten, den ich am Flußufer fand, als ich vor drei Sommern dort nach Flaschen suchte. Seht ihr die Muscheln? Es muß von einem alten Baum stammen, der wahrscheinlich eine ganze Weile auf dem Grund gelegen hat. Ich denke, das letzte Hochwasser hat ihn aus dem Schlamm hochgerissen.« Er fuhr vorsichtig mit einem behandschuhten Finger über die gezackte Kante. »Ich denke, ich habe den einzigen Beweis, den es gibt.«

»Sie meinen doch nicht ...«, begann Dad, doch ich wußte es schon.

»Ja. Das hier ist ein Fangzahn aus dem Maul von Old Moses.« Er hielt ihn mir abermals hin, doch ich wich zurück. »Vielleicht sind seine Augen nicht mehr so gut wie früher«, sagte Mr. Sculley nachdenklich. »Vielleicht hat er sich in den Baumstamm verbissen, weil er ihn für eine große Schildkröte hielt. Vielleicht hatte er an dem Tag nur einfach schlechte Laune und hat nach allem geschnappt, gegen das er mit der Schnauze stieß.« Sein Finger tippte auf den abgebrochenen Rand des Fangzahns. »Man mag sich gar nicht vorstellen, was so ein Ding mit einem Menschen machen kann. Wäre sicher nicht schön, oder?«

»Kann ich das mal sehen?« fragte Dad, und Mr. Sculley reichte ihm den Fangzahn. Mr. Sculley ging zum Fenster und schaute hinaus, während mein Vater untersuchte, was er da in der Hand hielt, und nach einer Weile sagte Dad: »Ich denke, Sie haben recht! Es *ist* ein Zahn!«

»Hab ich ja gesagt«, erinnerte ihn Mr. Sculley. »Ich lüge nicht.«

»Das müssen Sie jemandem zeigen! Sheriff Amory oder Bürgermeister Swope! Himmel, das muß der Gouverneur zu sehen bekommen!«

»Swope hat ihn schon gesehen«, erwiderte Mr. Sculley. »Er war es, der mir geraten hat, ihn in meinen Schrank zu legen und die ganze Sache zu vergessen.«

»Warum? So was wie das hier gehört auf die Titelseite!«

»Das sieht Bürgermeister Swope anders.« Er wandte sich vom Fenster ab, und ich bemerkte, daß seine Miene sich verdüstert hatte. »Zuerst dachte Swope, es wäre alles Schwindel. Er hat ihn Dr. Parrish gegeben, damit er ihn sich mal ansieht, und Doc Parrish rief Doc Lezander. Beide stimmten überein, daß es ein Fangzahn von einer Art Reptil sein muß. Dann haben wir uns alle im Büro des Bürgermeisters getroffen und ein Palaver hinter verschlossenen Türen abgehalten. Swope sagte, er hätte sich entschieden, die ganze Sache unter den Teppich zu kehren. Er sagte, vielleicht ist es ein Fangzahn oder vielleicht ist es auch nur ein Schwindel, doch es ist es nicht wert, die Leute hier in Aufregung zu versetzen.« Er nahm das Holzstück wieder aus der Hand meines Vaters. »Ich sagte: ›Luther Swope, glaubst du denn nicht, daß die Leute einen wirklichen Beweis haben wollen, daß es ein Monster im Tecumseh gibt?‹ Und er schaute mich mit dieser verdammten Pfeife zwischen den Zähnen an und antwortete: ›Das wissen die Leute längst. Beweise würden ihnen nur angst machen. Jedenfalls, wenn es ein Monster im Fluß gibt, dann ist es unser Monster, und wir wollen es mit niemandem teilen.‹ Und das war das Ende der Geschichte.«

Mr. Sculley hielt mir den Zahn hin. »Möchtest du ihn mal anfassen, Cory? Nur damit du nachher sagen kannst, daß du es getan hast?«

Ich tat es, ganz vorsichtig mit dem Zeigefinger. Der Fangzahn war kühl, so wie ich mir den Grund des Flusses vorstellte.

Mr. Sculley legte das Holzstück mit dem Fangzahn zurück

in den Schrank und schloß die Tür. Draußen war der Regen wieder stärker geworden und prasselte auf das Metalldach. »Das ganze Wasser, was da runterkommt«, sagte Mr. Sculley, »muß Old Moses richtig glücklich machen.«
»Ich denke trotzdem, Sie sollten es jemandem zeigen«, meinte Dad. »Zum Beispiel jemandem von der Zeitung in Birmingham.«
»Das würde ich ja, Tom, aber vielleicht hat Swope gar nicht so unrecht. Vielleicht *ist* Old Moses unser Monster. Vielleicht würden sie nur versuchen, ihn uns wegzunehmen, wenn wir jemandem davon erzählten. Würden ihn mit einem Netz fangen und ihn irgendwo in ein großes Aquarium stecken wie einen übergroßen Katzenwels.« Mr. Sculley schüttelte stirnrunzelnd den Kopf. »Nee, ich würde nicht wollen, daß das geschieht. Und die Dame sicher auch nicht. Sie füttert ihn jeden Karfreitag, schon so lang ich mich erinnern kann. Dies ist das erste Jahr, daß er sein Essen nicht mochte.«
»Sein Essen nicht mochte?« fragte Dad. »Was heißt das denn?«
»Hast du dieses Jahr die Parade nicht gesehen?« Mr. Sculley wartete darauf, daß Dad verneinte, dann fuhr er fort. »Dies war das erste Jahr, in dem Old Moses der Brücke nicht mit dem Schwanz einen Schlag versetzt hat, was dasselbe heißt wie ›Danke für das Fressen‹. Es ist nur ganz kurz, aber man erkennt das Geräusch, wenn man es so viele Jahre gehört hat. Dieses Jahr ist es nicht gekommen.«
Ich erinnerte mich, wie besorgt die Dame ausgesehen hatte, als sie an jenem Tag die Wasserspeierbrücke verließ, und wie bedrückt die gesamte Prozession auf dem Rückmarsch nach Bruton war. Der Grund mußte gewesen sein, daß die Dame Old Moses nicht mit dem Schwanz gegen die Brücke hatte schlagen hören. Doch was bedeutete ein solcher Mangel an Tischmanieren?

»Schwer zu sagen, was es bedeutet«, fügte Mr. Sculley noch hinzu, als hätte er meine Gedanken gelesen. »Der Dame hat es nicht gefallen, so viel ist mal sicher.«
Draußen wurde es langsam dunkel. Dad meinte, daß wir uns besser auf den Heimweg machen sollten, und er bedankte sich bei Mr. Sculley, daß er sich die Zeit genommen hatte, uns zu zeigen, was mit dem Rad geschehen war. »War nicht Ihr Fehler«, sagte Dad, als Mr. Sculley vor uns herhinkte, um uns den Weg hinaus zu zeigen. »Sie haben nur Ihre Arbeit getan.«
»Ja. Ich hab auf ein letztes Rad gewartet. Wie ich schon sagte, das Rad konnte sowieso nicht mehr repariert werden.«
Das hätte ich Dad auch sagen können. Um genau zu sein, hatte ich es ihm gesagt, doch einer der Nachteile, ein Kind zu sein, war, daß einem die Erwachsenen nur mit halbem Ohr zuhörten.
»Hab von dem Wagen im See gehört«, sagte Mr. Sculley, als wir uns der Tür näherten. Seine Stimme hallte in dem hohen Raum, und ich spürte, wie mein Vater sich anspannte. »So sollte kein Mann sterben, ohne christliches Begräbnis«, fuhr Mr. Sculley fort. »Hat Sheriff Amory irgendwelche Spuren?«
»Nicht daß ich wüßte.« Die Stimme meines Vaters bebte leicht. Ich war mir sicher, daß er jedesmal, wenn er zu Bett ging und die Augen schloß, den versinkenden Wagen sah und die Leiche, die mit Handschellen an das Lenkrad gekettet war.
»Ich hab so meine eigenen Ideen, wer es war und wer ihn umgebracht hat.« Wir erreichten die Tür, doch der Regen stürzte noch immer auf die Berge von alten toten Dingen herab, und das letzte Sonnenlicht war grün verfärbt. Mr. Sculley blickte meinen Vater an und lehnte sich gegen den Türrahmen. »Es ist jemand, der sich mit dem Blaylock-Clan angelegt hat. Muß jemand gewesen sein, der nicht aus dieser

Gegend kam, denn jeder hier, der ein bißchen Grips hat, weiß, daß Wade, Bodean und Donny Blaylock so bösartig wie Klapperschlangen sind. Die haben hier überall in den Wäldern ihre Schnapsbrennerei versteckt. Und von ihrem Daddy, Biggun, könnte sich selbst der Teufel noch 'ne Scheibe abschneiden. Ja, Sir, die Blaylocks sind der Grund, weshalb der arme Kerl jetzt da unten im See liegt, darauf kannst du wetten.«

»Ich vermute, der Sheriff wird schon daran gedacht haben.«

»Wahrscheinlich hat er das. Das einzige Problem ist nur, daß niemand weiß, wo die Blaylocks ihre Schlupflöcher haben. Hin und wieder tauchen sie auf, um irgendeine miese Sache abzuziehen, doch sie bis zu ihrem Rattenbau zurückzuverfolgen, das ist etwas ganz anderes.« Mr. Sculley blickte aus der Tür. »Der Regen läßt nach. Macht euch sicher nichts aus, naß zu werden.«

Wir trotteten durch den Matsch zu Dads Pick-up. Als wir an dem Berg aus Fahrrädern vorbeikamen, warf ich abermals einen Blick darauf, und ich entdeckte etwas, was ich vorher nicht bemerkt hatte: Geißblattranken wuchsen inmitten des aufgetürmten Metalls, und die lieblichen kleinen weißen Blütenkelche sprossen zwischen dem Rost.

Plötzlich wurde die Aufmerksamkeit meines Vaters von etwas angezogen, das hinter den Fahrrädern lag und das wir beim Hereinkommen nicht gesehen hatten. Er blieb stehen und starrte es an, und ich blieb ebenfalls stehen, und Mr. Sculley, der vor uns herhinkte, bemerkte es und wandte sich um.

»Ich habe mich immer gefragt, wo sie ihn wohl hingebracht haben«, sagte Dad.

»Ja, werd ihn in nächster Zeit mal wegschleppen müssen. Ich brauche den Platz für andere Sachen.«

Man konnte eigentlich nicht mehr viel davon erkennen. Es war nur ein rostiger Klumpen zerquetschten Metalls, doch

einige Metallteile trugen noch den ursprünglichen schwarzen Lack. Die Windschutzscheibe fehlte, das Dach war platt gedrückt. Doch Teile der Motorhaube waren noch da, und darauf war eine aufgemalte Flammenzunge.
Das hier hatte schwer gelitten.
Dad wandte sich davon ab, und ich folgte ihm zum Pick-up. Ganz dicht hinter ihm, könnte ich anfügen.
»Schaut mal wieder rein!« rief uns Mr. Sculley nach. Die Bluthunde kläfften, und Mrs. Sculley kam heraus auf die Veranda, diesmal ohne ihr Gewehr, und Dad und ich fuhren über die Spukstraße nach Hause.

6
Old Moses kommt zu Besuch

Etwa eine Woche nach unserem Besuch bei Mr. Sculley klingelte nach zehn Uhr abends das Telefon. Mom nahm den Hörer ab.

»Tom!« rief sie, und in ihrer Stimme lag ein Anflug von Panik. »J. T. sagt, am Lake Holman ist der Damm gebrochen! Alle versammeln sich im Rathaus!«

»O Gott!« Dad sprang vom Sofa auf, wo er gesessen und die Nachrichten im Fernsehen angeschaut hatte, und schlüpfte in seine Schuhe. »Das wird ganz sicher eine Überschwemmung geben! Cory!« rief er. »Zieh dich an!«

Sein Ton sagte mir, daß ich mich besser beeilen sollte. Ich legte die Geschichte über den schwarzen Dragster mit dem Geist am Steuer, an der ich gerade schrieb, beiseite und sprang in meine Jeans. Wenn deine Eltern es mit der Angst bekommen, beginnt dein Herz mit neunzig Meilen pro Stunde zu schlagen. Ich hatte Dad das Wort *Überschwemmung* gebrauchen hören. Die letzte hatten wir gehabt, als ich fünf war, und sie hatte nicht viel Schaden angerichtet, außer daß sie die Sumpfnattern aufgeschreckt hatte. Ich hatte jedoch gelesen, daß der Fluß die Straßen von Zephyr 1938 bis zu einer Höhe von vier Fuß überschwemmt hatte, und 1930 war das Frühjahrshochwasser in Bruton beinahe bis zum Dach einiger Häuser gestiegen. Also hatte meine Heimatstadt eine Geschichte, was Überschwemmungen betraf, und bei all dem Regen, den wir und der Rest des Südens seit Anfang April abbekommen hatten, war nicht abzusehen, was alles geschehen konnte.

Der Tecumseh wurde aus dem Lake Holman gespeist, der ungefähr vierzig Meilen nördlich von uns lag. Und da alle Flüsse zum Meer fließen, kam wohl einiges auf uns zu.

Ich versicherte mich, daß Rebell in seinem Hundezwinger hinter dem Haus gut aufgehoben war, und dann zwängten meine Mom, Dad und ich uns in den Pick-up und fuhren zum Rathaus, einem alten, neugotischen Gebäude, das am Ende der Merchant Street stand. Fast alle Häuser waren erleuchtet; das Nachrichtennetz lief auf Hochtouren. Im Moment nieselte es nur, doch das Wasser reichte bis zu den Rändern der Räder des Pick-ups, da die überstrapazierten Abflüsse und die Keller einiger Leute schon überflutet waren. Mein Freund Johnny Wilson und seine Familie hatten aus eben diesem Grund zu Verwandten nach Union Town ziehen müssen.

Wagen und Pick-ups begannen, den Parkplatz des Rathauses zu füllen. In der Ferne zuckten Blitze über den Himmel und erleuchteten die tiefhängenden Wolken. Die Leute wurden in den Sitzungssaal des Rathauses geschickt, einen großen Raum mit einem Gemälde an der Decke, das Engel zeigte, die mit Baumwollballen umherflogen; es war ein Überbleibsel aus der Zeit, als man hier noch Baumwollauktionen abhielt, vor zwanzig Jahren, bevor die Entkörnungsmaschine und das Lagerhaus in die überschwemmungssichere Union Town verlagert wurden. Wir fanden Plätze auf einer der splittrigen Bänke, was ein Glück war, denn so, wie die Leute hereinströmten, würde es bald keinen Raum mehr zum Atmen geben. Jemand hatte den guten Einfall, die Ventilatoren anzuschalten, doch die heiße Luft, die aus den Mündern der Leute ausströmte, schien unerschöpflich. Mrs. Kattie Yarbrough, eine der größten Klatschtanten der Stadt, zwängte sich auf den Platz neben Mom und begann aufgeregt zu schnattern, während ihr Mann, der ebenfalls Milchfahrer bei Green Meadows war, meinen Vater mit Beschlag belegte. Ich sah Ben mit Mr. und Mrs. Sears hereinkommen, doch sie setzten sich auf der anderen Seite des Raums hin. Der Dämon, deren Haar aussah, als wäre es gerade mit Schmieröl glatt gekämmt worden, betrat mit ihrer monströsen Mutter und ihrem spindeldürren Dad den Saal. Sie fanden Plätze in unserer Nähe, und ich erschauderte, als der Dämon meinen angewiderten Blick sah und mich angrinste. Reverend Lovoy und seine Familie kamen herein, Sheriff Amory mit seiner Frau und seinen Töchtern betrat den Raum, die Branlins kamen, ebenso wie Mr. Parlowe, Mr. Dollar, Davy Ray mit seinen Eltern, Miss Blue Glass und Miss Green Glass und viele, viele andere Leute, die ich nicht so gut kannte. Der Saal war dicht gedrängt mit Menschen.

»Alles mal ruhig! Ruhe!« Mr. Wynn Gillie, der stellvertretende Bürgermeister, trat auf das Podium, wo früher der Baumwollauktionator gestanden hatte, und hinter ihm saßen Bürgermeister Swope und Brandmeister Jack Marchette, unter dessen Befehl auch die Bürgerwehr stand. *»Ruhe!«* brüllte Mr. Gillie, und die Adern an seinem sehnigen Hals traten hervor. Das allgemeine Gemurmel erstarb, und Bürgermeister Swope erhob sich, um zu sprechen. Er war großgewachsen und schlank, um die fünfzig Jahre alt, und er hatte ein längliches, ernstes Gesicht und graues Haar, das er aus der hohen Stirn zurückgekämmt trug. Er paffte unablässig an einer Briarpfeife wie eine Lokomotive, die mit einem langen, steilen Anstieg kämpfte, und er trug Hosen mit perfekten Bügelfalten und Hemden mit seinen Initialen auf der Brusttasche. Er wirkte ganz wie ein erfolgreicher Geschäftsmann, was er auch war. Ihm gehörte sowohl Staggs Herrenausstatter als auch das Kühlhaus, das sich schon seit Jahren im Besitz seiner Familie befand. Seine Frau, Lana Jean, saß bei Dr. Curtis Parrish und der Frau des Arztes, Brightie.

»Ich nehme an, mittlerweile hat jeder die schlechte Nachricht gehört«, begann Bürgermeister Swope. Er hatte ein bürgermeisterliches Auftreten, doch er sprach, als wäre sein Mund voller Hafergrütze. »Uns bleibt nicht viel Zeit, Leute. Chief Marchette hat mir gesagt, daß der Fluß schon die Hochwassergrenze erreicht hat. Wenn das Wasser vom Lake Holman hier ankommt, sind wir wirklich in Schwierigkeiten. Könnte die schlimmste Überschwemmung werden, die wir je hatten. Was bedeutet, daß Bruton zuerst überflutet wird, da es dem Fluß am nächsten liegt. Vandy, wo bist du?« Der Bürgermeister schaute sich um, und Mr. Vandercamp senior hob seine zittrige Hand. »Mr. Vandercamp wird den Eisenwarenladen aufschließen«, sagte Bürgermeister Swope. »Er hat Schaufeln und Sandsäcke, mit denen wir unseren eigenen Damm zwischen Bruton und dem Fluß bauen können, um so vielleicht das Schlimmste der Flutwelle aufzuhalten. Das heißt, daß alle mit zupacken müssen: Männer, Frauen und die Kinder auch. Ich habe den Robbins-Luftwaffenstützpunkt angerufen, und sie schicken ein paar Männer, um uns zu helfen. Von Union Town kommen auch Leute rüber. Also sollte jeder, der helfen kann, nach Bruton fahren und sich bereitmachen, Sand zu schaufeln.«

»Warte mal eine verdammte Minute, Luther!«

Der Mann, der gesprochen hatte, stand auf. Man konnte ihn nicht übersehen. Ich glaube, ein Buch über einen weißen Wal war nach ihm benannt. Mr. Dick Moultry hatte ein rotes, aufgedunsenes Gesicht und trug sein Haar so kurzgeschoren, daß es wie ein braunes Nadelkissen aussah. Er hatte ein zeltgroßes T-Shirt und Blue jeans an, in die gut und gern mein Dad, Chief Marchette und Bürgermeister Swope gleichzeitig hineingepaßt hätten. Er hob einen fleischigen Arm und zielte mit dem Finger auf den Bürgermeister. »Für mich hört sich das so an, als ob wir unsere eigenen Häuser

vergessen sollen! Ja, Sir! Wir sollen unsere eigenen Häuser vergessen und uns für einen Haufen Nigger ins Zeug legen!«
Diese Bemerkung spaltete augenblicklich die Anwesenden in zwei Lager. Einige brüllten, daß Mr. Moultry unrecht hatte, und andere, daß er recht hatte.
»Dick«, sagte Bürgermeister Swope und schob seine Pfeife wieder in den Mund, »du weißt, daß es immer in Bruton anfängt, wenn der Fluß über die Ufer tritt. Das ist das Flachland. Wenn wir ihn da aufhalten können, können wir ...«
»Und wo sind dann die Leute aus Bruton?« fragte Mr. Moultry, und sein großer, eckiger Kopf schwenkte von rechts nach links. »Ich sehe hier drinnen keine schwarzen Gesichter! Wo sind sie? Warum sind sie nicht hier und betteln uns um Hilfe an?«
»Weil sie *nie* um Hilfe bitten.« Der Bürgermeister stieß eine blaue Rauchwolke aus; die Lokomotive fing an, mehr Kohle aufzulegen. »Ich garantiere dir, daß sie in diesem Moment draußen am Flußufer sind und versuchen, einen Damm zu bauen, doch sie würden nicht einmal um Hilfe bitten, wenn das Wasser bis zu ihren Dächern steigt. Die Dame würde es nicht zulassen. Aber sie brauchen unsere Hilfe, Dick. Genauso wie beim letztenmal.«
»Wenn sie ein bißchen Grips im Kopf hätten, würden sie da wegziehen!« beharrte Mr. Moultry. »Teufel noch mal, diese verdammte Dame steht mir auch bis hier oben! Wer glaubt sie denn, daß sie ist, eine verdammte *Königin*?«
»Setz dich hin, Dick«, befahl ihm Chief Marchette. Der Brandmeister war ein grobknochiger Mann mit einem gemeißelten Gesicht und stechenden blauen Augen. »Wir haben keine Zeit, darüber zu streiten.«
»Was Sie nicht sagen!« Mr. Moultry hatte sich entschieden, stur zu bleiben. Sein Gesicht lief so rot an wie ein Hydrant. »Laß die Dame doch hier rüber auf das Land der

Weißen kommen und uns um Hilfe *bitten*!« Das brachte einen neuerlichen Sturm von zustimmenden und ablehnenden Rufen. Mr. Moultrys Frau, Feather, erhob sich neben ihm und schrie: »Zum Teufel, ja!« Sie hatte platinblondes Haar und war eher Amboß als Feder. Mr. Moultry brüllte über den Lärm: »Ich reiß mir für keinen Nigger den Arsch auf!«

»Aber, Dick«, sagte Bürgermeister Swope offenkundig verwirrt, »es sind *unsere* Nigger.«

Das Rufen und Schreien ging weiter. Manche Leute sagten, es wäre nur christlich, Bruton vor der Überschwemmung zu schützen, und andere sagten, sie hofften, das Hochwasser würde es den Negern zeigen und Bruton ein für allemal hinwegspülen. Meine Eltern verhielten sich ruhig, wie die meisten anderen auch; das hier war das Gefecht der Großmäuler.

Plötzlich begann sich Stille auszubreiten, zuerst im hinteren Teil des Saals, wo sich die Leute um die Tür drängten. Jemand lachte, doch das Lachen wurde beinahe augenblicklich erstickt. Ein paar Leute murmelten und flüsterten. Und dann betrat ein Mann den Saal, und man hätte denken mögen, das Rote Meer teilte sich, als die Leute zurückwichen, um Platz für ihn zu machen.

Der Mann lächelte. Er hatte ein jungenhaftes Gesicht und hellbraunes Haar, das sich auf seiner hohen Stirn scheitelte.

»Was soll denn dieses ganze Gezeter?« fragte er. Er hatte einen Südstaatenakzent, doch man konnte erkennen, daß er ein gebildeter Mann war. »Gibt es irgendwelche Probleme, Bürgermeister Swope?«

»Äh ... nein, Vernon. Kein Problem. Oder, Dick?«

Mr. Moultry sah aus, als würde er gleich vor Wut explodieren. Das Gesicht seiner Frau war krebsrot. Ich hörte die Branlins kichern, doch jemand brachte sie zum Schweigen.

»Ich hoffe, daß es kein Problem gibt«, sagte Vernon, noch immer lächelnd. »Sie wissen, wie Daddy Probleme haßt.«

»Setzt euch!« befahl Bürgermeister Swope den Moultrys, und sie gehorchten. Ihre Hintern drohten die Bank zu zerbrechen.

»Ich spüre hier ... Unstimmigkeit«, sagte Vernon. Ich fühlte, wie sich ein Kichern in meine Kehle drängte, doch mein Vater packte mein Handgelenk und drückte es so fest, daß es wieder verschwand. Andere Leute rutschten unruhig auf ihren Plätzen hin und her, besonders einige der älteren Witwen. »Bürgermeister Swope, darf ich zum Podium treten?«

»Gott schütze uns«, flüsterte mein Vater, und Mom wurde von einem unterdrückten Kichern geschüttelt.

Vernon Thaxter stieg zum Podium hinauf und wandte sich der versammelten Menge zu. Er sah im Lampenlicht sehr bleich aus. Alles an ihm war bleich.

Er war splitternackt. Nicht ein Faden auf seinem Leib.

Sein Pimmel und seine Eier waren für jedermann zu sehen. Er war ein mageres Etwas, wahrscheinlich, weil er so viel umhermarschierte. Seine Fußsohlen mußten so hart wie getrocknetes Leder sein. Regentropfen glitzerten auf seinem weißen Fleisch, und sein Haar war ganz naß. Er sah aus wie der schwarze Hindu-Magier, den ich einmal auf einem Bild in einem meiner *National Geographics* gesehen hatte, obwohl er natürlich weder schwarz noch ein Hindu war. Ich würde sagen, er war auch kein Magier. Vernon Thaxter war schlicht und einfach vollkommen verrückt.

Natürlich war es für Vernon Thaxter nichts Neues, nackt wie am Tag seiner Geburt durch die Stadt zu marschieren. Er tat es die ganze Zeit, sobald das Wetter wärmer wurde. Im späten Herbst oder Winter bekam man ihn jedoch nur selten zu Gesicht. Wenn er im Frühling zum erstenmal auftauchte, erschreckte es alle noch ein wenig; ab Juli würdigte ihn dann niemand mehr eines zweiten Blicks; ab Oktober waren die fallenden Blätter wesentlich interessanter. Dann wurde es wieder Frühling, und da war Vernon Thaxter und stellte erneut seine Geschlechtsteile in der Öffentlichkeit zur Schau.

Sie mögen sich fragen, warum Sheriff Amory nicht augenblicklich aufstand und Vernon wegen Erregung öffentlichen Ärgernisses ins Gefängnis steckte. Der Grund, weshalb er es nicht tat, war Moorwood Thaxter, Vernons Vater. Moorwood Thaxter gehörte die Bank. Außerdem gehörten ihm die Green-Meadows-Molkerei und die Grundstücksmaklergesellschaft. Beinahe jedes Haus war mit Hypotheken von Moorwood Thaxters Bank belastet. Ihm gehörte das Grundstück, auf dem das Lyric-Theater stand, und das Grundstück, auf dem das Rathaus erbaut worden war. Ihm gehörte jeder Stein in der Merchants Street. Ihm gehörten die schäbigen Hütten von Bruton und sein eigener Achtundzwanzig-Zimmer-Palast auf der Anhöhe der Temple Street. Die Angst vor Moorwood Thaxter, der in seinen Siebzigern war und nur selten gesehen wurde, war es, die Sheriff Amory auf seinem Platz hielt und dem vierzigjährigen Vernon erlaubte, nackt auf den Straßen meiner Heimatstadt umherzuwandeln. So war es gewesen, so lange ich mich erinnern konnte.

Mom erzählte mir, daß Vernon früher ganz normal war, doch er hatte ein Buch geschrieben und war damit nach New York gegangen. Als er ein Jahr später zurückkehrte, fing er an, nackt und verrückt umherzulaufen.

»Meine Herren und Damen«, begann Vernon. »Und die Kinder natürlich auch.« Er streckte seine dürren Arme aus und umfaßte die Ecken des Rednerpults. »Wir haben es hier mit einer sehr ernsten Lage zu tun.«

»Momma!« quäkte der Dämon plötzlich. »Ich kann den Pimmel von dem Mann . . .«

Eine Hand mit haarigen Knöcheln preßte sich über ihren Mund. Ich nehme an, daß dem alten Thaxter auch ihr Haus gehörte

»Eine sehr ernste Lage«, wiederholte Vernon, der nichts außer seiner eigenen Stimme wahrnahm. »Daddy hat mich mit einer Botschaft hierhergeschickt. Er sagt, er erwarte von den Menschen dieser Stadt, daß sie in dieser Zeit der Prüfung wahre christliche Nächstenliebe zeigen. Mr. Vandercamp senior, Sir?«

»Ja, Vernon?« meldete sich der alte Mann.

»Wollen Sie bitte so freundlich sein und die Namen all jener gesunden und guten Männer notieren, die sich Werkzeug von Ihnen ausborgen, um den Bewohnern von Bruton zur Seite zu stehen? Mein Daddy würde es sehr zu schätzen wissen.«

»Sehr gern doch«, erwiderte Mr. Vandercamp senior; er war reich, doch nicht reich genug, um Moorwood Thaxter etwas abzuschlagen.

»Vielen Dank. Auf diesem Wege wird mein Daddy eine Liste zur Hand haben, wenn die Zinssätze steigen, wie sie es in diesen unsicheren Zeiten zwangsläufig zu tun pflegen. Es war immer die Ansicht meines Daddys, daß jene Männer – und Frauen –, die sich nicht scheuen, für ihre Nachbarn einzutreten, besondere Beachtung verdienen.« Er ließ seinen Blick lächelnd über das Publikum schweifen. »Hat sonst noch jemand etwas zu sagen?«

Das hatte niemand. Es ist recht schwer, mit einem nackten Mann über irgend etwas anderes zu reden als den Grund, weshalb er keine Kleider trug, und niemand wagte es, ein derart heikles Thema anzuschneiden.

»Ich denke, dann ist Ihre Mission klar«, sagte Vernon. »Viel Glück Ihnen allen.« Er bedankte sich bei Bürgermeister Swope, daß dieser ihm das Wort erteilt hatte, und dann stieg er vom Podium und ging aus dem Saal, genau wie er gekommen war. Das Rote Meer teilte sich abermals für ihn und schloß sich hinter seinem Rücken wieder.

Für gut eine Minute saßen alle schweigend da; vielleicht warteten wir darauf, daß sichergestellt war, daß Vernon Thaxter außer Hörweite war. Dann fing jemand zu lachen an, und jemand anders stimmte ein; der Dämon begann, vor Lachen zu kreischen und auf und ab zu hüpfen, doch andere Leute fauchten die Lacher an, den Mund zu halten, und der gesamte Saal tobte. »Beruhigt euch! Beruhigt euch, Leute!« brüllte Bürgermeister Swope, und Chief Marchette stand auf und bellte in ein Megaphon, um Ruhe zu schaffen.

»Das ist verdammte Erpressung!« Mr. Moultry war erneut aufgesprungen. »Nichts anderes als verdammte Erpressung!« Ein paar andere stimmten ihm zu, doch Dad war einer der Männer, die aufstanden und Mr. Moultry befahlen, den Mund zu halten und Chief Marchette zuzuhören.

Und so löste sich die ganze Sache auf: Chief Marchette sagte, daß jeder, der helfen wollte, hinüber nach Bruton fahren sollte, wo der Fluß auf seinem Weg zur Wasserspeierbrücke auf den Stadtrand traf, und er würde einige Freiwillige mit einem Transporter zu Mr. Vandercamps Eisenwarenladen schicken, damit sie dort Schaufeln, Pickeln und andere Sachen abholten. Moorwood Thaxters Macht war nie offensichtlicher als im Anschluß an Chief Marchettes Anweisungen: Alle machten sich nach Bruton auf, sogar Mr. Moultry.

Brutons enge Straßen waren schon überschwemmt. Hühner flatterten im Wasser, und Hunde schwammen umher. Der Regen war wieder stärker geworden und hämmerte einen ungezügelten Rhythmus auf die Blechdächer. Schwarze zerrten ihre Habseligkeiten aus den Fachwerkhäusern und versuchten, höher gelegenes Gelände zu erreichen. Die Wagen und Laster, die aus Zephyr herüberkamen, schlugen Wellen, die über unter Wasser liegende Vorgärten rollten und sich schäumend an den Fundamenten brachen. »Dieses Hochwasser«, sagte Dad, »wird schlimm werden.«

Auf dem bewaldeten Deich schufteten die meisten Bewohner Brutons schon im knietiefen Wasser. Ein Schlammwall wurde errichtet, doch der Fluß war hungrig. Wir stellten den Pick-up in der Nähe eines Basketballplatzes am Freizeitzentrum von Bruton ab, wo schon viele andere Fahrzeuge parkten, und wateten dann zum Fluß. Nebelschwaden wirbelten über dem steigenden Wasser, und Taschenlampenstrahlen durchschnitten die Nacht. Blitze zuckten, Donner grollte. Ich hörte die drängenden Rufe von Leuten, schneller und härter zu arbeiten. Meine Mutter umfaßte meine Hand und hielt sie fest, während Dad weiter voranging, um sich einer Gruppe von Männern aus Bruton anzuschließen. Jemand hatte einen Müllwagen voller Sand rückwärts an den Deich gefahren, und ein Mann aus Bruton zog Dad hinein, und sie begannen, kleine Leinensäcke zu füllen und sie anderen regendurchnäßten Männern hinunterzuwerfen. »Hier rüber! Hier rüber!« brüllte jemand. »Er hält nicht!« rief jemand anders. Stimmen überschnitten sich und verschmolzen wie die Lichter von Taschenlampen. Es waren angsterfüllte Stimmen. Ich hatte ebenfalls Angst.

Es ist etwas an der Natur, wenn sie außer Kontrolle gerät, das unsere Urängste anrührt. Wir halten uns gern für die Herren unseres Reichs und sind überzeugt, daß Gott uns die Welt überantwortet hat, damit wir sie beherrschen. Wir brauchen diese Illusion wie ein verläßliches Nachtlicht. Die Wahrheit ist erschreckender: Wir sind hilflos wie junge Bäume in einem Wirbelsturm, und unsere geliebten Heimstätten können von einer einzigen Überschwemmung in Treibholz verwandelt werden. Wir graben unsere Wurzeln in bebende Erde, wir leben, wo sich Gebirge erhoben und wieder versanken und prähistorische Meere zu Nebel verdampften.

Wir und die Städte, die wir errichteten, währen nicht ewig; die Erde selbst ist nur ein vorbeifahrender Zug. Wenn du in schlammigem Wasser stehst, das dir bis zur Taille reicht, und du in der Finsternis Menschen rufen hörst und ihre Gestalten siehst, die gegen die unbesiegbare Strömung ankämpfen, erkennst du die darin verborgene Wahrheit: Wir werden nicht gewinnen, doch wir können nicht aufgeben. Niemand dort im prasselnden Regen auf jenem langsam versinkenden Deich glaubte, daß sich der Tecumseh aufhalten lassen würde. Das war noch nie vorgekommen. Dennoch kämpften sie weiter. Der Laster mit den Werkzeugen kam vom Eisenwarenladen herüber, und Mr. Vandercamp junior hatte eine Liste dabei, auf der die Leute, die sich eine Schaufel geben ließen, mit ihrem Namen unterschrieben. Schlammwälle und Sandsäcke wurden aufgetürmt, und der Fluß strömte durch die Barrikade wie braune Suppe durch einen Mund voll schlechter Zähne. Das Wasser stieg. Meine Gürtelschnalle verschwand unter der Oberfläche.

Ein Blitz zuckte vom Himmel, gefolgt von einem Donnerschlag, der so laut war, daß man die Schreie der Frauen nicht mehr hören konnte. »Der ist ganz in der Nähe eingeschlagen!« sagte Reverend Lovoy, der eine Schaufel hielt und wie ein Schlammensch aussah.

»Die Lichter gehen aus!« rief eine schwarze Frau ein paar Sekunden später, und tatsächlich herrschte plötzlich überall in Bruton und Zephyr Stromausfall. Ich sah, wie die Lichter in den Fenstern flackerten und erloschen. Dann lag meine Heimatstadt im Dunkeln, und man konnte den Himmel nicht vom Wasser unterscheiden.

In der Ferne erspähte ich etwas, was wie eine Kerze aussah, im Fenster eines Hauses, das so weit von Bruton entfernt lag, wie man gehen konnte, ohne die Stadtgrenzen von Zephyr zu verlassen. Während ich dorthin schaute, bewegte sich das Licht von einem Fenster zum anderen. Mir wurde bewußt, daß ich auf Mr. Moorwood Thaxters Herrensitz blickte, hoch oben in der Temple Street.

Ich spürte es, bevor ich es sah.

Eine Gestalt stand zu meiner Linken und beobachtete mich. Wer immer es war, trug einen langen Regenmantel und hatte die Hände in den Taschen vergraben. Der Sturmwind peitschte über den Fluß und ließ die nassen Falten des Mantels flattern, und mir blieb beinahe das Herz stehen, denn ich erinnerte mich an die Gestalt im Wald gegenüber von Saxon's Lake.

Dann setzte sich die Gestalt in Bewegung und watete an meiner Mutter und mir vorbei auf die Hilfstruppen zu. Es war eine hochgewachsene Gestalt – ein Mann, wie ich annahm –, und er bewegte sich mit kräftigen, entschlossenen Schritten voran. Zwei Taschenlampenstrahlen schienen einen Augenblick lang in der Luft zu fechten, und der Mann trat mitten in ihr Scharmützel. Die kämpfenden Lichter enthüllten nicht das Gesicht des Mannes, doch sie offenbarten etwas anderes.

Der Mann trug einen durchnäßten, tropfenden Filzhut. Das Hutband war mit einer silbernen Scheibe von der Größe eines halben Dollars befestigt, und darunter steckte eine kleine Zierfeder.

Eine Feder, dunkel von der Nässe, doch eine Feder, die deutlich grün schimmerte.

Wie die grüne Feder, die ich an jenem Morgen an der Sohle meines Turnschuhs gefunden hatte.

In meinem Kopf drehte es sich. Hatten da vielleicht *zwei* grüne Federn in dem Hutband gesteckt, bevor der Wind eine herausgepflückt hatte?

Einer der Taschenlampenstrahlen zog sich geschlagen zurück. Der andere tanzte davon. Der Mann ging im Dunkeln weiter.

»Mom?« sagte ich. »Mom?«

Die Gestalt watete von uns weg und war kaum zweieinhalb Meter von mir entfernt. Sie hob eine weiße Hand, um den Hut auf ihrem Kopf festzuhalten. »Mom?« wiederholte ich, und endlich hörte sie mich bei all dem Lärm und antwortete: »Was ist denn?«
»Ich glaube ... ich glaube ...« Doch ich wußte nicht, was ich glaubte. Ich vermochte nicht zu sagen, ob es die Person war, die ich auf der anderen Seite der Straße gesehen hatte, oder nicht.
Die Gestalt bewegte sich Schritt für Schritt weiter durch das braune Wasser von mir weg.
Ich löste meine Hand aus dem Griff meiner Mutter und ging ihr nach.
»Cory!« rief sie. »Cory, nimm meine Hand!«
Ich hörte es, doch ich gehorchte nicht. Das Wasser wirbelte um mich herum. Ich ging weiter.
»Cory!« schrie Mom.
Ich mußte sein Gesicht sehen.
»Mister!« rief ich. Doch bei dem Regen, dem Fluß und den Hilfsarbeiten war es einfach zu laut; er konnte mich nicht hören. Selbst wenn er es tat, so drehte er sich nicht um. Ich spürte, wie die Strömung des Tecumseh an meinen Schuhen zog. Ich war bis zur Taille in den kalten, schlammigen Fluten eingesunken. Der Mann bewegte sich auf den Deich zu, dort, wo mein Dad war. Taschenlampen hüpften und schwenkten umher, und eine schimmernde Reflexion tanzte auf und ab und traf auf die rechte Hand des Mannes, als er sie aus der Tasche zog.
Etwas Metallisches glitzerte darin.
Etwas mit einer scharfen Klinge.
Mein Herz setzte aus.
Der Mann mit der grünen Feder auf dem Hut war unterwegs zum Flußufer zu einem Treffen mit meinem Vater. Es war ein Treffen, das er vielleicht schon geplant hatte,

seit mein Dad dem versinkenden Wagen hinterhergeschwommen war. Bei all dem Durcheinander, all dem Lärm und in dieser wäßrigen Finsternis, konnte da der Mann mit der grünen Feder auf dem Hut eine Gelegenheit finden, meinem Vater diese Klinge in den Rücken zu stoßen? Ich vermochte Dad nicht zu sehen; ich konnte niemanden mit Sicherheit ausmachen, sondern nur naßschimmernde Gestalten, die gegen das Unausweichliche ankämpften.

Er konnte sich schneller gegen die Strömung bewegen als ich. Er entfernte sich immer weiter. Ich stürzte voran, gegen den Fluß und die Strömung, und in diesem Augenblick rutschten mir die Füße unter dem Körper weg, und ich fiel. Die schlammigen Fluten schlossen sich über meinem Kopf. Ich griff nach oben und versuchte etwas zu packen, um mich daran festzuhalten. Da war nichts, und ich konnte auch keinen festen Boden unter den Füßen bekommen. Mein Verstand kreischte, daß ich nie wieder Luft holen können würde. Ich fuchtelte hektisch herum und wand mich, und dann packte mich jemand und zog mich hoch, während das schlammige Wasser von meinem Gesicht und aus meinem Haar strömte.

»Ich hab dich«, sagte ein Mann. »Alles in Ordnung.«

»Cory! Was hast du dir denn bloß dabei gedacht, Junge?« Das war die Stimme meiner Mutter, die sich zu neuen Höhen der Angst aufschwang. »Bist du denn *übergeschnappt*?«

»Ich glaube, er ist in ein Loch getreten, Rebecca.« Der Mann setzte mich ab. Ich stand noch immer in hüfthohem Wasser, doch zumindest berührten meine Füße wieder den Boden. Ich wischte mir Schlammbrocken von den Augen und schaute auf zu Dr. Curtis Parrish, der einen grauen Regenmantel und einen Regenhut trug. Der Hut hatte kein Band und deshalb auch keine silberne Scheibe und keine grüne Feder. Ich drehte mich um und hielt Ausschau nach der Gestalt, die ich einzuholen versucht hatte, doch sie war zwischen den anderen Menschen näher zum Deich hin verschwunden. Der Mann und das Messer, das er aus seiner Tasche gezogen hatte.

»Wo ist Dad?« fragte ich voller Panik. »Ich muß Dad finden!«

»Nun, nun, beruhig dich.« Dr. Parrish packte mich bei den Schultern. In der einen Hand hielt er eine Taschenlampe. »Tom ist gleich dort drüben.« Er zeigte mit dem Strahl der Taschenlampe auf eine Gruppe schlammverschmierter Männer. Die Richtung, in die er deutete, war nicht die Richtung, in der der Mann mit der grünen Feder auf dem Hut verschwunden war. Doch ich erblickte dort drüben meinen Vater, der Seite an Seite mit einem schwarzen Mann und Mr. Yarbrough arbeitete. »Siehst du ihn?«

»Ja, Sir.« Abermals suchte ich nach der geheimnisvollen Gestalt. Sie war wie vom Erdboden verschluckt.

»Cory, lauf mir nicht wieder einfach so weg!« tadelte meine Mom mich. »Du hast mich fast zu Tode erschreckt!« Jetzt umfaßte sie meine Hand mit einem Griff aus Eisen.

Dr. Parrish war ein vierschrötiger Mann, ungefähr neunundvierzig Jahre alt, mit einem kräftigen, kantigen Kinn und einer platten Nase, die jeden daran erinnerte, daß er einmal Boxmeister war, als er als Sergeant in der Armee diente. Mit denselben Händen, die mich aus dem Loch und wieder auf meine Füße gezogen hatten, hatte Dr. Parrish mich aus dem Leib meiner Mutter geholt. Er hatte buschige dunkle Brauen über Augen, deren Farbe die von Stahl war, und das dunkelbraune Haar unter seinem Regenhut war an den Seiten ergraut. Dr. Parrish sagte zu Mom: »Ich habe vor einer Weile von Chief Marchette gehört, daß sie die Turnhalle der Schule aufgeschlossen haben. Sie stellen Öllampen auf und bringen ein paar Feldbetten und Decken hinein. Die meisten der Frauen und

Kinder gehen jetzt dorthin, weil das Wasser so hoch steigt.«
»Sollen wir denn auch hingehen?«
»Das hielte ich für eine kluge Entscheidung. Es hat keinen Zweck, daß Sie und Cory hier draußen in dem Durcheinander herumstehen.« Er zeigte mit dem Strahl seiner Taschenlampe auf den matschigen Basketballplatz, wo wir geparkt hatten. »Dort drüben sammeln sie alle ein, die in den Schutzraum gehen wollen. In ein paar Minuten müßte wieder ein Laster kommen.«
»Dann weiß Dad doch gar nicht, wo wir sind!« protestierte ich. Ich dachte noch immer an die grüne Feder und das Messer.
»Ich werde es ihn wissen lassen. Tom wird bestimmt froh sein, daß ihr an einem sicheren Ort seid, und ich sage Ihnen die reine Wahrheit, Rebecca: So wie das hier aussieht, können wir noch vor dem Morgengrauen Welse auf den Dachböden fangen.«
Wir brauchten keine weitere Aufforderung. »Brightie ist schon drüben«, sagte Dr. Parrish. »Sie sollten mit dem nächsten Laster fahren. Hier, nehmen Sie das.« Er gab Mom die Taschenlampe, und wir wandten uns von dem angeschwollenen Tecumseh ab und gingen auf das Basketballfeld zu. »Halt meine Hand fest!« befahl Mom, während wir uns durch die Flutmassen kämpften. Ich blickte zurück, doch ich konnte nur die Lichter sehen, die sich in der Dunkelheit bewegten und auf dem aufgewühlten Wasser glitzerten. »Paß auf, wo du hintrittst!« sagte Mom. Weiter unten am Flußufer, jenseits der Stelle, wo mein Vater arbeitete, erhob sich ein Chor schreiender Stimmen. Zu dem Zeitpunkt wußte ich es noch nicht, doch eine schäumende Welle war gerade über den höchsten Punkt des Erdwalls gespült, und die Männer fanden sich unversehens bis zu den Ellbogen in Wasser wieder, als der Fluß den

Deich brach. Der Strahl einer Taschenlampe offenbarte braungescheckte Schuppen in der schlammigen Gischt, und jemand brüllte: »Schlangen!« Im nächsten Augenblick wurden Männer von der alles mit sich reißenden Strömung umgeworfen, und Mr. Stellko, der Manager des Lyric, alterte um zehn Jahre, als er die Hand ausstreckte, um sich festzuhalten, und eine schuppige Gestalt von der Größe eines Baumstamms spürte, die neben ihm durch die Strudel glitt. Mr. Stellko erstarrte wie vom Blitz getroffen und machte sich gleichzeitig in die Hosen. Als er endlich seine Stimme wiederfand, um zu schreien, war das monströse Reptil verschwunden, hatte sich längst von der Flutwelle in die Straßen von Bruton tragen lassen.

»Hilfe! Helft mir doch!«

Wir hörten in der Nähe die Stimme einer Frau, und Mom sagte: »Warte hier.«

Jemand kam mit einer Öllampe auf uns zu. Regen fiel zischend auf den heißen Glasschirm der Lampe und verdampfte. »Bitte helfen Sie mir!« rief die Frau.

»Was ist los?« Mom leuchtete mit der Taschenlampe in das angstverzerrte Gesicht einer jungen schwarzen Frau. Ich kannte sie nicht, doch Mom sagte: »Nila Castile? Bist du das?«

»Ja, Ma'am, ich bin's, Nila! Wer sind Sie?«

»Rebecca Mackenson. Ich habe früher deiner Mutter vorgelesen.«

Das war vor meiner Geburt, nahm ich an.

»Es ist mein Daddy, Miz Rebecca!« sagte Nila Castile. »Ich glaube, sein Herz ist stehengeblieben!«

»Wo ist er?«

»Im Haus! Dort drüben!« Sie deutete in die Dunkelheit. Wasser wirbelte um ihre Hüften. Ich war mittlerweile bis zur Brust eingetaucht. »Er kann nicht aufstehen!«

»Schon gut, Nila. Beruhige dich.« Meine Mutter, ein Rahmen aus kleinen Schrecken, über den man die Haut gespannt hatte, war erstaunlich ruhig, wenn jemand anders der Beruhigung bedurfte. Dies war, wie ich es sah, ein Teil des Erwachsenseins. Wenn es dringend vonnöten war, offenbarte meine Mutter etwas, das Großvater Jaybird gänzlich fehlte: Mut. »Führ mich hin«, sagte sie.

Wasser strömte in die Häuser von Bruton. Nila Castiles Haus war, wie so viele andere, eine schmale, graue, langgezogene Hütte. Sie führte uns hinein. Der Fluß umspülte uns, während sie in das vorderste Zimmer rief: »Gavin! Ich bin zurück!«

Ihr Licht und das meiner Mutter fielen auf einen alten schwarzen Mann in einem Sessel. Das Wasser reichte bis zu seinen Knien, und Zeitungen und Zeitschriften trieben in der Strömung umher. Er hielt die Hand über dem Herzen auf sein nasses Hemd gepreßt. Sein ebenholzfarbenes Gesicht war schmerzverzerrt und seine Augen fest geschlossen. Neben ihm stand ein kleiner Junge von etwa sieben oder acht Jahren und umklammerte seine andere Hand.

»Großvater weint, Momma«, sagte der kleine Junge.

»Das weiß ich, Gavin. Daddy, ich habe Hilfe geholt.« Nila Castile stellte die Lampe auf einem Tisch ab. »Kannst du mich hören, Daddy?«

»Ohhhhh«, stöhnte der alte Mann. »Diesmal tut's scheußlich weh.«

»Wir werden dir jetzt beim Aufstehen helfen. Wir müssen dich hier rausbringen.«

»Nein, Schätzchen.« Er schüttelte den Kopf. »Alte Beine ... wie tot.«

»Was sollen wir *tun*?« Nila schaute meine Mutter an, und ich sah die glitzernden Tränen in ihren Augen.

Der Fluß bahnte sich seinen Weg herein. Draußen grollte Donner, und Blitze zuckten. Wäre dies eine Fernsehsendung gewesen, wäre nun die Werbepause gekommen.

Doch das wirkliche Leben macht keine Pause. »Eine Schubkarre«, sagte meine Mutter. »Habt ihr eine?«
Nila verneinte, doch sie hätten sich kürzlich die Schubkarre eines Nachbarn geborgt, und sie glaubte, daß die vielleicht noch hinten auf der Veranda stehen könnte. Mom sagte zu mir: »Du bleibst hier!« und gab mir die Öllampe in die Hand. Jetzt mußte ich mutig sein, ob es mir nun gefiel oder nicht. Mom und Nila gingen mit der Taschenlampe davon, und ich blieb mit dem Jungen und dem alten Mann im überfluteten Wohnzimmer zurück.
»Ich bin Gavin Castile«, sagte der kleine Junge.
»Ich bin Cory Mackenson«, erwiderte ich.
Es ist schwer, ein Gespräch in Gang zu bringen, wenn man bis zu den Hüften in braunem Wasser steht und das flackernde Licht nicht den ganzen Raum zu erhellen vermag.
»Das hier ist mein Großvater, Mr. Booker Thornberry«, fuhr Gavin fort, seine Hand noch immer um die des alten Mannes geklammert. »Es geht ihm nicht gut.«
»Wieso sind Sie nicht rausgegangen wie alle anderen?«
»Weil«, antwortete Mr. Thornberry und richtete sich auf, »dies mein *Zuhause* ist, Junge. Mein Zuhause. Ich habe keine Angst vor einem verdammten Fluß.«
»Alle anderen haben Angst«, sagte ich. *Jeder mit ein bißchen Verstand,* meinte ich damit.
»Dann sollen alle anderen eben davonlaufen.« Mr. Thornberry, der, wie ich erkannte, viel von der Sturheit meines Großvaters Jaybird hatte, zuckte zusammen, als erneut Schmerz durch seinen Körper schoß. Er blinzelte träge, und seine dunklen Augen starrten mich aus einem knochigen Gesicht heraus an. »Meine Rubynelle ist in diesem Haus von mir gegangen. Genau hier. Ich werde nicht in einem Krankenhaus der Weißen sterben.«
»*Wollen* Sie denn sterben?« fragte ich ihn.

Er schien darüber nachzudenken. »Ich sterbe in meinem eigenen Haus«, erwiderte er schließlich.
»Das Wasser steigt«, sagte ich. »Wir können alle ertrinken.«
Der alte Mann runzelte die Stirn. Dann wandte er den Kopf und blickte auf die kleine schwarze Hand, die die seine hielt.
»Er ist mit mir ins Kino gegangen!« sagte Gavin, während das Wasser bis zu seinem Hals stieg. »Wir haben einen Zeichentrickfilm gesehen!«
»Ja, Bugs Bunny. Wir haben diesen Bugs Bunny gesehen und das stotternde Kerlchen, das wie ein Schwein aussieht. Das haben wir doch, Junge?«
»Ja, Sir!« erwiderte Gavin und grinste. »Wir gehen bald wieder hin und sehen uns noch einen an, nicht wahr?«
Mr. Thornberry antwortete nicht. Gavin ließ nicht los.
In jenem Augenblick verstand ich, was Mut wirklich bedeutet. Es bedeutet, jemanden mehr zu lieben als sich selbst.
Meine Mutter und Nila kamen mit der Schubkarre zurück.
»Wir setzen dich jetzt da hinein, Daddy«, erklärte ihm Nila. »Wir schieben dich dann dahin, wo sie die Leute mit Lastern abholen, wie Miz Rebecca sagt.«
Mr. Thornberry holte langsam und tief Luft, hielt den Atem einen Augenblick an und stieß ihn dann wieder aus. »Verdammt«, flüsterte er. »Verdammtes altes Herz in einem verdammten alten Narren.« Seine Stimme zitterte ein wenig bei dem letzten Wort.
»Lassen Sie uns Ihnen helfen«, bot Mom an.
Er nickte. »Also gut«, sagte er. »Es ist Zeit zu gehen, nicht wahr?«
Sie setzten ihn in die Schubkarre, doch schon bald erkannten Mom und Nila, daß sie sich, obwohl Mr. Thornberry so dürr war, zusammen mit aller Kraft anstrengen mußten, um ihn

zu schieben und seinen Kopf über Wasser zu halten. Ich sah das Problem: Draußen vor dem Haus auf den überfluteten Straßen würde Gavins Kopf unter Wasser sein. Die Strömung konnte ihn davontragen wie eine Kornähre. Wer würde ihn über Wasser halten?

»Wir werden zurückkommen müssen, um die Jungen zu holen«, entschied Mom. »Cory, du nimmst die Lampe, und du und Gavin, ihr stellt euch auf den Tisch.« Der Tisch war überspült, doch er würde uns über Wasser halten. Ich tat, wie Mom mir aufgetragen hatte, und Gavin zog sich ebenfalls hoch. Wir standen gemeinsam im Schein meiner Lampe auf einer kleinen Insel aus Kiefernholz.

»Also gut«, sagte Mom. »Cory, beweg dich nicht von der Stelle. Wenn du dich bewegst, werde ich dir eine Abreibung verpassen, die du bis an dein Lebensende nicht mehr vergißt. Verstanden?«

»Ja, Ma'am.«

»Gavin, wir kommen gleich wieder zurück«, sagte Nila Castile. »Wir müssen Großvater dorthin bringen, wo die Leute ihm helfen können. Hörst du?«

»Ja, Ma'am«, erwiderte Gavin.

»Ihr Jungs hört auf eure Mütter«, meldete sich Mr. Thornberry zu Wort, und seine Stimme war krächzend vor Schmerz. »Sonst versohle ich euch beiden den Hintern.«

»Ja, Sir«, erwiderten wir. Ich dachte so bei mir, daß Mr. Thornberry sich offenkundig entschieden hatte, weiterzuleben.

Mom und Nila Castile machten sich an die mühselige Aufgabe, mit Mr. Thornberry in der Schubkarre gegen das braune Wasser anzuschieben. Jede nahm einen Griff, und Mom hielt das Licht. Sie hoben die Schubkarre so hoch sie konnten an, und Mr. Thornberry reckte seinen mageren Hals, daß die Adern hervortraten. Ich hörte, wie meine Mutter vor Anstrengung keuchte. Doch die Schubkarre bewegte sich, und sie schoben sie durch das Wasser, das um die offenstehende Tür und auf der überfluteten Veranda umherwirbelte. Am Fuß der beiden Steinstufen reichte das Wasser bis zu Mr. Thornberrys Hals und spritzte in sein Gesicht. Sie entfernten sich, während die Strömung in ihrem Rücken ihnen beim Schieben half. Ich hatte meine Mutter zuvor nie für körperlich stark gehalten. Ich vermute, man weiß nie, was ein Mensch zu tun vermag, bis dieser Mensch es tun muß.

»Cory?« sagte Gavin nach einer Weile.

»Ja, Gavin?«

»Ich kann nicht schwimmen.«

Er drängte sich an mich. Nun, da er nicht mehr für seinen Großvater mutig sein mußte, begann er zu zittern. »Ist schon in Ordnung«, erwiderte ich. »Das mußt du auch nicht.«

Hoffte ich.

Wir warteten. Sicher würden sie bald zurückkommen. Das Wasser schwappte über unsere durchnäßten Schuhe. Ich fragte Gavin, ob er irgendwelche Lieder kenne, und er antwortete, er kenne *On Top of Old Smokey*, das er mit einer hohen, bebenden, doch nicht unangenehmen Stimme zu singen begann.

Sein Gesang – mehr ein Jodeln, um ehrlich zu sein – zog etwas an, das plötzlich durch die Tür gepaddelt kam, und ich hielt den Atem an und schwenkte mit dem Licht darauf.

Es war ein brauner Hund, von Kopf bis Fuß mit Schlamm überdeckt. Seine Augen funkelten im Licht, und seine Atmung ging rasselnd, während er durch den Raum auf uns zuschwamm, durch das Treibgut aus Zeitungen und anderem Müll hindurch. »Komm schon, Junge!« sagte ich. Es war egal, ob es ein Junge oder ein Mädchen war; der Hund sah aus, als könnte er einen sicheren Platz brauchen. »Komm schon!« Ich gab Gavin die Lampe, und der Hund winselte und jaulte, als eine träge Welle durch die Tür schwappte und das Tier auf und ab schwanken ließ. Wasser klatschte gegend die Wände.

»Komm schon, Junge!« Ich beugte mich hinab, um den strampelnden Hund zu ergreifen. Ich erwischte seine Vorderpfoten. Er schaute in mein Gesicht, während seine rosafarbene Zunge im fahlen gelben Licht heraushing. Er sah aus wie ein wiedergeborener Christ, der seinem Erlöser gegenüberstand.

Ich hob den Hund an den Pfoten heraus, und ich spürte, wie ein Zucken durch seinen Körper lief.

Irgend etwas machte *knirsch.*

Schnell, einfach so.

Und dann kamen sein Kopf und seine Schultern aus dem dunklen Wasser, und plötzlich war da nichts mehr übrig von dem Hund jenseits der Mitte seines Rückens, kein Hinterteil, kein Schwanz, keine Hinterbeine, nichts außer einem klaffenden Loch, aus dem sich ein Sturzbach schwarzen Bluts und dampfender Gedärme ergoß.

Der Hund stieß einen winselnden Laut aus. Das war alles. Doch seine Pfoten zuckten, und seine Augen blickten mich an, und die Todesqualen, die ich darin las, brannten sich auf immer in mein Gehirn ein.

Ich schrie auf – was ich sagte, werde ich wohl nie wissen – und ließ das verstümmelte Etwas, das einmal ein Hund gewesen war, fallen. Er platschte ins Wasser, ging unter, kam wieder hoch, und die Pfoten versuchten noch immer zu paddeln. Ich hörte Gavin etwas rufen; es klang wie *unnerwasser-Mars?* Und dann begann plötzlich das Wasser um den halben Kadaver, der seine Gedärme wie einen grausigen Schwanz hinter sich herzog, zu brodeln, und ich sah eine schimmernde Haut die Oberfläche durchstoßen.

Sie war mit karoförmigen Schuppen von der Farbe von

Herbstlaub bedeckt: blasses Braun, schimmerndes Purpur, tiefes Gold und mattes Rotbraun. Auch alle Schattierungen des Flusses waren da, von verwischtem Ocker zu Mondscheinrosa. Ich sah einen Wald aus Muscheln, die sich an seinem Fleisch festgesogen hatten, graue Schluchten von Narben und Angelhaken, scharlachrot von Rost. Ich sah einen Leib so dick wie eine uralte Eiche, der träge durch das Wasser glitt, sich ganz gelassen seine Zeit nahm. Ich war wie erstarrt von dem Anblick, selbst als Gavin vor Angst zu schreien begann. Ich wußte, was ich da vor mir hatte, und obgleich mein Herz hämmerte und ich kaum zu atmen vermochte, schien es mir doch im Augenblick eines der schönsten Geschöpfe Gottes zu sein.

Dann aber erinnerte ich mich an den schartigen Fangzahn bei Mr. Sculley, der sich wie eine Klinge in das Holzstück gebohrt hatte. Schön oder nicht, Old Moses hatte gerade einen Hund in Stücke gerissen.

Er war noch immer hungrig. Dies alles geschah so schnell, daß mein Verstand kaum Zeit hatte, es zu erfassen: Kiefer öffneten sich, Fänge glitzerten, und ein alter Stiefel war an einem davon aufgespießt, zusammen mit einem zappelnden silbernen Fisch. Die Kiefer sogen die übriggebliebene Hälfte des Hundekadavers mit einem glucksenden Wasserstrudel ein und schlossen sich dann genüßlich, wie man einen Zitronenbonbon im Lyric-Theater lutschen mochte. Ich sah für einen Sekundenbruchteil ein schmales blaßgrünes Katzenauge von der Größe eines Baseballs aufblitzen, das von einem gallertartigen Film überzogen war. Dann fiel Gavin rückwärts vom Tisch ins Wasser, und die Lampe, die er hielt, erlosch zischend.

Ich dachte nicht darüber nach, mutig zu sein. Ich dachte nicht darüber nach, ob ich Angst hatte.

Ich kann nicht schwimmen.

Nur daran dachte ich.

Ich sprang vom Tisch und tauchte Gavin hinterher. Das Wasser war schwer von dem vielen Schlamm und reichte bis zu meinen Schultern, und das bedeutete, daß es Gavin bis zu den Nasenlöchern ging. Er schlug und trat in panischer Angst um sich, und als ich ihn um die Taille packte, muß er mich für Old Moses gehalten haben, denn er riß mir beinahe die Arme aus. Ich schrie: »Gavin! Hör auf zu treten!« und zog sein Gesicht aus dem Wasser. »Humma hobba humma«, brabbelte er, wie ein regendurchnäßter Motor, dessen Zündkerzen ihr Letztes gaben.

Ich hörte ein Geräusch hinter mir in dem dunklen und überschwemmten Zimmer. Das Geräusch von etwas, das sich aus dem Wasser erhob.

Ich drehte mich um. Gavin schrie auf und klammerte sich mit beiden Armen um meinen Hals, so daß er mich beinahe erwürgte.

Ich sah die Umrisse von Old Moses – riesengroß, schrecklich und atemberaubend –, der sich wie ein lebendiger Baumstamm aus dem Wasser erhob. Sein Kopf war flach und dreieckig wie der einer Schlange, doch ich denke, es war mehr als nur eine Schlange, denn er schien zwei kleine Arme mit spindeldürren Klauen daran zu besitzen, direkt unter dem, was sein Hals hätte sein können. Ich hörte seinen Schwanz gegen eine Wand schlagen, so fest, daß das Haus erbebte. Sein Kopf stieß gegen die Decke. Gavins Klammergriff ließ meinen Kopf von gestautem Blut anschwellen.

Ich wußte ohne hinzublicken, daß Old Moses uns anschaute, mit Augen, die einen Wels um Mitternacht im schlammigen Wasser erspähen konnten. Ich spürte, wie er uns abschätzte, als würde sich eine kalte Messerklinge gegen meine Stirn pressen. Ich hoffte, daß wir keine allzu große Ähnlichkeit mit Hunden hatten.

Old Moses roch wie der Fluß am Mittag, sumpfig, dampfend, und auf ihm wimmelte es von kleinen Lebewesen. Zu sagen, daß ich diese Ehrfurcht einflößende Bestie respektierte, wäre eine grobe Untertreibung. Doch in diesem Augenblick wünschte ich mir nichts sehnlicher, als an irgendeinem anderen Ort auf der Welt zu sein, selbst in der Schule. Aber ich hatte nicht viel Zeit zum Nachdenken, denn Old Moses' schlangenartiger Kopf begann sich auf uns herabzusenken wie das Vorderende eines Baggers, und ich hörte das Zischen seiner sich öffnenden Kiefer. Ich wich zurück und brüllte Gavin an, mich loszulassen, doch er weigerte sich. Wenn ich er gewesen wäre, hätte ich auch nicht losgelassen. Der Kopf kam auf uns zu, doch in diesem Augenblick wich ich aus dem Wohnzimmer in einen schmalen Flur zurück – von dem ich ganz sicher nicht wußte, daß er da war –, und Old Moses' Kiefer schlugen zu beiden Seiten von uns gegen den Türrahmen. Dies schien ihn richtig wütend zu machen. Er zog sich zurück und schoß wieder nach vorn, mit demselben Ergebnis, außer daß diesmal der Türrahmen zersplitterte. Gavin weinte laut schluchzend, und eine schäumende Welle von Old Moses' Schwanzschlägen brach sich spritzend an meinem Gesicht und schwappte über meinen Kopf. Etwas stieß gegen meine rechte Schulter und jagte mir einen Schauder über den Rücken. Ich griff danach und fand einen Besen, der inmitten der Trümmer schwamm.

Old Moses stieß ein Geräusch aus wie eine Lokomotive, deren Kessel kurz vor dem Explodieren standen. Ich sah die abscheulichen Umrisse seines Kopfes auf den Durchgang zum Flur zukommen und dachte an Gordon Scotts Tarzan, wie er mit dem Speer in der Hand gegen eine riesige Python kämpft. Ich nahm den Besenstiel hoch, und als Old Moses abermals gegen den Türrahmen schlug, rammte ich den Besen mitten in seinen weit aufgerissenen, hundeverschlingenden Schlund.

Sie wissen, was geschieht, wenn Sie sich den Finger ganz tief in den Hals stecken, oder nicht? Nun, dasselbe geschieht augenscheinlich auch bei Monstern. Old Moses gab einen würgenden Laut von sich, so donnernd wie ein Schlag in einem Faß. Der Kopf zog sich zurück und riß den Besen mit sich, dessen Borsten sich in seiner Speiseröhre verkeilt hatten. Dann, und dies ist das einzige Wort, mit dem ich es beschreiben kann, kotzte Old Moses. Ich meine es genau so. Ich sah einen Sturzbach von Flüssigkeit und abscheulichen Dingen aus seinem Maul strömen. Fische, manche noch zappelnd und andere längst tot, wurden in alle Richtungen geschleudert, zusammen mit stinkenden Flußkrebsen, Schildkrötenpanzern, Muscheln, schleimigen Steinen, Schlamm und Knochen. Der Gestank war . . . nun, Sie können es sich vorstellen. Es war hundertmal schlimmer als wenn das Kind in der Schule seine Frühstücksgrütze auf das Pult vor dir auswürgt. Ich duckte meinen Kopf unter Wasser, um dem Gestank zu entfliehen, und natürlich mußte Gavin mir dabei folgen, ob er nun wollte oder nicht. Dort unten schoß es mir durch den Kopf, daß Old Moses etwas wählerischer sein sollte mit den Dingen, die er vom Grund des Tecumseh aufsammelte.

Die Strudel der Strömung wirbelten um uns herum. Ich tauchte wieder auf, und Gavin schnappte prustend nach Luft und brüllte aus Leibeskräften. An diesem Punkt begann ich ebenfalls zu brüllen. »Hilfe!« schrie ich. »Helft uns!«

Ein Licht stieß durch die Haustür über das aufgewühlte Wasser hinweg und traf mein Gesicht.

»Cory!« ertönte die Stimme des Jüngsten Gerichts. *»Ich hab dir doch gesagt, du sollst dich nicht von der Stelle rühren, oder?«*

»Gavin? *Gavin?*«

»Gütiger Gott!« sagte meine Mutter. »Was ist denn das für ein Gestank?«

Das Wasser beruhigte sich. Ich erkannte, daß Old Moses nicht länger zwischen den beiden Müttern und ihren Söhnen war. Tote Fische trieben in einer schleimigen Brühe auf der

Oberfläche, doch die Aufmerksamkeit meiner Mutter galt allein mir. »Ich werde dir den Hintern versohlen, Cory Mackenson!« rief sie, während sie mit Nila Castile im Schlepptau hereinwatete.

Dann befand sie sich plötzlich inmitten des einstigen Mageninhalts des schwimmenden Monstrums, und dem Laut nach zu schließen, den sie ausstieß, glaube ich nicht, daß meine Mutter noch einen Gedanken daran verschwendete, mir eine Tracht Prügel zu verabreichen.

Was für ein Glück.

7
Eine Einladung von der Dame

Natürlich glaubte mir keiner meiner Freunde.

Davy Ray Callan lachte nur und schüttelte den Kopf, und er sagte, er selbst hätte sich keine bessere Geschichte ausdenken können. Ben Sears schaute mich an, als hätte ich zu viele Monsterfilme im Lyric gesehen. Johnny Wilson dachte eine Weile auf die ihm eigene langsame, tiefschürfende Art darüber nach, und dann tat er seine Meinung kund: »Nee. Ist nicht passiert.«

»Ist es doch!« sagte ich, als wir auf der Veranda unseres Hauses im Schatten unter einem wolkenlosen blauen Himmel saßen. »Es ist wirklich passiert, ich schwöre es!«

»Ach ja?« Davy Ray, der aufsässigste unserer Gruppe und derjenige, der sich am ehesten unglaubliche Geschichten ausdachte, neigte seinen braunen Schopf zur Seite und sah mich mit seinen blaßblauen Augen an, in denen immer die Andeutung ungezügelten Gelächters blitzte. »Und wieso hat Old Moses dich dann nicht einfach aufgefressen? Wieso ist ein solches Monster vor einem Kind mit einem *Besen* davongelaufen?«

»Weil«, erwiderte ich, krebsrot und wütend, »ich kein monstertötendes Strahlengewehr bei mir hatte, deshalb! Aber es ist so passiert, und du kannst ...«

»Cory«, sagte meine Mutter leise von der Tür aus, »ich denke, du solltest jetzt besser aufhören, darüber zu reden.«

Also tat ich es. Und ich verstand, was sie meinte. Es hatte keinen Zweck zu versuchen, die anderen davon zu überzeugen. Meine Mom konnte es selbst kaum fassen, obwohl Gavin Castile gleich aufgeregt alles seiner Mutter erzählt hatte. Übrigens ging es Mr. Thornberry wieder besser. Er lebte und wurde jeden Tag kräftiger, und wie ich hörte, wollte er wieder gesund werden, damit er sich mit Gavin noch mehr Zeichentrickfilme ansehen konnte.

Aber meine Freunde hätten mir geglaubt, wenn sie meine Kleider hätten riechen können, bevor Mom sie auf den Müll warf. Sie warf auch ihre eigenen verdreckten Kleider fort. Dad hörte sich die Geschichte an, und er nickte und saß mit gefalteten Händen da. Um seine Handflächen und Finger hatte er Verbände, um die riesigen Blasen zu bedecken, die er sich beim Schaufeln geholt hatte.

»Nun«, meinte Dad, »ich kann nur sagen, daß es auf dieser Welt seltsamere Dinge gibt, als wir uns vorstellen können, selbst wenn wir tausend Jahre leben würden. Ich danke Gott, daß ihr beide keinen Schaden davongetragen habt, und daß niemand im Hochwasser ertrunken ist. Und jetzt: Was gibt es zum Abendbrot?«

Zwei Wochen verstrichen. Wir ließen den April hinter uns und bewegten uns durch die sonnigen Tage des Mais. Der Tecumseh kehrte zu seinen Ufern zurück, nachdem er uns wieder einmal bewiesen hatte, wer der Herr im Haus war. Ein Viertel der Häuser in Bruton, eingeschlossen das von Nila Castile, waren unbewohnbar, und so konnte man in Bruton beinahe rund um die Uhr den Lärm von Sägen und Hämmern hören. Doch der Regen und die Überschwemmung hatten auch ein Gutes gehabt; im Sonnenschein explodierte die Erde nun förmlich von Blumen, und Zephyr erstrahlte in Hunderten von Farben. Rasenflächen leuchteten in einem satten Smaragdgrün, und überall sproß Geißblatt. Der Sommer war schon fast da.

Ich verbrachte meine Zeit nun hauptsächlich mit Üben für die Abschlußprüfungen. In Mathe war ich nie eine besondere Leuchte gewesen, und ich würde eine gute Note brauchen, damit ich nicht – und der bloße Gedanke daran ließ mir beinahe das Herz stehenbleiben – auf die Sommerschule mußte.

In meinen ruhigeren Stunden fragte ich mich, wie es mir gelungen war, Old Moses mit einem Besen zu vertreiben. Ich hatte Glück gehabt, daß ich ihn in den Schlund des Monstrums rammen konnte, soviel war einmal sicher. Doch vielleicht war da noch etwas anderes gewesen. Old Moses war, trotz seiner Größe und seiner ungebändigten Wut, wie Großvater Jaybird; er riskierte immer eine große Lippe, doch beim ersten Stich lief er davon. Oder schwamm davon, wie man in diesem Fall sagen müßte. Old Moses war ein Feigling. Vielleicht hatte Old Moses sich zu sehr daran gewöhnt, Dinge zu fressen, die sich nicht wehrten, wie Welse und Schildkröten und verängstigte Hunde, die um ihr Leben schwammen. Mit dem Besenstiel in seinem Rachen, mochte sich Old Moses vielleicht gedacht haben, daß es leichtere Beute gab, dort wo er herkam, unten auf dem Grund des Flusses in jenem kühlen, schlammigen Bankettsaal, wo nichts zurückbiß.

Zumindest war das meine Theorie. Aber ich hoffe, daß ich sie nie austesten muß.

Ich hatte einen Traum von dem Mann in dem langen Mantel und dem Hut mit der grünen Feder. Ich träumte, daß ich auf ihn zuwatete, und als ich seinen Arm packte, wandte er mir sein Gesicht zu, und er hatte keine menschliche Haut, sondern karoförmige Schuppen in der Farbe von Herbstlaub. Er hatte Fänge wie Dolche, und Blut rann über sein Kinn, und ich erkannte, daß ich ihn mitten im Fressen eines kleinen braunen Hundes gestört hatte, dessen zuckende obere Hälfte er in der linken Hand hielt.

Es war kein schöner Traum.

Doch vielleicht lag etwas Wahrheit darin. Irgendwo verborgen.

In jenen Tagen war ich ein Fußgänger, in Ermangelung zweier Räder, die ich mein eigen nennen konnte. Es machte mir Spaß, zur Schule und wieder nach Hause zu gehen, doch all meine Freunde hatten Fahrräder, und ich hatte definitiv ein oder zwei Punkte an Ansehen verloren. Eines Nachmittags warf ich Rebell Stöckchen und wälzte mich mit ihm im grünen Gras, als ich ein klapperndes Geräusch hörte. Ich blickte auf, Rebell blickte auf, und da kam ein Pick-up auf unser Haus zu.

Ich kannte den Wagen. Er war mit Rostflecken übersät, die Federung war durchgesackt, und der Lärm, den er machte, ließ Hunde hinter ihm herkläffen. Rebell begann zu bellen, und ich hatte Mühe, ihn wieder zu beruhigen. Auf der Ladefläche des Pick-ups war eine Art Metallgestell festgeschraubt, von dem scheppernd wie die Patienten in einer Irrenanstalt ein verwirrendes Sammelsurium von Werkzeugen hing, von denen die meisten so alt und wertlos wie der Wagen selbst anmuteten. Auf der Fahrertür stand, nicht besonders säuberlich geschrieben: LIGHTFOOTS REPARATURDIENST.

Der Pick-up hielt vor dem Haus. Mom erschien, aufgeschreckt durch das Klappern, auf der Veranda, doch Dad würde nicht vor einer Stunde oder so von der Arbeit zurückkommen. Die Tür des Wagens öffnete sich, und ein großgewachsener, magerer schwarzer Mann in einem staubigen grauen Overall stieg aus, so langsam, daß es schien, als ob ihn jede Bewegung schmerzte. Er trug eine graue Mütze, und seine dunkle Haut war von Staub bedeckt. Er kam langsam zur Veranda herüber, und ich denke, daß Mr. Marcus Lightfoot wohl nicht einmal seine Schritte beschleunigt hätte, wäre plötzlich ein wilder Stier auf ihn zugestürmt.

»Guten Tag, Mr. Lightfoot«, sagte Mom. Sie trug eine Schürze, denn sie hatte in der Küche gearbeitet, und sie

wischte sich die Hände an einem Küchentuch ab. »Wie geht es Ihnen?«
Mr. Lightfoot lächelte. Seine kleinen, eckigen Zähne waren sehr weiß, und graues Haar wucherte unter seiner Mütze heraus. Und er sprach mit einer Stimme, die klang wie ein stetes Tropfen aus einem verstopften Rohr: »Guten Tag auch, Miz Mackenson. Hallo, Cory.«
Dies war ein recht flotter Austausch für Mr. Lightfoot, der seit mehr als dreißig Jahren Reparaturen und andere kleinere Aufgaben in Zephyr und Bruton erledigte, nachdem er die Arbeit von seinem Vater übernommen hatte. Mr. Lightfoot war berühmt für sein Geschick mit Geräten, und obgleich er so träge wie Zahnschmerz war, bekam er alles wieder hin, egal wie unlösbar das Problem erschienen sein mochte. »Wirklich schöner.« Er hielt inne und blickte zum blauen Himmel auf. Die Sekunden tickten dahin. Rebell bellte, und ich legte meine Hand über sein Maul.
»Tag«, entschied Mr. Lightfoot.
»Ja, das ist es.« Mom wartete darauf, daß er erneut sprach, doch Mr. Lightfoot stand einfach da und schaute nunmehr auf unser Haus. Er griff in eine seiner vielen Taschen, holte eine Handvoll Nägel hervor und spielte damit, als würde er ebenfalls warten. »Äh ...« Mom räusperte sich. »Kann ich Ihnen irgendwie behilflich sein?«
»Bin nur mal vorbeigekommen«, erwiderte er, so langsam und zäh wie warme Melasse. »Hab mich gefragt, ob Sie ...« und hier machte er eine Pause, um einen Augenblick lang seine Fingernägel zu studieren, »... vielleicht was zum Reparieren haben?«
»Nun, nein, eigentlich nicht. Mir fällt nichts ein ...« Sie hielt inne, und ihr Gesichtsausdruck sagte mir, daß ihr *doch* etwas eingefallen war. »Der Toaster. Der ist mir vorgestern kaputtgegangen. Ich wollte Sie schon anrufen, doch ...«

»Ja, ich weiß.« Mr. Lightfoot nickte verständnisvoll. »Die Zeit fliegt nur so dahin.«
Er ging zurück zum Wagen, um seine Werkzeugtasche zu holen, ein altes metallenes Kuriosum voller Fächer, die, wie es schien, mit jeglicher Art von Bolzen und Muttern unter der Handwerkersonne gefüllt waren. Er schnallte sich seinen Werkzeuggürtel um, an dem verschiedene Arten von Hämmern, Schraubenziehern und geheimnisvoll anmutenden Zangen baumelten. Mom hielt Mr. Lightfoot die Tür auf, und als er ins Haus trat, schaute sie zu mir herüber und zuckte mit den Schultern, was soviel heißen sollte wie: *Ich weiß auch nicht, was er hier will.* Ich gab Rebell den zerbissenen Stock und ging ebenfalls ins Haus. In der kühlen Küche trank ich ein Glas Eistee und schaute zu, wie Mr. Lightfoot den Toaster anstarrte.
»Möchten Sie etwas zu trinken, Mr. Lightfoot?« fragte Mom.
»Nein.«
»Ich habe ein paar Haferflockenkekse.«
»Nein, aber vielen Dank.« Er nahm ein sauberes weißes Taschentuch aus einer weiteren Tasche und entfaltete es. Dann legte er das Tuch über den Sitz von einem der Küchenstühle. Anschließend zog er den Stecker des Toasters aus der Dose, stellte ihn neben seine Werkzeugtasche auf den Tisch und setzte sich auf das weiße Tuch. All dies tat er mit Unterwassergeschwindigkeit.
Mr. Lightfoot wählte einen Schraubenzieher aus. Er hatte die langen, graziösen Finger eines Chirurgen oder eines Künstlers. Ihm beim Arbeiten zuzusehen war eine Tortur für die Geduld, doch niemand konnte sagen, daß er nicht wußte, was er tat. Er öffnete den Toaster und starrte auf die freigelegten Heizstangen. »Aha«, sagte er nach langem Schweigen. »Aha.«
»Was ist es?« Mom spähte über seine Schulter. »Können Sie es reparieren?«

»Sehen Sie dort? Das kleine rote Kabel?« Er tippte mit der Kante des Schraubenziehers darauf. »Hat sich gelöst.«
»Ist das alles? Nur dieses kleine Kabel?«
»Ja, Ma'am, das ist es.« Er wickelte das Kabel wieder sorgfältig um seinen Anschluß. Ihm dabei zuzuschauen war wie eine sonderbare Form von Hypnose. »Alles«, sagte er schließlich. Dann setzte er den Toaster wieder zusammen, steckte den Stecker in die Dose, drückte die Zeitschalterhebel herunter, und wir alle schauten zu, wie die Heizschlaufen langsam rot wurden. »Manchmal«, sagte Mr. Lightfoot.
Wir warteten. Ich glaube, ich konnte mein Haar wachsen hören.
»Sind's nur.«
Die Welt unter uns drehte sich.
»Kleine Dinge.« Er begann, das weiße Tuch wieder zusammenzufalten. Wir warteten, doch dieser spezielle Gedankengang schien entweder entgleist oder an seinem Ende angekommen zu sein. Mr. Lightfoot schaute sich in der Küche um. »Sonst noch was zum Reparieren?«
»Nein, ich denke, jetzt haben wir's.«
Mr. Lightfoot nickte, doch ich sah deutlich, daß er nach Problemen suchte wie ein Jagdhund nach der Witterung von Wild. Er ging einmal langsam in der Küche herum, wobei er seine feingliedrigen Hände auf den Eisschrank, den Vier-Flammen-Herd und den Wasserhahn der Spüle legte, als wollte er durch die Berührung die Gesundheit der Geräte feststellen. Mom und ich tauschten verwirrte Blicke aus; Mr. Lightfoot benahm sich zweifellos sonderbar.
»Der Eisschrank stottert ein bißchen«, sagte er. »Soll ich ihn mir mal ansehen?«
»Nein, machen Sie sich damit keine Umstände«, erwiderte Mom. »Mr. Lightfoot, fühlen Sie sich auch gut?«
»Sicher, Miz Mackenson. Sicher.« Er öffnete einen Schrank

und lauschte auf das leise Knarren der Angeln. Ein Schraubenzieher wurde aus seinem Werkzeuggürtel ausgewählt, und er zog die Schrauben sowohl dieser Schranktür als auch der nächsten fest. Mom räusperte sich wieder, diesmal etwas nervös, und fragte: »Äh ... Mr. Lightfoot, wieviel schulde ich Ihnen für die Reparatur des Toasters?«
»Es ist«, sagte er. Er überprüfte die Angeln der Küchentür, dann ging er zu Moms MixMaster-Küchenmaschine auf dem Arbeitstresen und begann, diese zu untersuchen. »Bereits bezahlt«, beendete er den Satz.
»Bezahlt? Aber ... ich verstehe nicht.« Mom hatte schon auf das Bord gegriffen und das Einweckglas mit den Dollarnoten und dem Kleingeld heruntergeholt.
»Ja, Ma'am. Bezahlt.«
»Aber ich habe Ihnen noch gar kein Geld gegeben.«
Mr. Lightfoots Finger verschwanden in einer weiteren Tasche, und diesmal brachten sie einen weißen Umschlag zum Vorschein. Er reichte ihn Mom, und ich sah, daß in blauer Tinte »Die Mackenson Familie« auf der Vorderseite geschrieben stand. Auf der Rückseite war er mit weißem Wachs versiegelt. »Nun«, sagte er schließlich, »ich denke, ich bin fertig.« Er griff nach seiner Werkzeugtasche. »Für heute.«
»Für heute?« fragte Mom.
»Ja, Ma'am. Sie kennen.« Mr. Lightfoot schaute nun auf die Lampenfassungen, als wäre es sein sehnlichster Wunsch, in ihre elektrischen Tiefen einzudringen. »Meine Nummer«, sagte er. »Wenn etwas kaputtgeht, rufen Sie.« Er lächelte. »Mich einfach an.«
Wir brachten Mr. Lightfoot zur Tür. Er winkte uns zu, als er mit dem klapprigen alten Pick-up davonfuhr. Die Werkzeuge schepperten an ihren Haken, und die Hunde der Nachbarschaft drehten durch. »Tom wird mir das nie glauben«, sagte Mom, mehr zu sich selbst. Dann riß sie den

Umschlag auf, nahm einen Brief heraus und las ihn. »Hm«, machte sie. »Willst du es hören?«

»Ja, Ma'am.«

Sie las es mir vor: »›Es wäre eine große Ehre für mich, wenn Sie an diesem Freitag abend um sieben Uhr in mein Haus kommen würden. Bitte bringen Sie Ihren Sohn mit.‹ Und sieh mal, von wem er ist.« Mom reichte mir den Brief, und ich sah die Unterschrift.

Die Dame.

Als Dad nach Hause kam, erzählte ihm Mom von Mr. Lightfoot und zeigte ihm den Brief, noch bevor er richtig Zeit hatte, seine Milchmannmütze abzunehmen. »Was glaubst du, was sie von *uns* will?« fragte Dad.

»Ich weiß es nicht. Aber ich glaube, sie hat Mr. Lightfoot bezahlt, damit er unser persönlicher Dienstgeist ist.«

Dad betrachtete abermals den Brief. »Sie hat eine schöne Handschrift für jemanden in ihrem Alter. Ich hätte gedacht, sie wäre ganz zittrig.« Er kaute an seiner Unterlippe, und bei seinem Anblick konnte ich erkennen, daß er nervös war. »Weißt du, ich habe die Dame noch nie von nahem gesehen. Hab sie auf der Straße gesehen, aber ...« Er schüttelte den Kopf. »Nein, ich glaube nicht, daß ich hingehen möchte.«

»Was sagst du da?« fragte Mom ungläubig. »Die Dame hat uns in ihr *Haus* eingeladen!«

»Mir egal.« Dad gab ihr den Brief zurück. »Ich gehe nicht hin.«

»Warum, Tom? Nenn mir einen guten Grund.«

»Freitag abend übertragen sie das Spiel zwischen den Phillies und den Pirates im Radio«, sagte er, während er zu seinem Sessel hinüberging. »Das reicht als Grund.«

»Das denke ich nicht«, widersprach Mom und biß entschlossen die Zähne zusammen.

Hier kamen wir zu einer der Tatsachen des Lebens: Obwohl ich glaube, daß sie sich besser verstanden als neunundneunzig Prozent der Ehepaare in Zephyr, hatten meine Eltern doch ihre Unstimmigkeiten. So wie kein Mensch vollkommen ist, kommt auch keine Ehe zweier Unvollkommener ohne ihre kleinen Reibereien hier und da aus. Ich habe miterlebt, wie mein Vater über eine verschwundene Socke in die Luft gegangen ist, obgleich er tatsächlich wütend darüber war, daß er keine Gehaltserhöhung bei der Molkerei bekommen hatte. Ich habe meine für gewöhnlich ruhige Mutter über matschige Fußabdrücke auf dem sauberen Boden vor Wut schäumen sehen, doch die wahre Ursache ihres Zorns war die böse Bemerkung eines Nachbarn. In diesem verworrenen Netz von Höflichkeiten und Wutausbrüchen, das wir als Leben kennen, kommen solche Dinge, wie sie nun im Hause meiner Eltern Form annahmen, eben vor.

»Es ist, weil sie eine Farbige ist, nicht wahr?« Mom versetzte den ersten Schlag. »Das ist der wahre Grund.«

»Nein, ist es nicht.«

»Du bist genauso schlimm wie dein Vater. Ich schwöre, Tom ...«

»Ruhe!« donnerte er. Selbst ich zuckte zusammen. Die Bemerkung über Großvater Jaybird, der zu Rassismus neigte wie ein Kanarienvogel zum Fliegen, ging deutlich unter die Gürtellinie. Dad haßte Farbige nicht, und das wußte ich mit Bestimmtheit, doch bitte bedenken Sie, daß Dad von einem Mann aufgezogen wurde, der jeden Morgen seines Lebens vor der Flagge der Konföderierten salutierte und der schwarze Haut für ein Teufelsmal hielt. Es war eine schwere Last, die mein Vater zu tragen hatte, denn er liebte Großvater Jaybird, doch in seinem Herzen glaubte er, wie er auch mich zu glauben gelehrt hatte, daß es eine Sünde war, einen anderen Menschen zu hassen – egal aus welchem Grund. Und so hatte seine nächste Bemer-

kung eher etwas mit Stolz als mit irgend etwas anderem zu tun: »Und ich nehme auch keine Almosen von dieser Frau an!«

»Cory«, sagte Mom, »ich glaube, du mußt noch deine Mathehausaufgaben machen.«

Ich ging in mein Zimmer, doch das bedeutete nicht, daß ich sie nicht mehr hören konnte.

Sie waren nicht wirklich laut, nur durchdringend. Ich vermutete, daß dies schon eine Weile gegoren hatte und aus vielen verschiedenen Quellen entsprang: Der Wagen im See, die Wespen zu Ostern, die Tatsache, daß Dad mir kein neues Fahrrad kaufen konnte, die Gefahren der Überschwemmung. Während ich so zuhörte, wie Dad Mom erklärte, daß sie ihn nicht einmal ins Haus der Dame schleifen könnte, wenn sie ihm einen Strick um den Hals legte, wuchs in mir das Gefühl, daß alles nur auf den einen Punkt hinauslief: Die Dame machte ihm angst.

»Auf gar keinen Fall!« sagte er. »Ich gehe doch nicht zu jemandem, der mit Knochen und alten toten Tieren und ...« Er hielt inne, und ich dachte mir, daß er wohl erkannte, daß er Großvater Jaybird beschrieb. »Jedenfalls gehe ich nicht«, schloß er ziemlich lahm.

Mom sah, daß sie das Pferd zu Tode geritten hatte. Dies war an ihrem Seufzen zu erkennen. »Ich würde gern herausfinden, was sie zu sagen hat. Hast du etwas dagegen?«

Schweigen. Dann mit leiser Stimme: »Ja, ist schon in Ordnung.«

»Ich würde Cory gern mitnehmen.«

Das entzündete einen weiteren Ausbruch. »Warum? Willst du, daß er die Skelette im Schrank dieser Alten sieht? Rebecca, ich weiß nicht, was sie will, und es ist mir auch *egal*! Aber die Frau umgibt sich mit Zauberpuppen und schwarzen Katzen und Gott weiß was noch! Ich denke nicht, daß es richtig ist, Cory in ihr Haus mitzunehmen!«

»Sie bittet im Brief ausdrücklich darum, daß wir Cory mitbringen. Siehst du?«

»Ich sehe es. Und das verstehe ich ebenfalls nicht, doch ich sage dir: Mit der Dame muß man vorsichtig sein. Erinnerst du dich an Burk Hatcher? War achtundfünfzig zweiter Vorarbeiter in der Molkerei.«

»Ja.«

»Burk Hatcher hat immer Kautabak gekaut. Hat große Klumpen davon gekaut und immer gespuckt. Muß 'ne schlechte Angewohnheit gewesen sein, von der er sich kaum bewußt war, daß er sie hatte, und – aber erzähl bloß niemandem ein Sterbenswörtchen davon – ein paarmal hat er sich vergessen und direkt in einen Milchzuber gespuckt.«

»O Tom! Das ist doch nicht dein Ernst!«

»Genauso war's. Nun. Burk Hatcher spazierte eines schönen Tages die Merchants Street entlang, nachdem er sich gerade einen Haarschnitt bei Mr. Dollar geholt hatte – und er hatte einen Schopf von dicken, widerspenstigen Haaren, durch die er kaum mit dem Kamm kam –, und er vergaß sich und spuckte auf den Bürgersteig. Nur daß der Tabaksaft nie auf dem Bürgersteig ankam, denn er fiel auf die Schuhe des Mondmanns. Klatsch, mitten drauf. War nicht mit Absicht, so wie ich gehört habe. Der Mondmann ging einfach gerade an ihm vorbei. Nun, Burk hatte einen merkwürdigen Sinn für Humor, und diese Sache fand er richtig komisch. Er fing an zu lachen, dem Mondmann direkt ins Gesicht. Und weißt du was?«

»Was?« fragte Mom.

»Eine Woche später begann Burks Haar auszufallen.«

»Oh, das glaube ich einfach nicht!«

»Es ist wahr!« Die Entschiedenheit in der Stimme meines Vaters zeigte, daß zumindest er es glaubte. »Innerhalb von einem Monat, nachdem Burk Hatcher Tabaksaft auf die

Schuhe des Mondmanns gespuckt hatte, war er kahler als 'ne Billardkugel! Er mußte 'ne Perücke tragen. Ja, Ma'am, das mußte er! Der wäre deswegen beinahe übergeschnappt!« Vor meinem geistigen Auge sah ich, wie mein Vater sich in seinem Sessel vorbeugte, sein Gesicht so grimmig, daß meine Mutter Mühe hatte, nicht schallend loszulachen. »Wenn du denkst, daß die Dame nichts damit zu tun hatte, bist du verrückt!«

»Tom, ich schwöre, ich wußte nie, daß du so sehr an das Okkulte glaubst.«

»Pah, glauben! Ich habe Burks kahlen Kopf gesehen! Himmel, ich könnte dir noch viel erzählen, was ich über diese Frau gehört habe! Wie zum Beispiel Frösche, die Leuten aus dem Hals gehüpft sind, und Schlangen in Suppenschüsseln und ... nein, nein! Ich setze keinen Fuß in dieses Haus!«

»Aber was ist, wenn sie wütend wird, weil wir *nicht* hingehen?« fragte Mom.

Die Frage blieb im Raum stehen.

»Könnte sie uns nicht mit einem Fluch belegen, wenn ich Cory nicht mitbringe?«

Der Ton ihrer Stimme verriet mir, daß Mom Dad ein bißchen aufzog. Doch Dad antwortete nicht. Wahrscheinlich sinnierte er über die potentiellen Gefahren, der Dame einen Korb zu geben.

»Ich denke, ich sollte besser hingehen und auch Cory mitnehmen«, fuhr Mom fort. »Um zu zeigen, daß wir sie respektieren. Bist du denn nicht wenigstens ein kleines bißchen neugierig, warum sie uns sehen will?«

»Nein!«

»Nicht ein ganz winziges kleines bißchen?«

»Himmel noch mal«, sagte Dad nach einer weiteren Runde des Nachdenkens. »Du könntest einer Kröte die Warzen abschwatzen. Und von denen hat die Dame wahrscheinlich

auch ganze Flaschen voll, weil sie so gut zu ihrem Mumienstaub und den Fledermausflügeln passen!«
Das Ergebnis der ganzen Sache war, daß meine Mutter und ich am Freitag abend, als die Sonne auf die dunkel werdende Erde herabsank und ein kühler Wind durch die Straßen von Zephyr wehte, das Haus verließen und mit dem Pick-up davonfuhren. Dad blieb zu Hause, das Radio auf das Baseballspiel eingestellt, auf das er gewartet hatte, doch ich denke, daß er im Geiste bei uns war. Er wollte einfach keinen Fehler machen und die Dame beleidigen, mit Worten oder Taten. Ich muß gestehen, daß ich auch nicht gerade die Ruhe selbst war; unter meinem weißen Hemd und dem anknöpfbaren Schlips war mir ganz schön heiß.
Die Arbeit in Bruton war noch nicht beendet, und die Schwarzen waren noch immer damit beschäftigt, zu sägen und ihre Häuser wieder zusammenzuzimmern. Wir kamen durch das Geschäftsviertel von Bruton, ein kleines Areal mit einem Friseur, einem Gemischtwarenladen, einem Schuh- und Bekleidungsgeschäft und anderen Läden, die von den Anwohnern geführt wurden. Mom bog in die Jessamyn Street, und am Ende der Straße hielt sie vor einem Haus, in dem alle Fenster erleuchtet waren.
Das kleine Fachwerkhaus war, wie ich schon erwähnte, in einem Kunterbunt aus Orange, Purpur, Rot und Gelb gestrichen. Auf der einen Seite befand sich eine Garage, in der, wie ich vermutete, der straßverzierte Pontiac untergestellt war. Der Vorgarten war sorgsam gepflegt, und ein Weg führte vom Bürgersteig zur Veranda. Das Haus mutete weder unheimlich noch wie die Unterkunft einer gewichtigen Persönlichkeit an; es war einfach ein Haus und, abgesehen von seinem bunten Anstrich, so wie alle anderen Häuser in dieser Straße.
Dennoch sträubte ich mich, als Mom um den Wagen herumging und meine Tür öffnete.

»Komm schon«, sagte sie. Ihre Stimme klang angespannt, obgleich ihre Nervosität sich nicht in ihrem Gesicht zeigte. Sie trug eins ihrer besten Sonntagskleider und ihre hübschen Sonntagsschuhe. »Es ist schon fast sieben.«
Sieben, dachte ich. War das nicht eine Voodoo-Zahl? »Vielleicht hatte Dad doch recht«, erwiderte ich. »Vielleicht wären wir besser nicht hergekommen.«
»Es ist schon in Ordnung. Schau nur all diese erleuchteten Fenster an.«
Das war dazu gedacht, mich zu beruhigen, aber es funktionierte nicht.
»Es gibt nichts, wovor du Angst haben müßtest«, sagte Mom. Und das von einer Frau, die sich darüber Sorgen machte, daß der graue Putzüberzug, den sie kürzlich auf die Decke der Grundschule gesprüht hatten, schlecht für die Atmung sein könnte.
Irgendwie schaffte ich es die Verandastufen zur Tür hinauf. Die Türleuchte war gelb gestrichen, um die Insekten fernzuhalten. Ich hatte mir vorgestellt, daß der Türklopfer aus einem Totenschädel mit gekreuzten Knochen bestehen würde. Statt dessen war es eine kleine silberne Hand. Mom sagte: »Da wären wir« und klopfte an die Tür.
Wir hörten gedämpfte Stimmen und Schritte. Es schoß mir durch den Kopf, daß unsere Zeit zu fliehen ablief. Mom legte ihren Arm um mich, und ich glaubte den Schlag ihres Pulses fühlen zu können. Dann drehte sich der Türknauf, die Tür öffnete sich, und das Haus der Dame gewährte uns Einlaß. Ein großgewachsener, breitschultriger Schwarzer in einem dunkelblauen Anzug, einem weißen Hemd und einer Krawatte füllte den Türrahmen aus. Mir erschien er so groß und bullig wie eine Schwarzeiche. Seine Hände sahen aus, als könnte er damit Bowlingkugeln zerquetschen. Ein Teil seiner Nase schien mit einem Rasiermesser abgeschnitten worden zu sein. Sei-

ne Augenbrauen waren zusammengewachsen und buschig wie der Pelz eines Werwolfs.
In sieben magischen Worten: Ich machte mir fast in die Hosen.
»Äh ...« begann Mom und hielt wieder inne. »Äh ...«
»Kommen Sie doch herein, Miz Mackenson.« Er lächelte. Mit dem Lächeln wurde sein Gesicht weniger angsteinflößend und freundlicher. Doch seine Stimme war so tief wie eine Kesselpauke, und sie ließ meine Knochen vibrieren. Er trat beiseite, und Mom ergriff meine Hand und zog mich über die Schwelle.
Die Tür schloß sich hinter uns.
Eine junge Frau mit einer Hautfarbe wie Kakao, einem herzförmigen Gesicht und gelbbraunen Augen stand erwartungsvoll da, um uns zu begrüßen. Sie ergriff die Hand meiner Mutter und sagte lächelnd: »Ich bin Amelia Damaronde, und ich bin sehr erfreut, Sie kennenzulernen.« Ihre Unterarme waren von Armreifen bedeckt, und an den Rändern beider Ohren hatte sie je fünf goldene Stecker.
»Vielen Dank. Dies ist mein Sohn, Cory.«
»Oh, das ist der junge Mann!« Amelia Damaronde wandte ihre Aufmerksamkeit mir zu. Eine Art Elektrizität umgab sie, so daß ich das Gefühl hatte, die Luft zwischen uns wäre aufgeladen. »Es ist mir ein Vergnügen, auch dich kennenzulernen. Dies ist mein Mann, Charles.« Der große Mann nickte uns zu. Amelia reichte ihm knapp bis zu den Achselhöhlen. »Wir kümmern uns um den Haushalt der Dame«, sagte Amelia.
»Ich verstehe.« Mom hielt noch immer meine Hand, während ich eifrig meine Blicke umherschweifen ließ. Der Verstand ist schon ein seltsames Ding, nicht wahr? Der Verstand erfindet Spinnweben, wo es keine Spinnen gibt, und Finsternis, wo die Lichter hell erstrahlen. Das Wohnzimmer im Haus der Dame war kein Tempel des Teufels,

kein Hort schwarzer Katzen und brodelnder Hexenkessel. Es war schlicht ein Zimmer mit Sesseln, einem Sofa, einem kleinen Tisch, auf dem Nippes stand, und es gab Regale mit Büchern und gerahmte leuchtendbunte Gemälde an den Wänden. An einem der Bilder blieb mein Blick hängen: Es zeigte das Gesicht eines bärtigen schwarzen Mannes, die Augen geschlossen, als würde er leiden oder in Ekstase versunken sein, und auf seinem Kopf war eine Dornenkrone.

Ich hatte noch nie zuvor einen schwarzen Jesus gesehen, und der Anblick haute mich gleichzeitig um und öffnete einen Winkel in meinem Verstand, von dem ich gar nicht wußte, daß er des Lichts bedurfte.

Plötzlich trat der Mondmann aus dem Durchgang in das Zimmer. Ihn so unvermittelt von nahem zu sehen, ließ sowohl mich als auch meine Mutter zusammenzucken. Der Mondmann hatte ein hellblaues Hemd an, dessen Ärmel er aufgerollt hatte, schwarze Hosen und Hosenträger. Heute abend trug er nur eine Armbanduhr, und statt seiner Kette mit dem riesigen vergoldeten Kruzifix lugte der Rand eines weißen T-Shirts hervor. Er hatte seinen Zylinder nicht auf; die fleckige Trennungslinie zwischen blaßgelbem und ebenholzfarbenem Fleisch zog sich über seinen halben Schädel und endete in einer Kappe aus weißer Wolle. Sein weißer Kinnbart war spitz und leicht nach oben gebogen. Seine dunklen, von Krähenfüßen umrahmten Augen ruhten erst auf meiner Mutter, anschließend auf mir. Dabei lächelte er freundlich und nickte, dann zeigte er mit einem dünnen Finger in den Flur.

Es war an der Zeit, die Dame kennenzulernen.

»Sie fühlt sich nicht besonders«, erklärte uns Amelia. »Dr. Parrish hat sie mit Vitaminen vollgepumpt.«

»Es ist doch nichts Ernstes, oder?« erkundigte sich Mom.

»Der Regen ist in ihre Lunge gedrungen. Sie verträgt naßkaltes Wetter nicht mehr so gut, doch sie hat sich etwas erholt, seit die Sonne sich gezeigt hat.«

Wir kamen zu einer Tür. Der Mondmann öffnete sie, die Schultern gebrechlich und gebeugt. Ich roch staubige Veilchen.

Amelia spähte zuerst hinein. »Ma'am? Ihre Besucher sind hier.«

Im Zimmer raschelten Laken. »Bitte«, sagte die zittrige Stimme einer alten Frau, »schick sie herein.«

Meine Mom holte tief Luft und betrat das Zimmer. Ich mußte ihr folgen, denn sie hielt noch immer meine Hand umklammert. Der Mondmann blieb draußen, und Amelia sagte: »Wenn Sie irgend etwas brauchen, rufen Sie einfach«, bevor sie leise die Tür schloß.

Und da war sie.

Sie lag in einem Bett mit einem weißen Metallrahmen, den Rücken gegen ein Brokatkissen gelehnt und das oberste Laken bis über die Brust gezogen. Die Wände ihres Schlafzimmers waren mit grünen Farnen und Blättern bemalt, und wäre da nicht das leise Dröhnen des Ventilators gewesen, hätte man meinen können, wir stünden in einem äquatorialen Dschungel. Auf dem Nachttisch brannte eine elektrische Lampe, neben der Zeitschriften und Bücher aufgetürmt waren, und in ihrer Reichweite lag eine Drahtbügelbrille.

Die Dame starrte uns schweigend eine Weile an, und wir starrten zurück. Sie wirkte beinahe blauschwarz gegen das weiße Bett, und nicht ein Quadratzentimeter ihres Gesichts war faltenlos. Sie erinnerte mich an eine jener Apfelpuppen, deren Gesichter in der sengenden Mittagssonne verschrumpeln. Ich hatte frischen Schnee gesehen, den man von den Rohren des Kühlhauses abgekratzt hatte; die weiche Wolke, die ihr Haar bildete, war weißer. Sie trug ein blaues Nachthemd, das von Bändern auf ihren knochigen Schultern gehalten wurde, und ihre Schlüsselbeine traten so deutlich unter ihrer Haut hervor, daß es beinahe schmerzhaft anmutete. Ebenso war es mit ihren Wangenknochen; sie schienen scharf genug, daß man Pfirsiche daran hätte aufschneiden können. Doch um der Wahrheit die Ehre zu geben, abgesehen von einer Einzelheit hätte die Dame schlicht wie eine uralte, gertenschlanke schwarze Frau ausgesehen, deren Kopf leicht zitterte.

Doch ihre Augen waren grün.

Ich meine nicht einfach grün. Ich meine die Farbe von blassen Smaragden, die Art von Edelsteinen, die Tarzan in einer der verlorenen Städte Afrikas gesucht haben mochte. Sie leuchteten von eingefangenem, funkelndem Feuer, und wenn du in sie hineinschautest, war dir, als würde dein innerstes Selbst offengelegt wie eine Sardinenbüchse und etwas würde dir gestohlen. Und vielleicht machte es dir noch nicht einmal etwas aus; vielleicht *wolltest* du es so. Ich hatte noch nie solche Augen gesehen und auch seitdem nicht wieder. Sie ängstigten mich, doch ich konnte meinen Blick nicht abwenden, denn ihre Schönheit glich der eines gefährlichen Raubtiers, das man nicht eine Sekunde aus den Augen lassen durfte.

Die Dame blinzelte, und ein Lächeln spielte um ihren faltigen Mund. Wenn sie nicht mehr ihre eigenen Zähne hatte, so war es eine gute Nachahmung. »Was seht ihr beide doch nett aus«, sagte sie mit zittriger Stimme.

»Vielen Dank, Ma'am«, brachte Mom heraus.

»Ihr Mann wollte nicht kommen?«

»Äh ... nein, er ... hört sich ein Baseballspiel im Radio an.«

»War das seine Ausrede, Miz Mackenson?« Sie zog ihre weißen Augenbrauen hoch.

»Ich ... weiß nicht, was Sie meinen.«

»Manche Menschen«, sagte die Dame, »haben Angst vor mir. Können Sie sich das vorstellen? Sie haben Angst vor einer alten Frau von einhundertsechs Jahren! Und das, obwohl ich hier liege und nicht einmal mein Essen bei mir behalten kann! Sie lieben Ihren Mann, Miz Mackenson?«

»Ja, das tue ich. Sehr sogar.«

»Das ist gut. Starke und wahre Liebe kann Ihnen durch eine Menge Pferdemist helfen. Und ich sage Ihnen, Sie werden durch viele Felder mit Pferdemist gehen müssen, bis Sie mein Alter erreichen.« Diese grünen, wunderbaren und beängstigenden Augen in dem faltigen ebenholzfarbenen Gesicht wanderten zu mir und funkelten mich an. »Hallo, junger Mann«, sagte sie. »Hilfst du deiner Mom bei ihrer Hausarbeit?«

»Ja, Ma'am.« Es war ein Flüstern. Meine Kehle war wie ausgedörrt.

»Du trocknest das Geschirr? Räumst dein Zimmer auf? Du fegst die Veranda?«

»Ja, Ma'am.«

»Das ist gut. Aber ich wette, du hast noch nie einen Besen so benutzen müssen, wie du es in Nila Castiles Haus getan hast, oder?«

Ich schluckte schwer. Nun wußten meine Mutter und ich, worum es bei der ganzen Sache ging.

Die Dame grinste. »Ich wünschte, ich wäre dabeigewesen. Oh, wie gern wär ich das gewesen!«

»Hat Nila Castile es Ihnen erzählt?« fragte Mom.

»Das hat sie. Und ich hatte ein langes Gespräch mit dem kleinen Gavin.« Ihre Augen blieben starr auf mich gerichtet. »Du hast Gavin das Leben gerettet, junger Mann. Weißt du, was das für mich bedeutet?« Ich schüttelte den Kopf. »Nilas Mutter, Gott möge ihrer Seele gnädig sein, war eine gute Freundin von mir. Nila ist für mich wie meine eigene Tochter. Ich habe Gavin immer als meinen Enkel angesehen. Gavin hat noch ein gutes Leben vor sich. Du hast sichergestellt, daß er es auch erreichen wird.«

»Ich habe nur ... versucht, nicht selbst gefressen zu werden«, sagte ich.
Die Dame kicherte; es war ein keuchender Laut. »Hast ihn mit einem Besenstiel verjagt! Himmel, Himmel! Er hat sich für ein solch böses altes Biest gehalten, hat gedacht, er könnte einfach so aus dem Fluß herausschwimmen und sich ein Festessen schnappen! Aber du hast ihm schon den Schlund gestopft, was?«
»Er hat einen Hund gefressen«, erzählte ich ihr.
»Ja, *so* ist er«, sagte die Dame, und ihr Kichern erstarb. Ihre dünnen Finger lagen auf ihrem Bauch. Sie blickte zu meiner Mutter. »Sie haben Nila und ihrem Vater eine Freundlichkeit erwiesen. Und deshalb brauchen Sie von nun an nur noch Mr. Lightfoot zu rufen, wenn etwas repariert werden muß, und schon ist es erledigt. Ihr Junge hat Gavin das Leben gerettet. Deshalb möchte ich ihm etwas schenken, wenn ich Ihre Erlaubnis dazu habe.«
»Das ist nicht nötig.«
»Nichts ist *nötig*«, gab die Dame zurück, und augenblicklich züngelte eine kleine Flamme des Zorns in ihr auf, und ich dachte bei mir, daß sie in jungen Jahren wohl ein ganz schön harter Brocken gewesen sein mußte. »Deshalb tue ich es ja.«
»Also gut«, sagte Mom eingeschüchtert.
»Junger Mann?« Der Blick der Dame wandte sich wieder mir zu. »Was hättest du denn gern?«
Ich dachte darüber nach. *»Egal was?«* fragte ich.
»In vernünftigem Rahmen«, warf Mom ein.
»Egal was«, sagte die Dame.
Ich dachte weiter nach, doch die Entscheidung fiel nicht sonderlich schwer. »Ein Fahrrad. Ein neues Fahrrad, das noch nie jemandem anders gehört hat.«
»Ein neues Fahrrad.« Sie nickte. »Eins mit einer Lampe daran?«

»Ja, Ma'am.«
»Auch eine Hupe?«
»Das wäre toll«, sagte ich.
»Willst du ein schnelles? Schneller als 'ne Katze auf einen Baum springen kann?«
»Ja, Ma'am.« Ich wurde jetzt ganz aufgeregt. »Genau so eins!«
»Dann sollst du es haben! Sobald ich meinen alten Körper hier hochbekommen kann.«
»Das ist sehr großzügig von Ihnen«, sagte Mom. »Wir wissen es sehr zu schätzen. Doch Corys Vater und ich können eins vom Laden holen, wenn das ...«
»Es kommt nicht aus einem Laden.« Sie machte eine Pause, um sicherzustellen, daß meine Mutter verstand. »Eins, das man im Laden kauft, ist nicht gut genug. Nicht *besonders* genug. Junger Mann, du möchtest ein wirklich besonderes Rad, nicht wahr?«
»Ich ... denke, ich nehme, was ich kriegen kann, Ma'am.«
Darauf kicherte sie abermals. »Nun, du bist ein kleiner Gentleman! Mr. Lightfoot und ich werden unsere Köpfe zusammenstecken und mal sehen, was wir machen können. Gefällt dir das?«
Ich sagte, daß es das tat, doch um der Wahrheit die Ehre zu geben, wußte ich nicht, wie ich so zu einem brandneuen Fahrrad kommen sollte.
»Komm näher«, befahl mir die Dame. »Komm ganz dicht heran.«
Mom ließ mich los. Ich ging zum Bett, und diese grünen Augen waren direkt vor mir wie zwei Spiritulampen.
»Was machst du denn noch gern, neben dem Fahrradfahren?«
»Ich spiele gern Baseball. Ich lese gern. Ich schreibe gern Geschichten.«
»Du *schreibst Geschichten?*« Ihre Augenbrauen zogen sich er-

neut hoch. »Himmel, Himmel! Haben wir es hier etwa mit einem *Schriftsteller* zu tun?«

»Cory hat immer schon Bücher geliebt«, warf Mom ein. »Er schreibt kleine Geschichten über Cowboys und Detektive und ...«

»Monster«, sagte ich. »Manchmal.«

»Monster«, wiederholte die Dame. »Wirst du auch über Old Moses schreiben?«

»Vielleicht.«

»Willst du denn eines Tages ein ganzes Buch schreiben? Vielleicht über diese Stadt und alle, die darin wohnen?«

Ich zuckte mit den Schultern. »Ich weiß nicht.«

»Sieh mir in die Augen«, sagte sie. Ich tat es. »Ganz tief«, sagte sie.

Ich tat es.

Und dann geschah etwas Seltsames. Sie begann zu sprechen, und während sie sprach, schien die Luft zwischen uns zu schimmern und zu leuchten wie Perlmutt. Ihre Augen hielten die meinen gefangen; ich konnte den Blick nicht abwenden. »Man hat mich ein Monster geschimpft«, sagte die Dame. »Man hat mich Schlimmeres als ein Monster geschimpft. Als ich kaum älter war als du, habe ich gesehen, wie meine Mutter getötet wurde. Eine Frau, die eifersüchtig auf ihre Gabe war, hat sie umgebracht. Ich schwor, daß ich die Frau finden würde. Sie trug ein rotes Kleid, und sie hatte einen Affen auf der Schulter, der ihr Dinge sagte. Der Name der Frau war LaRouge. Hat mich mein ganzes Leben gekostet, sie zu finden. Ich bin in Lepersville gewesen, und ich bin mit einem Boot durch die überfluteten Herrenhäuser gerudert.« Ihr Gesicht hinter dem schimmernden Dunstschleier hatte begonnen, all seine Falten zu verlieren. Sie wurde jünger, während ich sie anstarrte. »Ich habe die Toten umherwandeln sehen, und meine beste Freundin hatte Schuppen und kroch auf ihrem Bauch daher.« Ihr Gesicht wurde noch jünger. Ihre Schönheit begann, mein Gesicht zu versengen. »Ich habe den Maskenmacher gesehen. Ich habe Satan ins Auge gespuckt, und ich habe in den Sälen des Schwarzen Zirkels getanzt.« Sie war nun ein Mädchen mit langem schwarzem Haar. Ihre Wangenknochen waren hoch und stolz, ihr Kinn scharf geschnitten, ihre Augen durchdringend und voller Erinnerungen. »Ich habe *gelebt*«, sagte sie mit ihrer klaren, kräftigen Stimme, »hundert Leben habe ich gelebt, und ich bin noch nicht tot. Kannst du mich sehen, junger Mann?«

»Ja, Ma'am«, antwortete ich, und ich hörte meine eigene Stimme wie aus weiter Ferne. »Das kann ich.«

Der Zauberbann brach so schnell wie ein Herzschlag. Einen Augenblick schaute ich auf eine wunderschöne junge Frau, und im nächsten war da die Dame, wie sie wirklich war, einhundertsechs Jahre alt. Ihre Augen waren etwas abgekühlt, doch ich fühlte mich fiebrig.

»Vielleicht schreibst du eines Tages die Geschichte meines Lebens«, sagte die Dame. Es hörte sich mehr wie ein Befehl denn wie eine Bemerkung an. »Und nun, warum gehst du nicht hinaus und besuchst Amelia und Charles, während ich mich mit deiner Momma unterhalte?«

Ich sagte, das würde ich. Meine Beine waren wie aus Gummi, als ich an Mom vorbei zur Tür ging. Schweißtropfen hatten sich an meinem Kragen gesammelt. An der Tür schoß mir plötzlich ein Gedanke durch den Kopf, und ich wandte mich noch mal zum Bett um. »Entschuldigen Sie, Ma'am?« sagte ich vorsichtig. »Sie haben ... nicht zufällig was ... nun, was mir helfen würde, Mathe zu bestehen? Ich meine, einen Zaubertrank oder so was?«

»Cory!« rief meine Mom aufgebracht.

Doch die Dame lächelte. »Junger Mann, das habe ich. Sag Amelia, sie soll dir einen Schluck vom Zaubertrank Nummer zehn geben. Dann gehst du nach Hause und lernst *hart*, härter, als du es je zuvor getan hast. So hart, daß du die Gleichungen im Schlaf kannst.« Sie hob einen Finger. »Dann solltest du es schaffen.«

Ich verließ das Zimmer und schloß die Tür hinter mir, begierig auf den Zauber.

»Zaubertrank Nummer zehn?« fragte Mom.

»Ein Glas Milch mit etwas Muskatnuß für den Geschmack«, erwiderte die Dame. »Amelia und ich haben eine ganze Reihe von Zaubertränken erdacht für Leute, die ein bißchen extra Mut oder Selbstvertrauen oder was sonst noch brauchen.«

»Funktioniert so all Ihre Magie?«

»Das meiste davon. Man muß den Leuten nur einen Schlüssel geben, und dann können sie mühelos ihre eigenen Schlösser öffnen.« Die Dame legte ihren Kopf zur Seite. »Aber es gibt auch andere Arten von Magie. Und deshalb muß ich mit Ihnen sprechen.«

Meine Mutter schwieg, denn sie verstand nicht, was nun kommen sollte.

»Ich habe geträumt«, sagte die Dame. »Habe im Schlaf und im Wachen geträumt. Die Dinge hier sind nicht mehr in Ordnung. Auf der anderen Seite sind die Dinge ebenfalls durcheinander.«

»Auf der anderen Seite?«

»Wo die Toten hingehen«, sagte sie. »Jenseits des Flusses. Nicht der Tecumseh. Der breite, dunkle Fluß, den auch ich bald überqueren werde. Dann werde ich zurückschauen und lachen, und ich werde sagen: ›Das war es also!‹«

Mom schüttelte verständnislos den Kopf.

»Die Dinge sind zerrissen«, fuhr die Dame fort. »Im Reich der Lebenden und in der Welt der Toten. Ich wußte, daß etwas nicht in Ordnung war, als Damballah sein Essen verweigerte. Jenna Velvadine hat mir erzählt, was in Ihrer Kirche am Ostermorgen geschehen ist. Dahinter steckt auch die Geisterwelt.«

»Es waren *Wespen*«, sagte Mom.
»Für Sie waren es Wespen. Für mich war es eine Botschaft. Jemand auf der anderen Seite leidet schreckliche Qualen.«
»Ich verstehe ...«
»Sie verstehen nicht«, beendete die Dame den Satz für sie. »Ich weiß, daß Sie das nicht tun. Ich verstehe es auch nicht. Doch ich kenne die Sprache des Schmerzes, Miz Mackenson. Als ich aufwuchs, war es meine einzige Sprache.« Die Dame griff zum Nachttisch, öffnete eine Schublade und holte ein Blatt liniertes Notizpapier heraus. Sie reichte es meiner Mutter. »Erkennen Sie das wieder?«
Mom starrte es an. Auf dem Papier war eine Bleistiftzeichnung von einem Kopf: Ein Totenschädel, wie es aussah, mit Flügeln, die sich von den Schläfen ausbreiteten.
»In meinem Traum sehe ich einen Mann mit dieser Tätowierung auf der Schulter. Ich sehe ein Händepaar; in der einen Hand ist ein Schlagstock, der mit schwarzem Isolierband umwickelt ist – wir nennen es einen Totschläger –, und in der anderen ist ein Draht oder eine Saite. Ich kann Stimmen hören, doch ich verstehe nicht, was gesagt wird. Jemand schreit, und dann wird ganz laut Musik gespielt.«
»Musik?« Mom hatte das Gefühl, als liefe Eis durch ihre Adern; sie hatte den geflügelten Schädel nach dem, was Dad ihr über die Leiche in dem Wagen erzählt hatte, wiedererkannt.
»Entweder eine Schallplatte«, sagte die Dame, »oder jemand klimpert mächtig laut auf einem Klavier. Ich habe es Charles erzählt. Er erinnerte mich an einen Artikel, den ich im März im *Journal* gelesen hatte. Ihr Mann war derjenige, der den toten Mann in Saxon's Lake hat stürzen sehen, ist es nicht so?«
»Ja.«
»Könnte dies hier etwas damit zu tun haben?«

Mom holte tief Luft, hielt den Atem an und ließ ihn dann langsam wieder entweichen. »Ja«, sagte sie.
»Das dachte ich mir. Schläft Ihr Mann gut?«
»Nein. Er ... hat Alpträume. Vom See und ... dem Mann darin.«
»Er versucht, Ihren Mann zu erreichen«, sagte die Dame. »Versucht, seine Aufmerksamkeit zu gewinnen. Ich fange bloß die Botschaft auf, wie bei einem Gemeinschaftsanschluß beim Telefon.«
»Botschaft?« fragte Mom. »Welche Botschaft?«
»Ich weiß nicht«, gestand die Dame ein, »aber diese Art von Schmerz reicht zweifellos aus, um einen Mann in den Wahnsinn zu treiben.«
Tränen traten in die Augen meiner Mutter. »Ich ... kann nicht ... ich weiß nicht ...« Ihre Stimme erstarb, und eine Träne rann über ihre Wange wie Quecksilber.
»Zeigen Sie ihm die Zeichnung. Sagen Sie ihm, er soll zu mir kommen, wenn er darüber reden möchte. Sagen Sie ihm, daß er weiß, wo ich wohne.«
»Er wird nicht kommen. Er hat Angst vor Ihnen.«
»Sagen Sie ihm, daß diese Sache ihn in Stücke reißen könnte, wenn er sie nicht in Ordnung bringt. Sagen Sie ihm, daß ich der beste Freund sein könnte, den er je hatte.«
Mom nickte. Sie faltete das Blatt Papier zusammen und hielt es ganz fest in ihrer Hand.
»Trocknen Sie sich die Tränen«, wies die Dame sie an. »Wir wollen doch nicht, daß der junge Mann sich aufregt.« Als meine Mutter sich wieder etwas gefaßt hatte, nickte die Dame zufrieden. »So ist's besser. Jetzt sehen Sie wieder hübsch aus. Nun gehen Sie und sagen dem jungen Mann, daß er sein neues Fahrrad bekommt, sobald ich wieder auf den Beinen bin. Und passen Sie auf, daß er richtig lernt. Zaubertrank Nummer zehn wirkt nicht, ohne daß eine Mom oder ein Daddy den Schützling ein wenig an die Kandare nimmt.«

Er wußte nicht genau, wonach er suchen sollte – nur, daß es sich um eine Operation im Dezember handelte. Er trat an die Aktenschränke und begann die Karteikarten zu durchsuchen. Doch da diese nach Namen der Patienten geordnet waren und er die medizinischen Abkürzungen nicht entziffern konnte, gab er das bald auf. Zudem sagte er sich, daß Jansen die Unterlagen, nach denen er suchte, sicherlich nicht bei den Akten seiner normalen Patienten aufbewahrte.
Sein Schreibtisch! fuhr es Robert durch den Kopf, und er ging hinüber in Jansens exklusiv eingerichtetes Sprechzimmer, wo er seine Patienten empfing.
Zu seiner Verwunderung waren die Schubladen nicht abgeschlossen. Systematisch durchsuchte er deren Inhalt. In der untersten Schublade links stieß er auf einen braunen Umschlag im DIN-A4-Format. Robert öffnete ihn und zog einen Stoß Fotos heraus – Vergrößerungen! Sie zeigten das Gesicht einer Frau aus allen möglichen Blickwinkeln. Hastig breitete er die Bilder auf dem Schreibtisch aus.
Und dann begriff er plötzlich, während er von einem Foto zum anderen blickte und die Gesichter verglich. Es waren Aufnahmen einer Frau vor einer kosmetischen Operation und danach. Einer Frau, die vor der Operation starke Ähnlichkeit mit Françoise hatte – und nach dem kosmetischen Eingriff ihr fast hundertprozentig glich.
»Nicole – das ist Nicole!« murmelte Robert fassungslos und glaubte auf einmal zu wissen, was für ein Verbrechen Professor Corelli plante. Grenzenloses Entsetzen packte ihn, als ihm gleichzeitig bewußt wurde, was das für Françoise zu bedeuten hatte.
Robert schreckte plötzlich zusammen. Er hörte ein leises schabendes Geräusch hinter sich. Sein Unterbewußtsein

Zwei

Der Sommer der Teufel und Engel

1
Der letzte Schultag

Tick . . . tick . . . tick.

Entgegen allem, was der Kalender sagt, habe ich immer den letzten Schultag als den ersten Tag des Sommers betrachtet. Die Sonne war beständig heißer geworden und blieb länger am Himmel, die Erde war grün geworden, und nur noch die zartesten Wolken zogen über den Himmel. Die Hitze hechelte um Aufmerksamkeit wie ein Hund, der wußte, daß seine Zeit kam, das Baseballfeld war gemäht und die weißen Linien nachgezogen worden, das Schwimmbecken war frisch gestrichen und gefüllt worden, und während unsere Klassenlehrerin, Mrs. Selma Neville, sich lang und breit darüber ausließ, was für ein gutes Jahr es doch gewesen war und wieviel wir gelernt hatten, saßen wir Schüler, die wir die Qualen der Abschlußprüfungen durchstanden hatten, da und fixierten die Uhr.

Tick . . . tick . . . tick.

Auf meiner Bank, alphabetisch eingezwängt zwischen Ricky Lembeck und Dinah Macurdy, lauschte die eine Hälfte von mir der Rede unserer Lehrerin, während sich die andere sehnlichst wünschte, daß sie bald fertig wäre. Mein Kopf summte von Worten. Ich mußte einige davon im strahlenden Sommersonnenschein rausschütteln. Doch bis die letzte Schulglocke läutete, waren wir Mrs. Nevilles Eigentum, und wir mußten dasitzen und leiden, bis die Zeit uns rettete wie Roy Rogers, der plötzlich über den Hügel geritten kam.

Tick . . . tick . . . tick.

Hab doch Mitleid.

Dort draußen, jenseits der großen metallgerahmten Fenster, wartete die Welt. In welche Abenteuer meine Freunde und ich in diesem Sommer des Jahres 1964 stürzen würden, vermochte ich nicht zu sagen, doch ich wußte, daß die Sommertage lang und genüßlich waren, und wenn die Sonne schließlich ihre Vorherrschaft am Himmel aufgab, sangen die Grillen, wirbelten die Glühwürmchen tanzend umher, und es gab keine Hausaufgaben, die erledigt werden mußten, und ach, es war eine wunderbare Zeit. Ich hatte meine Matheprüfung bestanden und war – mit einem Durchschnitt von drei minus, wenn Sie es denn wissen wollen – den grinsenden Fängen der Sommerschule entronnen. Während meine Freunde und ich unseren Vergnügungen nachgingen und im Lande der Freiheit Amok liefen, hielten wir immer wieder inne, um der Gefangenen der Sommerschule zu gedenken – einem Gefängnis, zu dem Ben Sears im letzten Jahr verurteilt worden war – und wünschten ihnen alles Gute, denn die Zeit ging ohne sie weiter, und sie wurden auch nicht jünger.

Tick . . . tick . . . tick.

Zeit, die grausame Herrscherin.

Vom Gang her hörten wir Getrappel und Rascheln, gefolgt von Gelächter und Rufen reiner, übersprudelnder Freude. Eine der anderen Lehrerinnen hatte entschieden, ihre Klasse früher zu entlassen. Alles in mir rebellierte ob dieser Ungerechtigkeit. Trotzdem redete Mrs. Neville – die ein Hörgerät trug und orangefarbene Haare hatte, obgleich sie mindestens sechzig Jahre alt war – weiter, als ob es jenseits der Tür keine Geräusche der Flucht gäbe. In jenem Augenblick traf mich die Erkenntnis; sie wollte uns nicht gehen lassen. Sie wollte uns halten, so lange sie nur konnte, nicht aus bloßer Lehrerbosheit, sondern vielleicht, weil zu Hause niemand auf sie wartete, und ein Sommer allein ist überhaupt kein Sommer.

»Ich hoffe, daß ihr Jungen und Mädchen daran denkt, während der Ferien die Bibliothek zu besuchen«, sagte Mrs. Neville gerade mit ihrer freundlichen Stimme, doch wenn sie aufgeregt war, konnte sie Funken speien, die den Meteor im Vergleich dazu wie einen Blindgänger erscheinen ließen. »Ihr dürft nicht aufhören zu lesen, nur weil die Schule geschlossen ist. Eure Gehirne sind zum Benutzen da. Also vergeßt bis September nicht, wie man denkt ...«

KLIIINGEELIING!

Wir sprangen auf wie Teile eines einzigen, sich windenden Insekts.

»Einen Moment noch«, sagte Mrs. Neville. »Einen Moment. Ihr seid noch nicht entlassen.«

Oh, das war die reinste Folter! In jenem Augenblick dachte ich bei mir, daß Mrs. Neville zweifellos ein verborgenes Leben führte, in dem sie Fliegen die Flügel ausriß.

»Ihr werdet mein Klassenzimmer wie gesittete junge Damen und Herren verlassen«, verkündete sie. »In einer Reihe, eine Bank nach der anderen. Mr. Alcott, Sie dürfen die Reihe anführen.«

Nun, zumindest bewegten wir uns. Doch dann, als sich das Klassenzimmer leerte und ich schon das ungezügelte Gejohle durch die Gänge hallen hörte, sagte Mrs. Neville: »Cory Mackenson, komm bitte zum Pult.«

Ich tat es, doch nur unter stummem Protest. Um Mrs. Nevilles Mund, der wie ein rotumrandetes Einkaufsnetz aussah, spielte ein Lächeln. »Nun, bist du nicht froh, daß du dich entschieden hast, dich etwas der Mathematik zu widmen?« fragte sie.

»Ja, Ma'am.«

»Wenn du das ganze Jahr über so gelernt hättest, hättest du vielleicht ein Ehrenabzeichen bekommen.«

»Ja, Ma'am.« Zu schade, daß ich nicht schon im Herbst

einen Schluck von dem Zaubertrank Nummer zehn bekommen hatte, dachte ich bei mir.
Das Klassenzimmer war leer. Ich konnte in der Ferne die Echos verhallen hören. Der Geruch von Kreidestaub und Bleistiftspänen stieg mir in die Nase; die Geister begannen schon, sich zu versammeln.
»Du schreibst gern, nicht wahr?« fragte mich Mrs. Neville, während sie mich über den Rand ihrer Brille fixierte.
»Denke schon.«
»Du hast die besten Aufsätze in der Klasse geschrieben, und du hast die höchste Note in Rechtschreibung bekommen. Da habe ich mich gefragt, ob du dieses Jahr am Wettbewerb teilnehmen wirst?«
»Wettbewerb?«
»Der Schreibwettbewerb«, erklärte sie. »Du weißt schon. Der Kulturverein veranstaltet ihn jeden August.«
Daran hatte ich noch überhaupt nicht gedacht. Der Kulturverein, unter der Leitung von Mr. Grover Dean und Mrs. Evelyn Prathmore, führte jedes Jahr einen Essay- und Geschichtenwettbewerb durch. Die Gewinner bekamen eine Plakette und mußten dann ihre eingereichten Beiträge in der Bibliothek vorlesen. Ich zuckte mit den Schultern. Geschichten von Geistern, Cowboys, Detektiven und Monstern aus dem Weltall schienen nicht gerade Siegermaterial für einen solchen Wettbewerb; es war einfach etwas, was ich für mich selbst schrieb.
»Du solltest darüber nachdenken«, fuhr Mrs. Neville fort. »Du kannst gut mit Worten umgehen.«
Ich zuckte abermals mit den Schultern. Wenn deine Lehrerin mit dir spricht wie mit einem Erwachsenen, dann ist das schon ein höchst beunruhigendes Gefühl.
»Genieß die Sommerferien«, sagte Mrs. Neville, und plötzlich wurde mir bewußt, daß ich nun entlassen war.
Mein Herz war ein Frosch, der aus einem trüben Teich ins

strahlende Sonnenlicht hüpfte. »Danke!« rief ich und rannte zur Tür. Doch bevor ich hindurchlief, wandte ich mich noch einmal zu Mrs. Neville um. Sie saß am Pult, auf dem jetzt keine Klassenarbeiten lagen, die zensiert werden mußten, keine Bücher, deren Lektionen zu lehren waren. Abgesehen von ihrem Tintenlöscher und ihrem Bleistiftspitzer, der nun für eine ganze Weile nichts mehr zu kauen bekommen würde, war das einzige Ding auf ihrem Pult ein roter Apfel, den Paula Erskine ihr geschenkt hatte. Ich sah Mrs. Neville, eingerahmt in einen verirrten Sonnenstrahl, in Zeitlupe nach dem Apfel greifen. Dann starrte Mrs. Neville über die leeren Bankreihen, die bedeckt waren mit den eingeritzten Initialen der Generationen, die hierher gekommen und von hier gegangen waren wie eine Flutwelle, die auf die Zukunft zustürzte. Plötzlich wirkte Mrs. Neville unendlich alt.
»Genießen Sie die Sommerferien, Mrs. Neville!« rief ich ihr von der Tür aus zu.
»Leb wohl«, sagte sie, und sie lächelte.
Ich rannte durch den Gang hinaus, meine Arme frei von der schweren Last der Bücher, mein Verstand frei von der schweren Last der Fakten, Zahlen und Daten. Ich rannte hinaus in den goldenen Sonnenschein, und damit hatte mein Sommer begonnen.
Ich hatte noch immer kein Rad. Es waren schon beinahe drei Wochen vergangen, seit Mom und ich die Dame besucht hatten. Unablässig drängte ich Mom, sie anzurufen, doch Mom erwiderte stets, ich sollte Geduld haben; wenn das neue Rad käme, würde ich es bekommen, und nicht eine Minute früher. Mom und Dad hatten eine lange Unterhaltung über die Dame, während sie im blauen Dämmerlicht auf der Veranda saßen, und ich nehme an, daß ich nicht lauschen sollte, doch ich hörte, wie Dad sagte: »Es ist mir egal, was sie träumt. Ich gehe *nicht* hin.« Manchmal erwachte ich in der Nacht, weil mein Vater im Schlaf auf-

schrie, und dann hörte ich, wie Mom versuchte, ihn zu beruhigen. Und er sagte Dinge wie: »... im See ...« oder »... unten im Dunkeln ...« Ich wußte genau, was sich in seinem Kopf festgesaugt hatte wie ein Blutegel. Dad hatte damit begonnen, beim Abendessen seinen Teller beiseite zu schieben, wenn er noch halb voll war, was ein direkter Verstoß gegen seine Anweisung war: »Iß deinen Teller leer, Cory, denn in Indien gibt es Kinder, die verhungern müssen.« Er verlor immer mehr an Gewicht und mußte den Gürtel seiner Milchmannhose ganz eng schnallen. Auch sein Gesicht begann, sich zu verändern; seine Wangenknochen traten schärfer hervor, seine Augen sanken in ihre Höhlen zurück. Er hörte sich viel Baseball im Radio an und verfolgte die Spiele im Fernsehen, und häufig schlief er mit offenem Mund in seinem Sessel ein. Im Schlaf zuckte sein Gesicht. Ich bekam langsam Angst um ihn.

Ich glaube, ich verstand, was an meinem Vater nagte. Es war nicht bloß die Tatsache, daß er einen Toten gesehen hatte. Es war nicht die Tatsache, daß der Tote ermordet worden war, denn es hatte in Zephyr schon früher Morde gegeben, wenn auch, Gott sei Dank, relativ wenige. Ich denke, es war die Grausamkeit der Tat, die brutale Kaltblütigkeit, die sich in die Seele meines Vaters gefressen hatte. Dad kannte sich mit vielen Dingen aus; er hatte einen gesunden Menschenverstand, er wußte, Gut und Böse zu unterscheiden, und er war ein Mann, der zu seinem Wort stand, aber dennoch war er in vielen Dingen sehr naiv. Ich glaube nicht, daß er es je für möglich gehalten hatte, daß es etwas wirklich Böses in Zephyr geben könnte. Der Gedanke, daß ein Mitmensch zusammengeschlagen und erdrosselt, mit Handschellen an ein Lenkrad gekettet und ohne eine christliche Bestattung einfach im See versenkt werden konnte – und daß diese abscheuliche Tat mitten in seiner Heimatstadt geschehen konnte, wo er geboren und aufgewachsen war –, hatte etwas tief in ihm verletzt. Hatte vielleicht sogar etwas zerbrochen, was er allein nicht wieder reparieren konnte. Vielleicht kam auch noch hinzu, daß der Ermordete keine Vergangenheit zu haben schien, und daß niemand sich auf Sheriff Amorys Erkundigungen hin gemeldet hatte.

»Er muß doch *irgend jemand* gewesen sein«, hörte ich Dad eines Nachts durch die Wand zu Mom sagen. »Hatte er denn keine Frau oder Kinder oder Brüder oder Schwestern? Hatte er denn keine Familie? Mein Gott, Rebecca, er muß doch einen *Namen* gehabt haben! Wer war er? Und woher kam er?«

»Das muß der Sheriff herausfinden.«

»J. T. kann überhaupt *nichts* herausfinden! Er hat aufgegeben!«

»Ich denke, du solltest mal zur Dame gehen, Tom.«

»Nein.«

»Warum nicht? Du hast die Zeichnung gesehen. Du weißt, daß es dieselbe Tätowierung ist. Warum willst du denn nicht wenigstens mal mit ihr reden?«

»Weil ...« Er hielt inne, und ich konnte spüren, wie er in seinem Innern nach einer Antwort suchte. »Weil ich nicht an ihre Art von Zauberkünsten glaube, darum. Es sind alles nur Tricks und Betrügereien. Sie muß im *Journal* von der Tätowierung gelesen haben.«

»In der Zeitung war sie nicht in diesen Einzelheiten beschrieben. Das weißt du auch. Und sie sagte, sie hätte Stimmen und Klaviermusik gehört, und sie sah ein Paar Hände. Geh und sprich mit ihr, Tom. Bitte, geh hin.«

»Sie hat nichts, was sie mir sagen könnte«, erwiderte Dad eisern. »Zumindest nichts, was ich hören möchte.«

Und dabei blieb es, während weiterhin ein namenloses, ertrunkenes Phantom meinen Vater im Schlaf heimsuchte.

Doch an jenem ersten Tag des Sommers verschwendete ich keinen Gedanken an diese Angelegenheit. Ich dachte nicht

an Old Moses oder an Midnight Mona oder an den Mann mit der grünen Feder am Hut. Ich dachte einzig daran, gemeinsam mit meinen Freunden an unserem feierlichen Ritual teilzunehmen.
Ich lief von der Schule nach Hause. Rebell erwartete mich schon auf der Veranda. Ich sagte Mom, daß ich bald heimkommen würde, und dann rannte ich mit Rebell im Schlepptau in den Wald hinter unserem Haus. Der Wald war grün und leuchtend; eine warme Brise strich durch die Blätter und Bäume, und gleißende Sonnenstrahlen drangen schräg durch das Geäst. Ich erreichte den Forstpfad und folgte ihm tiefer in den Wald hinein, und Rebell schlug sich ins Unterholz, um ein Eichhörnchen einen Baum hinaufzujagen, bevor er sich wieder zu mir gesellte. Ich brauchte ungefähr zehn Minuten, um den Wald zu durchqueren und die weite, grüne Lichtung zu erreichen, die sich auf einem sanften Hügel oberhalb von Zephyr ausbreitete. Meine Freunde, die auf ihren Rädern gekommen waren, waren schon mit ihren Hunden dort: Johnny Wilson mit seinem großen roten Chief, Ben Sears mit Tumper und Davy Ray Callan mit seinem braunweiß gefleckten Buddy.
Der Wind war hier oben stärker. Er wirbelte auf der Lichtung herum und herum, ein überschwenglicher Tanz der Sommerluft. »Wir haben es geschafft!« schrie Davy Ray. »Die Schule ist aus!«
»Die Schule ist aus!« brüllte Ben und hüpfte, begleitet von Tumpers Gebell, wie ein Narr herum.
Johnny grinste nur und stand da und starrte auf unsere Heimatstadt hinab, während ihm die Sonne aufs Gesicht brannte.
»Bist du bereit?« fragte mich Ben.
»Bereit«, erklärte ich, und mein Herz begann zu hämmern.
»Alle bereit?« rief Ben.
Wir waren es.

»Also los! Der Sommer hat begonnen!« Ben lief in einem großen Kreis am Rand der Lichtung entlang. Tumper sprang hinter ihm her. Ich folgte ihm, und Rebell hechtete fröhlich hinter mir her. Dann kamen Johnny und Davy Ray, während ihre Hunde auf der Lichtung hin und her jagten und miteinander tollten.
Wir liefen schneller und schneller. Der Wind blies uns zuerst ins Gesicht und dann in den Rücken. Wir liefen auf unseren nicht müde werdenden jungen Beinen um die Lichtung herum, während der Wind durch die Kiefern und Eichen wisperte, die unsere Spielwiese einfaßten. »Schneller!« rief Johnny, der wegen seines Klumpfußes ein wenig hinkte. »Wir müssen noch schneller werden!«
Wir liefen unaufhaltsam weiter, abwechselnd gegen den Wind ankämpfend und dann von ihm vorangetrieben. Die Hunde rannten neben uns her und bellten aus Freude über die Bewegung. Die Sonne funkelte auf dem Tecumseh, der Himmel war von einem leuchtenden Azur, und die Sommerhitze füllte unsere Lungen.
Es war an der Zeit. Alle wußten, daß es an der Zeit war.
»Ben geht als erster rauf!« rief ich. »Er macht sich bereit! Er macht sich ...«
Ben stieß einen Freudenschrei aus. Flügel wuchsen aus seinen Schulterblättern und brachen am Rücken durch sein Hemd.
»Seine Flügel werden größer!« brüllte ich. »Sie haben dieselbe Farbe wie sein Haar, und sie sind noch ganz träge, weil sie so lange nicht benutzt worden sind, doch nun beginnen sie zu schlagen! Seht sie euch an! Seht sie euch nur mal an!«
Bens Füße erhoben sich vom Boden, und seine Flügel trugen ihn in den Himmel.
»Tumper folgt ihm!« rief ich. »Warte auf ihn, Ben!«
Tumpers Flügel entfalteten sich. Nervös kläffend, stieg der

Hund dicht unter den Fersen seines Herrn auf. »Komm schon, Tumper!« rief Ben. »Los geht's!«
»Davy Ray!« sagte ich. »Fühlst du es?«
Er wollte es. Er wollte es von ganzem Herzen, das konnte ich sehen, doch er war noch nicht bereit. »Johnny!« sagte ich. »Du bist an der Reihe!«
Johnnys Flügel waren von einem glänzenden Schwarz, als sie aus seinen Schulterblättern hervorbrachen. Er stieg auf, und sein großer roter Chief flatterte neben ihm. Ich schaute hinauf zu Ben, der nun schon bald zwanzig Meter über dem Boden war und wie ein dicklicher Adler flog. »Ben läßt dich weit hinter sich, Davy Ray! Schau nur zu ihm hinauf! He, Ben! Ruf Davy Ray!«
»Komm herauf, Davy Ray!« brüllte Ben, und er machte einen Salto. »Die Luft fühlt sich herrlich an!«
»Ich bin bereit!« preßte Davy Ray zwischen zusammengebissenen Zähnen hervor. »Ich bin bereit! Schick mich hinauf, Cory!«
»Du kannst spüren, wie deine Flügel wachsen, nicht wahr? Ja, ich kann sie sehen! Gleich stoßen sie hervor! Da sind sie! Sie sind draußen!«
»Ich fühle sie! Ich fühle sie!« Davy Ray grinste, und Schweißtropfen perlten über sein Gesicht. Seine schlanken, kastanienbraunen Flügel begannen zu schlagen, und er stieg schlingernd auf. Ich wußte, daß Davy Ray keine Angst vor dem Fliegen hatte; die hatte er nie gehabt, in all den Sommern nicht, die wir nun schon hierher kamen. Er hatte nur vor diesem ersten Augenblick Angst, wenn man den Boden verließ. »Buddy folgt dir!« rief ich, als sich die braunweiß gefleckten Flügel des Hundes auf der Brise emporschwangen. Buddy ruderte mit den Pfoten.
Plötzlich brachen meine eigenen Flügel aus meinen Schulterblättern hervor und breiteten sich wie braune Fahnen aus. Sie stießen durch mein Hemd, hungernd nach dem Wind.

Ich merkte, wie das Delirium der Freiheit meine Knochen leichter werden ließ. Als ich aufzusteigen begann, verspürte ich ein paar Sekunden der Panik, genau wie beim ersten Sprung in das kalte Wasser des Freibads in jedem neuen Sommer. Meine Flügel hatten seit Ende August zusammengepreßt und wartend unter meinem Fleisch gelegen, und obgleich sie hin und wieder um Halloween, Thanksgiving, Weihnachten und die Osterferien herum gezuckt haben mochten, so hatten sie doch geschlafen und nur von diesem Tag geträumt. Sie fühlten sich schwer und ungelenk an, und ich fragte mich – wie ich es jedes Jahr tat, seit unser Ritual begonnen hatte –, wie diese Dinger sich beinahe von selbst auf die Luft einstellen konnten. Und dann füllten sich meine Flügel mit Wind, und ich spürte ihre beeindruckende Muskelkraft. Sie zuckten einmal, so wie die Reaktion auf ein Niesen. Der zweite Schlag war kontrollierter und kräftiger; der dritte war reine Poesie. Meine Flügel begannen im Luftstrom zu schlagen. »Ich fliege!« rief ich aus, während ich meinen Freunden und ihren Hunden in den strahlenden Himmel nachfolgte.

Dicht hinter mir hörte ich ein vertrautes Bellen. Rebells Flügel hatten sich entfaltet, und er kam mir nach. Ich flog nach oben, den anderen folgend, die wiederum Ben folgten. »Nicht so schnell, Ben!« warnte ich, doch er hatte schon beinahe eine Höhe von fünfundzwanzig Metern erreicht. Er verdiente es zu fliegen, dachte ich bei mir, für das, was er am Boden hatte ertragen müssen. Tumper und Buddy schwangen in einem langgezogenen, trägen Kreis herum und herum, und Rebell bat bellend, in ihr Spiel eingelassen zu werden. Chief war, ebenso wie sein Besitzer, eher ein Einzelgänger. Dann flatterte Rebell wieder zu mir herüber und leckte mein Gesicht. Ich legte einen Arm um seinen Hals, und gemeinsam stiegen wir über die Baumwipfel empor.

Davy Ray hatte seine Furcht besiegt. Er stieß einen krächzenden Laut aus, neigte seinen Kopf gerade nach unten, preßte die Arme steif an seinen Körper und stürzte lachend auf die Erde hinab. Seine Flügel lagen glatt über seinem Rücken, sein Gesicht war vom Luftzug verzerrt. »Zieh hoch, Davy Ray!« brüllte ich, als er dicht gefolgt von Buddy an mir vorbeizischte. »Zieh hoch!«

Doch Davy stürzte weiter auf den grünen Wald zu. Im letzten Augenblick, als es schon schien, als wäre er verdammt, wie ein Meteor auf dem Boden aufzuschlagen, breiteten sich plötzlich seine Flügel aus wie ein wunderschöner Fächer, und er riß seinen Körper nach oben. Er hätte die Kiefernnadeln mit seinen Zähnen schnappen können, hätte er es gewollt. Davy segelte johlend vor Vergnügen über die Baumwipfel hinweg, doch Buddy krachte durch ein paar dünne Äste, bevor er sich wieder fing. Der Hund tauchte spuckend und knurrend aus den Bäumen auf, verfolgt von den starren Blikken einiger bis ins Mark erschütterter Eichhörnchen.

Ich stieg weiter zu Ben auf. Johnny flog ganz allein für sich eine Acht nach der anderen. Rebell und Tumper spielten zwanzig Meter über dem Boden Fangen. Ben grinste mich an, sein Gesicht und sein Hemd schweißnaß, der Hemdsaum aus dem Hosenbund gerutscht. »Cory!« sagte er. »Paß mal auf!« Dann verschränkte er die Arme über dem Bauch, zog die Knie fest an den Körper und schoß unter Freudengeheul wie eine Kanonenkugel nach unten. So wie Davy es getan hatte, öffnete Ben seine Flügel ganz weit, um den Wind zu fangen, wenn er seine Geschwindigkeit drosseln wollte, doch diesmal ging irgend etwas schief. Einer der Flügel öffnete sich nicht ganz. Ben stieß einen erstickten Schrei aus, als er die Gefahr erkannte. Er überschlug sich mit rudernden Armen. »Ich schmier aaaabbb!« schrie Ben, während er hinabsauste.

Er klatschte bäuchlings auf die Baumwipfel.

»Bist du okay?« fragte ihn Davy Ray.
»Alles in Ordnung?« fragte ich.
Auch Johnny hielt im Laufen inne, und Tumper hechtete zu seinem Herrchen hinüber und leckte Bens Gesicht. Ben setzte sich auf und zeigte uns einen abgeschürften Ellbogen. »Mann«, sagte er. »Das hat ein bißchen weh getan.« Blut sammelte sich auf der Wunde.
»Du hättest eben nicht so schnell laufen sollen!« entgegnete Davy Ray. »Blödmann!«
»Ich bin okay, ganz ehrlich.« Ben stand auf. »Aber wir sind doch noch nicht mit dem Fliegen fertig, oder, Cory?«
Er war schon wieder bereit. Ich begann zu laufen, die Arme weit ausgebreitet. Die anderen liefen in allen Richtungen um mich herum; auch sie hatten die Arme ausgebreitet und ließen sich vom Wind treiben. »Davy Ray hat jetzt schon fast fünfundzwanzig Meter erreicht«, sagte ich, »und Buddy ist noch immer an seiner Seite. Johnny fliegt in fünfzehn Metern Höhe eine Acht. Komm schon, Ben! Komm aus den Bäumen raus!«
Er erhob sich, mit Kiefernnadeln im Mund und einem breiten Grinsen auf den Lippen.
Der erste Tag des Sommers war immer eine wunderbare Zeit.
»Hier entlang, Kumpel!« rief Davy Ray und flog auf Zephyr zu. Ich folgte ihm. Meine Flügel kannten die blauen Straßen.
Die Sonne brannte auf unsere Rücken. Die Häuser von Zephyr lagen unter uns wie Spielzeuge an Straßen aus Kaugummistreifen. Die Wagen sahen wie kleine Aufziehautos aus, die man beim Krämer kaufen konnte. Wir flogen weiter über die glitzernde braune Schlange des Tecumseh, über die Wasserspeierbrücke und die alte Eisenbahnbrücke hinweg. Ich konnte dort unten ein paar Angler in einem Ruderboot sehen. Wenn Old Moses sich entschied, ihren Köder zu pak-

ken, würden sie nicht mehr so ruhig dasitzen und auf einen Wels warten.

Unsere kleinen Schatten und die unserer Hunde krochen wie Geheimschrift über den Boden. Wir flogen über den dunkelbraunen, länglichen Fleck von Saxon's Lake. Das gefiel mir gar nicht, obgleich ich einen warmen Aufwind erwischte und bis auf fast zwanzig Meter hochschoß. Es gefiel mir nicht, was in ihm lag wie ein Samenkern in einem verfaulten Apfel. Davy tauchte ab und flog kaum drei Meter über der Oberfläche des Sees hinweg. Ich dachte bei mir, daß er besser vorsichtig sein sollte; wenn seine Flügel naß wurden, hatte es mit dem Fliegen ein Ende, bis sie wieder getrocknet waren. Dann stieg er erneut auf, und wir flogen gemeinsam über den Wald und die Weiden und Äcker, die jenseits von Saxon's Lake lagen wie eine Patchworkdecke aus leuchtendem Grün und gedämpftem Braun.

»Wo sind wir jetzt, Cory?« fragte Davy Ray.

Ich erwiderte: »Wir sind schon beinahe beim ...«

Robbins Luftwaffenstützpunkt, einer riesigen, ebenen Lichtung inmitten eines Meeres von Wald. Ich deutete auf einen silbernen Düsenjäger, der zur Landung ansetzte. Jenseits des Stützpunkts und gesperrt für jedermann, sogar für Jungen mit Flügeln, lag ein Testgelände, wo Düsenjägerpiloten auf Übungsziele am Boden schossen und Bomber gelegentlich eine echte scharfe Ladung abwarfen, die die Fenster in Zephyr erzittern ließ. Der Flugplatz war die Grenze unseres Streifzugs, und wir drehten im strahlendblauen Äther um und flogen auf demselben Weg zurück, auf dem wir gekommen waren: Über die Felder und den Wald, den See, den Fluß und die Dächer.

Mit Rebell an meiner Seite kreiste ich über unserem Haus. Die anderen Jungs sausten um ihre eigenen Häuser herum, begleitet vom freudigen Gebell ihrer Hunde. Mir wurde bewußt, wie klein unser Haus war im Vergleich zu der großen Welt, die sich in alle Richtungen erstreckte. Von hier oben konnte ich die Straßen sehen, die sich bis zum Horizont zogen, und die Autos und Laster auf diesen Straßen, die auf dem Weg zu unbekannten Zielen waren. Wanderlust ist ebenfalls Teil des Sommers; ich spürte sie in mir und fragte mich, ob ich wohl je diesen Straßen folgen würde, und wenn ja, wohin sie mich dann führten. Ich fragte mich auch, was wohl geschehen mochte, wenn Mom oder Dad plötzlich aus dem Haus treten, meinen und Rebells Schatten auf dem Rasen sehen und aufblicken würde. Ich bezweifelte, daß sie eine Ahnung davon hatten, daß ihr Sohn fliegen konnte.

Ich zog eine Schleife um die Schornsteine und Türmchen des Thaxter-Anwesens oben an der Temple Street. Dann gesellte ich mich wieder zu meinen Freunden, und wir kehrten mit ermatteten Flügeln zur Lichtung zurück.

Wir flogen ein paar Kreise und sanken einer nach dem anderen hinab wie schwerelose Blätter. Ich setzte mit einem Ruck auf dem Boden auf und lief weiter, während meine Flügel und mein Körper sich wieder an ihre irdischen Fesseln gewöhnten. Dann waren wir alle auf dem Boden und rannten mit unseren Hunden um die Lichtung herum, erst gegen den Wind und dann angetrieben von ihm. Unsere Flügel falteten sich ein und kehrten in ihre versteckten Scheiden in unseren hohlen Schulterblättern zurück; die Flügel der Hunde verschwanden in ihrem Fleisch und wurden von sich kräuselndem Fell versiegelt – weiß, braun, rot, braunweiß gefleckt. Unsere zerrissenen Hemden stopften sich wie von Zauberhand wieder, und keine Mutter würde je wissen, was durch sie hindurchgestoßen war. Wir waren schweißgebadet, unsere Gesichter und Arme glänzten von Schweißperlen, und als wir wieder ganz der Erde gehörten, hielten wir mit dem Laufen ein und sanken erschöpft zu Boden.

Die Hunde fielen augenblicklich über uns her und leckten

uns die Gesichter. Unser ritueller Flug war für einen weiteren Sommer beendet.

Nachdem sich unsere Herzen und Gedanken wieder beruhigt hatten, saßen wir noch eine Weile beisammen und redeten. Wir sprachen von all den Dingen, die wir in diesem Sommer unternehmen wollten; es waren so viele Dinge, die Tage würden gar nicht lang genug dafür sein. Doch wir alle entschieden, campen zu gehen, das war eine beschlossene Sache.

Dann war es an der Zeit, nach Hause zurückzukehren. »Bis dann, Jungs!« verabschiedete sich Ben, während er, gefolgt von Tumper, davonradelte. »Auf bald!« rief Davy Ray, als er auf seinem Rad davonfuhr und Buddy einem Kaninchen hinterherjagte. »See you later!« sagte Johnny, während er sein Rad in Bewegung setzte und der treue Chief neben ihm hersprang. Ich winkte. »Alligator!« rief ich ihm nach.

Ich ging zu Fuß nach Hause. Hin und wieder hielt ich an, um Rebell ein paar Kiefernzapfen zu werfen, hinter denen er dann herlaufen konnte. Er bellte aufgeregt ein Schlangenloch an, das er entdeckt hatte, doch ich zog ihn davon weg, bevor die möglichen Bewohner herausschauen konnten. Es war ein ziemlich großes Schlangenloch.

Zu Hause sah Mom mich entgeistert an, als ich in die Küche marschiert kam. »Du bist ja klitschnaß!« sagte sie. »Was hast du denn bloß *getrieben*?«

Ich zuckte mit den Schultern und griff nach dem Krug mit der kalten Limonade.

»Nichts Besonderes«, erwiderte ich.

2
Gespräche beim Friseur

»Oben ein bißchen weg und die Seiten ausdünnen, Tom?«
»Das sollte reichen, denke ich.«
»Wird gemacht, mein Freund.«
So begann Mr. Perry Dollar, der Besitzer von Dollars Friseur in der Merchants Street, jeden Haarschnitt. Es war egal, wie man sein Haar geschnitten haben wollte; wenn man den Laden verließ, war immer oben etwas weggenommen und die Seiten ausgedünnt. Natürlich sprechen wir hier von einem richtigen Haarschnitt, nicht von diesem »Hair-Styling«-Kram. Für einen Dollar und fünfzig Cent bekam man die Luxusbehandlung: Man wurde bis zum Hals eingewickelt in ein frisches blaugestreiftes Friseurhandtuch; die Haare wurden mit Scheren geschnitten und gestutzt; der Nacken mit heißem Rasierschaum eingepinselt und die kleinen Härchen dort mit einem frisch gewetzten Rasiermesser abgeschabt; dem folgte eine freigebige Dusche aus einer der Wunderflaschen mit Wildroot, Vitalis oder Brylcreem Haar-Dressing. Ich sage »Wunderflaschen«, weil diese Flaschen, die auf einem Regal über dem Frisierstuhl standen, jedesmal, wenn ich einen Haarschnitt von Mr. Dollar bekam, exakt halb voll waren und ihr Inhalt augenscheinlich nie einen Zentimeter nach oben oder unten schwankte. Wenn das Haareschneiden beendet war – »das Skalpieren« ist ein viel besseres Wort dafür – und Mr. Dollar das Handtuch um deinen Hals abmachte und die toten Haare mit einer Bürste von deinem Kragen fegte, die sich anfühlte, als wäre sie mit den Borsten eines Wildschweins gespickt, waren die Er-

wachsenen angehalten, in ein Glas mit Erdnußkaramel zu greifen, und die Kinder hatten die Auswahl zwischen Zitronen-, Limonen-, Weintrauben- oder Kirschlutschern.

»Heißer Tag«, bemerkte Mr. Dollar, während er Dads Haar mit einem Kamm anhob und die Spitzen mit der Schere abschnitt.

»Kann man wohl sagen.«

»Ist aber schon heißer gewesen. 1939 war es an genau diesem Tag neununddreißig Grad.«

»1927 war es an genau diesem Tag *vierzig* Grad!« sagte Mr. Owen Cathcoate, ein Fossil, das mit Mr. Gabriel »Jazzman« Jackson hinten im Friseurladen, wo der Deckenventilator die größte Kühlung versprach, Dame spielte. Mr. Cathcoates faltiges Gesicht war mit Leberflecken übersät, so daß es aussah wie die Karte irgendeines eigentümlichen fremden Landes. Er hatte schmale Schlitzaugen, langfingrige Hände, und sein schütteres gelblichweißes Haar hing bis auf seine Schultern herab, was die reinste Folter für Mr. Dollar gewesen sein mußte. Mr. Jackson war ein Mann mit einem dicken Bauch, stahlgrauem Haar und einem kleinen, gepflegten Schnauzbart. Er putzte und reparierte die Schuhe, die ihm die Leute in seine Werkstatt im hinteren Teil von Mr. Dollars Laden brachten. Mr. Jackson war zu seinem Spitznamen gekommen, weil er, wie Dad mir erzählte, »seiner Klarinette die sanftesten und wildesten Töne entlocken konnte«. Die Klarinette, in einem abgegriffenen schwarzen Koffer, war immer in Mr. Jacksons unmittelbarer Nähe.

»Wird noch ein ganzes Stück heißer, wenn wir erst mal Juli haben«, sagte Mr. Jackson, während er nachdenklich die Steine betrachtete. Er setzte zu einem Zug an, doch dann überlegte er es sich noch einmal. »Owen, ich glaube, du versuchst, mich in eine Zwickmühle zu bringen, oder?«

»Daran würde ich nicht einmal im Traum denken, Mr. Jackson.«

»Oh, du gerissener alter Fuchs!« sagte der Jazzman, als er die simple, doch tödliche Falle entdeckte, die Mr. Cathcoate für ihn aufgebaut hatte. »Du willst mir wohl die Haut abziehen und mich zum Abendessen servieren, was? Nun, an mir wirst du schwer zu kauen haben!« Er machte einen Zug, der ihn für den Augenblick außer Gefahr brachte.
Mr. Dollar war klein und untersetzt und hatte ein Gesicht wie eine satte Bulldogge. Seine grauen Augenbrauen sprossen wie Unkraut in alle Richtungen, und sein Haar war bis auf den rotblonden Schädel rasiert. Er konnte die besten Geschichten über jeden erzählen, den ich je zu Gesicht bekommen hatte. Er wußte einfach alles über die Geschichte von Zephyr. Da er seit über zwanzig Jahren der einzige Friseur in Zephyr war, hatte er seinen Finger am rasenden Puls des Tratsches, und er konnte einem alles erzählen, was gerade vor sich ging, wenn man einen Nachmittag zum Dasitzen und Zuhören frei hatte. Außerdem besaß er eine tolle Sammlung von zerfledderten Comic-Heften, *Field & Streams* und *Sports Illustrated*, und ich hatte von Davy Ray gehört, daß Mr. Dollar hinten im Laden eine Kiste mit *Stag, Confidental* und *Argosy*-Ausgaben nur für Erwachsene hatte.
»Cory?« sagte Mr. Dollar, während er das Haar meines Vaters schnitt. »Hast du schon den neuen Jungen kennengelernt?«
»Nein, Sir!« Ich wußte nicht einmal, daß es einen neuen Jungen *gab.*
»Der ist gestern mit seinem Dad hergekommen, um sich die Haare schneiden zu lassen. Hat gute Haare, aber einen Wirbel, an dem mir beinahe die Schere stumpf geworden wäre.« *Schnipp, schnipp* sang die Schere. »Er ist erst letzte Woche hierher gezogen.«
»Die neue Familie, die das Haus Ecke Greenhowe und Shantuck gemietet hat?« fragte Dad.

»Ja, das sind sie. Die Curliss'. Nette Leute. Alle haben sie gutes Haar.«
»Was macht Mr. Curliss denn?«
»Ist ein Vertreter«, antwortete Mr. Dollar. »Verkauft Hemden für irgendeine Firma in Atlanta. Der Junge ist ein paar Jahre jünger als Cory. Ich hab ihn auf das Pferd gesetzt, und er war ganz ruhig.«
Das Pferd war ein geschnitztes, goldenes Palomino, das von einem dem Untergang geweihten Karussell gerettet worden war; nun war es neben dem regulären Frisierstuhl an den Boden geschraubt. Nur Babys wurden zum Haareschneiden auf das Pferd gesetzt, obgleich es Zeiten gab, in denen ich mir wünschte, noch einmal auf dem Pferd sitzen und meine Füße in seine Steigbügel stecken zu dürfen, während mein Haar geschnitten wurde. Dennoch sagte mir die Tatsache, daß der Curliss-Junge – mit seinen wohl neun oder zehn Jahren – auf dem Pferd sitzen wollte, daß er ein Weichling war.
»Mr. Curliss scheint ein anständiger Mann zu sein«, fuhr Mr. Dollar fort, während er mit der Schere den Skalp meines Vaters bearbeitete. »Aber ruhig. Etwas zurückhaltend für einen Vertreter, finde ich. Ist kein leichtes Geschäft.«
»Möchte ich wetten«, sagte Dad.
»Ich hatte den Eindruck, daß Mr. Curliss ganz schön herumgekommen ist. Er hat mir von all den Orten erzählt, wo er und seine Familie gelebt haben. Ich nehme an, daß man als Vertreter bereit sein muß, überall hinzugehen, wo einen die Firma hinschickt.«
»Ich könnte das nicht«, sagte Dad. »Ich muß irgendwo verwurzelt sein.«
Mr. Dollar nickte. Er verließ das Thema und wanderte durch weitere wie ein Mann durch hohes Gras, ohne etwas anderes als den nächsten Schritt zu sehen. »Ja, Sir«, sagte er. »Wenn diese Beatles hier hereinkämen, dann würden sie hinterher

ganz sicher wie Männer aussehen und nicht wie Weiber.« Seine Augenbrauen zogen sich zusammen, als er in eine neue Richtung wanderte. »Die Kommunisten sagen, sie würden uns schon unterkriegen. Wir müssen sie aufhalten, solange wir noch können, bevor sie in unser Land kommen. Wir müssen unsere Jungs rausschicken, damit sie ihnen da drüben ordentlich eins auf den Pelz geben ... du weißt schon, da, wo sie all den Bambus anpflanzen.«
»Vietnam«, half Dad aus.
»Richtig. So heißt das da drüben. Umlegen sollen sie sie, und wir brauchen uns keine Sorgen mehr zu machen.« Mr. Dollars Schere wurde schneller. Irgendwo zwischen Mr. Dollars Ohren wurde ein neuer Gedanke geboren. »Hat J. T. je herausgefunden, wer da in Saxon's Lake versunken ist, Tom?«
Ich beobachtete das Gesicht meines Vaters. Er verzog keine Miene, doch ich wußte, daß die Frage ihn getroffen hatte. »Nein, Perry. Hat er nicht.«
»Das war einer von der Bundesbehörde, wenn ihr mich fragt«, meldete sich der Jazzman zu Wort. »Muß wohl nach Schwarzbrennern gesucht haben. Ich denke, die Blaylocks haben ihn umgebracht.«
»Das glaubt Mr. Sculley auch«, sagte Dad.
»Die Blaylocks sind ein übler Haufen, da geht nichts dran vorbei.« Mr. Dollar schaltete seinen Rasierapparat an und machte sich an Dads Koteletten zu schaffen. »Wäre nicht der erste, den sie auf dem Gewissen haben.«
»Wie meinst du das?«
»Sim Sears hat früher immer Whiskey von deren Jüngstem, Donny, gekauft. Oh ...« Mr. Dollar blickte zu mir herüber. »Ich plaudere hier doch nicht aus dem Nähkästchen, oder?«
»Ist schon in Ordnung«, sagte Dad. »Erzähl weiter.«
»Nun, das hier habe ich von Sim selbst, also denke ich, daß er es in den Griff bekommen hat. Jedenfalls hat Donny

Blaylock Sim immer Selbstgebrannten verkauft, und Sim hat mir erzählt, daß Donny und er sich eines Nachts in den Wäldern betrunken haben – in der Nacht, als der Meteor in der Nähe von Union Town runtergekommen ist –, und Donny hat ihm so einige Sachen erzählt.«
»Sachen?« hakte Dad nach. »Was für Sachen?«
»Donny hat Sim erzählt, daß er einen Mann umgebracht hat«, sagte Mr. Dollar. »Hat ihm nicht das Warum, Wann und Wer erzählt. Nur daß er einen Mann umgebracht hat, und daß er froh darüber war.«
»Weiß J. T. davon?«
»Nee. Und von mir wird er es auch nicht erfahren. Ich will nicht, daß J. T. umkommt. Hast du je Biggun Blaylock gesehen?«
»Nein.«
»Groß wie ein Elch, und er hat den Teufel im Leib. Wenn ich J. T. berichten würde, was Sim mir erzählt hat, dann müßte er losgehen und die Blaylocks suchen. Wenn er sie finden *würde*, was ich stark bezweifeln möchte, würde ihn die Bande an den Füßen aufhängen und ihm die Kehle durchschneiden wie einem ...« Abermals schaute Mr. Dollar zu mir herüber, der ich mit gespitzten Ohren hinter einem *Hawkman*-Comic hockte. »Nun, ich denke mir so, das wäre das Ende von unserem Sheriff.«
»Den Blaylocks gehört doch nicht der ganze Bezirk!« sagte Dad. »Wenn sie einen Mord begangen haben, dann müssen sie auch dafür zahlen!«
»Das stimmt, das sollten sie«, pflichtete Mr. Dollar ihm bei und wandte sich wieder den Koteletten zu. »Biggun ist letzten November hier hereingekommen, um ein Paar Stiefel abzuholen, die er zum Besohlen gebracht hatte. Erinnerst du dich noch, Jazzman?«
»Aber sicher. Gute, teure Stiefel. Ich hatte eine Heidenangst, daß ich einen Kratzer darauf machen würde.«

»Und weißt du, was Biggun gesagt hat, als er für seine Stiefel zahlte?« fragte Mr. Dollar meinen Vater. »Er sagte, daß wären seine Zertrampler, und keiner, den er damit bearbeitet, würde wieder aufstehen. Ich dachte so bei mir, daß das wohl bedeutete, daß sich keiner in seine Angelegenheiten mischen sollte. Wer also würde so dumm sein, herumzuschnüffeln und sich von den Blaylocks das Lebenslicht ausblasen zu lassen?«
»Genau das ist dem Kerl auf dem Grund des Sees passiert«, sagte der Jazzman. »Er hat sich in die Angelegenheiten der Blaylocks gemischt.«
»Mir ist das egal, ob sie Schnaps brennen und ihn hinten aus ihren Wagen heraus verkaufen«, fuhr Mr. Dollar fort. »*Mir* tut das nicht weh. Ist mir egal, ob sie die Stock-Car-Rennen manipulieren, denn ich bin kein Spieler. Ist mir auch egal, was sie mit den gefallenen Engeln draußen bei Grace Stafford machen, denn ich bin ein Familienvater.«
»Einen Moment mal«, sagte Dad. »Was war das eben mit Grace Staffords Haus?«
»Ist nicht ihr Haus. Sie führt es nur. Es gehört den Blaylocks, von den Dachziegeln bis zu den Lockenwicklern.«
»Das wußte ich nicht.«
»O ja!« Mr. Dollar pinselte Dads Nacken mit Rasierschaum ein und schabte mit dem Rasiermesser über das lederne Wetzband. »Die Blaylocks kassieren ganz schön ab, das ist mal sicher. Die verdienen sich 'ne goldene Nase an den Typen von der Air Force.« Er begann, mit ruhiger Hand den Nacken meines Vaters zu rasieren. »Die Blaylocks sind eine Nummer zu groß für J. T. Da müßte schon Edgar Hoover selbst kommen, um sie ins Kittchen zu bringen.«
»Wyatt Earp könnte es schaffen«, meldete sich nun Mr. Cathcoate zu Wort. »Wenn er noch am Leben ist, meine ich.«
»Ich denke, er könnte es, Owen.« Mr. Dollar blickte zu mir

herüber, um mein Interesse anzuheizen, und schaute dann wieder zu dem alten Mann. »He, Owen! Ich denke nicht, daß der junge Cory hier schon von dir und Wyatt Earp gehört hat!« Mr. Dollar zwinkerte mir verschwörerisch zu. »Warum erzählst du ihm die Geschichte nicht mal?«

Mr. Cathcoate sagte eine Weile nichts, doch er war am Zug, und er bewegte keinen seiner Steine. »Nee«, erwiderte er schließlich. »Ich laß es ruhen.«

»Komm schon, Owen! Erzähl's dem Jungen! Du willst es doch hören, oder, Cory?« Bevor ich ja oder nein antworten konnte, drängte Mr. Dollar schon weiter. »Siehst du? Er will es hören!«

»Ist längst vorbei«, sagte Mr. Cathcoate leise.

»War 1881, stimmt's? Der 26. Oktober in Tombstone, Arizona? Du warst gerade neun Jahre alt?«

»Das stimmt.« Mr. Cathcoate nickte. »Ich war neun Jahre alt.«

»Nun erzähl dem Jungen doch, was du an diesem Tag getan hast.«

Mr. Cathcoate starrte auf das Damebrett. »Komm schon, Owen«, drängte der Jazzman freundlich. »Erzähl's ihm.«

»Ich ... habe an dem Tag einen Mann getötet«, sagte Mr. Cathcoate. »Und ich habe am O. K. Corral das Leben von Wyatt Earp gerettet.«

»Da hast du es, Cory!« Mr. Dollar grinste. »Ich wette, du hast nicht gewußt, daß du hier mit einem richtigen, lebendigen *Revolverhelden* zusammensitzt, was?« Die Art, wie Mr. Dollar das sagte, gab mir jedoch das Gefühl, daß er kein Wort davon glaubte und daß er es genoß, Mr. Cathcoate diesbezüglich aufzuziehen.

Natürlich hatte ich vom O. K. Corral gehört. Jeder Junge, der auch nur das geringste Interesse an Cowboys und dem Wilden Westen hatte, kannte die Geschichte über jenen Tag, an dem die Earp-Brüder – Wyatt, Virgil und Morgan – und

das Poker-As Doc Holliday diese Vieh stehlenden Clantons und McLowerys mit dem Gesicht nach unten in den heißen Staub von Tombstone fallen ließen. »Stimmt das wirklich, Mr. Cathcoate?« fragte ich.
»Das stimmt wirklich. Ich hatte Glück an jenem Tag. Ich war noch ein Kind und hatte keine Ahnung von Pistolen. Hätte mir beinahe den Fuß abgeschossen.«
»Erzähl ihm, wie du dem alten Wyatt das Leben gerettet hast«, drängte Mr. Dollar, während er die letzten Reste des Rasierschaums mit einem dampfenden Handtuch aus Dads Nacken tupfte.
Mr. Cathcoate runzelte die Stirn. Ich hatte das Gefühl, er erinnerte sich nicht gern daran, aber vielleicht versuchte er auch nur, sich auf die Einzelheiten zu besinnen. Ein zweiundneunzigjähriger Mann mußte eine ganze Menge Schlösser aufschließen, um sich an einen Tag zu erinnern, als er neun Jahre alt war. Doch ich nehme an, daß dieser betreffende Tag es schon wert war, daß man sich an ihn erinnerte.
Schließlich sagte Mr. Cathcoate: »Eigentlich sollte niemand draußen auf der Straße sein. Alle wußten, daß die Earps, Doc Holliday, die McLowerys und die Clantons Blut vergießen würden. Es hatte schon eine ganze Zeit in der Luft gelegen. Aber ich war da, hinter einem Schuppen. Ich war ein kleiner Narr.« Er schob seinen Stuhl vom Damebrett zurück und saß da, die langfingrigen Hände verschränkt, während der Luftzug des Ventilators durch sein Haar strich. »Ich habe das ganze Gebrüll gehört und all die Schüsse. Ich hörte, wie Kugeln in Fleisch einschlugen. Das ist ein Geräusch, das man nie wieder vergißt, selbst wenn man hundertzweiundneunzig Jahre alt wird.« Er starrte mich mit seinen Schlitzaugen an, doch ich konnte erkennen, daß er in die Vergangenheit schaute, wo sich Staubwolken vom blutbefleckten Boden erhoben und Schatten mit ihren Revolvern zielten.

»Da war schrecklich viel Geschieße«, sagte er. »Eine Kugel schlug direkt neben meinem Kopf in den Schuppen ein. Ich hörte sie vorbeizischen. Da habe ich mich flach auf den Boden geworfen und mich nicht gerührt. Kurz darauf taumelte ein Mann an mir vorbei und fiel auf die Knie. Es war Billy Clanton. Er war ganz durchlöchert, doch er hatte einen Revolver in seiner Hand. Er blickte mich an. Direkt in meine Augen. Und dann hustete er, und Blut sprudelte aus seinem Mund und aus seiner Nase, und er fiel direkt neben mir aufs Gesicht.«

»Mann!« stieß ich aus. Meine Arme waren von Gänsehaut überzogen.

»Oh, das ist noch nicht alles!« verkündete Mr. Dollar. »Erzähl's ihm, Owen!«

»Ein Schatten fiel auf mich«, fuhr Mr. Cathcoate fort, und seine Stimme war heiser. »Ich schaute auf, und ich sah Wyatt Earp. Sein Gesicht war staubig, und er schien drei Meter groß. Er sagte: ›Lauf nach Hause, Junge.‹ Ich kann noch immer seine Worte hören, so klar wie ein Glocke. Doch ich war starr vor Angst, und ich blieb, wo ich war, und Wyatt Earp ging weiter zur anderen Seite des Schuppens. Der Kampf war vorüber. Die Clantons und McLowerys lagen durchlöchert auf dem Boden. Dann geschah es.«

»Was geschah?« fragte ich, als Mr. Cathcoate innehielt, um Luft zu holen.

»Der Kerl, der sich in einer leeren Regentonne versteckt hatte, erhob sich und zielte mit seiner Pistole auf Wyatt Earps Rücken. Ich hatte ihn nie zuvor gesehen. Aber da war er plötzlich, so dicht vor mir wie du jetzt. Er legte an, und ich hörte, wie er den Hahn spannte.«

»Jetzt kommt das Beste«, sagte Mr. Dollar. »Was war dann, Owen?«

»Dann ... nahm ich Billy Clantons Pistole an mich. Das Ding war schwer wie ein Kanone, und der ganze Griff war mit Blut beschmiert. Ich konnte sie kaum halten.« Mr. Cathcoate schwieg eine Weile, die Augen geschlossen. Dann fuhr er fort: »War keine Zeit mehr zu rufen. War keine Zeit mehr für irgend etwas, außer dem, was ich tat. Ich wollte nur in die Luft schießen, um den Kerl zu erschrecken und Mr. Earp zu warnen. Doch die Pistole ging los. Einfach so: *bumm.«* Seine Augen öffneten sich bei der Erinnerung an den Schuß. »Hat mich glatt umgeworfen, hätte mir fast die Schulter ausgerenkt. Ich hörte, wie die Kugel von einem Stein ungefähr fünfzehn Zentimeter neben meinem rechten Fuß abprallte. Die Kugel schlug glatt durch die Schußhand des Kerls. Hat ihm die Pistole aus der Hand geschleudert und sein Handgelenk aufgerissen, so daß ein Stück vom Knochen herausguckte. Er hat geblutet wie ein abgestochenes Schwein. Und während er verblutete, sagte ich immer wieder: ›Es tut mir leid, es tut mir leid, es tut mir leid.‹ Denn ich hatte doch niemanden umbringen wollen. Ich wollte doch nur verhindern, daß Mr. Earp erschossen wurde.« Er seufzte, tief und leise; es klang wie der Wind, der Staub über die Gräber am Boot Hill blies. »Ich stand über den Mann gebeugt, in der Hand noch immer Billy Clantons Waffe. Doc Holliday kam zu mir herüber, gab mir einen Vierteldollar und sagte: ›Kauf dir einen Lutscher, Junge.‹ Und daher habe ich den Namen.«

»Welchen Namen?« fragte ich.

»Candystick Kid, der Lutscher-Junge«, antwortete Mr. Cathcoate. »Mr. Earp ist in unser Haus gekommen und hat dort zu Abend gegessen. Mein Vater war Farmer. Wir hatten nicht viel, doch wir gaben ihm das Beste, was wir zu bieten hatten. Er schenkte mir Billy Clantons Pistole und sein Halfter, weil ich ihm das Leben gerettet hatte.« Mr. Cathcoate schüttelte sein gelblichweißes Haar. »Ich hätte die Pistole in den Brunnen werfen sollen, wie meine Momma es sagte.«

»Warum?«
»Weil«, antwortete er, und plötzlich schien er wütend und erregt zu werden, »sie mir zu sehr *gefiel*, darum! Ich fing an zu lernen, wie man sie *benutzte*! Fing an, ihren Geruch zu mögen und ihr Gewicht und wie warm sie sich in meiner Hand anfühlte, nachdem ich sie gerade abgefeuert hatte, und wie die Flasche, auf die ich zielte, in tausend Stücke zerbarst, darum.« Er verzog das Gesicht, als hätte er gerade in eine bittere Frucht gebissen. »Hab angefangen, Vögel vom Himmel zu schießen und zu glauben, daß ich ein richtiger Schnellschußkünstler wäre. Dann begann es, an mir zu nagen und meine Gedanken zu beherrschen, und ich fragte mich, wie schnell ich wohl gegen einen anderen Jungen mit einer Pistole ziehen könnte. Ich übte weiter, klatschte gegen das Leder und zog den Ballermann, immer wieder, immer wieder. Und als ich sechzehn Jahre alt war, fuhr ich mit der Kutsche nach Yuma, und dort tötete ich einen Revolverhelden namens Edward Bonteel, und von da an stand ich mit einem Fuß in der Hölle.«
»Der alte Owen hier muß ganz schön berühmt sein«, sagte Mr. Dollar, während er die abgeschnittenen Haare von Dads Schultern bürstete. »Candystick Kid, meine ich. Wie viele Kerle hast du unter die Erde gebracht, Owen?« Mr. Dollar blickte zu mir herüber und zwinkerte.
»Ich habe vierzehn Männer getötet«, antwortete Mr. Cathcoate. Es lag kein Stolz in seiner Stimme. »Vierzehn Männer.« Er starrte auf die schwarzen und weißen Felder des Damebretts. »Der jüngste war neunzehn, der älteste zweiundvierzig. Vielleicht haben es einige von ihnen verdient zu sterben. Vielleicht liegt diese Entscheidung nicht bei mir. Ich habe sie getötet, jeden einzelnen von ihnen in einem fairen Kampf. Doch ich hatte es darauf abgesehen, sie zu töten. Ich hatte es darauf abgesehen, mir selbst einen großen Namen zu machen, berühmt zu werden. An dem

Tag, an dem ich von einem jüngeren, schnelleren Kerl angeschossen wurde, erkannte ich, daß ich meine Zeit nur geborgt hatte. Ich kehrte allem den Rücken.«

»Sie wurden angeschossen?« fragte ich. »Wo wurden Sie getroffen?«

»Linke Seite. Aber ich habe besser gezielt. Hab dem Kerl glatt durch die Stirn geschossen, mitten durch. Doch meine Tage als Revolverheld waren vorüber. Ich ging nach Osten. Hier bin ich dann hängengeblieben. Das ist meine Geschichte.«

»Du hast noch immer die Pistole und das Halfter, nicht wahr, Candystick?« erkundigte sich Mr. Dollar.

Mr. Cathcoate gab keine Antwort. Er saß einfach reglos da. Ich dachte, er wäre eingeschlafen, obgleich seine Augen mit den schweren Lidern noch immer geöffnet waren. Dann stand er unvermittelt von seinem Stuhl auf und ging mit steifen Beinen zu Mr. Dollar hinüber. Er reckte seinen Kopf nach vorne, so daß er nur Zentimeter von Mr. Dollars Gesicht entfernt war, und ich sah seinen Ausdruck im Spiegel; Mr. Cathcoates von Altersflecken übersätes Gesicht war grimmig und schmallippig, wie ein Totenschädel, über den man braunes Leder gespannt hatte. Ein Lächeln spielte um seinen Mund, doch es war kein fröhliches Lächeln. Es war ein schreckliches Lächeln, und ich sah, wie Mr. Dollar davor zurückwich.

»Perry«, sagte Mr. Cathcoate, »ich weiß, daß du mich für einen alten Narren hältst, der nicht mehr alle Tassen im Schrank hat. Ich habe mich damit abgefunden, daß du mich hinter meinem Rücken auslachst, wenn du glaubst, daß ich es nicht sehe. Doch wenn ich keine Augen im Rücken hätte, Perry, wäre ich schon längst nicht mehr am Leben.«

»Äh ... äh ... aber nicht doch, Owen!« stotterte Mr. Dollar. »Ich lache dich nicht aus! Ehrlich!«

»Jetzt lügst du entweder, oder du nennst mich einen Lüg-

ner«, sagte der alte Mann, und etwas an der leisen Art, wie er es sagte, ließ mir das Blut in den Adern gefrieren.
»Es ... tut mir leid, wenn du glaubst, ich ...«
»Ja, ich habe die Pistole und das Halfter noch immer«, unterbrach ihn Mr. Cathcoate. »Ich habe sie als Andenken behalten. Und jetzt hör mir mal gut zu, Perry.« Er beugte sich noch dichter zu ihm, und Mr. Dollar versuchte zu lächeln, doch es wurde nur ein schwaches Grinsen daraus. »Du kannst mich Owen nennen oder Mr. Cathcoate. Du kannst mich He, du oder Alter nennen. Aber du darfst mich nie bei meinem Revolverheldennamen nennen. Nicht heute, nicht morgen, niemals. Haben wir uns verstanden, Perry?«
»Owen, es besteht überhaupt kein Grund ...«
»Haben wir uns verstanden?« wiederholte Mr. Cathcoate.
»Äh ... ja. Haben wir. Sicher.« Mr. Dollar nickte. »Alles, was du sagst, Owen.«
»Nein, nicht alles, was ich sage. Nur dies.«
»Okay. Kein Problem.«
Mr. Cathcoate starrte noch einen Augenblick in Mr. Dollars Augen, als würde er dort nach der Wahrheit suchen. Dann sagte er: »Ich verschwinde jetzt«, und ging zur Tür.
»Was ist mit unserer Partie, Owen?« fragte der Jazzman.
Mr. Cathcoate blieb stehen. »Ich hab keine Lust mehr zu spielen«, antwortete er und schob sich durch die Tür hinaus in den heißen Juninachmittag. Eine Hitzewelle quoll herein. Ich stand auf, ging zum Schaufenster und sah Mr. Cathcoate nach, der langsam den Bürgersteig der Merchants Street entlangschlurfte, die Hände in den Taschen vergraben.
»Nun, was hält man davon?« fragte Mr. Dollar. »Was meinst du, warum er so hochgegangen ist?«
»Er weiß, daß du ihm nicht ein Wort der Geschichte glaubst«, erwiderte der Jazzman, während er die Steine und das Damebrett zusammenzupacken begann.
»Stimmt es oder nicht?« Dad erhob sich vom Stuhl. Seine

Ohren waren nun ein entschiedenes Stück tiefer, und sein Nacken war gerötet, wo er rasiert und abgeschabt worden war.

»Natürlich stimmt es nicht!« Mr. Dollar lachte abfällig. »Owen ist verrückt! Der hat schon seit Jahren nicht mehr alle Tassen im Schrank!«

»Es ist nicht so gewesen, wie er erzählt hat?« Ich schaute noch immer Mr. Cathcoate hinterher, wie er den Bürgersteig entlangging.

»Nein. Er hat sich die ganze Sache ausgedacht.«

»Woher weißt du das so genau?« fragte Dad.

»Ach, komm schon, Tom! Was würde ein Revolverheld aus dem Wilden Westen schon hier in Zephyr wollen? Und glaubst du denn nicht auch, daß es in den Geschichtsbüchern stehen würde, wenn ein Kind Wyatt Earp am O. K. Corral das Leben gerettet hätte? Ich bin in die Bibliothek gegangen und habe nachgeschaut. Da ist kein einziges Wort über einen Jungen, der Wyatt Earps Leben gerettet hat, und in diesem Buch über Revolverhelden, das ich gefunden habe, wird auch niemand namens Candystick Kid erwähnt.« Mr. Dollar bürstete mit wütenden Bewegungen Haare vom Stuhl. »Jetzt bist du dran, Cory. Setz dich hier hin.«

Ich wollte mich gerade vom Fenster abwenden, als ich sah, wie Mr. Cathcoate jemandem zuwinkte. Vernon Thaxter, nackt wie die Unschuld, war auf der anderen Straßenseite der Merchants Street. Vernon ging schnell, als hätte er etwas Wichtiges vor, doch er hob die Hand, um Mr. Cathcoate zu grüßen.

Die beiden Verrückten gingen aneinander vorbei, jeder auf seinem eigenen Weg.

Ich lachte nicht. Ich fragte mich, weshalb Mr. Cathcoate wohl so verbissen glauben wollte, ein Revolverheld gewesen zu sein, so wie Vernon Thaxter glaubte, daß er wirklich ein Ziel hatte, zu dem er schnell gelangen mußte.

Ich setzte mich auf den Stuhl. Mr. Dollar befestigte das Handtuch um meinen Hals und kämmte ein paarmal durch mein Haar, während Dad eine Ausgabe von *Sports Illustrated* las.

»Oben ein bißchen weg und die Seiten ausdünnen?« fragte Mr. Dollar.

»Ja, Sir«, erwiderte ich. »Genau so.«

Die Schere sang ihr Lied, und kleine tote Teile von mir fielen herab.

3
Ein Junge und ein Ball

Es stand auf der Veranda, als wir von Mr. Dollar nach Hause kamen.

Einfach so, auf seinen Ständer gelehnt.

Ein brandneues Fahrrad.

»Irre«, sagte ich, als ich aus dem Pick-up stieg. Das war alles, was ich herausbrachte. Ich ging wie in Trance die Verandastufen hinauf und berührte es.

Es war kein Traum. Es war wirklich da, und es war wunderschön.

Dad pfiff anerkennend durch die Zähne. Er konnte ein schönes Rad erkennen, wenn er es sah. »Das ist ein Prachtstück, was?«

»Ja, Sir.« Ich konnte es noch immer nicht glauben. Hier stand etwas, nach dem ich mich schon sehr, sehr lange von ganzem Herzen gesehnt hatte. Nun gehörte es mir, und ich fühlte mich wie der König der Welt.

In späteren Jahren war ich überzeugt, daß die Lippen keiner Frau je so rot gewesen waren wie jenes Rad. Kein tiefliegender ausländischer Sportwagen mit Alufelgen und schnurrendem Motor würde je so kraftvoll und schnittig aussehen wie dieses Rad. Kein Chrom würde je in solcher Reinheit leuchten – wie der silberne Mond in einer Sommernacht. Es hatte einen großen, runden Scheinwerfer, eine Hupe mit einem Gummiball, und sein Rahmen sah so stark und fest aus wie Herkules' Bizeps. Doch es sah auch schnell aus; der Lenker war sanft nach vorn gebeugt wie eine Einladung, sich in den Wind zu legen, die schwarzen Gummipedale waren noch

unberührt von jedem Fuß. Dad ließ seine Finger über den Scheinwerfer gleiten, und dann hob er das Fahrrad mit einer Hand hoch. »Junge, das ist ja leicht wie eine Feder!« sagte er staunend. »Das leichteste Metall, das ich je in der Hand hatte!« Er stellte es wieder ab, und es sackte zurück auf seinen Ständer wie ein gehorsames, doch kaum gezähmtes, wildes Tier.
In Null Komma nichts war ich auf dem Sattel. Zuerst hatte ich ein paar Schwierigkeiten, da die Art, wie Lenker und Sattel nach vorn geneigt waren, mir das Gefühl gab, daß ich schnell aus dem Gleichgewicht kommen könnte. Mein Kopf war über das Vorderrad gebeugt, mein Rücken in einer geraden Linie parallel zur Stange des Rads ausgestreckt. Ich hatte das Gefühl, auf einer Maschine zu sitzen, über die ich leicht die Kontrolle verlieren konnte, wenn ich nicht vorsichtig war; es war etwas daran, das mich sowohl erregte als auch ängstigte.
Mom erschien auf der Veranda. Das Rad sei etwa eine Stunde zuvor angekommen, berichtete sie. Mr. Lightfoot hatte es hinten auf seinem Wagen hergebracht. »Er sagt, die Dame bittet dich, vorsichtig zu fahren, bis es sich an dich gewöhnt hat.« Mom schaute Dad an, der in einem Kreis um das neue Rad herumging. »Er *darf* es doch behalten, oder nicht?«
»Es gefällt mir nicht, wenn wir Almosen annehmen. Das weißt du.«
»Es ist kein Almosen. Es ist die Belohnung für eine gute Tat.«
Dad ging weiter im Kreis herum. Dann blieb er stehen und tippte mit seiner Schuhspitze gegen den Vorderreifen. »Das muß sie eine ganz schöne Stange Geld gekostet haben. Es ist ein gutes Rad, keine Frage.«
»Darf ich es behalten, Dad?«
Er stand da, die Hände in die Hüften gestemmt, kaute eine

Weile an seiner Unterlippe, und dann sah er zu Mom hinüber. »Es ist kein Almosen?«

»Nein.«

Dads Blick richtete sich auf mich. »Ja«, sagte er, und kein Wort kann je willkommener gewesen sein. »Es gehört dir.«

»Danke! Vielen, vielen Dank!«

»Und jetzt, da du dein neues Rad hast, wie willst du es nennen?« fragte Dad.

Darüber hatte ich noch gar nicht nachgedacht. Ich schüttelte den Kopf, während ich noch immer versuchte, mich daran zu gewöhnen, wie es meinen Körper nach vorne zwang wie einen Speer.

»Du solltest mal eine Spritztour damit unternehmen, was meinst du?« Er legte einen Arm um Moms Taille und grinste mich an.

»Ja, Sir«, erwiderte ich, doch ich stieg ab, um den Ständer hochzuklappen und es die Verandastufen hinunterzutragen. Es schien mir eine Demütigung, das Rad durchzurütteln, bevor wir einander richtig kennengelernt hatten. Entweder das, oder ich hatte Angst, gerade jetzt zu erwachen. Ich setzte mich wieder auf den Sattel, die Füße auf den Boden gestützt.

»Na, fahr schon«, sagte Dad. »Aber brenn nicht den Asphalt von den Straßen.«

Ich nickte, doch ich bewegte mich nicht. Ich schwöre, ich glaubte zu spüren, wie das Rad erwartungsvoll zitterte. Vielleicht war ich es auch selbst.

»Zeig's ihm«, rief Dad.

Der Moment der Wahrheit war gekommen. Ich holte tief Luft, stellte einen Fuß auf das Pedal und stieß mich mit dem anderen ab. Dann waren beide Füße auf den Pedalen, und ich lenkte das Rad auf die Straße. Die Reifen drehten sich fast geräuschlos, da war nur ein leises *tick ... tick ... tick* – wie von einer Bombe, die gleich hochgehen würde.

»Amüsier dich gut!« rief meine Mutter mir nach, während sie die Vordertür öffnete.
Ich schaute zurück und nahm eine Hand vom Lenker, um zu winken, und das Rad bäumte sich plötzlich unkontrolliert auf und schlingerte wild hin und her. Beinahe wäre es mein erster Sturz gewesen, doch ich packte den Lenker fest, und das Rad fiel in die Spur zurück. Die Pedale liefen so weich wie Eiscreme, die Reifen drehten sich immer schneller auf dem heißen Asphalt. Mir wurde bewußt, daß dies ein Fahrrad war, das dir davonschießen konnte wie eine Kanonenkugel. Ich sauste die Straßen entlang, während der Wind durch meine frisch geschnittenen Haare pfiff, und um ganz ehrlich zu sein, ich hatte das Gefühl, ich müßte mich mit aller Kraft festklammern, um nicht abgeworfen zu werden. Ich war an eine alte, träge Kette und ein Tretlager gewöhnt, für die man viel Muskelkraft in den Beinen brauchte, doch dieses Rad verlangte nach einer leichteren Führung. Als ich zum erstenmal bremste, wäre ich beinahe aus dem Sattel geschleudert worden. Ich zog einen großen Kreis und gab erneut Gas, und ich wurde so augenblicklich wieder schnell, daß mir Schweiß ausbrach. Ich hatte das Gefühl, gleich abzuheben, doch das Vorderrad reagierte auf meinen Druck auf den Lenker, als hätte es schon *meine Gedanken* gelesen, in welche Richtung ich wollte. Das Rad trug mich wie eine Rakete durch die von Bäumen beschatteten Straßen meiner Heimatstadt, und während wir so gemeinsam dahinschossen, entschied ich, daß dies sein Name sein würde.
»Rakete«, sagte ich, und der Fahrtwind riß das Wort von meinen Lippen. »Gefällt dir der Name?«
Es warf mich nicht ab. Es schwenkte nicht auf den nächsten Baum zu. Ich nahm das als Zustimmung.
Ich begann, wagemutiger zu werden. Ich legte mich zur Seite und fuhr eine Acht und noch eine, sprang dann über die Bordsteinkante, und Rakete gehorchte mir ohne das ge-

ringste Zögern. Ich beugte mich über den Lenker und trat mit aller Kraft in die Pedale, und Rakete schoß die Shantuck Street entlang, über die flackernden Flecken aus Schatten und Sonnenlicht hinweg. Ich schwenkte auf den Bürgersteig, wo die Reifen über die Risse im Belag geradezu hinwegzuschweben schienen. Die Luft brannte in meiner Lunge und strich kühl über mein Gesicht, und die Häuser und Bäume zischten mit solcher Geschwindigkeit an mir vorbei, daß ihre Umrisse verschwammen. In diesem Augenblick fühlte ich mich eins mit Rakete, als bestünden wir beide aus derselben Haut und demselben Schmieröl, und als ich grinste, flog mir ein Käfer in den Mund. Es war mir egal; ich schluckte ihn, denn ich war unbesiegbar.

Und solche Gedanken führen unausweichlich zu dem, was als nächstes geschah.

Ich traf ohne die Geschwindigkeit zu drosseln oder den Versuch, auszuweichen, auf einen Bruch in den Gehwegplatten, und ich spürte, wie Rakete von Schutzblech zu Schutzblech erzitterte. Ein Laut wie ein Grunzen lief durch den Rahmen. Der Ruck riß meine Hände vom Lenker, Raketes Vorderreifen stieß gegen eine Betonkante, und das Rad bäumte sich auf und scheute wie ein wütender Hengst. Meine Füße flogen von den Pedalen, mein Hintern flog vom Sattel, und während ich durch die Luft segelte, schoß mir etwas durch den Kopf, was Mom gesagt hatte: *Die Dame bittet dich, vorsichtig zu fahren, bis es sich an dich gewöhnt hat.*

Ich hatte keine Zeit, darüber nachzudenken. Im nächsten Augenblick krachte ich in die Hecke irgendeines Gartens, mein Atem wurde mit einem *wuusch* aus meiner Lunge gepreßt, und ich sackte durch die grünen Blätter zu Boden. Ich hatte beinahe ein Loch in die Hecke gerissen. Meine Arme und Beine hatten einige Kratzer abbekommen, doch nichts schien abgeschürft zu sein oder zu bluten. Ich kletterte aus der Hecke und schüttelte die Blätter ab, und da sah ich Rakete auf der Seite im Gras liegen. Angst packte mich; wenn das neue Rad kaputt war, würde Dad mich windelweich prügeln. Ich kniete mich neben Rakete hin und untersuchte das Rad nach Schäden. Der Vorderreifen war abgeschabt und das Schutzblech eingedellt, doch die Kette war noch dran und der Lenker gerade. Der Scheinwerfer war heil, der Rahmen nicht verbogen. Rakete hatte ein paar Beulen davongetragen, doch es war erstaunlich heil geblieben für einen so üblen Sturz. Ich richtete das Rad auf, dankte meinem Schutzengel, und als ich mit den Fingern über das eingedellte Schutzblech strich, sah ich das Auge im Scheinwerfer.

Es war eine goldene Kugel mit einer dunklen Pupille, und es starrte mich mit einem Ausdruck an, den man vielleicht als grübelnde Toleranz hätte bezeichnen können.

Ich blinzelte erschrocken.

Das goldene Auge war verschwunden. Der Scheinwerfer war wieder nichts weiter als eine Glühbirne hinter einer Glasscheibe.

Ich starrte auf den Scheinwerfer. Es war kein Auge darin. Ich rollte Rakete herum, vom Sonnenlicht in den Schatten und zurück, doch das Auge kam nicht wieder.

Ich befühlte meinen Kopf nach Beulen. Ich fand keine.

Es ist schon verrückt, was für Dinge sich ein Junge einbilden kann.

Ich stieg erneut auf den Sattel und radelte den Bürgersteig entlang. Diesmal ging ich es ganz langsam und ruhig an, und ich war noch keine zehn Meter weit gekommen, als ich das Glas von einer zerbrochenen Yoo-Hoo-Flasche vor mir liegen sah. Ich fuhr Rakete über die Bordsteinkante auf die Straße hinunter, an den Glasscherben vorbei, so daß sie nicht Raketes Reifen verletzten. Ich mochte gar nicht daran denken, was geschehen wäre, wenn ich mit voller Geschwindigkeit über das Glas hinweggefahren wäre; ein paar Kratzer von einer belaubten Hecke waren nichts im Vergleich zu dem, was hier hätte passieren können.

Wir hatten großes Glück gehabt, Rakete und ich.

Davy Ray Callan wohnte ganz in der Nähe. Ich hielt an seinem Haus an, doch seine Mutter sagte, Davy Ray sei mit Johnny Wilson raus zum Spielfeld gefahren, um zu üben. Unsere Jugendmannschaft – die Indians, für die ich Second Base spielte – hatte die ersten vier Spiele verloren, und wir brauchten alles Training, was wir bekommen konnten. Ich bedankte mich bei Mrs. Callan und lenkte Rakete zum Spielfeld.

Es war nicht weit. Davy Ray und Johnny standen draußen im Sonnenschein und dem roten Staub und warfen sich gegenseitig den Ball zu. Ich fuhr mit Rakete auf das Feld und umkreiste sie. Beim Anblick meines neuen Rads klappte ihnen der Unterkiefer herunter. Natürlich mußten sie es auch anfassen, mußten sich darauf setzen und ein wenig umherradeln. Im Vergleich zu Rakete muteten ihre eigenen Räder wie verstaubte Antiquitäten an. Dennoch lautete Davy Rays Meinung zu Rakete: »Es ist etwas schwerfällig, nicht?« Und Johnnys: »Keine Frage, daß es schön ist, aber die Pedale sind etwas steif.« Ich erkannte, daß sie dies nicht einfach sagten, um mir die Petersilie zu verhageln; sie waren gute Freunde, und sie teilten meine Freude von ganzem Herzen. Es war nur so, daß sie ihre eigenen Räder vorzogen. Rakete war ganz allein für mich gemacht worden.

Ich stellte das Fahrrad auf dem Ständer ab und schaute zu, wie Davy Ray Johnny hohe Bälle zuwarf. Gelbe Schmetterlinge flatterten über das Gras, und der Himmel über uns war blau und wolkenlos. Ich blickte zu den braun gestrichenen Bänken unter den Plakatwänden für verschiedene Merchants-Street-Läden hinüber und sah ganz oben eine Gestalt sitzen.

»He, Davy!« sagte ich. »Wer ist das?«

Davy blickte hinüber, dann hob er seinen Handschuh, um Johnnys Rückwurf zu fangen. »Weiß nicht. Irgendein Junge, sitzt da schon, seit wir hier sind.«
Ich beobachtete den Jungen. Er saß nach vorn gebeugt und sah uns zu, einen Ellbogen auf ein Knie gestemmt und das Kinn in die Handfläche gestützt. Ich wandte mich von Davy ab und ging zur Tribüne hinüber. Der Junge stand unvermittelt auf, als wollte er davonlaufen.
»Was machst du denn da oben?« rief ich ihm zu.
Er antwortete nicht. Er stand einfach nur da, und ich konnte sehen, daß er versuchte zu entscheiden, ob er sich aus dem Staub machen sollte oder nicht.
Ich kam näher heran. Ich kannte ihn nicht; er hatte kurzgeschorenes dunkelbraunes Haar mit einem steifen Wirbel, der an der linken Seite seines Kopfs aufragte, und auf der Nase eine Brille, die zu groß für sein Gesicht schien. Er mochte neun oder zehn sein, schätzte ich, und er war eine richtige Bohnenstange mit ungelenken Armen und Beinen. Er trug Blue jeans mit Flicken auf den Knien und ein weißes T-Shirt, und die Buttermilchfarbe seines Gesichts sagte mir, daß er nicht oft raus kam. »Wie heißt du?« fragte ich ihn, als ich den Zaun zwischen dem Spielfeld und der Tribüne erreichte.
Er antwortete nicht.
»Kannst du *sprechen*?«
Ich bemerkte, wie er zitterte. Er sah aus wie ein verängstigtes Reh im Lichtkegel der Lampe eines Jägers.
»Ich bin Cory Mackenson«, sagte ich. Ich stand da und wartete, die Finger in das Drahtgitter des Zauns verhakt. »Hast du denn keinen Namen?«
»Sschon«, erwiderte der Junge.
Zuerst dachte ich, er hätte *John* gesagt, doch dann dämmerte mir, daß er lispelte. »Und wie ist der?«
»Nemo«, sagte er.
»Nemo? Wie Captain Nemo?«

»Hä?«
Bei Jules Verne kannte er sich also nicht besonders aus. »Wie ist dein Nachname?«
»Curlissch«, erwiderte er.
Curlissch. Ich brauchte einen Augenblick, um es zu entschlüsseln. Nicht Curlissch, sondern Curliss. Der neue Junge in der Stadt, der, der einen Vertreter zum Vater hatte. Der Junge, der auf dem Pferd saß, um sich die Haare von Mr. Dollar schneiden zu lassen. Der Weichling.
Nemo Curliss. Nun, der Name paßte zu ihm. Er sah aus wie etwas, was man mit einem Netz aus einer Tiefe von zwanzigtausend Meilen heraufgezogen hatte. Doch meine Eltern hatten mich gelehrt, daß jeder Mensch Respekt verdiente, egal ob er ein Weichling war oder nicht, und um der Wahrheit die Ehre zu geben, war ich auch nicht gerade ein Musterbeispiel, wenn es um imposantes Aussehen ging. »Du bist neu in der Stadt«, sagte ich freundlich.
Er nickte.
»Mr. Dollar hat mir von dir erzählt.«
»Hat er dassch?«
»Ja. Hat gesagt« – *du hast auf dem Pferd gesessen*, hätte ich ihm beinahe erzählt – »du hast dir die Haare schneiden lassen.«
»Mmm. Hätte mich beinahe kahl rasschiert«, erwiderte Nemo und kratzte sich mit einer langfingrigen Hand, die an einem weißen, knochigen Handgelenk festgewachsen war, den Skalp.
»Augen auf, Cory!« hörte ich Davy rufen. Ich blickte zu ihm. Johnny hatte all seine Kraft in einen Wurf gelegt, und der Flugball sauste nicht nur über Davys Handschuh hinweg, sondern segelte auch über den Zaun, knallte gegen die zweite Bankreihe und rollte nach unten.
»Tolle Hilfe!« sagte Davy und schlug mit der Faust in den Handschuh.

Nemo Curliss kam von oben herunter und hob den Ball auf. Er war das mickrigste Kerlchen, das ich je gesehen hatte. Meine eigenen Arme waren mager, doch seine bestanden nur aus Haut und Knochen. Er schaute mich an, seine dunkelbraunen Augen so vergrößert von der Brille, daß er wie eine Eule anmutete. »Darf ich ihn sschurückwerfen?« fragte er.

Ich zuckte mit den Schultern. »Mir egal.« Ich drehte mich zu Davy um, und vielleicht war es gemein, doch ich konnte ein hämisches Grinsen nicht unterdrücken. »Der Ball kommt, Davy.«

»Oh, Mann!« Davy wich in gespielter Angst zurück. »Wirf mich nicht um, Junge!«

Nemo ging wieder zur obersten Bankreihe hinauf. Er fixierte das Spielfeld. »Bisscht du bereit?« brüllte er.

»Ich bin bereit! Wirf, großer Meister!« erwiderte Davy.

»Nein, nicht du«, berichtigte ihn Nemo. »Der andere Junge da.« Und dann holte er aus, schwang seinen Arm so schnell im Kreis herum, daß das Auge es nicht mehr erfassen konnte, und der Ball verließ seine Hand als ein verschwommener weißer Fleck.

Ich hörte den Ball zischen, während er sich in den Himmel erhob, wie ein Chinaböller mit einer kurzen Lunte.

Davy rief: »He!« und stolperte nach hinten, um ihn zu fangen, doch der Ball sauste über ihn hinweg und war schon aus seiner Reichweite verschwunden. Hinter Davy schaute Johnny zu dem herabfallenden Ball hinauf und machte drei Schritte nach vorn. Dann zwei Schritte zurück. Einen weiteren Schritt zurück, zurück an die Stelle, wo er gestanden hatte, als der Ball geworfen wurde. Johnny hob die Hand und hielt den Handschuh vor dem Gesicht hoch.

Ein liebliches, festes *Plop* ertönte, als der Ball das Leder küßte.

»Genau auf den *Punkt*!« rief Davy. »Mann, hast du das Ding fliegen sehen?«
Draußen an der First Base zog Johnny seinen Handschuh aus und schüttelte seine Fanghand. Seine Finger brannten vom Aufprall.
Ich blickte mit offenem Mund zu Nemo. Ich vermochte nicht zu glauben, daß ein so kleiner und magerer Junge wie er einen Baseball über den Tribünenzaun werfen konnte, ganz zu schweigen davon, daß er ihn über das halbe Feld hinweg und in einen ausgestreckten Handschuh geworfen hatte. Und Nemo ließ nicht mal das kleinste Anzeichen erkennen, daß er sich weh getan hatte. Ein Wurf wie dieser hätte meine Schulter für eine Woche schmerzen lassen, selbst wenn ich es nie so weit geschafft hätte. Dieser Wurf war reinste Oberliga-Klasse, daran bestand kein Zweifel.
»Nemo!« sagte ich. »Wo hast du so werfen gelernt?«
Er blinzelte mich hinter seinen Brillengläsern an. »Wie sscho?« fragte er.
»Komm hier runter. Okay?«
»Warum?« Nemos Ängstlichkeit war zurückgekehrt. Ich hatte das Gefühl, daß er oft Bekanntschaft mit dem falschen Ende des Schlägers gemacht hatte. Es gibt drei Dinge, die alle Städte im Land gemeinsam haben: Eine Kirche, ein Geheimnis und einen Muskelprotz, der immer bereit war, einem mickrigen Kleinen, der sich nicht einmal allein aus einer Papiertüte befreien konnte, den Kopf abzureißen. Ich stellte mir vor, daß Nemo Curliss, als er seinem Vertreter-Daddy von Stadt zu Stadt folgte, wohl ein gerüttelt Maß von ihnen kennengelernt hatte. Ich schämte mich für mein hämisches Grinsen. »Ist schon in Ordnung«, sagte ich. »Komm einfach runter.«
»Mann, was für ein Wurf!« Davy Ray Callan, der sich mittlerweile den Ball von Johnny geholt hatte, trabte zu Nemo hinüber, der gerade durch das Spielertor auf das Feld kam.

»Der ist geflogen wie 'ne eins, Junge! Wie *alt* bist du?«
»Neun«, war die Antwort. »Beinahe neuneinhalb.«
Ich konnte sehen, daß Nemos Statur Davy genauso verwirrte wie mich; es sollte vollkommen unmöglich sein, daß ein Winzling wie er einen Baseball in einen Handschuh bohren konnte, wie er es getan hatte. »Stell dich an die Second Base, Johnny!« rief ich, und Johnny winkte und lief hinüber, um seine Position einzunehmen. »Willst du ein bißchen werfen, Nemo?«
»Weissch nicht. Ich mussch bald nach Haussche.«
»Es dauert nicht lange. Ich würde gern mal sehen, was du kannst. Davy, darf er deinen Handschuh anziehen?«
Davy zog ihn aus. Der Handschuh verschluckte Nemos linke Hand wie ein brauner Wal. »Warum stellst du dich nicht auf den Werferhügel und wirfst Johnny ein paar Bälle zu?« schlug ich vor.
Nemo schaute auf den Werferhügel, auf die Second Base und dann auf die Home Plate. »Ich sschtelle mich da hin«, sagte er und ging unter Davys und meinen sprachlosen Blicken zum Abschlagpunkt hinüber. Von der Home Plate zur Second Base war es schon für Jungen unseres Alters ein ganz schöner Wurf, wieviel mehr dann noch für einen Neuneinhalbjährigen. »Bist du sicher, Nemo?« fragte ich, und er erwiderte: »Sschicher.«
Nemo nahm den Ball mit einer Art ehrfürchtiger Vorsicht aus dem Handschuh. Ich schaute zu, wie seine langen Finger sich um ihn legten, die Säume fanden und fest zupackten. »Bereit?« rief er.
»Ja, ich bin bereit! Laß ihn . . .«
Klatsch!
Wenn wir es nicht mit unseren eigenen Augen gesehen hätten, hätte keiner von uns es geglaubt. Nemo hatte im Zeitraum nur eines Herzschlags ausgeholt und geworfen, und wenn Johnny nicht extrem schnell gewesen wäre, hätte der

Ball ihn mitten auf der Brust getroffen und glatt umgehauen. So ließ die Kraft des Wurfs Johnny nur von der Second Base hinunterstolpern, während Staubschwaden von dem Ball in seinem geballten Handschuh aufstiegen. Johnny begann, im Kreis herumzugehen, das Gesicht schmerzverzerrt.

»Bist du okay?« rief Davy.

»Tut ein bißchen weh«, erwiderte Johnny. Davy und ich wußten, wie schwer es Johnny fallen mußte, das einzugestehen. »Ich kann noch einen.« Wir waren zu weit weg, um zu hören, wie er leise hinzufügte: *»Hoffe ich.«* Er warf den Ball in einem hohen Bogen zu Nemo zurück, der sechs Schritte vortrat, den Ball beobachtete, wie er auf sein Gesicht zugeschossen kam, und ihn dann im allerletzten Moment aus der Luft fing. Der Junge wußte, was sparsame Bewegung bedeutete, doch ich schwöre, daß er nur um Haaresbreite an einer gebrochenen Nase vorbeigerasselt war.

Nemo kehrte zu seiner Position zurück. Er wischte den Staub von der Oberseite seiner braunen Schuhe, indem er sie an den Beinen seiner Jeans rieb. Er spannte sich an, und Johnny stählte sich für den Wurf. Dann entspannte sich Nemo wieder und legte den Ball in seinen Handschuh zurück. »Werfen isscht doch keine Kunsscht«, sagte er, als ob all die Aufmerksamkeit ihn verlegen gemacht hätte. »Jeder, der einen Arm hat, kann dassch.«

»Nicht so wie du!« erwiderte Davy Ray.

»Haltet ihr Jungssch dassch etwa für 'ne grossche Sschache oder sscho wassch?«

»Deine Bälle kommen schnell«, sagte ich. »Verdammt schnell, Nemo. Nicht einmal der Werfer unserer Mannschaft ist so schnell, und er ist zweimal so groß wie du.«

»Dassch isscht doch ein Kindersschpiel.« Nemo schaute zu Johnny hinüber. »Lauf zur Sschird Bassche!«

»Was?«

»Lauf zur Sschird Bassche!« wiederholte Nemo. »Isscht egal, wo du deinen Handsschuh hinhältsscht, aber halt ihn offen und dahin, wo ich ihn sschehen kann!«

»Hä?«

»Lauf sscho sschnell du kannsscht!« drängte Nemo. »Du musscht mich nicht ansschauen, halt nur deinen Handsschuh offen!«

»Na los, Johnny!« brüllte Davy. »Mach schon!«

Johnny war ein mutiger Bursche. Er bewies es in diesem Moment, als er durch den Staub zwischen Second und Third Base trabte. Er blickte nicht zur Home Plate, doch sein Kopf und seine Schultern waren eingezogen, und sein Handschuh war vor seiner Brust, die Innenfläche offen und auf Nemo Curliss gerichtet.

Nemo schöpfte kurz Luft. Er holte aus, sein weißer Arm schoß nach vorn, und der Ball sauste davon wie eine Pistolenkugel.

Johnny lief so schnell er konnte, sein Blick auf die Third Base fixiert. Der Ball klatschte in seinen Handschuh, als er noch immer gut ein halbes Dutzend Schritte von der Third Base entfernt war, und das Gefühl, als er sich hart in die Innenfläche bohrte, war so überraschend, daß Johnny das Gleichgewicht verlor und in einer gelben Staubwolke bäuchlings über den Boden schlitterte. Als sich der Staub legte, hockte Johnny auf der Third Base und starrte auf den Ball in seinem Handschuh. »Mann!« stieß er benommen aus. »Mann!«

Ich hatte noch nie in meinem Leben einen Baseball gesehen, der mit solcher Treffsicherheit geworfen worden war. Johnny hatte sich noch nicht einmal einen Zentimeter danach ausstrecken müssen; in der Tat hatte er noch nicht einmal gewußt, daß der Ball kam, bis er in seinen Handschuh klatschte. »Nemo?« sagte ich. »Warst du jemals Werfer in einer Jugendmannschaft?«

»Nee.«

»Aber du hast früher schon einmal gespielt, oder?« fragte Davy Ray.

»Nee.« Er runzelte die Stirn und schob mit einem Finger seine Brille hoch, da sein Nasenrücken schweißnaß und rutschig geworden war. »Meine Mom erlaubt essch mir nicht. Sschie sschagt, ich könnte mir weh tun.«

»Du hast noch nie in einer Mannschaft gespielt?«

»Nun, ich habe zu Haussche einen Ball und einen Handschuh. Manchmal übe ich, Flugbälle zu fangen. Manchmal probiere ich, wie weit ich werfen kann. Ich sschtelle Flasschen auf die Zaunpfosschten und werfe sschie um. Sscholche Sschachen halt.«

»Möchte dein Dad denn nicht, daß du spielst?« fragte ich.

Nemo zuckte mit den Schultern und scharrte mit seiner Schuhspitze im Staub. »Er hat nicht viel zu sschagen in der Sschache.«

Ich war zutiefst erstaunt. Vor mir stand, in Gestalt eines mickrigen Winzlings mit dicker Brille und einem Lispeln, ein Naturtalent. »Warum wirfst du mir nicht ein paar Bälle zu?« fragte ich, und er war einverstanden. Ich nahm mir Johnnys Handschuh – den er freudig von seiner schmerzenden Hand streifte – und warf Nemo den Ball zu. Ich lief zur Second Base und stellte mich in Position. »Genau auf mich, Nemo!« rief ich, streckte meinen Arm aus und hielt den Handschuh auf Schulterhöhe. Nemo nickte, holte aus und ließ den Ball fliegen. Ich brauchte meine Hand gar nicht zu bewegen. Der Ball klatschte mit einer Wucht in den Handschuh, daß ich es von den Fingerspitzen bis ins Schlüsselbein spürte. Als ich ihn zurückwarf, mußte Nemo nach vorne schnellen und hin und her springen, um ihn zu fangen. Dann ging ich ein Stück weiter zurück, auf die Spielfeldmitte zu, wo das Unkraut sproß. Ich hob den Handschuh über meinen Kopf. »Hierher, Nemo!«

Nemo kauerte sich nieder, beinahe bis auf die Knie. Sein Kopf war nach vorn gebeugt, als wollte er sich zu einem festen, kleinen Knoten zusammenballen. Er verharrte einige Augenblicke in dieser Stellung, und das Sonnenlicht funkelte auf seinen Brillengläsern. Dann explodierte er.

Er flog aus seiner geduckten Stellung hoch wie Superman, der aus einer Telefonzelle stürzte. Sein Wurfarm schnellte nach hinten und dann wieder nach vorn. Wenn irgend jemand diesem blitzschnellen, knochigen Ellbogen mit seinem Kinn zu nahe gekommen wäre, hätte er eine ganze Menge eingeschlagener Zähne ausspucken können. Der Ball verließ Nemos Hand und stürzte wie ein wildgewordenes Nashorn auf mich zu.

Es war ein flacher Ball, und er hätte beinahe den Staub zwischen Abschlagpunkt und Pitcherhügel durchpflügt. Doch er schwang sich hoch, als er über den Hügel segelte, und schien auch gleichzeitig schneller zu werden. Er stieg noch immer, als er über die Second Base hinwegzischte. Ich hörte, wie Davy mir etwas zurief, doch ich konnte seine Worte nicht verstehen. Meine ganze Aufmerksamkeit war gebannt auf die fliegende weiße Kugel gerichtet. Ich hielt den Handschuh weiter über meinen Kopf, genau dahin, wo er gewesen war, als der Ball geworfen wurde, doch ich war bereit, mich augenblicklich zu ducken, um nicht umgeschmissen zu werden. Der Ball erreichte das Außenfeld, und ich konnte ihn zischen hören, voller Dampf und Wucht. Ich bewegte mich nicht. Mir blieb gerade noch Zeit zu schlucken – *schluck* –, und dann hatte mich der Ball auch schon erwischt.

Er klatschte in die Innenfläche des Handschuhs, und die Wucht des Aufpralls war groß genug, um mich ein paar Schritte nach hinten taumeln zu lassen. Ich schloß meine Hand um den Ball, ihn einfangend, und ich konnte durch das Rindsleder seine Hitze wie einen Herzschlag pulsieren spüren.

»Cory!« brüllte Davy Ray, die Hände wie einen Trichter um den Mund gelegt. »Cory!«

Ich wußte nicht, warum Davy so brüllte, und es war mir auch egal. Ich war in Trance. Nemo Curliss hatte einen überirdischen Wurfarm. Wieviel davon eine angeborene Gabe war und wieviel er sich antrainiert hatte, vermochte ich nicht zu sagen, doch eins war klar: Nemo Curliss besaß jene seltene Kombination von Wurfkraft und Augenmaß, die ihn über die Masse der gewöhnlich Sterblichen erhob. Mit anderen Worten, er war ein Mordskerl.

»Cory!« Diesmal war es Johnny, der brüllte. »Paß auf!«

»Was?« rief ich zurück.

»Hinter dir!« kreischte Johnny.

Ich hörte ein Geräusch wie von Sensen, die durch Weizen schnitten. Ich drehte mich um, und da waren sie.

Gotha und Gordo Branlin, grinsend auf ihren schwarzen Fahrrädern, ihr wasserstoffgelbes Haar lodernd vom Sonnenlicht. Sie kamen durch das kniehohe Gras jenseits des gemähten Außenfelds auf mich zu. Ihre Füße traten gnadenlos in die Pedale. Grüne Grashüpfer und schwarze Heuschrecken sprangen um ihr Leben vor den alles zermalmenden Reifen davon. Ich wollte weglaufen, doch meine Beine waren wie festgewachsen. Die Branlins hielten neben mir an, Gotha zu meiner Rechten und Gordo zu meiner Linken. Schweißperlen glitzerten auf ihren kantigen Gesichtern, und ihre Augen bohrten sich in mich. Irgendwo hörte ich eine Krähe krächzen. Es klang wie Teufelsgelächter.

Gotha, mit vierzehn der ältere der beiden, streckte die Hand aus und tippte mit seinem Zeigefinger gegen den Handschuh. »Du spielst *Ball*, Cory?« So wie er es sagte, hörte es sich dreckig an.

»Er spielt *mit* seinen Bällen«, gluckste Gordo. Er war dreizehn und nur minimal kleiner als Gotha. Keiner von beiden war ausgesprochen groß, doch sie waren sehnig und schnell

wie Peitschen. Gordo hatte eine kleine Narbe zwischen seinen Augenbrauen und eine weitere auf seinem Kinn, die deutlich besagten, daß weder Schmerz noch Blutvergießen ihm fremd waren. Er blickte zur Home Plate hinüber, wo Davy, Johnny und Nemo standen. »Wer ist denn der *Arsch* da?«
»Neuer Junge«, erwiderte ich. »Heißt Nemo.«
»Arschloch?« Gotha schaute ebenfalls zu Nemo hinüber, und ich konnte etwas Wölfisches in den Gesichtern der Branlins sehen. Sie witterten Lämmerblut. »Dann wollen wir uns Arschloch doch mal angucken«, sagte er zu Gordo und trat wieder in die Pedale. Gordo schlug von unten gegen den Handschuh, so daß der Ball heraussprang. Als ich mich bückte, um ihn aufzuheben, spuckte er mir aufs Haar. Dann radelte er seinem Bruder hinterher.
Ich wußte, was nun kommen würde. Es war schon schlimm genug, daß Nemo so klein und mager war, doch wenn die Branlins sein Lispeln hörten, würde es für sie kein Halten mehr geben. Mir stockte der Atem, als sich die Branlins Rakete näherten. Als sie daran vorbeifuhren, trat Gotha Rakete mit ausgesuchter Gleichgültigkeit zu Boden. Ich schluckte meine Wut wie ein bitteres Samenkorn hinunter, ohne zu wissen, daß es Früchte tragen würde.
Die Branlins hielten ihre schwarzen Räder an, so daß die drei Jungen zwischen ihnen standen. »Habt ihr gerade ein Spiel laufen?« fragte Gotha, und er lächelte wie die Schlange im Garten Eden.
»Wir werfen nur ein bißchen den Ball hin und her«, antwortete ihm Davy Ray.
»He, Niggerblut«, begrüßte Gordo Johnny. »Was schaust du denn da an?«
Johnny zuckte mit den Schultern und starrte zu Boden.
»Du riechst wie Scheiße, weißt du das?« höhnte Gordo.
»Wir wollen keinen Ärger«, erklärte Davy. »Okay?«

»Wer hat denn was von Ärger gesagt?« Gotha schlängelte sich von seinem Rad und richtete sich auf. Er stellte sein Rad auf den Ständer und lehnte sich dagegen. »Wir haben nichts von Ärger gesagt. Gib mir 'ne Zigarette.«
Gordo griff in seine hintere Hosentasche und reichte seinem Bruder eine Packung Chesterfields. Gotha zauberte ein Streichholzbriefchen mit der Aufschrift Zephyr Eisenwaren & Futtermittel hervor. Er steckte sich eine Zigarette in den Mund und hielt Nemo Curliss das Streichholzbriefchen hin. »Reiß eins an.«
Nemo nahm es. Seine Hände zitterten. Er mußte dreimal anreißen, bis das Streichholz aufflackerte.
»Zünd meine Zigarette an«, befahl Gotha.
Nemo, der vielleicht schon vielen anderen Gothas und Gordos in vielen anderen Städten begegnet war, tat, wie man ihm befohlen hatte. Gotha sog den Rauch ein und stieß ihn durch geblähte Nüstern wieder aus. »Dein Name ist Arschloch, richtig?«
»Mein Name isscht . . . Nemo?«
»Isscht?« Gordo versprühte Speichel. *»Isscht?* Was ist denn mit deinem Mund los, Arschloch?«
Ich zog gerade Rakete aus dem Gras hoch. Hier stand ich nun vor einer Entscheidung. Ich konnte mich auf Rakete schwingen und davonfahren und meine Freunde und Nemo Curliss ihrem Schicksal überlassen, oder ich konnte es mit ihnen teilen. Ich war kein Held, soviel stand mal fest. Meine kämpferischen Fähigkeiten waren pure Einbildung. Doch ich wußte, daß ich, wenn ich einfach so von diesem Ort und Punkt auf der Zeitskala davonradeln würde, auch ewig Schande auf mein Haupt laden würde. Nicht, daß ich es nicht gewollt hätte, und nicht, daß nicht jede Faser gesunden Menschenverstands mir sagte, ich sollte mich aus dem Staub machen.
Aber auf manche gute Ratschläge hört man, und auf manche eben nicht.

Ich marschierte mit wild pochendem Herzen auf eine Abreibung zu.
»Du siehst aus wie ein Schwuli«, sagte Gordo zu Nemo Curliss. »Bist du einer?«
»He ... hört mal, Jungs.« Davy Ray versuchte ein schwaches Lächeln. »Warum laßt ihr Typen ...«
Gotha wirbelte zu ihm herum, machte zwei Schritte, preßte seine Hand auf Davys Brust und versetzte ihm einen Schubs. Dann warf er ihn zu Boden, indem er einen seiner in Turnschuhen steckenden Füße um Davys Knöchel wickelte. Davy stöhnte, als er aufschlug. Staubwolken bildeten sich um ihn herum. Gotha stand über ihm und sog an der Chesterfield.
»Du«, sagte er. »Halt. Dein. Maul.«
»Ich mussch nach Haussche.« Nemo setzte sich in Bewegung, doch Gordo packte ihn am Arm und hielt ihn fest.
»Komm her«, sagte Gordo. »Du gehst nirgendwohin.«
»Doch, dassch tue ich, denn meine Mom sschagt, ich mussch ...«
Gordo kreischte vor Lachen, ein Laut, der die Vögel aus den Bäumen aufschreckte. »Hör dir den mal an, Gotha! Er hat Scheiße im Mund!«
»Ich denke, er hat zu viele Schwänze gelutscht«, lautete Gothas Meinung. »Stimmt das?« Er fixierte Nemo mit seinem Blick. »Hast du zu viele Schwänze gelutscht?«
Was die Branlins zu dem machte, was sie waren, ließ sich nur vermuten. Vielleicht war ihre Gemeinheit angeboren; vielleicht hatte sie sich entwickelt wie Eiter um eine Wunde, die nicht heilen will. Wie dem auch sei, die Branlins gehorchten nur ihren eigenen Gesetzen, und die Situation bewegte sich in rasendem Tempo in die Gefahrenzone.
Gordo schüttelte Nemo. »Stimmt das? Lutschst du gerne Schwänze?«
»Nein.« Nemos Stimme war heiser.
»Doch, das tut er«, sagte Gotha, dessen Schatten noch im-

mer schwer auf Davy Ray lastete. »Er lutscht gerne große, dicke Eselsschwänze.«

»Nein, tue ich nicht.« Nemos Brust bebte, und das erste Schluchzen preßte sich über seine Lippen.

»Oh, jetzt fängt Mommas kleiner Liebling an zu heulen!« höhnte Gordo grinsend.

»Ich ... will ... nach Haussche ...« schluchzte Nemo, und Tränen quollen hinter seinen Brillengläsern hervor.

Es gibt nichts Grausameres auf dieser Welt als einen jungen, eingebildeten Flegel mit Wut im Bauch. Es ist sogar noch schlimmer, wenn etwas von einem Hasenfuß an ihm war, was sich an der Tatsache zeigte, daß die Branlins es niemals mit gleichaltrigen oder älteren Jungen aufnahmen.

Ich schaute mich um. Ein Wagen fuhr am Spielfeld vorbei, doch sein Fahrer nahm keine Notiz von uns. Wir waren ganz auf uns selbst gestellt, hier draußen unter der sengenden Sonne.

»Laß das Baby runter, Gordo«, sagte Gotha. Sein Bruder schubste Nemo zu Boden. »Fütter das Baby, Gordo«, sagte Gotha, und Gordo öffnete den Reißverschluß seiner Jeans.

»He, komm schon!« protestierte Johnny. »Laß das!«

Gordo stellte sich mit seinem entblößten Penis über Nemo Curliss. »Halts Maul, Niggerblut, wenn du nicht auch einen Regenstrahl ins Gesicht kriegen willst.«

Mir platzte der Kragen. Ich schaute auf den Baseball in meiner Hand. Nemo weinte. Gordo wartete, daß das Wasser zu fließen begann. Mir platzte einfach der Kragen.

Ich dachte daran, wie Rakete umgestoßen worden war. Ich dachte an die Tränen auf Nemos Gesicht. Ich warf aus einer Entfernung von ungefähr drei Metern mit dem Baseball nach Gordo.

Es steckte keine besondere Wucht dahinter, doch es ertönte ein kräftiges *Klatsch*, als er seine rechte Schulter traf. Er jaulte auf wie eine Wildkatze und taumelte von Nemo weg, im selben Augenblick, als seine Fontäne zu sprudeln begann. Der Urin ergoß sich über seine Hosenfront und lief an seinen Beinen hinunter, doch Gordo hielt seine Schulter umklammert, und sein Gesicht war ganz verzerrt, und er brüllte und schluchzte gleichzeitig. Gotha Branlin drehte sich zu mir um, die Zigarette zwischen seinen zusammengebissenen Zähnen eingeklemmt. Rauchschwaden brodelten aus seinem Mund. Seine Wangen waren feuerrot angelaufen, und er stürzte sich auf mich. Bevor ich auch nur daran denken konnte, auszuweichen, rammte er mich mit voller Wucht. Dann lag ich plötzlich auf dem Rücken, und Gotha saß auf mir drauf, und sein Gewicht zerquetschte meine Brust.

»Ich ... kriege ... ich kriege ... keine Luft ...« keuchte ich.

»Gut«, erwiderte er und schlug mir mit der rechten Faust ins Gesicht.

Die ersten beiden Schläge taten weh. Sehr weh. Die beiden nächsten hätten mir beinahe das Bewußtsein geraubt, doch ich wand mich und brüllte und versuchte, mich zu befreien. Gothas Fingerknöchel waren ganz mit Blut verschmiert.

»Ohhhhh, Scheiße, mein Arm ist gebrochen!« stöhnte Gordo, der auf den Knien im Gras kauerte.

Eine Hand packte Gothas wasserstoffgebleichtes Haar. Gothas Kopf wurde nach hinten gerissen, die Zigarette fiel aus seinem Mund, und ich sah Johnny über ihm aufragen. Dann sagte Davy Ray: »Halt ihn fest!« und ließ seine Faust auf Gothas Nase sausen.

Der Fleischklumpen brach auf. Blut sprudelte aus Gothas Nasenlöchern, und Gotha brüllte wie ein Tier und sprang von mir auf. Er stürzte sich auf Davy Ray und hämmerte mit seinen Fäusten auf ihn ein. Johnny warf sich auf ihn und versuchte, Gothas Arme zu packen, doch Gotha wirbelte herum und versetzte Johnny einen krachenden Schlag gegen den Kopf. Dann war Gordo wieder auf den Füßen. Sein

Gesicht war eine rotfleckige Maske blanken Hasses, und er warf sich ins Gemenge und trat nach Johnnys Beinen. Johnny ging zu Boden, und ich sah, wie ihn eine Faust direkt aufs Auge traf. Davy Ray rief: »Ihr Bastarde!« und stürzte sich auf Gotha, doch der ältere Junge packte ihn am Kragen und schwang ihn wie einen Wäschesack herum, bevor er ihn auf den Boden schleuderte. Ich setzte mich auf. Mein Mund war voll Blut. Nemo war in der Zwischenzeit wieder aufgestanden und rannte um sein Leben, doch er stolperte über seine eigenen Beine und fiel bäuchlings ins Gras.
Daran, was in den nächsten dreißig Sekunden folgte, mag ich gar nicht zurückdenken. Als erstes ließen Gotha und Gordo von Davy Ray ab, der zusammengekauert und weinend auf dem Boden lag, und dann machten sie sich über Johnny her und bearbeiteten ihn mit brutaler Präzision. Als Johnny nach Luft rang und ihm das Blut aus den Nasenlöchern sprudelte, kamen die Branlins zu mir herüber.
»Du kleiner Scheißer«, fauchte Gotha. Blut tropfte aus seiner Nase. Er stellte den Fuß auf meine Brust und stieß mich wieder auf den Rücken. Gordo, der sich noch immer die Schulter hielt, sagte: »Überlaß ihn mir.«
Ich war zu benommen, um mich zu wehren. Doch selbst wenn ich nicht benommen gewesen wäre, hätte ich ohne einen mit Nägeln gespickten Schlagstock und ein Breitschwert und fünfzig Pfund mehr auf den Knochen nur wenig gegen die beiden ausrichten können.
»Zerstampf den Arsch, Gordo«, drängte Gotha.
Gordo packte mich vorn am Hemd und zerrte mich hoch. Mein Hemd riß, und ich erinnere mich, daß ich bei mir dachte, daß Mom mich windelweich prügeln würde.
»Ich bring dich um«, sagte jemand.
Gotha lachte. Es klang mehr wie ein Bellen. »Leg ihn wieder hin, Kleiner.«
»Ich bring dich um, ich schwöre es.«

Ich blinzelte, spuckte Blut aus und blickte zu Nemo Curliss hinüber, der fünf Meter von uns entfernt stand. Der Baseball lag in seiner Hand, und sein magerer Arm war nach hinten gezogen.

Wir hatten hier nun eine interessante Situation. Ich hatte großes Glück gehabt, Gordos Schulter zu treffen; in Nemos Hand jedoch war die harte kleine Kugel eine tödliche Waffe. Ich hegte keinen Zweifel daran, daß Nemo jeden der beiden Branlins mitten zwischen die Augen treffen und ihnen das Gehirn herausfetzen konnte. Ebensowenig hegte ich Zweifel daran, daß er es tun *würde*. Denn ich sah seine vergrößerten Augen hinter seinen Brillengläsern. Die Wut, die darin funkelte wie ein entfernter Großbrand, war ein schrecklicher Anblick. Er weinte oder zitterte nicht mehr. Mit dem Baseball in seiner Hand war er der Herr des Universums. Ich glaube fest, daß er bereit war, jemanden zu töten. Vielleicht war es die Wut darüber, als Winzling geboren zu sein, zu lispeln, darüber, Muskelprotze anzuziehen, wie ein schwaches Kalb das Wasser im Mund eines Raubtiers zusammenlaufen ließ. Vielleicht hatte er es satt, herumgeschubst und ausgelacht zu werden. Was immer es war, es brannte wie eine tödliche Entschlossenheit in seinen Augen.

Gordo ließ mich los. Mit aufgerissenen Lippen und aufgerissenem Hemd hockte ich im Gras.

»Sieh nur, wie ich vor Angst schlottere«, sagte Gotha mit samtweicher Stimme, während er einen Schritt auf Nemo zuging.

Gordo entfernte sich ein Stück von seinem Bruder. Sein Penis hing noch immer aus seiner Jeans. Ich fragte mich, ob er wohl ein gutes Ziel abgeben würde. »Wirf doch, du Angsthase«, forderte Gordo ihn auf.

Ein Branlin war dem Tod sehr nahe.

»He, ihr Jungs! He, ihr da!«

Die Stimme tönte über das Spielfeld zu uns herüber, von der

Straße her, die an seinem Rand entlangführte. »He, ist bei euch Jungs alles in Ordnung?«
Ich wandte den Kopf um. Mein Gesicht fühlte sich so schwer an wie ein Sack voller Steine. Am Straßenrand stand ein Postauto. Der Briefträger selbst kam auf uns zu. Ein Tropenhelm beschattete sein Gesicht. Er trug Shorts mit schwarzen Socken, und Schweißflecken zogen sich dunkel über sein blaues Hemd.
Wie alle wilden Tiere erkannten die Branlins das Geräusch der Angel an der Klappe eines Käfigs. Ohne ein Wort auszutauschen, wandten sie sich von dem Gemetzel, das sie angerichtet hatten, ab und rannten zu ihren Rädern hinüber. Gordo stopfte hastig seinen Penis zurück in seine Hose und zog den Reißverschluß hoch, dann schwang er sich auf den Sattel. Gotha hielt kurz inne, um Rakete abermals umzustoßen; ich nehme an, die Versuchung, etwas zu zerstören, war einfach zu groß. Dann stieg er auf sein Rad, und die beiden Brüder radelten hektisch auf dem Weg davon, auf dem sie gekommen waren. »Bleibt hier!« brüllte der Briefträger, doch die Branlins gehorchten nur ihren eigenen, in ihrem Inneren verborgenen Dämonen. Gefolgt von einer Staubwolke, rasten sie über das Spielfeld, und dann schwenkten sie auf die Spuren, die sie in das hohe Gras gepflügt hatten, und waren augenblicklich in dem Wäldchen dahinter verschwunden. Einige Raben krächzten darin: Aasfresser, die ihresgleichen begrüßten.
Es war alles vorüber, bis auf das Aufräumen.
Mr. Gerald Hargison, unser Briefträger, der meine monatliche Ausgabe von *Famous Monsters* in einem schlichten braunen Umschlag auslieferte, hatte mich mittlerweile erreicht und blieb stehen, als er mein Gesicht sah. »Mein Gott!« stieß er hervor, was mir sagte, daß es schlimm war. *»Cory?«*
Ich nickte. Meine Unterlippe fühlte sich an, als wäre sie so

groß wie ein Daunenkissen, und mein linkes Auge schwoll zu.

»Bist du okay, Junge?«

Mir war nicht gerade danach, einen Hula-Hoop-Reifen kreisen zu lassen, soviel war mal sicher. Doch ich konnte aufstehen, und all meine Zähne saßen noch immer in ihren Vertiefungen. Davy Ray war ebenfalls in Ordnung, abgesehen davon, daß sein Gesicht ein Klumpen aus Beulen und einer der Branlins auf seine Finger getreten war. Johnny Wilson jedoch hatte es am schlimmsten erwischt. Mr. Hargison, der ein fleischiges, rotwangiges Gesicht hatte und auf seiner Ausliefertour Stumpen mit Plastikspitzen rauchte, zuckte zusammen, als er Johnny aufsitzen half. Johnnys Kriegsbeil von einer Nase war gebrochen, daran bestand kein Zweifel. Das Blut war dunkelrot und zähflüssig, und Johnnys zugeschwollene Augen fanden keinen Brennpunkt. »Junge?« sprach Mr. Hargison ihn an. »Wie viele Finger halte ich hoch?« Er hielt drei hoch, direkt vor Johnnys Gesicht.

»Sechs«, sagte Johnny.

»Ich glaube, er hat eine ...«

Und hier folgte ein Wort, dem es immer gelang, einem Angst einzujagen und Bilder von hirnlosen, sabbernden, ehemals menschlichen Wesen wachzurufen.

»... Gehirnerschütterung. Ich bringe ihn zu Dr. Parrish. Schafft ihr beide es allein nach Hause?«

Wir *beide*? Ich sah Davy Ray, doch wo war Nemo? Der Ball lag neben der Home Plate auf dem Boden. Der Junge mit dem perfekten Wurfarm war verschwunden.

»Das waren die Branlin-Brüder, nicht wahr?« Mr. Hargison half Johnny beim Aufstehen und fischte dann ein Taschentuch aus der Tasche seiner Shorts, um es gegen Johnnys Nasenlöcher zu halten. Augenblicklich war das Weiß blutbefleckt. »Denen müßte man mal kräftig den Hintern versohlen.«

»Es wird schon alles wieder gut, Johnny«, sagte ich, doch Johnny antwortete mir nicht, und seine Beine schienen aus Gummi zu sein, als Mr. Hargison ihn zu seinem Lieferwagen führte. Davy und ich standen da und schauten zu, wie Mr. Hargison ihn hineinsetzte, dann um den Wagen herumging und den Motor anließ. Johnny lehnte sich mit baumelndem Kopf im Sitz zurück. Es hatte ihn schlimm erwischt.
Nachdem Mr. Hargison den Postwagen gewendet hatte und in Richtung der Praxis von Dr. Parrish davongebraust war, rollten Davy und ich Johnnys Rad unter die Tribüne, wo man es nicht so leicht sehen konnte. Die Branlins kamen vielleicht zurück und rissen es in Stücke, bevor Johnnys Dad es abholen konnte, doch das war alles, was uns zu tun blieb. Dann drängte sich in unsere benebelten Gehirne der Gedanke, daß die Branlins vielleicht noch immer in dem Wäldchen waren, wo sie nur darauf gelauert hatten, daß Mr. Hargison verschwand.
Und dieser Gedanke trieb uns zur Eile. Davy holte seinen Baseball und stieg auf sein Rad, und ich zog Rakete abermals hoch. Für einen kurzen Moment sah ich das goldene Auge im Scheinwerfer. Es schien mich mit kaltem Mitleid zu betrachten, als wollte es sagen: *Du* bist mein neuer Herr? Du wirst alle Hilfe brauchen, die du bekommen kannst! Rakete hatte einen schweren, harten ersten Tag gehabt, doch ich hoffte, daß wir uns trotzdem gut verstehen würden.
Davy und ich radelten vom Spielfeld. Jedem von uns tat jeder Knochen im Leib weh. Wir wußten, was kommen würde: Entsetzen von unseren Eltern, Entrüstung über die Branlins, wütende Telefonanrufe, wahrscheinlich ein Besuch vom Sheriff, ein leeres Versprechen von Mr. und Mrs. Branlin, daß ihre Jungs nie, nie wieder so etwas tun würden.
Wir wußten es besser.
Wir waren den Branlins für den Moment entronnen, doch Gotha und Gordo vergaßen nicht. Jeden Augenblick konn-

ten sie auf ihren schwarzen Rädern auf uns herabstürzen und beenden, was sie begonnen hatten. Oder was *ich* begonnen hatte, als ich den verfluchten Baseball warf.
Der Sommer war plötzlich durch die Berührung der Branlins vergiftet. Da Juli und August noch vor uns lagen, war es höchst unwahrscheinlich, daß wir im September noch alle Zähne besaßen.

4
Ich komme herum

Unsere Prophezeiungen für die Zukunft waren korrekt. Nach dem elterlichen Entsetzen und den wütenden Telefonanrufen stattete Sheriff Amory den Branlins einen Besuch ab. Wie er meinem Dad erzählte, traf er Gotha und Gordo nicht zu Hause an. Doch er berichtete ihren Eltern, daß die Jungen Johnny Wilsons Nase gebrochen und ihm beinahe eine Schädelfraktur zugefügt hatten, und dies ist, was Mr. Branlin achselzuckend erwiderte: »Nun, Sheriff, ich finde, Jungs sind halt Jungs. Besser sie lernen früh, daß es eine harte alte Welt ist.«
Sheriff Amory hatte seine Wut hinuntergeschluckt und seinen Finger in Mr. Branlins triefäugiges Gesicht gebohrt. »Jetzt hören Sie mir mal zu! Sie halten Ihre Jungen im Zaum, bevor sie in der Erziehungsanstalt landen! Entweder Sie tun es, oder ich werde mich darum kümmern!«
»Macht keinen Unterschied«, hatte Mr. Branlin erwidert, während er in einem Zimmer voll schmutziger Hemden und Socken vor dem Fernseher saß und Mrs. Branlin aus dem Schlafzimmer über ihren kaputten Rücken klagte. »Sie haben keine Angst vor mir. Sie haben vor niemandem auf der Welt Angst. Die würden eine Erziehungsanstalt einfach bis auf die Grundmauern niederbrennen.«
»Sagen Sie ihnen, daß sie bei mir vorbeikommen sollen, sonst komme ich her und hole sie!«
Mr. Branlin, der mit einem Zahnstocher in seinen Backenzähnen herumstocherte, hatte nur gemurrt und seinen Kopf geschüttelt. »Haben Sie je versucht, den Wind zu fangen,

J. T.? Die Jungs kann keiner bändigen.« Er hatte seinen Blick von der Nachmittagsschnulze erhoben und den Sheriff angesehen, den Zahnstocher zwischen den Zähnen. »Was ist schon dabei, wenn meine beiden Söhne *vier* anderen Jungen den Arsch versohlt haben? Für mich hört sich das an, als hätten Gotha und Gordo in glatter Notwehr gehandelt. Die müßten doch verrückt sein, wenn sie mit vier Jungen gleichzeitig einen Streit anzetteln würden, oder?«
»So wie ich es gehört habe, war es keine Notwehr.«
»So wie ich es gehört habe« – Mr. Branlin hielt inne, um einen braunen Klumpen an der Spitze seines Zahnstochers zu begutachten – »hat dieser Mackenson-Junge mit einem Baseball nach Gordo geworfen und ihm damit beinahe die Schulter zertrümmert. Gordo hat mir die Stelle gezeigt, und sie war so schwarz angelaufen wie ein Pik-As. Wenn diese Leute die Sache weitertreiben wollen, dann muß ich wohl Anzeige erstatten gegen diesen Mackenson-Jungen.« Der Zahnstocher und der braune Klumpen verschwanden wieder in seinem Mund. Er wandte seine Aufmerksamkeit erneut dem Film zu, in dem Errol Flynn als Robin Hood die Hauptrolle spielte. »Ja, diese Mackensons gehen immer ganz etepetete zur Kirche und bringen ihrem Jungen bei, mit einem Baseball nach einem meiner Jungs zu werfen, und dann jammern und heulen sie, wenn ihm mal einer zeigt, wo's langgeht.« Er schnaubte verächtlich. »Und die wollen *Christen* sein!«
In dieser Angelegenheit hatte Sheriff Amory jedoch den längeren Atem. Mr. Branlin stimmte zu, Dr. Parrishs Rechnung und die Medikamente, die Johnny brauchen würde, zu bezahlen. Gotha und Gordo mußten das Gefängnis ausfegen und wischen und durften auf Anweisung des Sheriffs eine Woche lang nicht ins Freibad, was, wie ich wußte, ihre Wut auf Davy und mich nur noch anheizen würde. Der Riß in meiner Unterlippe mußte mit sechs Stichen genäht wer-

den – eine Erfahrung, die beinahe so schlimm war, wie die Lippe gespalten zu bekommen –, doch Mr. Branlin weigerte sich, auch dafür zu zahlen, da ich den Baseball auf Gordo geworfen hatte. Meine Mutter ging vor Wut an die Decke, doch mein Vater beließ es dabei. Davy Ray wurde mit einem Eisbeutel ins Bett gesteckt, und sein violett angelaufenes Gesicht sah aus wie zwei Meilen schlechter Straße. Wie ich von meinem Dad erfuhr, war Johnnys Gehirnerschütterung schlimm genug, um ihn ans Bett zu fesseln, bis Dr. Parrish wieder grünes Licht gab, was noch ein paar Wochen oder länger dauern konnte. Selbst wenn Johnny wieder auf den Beinen war, durfte er nicht umherlaufen oder herumtollen, ja er durfte nicht einmal auf seinem Fahrrad fahren, das sein Vater vollkommen heil aus seinem Versteck unter der Tribüne geholt hatte. Und so hatten die Branlins etwas viel Schlimmeres getan, als uns zu verprügeln: Sie hatten Johnny Wilson einen Teil des Sommers gestohlen, und er würde nie wieder in einem Juni zwölf Jahre alt sein.

Es war um diese Zeit herum, daß ich mich mit geschwollenen Augen und meinem Stapel *Famous Monsters*-Ausgaben auf mein Bett setzte. Die Vorhänge waren zugezogen, um den stechenden Sonnenschein draußen zu halten, und im Schummerlicht schnitt ich einige der Bilder mit einer Schere heraus. Dann holte ich mir eine Rolle Klebeband und begann, die Bilder an meinen Wänden, meinem Schreibtisch, meiner Schranktür und so ungefähr überall, wo Klebeband hielt, zu befestigen. Als ich fertig war, glich mein Zimmer einem Monstermuseum. Lon Chaneys Phantom der Oper, Bela Lugosis Dracula, Boris Karloffs Frankenstein und Mumie starrten mich an. Mein Bett war umgeben von düsteren Schwarzweißszenen aus *Metropolis, London nach Mitternacht, Freaks, Die schwarze Katze* und *Das Spukhaus auf dem Berg*. Meine Schranktür war eine Collage aus Bestien: Ray Harryhausens Ymir, wie er mit einem Elefanten kämpft; die Monsterspinne auf Jagd nach dem schrumpfenden Mister C.; Gorgo beim Durchqueren der Themse; der narbengesichtige Koloß; der echsenartige Schrecken vom Amazonas; Rodan im Flug. Ich hatte einen besonderen Platz über meinem Schreibtisch – ein Ehrenplatz, wenn Sie so wollen – für Vincent Prices weltmännischen, grauhaarigen Roderick Usher und Christopher Lees schlanken und durstigen Dracula. Meine Mutter kam herein, sah, was ich getan hatte, und mußte sich am Türrahmen festhalten, um nicht umzufallen. »Cory!« sagte sie. »Nimm diese scheußlichen Bilder von den Wänden!«

»Warum?« fragte ich sie, und meine Unterlippe spannte sich gegen die Fäden. »Es ist mein Zimmer, oder nicht?«

»Ja, aber du wirst Alpträume bekommen, wenn diese Dinger dich die ganze Zeit anstarren!«

»Nein, das werde ich nicht«, erwiderte ich. »Ehrlich.«

Sie zog sich gnädig zurück, und die Bilder blieben hängen. Ich hatte Alpträume von den Branlins, doch nicht von den Kreaturen, die meine Wände schmückten. Ich fand Trost in dem Glauben, daß sie meine Wachhunde waren. Sie würden nicht zulassen, daß die Branlins durch mein Fenster krochen, um mich zu holen, und in den stillen Stunden sprachen sie zu mir von Stärke und Standhaftigkeit gegen eine Welt, die alles fürchtete, was sie nicht begriff.

Ich hatte niemals Angst vor Monstern. Ich kontrollierte sie. Ich schlief mit ihnen im Dunkeln, und sie überschritten nie ihre Grenzen. Meine Monster hatten nicht darum gebeten, mit Bolzen in ihren Hälsen, schuppigen Flügeln, Blutdurst in ihren Adern oder entstellten Gesichtern, vor denen schöne Mädchen voller Entsetzen zurückwichen, geboren zu werden. Meine Monster waren nicht böse; sie versuchten nur einfach, in einer harten alten Welt zu überleben. Sie erinnerten mich an mich selbst und meine Freunde: Linkisch, reizlos, geschlagen, doch nicht besiegt. Sie waren die Außenseiter, die nach einem Zuhause suchten inmitten eines Kataklysmus aus Dorfbewohnern mit Fackeln, Amuletten, Kruzifixen, Silberkugeln, Atombomben, Düsenjägern und Flammenwerfern. Sie waren unvollkommen, doch heroisch in ihrem Leiden.

Ich werde Ihnen erzählen, was mir angst machte.

Eines Nachmittags nahm ich mir eine alte *Life*-Ausgabe von einem Stapel Zeitschriften, den Mom wegwerfen wollte, setzte mich auf die Veranda und blätterte sie mit Rebell zusammen durch, der ausgestreckt neben mir lag. Die Grillen zirpten von den Bäumen, und der Himmel war so still wie ein Gemälde. In dieser Zeitschrift waren Fotos von dem, was im November des Jahres 1963 in Dallas, Texas, geschehen war. Da waren sonnendurchflutete Bilder des Präsidenten und seiner Frau in einem langen schwarzen Cabriolet, und er lächelte und winkte der Menge zu. Dann änderte sich plötzlich alles in einem einzigen, verwischten Augenblick. Natürlich hatte ich im Fernsehen gesehen, wie dieser Kerl namens Oswald getötet wurde, und was mir davon in Erinnerung blieb, war, wie unbedeutend sich der Schuß angehört hatte, nicht mehr als ein *Plopp*, gar nicht zu vergleichen mit den Kanonenschlägen von Matt Dillons Revolver in *Rauchende Colts*. Ich erinnerte mich daran, wie Oswald aufgeschrien hatte, als er umfiel. Ich konnte ein lauteres Geräusch machen, wenn ich mir die Zehenspitze an einem Stein stieß.

Als ich die Fotos von Präsident Kennedys Beerdigung betrachtete – das reiterlose Pferd, der kleine Sohn des Toten beim Salutieren, Reihen von Menschen, die zuschauten, als der Sarg an ihnen vorbeizog –, erkannte ich etwas, das für mich merkwürdig und beängstigend war. Auf jenen Bildern konnte man schwarze Flecken sehen, die sich ausbreiteten. Vielleicht war es nur das Licht oder das Filmmaterial oder irgend etwas, doch für mich schienen sich diese Bilder mit

Dunkelheit zu füllen. Schwarze Schatten hängen in den Ekken; sie strecken ihre Tentakel über Männer in Anzügen und weinende Frauen aus, und sie verbinden Wagen und Gebäude und gepflegte Rasenflächen mit langen Schattenfingern. Gesichter sind eingehüllt in Dunkelheit, und sie hat sich um die Schuhe der Leute gesammelt wie Pfützen aus Teer. Die Dunkelheit scheint etwas Lebendiges zu sein auf jenen Bildern, etwas, was wie ein Virus inmitten der Menschen wuchert und sich gierig über den Bildrand hinaus ausstreckt.

Auf einer anderen Seite war ein Foto von einem brennenden Mann. Er ist ein kahlköpfiger Orientale, und er trägt die Flammen wie einen Mantel, während er im Schneidersitz auf der Straße hockt. Seine Augen sind geschlossen, und obgleich das Feuer sein Gesicht verschlingt, ist sein Ausdruck doch so friedlich wie der meines Dads, wenn er sich im Radio Roy Orbison anhört. In der Bildunterschrift stand, daß dies in einer Stadt namens Saigon geschehen ist und daß der Mann ein Mönch war, der sich mit Benzin übergossen, auf die Straße gesetzt und ein Streichholz angezündet hat.

Und da war ein drittes Bild, das mich noch immer verfolgt. Es zeigt eine ausgebrannte Kirche. Die bunten Glasfenster sind zerborsten, und Feuerwehrmänner stochern in den Ruinen. Ein paar Schwarze stehen herum, und ihre Gesichter sind ausdruckslos vom Schock. An den Bäumen vor der Kirche sind keine Blätter, obgleich die Überschrift besagt, daß dies am fünfzehnten September 1963 geschah, also noch vor dem Ende des Sommers. Unter dem Bild stand, daß dies die Überreste der Baptisten-Kirche in der Sechzehnten Straße in Birmingham waren, nachdem jemand eine Bombe gelegt hatte, die hochging, als die Kinder gerade aus der Sonntagsschule entlassen wurden, und daß vier Mädchen bei der Explosion starben.

Ich blickte hinaus, über meine Heimatstadt hinweg. Ich blickte auf die grünen Hügel und den blauen Himmel und die Dächer von Bruton in der Ferne. Neben mir wimmerte Rebell, gefangen in einem Hundetraum.
Ich hatte nie wirklich gewußt, was Haß war, bis ich mir vorstellte, wie jemand eine Bombe bastelte und sie an einem Sonntagmorgen in eine Kirche legte, um kleine Mädchen zu töten.
Ich fühlte mich nicht besonders. Mein Kopf, noch immer voller Beulen von Gotha Branlins Faust, schmerzte. Ich ging in mein Zimmer und legte mich hin, und dort, inmitten meiner Monster, schlief ich ein.
Dies war Frühsommer in Zephyr: Ein Erwachen in der dunstigen Morgenhitze, die Sonne, die langsam den Nebelschleier verdampfen ließ, und die Luft, die so feucht wurde, daß dir das Hemd am Rücken klebte, wenn du nur mal kurz hinaus zum Briefkasten und wieder zurückgingst. Am Mittag schien die Welt auf ihrer Erdachse innezuhalten, und nicht ein Vogel wagte es, sich durch das gleißende Blau zu schwingen. Während der Nachmittag dahinzog, mochten vielleicht ein paar purpurumrandete Wolken aus dem Nordwesten heranziehen. Man konnte auf der Veranda sitzen, neben sich ein Glas Limonade und im Radio ein Baseballspiel, und zuschauen, wie die Wolken langsam auf einen zugerollt kamen. Nach einer Weile mochte man entfernten Donner hören, und ein zuckender Blitz ließ das Radio knistern. Es mochte für eine halbe Stunde oder so regnen, doch meistens zogen die Wolken nur grollend über die Stadt hinweg, ohne einen Tropfen Wasser zu verlieren. Wenn der Abend die Erde abkühlte, zirpten die Grillen zu Hunderten in den Wäldern, und Glühwürmchen erhoben sich aus dem Gras. Sie stiegen zu den Bäumen auf und blinkten, und sie erleuchteten die Äste wie Weihnachtsdekorationen, obgleich es kaum Juli war. Die Sterne gingen auf, und auch eine

Mondphase. Wenn ich meine Trümpfe richtig ausspielte, konnte ich meine Eltern überreden, mich länger aufbleiben zu lassen, bis elf oder so, und ich saß dann im Vorgarten und schaute zu, wie die Lichter von Zephyr erloschen. Wenn genügend Lichter ausgegangen waren, strahlten die Sterne viel heller. Man konnte hinaufschauen in das Herz des Universums und die Strudel von leuchtenden Sternen sehen. Eine sanfte Brise wehte dahin und brachte den süßen Duft von Erde mit sich, und die Bäume raschelten leise. In Zeiten wie dieser war es sehr schwer, sich die Welt nicht als so wohlgeordnet und geregelt wie die Cartwright-Ranch in *Bonanza* vorzustellen oder nicht zu glauben, daß in jedem Haus eine *Vater ist der Beste*-Familie lebte. Ich wünschte, es wäre so, doch ich hatte die Bilder einer sich ausbreitenden Dunkelheit, eines brennenden Mannes und einer von einer Bombe zerstörten Kirche gesehen, und ich begann, die Wahrheit zu erkennen.

Ich wurde vertrauter mit Rakete, als mir meine Eltern erlaubten, wieder mit ihr umherzufahren. Meine Mom sagte bei der Gelegenheit: »Wenn du hinfällst und dir wieder die Lippe aufschlägst, dann geht's zurück zu Dr. Parrish, und diesmal werden es sicher fünfzehn oder *zwanzig* Stiche!« Ich wollte mein Glück nicht herausfordern. Ich blieb in der Nähe des Hauses und radelte mit Rakete so vorsichtig, als würde ich eins jener trägen Ponys reiten, die auf dem Jahrmarkt im Kreis herummarschierten. Manchmal glaubte ich, einen flüchtigen Blick auf das goldene Auge im Scheinwerfer zu erhaschen, doch es war niemals da, wenn ich direkt hinsah. Rakete fügte sich meiner ruhigeren Gangart, auch wenn ich in der Geschmeidigkeit der Pedale und Kette und dem Rucken der Übersetzung spürte, daß Rakete, wie jedes nervöse Vollblut, galoppieren wollte. Ich hatte das Gefühl, daß ich noch eine ganze Menge über Rakete lernen mußte.

Meine Lippe verheilte. Mein Stolz blieb jedoch weiter angeschlagen, und mein Selbstvertrauen hatte Risse bekommen. Mit diesen Verletzungen, Verletzungen, die man nicht sah, würde ich leben müssen.

Am Samstag gingen meine Eltern und ich ins Freibad, das voll von High-School-Schülern war. Ich muß erwähnen, daß nur Weiße hineindurften. Mom sprang gleich in das aufgewühlte blaue Wasser, doch Dad nahm sich eine Liege und weigerte sich, sie zu verlassen, selbst als wir beide ihn anbettelten, doch ins Wasser zu kommen. Erst später fiel mir ein, daß Dad, als er das letztemal schwimmen war, einen Toten in Saxon's Lake hatte versinken sehen. Also setzte ich mich eine Weile zu ihm, während Mom umherschwamm, und erzählte ihm zum dritten- oder viertenmal von Nemo Curliss' Wurfkünsten. Diesmal jedoch hatte ich seine ungeteilte Aufmerksamkeit, denn es gab keinen Fernseher und kein Radio in der Nähe, und er wollte sich auf etwas anderes als das Wasser konzentrieren, das er offenbar nicht einmal anschauen mochte. Er sagte, ich sollte Coach Murdock von Nemo erzählen, damit der vielleicht Nemos Mutter überredete, ihn in der Jugendmannschaft spielen zu lassen. Ich behielt den Vorschlag im Hinterkopf.

Am Nachmittag kamen Davy Ray Callan, sein sechsjähriger Bruder Andy und ihre Mom und ihr Dad ins Freibad. Der Großteil der Beulen war aus Davys Gesicht verschwunden. Die Callans setzten sich zu meinen Eltern, und ihr Gespräch wandte sich der Frage zu, was man mit den Branlins machen sollte, und daß wir nicht die einzigen waren, die von dieser Brut verprügelt worden waren. Davy und ich waren nicht sonderlich daran interessiert, unsere Niederlage noch einmal zu durchleben, also baten wir unsere Eltern um Geld, um uns am Spinnin' Wheel einen Milchshake zu holen, und machten uns dann, bewaffnet mit Dollarnoten, in unseren Badelatschen und mit Sonnenbränden auf den Weg, wäh-

rend Andy plärrte und von Mrs. Callan zurückgehalten werden mußte, damit er uns nicht nachlief.
Das Spinnin' Wheel war direkt auf der anderen Straßenseite vom Freibad. Es war ein weißgetünchtes Stuckgebäude, von dessen Dachkante weiße Stuckeiszapfen hingen. Eine Eisbärenstatue stand davor, geschmückt mit solchen aufgesprühten Botschaften wie »Niemand wird unser Ergebnis schlagen, wir sind die Senioren des Jahrgangs '64« und »Louie, Louie!« und »Harry liebt Muschi« zwischen anderen Unabhängigkeitserklärungen. Davy und ich vermuteten, daß Mr. Sumpter Womack, dem das Spinnin' Wheel gehörte, »Muschi« für den Namen eines Mädchens hielt. Niemand klärte ihn über das Mißverständnis auf. Das Spinnin' Wheel war, wenn Sie so wollen, der Treffpunkt der Jugend. Der Köder aus Hamburgern, Hot dogs, Fritten und dreißig verschiedenen Geschmacksrichtungen von Milchshakes – von Kräutern bis Pfirsich – sorgte dafür, daß der Parkplatz immer gefüllt war von Jungen und Mädchen in Daddys Auto oder Lieferwagen. Dieser spezielle Samstag stellte keine Ausnahme dar. Die Autos und Lieferwagen standen dicht gedrängt. Die Fenster waren heruntergekurbelt, und die Radiomusik waberte über den Parkplatz wie zäher Rauch. Ich erinnerte mich daran, daß ich einmal Little Stevie Cauley hier gesehen hatte, in der Midnight Mona, mit einem blonden Mädchen, das den Kopf an seine Schulter gelegt hatte, und Little Stevie hatte mich angeschaut, als ich vorbeiging, sein Haar pechschwarz und seine Augen so blau wie das Wasser im Freibad. Das Gesicht des Mädchens hatte ich nicht gesehen. Ich fragte mich, ob das Mädchen, wer immer es auch war, wohl wußte, daß Little Stevie und Midnight Mona nun auf der Straße zwischen Zephyr und Union Town spukten.
Davy, immer der Wagemutige, kaufte sich einen Jumbo Pfefferminz-Milchshake und bekam fünfzig Cent wieder raus. Er redete mir den einfachen Vanilleshake aus. »Einen

einfachen Vanilleshake kannst du doch immer haben!« sagte er. »Versuch ...« Er ließ seinen Blick über die Tafel mit den verschiedenen Geschmacksrichtungen schweifen. »Versuch Erdnußbutter!«

Ich tat es und habe es nie bereut, denn es war der beste Milchshake, den ich je hatte, wie ein geschmolzener und danach gefrorener Reese-Riegel. Und dann geschah es.

Wir gingen gerade unter der sengenden Sonne über den Parkplatz, in unseren eisigen Händen die Milchshakes in ihren großen weißen Pappbechern, auf denen in Rot »Spinnin' Wheel« stand. Ein Geräusch ertönte: Musik, zuerst nur aus ein paar Autoradios und dann auch aus anderen, als Teenagerfinger auf der Skala denselben Sender einstellten. Die Lautstärkeregler wurden hochgezogen, und die Musik dröhnte aus den winzigen Lautsprechern in die strahlende Sommerluft. Innerhalb von wenigen Sekunden drang dasselbe Lied aus jedem Radio auf dem Parkplatz, und während es lief, wurden einige der Motoren angelassen und zum Aufheulen gebracht, und jugendliches Lachen stob wie Funken.

Ich blieb stehen. Ich konnte einfach nicht weitergehen. Die Musik war vollkommen anders als alles, was ich zuvor gehört hatte: Männerstimmen, die sich verbanden und wieder voneinander lösten und dann abermals zu einer phantastischen, übernatürlichen Harmonie verschmolzen. Die Stimmen erhoben sich höher und höher wie glückliche Vögel, und unter der Harmonie lag ein treibender Schlagzeugbeat und eine scharf klingende, harte Gitarre, die kalte Schauder über meinen sonnenverbrannten Rücken jagte.

»Was ist das, Davy?« fragte ich. »Was ist das für ein Lied?«

... Round ... round ... get around ... wha wha whaaoooooo ...

»Was ist das für ein *Lied*?« fragte ich ihn noch mal. Ich war einer Panik nahe, daß ich es vielleicht nie erfahren würde.

»Hast du es noch nicht gehört? Alle High-School-Typen singen es.«

... Gettin' bugged drivin' round the same ol' strip ... I gotta find a new place where the kids are hip ...

»Wie *heißt* es?« brüllte ich in völliger Ekstase.

»Die spielen es ständig im Radio. Es ist ...«

In diesem Augenblick begannen die High-School-Typen auf dem Parkplatz mitzusingen. Einige schaukelten ihren Wagen hin und her, und ich stand da mit einem Erdnußbutter-Milchshake in meiner Hand und der Sonne auf meinem Gesicht und dem sauberen Chlorgeruch, der vom Freibad auf der anderen Straßenseite zu mir herüberwehte.

»... von den Beach Boys«, beendete Davy Ray seinen Satz.

»Was?«

»Die Beach Boys. Die singen das.«

»Mann!« stieß ich aus. »Das klingt ... das klingt ...«

Was konnte es beschreiben? Welches Wort der englischen Sprache würde von Jugend und Hoffnung und Freiheit und Verlangen, von süßer Wanderlust und heißem Blut sprechen? Welches Wort beschreibt die Kameradschaft von Freunden und das Gefühl, daß du, solange das Lied spielt, Teil jener zähen Nachkommenschaft bist, der die Welt gehören wird?

»Irre«, half Davy Ray mir aus.

Das würde genügen müssen.

... Yeah the bad guys know us and they leave us alone ... I get arounnnndddd ...

Ich war getroffen. Ich war verwandelt. Jene sich aufschwingenden Stimmen ließen mich vom heißen Asphalt aufsteigen, und ich flog mit ihnen zu einem unbekannten Land. Ich war noch nie am Strand gewesen. Ich hatte noch nie das Meer gesehen, außer auf Bildern in Zeitschriften und im Fernsehen und auf der Leinwand. Die Beach Boys. Diese Harmonien ließen mich bis ins Mark erschaudern, und für einen Augenblick trug ich eine Collegejacke und besaß einen roten Flitzer und wurde von wunderschönen Blondinen umringt und kam in der Welt herum.

Das Lied verklang. Die Stimmen kehrten zurück in die Lautsprecher. Dann war ich wieder nur Cory Mackenson, ein Sohn Zephyrs, doch ich hatte die Hitze einer ganz anderen Sonne gespürt.

»Ich denke, ich werde meine Eltern fragen, ob ich Gitarrestunden nehmen kann«, sagte Davy Ray, als wir die Straße überquerten.

Ich nahm mir vor, mich an meinen Schreibtisch zu setzen, wenn ich nach Hause kam, und mit einem Ticonderoga-2 eine Geschichte darüber zu schreiben, wo die Musik hingeht, wenn sie von den Lautsprechern in die Welt entlassen wird. Etwas von ihr war in Davy Ray eingegangen, und er summte das Lied, als wir zum Freibad und zu unseren Eltern zurückkehrten.

Der vierte Juli brach brutzelnd an. Es gab ein riesiges Barbecue-Picknick im Park, und die Männermannschaft – die Quails – verlor sieben zu drei gegen die Union Town Fireballs. Ich sah Nemo Curliss, der, eingezwängt zwischen einer brünetten Frau in einem rotgeblümten Kleid und einem nervösen Mann mit einer dicken Brille und einem schweißgetränkten, ehemals frischen weißen Hemd, dem Spiel zuschaute. Nemos Vater verbrachte nicht viel Zeit mit seinem Sohn und seiner Frau. Nach dem zweiten Inning stand er auf und ging davon, und ich sah ihn mit einem Katalog voller Hemdenmuster und einem verzweifelten Ausdruck auf dem Gesicht durch die Picknickmenge pirschen.

Ich hatte den Mann mit der grünen Feder am Hut nicht vergessen. Während ich mit meinen Eltern im Schatten an einem Picknicktisch saß und Spareribs mampfte, während alte Männer Hufeisen und die Teenager Footballs warfen, suchte ich die Menge nach jener geheimnisvollen Feder ab.

Als ich so meinen Blick schweifen ließ, dämmerte es mir, daß die Winterhüte weggepackt worden waren, denn jeder Hut, den ich zu Gesicht bekam, war aus Stroh. Bürgermeister Swope trug einen Strohhut, als er sich pfeiferauchend durch die Menschenmenge schob und grillsaucenverschmierte Hände schüttelte. Strohhüte zierten die Köpfe von Chief Marchette und Mr. Dollar. Eine Kreissäge mit einem leuchtendroten Band klammerte sich an den kahlen Schädel von Dr. Lezander, der zu unserem Tisch herüberkam, um sich die blasse Narbe auf meiner Unterlippe anzusehen. Er hatte kühle Finger, und seine Augen blickten stählern und durchdringend in die meinen. »Wenn diese Typen dir noch mal Ärger machen«, erklärte er mit seinem holländischen Akzent, »dann sag mir einfach Bescheid. Ich zeig ihnen dann mal meine Kastrierklammern. Na?« Er stieß mich mit dem Ellbogen an und grinste, so daß man seinen Silberzahn sehen konnte. Dann kam seine dicke Frau, Veronica, die ebenfalls Holländerin war und deren längliches Gesicht mich an ein Pferd erinnerte, herüber. Sie hielt einen Pappteller, auf dem sich Spareribs türmten, in der Hand und zog Dr. Lezander mit sich fort. Mrs. Lezander wirkte immer abweisend; sie hatte nicht viel mit den anderen Frauen zu schaffen, und Mom erzählte mir, sie hätte gehört, Mrs. Lezanders älterer Bruder und seine Familie seien im Kampf gegen die Nazis in Holland getötet worden. Ich dachte mir, daß so etwas schon dein Vertrauen in Menschen erschüttern konnte. Die Lezanders waren aus Holland geflohen, bevor das Land besetzt wurde, und Dr. Lezander hatte mit einer Pistole einen Nazi-Soldaten erschossen, als der Mann die Tür seines Hauses eintrat. Dieses Thema faszinierte mich, da Davy Ray, Ben, Johnny und ich immer draußen im Wald Soldaten spielten, und ich wollte Dr. Lezander fragen, wie Krieg wirklich ist, doch Dad verbot mir, das Thema anzuschneiden, da man über solche Dinge besser nicht sprechen sollte.

Vernon Thaxter hatte einen Auftritt beim Picknick, was zur Folge hatte, daß etliche Frauengesichter erröteten und Männer vorgaben, gerade ganz konzentriert ihren Teller beobachten zu müssen. Die meisten Leute taten allerdings einfach so, als wäre Moorwood Thaxters Sohn unsichtbar. Vernon holte sich einen Teller mit Spareribs und setzte sich am Rand des Baseballfelds unter einen Baum; diesmal war er jedoch nicht vollkommen nackt. Er trug einen Schlapphut aus Stroh, mit dem er wie ein übergeschnappter, aber glücklicher Huckleberry Finn aussah. Ich glaube, Vernon Thaxter war der einzige, dem Mr. Curliss nicht seinen Hemdenkatalog zeigte.

Im Laufe des Nachmittags hörte ich das Lied der Beach Boys mehrere Male aus Transistorradios, und jedesmal schien es mir besser als zuvor. Dad rümpfte bei seinen Klängen die Nase, als hätte er saure Milch gerochen, und Mom sagte, es täte ihr in den Ohren weh, doch ich fand es toll. Die Teenager waren ohne Frage ganz aus dem Häuschen. Als es zum fünftenmal lief, hörten wir plötzlich aufgeregte Stimmen nicht weit von uns entfernt, wo einige High-School-Jungs mit einem Football spielten. Jemand brüllte wie ein wütender Stier, und Dad und ich schoben uns durch die Menschentraube, um zu sehen, was los war.

Und da war er. In voller Zwei-Meter-Größe. Sein lockiges rotes Haar wirbelte um seinen Kopf herum, und sein langes, schmales Gesicht wirkte noch schmaler in seinem gerechten Zorn. Er trug einen blaßblauen Anzug mit einer Anstecknadel in Form der amerikanischen Flagge am Revers und darüber ein kleines Kreuz, und seine blankgeputzten schwarzen Treter Größe fünfundvierzig stampften den Teufel aus einem kleinen scharlachroten Radio. »Dies. Muß. Auf. Der. Stelle. Aufhören!« bellte er im Rhythmus seines Stampfens. Die Jungs, die Football gespielt hatten, starrten Reverend Angus Blessett nur mit offenen Mündern und völligem Erstaunen an, und das sechzehnjährige Mädchen, aus dessen Radio gerade Kleinholz gemacht worden war, brach in Tränen aus. Die Beach Boys waren unter dem Stiefel, oder in diesem Fall dem breiten Schuh, zum Schweigen gebracht worden. »Dieses Satansgejaule muß aufhören!« brüllte Reverend Blessett von der Freedom Baptist Church der versammelten Menge zu. »Tag und Nacht höre ich diesen Schund, und der Herr hat mir aufgetragen, ihn zu vernichten!« Er versetzte dem anstößigen Radio einen letzten Tritt, und Kabel und Batterien flogen aus dem zertrümmerten Gehäuse. Dann blickte Reverend Blessett auf das schluchzende Mädchen. Seine Wangen waren rot angelaufen, und Schweißperlen glitzerten auf seinem Gesicht. Er streckte die Arme aus und näherte sich ihr. »Ich liebe dich!« brüllte er. »Der Herr liebt dich!«

Das Mädchen drehte sich um und floh. Ich konnte es verstehen. Wenn mein schönes Radio vor meinen Augen zertrampelt worden wäre, wäre mir auch nicht danach, jemanden zu umarmen.

Reverend Blessett, der im letzten Jahr einer der Träger der Kampagne zur Abschaffung des Karfreitagsrituals der Dame an der Wasserspeierbrücke gewesen war, wandte seine Aufmerksamkeit nun den Schaulustigen zu. »Habt ihr das gesehen? Das arme Kind ist so verwirrt, daß es nicht einen Heiligen von einem Sünder zu unterscheiden weiß! Wißt ihr warum? Weil es sich diesen jaulenden, unheiligen *Schund* angehört hat!« Er richtete seinen Finger auf das tote Radio. »Hat sich auch nur einer von euch die Mühe gemacht, sich anzuhören, was in diesem Sommer an die Ohren eurer Kinder dringt? Habt ihr das?«

»Für mich hört sich das an wie Bienen, die um einen Esel herumschwärmen!« sagte jemand, und Leute lachten. Ich schaute hinüber und sah Mr. Dick Moultrys schweißtriefenden Schwabbelleib. Die Vorderseite seines Hemds war mit Saucenflecken verschmiert.

»Ihr könnt lachen, soviel ihr wollt, doch für Gott ist die Sache nicht zum Lachen!« wütete Reverend Blessett. Ich glaube, ich habe ihn nie mit normaler Stimme reden hören. »Hört euch das Lied nur ein einziges Mal an, und euch werden die Haare zu Berge stehen, wie sie das bei mir taten!«
»Ach, kommen Sie schon, Reverend!« Mein Vater lächelte. »Es ist doch nur ein Lied!«
»Nur ein *Lied*?« Reverend Blessetts Gesicht war plötzlich nur noch Millimeter von dem meines Vaters entfernt, und seine aschgrauen Augen blitzten wütend unter Augenbrauen, die so rot waren, daß sie aufgemalt aussahen. »Nur ein *Lied*, haben Sie gesagt, Tom Mackenson? Was, wenn ich Ihnen erzähle, daß dieses ›nur ein Lied‹ unsere jungen Menschen zu Unmoral anstachelt? Was, wenn ich Ihnen erzähle, daß es verbotene sexuelle Lüste predigt, Autorennen auf den Straßen und alles Übel der Großstädte? Was würden Sie dann sagen, Mr. Tom Mackenson?«
Dad zuckte mit den Schultern. »Ich würde sagen, daß Sie Ohren wie ein Luchs haben müssen, wenn Sie das alles bei einmaligem Hören herausgehört haben. Ich konnte nicht ein einziges Wort verstehen.«
»Aha! Ja! Seht ihr, das ist Satans Trick!« Reverend Blessett bohrte meinem Vater seinen Zeigefinger in die Brust. Unter dem Nagel klebte Grillsauce. »Es dringt in die Köpfe unserer Kinder ein, ohne daß sie überhaupt wissen, was sie da hören!«
»Hä?« fragte Dad. Mittlerweile hatte sich Mom zu uns gesellt und hielt seinen Arm umklammert. Dad hatte den Reverend nie sonderlich gemocht, und vielleicht hatte sie Angst, daß ihm der Kragen platzen und er zuschlagen könnte.
Reverend Blessett wich vor meinem Vater zurück und ließ seinen Blick abermals über die Menge schweifen. Wenn es

etwas gibt, was die Menschen in Scharen herbeiströmen läßt, ist es ein Schreihals und der Geruch von Satan in der Luft wie verbranntes Fleisch auf einem Rost. »Ihr guten Leute, kommt am Mittwoch abend um sieben Uhr zur Freedom Baptist Church, und dann werdet ihr mit eigenen Ohren hören, wovon ich hier spreche!« Sein Blick huschte von einem Gesicht zum anderen. »Wenn ihr den Herrn, diese Stadt und eure Kinder liebt, werdet ihr jedes Radio zerstören, das dieses Satansgeheul spielt!« Zu meinem Entsetzen brüllten etliche Leute mit glasigem Blick, daß sie diesem Rat folgen würden. »Lobet den Herrn, Brüder und Schwestern! Lobet den Herrn!« Reverend Blessett stapfte schulterklopfend und händeschüttelnd durch die Menge.

»Er hat mir Sauce aufs Hemd geschmiert«, sagte Dad und schaute auf den Fleck hinunter.

»Kommt schon, ihr beiden.« Mom zog an seinem Arm. »Laßt uns wieder in den Schatten gehen.«

Ich folgte ihnen, doch ich drehte den Kopf um, um Reverend Blessett hinterherzuschauen. Eine Traube von Menschen hatte sich um ihn gebildet, und alle plapperten durcheinander. Ihre Gesichter schienen aufgedunsen, und ein dunkler Schweißfleck in der Form eines Wassermelonenviertels hatte sich auf dem Rücken von Reverend Blessetts Mantel gebildet. Es ging mir nicht in den Kopf: Das Lied, das ich zum erstenmal an jenem Tag auf dem Parkplatz des Spinnin' Wheels gehört hatte, war *unheilig*? Ich wußte nicht viel von dem Übel der Großstädte, doch ich fühlte mich nicht zur Unmoral angestachelt. Es war nur ein irres Lied, und es gab mir ... nun, einfach ein irres Gefühl. Selbst nachdem ich es jetzt schon so oft gehört hatte, hatte ich noch immer nicht herausbekommen können, wie der Refrain nach dem *I get around* weiterging, ebensowenig wie Ben, Davy Ray oder Johnny, der noch immer ein Pflaster über seinem Zinken trug und sein Haus nicht verlassen durfte. Ich war neugierig; was hatte Reverend Blessett in dem Lied gehört, das mir bisher verborgen geblieben war?

Ich beschloß, es herauszufinden.

In jener Nacht erblühten die Feuerwerksraketen rot, weiß und blau über Zephyr.

Und irgendwann nach Mitternacht wurde vor dem Haus der Dame ein Kreuz in Brand gesteckt.

5
Willkommen Luzifer

Ich erwachte mit dem Geruch von Feuer in meiner Nase. Vögel sangen, und die Sonne stand am Himmel, doch ich wurde an etwas Schreckliches erinnert. Vor drei Jahren hatte ein Haus zwei Blocks südlich von uns Feuer gefangen. Es war ein heißer, trockener Sommer gewesen, und das Haus war so schnell wie Zunder in einer Augustnacht in Flammen aufgegangen. Die Familie Bellwood hatte dort gelebt; Mr. und Mrs. Bellwood, ihre zehnjährige Tochter Emmie und ihr achtjähriger Sohn Carl. Das Feuer, das von einem Kurzschluß in den elektrischen Leitungen ausgelöst worden war, hatte Carl in seinem Bett verschlungen, bevor die Bellwoods ihn retten konnten. Carl starb ein paar Tage später und wurde auf Poulter Hill beerdigt. Auf seinem Grabstein war »Unser Liebender Sohn« eingemeißelt. Die Bellwoods waren kurz darauf fortgezogen und hatten ihren Sohn in der Erde von Zephyr zurückgelassen. Ich erinnere mich noch deutlich an Carl, denn seine Mutter reagierte allergisch auf Tiere und erlaubte ihm nicht, einen Hund zu haben, also kam er manchmal zu uns rüber, um mit Rebell zu spielen. Er war ein schmächtiger Junge mit lockigem sandfarbenem Haar, und er liebte die Bananeneislutscher, die der Good-Humor-Mann aus seinem Wagen heraus verkaufte. Er erzählte mir einmal, daß er sich mehr als alles in der Welt einen Hund wünschte. Dann verschlang ihn das Feuer, und Dad setzte sich mit mir hin und sagte mir, daß Gott für alles einen Plan hatte, doch manchmal war der nur schwer zu erkennen.

An diesem betreffenden Morgen, dem fünften Juli, war

Dad zur Arbeit gegangen, und es blieb an Mom hängen, mir zu erklären, woher der verbrannte Geruch kam. Sie hatte fast den ganzen Morgen am Telefon zugebracht, eingeschaltet in Zephyrs erstaunlich verläßliches Informationsnetz: Der Bund von Frauen, die den Tratsch umkreisten wie Falken das Fleisch der Wahrheit. Während ich mein Frühstück aus Rührei und Grütze aß, saß Mom bei mir am Tisch. »Du weißt, was der Ku-Klux-Klan ist, nicht wahr?« fragte sie.

Ich nickte. Ich hatte Mitglieder des Klans in den Fernsehnachrichten gesehen, gekleidet in ihre weißen Roben und spitzen Kapuzen, wie sie mit Gewehren und Flinten unter dem Arm um ein brennendes Kreuz herummarschierten. Ihr Sprecher, ein Kerl, der seine Kapuze abgestreift hatte, um ein Gesicht wie ein Hefekloß freizulegen, hatte davon geredet, daß man Dixie mit ganzem Herzen treu bleiben sollte, und darüber, daß »kein Washingtoner Politiker mir sagt, daß ich die Füße von so einem farbigen Burschen küssen muß«. Die Wut in dem Gesicht des Mannes hatte seine Wangen anschwellen und seine Lider vorquellen lassen, und hinter ihm hatte das Feuer das Kreuz verschlungen, während die weißgekleideten Gestalten ihren grausamen Umzug fortsetzten.

»Der Klan hat letzte Nacht ein Kreuz im Garten der Dame in Brand gesteckt«, sagte Mom. »Das soll wohl eine Warnung sein. Sie wollen, daß sie aus der Stadt verschwindet.«

»Die Dame? *Warum?*«

»Dein Vater sagt, daß einige Leute Angst vor ihr haben. Er sagt, einige Leute meinen, sie hätte zuviel Einfluß darauf, was in Bruton vor sich geht.«

»Sie *lebt* in Bruton«, erwiderte ich.

»Ja, aber einige Leute haben Angst, daß sie auch Einfluß darauf haben will, was in Zephyr vor sich geht. Im letzten Sommer hat sie Bürgermeister Swope gebeten, das Freibad für die Leute aus Bruton zu öffnen. Dieses Jahr hat sie ihn wieder darauf angesprochen.«

»Dad hat Angst vor ihr, nicht wahr?«

Mom erwiderte: »Ja, aber das ist etwas anderes. Er hat nicht aufgrund ihrer Hautfarbe Angst vor ihr. Er hat Angst, weil ...« Sie zuckte mit den Schultern. »Wegen der Sachen, die er nicht versteht.«

Ich zog mit meiner Gabel Kreise durch meine Grütze, während ich darüber nachdachte. »Wieso öffnet Bürgermeister Swope für die nicht das Freibad?«

»Sie sind *schwarz*«, antwortete Mom. »Weiße sind nicht gern mit Schwarzen im selben Wasser.«

»Wir waren mit ihnen im Hochwasser«, sagte ich.

»Das war Flußwasser. Das Freibad war noch nie für sie offen. Die Dame hat eine Bittschrift eingereicht, die besagt, daß sie entweder ein Freibad in Bruton gebaut oder das Freibad von Zephyr offen für Schwarze haben will. Das muß der Grund sein, weshalb der Klan sie verjagen will.«

»Sie hat immer hier gelebt. Wo soll sie denn hingehen?«

»Ich weiß nicht. Aber ich glaube nicht, daß sich die Leute, die das Kreuz angezündet haben, darüber groß Gedanken machen.« Mom runzelte die Stirn, und kleine Falten kamen um ihre Augen herum zum Vorschein. »Ich wußte nicht einmal, daß es in der Gegend um Zephyr überhaupt den Klan gibt. Dein Vater sagt, es ist ein Haufen von verängstigten Männern, die die Zeit zurückdrehen wollen. Er sagt, es wird noch viel schlimmer werden, bevor es besser wird.«

»Was geschieht, wenn die Dame nicht fortgeht?« fragte ich. »Würden diese Männer ihr weh tun?«

»Vielleicht. Zumindest würden sie es wohl versuchen.«

»Sie wird nicht gehen«, sagte ich, während ich mich an die grünäugige Schönheit erinnerte, die mich hinter der faltigen Maske des Gesichts der Dame angeschaut hatte. »Diese Männer können sie nicht dazu zwingen.«

»Da hast du recht.« Mom stand auf. »Ich möchte mich jedenfalls nicht mir ihr anlegen, das ist mal sicher. Magst du noch ein Glas Orangensaft?«
Ich lehnte ab. Während Mom sich selbst ein Glas einschenkte, aß ich den Rest meines Rühreis, und dann sagte ich etwas, was sie zu mir herüberschauen ließ, als hätte ich gerade um Geld für eine Reise zum Mond gebeten. »Ich möchte mir anhören, was Reverend Blessett zu sagen hat.« Sie war sprachlos. »Über dieses Lied«, fuhr ich fort. »Ich möchte wissen, warum er es so sehr haßt.«
»Angus Blessett haßt *alles*«, erwiderte Mom, als ihre Stimme zurückkehrte. »Er kann das Ende der Welt in einem Paar billiger Pantoffeln erkennen.«
»Das ist mein Lieblingslied. Ich möchte herausfinden, was er darin hören kann, das ich nicht höre.«
»Das ist einfach. Er hat alte Ohren.« Sie schenkte mir ein gequältes Lächeln. »Wie ich, vermute ich. Ich kann das Lied auch nicht ausstehen, doch ich denke nicht, daß etwas Böses daran ist.«
»Ich will es wissen«, beharrte ich.
Für mich war dies eine Premiere. Ich hatte noch nie so eisern darauf bestanden, in die Kirche zu gehen, und es war noch nicht einmal unsere Glaubensgemeinde. Als Dad nach Hause kam, versuchte er sein Bestes, es mir auszureden, indem er sagte, daß Reverend Blessett so voller heißer Luft sei, daß er eine Wärmflasche aufblasen könnte, und daß er nicht einmal im Traum daran denke, die Schwelle von Reverend Blessetts Kirche zu überschreiten und so weiter, doch schließlich – nach einer geflüsterten Konferenz mit Mom, von der ich nur die Worte »Neugier« und »laß es ihn doch selbst herausfinden« verstehen konnte – stimmte Dad zähneknirschend zu, mit uns am Mittwoch abend hinzugehen.
Und so kam es, daß wir gemeinsam mit etwa hundert an-

deren in der drückend heißen Freedom Baptist Church in der Shawson Street nahe der Wasserspeierbrücke saßen. Weder Dad noch ich trugen eine Jacke oder eine Krawatte, da es kein Sonntagsgottesdienst war, und einige der anderen Männer hatten sogar ihre von der Feldarbeit schmutzigen Overalls an. Wir sahen viele Leute, die wir kannten, und schon bevor der Gottesdienst begann, gab es nur noch Stehplätze, auch für einige griesgrämige Teenager, die aussahen, als wären sie von ihren freudlosen Eltern an Stricken in die Kirche gezerrt worden. Ich vermute, das eindringliche Gebrüll des Reverends hatte Wirkung gezeigt, ebenso wie die Plakate, die er überall in der Stadt aufgehängt hatte und die verkündeten, daß er »am Mittwoch abend mit dem Teufel ringen würde – denn unsere Kinder sind den Kampf wert«. Ein Plattenspieler und Lautsprecher waren vorne in der Kirche aufgebaut, und endlich schritt Reverend Blessett – mit hochrotem Gesicht und schweißnaß in einem weißen Anzug mit roséfarbenem Hemd – mit der anstößigen Scheibe aus schwarzem Vinyl in der Hand zum Podium. In der anderen Hand hielt er den Ledergriff einer Holzkiste mit kleinen Löchern an den Seiten, die er etwas abseits auf dem Boden abstellte. Dann grinste er sein Publikum an und brüllte: »Seid ihr bereit, heute abend gegen Satan zu kämpfen, Brüder und Schwestern?«

Amen! riefen sie zurück. *Amen!* und *Amen!*

Sie waren bereit, daran bestand kein Zweifel.

Reverend Blessett begann mit einer leidenschaftlichen Predigt darüber, daß die Übel der Großstadt Einzug in Zephyr hielten, daß Satan versuchte, alle jungen Leute in die Hölle hinabzuziehen, und daß die Bürger der Stadt in jeder Minute ihres Lebens gegen den Teufel ankämpfen müßten, um nicht später im Fegefeuer zu schmoren. Reverend Blessetts Gesicht schwitzte. Seine Arme ruderten durch die Luft, und er marschierte wie ein Besessener vor der versammelten Gemeinde auf und ab. Ich muß zugestehen, daß er eine wirklich gute Schau abzog, und ich war mehr als halb überzeugt, daß Satan unter meinem Bett lauerte und nur darauf wartete, daß ich im *National Geographic* eins der Bilder mit den nackten Busen aufschlug.

Er hielt im Auf-und-ab-Laufen inne und grinste uns mit seinem schwitzigen Gesicht an. Die Türen waren etwas geöffnet, doch die Hitze war erdrückend, und mein Hemd klebte schweißnaß an meiner Haut. Reverend Blessett dampfte in dem dunstigen goldenen Licht. Er hielt die Schallplatte hoch. »Ihr seid gekommen, dies zu hören«, sagte er. »Und ihr sollt es hören.«

Er schaltete den Plattenspieler ein, legte die Single auf den Teller und hielt die Nadel über die Rille. »Hört euch die Stimmen der Dämonen an«, schrie er. Dann senkte er die Nadel, und statisches Knistern krächzte aus den Lautsprechern.

Diese Stimmen. Dämonen oder Engel? Oh, diese Stimmen! *Round round get around I get around. Way out of town. I get around.*

»Habt ihr es gehört?« Er riß die Nadel hoch. »Da war es! Wie es unseren Kindern sagt, daß das Gras auf der anderen Seite des Zauns grüner ist? Daß sie nicht mehr damit zufrieden sein sollen, in ihren Heimatstädten zu leben? Es ist teuflische Wanderlust, von der sie singen!« Abermals senkte sich die Nadel. Als der Teil des Liedes kam, in dem es darum ging, einen Wagen zu haben, der noch nie geschlagen wurde, und bei den Mädchen immer alles zu erreichen, tanzte Reverend Blessett förmlich in zorniger Ekstase. »Hört ihr es? Fordert das nicht unsere Kinder auf, mit ihren Wagen Straßenrennen zu veranstalten? Fordert es sie nicht auf, sich den sorglosen *Fleischeslüsten* hinzugeben?« brüllte er höhnisch. »Stellt es euch vor, Leute! Eure Söhne und Töchter angestachelt von diesem Schund, und Satan, der uns alle

auslacht! Stellt euch vor, wie die Straßen vom roten Blut eurer Kinder in ihren zertrümmerten Flitzern überschwemmt werden! Stellt euch eure schwangeren Töchter und sexhungrigen Söhne vor! Ihr denkt, so etwas gibt es nur in den Großstädten? Ihr glaubt, in Zephyr sind wir *sicher* vor dem Fürsten der Dunkelheit? Hört euch nur etwas mehr von dieser sogenannten ›Musik‹ an, und ihr werdet wissen, wie sehr ihr euch geirrt habt!« Er ließ die Platte ein Stückchen weiterspielen. Der Klang war nicht sonderlich gut. Ich nehme an, Reverend Blessett hatte sich das Lied schon dutzendmal angehört, den Kratzern nach zu urteilen. Mir ist egal, was er sagte; die Musik erzählt von Freiheit und Glücklichsein und nicht von Autounfällen. Ich hörte das Lied anders als Reverend Blessett. Für mich war es der Klang des Sommers, ein Stückchen Himmel auf Erden; für ihn war es nur stinkender Schwefel und das hämische Lachen des Teufels. Ich begann mich zu fragen, wie denn ein Mann Gottes, der er doch war, in jedem Wort Satans Stimme hören konnte. Hatte Gott denn nicht die Kontrolle über alles, wie es in der Bibel stand? Wenn es so war, warum hatte Reverend Blessett dann solche Angst vor dem Teufel?

»Heidnischer Schund!« brüllte er, als die Beach Boys davon sangen, daß sie ihre Freundin samstags nachts nicht zu Hause lassen würden. »Sexuelle Exzesse! Gott stehe unseren Töchtern bei!«

»Der Mann«, sagte mein Vater und beugte sich zu Mom vor, »ist so verrückt wie ein einbeiniger Springfrosch.«

Während das Lied spielte, ereiferte Reverend Blessett sich weiter über die Mißachtung des Gesetzes und die Zerstörung der Familie, über Evas Sünde und die Schlange im Garten Eden. Er versprühte Speichel- und Schweißtropfen in alle Richtungen, und sein Gesicht war so rot, daß ich fürchtete, er würde an den Nähten auseinanderplatzen. »Die Beach Boys!« sagte er mit einem weiteren wütenden Hohngrinsen. »Wißt ihr, was die sind? Es sind Penner, die gutes und ehrliches Tagwerk nicht erkennen würden, selbst wenn ihr ihnen eine Hacke und fünfzig Dollar geben würdet! Sie liegen dort in Kalifornien den lieben langen Tag herum und kopulieren im Sand wie wilde Tiere! Und *das* hören sich unsere jungen Leute Tag und Nacht an? Gott stehe dieser Welt bei!«

»Amen!« rief jemand. Die Menge heizte sich langsam auf.

»Amen, Bruder!« schrie eine andere Stimme.

»Das ist erst die Spitze des Eisbergs, meine Freunde!« brüllte Reverend Blessett. Er nahm die Nadel hoch, legte die Hand flach auf die Platte, damit sie sich nicht weiterdrehen konnte, und als der Treibriemen des Plattenspielers protestierend aufheulte, suchte er nach einer Rille in der Scheibe. »Hört euch das an!« Er schaltete die Geschwindigkeit auf 78, dann senkte er die Nadel, während seine andere Hand die Platte rückwärts drehte.

In einem langgezogenen Stöhnen ertönte: *Deeteeueliismeeinerrbeere.*

»Hört ihr es? Hört ihr es?« Die Augen des Reverends funkelten triumphierend; er hatte das Geheimnis, das im Herzen der Musik verborgen lag, entschlüsselt. »Der Teufel ist meine Erdbeere! Das sagen sie! Klar und deutlich! Sie singen ein Loblied auf Satan, und es ist ihnen egal, wer es weiß! Und dieses Ding wird in dieser Minute von den Radiosendern des ganzen Landes ausgestrahlt! Es wird von unseren Kinder abgespielt, und sie erkennen nicht einmal, was sie da hören, bis es zu spät ist und es kein Zurück mehr gibt! Es ist des Teufels Werk, um ihre Seelen zu fangen!«

»Ich glaube, man hat dasselbe über den Charleston gesagt«, bemerkte Dad, zu Mom gewandt, doch seine Stimme war nur schwach in dem fiebrigen Chor der Amens.

Das ist der Gang der Welt: Die Menschen wollen das Beste glauben, doch sie sind immer bereit, das Schlimmste zu befürchten. Ich denke mir, du kannst das harmloseste Lied nehmen, das je geschrieben wurde, und darin die Stimme des Teufels hören, wenn dein Verstand dir sagt, daß du das heraushören sollst. Lieder, die etwas von der Welt und den Menschen darin erzählen – Menschen, beladen mit Sünde und Verwirrungen wie selbst die besten von uns –, können ganz besonders angeprangert werden, denn für manche ist die Wahrheit etwas Gefährliches. Ich saß in der Kirche und hörte den Reverend wüten. Ich sah sein Gesicht rot anlaufen und seine Augen funkeln und Spucke aus seinem Mund spritzen. Ich sah, daß er ein zutiefst verängstigter Mann war, und er heizte seine Gemeinde mit den glühenden Kohlen der Furcht an. Er senkte die Nadel hier und dort und spielte weitere Teile rückwärts, die für meine Ohren wie Geplapper klangen, doch die für ihn satanische Botschaften enthielten. Es kam mir in den Sinn, daß er, über diesen Plattenspieler gebeugt, eine ganze Menge Zeit verbracht haben mußte, während er die Nadel hin und her zerrte, immer auf der Suche nach einem bösen Gedanken. Ich war mir nicht sicher, ob sein wahres Anliegen nicht so sehr der Schutz der Leute war, sondern vielmehr sein Wunsch, sie zu lenken. Was das anging, war er außerordentlich erfolgreich; schon bald hatte er fast alle dazu angespornt, Amen zu schreien, wie die Cheerleader der Adams-Valley-High-School jeden Touchdown mit Jubelchören begrüßten. Dad schüttelte nur den Kopf und verschränkte die Arme, und ich glaube, Mom wußte gar nicht, was sie von dem ganzen Durcheinander halten sollte.

Dann verkündete Reverend Blessett, während Schweiß von seinem Kinn rann und seine Augen wild blitzten: »Wollen wir nun den Teufel zu seiner eigenen Melodie tanzen lassen?« Er klappte die Holzkiste auf und riß etwas heraus, das sich mit aller Kraft wehrte. Während die Beach Boys weiter säuselten, packte Reverend Blessett eine Leine und ließ das

Tier am anderen Ende einen verrückten Veitstanz zur Musik vollführen.

Es war ein kleiner Klammeraffe. Er schien ganz aus zuckenden Armen und Beinen zu bestehen, und er kreischte und spuckte vor Wut, als der Reverend seine Kette hierhin und dorthin riß. »Tanze, Luzifer!« schrie Reverend Blessett, und seine Stimme übertönte selbst die kalifornischen Teufelsanbeter. »Tanze zu deiner Musik!« Luzifer, der Gott weiß wie lange in jener winzigen Kiste eingesperrt gewesen war, schien nicht sonderlich begeistert. Das Tier fauchte und schnappte wütend ins Leere, sein Schwanz zuckte wie eine pelzige graue Peitsche, und Reverend Blessett brüllte weiter: »Tanze, Luzifer! Komm schon, tanze!«, während er den Affen am Ende seiner Leine von einer Seite auf die andere riß. Einige Leute standen von ihren Plätzen auf und begannen zu klatschen und sich in den Gängen zu winden. Eine Frau, deren Bauch so prall wie ein Sofakissen aussah, erhob sich auf ihre baumstumpfartigen Beine und stolperte schluchzend umher, während sie wie ein verlorengegangener Welpe nach Jesus rief. »Tanze, Luzifer!« schrie der Reverend. Ich glaubte, daß er jeden Augenblick beginnen würde, den Affen an seiner Leine um seinen Kopf zu schwingen wie eine Hasenpfote an einer Schlüsselkette. Ein Mann in der Reihe vor uns breitete seine Arme weit aus und begann, etwas mit *Gott* und *gelobt sei* und *vernichtet die Heiden* darin zu kreischen, und ich ertappte mich dabei, daß ich auf seinen sonnengebräunten Nacken starrte, um zu sehen, ob sich dort nicht ein außerirdisches X fand.

Die Kirche hatte sich in ein Tollhaus verwandelt. Dad griff nach Moms Hand und sagte: »Wir verschwinden hier!« Leute wanden sich und zuckten in selbstvergessener Ekstase, und dabei hatte ich die ganze Zeit gedacht, Baptisten könnten nicht tanzen.

Reverend Blessett schüttelte wütend den Affen. »Tanze, Lu-

zifer!« befahl er, während die Musik weiter laut aus den Lautsprechern dröhnte. »Zeig ihnen, was in dir steckt!«
Und dann tat Luzifer ganz unvermittelt genau das.
Der Affe kreischte und sprang, offensichtlich des Schüttelns und Zerrens leid, auf den Kopf des Reverends. Die spinnenartigen Arme und Beine wickelten sich um den Schädel des Reverends, und Reverend Blessett jaulte vor Entsetzen auf, als Luzifer seine spitzen kleinen Fänge in sein Ohr grub. Gleichzeitig zeigte Luzifer unmißverständlich, wovon genau er endgültig genug hatte, als sich aus seinem Hinterteil ein Schwall ekligen braunen Breis über den weißen Anzug des Reverends ergoß. Es war ein Anblick, der alle Verzückung und alles Reden in fremden Zungen augenblicklich verstummen ließ. Der Reverend taumelte umher und versuchte, den Affen von seinem Kopf zu schubsen, während Luzifers Gedärme seinen Anzug mit verlaufenden braunen Mustern bespritzten. Die Frau mit dem Sofakissenbauch schrie. Einige Männer in der vordersten Reihe kamen dem Reverend zu Hilfe, dessen Ohr schon ganz zerfetzt war. Als die Männer den um sich schlagenden Reverend und den kauenden Affen erreichten, wandte Luzifer, der noch ein Stück abgebissenes Ohr zwischen den Zähnen hielt, plötzlich den Kopf und sah die nach ihm ausgestreckten Hände. Er löste seinen Griff um Reverend Blessetts Schädel und sprang mit einem keckernden Kreischen über die Köpfe der Männer hinweg, die sich augenblicklich duckten und brüllten, als sich weiterer brauner Brei über sie ergoß. Die Leine fiel aus Reverend Blessetts Hand, und Luzifer war frei.
Wie sein abscheulicher Namensvetter sprang der Affe von Person zu Person, schnappte nach ihren Ohren und bespritzte ihre Kleidung. Ich weiß nicht, womit der Reverend ihn gefüttert hatte, doch es war Luzifer offenkundig nicht bekommen. Mom schrie, und Dad duckte sich, als Luzifer an uns vorbeisprang, und wir entgingen knapp seiner Fon-

täne. Luzifer sprang von der Kante einer Bankreihe ab, schwang sich an die Lampenfassung und landete dann auf dem blauen Hut einer Frau, wo er eine künstliche Nelke düngte. Dann war er schon wieder in Bewegung, Pfoten und Klauen und peitschender Schwanz, schnappende Zähne, ein Kreischen, eine Fontäne. Der Gestank von verfaulten Bananen war so stark, daß es einen umhaute. Ein mutiger Streiter des Herrn wagte den Versuch, die Leine zu greifen, doch seine Bemühungen wurden mit einem nassen, braunen Gesicht belohnt, und Luzifer stieß einen Laut wie ein Lachen aus, als der Mann, momentan geblendet, nach hinten taumelte und seine eigene Frau vor ihm floh. Luzifer grub seine Zähne in die Nase einer Frau, bestrich die Haare eines Teenagers mit brauner Brillantine und sprang von Bankreihe zu Bankreihe wie eine dämonische Miniaturausgabe von Fred Astaire.

»Fangt ihn!« brüllte Reverend Blessett und hielt sich sein blutendes Ohr. »Fangt das verdammte Vieh!«

Einem Mann gelang es, Luzifer mit einer Hand zu packen, doch er zog sie augenblicklich mit zerbissenen Knöcheln zurück. Der Affe war flink und so bösartig wie die Hölle. Die meisten waren viel zu sehr damit beschäftigt, der herabprasselnden Fontäne auszuweichen, um auch nur daran zu denken, Luzifer zu fangen. Ich lag bäuchlings auf einer Bank, und Dad und Mom kauerten im Gang. Reverend Blessett brüllte: »Die Türen! Macht die Türen zu!«

Es war eine gute Idee, doch sie kam zu spät. Luzifer war schon auf dem Weg zum Ausgang, in den Augen ein vergnügtes Funkeln. Hinter sich ließ er seine Signatur an den Wänden zurück. »Haltet ihn auf!« schrie der Reverend, doch Luzifer tanzte über die Schultern eines Mannes, sprang vom Kopf einer Frau ab und machte sich mit einem kreischenden Triumphschrei durch die offene Tür hinaus in die Nacht auf und davon.

Ein paar Männer liefen ihm nach. Alle anderen atmeten erleichtert auf, obgleich die Luft nicht zum Atmen geeignet war. Dad half Mom auf die Füße und dann zwei anderen Männern, eine ohnmächtige fette Dame aufzuheben, die wie eine gefällte Eiche umgekippt war. »Bleibt ruhig!« sagte der Reverend zitternd. »Alles ist wieder in Ordnung! Alles in Ordnung!«

Ich wunderte mich, wie ein Mann das sagen konnte, wenn sein Ohr halb abgebissen und sein weißer Anzug von oben bis unten voll Affenmist war.

Das sündige Lied, das zu hören wir uns hier versammelt hatten, war vergessen. Das schien nun im Vergleich zu dem, was geschehen war, eine unbedeutende Kleinigkeit. Die Leute begannen, ihren Schock zu überwinden, und an seine Stelle trat Entrüstung. Jemand brüllte Reverend Blessett an, daß er den Affen nicht hätte loslassen sollen, und jemand anders sagte, daß er gleich morgen früh die Rechnung von der Reinigung herüberschicken würde. Die Frau mit der zerbissenen Nase quiekte, daß sie Klage erheben würde. Die Stimmen des Protests mehrten sich, und ich sah Reverend Blessett vor ihnen zurückweichen. Alle Kraft war aus ihm herausgesogen worden. Er blickte verwirrt und elend in die Runde, genauso wie alle anderen.

Die Männer, die Luzifer hinterhergeeilt waren, kehrten schwitzend und atemlos zurück. Der Affe war auf einen Baum geklettert und verschwunden, berichteten sie. Vielleicht würde er irgendwo auftauchen, wenn es hell wurde, und sie könnten ihn dann mit einem Netz einfangen.

Leute versuchten Luzifer einzufangen, anstatt Luzifer sie. Das erschien mir äußerst merkwürdig und komisch zugleich, doch Dad verlieh dem Gedanken eine Stimme. »Träum weiter«, sagte er.

Reverend Blessett setzte sich aufs Podium. Dort blieb er, in seinem besudelten weißen Anzug, und betrachtete seine

Hände, während seine Gemeinde ihn verließ. Die Nadel des Plattenspielers tickte ... tickte ... tickte.

Wir machten uns an diesem schwülen Sommerabend auf den Weg nach Hause. Die Straßen waren ruhig, doch die Symphonie der Insekten ertönte von den Baumwipfeln. Ich stellte mir vor, wie Luzifer uns von einem dieser Bäume aus beobachtete. Wer konnte ihn wieder in seine Kiste stecken, nun, da er die Luft der Freiheit geschnuppert hatte?

Ich glaubte erneut den Gestank des brennenden Kreuzes zu riechen, der wie ein Makel über meiner Heimatstadt lag. Doch dann entschied ich, daß es nur jemand war, der Würstchen über einem offenen Feuer briet.

6
Nemos Mutter & eine Woche mit Jaybird

Der Sommer ging dahin, wie Sommer es nun einmal zu tun pflegen.

Reverend Blessett versuchte, die Front gegen die Beach Boys in Gang zu halten, doch abgesehen von ein paar Leuten, die an das *Journal* schrieben, daß der Verkauf des Liedes unterbunden werden sollte, war dem Motor des Reverends der Dampf ausgegangen. Vielleicht hatte es etwas mit den langen, geruhsamen Tagen des Juli zu tun, vielleicht aber auch mit dem Geheimnis darum, wer das Kreuz im Garten der Dame in Brand gesteckt hatte, oder die Leute hatten sich das Lied in Ruhe angehört und ihre eigene Meinung darüber gebildet. Was immer der Grund sein mochte, die Einwohner von Zephyr hatten entschieden, daß Reverend Blessetts Kampagne nichts weiter als heiße Luft war. Sie endete mit einem Knall, als Bürgermeister Swope ihn in seinem Haus aufsuchte und ihm erklärte, er sollte aufhören, die Menschen so zu erschrecken, daß sie Dämonen sahen, die nur im Kopf des Reverends existierten.

Und was Luzifer betraf, so wurde er von einem halben Dutzend Leuten beobachtet, als er sich durch die Bäume schwang. Eine Bananencremetorte, die auf dem schattigen Fenstersims am Haus von Sonia und Katharina Glass abkühlte, wurde vollkommen vernichtet, und zu jedem anderen Zeitpunkt hätte ich gesagt, daß es die Tat der Branlins war, doch die Branlins hielten sich momentan sehr zurück. Luzifer hingegen hatte sich zu höchsten Höhen aufgeschwungen. Chief Marchette und einige der freiwilligen Feuerwehrmänner unternahmen einen Versuch, Luzifer mit einem Netz einzufangen, doch der einzige Lohn für ihre Anstrengungen war eine Ladung Affenmist auf ihrer Kleidung. Luzifer verfügte offenkundig über eine große Treffsicherheit und einen steten Ausstoß, sowohl vorn als auch hinten. Dad sagte, daß dies ein ziemlich guter Verteidigungsmechanismus sei, und er lachte darüber, doch Mom machte der Gedanke, daß dieser Affe frei in unserer Stadt umherlief, krank.

Luzifer hielt sich tagsüber ziemlich bedeckt, aber manchmal, wenn es Nacht wurde, kreischte und schrie er laut genug, um die Schläfer am Poulter Hill aufzuwecken. Mehr als einmal hörte ich den Knall eines Gewehrschusses, wenn jemand, der von Luzifers Krakeelerei aus dem Schlaf aufgeschreckt worden war, versuchte, ihm eine Kugel auf seinen Pelz zu brennen. Doch Luzifer war nie da, um die Kugel in Empfang zu nehmen. Dafür weckten die Schüsse alle Hunde auf und diese wiederum mit ihrem Gebell die ganze Stadt. Aus diesem Grund verabschiedete der Stadtrat von Zephyr eine Notstandsverordnung, die das Abfeuern von Schußwaffen innerhalb der Stadtgrenzen nach acht Uhr abends untersagte. Kurz darauf lernte Luzifer, wie man mit Stöcken gegen Mülltonnen schlug, was er mit besonderer Vorliebe zwischen drei und sechs Uhr morgens tat. Er entkam einer Staude vergifteter Bananen, die Bürgermeister Swope für ihn ausgelegt hatte, und er ging nicht einmal in die Nähe einer Stolperdrahtfalle. Er fing an, sein braunes Zeichen auf frischgewaschenen Wagen zu hinterlassen, und eines Nachmittags schwang er sich aus einem Baum herab und biß ein Stück aus Mr. Hargisons Ohr, als der Briefträger auf seiner Auslieferertour war. Mr. Hargison erzählte meinem Dad davon, als er sich mit einem Verband um sein verstümmeltes Ohr für einen Mo-

ment auf unsere Veranda setzte und eine seiner plastikspitzenbewehrten Stumpen rauchte.
»Hätte den kleinen Bastard abgeknallt, wenn ich ein Gewehr bei mir gehabt hätte«, sagte Mr. Hargison. »Ist ein flinkes Kerlchen, das muß man ihm lassen. Hat mich gebissen und ist wieder davongesaust, so schnell, daß ich ihn kaum gesehen habe.« Er schüttelte den Kopf. »Ist schon ein schlimmes Zeichen, wenn man sich nicht mehr im hellen Tageslicht auf die Straße wagen kann, ohne von einem verdammten Affen überfallen zu werden.«
»Vielleicht fangen sie ihn schon bald ein«, sagte Dad.
»Vielleicht.« Mr. Hargison stieß blauen Rauch aus und schaute ihm nach. »Weißt du, was ich denke, Tom?«
»Was denn?«
»An dem Affen ist weit mehr, als man auf den ersten Blick meint, das denke ich.«
»Was willst du damit sagen?«
»Nun, denk doch mal nach. Wieso bleibt der verdammte Affe hier in Zephyr? Wieso geht er nicht rüber nach Bruton und macht da Ärger?«
»Ich weiß nicht«, antwortete Dad. »Darüber habe ich mir noch keine Gedanken gemacht.«
»Ich glaube, diese Frau hat was damit zu tun.«
»Welche Frau, Gerald?«
»Du weißt schon.« Er deutete mit dem Kopf in Richtung Bruton. »*Sie.* Die Königin da drüben.«
»Du meinst die Dame?«
»Ja. Die. Ich glaube, sie hat irgendeinen Zauber zusammengebraut und uns damit belegt, wegen des ... du weißt schon ... des Ärgers.«
»Du meinst das brennende Kreuz.«
»Ja.« Mr. Hargison rutschte in den Schatten, denn die Sonne brannte auf sein Bein. »Sie macht das mit diesem Hoodoo-Kram, so sehe ich das. Es ist schon unheimlich, daß keiner

den verdammten Affen fangen kann. Das Vieh hat die ganze Nacht wie eine Furie vor meinem Schlafzimmerfenster gekreischt, und Linda Lou hätte beinahe einen Herzanfall bekommen!«

»Daß der Affe hier herumläuft, ist Reverend Blessetts Schuld«, erinnerte ihn Dad. »Die Dame hatte nichts damit zu tun.«

»Das wissen wir aber nicht mit absoluter Sicherheit, oder?« Mr. Hargison klopfte Asche auf den Rasen, und dann kehrte die Spitze des Stumpens in seinen Mund zurück. »Wir wissen nicht, was für Kräfte sie hat. Ich sag dir, ich denke, der Klan hat die richtige Idee. Wir brauchen diese Frau hier nicht. Sie und ihre Bittschriften.«

»Ich stehe nicht auf der Seite des Klans, Gerald«, erwiderte Dad. »Ich finde keinen Gefallen daran, Kreuze in Brand zu setzen. Für meinen Geschmack ist das eine sehr feige Angelegenheit.«

Mr. Hargison murrte leise, und eine kleine Rauchwolke zwängte sich durch seine Lippen. »Ich wußte nicht mal, daß der Klan in dieser Gegend aktiv ist«, sagte er. »Doch in der letzten Zeit haben ich so ein paar Dinge gehört.«

»Was zum Beispiel?«

»Oh ... nur Gerede. In meinem Beruf hörst du eine Menge Gerede. Einige Leute hier in der Gegend denken, daß der Klan ganz schön Mut bewiesen hat, dieser Frau 'ne Warnung zukommen zu lassen. Und einige meinen, daß es höchste Zeit ist, dieser Frau zu zeigen, wo's langgeht, bevor sie unsere Stadt ruiniert.«

»Sie lebt schon sehr lange hier. Bis jetzt hat sie Zephyr noch nicht ruiniert, oder?«

»Bis vor ein paar Jahren hat sie auch ihren Mund gehalten. Nun versucht sie, Unruhe zu stiften. Farbige und Weiße im selben Schwimmbad! Und weißt du was? Bürgermeister Swope ist dumm genug, ihr zu geben, was sie will!«

»Nun«, sagte Dad, »die Zeiten ändern sich.«
»Guter Gott!« Mr. Hargison starrte meinen Vater an. »Stehst du etwa auf *ihrer* Seite, Tom?«
»Ich stehe auf niemandes Seite. Ich sage nur, daß wir keine Kampfhunde und Feuerwehrschläuche und Bombenattentate in Zephyr brauchen. Bull Connors Tage sind vorbei. Es scheint mir, daß die Zeiten sich ändern, und das ist nun mal der Gang der Welt.« Dad zuckte mit den Schultern. »Man kann die Zukunft nicht aufhalten, Gerald. So ist das nun mal.«
»Ich denke, die Jungs vom Klan sehen die Sache ein bißchen anders.«
»Vielleicht. Aber auch deren Tage sind gezählt. Haß erzeugt nur neuen Haß.«
Mr. Hargison saß eine Weile schweigend da. Er blickte auf die Dächer von Bruton, doch was er dort sah, war schwer zu sagen. Schließlich stand er auf, nahm seine Posttasche und hängte sie sich über die Schulter. »Du warst immer so ein verständiger Mann«, sagte er, und dann machte er sich auf den Rückweg zu seinem Lieferwagen.
»Gerald! Warte einen Moment! Komm zurück, ja?« rief Dad, doch Mr. Hargison ging einfach weiter. Mein Vater und Mr. Hargison hatten im selben Jahrgang ihren Abschluß an der Adams-Valley-High-School gemacht, und obwohl sie keine engen Freunde waren, waren sie doch gemeinsam auf den Pfaden der Jugend gewandelt. Dad hatte mir erzählt, daß Mr. Hargison früher Quarterback der Footballmannschaft war und daß sein Name auf einer silbernen Plakette an der Ehrentafel der High-School stand. »He, Big Bear!« rief Dad Mr. Hargison mit seinem High-School-Spitznamen, doch Mr. Hargison schnippte seinen Stumpenstummel in den Rinnstein und fuhr davon.
Mein Geburtstag kam. Ich hatte Davy Ray, Ben und Johnny zu Eiscreme und Kuchen zu mir eingeladen. Auf dem Ku-

chen brannten zwölf Kerzen. Und irgendwann während des Kuchenessens stellte mein Dad mein Geburtstagsgeschenk auf den Schreibtisch in meinem Zimmer.
Bevor ich es fand, mußte Johnny nach Hause. Sein Kopf tat ihm noch immer manchmal weh, und es überkamen ihn Ohnmachtsanfälle. Er hatte mir zwei tolle weiße Pfeilspitzen für meine Sammlung mitgebracht. Von Davy Ray hatte ich ein Revell-Modell der Mumie bekommen, und Bens Geschenk war ein ganzer Beutel voll kleiner Plastikdinosaurier.
Doch auf meinem Schreibtisch, mit einem sauberen weißen Blatt in der Walze, stand eine Royal-Schreibmaschine, so grau wie ein Schlachtschiff.
Sie hatte schon einiges hinter sich. Die Tasten waren abgenutzt, und auf der Seite war Ö.B.Z. eingeritzt worden. Die Öffentliche Bibliothek Zephyr hatte, wie ich später erfuhr, einen Teil ihrer alten Arbeitsgeräte verkauft. Die E-Taste klemmte, und dem kleinen i fehlte der Punkt. Doch ich saß in der dunkler werdenden Abenddämmerung meines Geburtstags an meinem Schreibtisch, schob meine Dose voller Ticonderoga-Bleistifte beiseite und tippte mit klopfendem Herzen und höchster Konzentration meinen Namen auf das Papier.
Ich war in das Technologie-Zeitalter eingetreten.
Schon bald erkannte ich, daß das Tippen keine leichte Aufgabe sein würde. Meine Finger waren widerspenstig. Ich würde sie erst gefügig machen müssen. Ich übte und übte, noch lange nachdem es Nacht geworden war und Mom mir gesagt hatte, daß ich schlafen gehen sollte. `COERY JAT MACKEMAON. DAVY RSX CALKAN. JIHNMY QUL-SON. BEM SEARS. REBELL. OLF MOSES. DIE DAMR. BRENNEMDES KREUT. BRAMKINS. GRÜNE FEDRE. ZEPHXR. ZEPHAR. ZEPHYR.`
Ich hatte noch ein ganzes Stück Arbeit vor mir, doch ich spürte die Erregung der Cowboyhelden, tapferen Indianer,

Kampftruppen, Detektivlegionen und Monstertruppen in mir, die nur darauf warteten, geboren zu werden.
Eines Nachmittags fuhr ich mit Rakete umher und freute mich an dem Dunst, der nach einem kurzen Regenschauer aufstieg, als ich mich plötzlich in der Nähe des Hauses wiederfand, in dem Nemo Curliss lebte. Er war im Vorgarten, eine kleine Gestalt, die einen Baseball hoch in die Luft warf und wieder auffing. Ich stellte Rakete sorgfältig auf den Ständer und bot ihm an, ihm ein paar Bälle zuzuwerfen. Doch eigentlich wollte ich nur noch einmal Gelegenheit haben, Nemo in Aktion zu sehen. Ein Junge mit einem perfekten Wurfarm, egal wie mickrig dieser Arm auch aussehen mochte, war zweifellos von Gott gesegnet. Schon bald ermutigte ich Nemo, auf das Astloch einer Eiche auf der anderen Straßenseite zu zielen, und als er den Ball nicht nur einmal, sondern gleich dreimal hintereinander mitten hinein zischen ließ, so daß er dort steckenblieb, wäre ich beinahe auf die Knie gesunken und hätte ihn angebetet.
Dann öffnete sich die Vordertür unter dem Klingeln kleiner Glöckchen, und seine Mutter trat heraus auf die Veranda. Ich sah Nemos Augen erschrocken hinter seinen Brillengläsern blinzeln, als bekäme er gleich eine Ohrfeige versetzt. »Nemo!« rief sie mit einer Stimme, die mich an die stechende Wespe erinnerte. »Ich hab dir doch gesagt, du sollst nicht mit dem Ball werfen, oder? Ich habe dich vom Fenster aus beobachtet, junger Mann!«
Nemos Mutter kam die Verandastufen herunter und näherte sich uns wie eine Sturmfront. Sie hatte langes, brünettes Haar, und vielleicht war sie einmal hübsch gewesen, doch nun lag etwas Hartes in ihren Zügen. Sie hatte stechende braune Augen, von deren Winkeln sich tiefe Krähenfüße ausbreiteten, und ihr dick aufgetragenes Make-up schimmerte orangefarben. Sie trug enge Hosen, die bis zur Wade reichten, eine weiße Bluse mit großen roten Tupfen, und

ihre Hände steckten in gelben Gummihandschuhen. Ihr Mund war blutrot angemalt, was ich sonderbar fand. Sie hatte sich richtig herausgeputzt für die Hausarbeit. »Warte nur, bis dein Vater davon erfährt!« sagte sie.

Wovon erfährt? fragte ich mich. Nemo spielte doch nur draußen.

»Ich bin nicht hingefallen«, sagte Nemo.

»Aber du hättest hinfallen *können*!« gab seine Mutter zurück. »Du weißt, wie zart du bist! Wenn du dir einen Knochen brichst, was sollen wir dann machen? Wie sollen wir dafür bezahlen? Ich schwöre, du bist nicht ganz richtig im Kopf!« Ihre Augen schwenkten zu mir wie die Suchscheinwerfer eines Gefängnisses. »Wer bist *du*?«

»Cory isch mein Freund«, erklärte Nemo.

»Freund. Aha.« Mrs. Curliss musterte mich von Kopf bis Fuß. Die Art, wie sie den Mund verzog und ihre Nase rümpfte, sagte mir, daß sie es durchaus für möglich hielt, daß ich Lepra hatte. »Cory was?«

»Mackenson.«

»Hat dein Vater Hemden bei uns gekauft?«

»Nein, Ma'am.«

»Freund«, wiederholte sie, und ihr bohrender Blick kehrte zu Nemo zurück. »Ich hab dir doch gesagt, du sollst hier draußen mit der Hitze aufpassen, oder? Ich hab dir doch gesagt, daß du nicht mit dem Ball werfen sollst, oder?«

»Mir isscht nicht sschu heissch. Ich hab nur ...«

»Nicht gehorcht«, schnitt sie ihm das Wort ab. »Mein Gott, es muß doch etwas Ordnung in dieser Familie geben! Es muß ein paar *Regeln* geben! Dein Vater ist den ganzen Tag unterwegs, und wenn er nach Hause kommt, dann hat er mehr Geld ausgegeben, als er verdient hat, und du versuchst hier draußen, dir Arme und Beine zu brechen und mir noch mehr Sorgen zu machen!« Die Knochen schienen sich gegen das straffe Fleisch ihres Gesichts

zu pressen, und ihre Augen funkelten böse. »Weißt du denn nicht, daß du *kränklich* bist?« fragte sie barsch. »Weißt du denn nicht, daß deine Handgelenke in einem scharfen Windzug brechen können?«
»Mit mir isscht allessch in Ordnung, Momma«, erwiderte Nemo. Seine Stimme war schwach. Schweißperlen glitzerten in seinem Nacken. »Ehrlich.«
»Das würdest du doch sagen, bis du mit einem Hitzschlag umkippst, oder? Und dann fällst du hin und schlägst dir die Zähne aus, und würde dann der Vater deines guten Freundes die Zahnarztrechnung zahlen?« Abermals funkelte sie mich böse an. »Trägt denn keiner in dieser Stadt anständige Hemden? Trägt denn niemand schöne maßgeschneiderte weiße Hemden?«
»Nein, Ma'am«, mußte ich in aller Ehrlichkeit erwidern. »Ich glaube nicht.«
»Na, ist das nicht einfach *toll*?« Sie grinste, doch es lag kein Humor darin. Ihr Grinsen war so sengend wie die Sonne und schrecklich anzuschauen. »Ist das denn nicht wirklich *zivilisiert*?« Sie packte Nemo mit einer ihrer gelben Gummihandschuh-Hände. »Geh ins Haus!« befahl sie ihm. »Auf der Stelle!« Sie begann, ihn zur Veranda zu zerren, und er blickte mit einer Mischung aus Sehnsucht und Bedauern zu mir zurück.
Ich mußte die Frage stellen. Ich mußte einfach. »Mrs. Curliss? Wieso lassen Sie Nemo nicht in der Jugendmannschaft spielen?«
Ich dachte einen Augenblick, sie würde einfach ohne Antwort weitergehen. Doch plötzlich blieb sie kurz vor den Verandastufen stehen und wirbelte herum, und ihre Augen waren wütende kleine Schlitze. »Was hast du gesagt?«
»Ich ... habe gefragt ... warum Sie Nemo nicht in der Jugendmannschaft spielen lassen. Ich meine ... er hat einen perfekten Wurf ...«

»Mein Junge ist sehr zart, falls es dir noch nicht aufgefallen ist! Weißt du, was das Wort bedeutet?« Sie marschierte weiter, bevor ich es bejahen konnte. »Es bedeutet, daß er schwache Knochen hat! Es bedeutet, daß er nicht rennen und herumtollen kann wie andere Jungs! Es bedeutet, er ist kein *Wilder*!«

»Ja, Ma'am, aber ...«

»Nemo ist nicht wie der Rest von euch! Er ist kein Mitglied eures Stamms, verstehst du das? Er ist ein kultivierter Junge, und er schmeißt sich nicht hin und wälzt sich im Dreck wie ein wildes Tier!«

»Ich ... dachte nur, er würde vielleicht gern ...«

»Hör mir mal gut zu!« sagte sie, und ihre Stimme wurde laut. »Steh hier nicht auf meinem Rasen rum und erzähl mir, was gut oder schlecht für meinen Jungen ist! Du bist nicht vor Sorge halb wahnsinnig geworden, als er drei Jahre alt war und beinahe an Lungenentzündung gestorben wäre! Und wo war sein Vater? Sein Vater war unterwegs und hat versucht, genug Hemden zu verkaufen, damit wir nicht Pleite gehen! Aber wir haben das Haus verloren, das hübsche Haus mit den Blumenkästen, wir haben das Haus trotzdem verloren! Und hat uns irgend jemand geholfen? Hat uns irgendeiner von diesen eifrigen Kirchgängern geholfen? Nicht einer! Also haben wir das Haus verloren, in dessen Garten mein niedlicher Hund begraben liegt!« Ihr Gesicht schien einen winzigen Augenblick lang zu Scherben zu zerfallen, und hinter der dünnen Maske des Zorns trat herzzerreißende Furcht und Traurigkeit zutage. Ihre Hand ließ Nemos Schulter nicht los. Dann fügte sich die Maske wieder zusammen, und Mrs. Curliss schnaubte verächtlich. »Oh, ich kenne die Art von Jungen, wie du einer bist! Ich habe genug von euch gesehen, in jeder Stadt, in der wir lebten! Ihr wollt meinem Sohn nur weh tun und ihn hinter seinem Rücken auslachen! Ihr wollt sehen, wie er hinfällt und sich die Knie aufschürft, und ihr wollt sein Lispeln hören, weil ihr es komisch findet! Nun, du kannst dir jemand anderen zum Hänseln suchen, denn mein Sohn wird nichts mit dir zu tun haben!«

»Ich will ihn nicht hän ...«

»Geh ins Haus!« schrie sie Nemo an und schubste ihn die Stufen hinauf.

»Ich mussch gehen!« rief Nemo mir zu, in einem verzweifelten Versuch, seine Würde zu wahren. »Tut mir leid!«

Die Fliegentür knallte hinter ihnen zu. Die innere Tür schloß sich ebenfalls mit einem endgültigen *Bumm.*

Die Vögel zwitscherten blöd weiter in ihrer Fröhlichkeit. Ich stand auf dem grünen Gras, mein Schatten wie ein langgezogener Brandfleck. Ich sah, wie sich die Rollos der vorderen Fenster schlossen. Es gab nichts mehr zu sagen, nichts mehr zu tun. Ich wandte mich um, stieg auf Rakete und radelte nach Hause.

Auf jenem Weg zu unserem Haus, während mir die mit Sommerdüften erfüllte Luft ins Gesicht wehte und kleine Insekten im Fahrtwind hinter mir umherwirbelten, erkannte ich, daß nicht alle Gefängnisse Gebäude aus grauem Stein waren, eingefaßt von Wachtürmen und Stacheldraht. Manche Gefängnisse waren Häuser, deren geschlossene Rollos kein Sonnenlicht einließen. Manche Gefängnisse waren Käfige aus schwachen Knochen, und manche Käfige hatten Gitterstäbe aus großen roten Tupfen. In der Tat vermochte man nicht zu erkennen, was ein Gefängnis war, bis man einen Blick auf das erhascht hatte, was in seinem Innern gefesselt und gefangen war. Ich dachte gerade darüber nach, als Rakete plötzlich zur Seite schwenkte und haarscharf an Vernon Thaxter vorbeizog, der auf dem Bürgersteig entlangging. Ich dachte bei mir, daß selbst Raketes goldenes Auge geblinzelt hatte beim Anblick Vernons, der im Sonnenschein umherspazierte.

Der Juli verging wie ein Mittsommernachtstraum. Ich verbrachte die Tage, indem ich »viel von nichts« tat, wie man es in meiner Heimatstadt nannte. Johnny Wilson erholte sich, seine Schwindelanfälle ließen nach, und er durfte Ben, Davy Ray und mich auf unseren Streifzügen durch die Stadt begleiten. Trotzdem mußte er noch immer sehr vorsichtig sein, denn Dr. Parrish hatte Johnnys Eltern erklärt, daß man eine Kopfverletzung lange unter Beobachtung behalten mußte. Johnny selbst war genauso ruhig und reserviert wie sonst, doch ich bemerkte, daß er etwas langsamer geworden war. Er war auf seinem Fahrrad immer der Nachzügler, sogar noch langsamer als der pummelige Ben. Er schien gealtert zu sein seit dem Tag, als die Branlins ihn bewußtlos geprügelt hatten; er schien sich von uns entfernt zu haben, auf eine Art, die nur schwer zu erklären ist. Ich denke, das war deswegen so, weil er von der bitteren Frucht des Schmerzes gekostet hatte, und etwas von der magischen, sorglosen Lebenssicht, die Kinder von Erwachsenen trennt, war von ihm abgefallen, war auf immer verloren, egal wie sehr er sich in die Pedale seines Rades stemmte, um sie einzuholen. Johnny hatte in jenem frühen Alter in das schwarze Loch des Todes geblickt und gesehen – viel deutlicher, als es sonst einer von uns vermochte –, daß die Sommersonne eines Tages nicht mehr seinen Schatten zeichnen würde.

Wir sprachen über den Tod, als wir im frischen Luftzug des Kühlhauses saßen und auf die rasselnden Lungen der eisigen Maschinen im Innern lauschten. Unsere Unterhaltung begann damit, daß Davy Ray uns erzählte, daß sein Vater am Tag zuvor eine Katze überfahren hatte, und als sie nach Hause kamen, waren Teile der Katzengedärme über den ganzen rechten Vorderreifen verschmiert. Hunde und Katzen, so kamen wir überein, hatten ihre eigenen Arten von Himmel. Gab es auch eine Hölle für sie? fragten wir uns. Nein, sagte Ben, denn sie sündigen nicht. Doch was geschieht, wenn ein Hund durchdreht und jemanden tötet und eingeschläfert werden muß? fragte Davy Ray. Wäre das nicht eine Sünde, für die man in die Hölle käme? Auf diese Frage hatten wir natürlich nur weitere Fragen.

»Manchmal«, sagte Johnny, der mit dem Rücken gegen einen Baum gelehnt dasaß, »hole ich meine Pfeilspitzen hervor und schaue sie an und frage mich, wer sie wohl gemacht hat. Ich frage mich, ob ihre Geister immer noch umherziehen und versuchen, den Ort zu finden, wo der Pfeil zu Boden ging.«

»Nee!« wies Ben ihn zurecht. »Es gibt keine Geister! Oder, Cory?«

Ich zuckte mit den Schultern. Ich hatte den Jungs nichts von Midnight Mona erzählt. Wenn sie mir nicht glaubten, daß ich den Besenstiel in Old Moses' Schlund gerammt hatte, wie sollten sie dann an einen Geisterwagen und -fahrer glauben?

»Dad sagt, Snowdown ist ein Geist«, meinte Davy. »Er sagt, ihn kann deshalb keiner erschießen, weil er schon tot ist.«

»Es gibt keine Geister«, beharrte Ben. »Und es gibt auch keinen Snowdown.«

»Doch, den gibt es!« Davy war bereit, die Überzeugungen seines Vaters zu verteidigen. »Mein Dad sagt, Großvater hat ihn einmal gesehen, als er ein kleiner Junge war! Und erst im letzten Jahr hat Dad gesagt, daß ein Typ in der Papierfabrik einen Typen kennt, der ihn gesehen hat! Er sagt, Snowdown stand einfach plötzlich im Wald, so groß wie ein Haus! Er sagt, der Typ hat auf ihn geschossen, doch Snowdown lief weg, bevor die Kugel ihn erreichte, und dann war er verschwunden!«

»Gibt. Es. Nicht«, sagte Ben.

»Gibt es doch!«

»Gibt es nicht!«

»Gibt es doch!«
»Gibt es nicht!«
Diese Art von Unterhaltung konnte den ganzen Nachmittag andauern. Ich hob einen Kiefernzapfen auf und warf ihn Ben auf den Bauch, und nachdem Ben entrüstet aufgeheult hatte, lachten wir alle. Snowdown war eine Hoffnung und ein Mysterium für Zephyrs Jägergemeinde. In den tiefen Wäldern zwischen Zephyr und Union Town, so besagte die Legende, lebte ein riesiger weißer Hirsch mit einem Geweih so groß und verschlungen, daß man daran schaukeln konnte wie an den Ästen einer Eiche. Snowdown wurde für gewöhnlich mindestens einmal pro Jagdsaison von einem Jäger gesichtet, der schwor, der Hirsch sei in die Luft gesprungen und im Laubwerk seines Königreichs verschwunden. Männer mit Gewehren zogen aus, um Snowdown aufzuspüren, und wenn sie zurückkehrten, berichteten sie jedesmal, Abdrücke von riesigen Hufen und vernarbte Stellen an Bäumen gefunden zu haben, wo Snowdown das Geweih gerieben hatte, doch der weiße Hirsch war einfach nicht zur Strecke zu bringen. Ich denke, wenn tatsächlich ein gigantischer weißer Hirsch die dunklen Wälder durchstreifte, so würde ihn kein Jäger wirklich erschießen wollen, denn für sie war Snowdown ein Symbol für alles Geheimnisvolle und Unerreichbare im Leben. Es war Snowdown, der jenseits der Undurchdringlichkeit der Wälder, auf der nächsten herbstverfärbten Lichtung wartete. Snowdown war die ewige Jugend, ein Bindeglied zwischen Großvater, Vater und Sohn, die große Erwartung zukünftiger Jagden, eine Ungezügeltheit und Freiheit, die sich nicht einfangen ließ. Mein Dad war kein Jäger, also war ich nicht in die Legende eingebunden wie Davy Ray, dessen Vater in der ersten frostigen Dämmerung der Saison mit seinem Remington auszog.
»Mein Dad wird mich dieses Jahr mitnehmen«, sagte Davy Ray. »Er hat es versprochen. Und euch wird das Lachen im

Hals steckenbleiben, wenn wir mit Snowdown aus den Wäldern zurückkommen.«

Ich bezweifelte, daß Davy Ray oder sein Vater abdrücken würde, wenn einer von ihnen Snowdown zu Gesicht bekam. Davy hatte ein kleines Gewehr, wie man es Jungen gab, mit dem er manchmal auf Eichhörnchen schoß, doch er hatte noch nie etwas getroffen.

Ben kaute auf einem Grashalm und hielt seinen hochgereckten Hals in die eisige Brise des Kühlhauses. »Eins würde ich wirklich gern wissen«, sagte er. »Wer ist der Tote auf dem Grund von Saxon's Lake?«

Ich zog meine Knie an die Brust und betrachtete zwei Raben, die über uns kreisten.

»Ist es nicht *unheimlich*?« fragte Ben mich. »Daß dein Dad den Typen hat untergehen sehen, und nun ist der Typ dort auf dem Grund in seinem Wagen, und Algen wachsen aus seinem Körper und die Schildkröten knabbern ihn an?«

»Ich weiß nicht«, erwiderte ich.

»Du denkst darüber nach, nicht wahr? Ich meine, du warst *dort*.«

»Ja. Manchmal denke ich daran.« Ich erzählte ihm nicht, daß kaum ein Tag verging, an dem ich mich nicht daran erinnerte, wie das Auto vor dem Milchwagen vorbeischoß, oder wie mein Dad ins Wasser sprang, oder an die Gestalt, die ich am Waldrand gesehen hatte, oder an den Mann mit der grünen Feder am Hut und einem Messer in seiner Hand.

»Ganz schön gruselig«, sagte Davy Ray. »Wieso kannte niemand den Typen? Wieso hat ihn niemand vermißt?«

»Weil er nicht aus dieser Gegend war«, bemerkte Johnny.

»Daran hat der Sheriff schon gedacht«, sagte ich. »Er hat auch in anderen Bezirken nachgefragt.«

»Ja«, fuhr Ben fort, »aber er hat nicht überall nachgefragt, oder? Er hat nicht in Kalifornien oder Alaska angerufen, oder?«

»Was sollte ein Typ aus Kalifornien oder Alaska denn hier in Zephyr machen, du Idiot?« forderte Davy Ray ihn heraus.
»Wäre doch möglich! Du hast die Weisheit auch nicht gepachtet, Mr. Klugscheißer!«
»Aber ich erkenne einen großen Idioten, wenn ich einen sehe!«
Ben wollte gerade eine bissige Antwort geben, doch Johnny kam ihm zuvor: »Vielleicht war er ein Spion«, und das ließ Ben verstummen.
»Ein Spion?« fragte ich. »Hier gibt es doch nichts zu spionieren!«
»Gibt es doch. Der Robbins-Luftwaffenstützpunkt.« Johnny begann systematisch mit seinen Knöcheln zu knacken. »Vielleicht war er ein russischer Spion. Vielleicht hat er beobachtet, wie die Flugzeuge Bomben abwerfen, oder vielleicht geht da drüben auch etwas vor, von dem niemand etwas wissen darf.«
Stille breitete sich aus. Ein russischer Spion, der in Zephyr ermordet wurde. Der Gedanke ließ uns allen einen wohligen Schauder den Rücken hinunterlaufen.
»Und wer hat ihn dann umgebracht?« fragte Davy Ray. »Ein anderer Spion?«
»Vielleicht.« Johnny dachte einen Moment darüber nach, den Kopf leicht zur Seite gelegt. Das Lid seines linken Auges hatte zu zucken begonnen, ein anderes Überbleibsel seiner Verletzung. »Oder vielleicht«, sagte er, »ist der Typ auf dem Grund von Saxon's Lake ein amerikanischer Spion, und ein russischer Spion hat ihn umgebracht, weil der tote Typ ihn entdeckt hatte.«
»O ja!« lachte Ben. »Also ist jemand hier in der Gegend ein russischer Spion?«
»Vielleicht«, meinte Johnny, und Ben hörte auf zu lachen. Johnny schaute mich an. »Dein Dad sagt, der Typ war splitternackt, stimmt's?« Ich nickte. »Weißt du, was der Grund

dafür sein könnte?« Ich schüttelte verneinend den Kopf. »Weil«, fuhr Johnny fort, »der Mörder clever genug war, dem Toten die Sachen auszuziehen, damit nichts an die Oberfläche treiben kann. Und wer immer ihn umgebracht hat, muß aus dieser Gegend stammen, denn er wußte, wie tief der See ist. Und der Tote kannte ein Geheimnis.«

»Ein Geheimnis?« Davy Ray war nun ganz Ohr. »Was zum Beispiel?«

»Ich weiß nicht«, erwiderte Johnny. »Ein Geheimnis halt.« Seine dunklen Indianeraugen wandten sich wieder mir zu. »Hat dein Dad nicht gesagt, daß der Typ ganz übel zugerichtet war, so als hätte ihn jemand in die Mangel genommen? Wieso hat ihn der Mörder zuerst so zusammengeschlagen?«

»Wieso denn?« fragte ich.

»Weil der Killer ihn zum Reden bringen wollte, deshalb. Genau wie in den Filmen, wenn der Böse den Guten an einen Stuhl fesselt und einen Geheimcode herausbekommen will.«

»Was für einen Geheimcode?« fragte Davy Ray.

»Das ist doch nur ein Beispiel«, erklärte Johnny. »Aber ich denke, wenn ein Kerl jemanden umbringen will, dann schlägt er ihn nicht ohne Grund vorher zusammen.«

»Ja, doch vielleicht ist dieser Typ einfach totgeprügelt worden«, sagte Ben.

»Nein«, entgegnete ich. »Da war ein Draht um seinen Hals, mit dem er erdrosselt wurde. Wenn man ihn totgeprügelt hätte, wieso hätte man ihn dann noch erdrosseln sollen?«

»Mann!« Ben rupfte einen Grashalm aus und kaute daran. Über uns flatterten die beiden Raben umher und krächzten. »Ein Mörder, hier bei uns in Zephyr! Vielleicht sogar ein russischer Spion!« Unvermittelt hörte er auf zu kauen. »He«, sagte er und blinzelte, als ein neuer Gedanke ihn wie ein Blitz traf. »Was sollte ihn davon abhalten, wieder zu töten?«

Ich entschied, daß es nun an der Zeit war. Ich räusperte mich und begann, meinen Freunden von der Gestalt zu erzählen, die ich gesehen hatte, und von der grünen Feder und von dem Mann mit der grünen Feder am Hut. »Ich konnte sein Gesicht nicht sehen«, sagte ich, »aber diesen Hut und die Feder, und ich sah, wie er ein Messer aus dem Mantel zog. Ich dachte, er wollte sich von hinten an meinen Dad heranschleichen und ihn erstechen. Vielleicht hat er es versucht, aber hat es dann mit der Angst bekommen, daß man ihn erwischt. Vielleicht ist er wütend, weil mein Dad gesehen hat, wie der Wagen unterging, und es Sheriff Amory erzählt hat. Vielleicht hat er auch bemerkt, daß *ich* zu ihm hinübergeschaut habe. Aber ich konnte sein Gesicht nicht sehen. Nicht das kleinste bißchen davon.«

Als ich fertig war, waren sie eine Weile mucksmäuschenstill. Dann ergriff Ben das Wort: »Warum hast du uns nicht schon früher davon erzählt? Wolltest du es vor uns geheimhalten?«

»Ich wollte es euch erzählen, doch nach der Sache mit Old Moses ...«

»Fang bloß nicht wieder mit *dem* Mist an!« warnte Davy Ray.

»Ich weiß nicht, wer der Mann mit der grünen Feder am Hut ist«, sagte ich. »Es könnte jeder sein. Selbst ... jemand, den wir richtig gut kennen, jemand, von dem man nie glauben würde, daß er zu so etwas fähig wäre. Dad sagt, daß man Menschen nie wirklich ins Herz schauen kann und daß jeder etwas in sich trägt, das er nicht zeigt. Also könnte es jeder sein.«

Ganz aufgeregt aufgrund dieser neuen Information, stürzten sich meine Freunde in die Rolle von Detektiven. Sie stimmten zu, nach dem Mann mit der grünen Feder am Hut Ausschau zu halten, doch wir kamen überein, niemandem davon zu erzählen, auch nicht unseren Eltern, damit nicht einer von ihnen es unwissentlich dem Mörder gegenüber ausplauderte. Ich fühlte mich besser, nun, da ich mir diese Last von der Seele geredet hatte, doch ich war noch immer besorgt. Wer war der Mann, den Donny Blaylock nach Aussage von Mr. Dollar getötet hatte? Und was hatte es mit der Klaviermusik in dem Traum auf sich, von dem die Dame meiner Mutter erzählt hatte? Dad weigerte sich weiterhin, die Dame zu besuchen, und ich hörte ihn noch immer manchmal im Schlaf aufschreien. Und so wußte ich, daß, obgleich dieser schreckliche Morgen lange hinter uns lag, die Erinnerung daran – und an das, was er mit Handschellen an das Lenkrad gekettet gesehen hatte – nicht aufgehört hatte, ihn zu verfolgen. Wenn Dad noch manchmal draußen an Saxon's Lake spazierenging, dann sagte er es mir nicht, doch ich vermutete, daß es so war, denn mehr als einmal hatte er sich nachmittags verkrusteten roten Schlamm an den Verandastufen von den Schuhen gekratzt.

Der August kam auf einer Welle schwüler Hitze. Eines Morgens fiel mir beim Aufwachen siedendheiß ein, daß ich in wenigen Tagen eine Woche bei Großvater Jaybird verbringen würde, und ich zog mir augenblicklich die Decke über den Kopf.

Doch die Uhr ließ sich nicht zurückstellen. Die Monster an meinen Wänden konnten mir nicht helfen. Jeden Sommer verbrachte ich eine Woche bei Großvater Jaybird und Großmutter Sarah, ob ich nun wollte oder nicht. Großvater Jaybird verlangte es. Während ich mehrere Wochenenden über das Jahr verteilt bei Großvater Austin und Großmutter Alice verbrachte, war der Besuch bei Großvater Jaybird ein einmaliges jährliches Zusammentreffen voller unberechenbarer und bizarrer Erlebnisse.

In diesem Jahr jedoch war ich entschlossen, einen Handel mit meinen Eltern abzuschließen. Wenn ich zu diesem Farmhaus gehen mußte, wo Großvater Jaybird mir jeden Morgen um fünf die Decke wegzog, damit ich um sechs draußen zum Rasenmähen war, durfte ich dann wenigstens zusammen mit Davy Ray, Ben und Johnny eine Nacht draußen campieren? Dad sagte, er würde es sich überlegen, und das war das beste, was ich mir erhoffen konnte. Und so kam es, daß ich mich für eine Woche von Rebell verabschiedete, Dad und Mom mich und meinen Koffer von Zephyr aufs Land hinausfuhren und Dad in einen holprigen Feldweg einbog, der durch ein Maisfeld hindurch zum Haus meiner Großeltern führte.

Großmutter Sarah war eine herzensgute Frau, daran bestand kein Zweifel. Ich nehme an, daß Jaybird in seiner Jugend ein Tunichtgut gewesen war, voller Schmiß und Lebenskraft und bodenständigem Charme. Mit jedem Jahr hatte sich jedoch eine Schraube mehr gelockert. Dad sprach es ganz offen aus: Jaybird war übergeschnappt. Mom sagte, er sei »exzentrisch«. Ich sage, er war ein dummer, bösartiger Mann, der glaubte, die Welt würde sich nur um ihn drehen, doch ich muß auch dies einräumen: Wenn Jaybird nicht gewesen wäre, hätte ich nie meine erste Geschichte geschrieben.

Ich habe nie erlebt, daß Großvater sich zu einer Freundlichkeit hätte hinreißen lassen. Ich habe ihn nie wohlwollend von seiner Frau oder seinem Sohn sprechen hören. Ich habe mich in seiner Nähe nie als etwas anderes als einen – glücklicherweise nur zeitweiligen – Besitz gefühlt. Seine Launen waren so wechselhaft wie die Gesichter des Mondes. Doch er war ein geborener Geschichtenerzähler, und wenn er seinen Verstand auf Geschichten von Spukhäusern, von Vogelscheuchen, die von Dämonen besessenen waren, von indianischen Grabstätten und Geisterhunden konzentrierte, blieb

dir keine andere Wahl, als ihm willentlich zu folgen, wo immer er dich hinführte.
Man könnte sagen, daß das Makabre sein Reich war. Er wußte viel über Gräber und wenig über das Leben, denn er war nie über die vierte Klasse hinausgekommen. Manchmal fragte ich mich, wie wohl mein Dad zu dem wurde, was er war, nachdem er siebzehn Jahre in Jaybirds Schatten gelebt hatte. Wie ich allerdings schon gesagt habe, fing mein Großvater erst richtig an überzuschnappen, nachdem ich schon geboren war, und ich denke, daß es intelligente Gene auf der Familienseite meiner Großmutter gab. Ich wußte nie, was in jener Woche des Leidens geschehen mochte, doch ich wußte, daß es ein Erlebnis sein würde.
Das Haus war gemütlich, doch nichts wirklich Besonderes. Das Land darum herum bestand, mit Ausnahme des verkümmerten Maisfelds, eines Gartens und einer kleinen Rasenfläche, zum größten Teil aus Wald; dies war der Ort, an dem Jaybird seine Beute aufspürte. Als wir eintrafen, war Großmutter Sarah überglücklich, uns zu sehen, und führte uns sofort ins Wohnzimmer, wo elektrische Ventilatoren die Hitze zu mildern versuchten. Dann hatte Jaybird, gekleidet in einen Overall, seinen Auftritt. In den Händen trug er ein großes Glasgefäß, das bis an den Rand mit einer goldenen Flüssigkeit gefüllt war, die er freudestrahlend als Geißblattee identifizierte. »Hab zwei Wochen daran gebraut«, sagte er. »Um sie aufzuweichen, versteht ihr.« Er hatte für jeden von uns einen Steinkrug bereit. »Nehmt einen Schluck!«
Ich muß gestehen, daß es sehr gut schmeckte. Jeder außer Jaybird nahm sich ein zweites Glas davon. Vielleicht wußte er um die durchschlagende Wirkung des Zeugs. Zwölf Stunden später hockte ich auf dem Klo, mit einem Gefühl, als würden all meine Gedärme und Innereien aus mir herausfließen, und zu Hause erging es Dad und Mom nicht besser. Großmutter Sarah, die mittlerweile zweifellos an solche Ge-

bräue gewöhnt war, schlief wie ein Bär durch die ganze widerliche Episode, außer daß sie mitten in der Nacht im Schlaf einen schrillen, heulenden Laut ausstieß, der einem die Haare zu Berge stehen ließ.

Jedenfalls war es bald an der Zeit, daß Dad und Mom sich wieder auf den Rückweg nach Zephyr machten. Ich spürte, wie mein Gesicht sich verzog, und ich muß wie ein verletzter Welpe ausgesehen haben, denn Mom legte auf der Veranda ihren Arm um mich und sagte: »Es wird schon alles gut werden. Ruf mich heut abend an, ja?«

»Das werde ich«, schwor ich, und ich schaute ihnen hinterher, als sie davonfuhren. Der Staub senkte sich auf die braunen Maishalme. Es ist nur eine Woche, dachte ich bei mir. Eine Woche würde schon nicht so schlimm werden.

»He, Cory!« rief mich Jaybird aus seinem Schaukelstuhl. Er grinste, was immer ein schlechtes Zeichen war. »Hab einen Witz für dich! Ein Mann kommt in ein Restaurant. Er hat nichts weiter an als eine Krawatte und eine Melone auf dem Kopf, und in der Hand hält er einen Regenschirm. Der Ober erklärt ihm, daß er seinen Hut und Regenschirm an der Garderobe abgeben muß. Der Mann tut es. Dann kommt er wieder und sagt zum Ober: ›Gott sei Dank konnte ich meine Krawatte anbehalten, denn ohne Krawatte fühle ich mich immer ganz nackt.‹« Jaybird brüllte vor Lachen, während ich einfach nur dastand und ihn anstarrte. »Hast du verstanden, Junge? Hast du verstanden? ›Ohne Krawatte fühle ich mich immer ganz nackt!‹« Er runzelte die Stirn. Der Spaß war vorbei. »Zur Hölle noch mal!« bellte er. »Du hast einen genauso miesen Sinn für Humor wie dein Daddy!«

Eine Woche. O Gott.

Es gab zwei Themen, über die Jaybird stundenlang reden konnte, ohne Luft zu holen: Sein Überleben während der Depressionszeit, als er sich mit solchen Jobs wie Sargpolierer, Bremser und Jahrmarktsgehilfe durchgeschlagen hatte, und seine Erfolge bei Frauen, als er noch ein junger Mann war, die, wenn man seinen Worten Glauben schenkte, Valentino grün vor Neid werden lassen würden. Ich hätte das für eine ganz große Sache gehalten, hätte ich gewußt, wer Valentino war. Sobald Jaybird und ich außerhalb von Großmutter Sarahs Hörweite waren, begann er eine seiner Geschichten über »Edith, die Pastorentochter aus Tupelo« oder »Nancy, die Nichte des Eisenbahnschaffners aus Nashville« oder »dieses Mädchen mit dem Pferdegebiß, das immer kandierte Äpfel aß«. Er plapperte munter über seinen »Jimbob« und wie die Mädchen immer ganz heiß wurden, wenn sie ihn sahen. Er sagte, daß ihm ständig ganze Heerscharen von eifersüchtigen Freunden und Ehemännern auf den Fersen gewesen waren, doch er ging nie einem von ihnen in die Falle. Einmal, so erzählte er, hatte er unter einer Eisenbahnbrücke über einem dreißig Meter tiefen Abgrund gehangen, während zwei Männer mit Gewehren direkt über ihm standen und darüber redeten, daß sie ihm bei lebendigem Leibe die Haut abziehen und ihn dann an einen Baum nageln würden. »Die Sache war die«, erklärte mir Jaybird, während er lustvoll an einem Grashalm kaute, »daß ich diese Mädchen für jeden anderen Mann verdarb. Ja, ich und mein Jimbob, wir hatten schon eine tolle Zeit miteinander.« Dann schlich sich unausweichlich ein trauriger Ausdruck in seine Augen, und der Jüngling mit dem flammenden Jimbob zog sich leise wieder zurück. »Ich wette, ich würde keins der Mädchen wiedererkennen, wenn ich ihnen heute auf der Straße begegnete. Nein, Sir. Sie wären jetzt alte Frauen, und ich würde keine von ihnen wiedererkennen.«

Großvater Jaybird verachtete Schlaf. Vielleicht hatte es etwas damit zu tun, daß er wußte, daß seine Tage auf der Erde gezählt waren. Um fünf Uhr früh, ob Regen oder Sonnenschein, riß er mir die Decke weg wie ein vorbeibrausender Wirbelsturm, und seine Stimme bellte in mein

Ohr: »Aufstehen, Junge! Glaubst du denn, du würdest *ewig* leben?«

Und ich erwiderte jedesmal schlaftrunken: »Nein, Sir«, und setzte mich im Bett auf. Inzwischen war Jaybird schon wieder weitergestürmt, um Großmutter zu wecken, damit sie ein Frühstück bereitete, das leicht für Sergeant Rock und den größten Teil der Easy Company gereicht hätte.

Wenn erst einmal das Frühstück in unseren Mägen gelandet war, folgte keiner der Tage, die ich bei meinen Großeltern verbrachte, mehr einem festen Muster. Mir konnte genausogut eine Gartenhacke in die Hand gegeben und aufgetragen werden, mich an die Arbeit zu machen, wie man mich davon in Kenntnis setzen konnte, daß ich Spaß an einem Ausflug zu dem kleinen See im Wald hinter dem Haus haben würde. Großvater Jaybird hielt ein paar Dutzend Hühner, drei Ziegen – die ihm alle äußerst ähnlich sahen – und aus irgendeinem unerfindlichen Grund eine Wasserschildkröte namens Wisdom, die in einer großen Metallwanne voll schleimigem Wasser hinten im Garten zu Hause war. Wenn eine der Ziegen ihre Nase in Wisdoms Reich steckte und Wisdom sie zu fassen bekam, konnte man nur noch beten. Auf Jaybirds Hof herrschte für gewöhnlich ein totales Durcheinander. »Ein herrliches Kunterbunt« war seine Phrase, um einen chaotischen Moment zu beschreiben, zum Beispiel wenn Wisdom eine durstige Ziege biß und die Ziege daraufhin in Großmutters frisch gewaschene Wäsche stürzte, die zum Trocknen auf der Leine hing, und dann eingewickelt in Laken umherrannte und sie durch den Garten schleifte, den ich gerade mit der Hacke bearbeitet hatte. Jaybird war stolz auf seine Sammlung von Skeletten kleiner Tiere, die er in mühseliger Kleinarbeit mit Draht zusammengebunden hatte. Man wußte nie, wo diese Skelette auftauchen mochten; Jaybird hatte das widerwärtige Talent, sie an Orten abzulegen, an die man mit der Hand langte, ohne vorher nachzuschauen, wie zum Beispiel unter einem Kissen oder in deinem Schuh. Wenn er deinen erschreckten Schrei hörte, lachte er wie ein Teufel. Sein Sinn für Humor war total verdreht, um es freundlich zu umschreiben. Am Mittwoch nachmittag erzählte er mir, er hätte letzte Woche in der Nähe des Hauses ein Klapperschlangennest gefunden und alle mit der Schaufel erschlagen. In jener Nacht, kurz vor dem Einschlafen, als ich so in ängstlicher Erwartung auf fünf Uhr dalag, öffnete er meine Tür, spähte in die Dunkelheit und sagte mit leiser, unheilkündender Stimme: »Cory? Sei vorsichtig, wenn du heute nacht pinkeln gehst. Deine Großmutter hat heute morgen eine frisch abgestreifte Schlangenhaut unter deinem Bett gefunden. War 'ne ganz schön große Rassel dran. Gute Nacht.«

Er schloß die Tür. Ich tat bis fünf Uhr früh kein Auge zu.

Erst viel später erkannte ich, daß Großvater Jaybird mich schleifte, ähnlich wie man eine Klinge an einem Stein wetzte. Ich denke nicht, daß es ihm bewußt war, doch so war es nun einmal. Nehmen Sie zum Beispiel diese Geschichte mit der Schlange. Während ich so wach in der Dunkelheit lag und spürte, wie meine Blase immer größer wurde, arbeitete meine Phantasie auf Hochtouren. Ich sah diese Schlange vor mir, irgendwo im Zimmer zusammengerollt und nur darauf wartend, daß ein nackter Fuß eine der Bodendielen zum Knarren brachte. Ich sah ihre schuppige Haut in allen Farben des Waldes schimmern, ihr abscheulicher flacher Kopf auf einem Sims aus Luft ruhend, mit kleinen Geiferfäden an den Giftzähnen. Ich sah, wie sich ein langsames Kräuseln der Muskeln an ihrem Körper entlangzog, als sie meine Witterung aufnahm. Ich sah sie in der Dunkelheit grinsen, als wollte sie sagen: Du gehörst *mir*, Jungchen.

Wenn es eine Schule für Phantasie gäbe, so wäre Jaybird ihr Direktor. Die Lektion darüber, was man in seiner Einbildung für wahr halten konnte, die ich in jener Nacht bekam, hätte ich nicht auf dem besten College kriegen können. Außerdem war es noch eine Nachhilfestunde, wie man die Zähne zusammenbiß und Schmerz ertrug, über Stunden, und sich selbst dafür verfluchte, zum Abendessen noch ein extra Glas Milch getrunken zu haben.

Wie Sie sehen, unterrichtete Jaybird mich gut, auch wenn er selbst keine Ahnung davon hatte.

Es gab noch mehr Lektionen, alle äußerst wertvoll. Und auch Prüfungen. Am Freitag nachmittag bat Großmutter Sarah ihn, in die Stadt zu fahren, um eine Schachtel Eiscremesalz beim Krämer abzuholen. Für gewöhnlich schätzte Jaybird es nicht, Botengänge zu erledigen, doch heute war er willig. Er forderte mich auf, ihn zu begleiten, und Großmutter Sarah sagte, je früher wir zurückkämen, desto eher sei die Eiscreme fertig.

Es war ein Tag wie geschaffen für Eiscreme. Zweiunddreißig Grad im Schatten und in der prallen Sonne so heiß, daß die Schatten der Hunde sich nach Luft japsend auf den Boden warfen, während die Hunde selbst umherliefen. Wir holten das Eiscremesalz ab, doch auf dem Rückweg in Jaybirds ausladendem alten Ford begann eine weitere Prüfung.

»Jerome Claypool wohnt nur ein Stückchen weiter die Straße runter«, sagte er. »Er ist ein guter alter Kumpel. Willst du, daß wir mal vorbeischauen und hallo sagen?«

»Wir sollten besser das Eiscremesalz zu Großmutter . . .«

»Ja, Jerome ist ein guter alter Kumpel«, fuhr Jaybird fort, als er mit dem Auto zum Haus seines Freundes abbog.

Sechs Meilen später hielt er vor einem heruntergekommenen Farmhaus, in dessen Vorgarten ein verrottetes Sofa, eine ausrangierte Wäschemangel und ein Haufen vergammelnder Reifen und verrosteter Heizungen lagen. Ich denke, wir hatten ein paar Meilen zurück die Grenze zwischen Zephyr und jwd überquert, mit einem kleinen Schlenker über die Tobacco Road. Offensichtlich jedoch handelte es sich bei Je-

rome Claypool um einen beliebten guten alten Kumpel, denn vor dem Haus waren außerdem noch vier andere Wagen geparkt. »Komm schon, Cory«, sagte Jaybird, als er seine Tür öffnete. »Wir bleiben nur ein, zwei Minuten.«
Bevor wir die Veranda erreichten, konnte ich schon den Gestank billiger Zigarren riechen. Jaybird klopfte an die Tür: *Klopf klopf klopfklopfklopf.* »Wer ist da?« erkundigte sich eine mißtrauische Stimme aus dem Innern. Mein Großvater erwiderte: »Blut und Muskeln«, was ihm einen erstaunten Blick von mir einbrachte. Ich war überzeugt, daß er nun sein letztes bißchen Verstand verloren hatte. Die Tür öffnete sich knarrend, und ein längliches Gesicht mit dunklen Augen spähte heraus. Die Augen fanden mich. »Wer ist *das* denn?«
»Mein Enkel«, sagte Jaybird und legte seine Hand auf meine Schulter. »Heißt Cory.«
»Himmel, Jay!« sagte der Mann mit dem länglichen Gesicht und blickte ihn finster an. »Warum schleifst du denn ein *Kind* mit hierher?«
»Was soll denn die Aufregung. Er wird ganz mucksmäuschenstill sein. Nicht wahr, Cory?« Der Druck der Hand wurde stärker.
Ich verstand zwar nicht, worum es ging, doch dafür um so deutlicher, daß dies kein Ort war, dessen Besuch Großmutter Sarahs Billigung finden würde. Ich dachte an Miss Graces Haus draußen bei Saxon's Lake und an das Mädchen namens Lainie, das mir ihre feuchte rosa Zunge rausgestreckt hatte.
»Ja, Sir«, antwortete ich, und seine Hand entspannte sich wieder. Sein Geheimnis – was immer es auch sein mochte – war sicher.
»Bodean wird das aber gar nicht gefallen«, warnte der Mann.
»Jerome, Bodean kann sich meinetwegen seinen Kopf in seinen Arsch stecken. Läßt du mich nun rein oder nicht?«
»Hast du das Moos?«

»Brennt mir schon ein Loch rein«, erwiderte Jaybird und klopfte auf seine Tasche.
Ich wehrte mich, als er mich über die Schwelle zu ziehen begann. »Großmutter wartet auf das ...«
Er blickte mich an, und ich sah etwas von seiner wahren Natur tief in seinen Augen, wie der lodernde Schein eines entfernten Hochofens. In seinem Gesicht lag eine verzweifelte Gier, entfacht von dem, was im Innern jenes Hauses vor sich ging. Das Eiscremesalz war vergessen; die Eiscreme selbst war Teil einer anderen Welt sechs Meilen entfernt. »Komm schon!« bellte er.
Ich gab nicht nach. »Ich denke nicht, daß wir ...«
»Du *denkst* nicht!« fauchte er, und was immer ihn in das Haus zog, ergriff von seinem Gesicht Besitz und ließ es bösartig werden. »Du tust, was ich dir sage, verstanden?«
Er riß mich hinter sich her, und ich folgte ihm ins Haus. Ich war tief verletzt. Mr. Claypool schloß die Tür hinter uns und verriegelte sie. Zigarrenqualm waberte durch einen Raum, in den kein Sonnenlicht drang; alle Fenster waren mit Brettern vernagelt, und ein paar spärliche elektrische Lampen brannten. Wir folgten Mr. Claypool durch einen Flur zum hinteren Teil des Hauses, wo er eine weitere Tür öffnete. Der fensterlose Raum, in den wir traten, war ebenfalls rauchverhangen, und in seiner Mitte stand ein runder Tisch, an dem vier Männer saßen und unter einer grellen Lampe Karten spielten. Vor ihnen standen kleine Türmchen aus Pokerchips und Gläser mit einer bernsteinfarbenen Flüssigkeit. »Was soll denn der Scheißlärm?« bellte einer der Männer, und meine Ohren klingelten. »Ich laß mich doch nicht bluffen, nein, Sir!«
»Ich setze fünf Dollar gegen dich, Mr. Cool«, sagte ein anderer. Ein roter Chip wurde auf den Haufen in der Tischmitte geworfen. Eine Zigarrenspitze glühte wie ein Vulkan im Mahlstrom. »Und noch mal fünf drauf«, sagte der drit-

te Mann, die Zigarre in den Winkel seines Mundes geklemmt. »Mach schon, zieh mit oder halt ...« Ich sah, wie seine kleinen Schweinsäuglein mich fanden, und dann klatschte der Mann seine Karten mit der Bildseite nach unten auf den Tisch. *»He!«* brüllte er. »Was macht denn der Junge hier?«
Augenblicklich stand ich im Zentrum der Aufmerksamkeit.
»Jaybird, bist du jetzt völlig übergeschnappt?« fragte einer der anderen Männer. »Schaff ihn hier raus!«
»Er ist in Ordnung«, erwiderte mein Großvater. »Er gehört zur Familie.«
»Nicht zu *meiner* Familie.« Der Mann mit der Zigarre beugte sich vor und stützte seine dicken Unterarme auf den Tisch. Seine braunen Haare waren militärisch kurz geschoren, und am kleinen Finger seiner rechten Hand trug er einen Brillantring. Er nahm die Zigarre aus dem Mund, und seine Augen verengten sich zu kleinen Schlitzen. »Du kennst die Regeln, Jaybird. Hier kommt keiner ohne Erlaubnis rein.«
»Er ist in Ordnung. Er ist mein Enkel.«
»Und wenn er der verdammte Prinz von England wäre. Du hast die Regeln gebrochen.«
»Na na, kein Grund, gleich ausfallend zu werden, oder ...«
»Du bist total *blöd*!« schrie der Mann. Sein Mund verzerrte sich, als er das Wort aussprach. Ein dünner Schweißfilm schimmerte auf seinem Gesicht, und sein weißes Hemd war klamm. Auf seiner Brusttasche prangte, neben einem Tabakfleck, ein Monogramm: BB. *»Blöd!«* wiederholte er. »Willst du, daß die Polypen hierherkommen und uns hochgehen lassen? Warum gibst du dem gottverdammten Sheriff nicht einfach eine Landkarte?«
»Cory wird nichts verraten. Er ist ein guter Junge.«
»Ach ja?« Die kleinen Schweinsäuglein wandten sich wieder mir zu. »Bist du genauso blöd wie dein Großvater, Junge?«

»Nein, Sir«, erwiderte ich.
Er lachte. Das Geräusch erinnerte mich an den Laut, mit dem Phillip Kenner im letzten April in der Schule seine Hafergrütze ausgekotzt hatte. Die Augen des Mannes waren nicht fröhlich, doch seinem Mund war nach Lachen zumute.
»Na, du bist wohl ein ganz helles Kerlchen, was?«
»Er kommt nach mir, Mr. Blaylock«, sagte Jaybird, und mir wurde schlagartig bewußt, daß der Mann, der mich da für helle hielt, Bodean Blaylock höchstpersönlich war, der Bruder von Donny und Wade und Sohn des berüchtigten Biggun. Ich erinnerte mich an die unverfrorene Äußerung meines Großvaters an der Tür, daß Bodean sich seinen Kopf in seinen Arsch stecken könnte; im Augenblick war jedoch mein Großvater hier das Arschgesicht.
»Klar doch«, sagte Bodean und brach abermals in Gelächter aus. Dabei schaute er die anderen Spieler an, und sie lachten ebenfalls, wie gute kleine Indianer, die ihrem Häuptling folgten. Dann hörte Bodean auf zu lachen. »Zieh Leine, Jaybird. Hier kommen gleich ein paar Jungs mit Zaster her. 'n Haufen von Landeiern, die denken, sie könnten mir die Kröten abzocken.«
Mein Großvater räusperte sich nervös. Seine Augen starrten gebannt auf die Pokerchips. »Äh ... ich frage mich ... wenn ich doch schon mal hier bin, ob es euch da was ausmacht, wenn ich für ein paar Runden einsteige?«
»Nimm den Jungen und verpiß dich«, fauchte Bodean. »Ich hab hier ein Pokerspiel laufen und keinen Kinderhort.«
»Oh, Cory kann draußen warten«, sagte Jaybird. »Das macht ihm nichts aus. Tust du doch, nicht, Junge?«
»Großmutter wartet auf das Eiscremesalz«, erwiderte ich.
Bodean Blaylock lachte erneut, und ich sah, wie die Wangen meines Großvaters krebsrot anliefen. »Die verdammte Eiscreme ist mir egal!« bellte Jaybird, Zorn und Verzweiflung in seinen Augen. »Ist mir egal, und wenn sie bis Mitternacht

darauf warten muß, ich kann verdammt noch mal tun und lassen, was ich will!«

»Fahr jetzt lieber nach Hause, Jaybird«, höhnte einer der anderen Männer. »Iß ein bißchen Eiscreme, und sieh zu, daß du keinen Ärger kriegst.«

»Haltet euer Maul!« brüllte Jaybird. *»Hier!«* Er steckte die Hand in seine Tasche, fischte eine Zwanzigdollarnote heraus und klatschte sie auf den Tisch. »Bin ich im Spiel oder nicht?«

Ich hätte mich beinahe verschluckt. Zwanzig Dollar für ein Pokerspiel zu riskieren. Das war eine ganz schöne Stange Geld. Bodean Blaylock zog schweigend an seiner Zigarre, und sein Blick huschte zwischen dem Geld und dem Gesicht meines Großvaters hin und her. »Zwanzig Dollar«, sagte er. »Das reicht ja kaum für den Anfang.«

»Ich habe noch mehr, mach dir da mal keine Sorgen.«

Mir wurde bewußt, daß Jaybird die Gelddose geplündert haben mußte oder daß er einen geheimen Fonds fürs Pokerspielen hatte, den er vor meiner Großmutter versteckt hielt. Sicher würde sie dies hier nicht dulden, und sicher war Jaybirds Einwilligung, das Eiscremesalz zu holen, nur ein Vorwand gewesen, um hierherzukommen. Vielleicht hatte er nur mal kurz vorbeischauen wollen, um zu sehen, wer spielt, doch ich konnte erkennen, daß das Fieber ihn gepackt hatte und er spielen würde, selbst wenn ein Erdbeben oder die Sintflut käme. »Bin ich drin oder nicht?«

»Der Junge kann nicht bleiben.«

»Cory, setz dich ins Auto«, befahl er mir. »Ich bin in ein paar Minuten bei dir.«

»Aber Großmutter wartet auf das ...«

»Du tust, was ich sage, und zwar auf der *Stelle*!« schrie Jaybird. Bodean sah mich durch den Zigarrenrauchnebel an. Sein Ausdruck besagte: *Siehst du, was ich mit deinem Großvater machen kann, kleiner Junge?*

Ich verließ das Haus. Bevor ich die Tür erreichte, hörte ich das Geräusch eines Stuhls, der scharrend an den Tisch gezogen wurde. Dann trat ich hinaus in den gleißenden Sonnenschein. Ich vergrub die Hände in den Taschen und versetzte einem Kiefernzapfen einen Tritt, so daß er über die Straße segelte. Ich wartete. Zehn Minuten vergingen. Dann weitere zehn. Ein Wagen kam vorbei und hielt an. Drei junge Männer stiegen aus, klopften an der Vordertür und wurden von Mr. Claypool eingelassen. Die Tür schloß sich wieder. Mein Großvater kam noch immer nicht heraus. Ich setzte mich eine Weile ins Auto, doch die Hitze war so groß, daß mir das Hemd am Körper klebte und ich mich vom Sitz schälen und wieder aussteigen mußte. Ich ging vor dem Haus auf und ab. Einmal blieb ich stehen, um zuzuschauen, wie Ameisen eine tote Taube bis auf die Knochen abnagten. Es mochte vielleicht eine Stunde vergangen sein. Irgendwann wurde mir bewußt, daß mein Großvater mich wie ein kleines Nichts behandelte, und genauso behandelte er auch Großmutter Sarah. Wut keimte in mir auf, zuerst in meinem Bauch, von wo aus sie sich wie eine dumpfe, pulsierende Hitze ausbreitete. Ich starrte auf die Tür und versuchte, ihn durch meine Willenskraft zum Herauskommen zu zwingen. Die Tür blieb geschlossen.

Ein Gedanke wuchs in mir, schockierend in seiner Entschiedenheit: *Zur Hölle mit ihm.*

Ich nahm die Schachtel mit dem Eiscremesalz und machte mich zu Fuß auf den Weg.

Die ersten zwei Meilen waren okay. Bei der dritten begann die Hitze mich zu schaffen. Schweiß rann über mein Gesicht, und mein Skalp fühlte sich an, als würde er in Flammen stehen Die Straße waberte zwischen ihren Wänden aus Kiefernwald, und nur wenige Autos kamen vorbei, doch sie fuhren in die falsche Richtung. Der Asphalt fing an, durch die Sohlen hindurch meine Füße zu verbrennen. Ich wollte mich etwas in den Schatten setzen und ausruhen, doch ich tat es nicht, denn Ausruhen wäre ein Zeichen von Schwäche gewesen; es würde bedeuten, mir selbst einzugestehen, daß ich nicht hätte versuchen sollen, sechs Meilen bei sechsunddreißig Grad Hitze und unter sengender Sonne zu laufen, daß ich bei dem Haus hätte bleiben und warten sollen, bis mein Großvater aus eigenen Stücken herauskam. Nein. Ich mußte weitergehen. Später würde noch Zeit genug sein, mich um meine Blasen zu kümmern.

Ich begann, über die Geschichte nachzudenken, die ich über diese Episode schreiben würde. In dieser Geschichte würde ein Junge eine glühende Wüste durchqueren, mit einem Kästchen unbezahlbarer Kristalle in seiner Obhut. Ich blickte auf und beobachtete die Falken, die sich von den Aufwinden emporheben ließen, und als meine Aufmerksamkeit so anderen Dingen zugewandt war, trat ich in ein Schlagloch, knickte um, stürzte zu Boden, und die Schachtel mit dem Eiscremesalz zerbarst unter mir.

Beinahe wäre ich in Tränen ausgebrochen.

Beinahe.

Mein Knöchel schmerzte, doch ich konnte noch immer damit auftreten. Aber am meisten schmerzte mich das Eiscremesalz, das nun auf dem Asphalt glitzerte. Der Boden der Schachtel war aufgeplatzt. Ich schob das Eiscremesalz zu einem Haufen zusammen, füllte meine Taschen damit und setzte dann hinkend meinen Weg fort.

Ich würde nicht stehenbleiben. Ich würde mich nicht in den Schatten setzen und weinen, während Salz aus meinen Taschen rieselte. Ich würde mich nicht von meinem Großvater schlagen lassen.

Ich näherte mich dem Ende meiner dritten Meile, als plötzlich hinter mir ein Wagen hupte. Ich drehte mich um, in der Erwartung, Jaybirds Ford zu sehen. Statt dessen war es ein kupferfarbener Pontiac. Der Wagen bremste ab, und Dr. Curtis Parrish blickte mich aus dem heruntergekurbelten Beifahrerfenster an. »Cory? Soll ich dich mitnehmen?«

»Ja, Sir«, erwiderte ich dankbar und stieg ein. Meine Füße fühlten sich an, als wären sie verbrannt, mein Knöchel war geschwollen. Dr. Parrish gab Gas, und wir brausten dahin. »Ich wohne im Moment bei meinen Großeltern«, sagte ich. »Etwa drei Meilen die Straße runter.«

»Ich weiß, wo Jaybird lebt.« Dr. Parrish nahm seine Arzttasche hoch, die zwischen uns stand, und legte sie auf den Rücksitz. »Fürchterlich heißer Tag. Wo kommst du denn zu Fuß her?«

»Ich ... äh ...« Unvermittelt befand ich mich am Scheideweg des Gewissens. »Ich ... mußte einen Botengang für meine Großmutter erledigen«, entschied ich mich zu sagen.

»Oh.« Er schwieg einen Moment. Dann: »Was rieselt dir denn da aus deiner Tasche? Sand?«

»Salz«, antwortete ich.

»Oh«, sagte er wieder und nickte, als würde es für ihn einen Sinn ergeben. »Wie geht's denn deinem Daddy so? Ist es in der Molkerei etwas ruhiger für ihn geworden?«

»Sir?«

»Du weißt schon. Seine Arbeit. Als Tom mich vor ein paar Wochen aufsuchte, sagte er, er hätte so viel zu tun, daß er nicht mehr richtig schlafen könnte. Ich habe ihm ein paar Tabletten gegeben. Du weißt sicher, daß Streß eine ganz heikle und gefährliche Sache ist. Ich habe deinem Vater gesagt, er sollte mal Urlaub machen.«

»Oh.« Diesmal war es an mir zu nicken, als ob dies einen Sinn ergäbe. »Ich denke, es geht ihm schon besser«, sagte ich. *Ich habe ihm ein paar Tabletten gegeben.* Dad hatte nichts davon erwähnt, daß er zuviel zu tun hatte oder daß er Dr.

Parrish aufgesucht hätte. *Ich habe ihm ein paar Tabletten gegeben.* Ich starrte geradeaus auf die Straße vor uns. Mein Vater versuchte noch immer, dem Reich der unruhigen Geister zu entrinnen. Es kam mir in den Sinn, daß er einen Teil von sich vor Mom und mir verbarg, genauso wie Jaybird seine Pokersucht vor meiner Großmutter verbarg.

Dr. Parrish begleitete mich zur Vordertür des Hauses meiner Großeltern. Als Großmutter Sarah auf sein Klopfen hin öffnete, erklärte Dr. Parrish, er habe mich getroffen, als ich zu Fuß auf der Straße unterwegs war. »Wo ist dein Großvater?« fragte sie mich. Ich muß ein schmerzlich verzerrtes Gesicht gemacht haben, denn nach kurzem Überlegen beantwortete sie ihre Frage selbst. »Er hat wieder Unfug angestellt. Aha. Genau das hat er getan.«

»Die Schachtel mit dem Eiscremesalz ist aufgeplatzt«, gestand ich und hielt ihr eine Handvoll davon hin. Mein Haar klebte schweißnaß an meinem Kopf.

»Wir holen eine neue Schachtel. Den Rest in deinen Taschen heben wir für Jaybird auf.« Ich fand erst später heraus, daß in der ganzen nächsten Woche jedes Essen, das Jaybird zu sich nahm, so voller Salz war, daß sein Mund sich zusammenzog, bis sein Gaumen schrie. »Wollen Sie nicht auf ein Glas Limonade hereinkommen, Dr. Parrish?«

»Nein, vielen Dank. Ich muß zurück zu meiner Praxis.« Seine Miene verfinsterte sich; eine kummervolle Angelegenheit bahnte sich ihren Weg aus ihm heraus. »Mrs. Mackenson, haben Sie Selma Neville gekannt?«

»Ja, ich kenne sie. Aber ich hab sie wohl schon einen Monat nicht mehr gesehen.«

»Ich komme gerade von ihrem Haus«, sagte Dr. Parrish. »Sie wissen sicher, daß sie das ganze letzte Jahr gegen den Krebs gekämpft hat?«

»Nein, davon habe ich nichts gewußt!«

»Nun, sie hat sich tapfer geschlagen, doch vor etwa zwei

Stunden ist sie entschlafen. Sie wollte zu Hause sterben, nicht im Krankenhaus.«
»Mein Gott, ich wußte nicht, daß Selma krank war!«
»Sie sprach nicht viel darüber. Wie sie ihr letztes Jahr als Lehrerin durchgestanden hat, ist mir ein Rätsel.«
Es traf mich wie ein Schlag, über wen sie da sprachen. Mrs. Neville. Meine Mrs. Neville. Die Lehrerin, die gesagt hatte, ich sollte mich dieses Jahr am Geschichtenwettbewerb beteiligen. *Leb wohl*, hatte sie gesagt, als ich an jenem ersten Tag des Sommers ihr Klassenzimmer verließ. Nicht *bis zum Herbst* oder *wir sehen uns im September*, sondern ein entschlossenes und endgültiges *Leb wohl*. Sie mußte gewußt haben, daß sie sterben würde, während sie da im Sommersonnenschein an ihrem Schreibtisch saß, und sie hatte gewußt, daß es für sie im September keine neue Klasse grinsender junger Affen geben würde.
»Ich dachte, Sie sollten es wissen«, sagte Dr. Parrish. Er berührte meine Schulter mit einer Hand, die zwei Stunden zuvor ein Laken über Mrs. Nevilles Gesicht gezogen hatte. »Paß auf dich auf, Cory.« Er drehte sich um und ging zu seinem Pontiac, und meine Großmutter und ich schauten ihm nach, als er davonfuhr.
Eine Stunde später kam Jaybird nach Hause. Sein Gesicht trug den Ausdruck eines Mannes, dessen letzter Freund ihm in den Bauch getreten hatte und dessen letzter Washington kichernd in der Tasche eines anderen Mannes verschwunden war. Er versuchte so zu tun, als wäre er sehr wütend auf mich, weil ich »davongelaufen war und er sich fast zu Tode gesorgt hatte«, doch bevor er noch so richtig in Fahrt kommen konnte, ließ Großmutter ihn entgleisen, indem sie ganz leise fragte, wo denn das Eiscremesalz sei. Am Ende saß Jaybird allein in der Dämmerung auf der Veranda, während die Motten um ihn herumflatterten, und sein Gesicht wirkte langgezogen und ausgezehrt, und seine Laune war so am

Boden wie sein schlaffer Jimbob. Irgendwie tat er mir wirklich leid, doch Jaybird gehörte nicht zu den Männern, für die man Mitleid empfand. Ein Wort der Reue von mir hätte ihn nur höhnisch grinsen und schwadronieren lassen. Jaybird entschuldigte sich niemals; er hatte niemals unrecht. Deshalb hatte er auch keine wirklichen Freunde, und deshalb saß er nun hier allein auf der Veranda, in der Gesellschaft von stummen, schimmernden Flügeln, die ihn umflatterten wie uralte Erinnerungen an hübsche Farmerstöchter.

Noch etwas ereignete sich in der Woche bei meinen Großeltern. Ich hatte Freitag nacht nicht gut geschlafen. Ich träumte davon, in mein Klassenzimmer zu gehen, in dem sich niemand befand außer Mrs. Neville, die hinter ihrem Schreibtisch saß und Hefte ordnete. Goldenes Sonnenlicht fiel schräg auf den Boden und in Streifen über die Tafel. Das Fleisch von Mrs. Nevilles Gesicht war verschrumpelt. Ihre Augen wirkten strahlend und groß, wie die Augen eines Säuglings. Sie hielt den Rücken gerade und beobachtete mich, wie ich so auf der Schwelle zwischen dem Gang und dem Klassenzimmer stand. »Cory?« sagte sie. »Cory Mackenson?«

»Ja, Ma'am«, erwiderte ich.

»Komm näher«, bat sie.

Ich tat es. Ich trat an ihren Schreibtisch und sah, daß der Apfel, der auf der Ecke lag, vertrocknet war.

»Der Sommer ist beinahe vorüber«, sagte Mrs. Neville. Ich nickte. »Du bist älter, als du zuvor warst, nicht wahr?«

»Ich hatte Geburtstag«, antwortete ich.

»Wie schön.« Ihr Atem, obgleich nicht unangenehm, roch nach Blumen, die kurz vor dem Verwelken standen. »Ich habe viele Jungen kommen und gehen sehen«, sagte sie. »Ich habe manche erwachsen werden und Wurzel schlagen sehen, und manche sah ich erwachsen werden und fortziehen. Die Jahre eines Jungenlebens vergehen so schnell, Cory.« Sie lächelte.

»Jungen sind ungeduldig und wollen schnell zu Männern werden, und dann kommt der Tag, an dem sie wünschten, sie könnten wieder Jungen sein. Doch ich erzähle dir ein Geheimnis, Cory. Willst du es hören?«

Ich nickte.

»Niemand«, flüsterte Mrs. Neville, »wird je erwachsen.«

Ich runzelte die Stirn. Was für ein Geheimnis sollte das denn sein? Mein Dad und meine Mom waren erwachsen, oder etwa nicht? Ebenso wie Mr. Dollar, Chief Marchette, Dr. Parrish, Reverend Lovoy, die Dame und alle anderen über achtzehn.

»Sie mögen erwachsen aussehen«, fuhr sie fort, »doch es ist eine Maske. Es ist nur der Lehm der Zeit. Tief in ihren Herzen sind Männer und Frauen noch immer Kinder. Sie würden noch immer gern springen und tollen, doch der schwere Lehm läßt es nicht zu. Sie würden gern jede Kette von sich werfen, die die Welt um sie gelegt hat, würden gern ihre Armbanduhren und Krawatten und Sonntagsschuhe abstreifen und nackt in den Teich zurückkehren, nur für einen Tag. Sie würden sich gern frei fühlen und wissen, daß zu Hause eine Mom und ein Daddy warten, die sich um alles kümmern und sie lieben, egal was geschieht. Selbst hinter dem Gesicht des gemeinsten Mannes der Welt verbirgt sich ein kleiner, verängstigter Junge, der versucht, sich in eine Ecke zu zwängen, wo man ihm nicht weh tun kann.« Sie legte die Hefte beiseite und faltete die Hände auf dem Schreibtisch. »Ich habe eine Menge Jungen zu Männer werden sehen, Cory, und ich will dir eins sagen. *Erinnere dich.*«

»Erinnern? Woran erinnern?«

»An alles«, sagte sie. »Und jedes. Laß nicht einen Tag verstreichen, ohne dich an irgend etwas davon zu erinnern und diese Erinnerung einzuschließen wie einen Schatz. Denn das ist sie. Erinnerungen sind süße Türen, Cory. Sie sind Lehrer und Freunde und Ordnungshüter. Wenn du etwas anschaust, schau es nicht einfach nur an. *Seh* es. *Sieh* es dir wirklich, wirklich an. Seh es, damit jemand anders es auch sehen kann, wenn du es einmal niederschreibst. Es ist einfach, taub, stumm und blind durchs Leben zu gehen, Cory. Die meisten Menschen, die du kennst oder noch kennenlernst, tun es. Sie gehen durch eine Parade von Wundern, und sie hören nicht den kleinsten Pieps davon. Aber du kannst tausend Leben leben, wenn du willst. Du kannst mit Leuten sprechen, die du nie zu Gesicht bekommen hast, in Ländern, die du nie besuchen wirst.« Sie nickte und betrachtete mein Gesicht. »Und wenn du gut bist und Glück hast und um etwas weißt, von dem es sich zu erzählen lohnt, dann wird dir vielleicht die Chance gegeben, weiterzuleben lange nach dem ...« Sie hielt inne und wählte vorsichtig ihre Worte. »Lange nachdem«, schloß sie.

»Und wie soll das alles geschehen?« fragte ich.

»Immer der Reihe nach. Beteilige dich an dem Schreibwettbewerb, wie ich dir geraten habe.«

»Ich bin nicht gut genug.«

»Ich sage auch nicht, daß du es bist. Noch nicht. Gib einfach dein Bestes, und beteilige dich an dem Wettbewerb. Wirst du das tun?«

Ich zuckte mit den Schultern. »Ich weiß nicht, worüber ich schreiben soll.«

»Dir wird schon etwas einfallen«, erwiderte Mrs. Neville. »Wenn du dich hinsetzt und nur lange genug auf ein leeres Blatt Papier schaust, wird dir etwas einfallen. Und sieh es nicht als schreiben. Tu einfach so, als würdest du deinen Freunden eine Geschichte erzählen. Wirst du es wenigstens versuchen?«

»Ich werde darüber nachdenken«, sagte ich.

»Denk nicht zu lange nach«, warnte sie mich. »Manchmal verbaut einem das Nachdenken den Weg zum Handeln.«

»Ja, Ma'am.«

»Nun ja.« Mrs. Neville holte tief Luft und atmete langsam wieder aus. Sie ließ ihren Blick über die mit eingeritzten Initialen verzierten leeren Bänke des Klassenzimmers schweifen. »Ich habe mein Bestes gegeben«, sagte sie leise, »und mehr kann ich nicht tun. Oh, ihr kleinen Kinder, welche Jahre noch vor euch liegen.« Ihr Blick kehrte zu mir zurück. »Die Klasse ist entlassen«, sagte sie.

Ich wachte auf. Es war noch nicht hell. Ein Hahn kündete krächzend den Sonnenaufgang an. Im Schlafzimmer meiner Großeltern spielte Jaybirds Radio, eingestellt auf einen Country-Sender. Der Klang einer Steel Guitar, der einsam und suchend über dunkle Meilen von Wäldern und Feldern und Straßen wehte, hat schon immer die Macht besessen, mir das Herz zu brechen.

An jenem Nachmittag kamen Mom und Dad, um mich abzuholen. Ich gab Großmutter Sarah einen Abschiedskuß und schüttelte Jaybird die Hand. Er packte besonders kräftig zu. Ich erwiderte den Druck. Wir kannten einander nun. Dann ging ich mit meinen Eltern zum Pick-up hinaus, und dort stellte ich fest, daß sie Rebell mitgebracht hatten, also kletterte ich hinten auf die Ladefläche und ließ meine Beine über die Kante baumeln. Rebell kuschelte sich an mich und blies mir Hundeatem ins Gesicht, doch ich fand es toll.

Großmutter Sarah und Jaybird standen auf der Veranda und winkten zum Abschied. Ich kehrte nach Hause zurück, wo ich hingehörte.

7
Mein Campingausflug

Es gibt nichts Beängstigenderes oder Aufregenderes als ein leeres Blatt Papier. Beängstigend, weil du ganz allein auf dich gestellt bist, wenn du deine dunklen Spuren über die verschneite Ebene ziehst, und aufregend, weil niemand außer dir deinen Bestimmungsort kennt, und selbst du vermagst nicht mit letzter Sicherheit zu sagen, wo du schließlich ankommen wirst. Als ich mich an meine Schreibmaschine setzte, um jene Geschichte für den Schreibwettbewerb des Kulturvereins von Zephyr in die Tasten zu hacken, durchlitt ich solche Todesängste, daß ich kaum meinen Namen richtig buchstabieren konnte. Sich für sich selbst eine Geschichte auszudenken und eine, von der man weiß, daß Fremde sie lesen werden, sind zwei Paar Schuh; das erste ist ein bequemes Paar Pantoffeln, das zweite ein Paar enger, hochhackiger Schnürstiefel. Man muß mit aller Kraft das Gleichgewicht halten und kann nur hoffen, daß man nicht umknickt und hinfällt.

Das Blatt starrte mich eine ganze Weile an. Schließlich entschied ich mich, über einen Jungen zu schreiben, der aus seiner Kleinstadt fortläuft, um die Welt zu sehen. Ich hatte schon zwei Seiten geschrieben, bevor mir bewußt wurde, daß ich nicht mit dem Herzen bei der Sache war. Ich begann eine Geschichte über einen Jungen, der auf einem Schrottplatz eine Wunderlampe findet. Auch sie wanderte in den Papierkorb. Eine Geschichte über ein Geisterauto ließ sich ganz gut an, bis sie gegen die Mauern meiner Phantasie krachte und in Flammen aufging.

Ich saß da und starrte auf ein neues Blatt Papier.
Draußen in den Bäumen zirpten die Grillen. Rebell kläffte irgend etwas in der Nacht an. In der Ferne hörte ich den Motor eines Wagens aufheulen. Ich dachte an meinen Traum von Mrs. Neville und das, was sie gesagt hatte. *Sieh es nicht als schreiben. Tu einfach so, als würdest du deinen Freunden eine Geschichte erzählen.*
Was wäre, wenn? fragte ich mich selbst. Was wäre, wenn ich über etwas schriebe, das wirklich geschehen war?
Wie zum Beispiel ... Mr. Sculley und Old Moses' Zahn. Nein, nein. Mr. Sculley würde es nicht gefallen, wenn die Leute zu ihm hinauskämen, um sich den Zahn anzuschauen. Also gut, wie wär's dann mit ... der Dame und dem Mondmann? Nein, ich wußte nicht genug über sie. Wie wär's mit ...
... dem toten Mann in dem Wagen auf dem Grund von Saxon's Lake?
Was wäre, wenn ich eine Geschichte darüber schriebe, was an jenem Morgen geschah? Wenn ich darüber schriebe, wie der Wagen ins Wasser stürzte und Dad ihm nachsprang? Wenn ich über alles schriebe, was ich an jenem Morgen vor Sonnenaufgang empfunden und gesehen hatte? Und was wäre, wenn ... was wäre, wenn ... ich davon schriebe, wie ich den Mann mit der grünen Feder am Hut am Waldrand stehen sah?
Nun, dafür konnte ich mich begeistern. Ich begann damit, wie mein Vater sagt: »Cory? Wach auf, Junge. Es ist Zeit.« Schon bald darauf saß ich wieder mit ihm im Milchwagen, und wir fuhren durch die stillen, frühmorgendlichen Straßen von Zephyr. Wir sprachen darüber, was ich werden wollte, wenn ich einmal groß war, und dann schoß plötzlich das Auto direkt vor uns aus dem Wald, und mein Dad riß das Steuerrad des Lieferwagens herum, und das Auto stürzte über den Rand der Granitklippe in Saxon's Lake hinein. Ich

erinnerte mich, wie mein Vater zum See lief und wie mein Herz sich zusammenzog, als er ins Wasser sprang und zu schwimmen begann. Wie der Wagen vor meinen Augen versank und Blasen aus seinem Kofferraum aufstiegen. Wie ich mich zum Waldrand auf der anderen Straßenseite umdrehte und dort eine Gestalt stehen sah, in einem langen, flatternden Mantel und auf dem Kopf einen Hut mit einer grünen ...

Einen Moment.

Nein, so war es nicht gewesen. Ich war auf die grüne Feder getreten, und sie hatte an der matschigen Sohle meines linken Turnschuhs geklebt. Doch woher konnte eine grüne Feder sonst noch stammen, wenn nicht von einem Hutband? Aber ich hatte mir vorgenommen, es so niederzuschreiben, wie es wirklich geschehen war. Ich hatte den Hut mit der grünen Feder erst in der Nacht des Hochwassers gesehen. Also blieb ich bei den Tatsachen und schrieb auf, wie ich die grüne Feder gefunden hatte. Ich ließ den Teil über Miss Grace, Lainie und das Haus der bösen Mädchen aus, denn ich bezweifelte, daß meiner Mom so etwas gefallen würde. Ich las die fertige Geschichte durch und entschied, daß ich nicht mein Bestes gegeben hatte, also überarbeitete ich sie noch mal. Es war schwer, wörtliche Rede wie wirklich Gesprochenes klingen zu lassen. Nach drei Durchgängen an meiner Royal jedoch war die Geschichte endlich fertig. Sie war zwei Seiten lang, zweizeilig getippt. Mein Meisterwerk.

Als Dad in seinem rotgestreiften Pyjama und nassen Haaren vom Duschen hereinkam, um mir gute Nacht zu sagen, zeigte ich ihm die beiden Blätter.

»Was ist das?« Er hielt sie unter meine Schreibtischlampe. »›Vor Sonnenaufgang‹«, las er, dann blickte er mich an. In seinen Augen standen Fragezeichen.

»Es ist eine Geschichte für den Schreibwettbewerb«, sagte ich. »Ich habe sie gerade geschrieben.«

»Oh. Darf ich sie lesen?«

»Ja, Sir.«

Er fing an. Ich beobachtete ihn. Als er zu der Stelle kam, wo das Auto aus dem Wald schoß, spannte sich ein kleiner Muskel an seinem Kiefer. Er streckte eine Hand aus, um sich an der Wand zu stützen, und ich wußte, daß er nun beim Hinausschwimmen zum Wagen angelangt war. Ich sah, wie seine Finger sich langsam krümmten und wieder entspannten, krümmten und entspannten. »Cory?« rief Mom. »Sperr Rebell für die Nacht ein!« Ich wollte gehen, doch Dad sagte: »Warte einen Moment«, und dann wandte er sich wieder den letzten Absätzen zu.

»Cory?« rief Mom abermals. Im Wohnzimmer lief der Fernseher.

»Wir unterhalten uns gerade, Rebecca!« Er ließ die Seiten sinken. Er starrte mich an, sein Gesicht halb im Schatten verborgen.

»Ist sie okay?« fragte ich.

»Das hier ist anders als das, was du sonst schreibst«, sagte er leise. »Sonst schreibst du über Geister oder Cowboys oder Raumfahrer. Wieso hast du jetzt so was geschrieben?«

Ich zuckte mit den Schultern. »Ich weiß nicht. Ich dachte nur ... ich sollte etwas Wahres schreiben.«

»Also ist dies wahr? Diese Stelle hier, daß du jemanden am Waldrand stehen siehst?«

»Ja, Sir.«

»Warum hast du mir dann nicht davon erzählt? Warum hast du es Sheriff Amory nicht erzählt?«

»Ich weiß nicht. Vielleicht ... war ich mir nicht sicher, ob ich wirklich jemanden dort gesehen habe oder nicht.«

»Aber jetzt bist du sicher? Beinahe sechs Monate, nachdem es geschehen ist, bist du nun sicher? Und du hättest es dem Sheriff erzählen können, aber du hast es nicht getan?«

»Ich ... denke, so kann man es sagen. Ich meine ... ich

dachte, ich hätte dort jemanden stehen sehen. Er trug einen langen Mantel, und er ...«

»Bist du sicher, daß es ein Mann war?« fragte Dad. »Hast du sein Gesicht gesehen?«

»Nein, Sir, sein Gesicht habe ich nicht gesehen.«

Dad schüttelte den Kopf. Der Muskel an seinem Kiefer zuckte wieder, und eine Ader pochte an seiner Schläfe. »Ich wünschte bei Gott«, sagte er, »wir wären nie auf dieser Straße gefahren. Ich wünschte bei Gott, ich wäre nie diesem Wagen hinterhergesprungen. Ich wünschte bei Gott, dieser Tote auf dem Grund des Sees würde mich endlich in Frieden lassen.« Er kniff die Augen zusammen, und als er sie wieder öffnete, waren sie feucht und der Blick gequält. »Cory, ich möchte nicht, daß du dies jemandem zeigst. Hast du mich verstanden?«

»Aber ... ich wollte sie beim Wettbewerb ...«

»Nein! Gott, nein!« Er legte seine Hand fest auf meine Schulter. »Hör mir mal zu. All dies ist vor sechs Monaten geschehen. Jetzt ist es vergessen und vorbei, und es gibt keinen Grund, es wieder hervorzuzerren.«

»Aber es ist passiert«, sagte ich. »Es ist Realität.«

»Es war ein böser Traum«, erwiderte mein Vater. »Ein sehr böser Traum. Der Sheriff ist auf niemanden gestoßen, der in der Stadt vermißt wird. In der ganzen Gegend wird niemand vermißt, der eine solche Tätowierung hat. Es tauchte keine Ehefrau oder Familie auf, die nach einem vermißten Ehemann oder Vater suchte. Verstehst du, Cory?«

»Nein, Sir«, sagte ich.

»Den Mann auf dem Grund von Saxon's Lake hat es nie gegeben«, erklärte Dad, und seine Stimme klang verletzt und heiser. »Niemandem hat genug an ihm gelegen, daß er ihn auch nur *vermißt* hätte. Und als er starb, zusammengeschlagen und so übel zugerichtet, daß er kaum noch wie ein Mensch aussah, da hat er nicht einmal ein anständiges Begräbnis bekommen. Ich war der letzte Mensch auf der Welt, der ihn sah, bevor er für immer versank. Weißt du, was das mit mir gemacht hat, Cory?«

Ich schüttelte den Kopf.

Mein Vater blickte abermals auf die Geschichte. Er legte die beiden Seiten zurück auf meinen Schreibtisch, neben die Royal-Schreibmaschine. »Ich wußte, daß es in dieser Welt Brutalität gab«, fuhr er fort, doch seine Augen wichen meinem Blick aus. »Brutalität ist ein Teil des Lebens, doch ... sie ist immer irgendwo anders. Immer in der Nachbarstadt. Erinnerst du dich, wie ich damals noch bei der Feuerwehr war und rausgerufen wurde, weil dieser Wagen zwischen hier und Union Town verunglückt war und brannte?«

»Little Stevie Cauleys Wagen«, sagte ich. »Midnight Mona.«

»Stimmt genau. Die Reifenspuren auf dem Asphalt zeigten deutlich, daß ein anderer Wagen Stevie Cauley von der Straße gedrängt hatte. Jemand hatte ihn absichtlich verunglücken lassen. Der Benzintank des Wagen zerbarst, und er explodierte. Das war auch Brutalität, und als ich sah, was von dem ehemals lebendigen, atmenden jungen Mann übriggeblieben war, konnte ich ...« Er zuckte zusammen. Vielleicht erinnerte er sich an den Anblick der verkohlten Knochen. »Ich konnte nicht verstehen, wie ein menschliches Wesen in der Lage war, einem anderen so etwas anzutun. Ich konnte diese Art von Haß nicht verstehen. Ich meine ... auf welchen Pfaden mußt du wandeln, um dort anzugelangen? Was muß sich in dir festsetzen und deine Seele so sehr verbiegen, daß du mit derselben Leichtigkeit ein menschliches Leben auslöschst, mit der du auch eine Fliege fortschnippst?« Unsere Blicke begegneten sich. »Weißt du, wie dein Großvater mich immer genannt hat, als ich so alt war wie du?«

»Nein, Sir.«

»Hasenfuß. Weil ich nicht auf die Jagd gehen mochte. Weil ich mich nicht prügeln mochte. Weil ich keins jener Dinge tun mochte, die dir angeblich Spaß machen sollen, wenn du ein Junge bist. Er zwang mich, Football zu spielen. Ich war nicht besonders gut darin, doch ich tat es für ihn. Er sagte: ›Junge, aus dir wird in diesem Leben nie etwas werden, wenn du keinen Killerinstinkt hast.‹ Das hat er gesagt. ›Schlag feste zu, wirf sie zu Boden, zeig ihnen, wer der Boß ist.‹ Die Sache ist nur ... ich bin nicht so ein Mensch. Das war ich nie. Ich wollte immer nur Frieden. Das ist alles. Einfach nur Frieden.« Er ging zu meinem Fenster hinüber und stand dort eine Weile und lauschte den Grillen. »Ich vermute«, fuhr er schließlich fort, »ich habe lange vorgegeben, stärker zu sein, als ich wirklich bin. Daß ich diesen Toten im Wagen einfach beiseite schieben und vergessen könnte. Doch ich kann es nicht, Cory. Er ruft mich.«

»Er ... *ruft* dich?« fragte ich.

»Ja, das tut er.« Mein Vater stand mit dem Rücken zu mir. Seine Hände, die er neben dem Körper hielt, ballten sich zu Fäusten. »Er sagt, er möchte, daß ich herausfinde, wer er war. Er will, daß ich herausfinde, wo seine Familie ist und ob es jemanden auf der Welt gibt, der um ihn trauert. Er will, daß ich herausfinde, wer ihn getötet hat und warum. Er will, daß ich mich an ihn *erinnere,* und er sagt, daß ich, solange derjenige, der ihn zusammengeschlagen und erdrosselt hat, frei umherläuft, keine Ruhe finden werde.« Dad drehte sich zu mir um. Mir schien, er sah zehn Jahre *älter* aus als zu dem Zeitpunkt, als er die beiden Seiten meiner Geschichte in die Hand genommen hatte. »Als ich in deinem Alter war«, sagte er leise, »wollte ich so gerne glauben, ich lebte in einer verzauberten Stadt, in der niemals etwas Böses geschehen könnte. Ich wollte glauben, daß alle Menschen freundlich waren und gut und gerecht. Ich wollte glauben, daß harte Arbeit belohnt wird und daß jeder

Mensch zu seinem Wort stand. Ich wollte glauben, daß alle Menschen an jedem Tag der Woche Christen wären, nicht nur am Sonntag, und daß das Gesetz gerecht und die Politiker klug wären, und daß du den Frieden finden würdest, nach dem du suchtest, wenn du nur immer auf dem geraden Pfad der Tugend wandeln würdest.« Er lächelte; es tat mir in der Seele weh. Für einen Augenblick glaubte ich, den Jungen in ihm sehen zu können, gefangen in dem, was Mrs. Nevilles Traumerscheinung den Lehm der Zeit genannt hatte. »Einen solchen Ort hat es nie gegeben«, sagte mein Vater. »Und es wird ihn auch nie geben. Doch dieses Wissen vermag nichts daran zu ändern, daß du es dir wünschst, und jedesmal, wenn ich meine Augen schließe, um zu schlafen, erklärt mir dieser Tote auf dem Grund von Saxon's Lake, daß ich ein verdammter Narr gewesen bin.«

Ich weiß nicht, warum ich es sagte, doch ich tat es: »Vielleicht kann die Dame dir helfen.«

»Wie? Soll sie ein paar Knochen für mich werfen? Eine Kerze und Weihrauch verbrennen?«

»Nein, Sir. Einfach nur reden«, erwiderte ich.

Er senkte den Blick. Dann holte er tief Luft und entließ den Atem langsam wieder aus seiner Lunge. Schließlich sagte er: »Ich muß mich etwas ausruhen«, und ging zur Tür.

»Dad?«

Er blieb stehen.

»Willst du, daß ich die Geschichte zerreiße?«

Er antwortete nicht, und ich dachte, er würde es auch nicht mehr tun. Sein Blick huschte zwischen mir und den beiden Blättern hin und her. »Nein«, sagte er schließlich. »Nein, es ist eine gute Geschichte. Sie ist wahr, oder nicht?«

»Ja, Sir.«

»Hast du dein Bestes gegeben?«

»Ja, Sir.«

Sein Blick schweifte über die Monsterbilder an den Wänden, und dann kehrte er zu mir zurück. »Bist du sicher, daß du nicht lieber über Geister oder Marsmenschen schreiben willst?« erkundigte er sich mit dem Anflug eines Lächelns.
»Diesmal nicht«, antwortete ich.
Er nickte und kaute an seiner Unterlippe. »Dann mach's. Reich sie bei dem Wettbewerb ein«, sagte er, und mit diesen Worten ließ er mich allein im Zimmer zurück.
Am folgenden Morgen steckte ich die Geschichte in einen großen Umschlag und fuhr auf Rakete zu der Öffentlichen Bibliothek in der Merchants Street, nahe dem Rathaus. In den kühlen, erhabenen Räumen der Bibliothek, wo die Ventilatoren an der Decke flüsterten und das Sonnenlicht durch die Jalousien der hohen, mit Spitzbögen abgeschlossenen Fenster strömte, reichte ich meinen Wettbewerbsbeitrag – auf dem Umschlag mit rotbrauner Wachskreide als »Kurzgeschichte« gekennzeichnet – Mrs. Evelyn Prathmore am Empfangstisch. »Und was für eine kleine Geschichte haben wir hier?« fragte Mrs. Prathmore und lächelte mich freundlich an.
»Sie handelt von einem Mord«, sagte ich. Ihr Lächeln erstarb. »Wer sind dieses Jahr die Juroren des Wettbewerbs?«
»Ich selbst, Mr. Grover Dean, Mr. Lyle Redmond von der englischen Abteilung der Adams-Valley-High-School, Bürgermeister Swope, unsere weithin bekannte Dichterin Mrs. Teresa Abercrombie und Mr. James Connahaute, der Redakteur des *Journals*.« Sie nahm meinen Beitrag mit zwei spitzen Fingern entgegen, als wäre es ein stinkender Fisch. »Sie handelt von einem *Mord*, sagst du?« Sie musterte mich über die perlmutternen Ränder ihrer Brille.
»Ja, Ma'am.«
»Was bringt denn einen netten, höflichen jungen Mann

wie dich dazu, über einen *Mord* zu schreiben? Hättest du denn nicht ein fröhlicheres Thema wählen können? Wie zum Beispiel ... deinen Hund oder deinen besten Freund oder ...« Am Ende ihrer Weisheit angekommen, runzelte sie die Stirn. »Etwas, das lehrreich und unterhaltend wäre?«

»Nein, Ma'am«, erwiderte ich. »Ich mußte einfach über den Mann auf dem Grund von Saxon's Lake schreiben.«

»Oh.« Mrs. Prathmore blickte wieder auf den Umschlag. »Ich verstehe. Wissen deine Eltern, daß du diese Geschichte beim Wettbewerb einreichst, Cory?«

»Ja, Ma'am. Mein Dad hat sie gestern abend gelesen.«

Mrs. Prathmore nahm einen Kuli zur Hand und schrieb meinen Namen auf den Umschlag. »Wie lautet deine Telefonnummer?« fragte sie, und als ich sie ihr nannte, notierte sie sie unter meinem Namen. »Also gut, Cory«, sagte sie und schenkte mir ein kühles Lächeln, »ich werde mich darum kümmern, daß dies hier an die richtige Stelle gelangt.«

Ich dankte ihr, drehte mich um und ging zur Tür. Bevor ich hinaustrat, warf ich noch einen Blick zurück zu Mrs. Prathmore. Sie bog die Klammer des Umschlags auf, um ihn zu öffnen, doch als sie bemerkte, daß ich zusah, hielt sie inne. Ich nahm dies als ein gutes Zeichen, daß sie begierig darauf war, meinen Beitrag zu lesen. Ich trat hinaus in den Sonnenschein, kettete Rakete von der Parkbank los und radelte nach Hause.

Kein Zweifel, der Sommer ging seinem Ende entgegen.

Die Morgenstunden schienen eine Spur kühler. Die Nächte waren hungrig und fraßen mehr Tageslicht. Die Grillen hörten sich erschöpft an, und das Zirpen ihrer Flügel war nur noch ein träges Summen. Von unserer Veranda aus konnte man fast geradewegs nach Osten schauen und einen einzeln stehenden Judasbaum oben in den bewaldeten Hügeln se-

hen; seine Blätter hatten sich beinahe über Nacht blutrot verfärbt, ein Schock inmitten all des Grüns. Und das Schlimmste – das Allerschlimmste für diejenigen von uns, die die Freiheit der Sommertage liebten – war, daß das Fernsehen und das Radio mit deprimierendem Eifer Schulbeginn-Angebotswochen verkündeten.
Die Zeit lief davon. Also schnitt ich eines Abends beim Abendbrot das Thema an. Biß in den sauren Apfel. Packte den Stier bei den Hörnern. Wagte den Sprung ins kalte Wasser.
»Kann ich mit den Jungs eine Nacht draußen campen?« lautete die Frage, die augenblicklich das Gespräch am Tisch verstummen ließ.
Mom blickte Dad an. Dad blickte Mom an. Keiner von beiden blickte mich an. »Ihr habt gesagt, ich dürfte, wenn ich eine Woche zu Großvater Jaybird ginge«, erinnerte ich sie.
Dad räusperte sich und zog mit der Gabel Kreise durch seinen Kartoffelbrei. »Nun«, sagte er, »ich sehe nicht, was dagegen sprechen sollte. Ihr Jungs könnt hinten im Garten ein Zelt aufstellen und ein Lagerfeuer machen.«
»Das ist nicht das, was ich meine. Ich meine draußen campen. So wie in ›draußen im Wald‹.«
»Da ist ein Wald hinter dem Haus«, erwiderte Dad. »Das ist Wald genug.«
»Nein, Sir«, sagte ich, und mein Herz schlug schneller, denn für mich war dies alles sehr wagemutig. »Ich meine weit draußen im Wald. Dort, wo man nichts mehr von Zephyr sehen kann und auch keine Lichter mehr. So richtiges Campen.«
»Oh, Himmel«, jammerte Mom.
Dad brummte etwas und legte seine Gabel hin. Er rieb sich die Hände, und die Denkfalten zwischen seinen Augen vertieften sich zu Schluchten. All dies waren, wie ich von frü-

heren Gelegenheiten wußte, die ersten Anzeichen für die Geburt des Wortes »Nein«. »Weit draußen im Wald«, wiederholte er. »Wie weit draußen?«

»Ich weiß nicht. Ich dachte mir, wir könnten einen Marsch irgendwohin machen, dort die Nacht verbringen und dann am Morgen wieder zurückkommen. Wir würden einen Kompaß und Sandwiches und Kool-Aid mitnehmen, und auch Schlafsäcke und das ganze Zeug.«

»Und was ist, wenn einer von euch sich den Knöchel bricht?« fragte Mom. »Oder von einer Klapperschlange gebissen wird? Oder in Giftsumach fällt, und Gott weiß, daß der im Sommer überall wuchert.« Ich schwieg; sie kam langsam richtig in Fahrt. »Was ist, wenn ihr von einem Luchs angegriffen werdet? Himmel, hundert Sachen könnten euch im Wald zustoßen, und alle davon wären ein Unglück!«

»Uns wird schon nichts passieren, Mom«, sagte ich. »Wir sind doch keine kleinen Kinder mehr.«

»Ihr seid aber auch noch nicht erwachsen genug, um allein draußen im Wald herumzulaufen! Was ist, wenn ihr zwei Meilen weit weg da draußen übernachtet und ein Unwetter aufzieht? Was ist, wenn es zu blitzen und zu donnern anfängt? Was ist, wenn einer von euch Magenkrämpfe bekommt? Dir ist doch klar, daß ihr da draußen nicht einfach zum nächsten Telefon gehen und zu Hause anrufen könnt. Sag ihm, daß es eine dumme Idee ist, Tom.«

Dad verzog das Gesicht; die undankbaren Aufgaben blieben immer an ihm hängen.

»Komm schon«, drängte Mom. »Sag ihm, er soll warten, bis er dreizehn ist.«

»Letztes Jahr hast du gesagt, ich soll warten, bis ich zwölf bin«, erinnerte ich sie.

»Fang jetzt ja nicht so an! Tom, mach schon.«

Ich erwartete ein endgültiges, entschiedenes »Nein«. Und

so war ich zutiefst überrascht, als mein Dad fragte: »Wo würdet ihr denn den Kompaß herbekommen?«
Mom blickte ihn entsetzt an. Ich spürte, wie sich in mir ein Funken Hoffnung entzündete. »Von Davy Rays Dad«, sagte ich. »Er braucht ihn, wenn er auf die Jagd geht.«
»Kompasse können kaputtgehen!« beharrte Mom. »Oder nicht?« fragte sie Dad.
Die Augen meines Vaters blieben weiter auf mich gerichtet, und sein Ausdruck war gesetzt und ernst. »Über Nacht draußen zu campen ist nichts für Kinder. Ich kenne viele Männer, die sich im Wald verlaufen haben, und sie können dir genau sagen, wie es ist, wenn man ohne ein Bett oder eine Toilette da draußen ist und auf feuchtem Laub schlafen und sich die ganze Nacht über die Zecken vom Leib halten muß. Hältst du das für Spaß?«
»Ich möchte doch so gern«, sagte ich.
»Hast du mit den anderen Jungs darüber gesprochen?«
»Ja, Sir. Sie würden alle gern mitmachen, wenn ihre Eltern es ihnen erlauben.«
»Tom, er ist noch zu jung!« sagte Mom. »Vielleicht im nächsten Jahr!«
»Nein«, erwiderte mein Vater, »er ist nicht zu jung.« Meine Mutter war wie vor den Kopf gestoßen; sie wollte erneut zum Sprechen ansetzen, doch Dad legte einen Finger auf ihre Lippen. »Ich bin einen Handel mit ihm eingegangen«, erklärte er ihr. »In diesem Haus steht ein Mann zu seinem Wort.« Sein Blick wandte sich erneut mir zu. »Ruf sie an. Wenn ihre Eltern es erlauben, dann erlauben wir es auch. Aber wir reden noch darüber, wie weit ihr laufen dürft und wann wir euch zurückerwarten, und wenn ihr nicht pünktlich wieder da seid, dann wirst du eine Woche lang ganz schöne Schwierigkeiten beim Sitzen haben. Einverstanden?«
»Einverstanden!« rief ich und wollte gleich zum Telefon

stürmen, doch Dad sagte: »Einen Moment mal. Erst ißt du dein Abendbrot auf.«
Und dann ging alles ganz schnell. Bens Eltern gaben ihre Einwilligung. Davy Rays Eltern sagten okay. Johnny jedoch konnte nicht mit uns kommen, aber das stand bereits im voraus fest. Wegen Johnnys Schwindelanfällen hatten seine Eltern Angst, ihn über Nacht in den Wald gehen zu lassen. Einmal mehr hatten ihn die Branlins einer Freude beraubt.
Und so machten Davy Ray, Ben und ich uns an einem sonnigen Freitag nachmittag, beladen mit Schlafsäcken, Sandwiches, Feldflaschen mit Wasser, Moskitospray, Erste-Hilfe-Koffern mit Sachen gegen Schlangenbisse, Streichhölzern, Taschenlampen und Landkarten, die wir uns im Rathaus geholt hatten, von meinem Haus aus auf den Weg in den lockenden Wald. All unsere Lebewohls waren gesagt, unsere Hunde waren eingesperrt, unsere Fahrräder im Schuppen untergestellt und angekettet. Davy hatte den Kompaß seines Vaters bei sich und trug eine Jagdmütze in Tarnfarben. Wir alle hatten lange Hosen und unsere Winterstiefel an, um unsere Schienbeine gegen Dornen und Schlangenzähne zu schützen. Wir waren auf einen langen Marsch vorbereitet, und wir reckten entschlossen unsere Gesichter in die Sonne wie Pioniere, die als erste ihren Fuß in einen unberührten Urwald setzten. Bevor wir jedoch noch den Wald erreicht hatten, rief uns meine Mutter, die ewig Besorgte, von der Veranda aus nach: »Cory! Hast du auch an das Toilettenpapier gedacht?«
Ich bejahte. Irgendwie konnte ich mir nicht vorstellen, daß Daniel Boones Mutter dies gefragt hätte.
Wir erklommen den Hügel und überquerten die Lichtung, wo wir am ersten Tag des Sommers geflogen waren. Jenseits davon begann der wirkliche Wald, ein grünes Reich, bei dessen Anblick selbst Tarzan einen Moment ehrfürchtig in-

negehalten hätte. Ich schaute zurück auf das unter uns liegende Zephyr, und Ben blieb stehen, und schließlich folgte auch Davy Ray unserem Beispiel. Alles schien so wohlgeordnet: Die Straßen, die Dächer, die gemähten Rasen, die Bürgersteige, die Blumenbeete. Wir hingegen würden nun in ein wildwucherndes Labyrinth eintreten, ein Reich, das weder Trost noch Sicherheit bot; mit anderen Worten, in jenem Augenblick wurde mir schlagartig bewußt, auf was ich mich da eingelassen hatte.

»Nun«, sagte Davy Ray schließlich, »ich denke, wir sollten uns jetzt besser aufmachen.«

»Ja«, murmelte Ben. »Laßt uns losgehen.«

»Okay«, sagte ich.

Wir standen da, den Wind im Gesicht und Schweiß im Nacken. Hinter uns raschelte der Wald. Ich dachte an den Kopf der Hydra und wie er in *Jason und die Argonauten* zischend hin und her schwang.

»Ich gehe jetzt«, sagte Davy Ray, und er setzte sich in Bewegung. Ich kehrte Zephyr den Rücken zu und folgte ihm, denn er war der Typ mit dem Kompaß. Ben zog die Riemen seines Rucksacks noch ein wenig fester. Sein Hemd war schon wieder aus dem Hosenbund gerutscht. Er rief: »Wartet auf mich!« und kam uns so schnell er konnte nach.

Der Wald, der schon Hunderte von Jahren auf drei Jungs wie uns gewartet hatte, ließ uns ein und schloß dann seine Äste und Blätter hinter uns. Wir hatten nun unseren Fuß in die Wildnis gesetzt und waren ganz auf uns allein gestellt.

Schon bald waren wir schweißgebadet. In der drückenden Augusthitze an den bewaldeten Kammlinien entlangzuklettern war keine leichte Aufgabe, und Ben begann zu keuchen und bat Davy Ray, etwas langsamer zu gehen. »Schlangenloch!« rief Davy Ray und deutete auf ein angebliches Loch zu Bens Füßen, und das brachte Ben im Handumdrehen wieder auf Trab. Wir wanderten durch ein grünes Königreich der Sonne und des Schattens, und wir fanden Geißblatt, das in duftendem Überschwang wucherte, und wild wachsende Brombeeren, und natürlich mußten wir eine Weile Rast machen und sie probieren. Dann marschierten wir wieder, dem Kompaß und der Sonne, den Herren unseres Schicksals, folgend. Auf der Kuppe eines Hügels fanden wir einen großen Felsblock, auf den wir uns setzten, und wir entdeckten indianische Symbole, die in den Stein eingeritzt waren. Doch leider waren wir nicht die ersten, die diese Entdeckung machten, denn ganz in der Nähe lagen ein Moon-Pie-Papier und eine zerbrochene 7-Up-Flasche. Wir gingen weiter, tiefer in den Wald, entschlossen, einen Ort zu finden, dessen Erde noch nie der Abdruck eines menschlichen Fußes verunziert hatte. Wir kamen zu einem ausgetrockneten Flußbett und folgten ihm. Die Steine knirschten unter unseren Stiefeln. Ein totes Opossum, um das die Fliegen schwirrten, hielt ein paar Minuten unsere Aufmerksamkeit gefangen. Davy Ray drohte, den Opossumkadaver aufzuheben und damit nach Ben zu werfen, doch ich redete ihm dieses abscheuliche Vorhaben aus, und Ben lief es vor Erleichterung kalt über den Rücken. Ein Stück weiter, an einem Ort, wo die Bäume nicht so eng beieinanderstanden und weiße Felsen sich wie Dinosaurierrippen aus dem Boden reckten, blieb Davy Ray stehen und beugte sich hinab. Als er sich wieder aufrichtete, hielt er eine schwarze, beinahe perfekt geformte Pfeilspitze in der Hand, die er für Johnnys Sammlung in die Tasche steckte.

Die Sonne sank. Wir waren verschwitzt und staubig, und die Mücken schwirrten um unsere Köpfe und machten Sturzflüge auf unsere Augäpfel. Ich habe nie die Anziehungskraft verstanden, die Augäpfel auf Mücken besaßen, doch ich denke, es ist dieselbe wie bei Motten und Flammen;

auf jeden Fall verbrachten wir eine Menge Zeit damit, kleine tote Tiere aus unseren triefenden Augen zu wischen. Doch als die Sonne versank und die Luft sich abkühlte, verschwanden die Mücken. Wir begannen uns zu fragen, wo wir wohl einen Platz für die Nacht finden würden, und genau da geschah es, daß uns die Wahrheit in ihrer ganzen Tragweite bewußt wurde.

Da waren keine Mütter und Väter, die uns das Abendbrot bereiteten. Da waren keine Fernseher, keine Radios, keine Badewannen, keine Betten und keine Lampen, wie uns vollends bewußt wurde, als sich der Himmel im Osten verdunkelte. Wir hatten keine Ahnung, wie weit weg wir von zu Hause waren, doch während der letzten zwei Stunden hatten wir keinerlei Anzeichen von Zivilisation gesehen. »Wir sollten besser hier bleiben«, sagte ich zu Davy Ray und deutete auf eine Lichtung, doch er meinte: »Ach, wir können noch ein bißchen weiterlaufen«, und ich wußte, daß es seine Neugier darauf war, was hinter der nächsten Kuppe lag, die ihn vorantrieb. Ben und ich hielten mit ihm Schritt; wie ich schon sagte, war er der Typ mit dem Kompaß.

Unsere Taschenlampen wurden hervorgeholt, um die immer stärker werdende Dunkelheit zu durchdringen. Irgend etwas flog in mein Gesicht und flatterte erschrocken davon: Eine Fledermaus auf der Jagd. Etwas anderes huschte raschelnd durchs Unterholz, als wir uns näherten, und Ben fragte immer wieder: »Was war das? Was war das?«, doch keiner von uns konnte es beantworten. Schließlich blieb Davy Ray stehen, schwenkte seine Taschenlampe umher und erklärte: »Hier werden wir unser Lager aufschlagen.« Für Ben und mich kam diese Ankündigung nicht einen Moment zu früh, denn unsere Beine waren vollkommen erschöpft. Wir streiften unsere Rucksäcke von unseren schmerzenden Schultern und pinkelten in die Kiefernnadeln, und dann machten wir uns daran, Holz für das Lagerfeuer zu suchen. Diesbezüglich hatten wir Glück, denn überall lagen Kiefernzweige und Zapfen herum, und die brannten schon beim Anblick eines Streichholzes. Und so hatten wir binnen kurzer Zeit ein ordentliches Feuer in Gang gebracht, die Feuerstelle von Steinen umgeben, wie mein Dad es mir erklärt hatte. Im roten Schein der Flammen saßen wir drei Pioniere da und aßen die Sandwiches, die unsere Mütter uns gemacht hatten.

Das Feuer knisterte. Ben entdeckte eine Packung Marshmallows, die seine Mutter ihm in den Rucksack gepackt hatte. Wir suchten uns Stöcke und machten uns an die freudige Aufgabe des Röstens. Um unseren Kreis herum, jenseits des Feuerscheins, war nichts als Dunkelheit, und Glühwürmchen blinkten in den Bäumen. Eine sanfte Brise strich durch die Baumwipfel, und hoch über uns konnten wir den hellen Schein der Milchstraße am Himmel sehen.

In diesem Ehrfurcht einflößenden Wald waren unsere Stimmen gedämpft, voller Respekt vor dem Ort, an dem wir uns befanden. Wir sprachen über unsere erbärmliche Baseballsaison und schworen uns, im nächsten Jahr Nemo Curliss in unsere Mannschaft zu holen, komme was wolle. Wir sprachen über die Branlins und daß ihnen mal jemand eine tüchtige Lehre dafür erteilen sollte, daß sie Johnny den Sommer verdorben hatten. Wir sprachen darüber, wie weit weg von zu Hause wir waren; fünf oder sechs Meilen, meinte Davy Ray, wohingegen Ben sagte, daß es eher zehn oder zwölf sein müßten. Wir fragten uns, was unsere Eltern wohl in diesem Augenblick taten, und wir kamen alle überein, daß sie sich wahrscheinlich zu Tode sorgten, doch diese Erfahrung wäre nur lehrsam für sie. Wir wurden nun langsam erwachsen, und es war höchste Zeit, daß sie begriffen, daß unsere Kindheitstage gezählt waren.

In der Ferne begann eine Eule zu schreien. Davy Ray

sprach voller Erwartung von Snowdown, der irgendwo hier im selben Wald, inmitten derselben Anblicke und Geräusche sein mußte, ja vielleicht sogar dieselbe Eule hörte. Wir lagen auf dem Rücken, während das Feuer langsam verlosch, starrten hinauf in den Himmel und sprachen dabei über Zephyr und die Leute, die dort lebten. Es war eine verzauberte Stadt, darin stimmten wir alle überein. Und auch wir trugen etwas von diesem Zauber in uns, da wir dort geboren waren.

Irgendwann, nachdem die Flammen erloschen waren und nur noch die Glut rot glomm, nachdem die Eule schlafen gegangen war und die sanfte, warme Brise den Duft wilder Kirschen zu unserem Lagerplatz herüberwehte, beobachteten wir Sternschnuppen, die strahlendblau und golden über den Himmel sausten. Als die Schau vorüber war und wir alle in unsere eigenen Gedanken versunken dalagen, sagte Davy Ray plötzlich: »He, Cory. Warum erzählst du uns nicht eine Geschichte?«

»Nee«, erwiderte ich. »Mir fällt nichts ein.«

»Dann denk dir einfach eine aus«, drängte Davy Ray. »Komm schon. Okay?«

»Ja, aber mach sie nicht *zu* gruselig«, sagte Ben. »Ich möchte keine Alpträume bekommen.«

Ich dachte eine Weile nach, und dann fing ich an. »Wußtet ihr schon, daß sie hier in der Gegend ein Gefangenenlager für Nazis hatten? Dad hat mir alles darüber erzählt. Ja, er sagte, sie hatten all diese Nazis in diesem Lager, und alle waren sie die schlimmsten Killer, die man sich vorstellen kann. Es war ganz in der Nähe des Luftwaffenstützpunktes, nur daß es damals natürlich noch kein Luftwaffenstützpunkt war.«

»*Stimmt* das?« fragte Ben mißtrauisch.

»Nee, Blödmann!« sagte Davy Ray. »Das denkt er sich aus!«

»Vielleicht tue ich das«, erklärte ich, »vielleicht aber auch nicht.«
Davy Ray schwieg.
»Jedenfalls«, fuhr ich fort, »gab es ein Feuer in diesem Gefangenenlager, und einige der Nazis konnten entfliehen. Und einige von ihnen waren ganz verbrannt; ihre Gesichter waren vollkommen entstellt, doch sie konnten in diese Wälder entkommen und ...«
»Das hast du bei *Thriller* gesehen, stimmt's?« fragte Davy Ray.
»Nein«, erwiderte ich. »Das hat mein Dad mir so erzählt. Das ist alles vor langer Zeit geschehen, bevor überhaupt einer von uns geboren war. Die Nazis sind also hier ganz in der Nähe in die Wälder geflohen, und ihr Anführer – sein Name war Bruno – war ein großer Kerl mit einem vernarbten, verbrannten Gesicht, und er fand eine Höhle, in der sie alle leben konnten. Doch es gab nicht genügend Essen für alle, und so haben sie, wenn welche von ihnen starben, ihre Leichen mit Messern aufgeschnitten und ...«
»Oh, *eklig*!« sagte Ben.
»... und haben sie gegessen, und Bruno hat immer das Gehirn bekommen. Er hat ihre Schädel wie Walnüsse aufgeknackt, das Gehirn mit beiden Händen herausgeholt und es dann in seinen Schlund gestopft.«
»Ich muß gleich kotzen!« rief Davy Ray und gab würgende Laute von sich. Dann lachte er, und Ben lachte auch.
»Nach einer langen Zeit – so zwei Jahre – war Bruno als einziger übrig, und er war größer als je zuvor«, fuhr ich fort. »Doch sein Gesicht war nach dem Feuer nie ganz verheilt. Er hatte ein Auge auf der Stirn, und das andere Auge baumelte an seinem Kinn.« Das weckte neuerliches Gelächter. »Nach all der Zeit in der Höhle und all den Nazis, die er aufgefressen hat, war Bruno mittlerweile

übergeschnappt. Er war hungrig, doch er wollte nur eins essen: Gehirne.«

»*Igitt!*« sagte Ben.

»Er wollte nur Gehirne«, erklärte ich meinem Zwei-Personen-Publikum. »Er war über zwei Meter groß, und er wog dreihundert Pfund, und er hatte ein langes Messer, mit dem er eine Schädeldecke aufschneiden konnte, als wäre sie aus Butter. Nun, die Polizei und die Armee suchten die ganze Zeit nach ihm, doch sie konnten ihn nicht finden. Sie fanden einen Ranger, dessen Schädeldecke aufgeschnitten und dessen Gehirn verschwunden war. Sie fanden einen alten toten Schwarzbrenner, bei dem auch das Gehirn fehlte, und sie rechneten sich aus, daß Bruno immer näher an Zephyr herankam.«

»Und dann haben sie James Bond und Batman gerufen!« sagte Davy Ray.

»Nein!« Ich schüttelte ernst meinen Kopf. »Es gab niemanden, den sie rufen konnten. Da waren nur die Polizisten und die Soldaten, und jede Nacht schlich Bruno mit seinem Messer und einer Laterne durch den Wald, und sein Gesicht war so häßlich, daß es die Leute zu Stein erstarren lassen konnte wie das der Medusa, und dann *schlitz!* schnitt er jemandem den Kopf auf und *schlürf!* war das Gehirn in seiner Kehle verschwunden.«

»Klar doch!« sagte Ben grinsend. »Ich wette, der alte Bruno ist jetzt immer noch hier in diesen Wäldern und verspeist die Gehirne der Leute zum Abendbrot, was?«

»Nein«, entgegnete ich und erzählte das Ende meiner Geschichte. »Die Polizei und die Soldaten haben ihn gefunden, und sie haben ihn so mit Kugeln durchsiebt, daß er wie ein Schweizer Käse aussah. Aber manchmal, wenn man in einer richtig dunklen Nacht im Wald ist, kann man Brunos Laterne sehen, die sich zwischen den Bäumen hindurchbewegt.« Ich sagte dies in einem eisigen Flüstern, und weder

Davy Ray noch Ben lachten. »Ja, du kannst seine Laterne umherwandern sehen, während er nach einem Gehirn zum Essen sucht. Er leuchtet damit überall herum, und wenn du nahe genug bist, kannst du das Blitzen seines Messers sehen, aber schau nicht in sein Gesicht!« Ich hielt warnend den Finger hoch. »Nein, schaut nicht in sein Gesicht, denn sonst verliert ihr den Verstand und wollt dann vielleicht selbst ein paar *Gehirne fressen*!« Ich brüllte die letzten Worte heraus und sprang gleichzeitig auf, und Ben schrie vor Angst, doch Davy Ray lachte nur.

»He, das ist nicht komisch!« protestierte Ben.

»Du brauchst dir wegen dem alten Bruno keine Sorgen zu machen«, erklärte ihm Davy Ray. »Du hast ja kein Gehirn, also bist du nicht ...«

Davy Ray brach mitten im Satz ab und starrte hinaus in die Dunkelheit.

»Was ist?« fragte ich ihn.

»Ahhhh, er versucht, uns Angst einzujagen!« winkte Ben ab. »Nun, es funktioniert nicht!«

Davy Rays Gesicht war kreidebleich geworden. Ich schwöre, ich konnte sehen, wie ihm eine Gänsehaut über den Schädel lief und ihm die Haare zu Berge standen. Er sagte: »Gah ... gah ... gah ...« und hob den Arm und deutete auf den Wald.

Ich wandte mich um und blickte in die Richtung, in die er zeigte. Ich hörte, wie Ben einen erstickten Laut ausstieß. Meine eigenen Haare erhoben sich, und mein Herz fing an zu hämmern.

Ein Licht kam durch die Bäume auf uns zu.

»Gah ... gah ... Gott Allmächtiger!« krächzte Davy Ray. Wir alle wurden von der Art von Schrecken gepackt, die einen wünschen läßt, man könnte ein Loch graben, reinspringen und das Loch hinter sich hineinziehen. Das Licht bewegte sich langsam, doch es kam näher. Und während es näher kam, teilte es sich, und alle drei warfen wir uns zitternd bäuchlings in die Kiefernnadeln. Einen Augenblick später erkannte ich, was es war: Die Scheinwerfer eines Autos. Es sah so aus, als würde der Wagen direkt über unser Versteck hinwegrollen, und dann schwenkte er plötzlich ab, und wir sahen, wie die roten Rücklichter aufflammten, als der Fahrer auf die Bremse trat. Der Wagen rollte weiter, einem gewundenen Pfad folgend, der nur fünfzig Meter oder so von unserem Lagerplatz entfernt vorbeiführte, und kurz darauf war er zwischen den Bäumen verschwunden.

»Habt ihr das gesehen?« flüsterte Davy Ray.

»Natürlich haben wir es gesehen!« flüsterte Ben zurück.

»Ich frage mich, wer wohl in dem Wagen sitzt und was er hier draußen macht?« Davy Ray schaute mich an. »Willst du es herausfinden, Cory?«

»Wahrscheinlich Schwarzbrenner«, erwiderte ich. Meine Stimme bebte. »Ich denke, wir sollten sie besser in Ruhe lassen.«

Davy Ray griff nach seiner Taschenlampe. Sein Gesicht war noch immer aschfahl, doch seine Augen blitzten aufgeregt. »Ich werde herausfinden, was da vor sich geht! Ihr könnt ja hierbleiben, wenn ihr wollt!« Er stand auf, knipste seine Taschenlampe an und schlich vorsichtig dem Wagen hinterher. Als er bemerkte, daß wir ihm nicht folgten, blieb er stehen. »Geht schon in Ordnung«, sagte er. »Ich werde euch schon nicht für Angsthasen halten.«

»Gut«, erwiderte Ben, »denn ich rühre mich nicht vom Fleck.«

Ich stand auf. Wenn Davy Ray mutig genug war zu gehen, dann war ich es auch. Außerdem wollte ich selbst wissen, wer hier draußen im Wald mit dem Wagen umherfuhr. »Also los!« sagte er. »Aber paß auf, wo du hintrittst!«

»Ich bleib nicht allein hier!« Ben erhob sich mühsam. »Ihr beide seid total *verrückt*, wißt ihr das?«
»Ja.« Davy Ray schien stolz darauf. »Seid vorsichtig, und haltet den Mund!«
Wir schlichen von Baum zu Baum, immer dem Pfad folgend, den wir nicht einmal gesehen hatten, als wir in der Dämmerung unser Lager aufgeschlagen hatten. Davy Ray hielt den Lichtstrahl seiner Taschenlampe auf den Boden gerichtet, damit er nicht von jemandem weiter vorn entdeckt wurde. Der Pfad wand sich zwischen den Bäumen hin und her. Die Eule schrie wieder, und überall um uns herum blinkten Glühwürmchen. Wir waren ein paar hundert Meter auf dem Pfad vorangekommen, als Davy plötzlich stehenblieb und flüsterte: »Da ist er!«
Vor uns konnten wir den Wagen ausmachen. Er stand still, doch die Scheinwerfer brannten und der Motor lief. Wir kauerten uns in die Kiefernnadeln, und ich weiß nicht, wie es den anderen ging, doch mein Herz raste wie ein Sprintweltmeister. Das Auto bewegte sich nicht. Wer immer hinter dem Lenkrad sitzen mochte, stieg nicht aus. »Ich muß mal pinkeln!« flüsterte Ben drängend. Davy Ray sagte ihm, er sollte es anhalten.
Fünf oder sechs Minuten später sahen wir aus der entgegengesetzten Richtung noch mehr Lichter durch den Wald auf uns zukommen. Es war ein weiterer Wagen, diesmal ein schwarzer Cadillac, und er hielt dem ersten Auto gegenüber an. Davy Ray blickte zu mir, und sein Ausdruck sagte, daß wir diesmal wirklich über was Großes gestolpert waren. Mir war so ziemlich egal, was dort vor sich ging; für mich sah es wie ein Treffen von Schwarzbrennern und Alkoholschmugglern aus, und ich wollte so schnell wie möglich verschwinden. Dann öffnete sich die Tür des ersten Wagens, und zwei Leute stiegen aus.
»O Gott!« hauchte Davy Ray.

Im Lichtkegel der Scheinwerfer standen zwei Männer. Sie trugen gewöhnliche Kleidung, bis man zu ihren Köpfen kam, die mit weißen Masken bedeckt waren. Einer der Männer war von mittlerer Größe, der andere war groß und fett, mit einem Bauch, der über den Bund seiner Jeans hing. Der mittelgroße Mann rauchte entweder eine Zigarette oder eine Zigarre – es war schwer zu erkennen, was von beiden –, und er legte seinen maskierten Kopf zur Seite und blies Rauch aus dem Mundwinkel. Dann öffneten sich die Türen des Cadillacs, und ich hätte beinahe mein Herz verschluckt, als Bodean Blaylock hinter dem Lenkrad herausrutschte. Er war es, daran bestand kein Zweifel; dieses Gesicht war dasselbe, das mich über den Pokertisch hinweg angeschaut hatte, als wollte es mir sagen, daß er, Bodean, meinen Großvater am Haken hatte und ihn nicht mehr loslassen würde. Ein schlanker Mann mit brillantineglänzendem, zurückgekämmtem Haar und einem kantigen, vorspringenden Kinn stieg auf der Beifahrerseite aus; er trug enge schwarze Hosen und ein rotes Hemd mit Cowboynieten an den Schultern, und zuerst dachte ich, es wäre Donny Blaylock, doch Donny hatte nicht so ein Kinn. Der Mann öffnete die rechte hintere Tür des Cadillacs, und der ganze Wagen erbebte, als wer immer sich noch darin befand herauszuklettern begann.

Es war ein Berg auf zwei Beinen.

Sein Bauch war riesengroß und ließ beinahe die Vorderseite des rotkarierten Hemdes und des Overalls, die er trug, platzen. Als er sich zu seiner vollen Größe erhob, war er ungefähr einsfünfundachtzig. Er war kahlköpfig, einmal abgesehen von einem spärlichen Kranz aus grauen Haaren, der sich um seinen eichelförmigen Schädel zog, und er hatte einen gestutzten grauen Bart, der spitz unter seinem Kinn zulief. Er keuchte wie ein Walroß, und sein Gesicht war eine rotangelaufene Masse faltigen Fleisches. »Geht ihr Jungs noch auf einen Maskenball?« brüllte er mit einer Stimme, die wie ein Zementmischer klang, und er lachte *hä-hä-hä* wie ein großer alter Motor, der Mühe beim Anspringen hatte. Bodean lachte auch, und der andere Mann stimmte mit ein. Die Männer mit den Masken scharrten unbehaglich mit den Füßen. »Ihr Typen seht aus wie ein Sack voll Scheiße«, sagte der Fleischberg, als er nach vorn watschelte. Ich schwöre, seine Hände hatten die Größe von Schinkenkeulen, und seine Füße in ihren abgeschabten Stiefeln sahen aus, als könnten sie kleine Bäume zerstampfen.

Der maskierte Mann mit dem Schwabbelbauch sagte: »Wir sind inko ... inkog ... Wir wollen nicht erkannt werden.«

»Scheiße, Dick!« erwiderte das bärtige Monstrum, und er krächzte abermals. »Man muß schon ein beschissener blinder Idiot sein, um deinen fetten Bauch und Arsch nicht zu erkennen!« Na, du hast gut reden, dachte ich bei mir.

»Äääh, Sie sollten uns doch nicht erkennen, Mr. Blaylock!« entgegnete der Mann, der Dick gerufen worden war, in einem trotzigen, jammernden Tonfall, und mir wurde mit doppeltem Entsetzen bewußt, daß dieser Mann Dick Moultry und der andere Biggun Blaylock war, der berüchtigte Kopf des Blaylock-Clans höchstpersönlich.

Ben wurde es ebenfalls bewußt. »Laßt uns verschwinden!« flüsterte er, doch Davy Ray zischte: »Sei still!«

»Nun«, sagte Biggun, die Hände in seine massigen Hüften gestemmt, »ist mir scheißegal, was wir sollten. Habt ihr das Geld?«

»Ja, Sir.« Mr. Moultry griff in seine Tasche und holte ein Bündel Scheine hervor.

»Zähl es!« befahl Biggun.

»Ja, Sir. Fünfzig ... einhundert ... hundertfünfzig ... zweihundert ...« Er zählte weiter, bis er bei vierhundert Dollar angelangt war. »Nimm das Geld, Wade«, sagte Big-

gun, und der Mann in dem nietenbesetzten Cowboyhemd trat vor, um es zu holen.
»Einen Augenblick mal«, sagte der zweite Maskierte. »Wo ist die Ware?« Er sprach mit einer tiefen, heiseren Stimme, die sich verstellt anhörte, und doch kannte ich diese Stimme von irgendwoher.
»Bodean, bring her, was der Kerl will«, wies Biggun ihn an, und Bodean zog die Schlüssel des Cadillacs aus der Zündung und ging nach hinten zum Kofferraum. Bigguns Blick blieb starr auf den Mann mit der verstellten Stimme gerichtet. Ich war froh, daß er nicht auf mich gerichtet war, denn er schien so durchdringend, daß er Eisen hätte schmelzen lassen können. »Es ist gute Qualitätsarbeit«, sagte Biggun. »Genau wie ihr Jungs verlangt habt.«
»Das sollte es auch besser sein. Wir haben genug dafür hingeblättert.«
»Wollt ihr eine kleine Demonstration?« Biggun grinste und zeigte dabei zwei Reihen blitzender Zähne. »Wenn ich du wäre, Freundchen, würde ich ganz schnell den Stumpen da ausmachen.«
Der maskierte Mann nahm einen letzten Zug, dann drehte er sich um und schnippte ihn genau dorthin, wo wir uns versteckt hatten. Er fiel ungefähr einen Meter von mir in die Kiefernnadeln, und ich sah seine zerkaute Plastikspitze. Ich wußte, wer Stumpen mit einer solchen Spitze rauchte. Es war Mr. Hargison, unser Briefträger.
Bodean hatte den Kofferraum geöffnet. Nun schloß er ihn wieder, und als er sich den beiden maskierten Männern näherte, trug er eine kleine Holzkiste in seinen Armen. Er trug sie sehr vorsichtig, so als hielte er ein schlafendes Baby.
»Ich will es sehen«, sagte Mr. Hargison mit einer Stimme, die ich noch nie bei ihm gehört hatte.
»Zeig ihm, was er kauft«, wies Biggun seinen Sohn an.

Bodean schob vorsichtig den Riegel zurück und öffnete den Deckel, um zu zeigen, was sich darin befand. Keiner von uns Jungs konnte in die Kiste schauen, doch Mr. Moultry ging hinüber, um hineinzuspähen, und er pfiff leise hinter seiner Maske.

»Gefällt's euch?« fragte Biggun.

»Genau das richtige«, erwiderte Mr. Hargison. »Die werden gar nicht wissen, was ihnen passiert ist, bis sie in der Hölle Step tanzen.«

»Ich hab noch einen extra reingelegt.« Biggun grinste abermals, und ich dachte bei mir, daß er wie Satan höchstpersönlich aussah. »Als Glücksbringer«, sagte er. »Mach wieder zu, Bodean. Wade, nimm unser Geld.«

»Davy Ray!« flüsterte Ben. »Da krabbelt was auf mir rum!«

»Sei still, du Schwachkopf!«

»Wirklich! Da ist etwas auf mir drauf!«

»Hast du was gehört?« fragte Mr. Moultry, und diese Frage ließ mir das Mark in den Knochen gefrieren.

Die Männer waren still. Mr. Hargison packte die Kiste mit beiden Händen, und Wade Blaylock hatte das Geldbündel in seiner Faust. Bigguns Kopf schwenkte langsam von einer Seite zur anderen, während seine glühenden Augen den Wald absuchten. *Huut-huut*, meldete sich die Eule in der Ferne. Ben stieß ein leises, ängstliches Wimmern aus. Ich preßte mich ganz flach auf den Boden, mein Kinn in die Kiefernnadeln gegraben, und neben meinem Gesicht glühte Mr. Hargisons Stumpen.

»Ich hab nichts gehört«, sagte Wade Blaylock, und er brachte seinem Vater das Geld. Biggun zählte es nochmals, während seine Zunge über seine Unterlippe leckte, und dann schob er die Scheine in eine Tasche. »Okey-dokey«, sagte er zu den beiden maskierten Männern. »Ich denke, damit wäre das Geschäft abgeschlossen, meine Herren. Wenn ihr wieder mal einen besonderen Wunsch habt, dann wißt ihr ja, wo ihr mich findet.« Er watschelte zum Cadillac zurück, und Bodean sprang an ihm vorbei, um ihm die Tür aufzuhalten.

»Vielen Dank, Mr. Blaylock.« Etwas in Mr. Moultrys Stimme erinnerte mich an einen räudigen Hund, der seinem brutalen Herrchen die Hand leckt, um ihn zu besänftigen. »Wir wissen es sehr zu ...«

»Spiiiiinnen!«

Die Welt hörte auf, sich zu drehen. Die Eule verstummte. Die Milchstraße flackerte, als stünde sie kurz vor der Auslöschung.

Ben brüllte abermals: *»Spinnen!«* Er wälzte sich wild auf dem Boden. *»Sie krabbeln überall auf mir herum!«*

Ich konnte nicht atmen. Ich konnte einfach nicht. Davy Ray starrte Ben mit offenem Mund an, während Ben um sich schlug und brüllte. Die fünf Männer standen wie angewurzelt da und blickten in unsere Richtung. Mein Herz hämmerte. Drei Sekunden verstrichen wie ein ganzes Leben, und dann zerriß Biggun Blaylocks Schrei die Nacht: *»Schnappt sie euch!«*

»Rennt!« brüllte Davy Ray und stolperte auf die Füße. »Rennt um euer Leben!«

Wade und Bodean kamen hinter uns her, ihre Schatten überdimensional von den Scheinwerfern. Davy Ray rannte schon in die Richtung, aus der wir gekommen waren, und ich rief: »Lauf, Ben!«, während ich selbst aufsprang und floh. Ben quiekte und rappelte sich auf, und seine Hände zupften wie verrückt an seinen Kleidern. Ich blickte über meine Schulter und sah, daß Wade Ben schon beinahe erreicht hatte, doch dann rannte Ben plötzlich wie von tausend Teufeln gehetzt los, und Wades Hände griffen ins Leere. »Kommt zurück, ihr kleinen Bastarde!« schrie Bodean, während er hinter Davy Ray und mir herjagte.

»Schnappt sie euch, verdammt noch mal!« donnerte Biggun. »Laßt sie nicht entkommen!«
Davy Ray war flink, das muß ihm der Neid lassen. Der Abstand zwischen uns wurde schnell größer. Das Problem war nur, daß er die Taschenlampe hatte. Ich konnte nicht sehen, wo ich hinlief, und hinter mir hörte ich Bodeans Atem pfeifen. Ich wagte, abermals zurückzuschauen, doch Ben rannte, dicht gefolgt von Wade, in eine andere Richtung. Ob Mr. Hargison und Mr. Moultry uns auf den Fersen waren, vermochte ich nicht zu sagen. Bodean Blaylock griff nach mir und wollte mich am Kragen packen. Ich duckte meinen Kopf und schlug einen Haken, und er rutschte auf den Nadeln aus. Ich rannte weiter durch die stockfinstere Wildnis. »Davy Ray!« rief ich, denn seine Taschenlampe war nicht mehr zu sehen. »Wo bist du?«
»Hier drüben, Cory!« antwortete er, doch ich konnte nicht erkennen, wo er war. Hinter mir hörte ich Bodean lärmend durch das Unterholz brechen. Ich mußte weiterlaufen. Schweiß rann über mein Gesicht. »Cory! Davy Ray!« brüllte Ben von irgendwo zu meiner Rechten. »Verdammt noch mal, bringt sie zurück!« wütete Biggun. Ich wagte mir gar nicht vorzustellen, was dieser monströse Fleischberg und seine Brut mit uns machen würden, denn was immer dort hinten vor sich ging, war zweifellos etwas, was er geheimzuhalten gedachte. Ich wollte nach Ben rufen, doch als ich gerade den Mund aufmachte, rutschte mein linker Fuß auf den Kiefernnadeln aus, und plötzlich trudelte ich wie ein Sack Weizen einen Abhang hinunter. Ich rollte durch Büsche und Ranken, und als ich endlich liegenblieb, war ich so verängstigt und benommen, daß ich beinahe meine gerösteten Marshmallows ausgewürgt hätte. Ich lag auf dem Bauch, mein Kinn aufgeschürft von etwas, gegen das ich im Fallen gestoßen war, und wartete darauf, daß eine Hand aus der Dunkelheit hervorschoß und mich im Nacken packte.

Ich hörte Zweige knacken; Bodean war in der Nähe. Ich hielt die Luft an. Ich hatte Angst, er würde meinen Herzschlag hören. Für mich hörte es sich an, als würde ein Trommelcorps mit Vorschlaghämmern auf einen Amboß einschlagen, und wenn Bodean es nicht hörte, mußte er stocktaub sein.

Seine Stimme drang von meiner Linken zu mir herüber. »Warum gibst du nicht auf, Junge? Ich weiß, wo du bist.«

Es klang überzeugend. Beinahe hätte ich ihm geantwortet, doch dann wurde mir bewußt, daß er ebenso im Dunkeln tappte wie ich. Ich preßte die Lippen zusammen und behielt den Kopf unten.

Einen Augenblick später rief Bodean aus etwas weiterer Entfernung: »Wir werde euch finden! O ja, macht euch keine Sorgen, wir werden jeden einzelnen von euch verräterischen Bastarden finden.«

Er bewegte sich weiter weg. Ich wartete noch ein paar Minuten und lauschte darauf, wie die Blaylocks Rufe austauschten. Offensichtlich waren auch Davy Ray und Ben entkommen, und Biggun schäumte vor Wut. »Ihr findet diese Bengel, und wenn es die ganze Nacht dauert!« brüllte er seine Söhne an, und sie antworteten verschüchtert: »Ja, Sir.« Ich dachte mir, daß ich besser verschwinden sollte, solange ich noch konnte, also stand ich auf und schlich mich wie ein geprügelter Hund davon.

Ich hatte keine Ahnung, wohin ich ging. Ich wußte nur, daß ich soviel Abstand wie möglich zwischen den Blaylocks und mir schaffen mußte. Ich überlegte kurz, ob ich umkehren und die anderen Jungs suchen sollte, doch ich hatte Angst, daß die Blaylocks mich erwischen würden. Ich schlich einfach weiter durch die Dunkelheit. Wenn sich in der Nähe irgendwelche Luchse oder Klapperschlangen herumtrieben, dann konnten sie auch nicht schlimmer sein als die zweibeinigen Bestien hinter mir. Ich war vielleicht eine halbe Stunde gegangen, als ich einen Felsbrocken fand, auf den ich mich hockte, und im Sternenschein wurde mir die volle Tragweite meiner Situation bewußt: Mein Rucksack, mit allem, was darin war, lag noch an unserem Lagerplatz, wo immer der sich auch befinden mochte. Ich hatte kein Essen, kein Wasser, keine Taschenlampe, keine Streichhölzer, und Davy Ray hatte den Kompaß.

Ein niederschmetternder Gedanke durchzuckte mich: Mom hatte recht gehabt. Ich hätte warten sollen, bis ich dreizehn war.

8
Chile Willow

Ich hatte früher schon lange Nächte erlebt. Zum Beispiel, als ich Diphtherie hatte und nicht schlafen konnte und jede Minute die reinste Folter war. Oder als Rebell Würmer hatte, und ich wach blieb und mich sorgte, während er hustete und jaulte. Doch die Nacht, die ich auf dem Felsbrocken verbrachte, war eine Ewigkeit aus Reue, Furcht und Unbehagen, alles hineingezwängt in sechs Stunden. Eins wußte ich mit Sicherheit: Dies war mein letzter Campingausflug. Bei jedem eingebildeten Geräusch zuckte ich zusammen. Ich spähte in die Dunkelheit und sah riesige, bedrohliche Gestalten, wo nur dürre Kiefern waren. Mit Freuden hätte ich für zwei Erdnußbuttersandwiches und eine Flasche Green Spot all meine Ausgaben von *National Geographic* ins Feuer geworfen. Dann kam die Morgendämmerung und mit ihr die Moskitos. Sie waren so groß, daß ich ihre Beine packen und auf ihren Rücken nach Zephyr hätte fliegen können. Mir war hundeelend, von meinen roten, geschwollenen Stichen bis zu meinem knurrenden Magen.

Zwischen dem Vertreiben der Insekten und dem Lauschen auf Schritte, die sich heranschlichen, blieb mir genug Zeit, mich zu fragen, was wohl in der Kiste war, für die Mr. Moultry und Mr. Hargison vierhundert Dollar bezahlt hatten. Mann, das war ein richtiges Vermögen! Wenn die Blaylocks ihre Hand im Spiel hatten, mußte es etwas Böses sein. Was hatten Mr. Moultry und Mr. Hargison mit dem Inhalt der Kiste vor? Ich erinnerte mich an etwas, das Mr. Hargison gesagt hatte: *Sie werden gar nicht wissen, was ihnen passiert ist, bis sie in der Hölle Step tanzen.*

Endlich ging die Sonne auf und färbte den Himmel rosa und purpur. Ich dachte mir, daß ich mich besser wieder in Bewegung setzen sollte, für den Fall, daß die Blaylocks irgendwo in der Nähe waren. Gestern waren wir der Sonne gefolgt, und es war Nachmittag gewesen, also beschloß ich, geradewegs gen Osten zu gehen. Ich machte mich auf schmerzenden Beinen auf, im Herzen eine brennende Sehnsucht nach zu Hause.

Ich dachte, ich könnte vielleicht eine hochgelegene Stelle finden und von dort aus Zephyr oder Saxon's Lake oder wenigstens eine Straße oder ein Eisenbahngleis sehen. Auf den Hügelkuppen angekommen, sah ich jedoch nur mehr Wald. Aber etwa zwei Stunden nach Sonnenaufgang erwachte ein kleiner Hoffnungsschimmer in mir: Ein Düsenjäger donnerte über mir hinweg, und ich sah, wie das Fahrwerk zur Landung ausgefahren wurde. Ich änderte meine Richtung um ein paar Grad, so daß ich, wie ich hoffte, auf den Luftwaffenstützpunkt zuhielt. Doch der Wald schien dichter statt lichter zu werden. Die Sonne gewann mehr und mehr an Kraft, und das Gelände war schwer. Schon bald war ich schweißgebadet. Die Mücken kehrten zurück, mit all ihren Brüdern, Schwestern, Onkeln und Cousinen, und sie umschwirrten meinen Kopf wie ein dunkler Heiligenschein.

Ich hörte weitere Düsenjäger über mir hinwegdonnern, obgleich ich sie durch die Bäume nicht sehen konnte, und dann vernahm ich das dumpfe *Wump! Wump! Wump!* von Explosionen. Ich blieb wie angewurzelt stehen. Augenblicklich wurde mir bewußt, daß ich mich ganz in der Nähe des Testabwurfgebiets befand. Vom nächsten Bergkamm aus konnte ich die dunklen Wolken aus Rauch und Staub ausmachen, die meiner Schätzung nach im Nordosten gen Him-

mel stiegen. Und das bedeutete, daß ich noch einen langen, mühsamen Weg bis zu meiner Haustür vor mir hatte.
Mein Magen und die Sonne im Zenit sagten mir, daß es Mittag war. Um diese Zeit sollte ich schon zu Hause sein. Bald würde meine Mutter vor Sorge halb wahnsinnig sein, und mein Dad würde schon mal vorsorglich seine Schlaghand aufwärmen. Doch am schmerzlichsten würde sein, zugeben zu müssen, daß ich heute nicht so erwachsen war, wie ich gestern noch geglaubt hatte.
Ich marschierte weiter, immer am Rand des Gebiets entlang, wo die Bomben abgeworfen wurden. Das letzte, was ich jetzt brauchte, war ein fröhliches Zusammentreffen mit ein paar hundert Pfund hochexplosivem Sprengstoff. Ich kämpfte mich durch Dornenbüsche, die meine Haut aufschlitzten und meine Kleider zerrissen, doch ich biß die Zähne zusammen und nahm es wie ein Mann. Immer wieder packte mich Panik, denn meine Phantasie sah in jedem Schatten eine Klapperschlange. Wenn ich je wünschte, wirklich fliegen zu können, so war es jetzt.
Und dann trat ich plötzlich ganz unvermittelt aus dem Kiefernwald auf eine grüne Lichtung. Sonnenstrahlen funkelten auf dem gekräuselten Wasser eines Teichs, und in dem Wasser schwamm ein Mädchen, das aber noch nicht lange darin sein konnte, denn nur die Spitzen seines langen, goldenen Haars waren naß. Sie war so braun wie eine Waldbeere, und auf ihren Armen und Schultern glitzerte das Wasser, während sie im Teich hin und her schwamm. Ich wollte sie gerade rufen, als sie sich auf den Rücken drehte, und ich sah, daß sie nackt war.
Augenblicklich setzte mein Herz einen Schlag aus, und ich trat eilig hinter einen Baum, mehr aus Angst, ich könnte sie erschrecken, denn aus irgendeinem anderen Grund. Ihre Beine planschten fröhlich im Wasser, und die kleinen Knospen ihrer Brüste ragten über die Oberfläche. Sie trug noch nicht

einmal etwas, um die Stelle zwischen ihren langen, schlanken Schenkeln zu bedecken, und ich schämte mich, hinzuschauen, doch ich konnte meine Augen einfach nicht abwenden. Sie drehte sich um und glitt unter die Wasseroberfläche. Als sie in der Mitte des Teichs wieder auftauchte, schob sie sich die nassen, dicken Strähnen aus der Stirn und drehte sich abermals um, so daß sie auf dem Rücken trieb, während sie in den blauen Himmel hinaufschaute.
Nun, hier hatten wir es mit einer interessanten Situation zu tun, dachte ich bei mir. Hier stand ich, hungrig und durstig, bedeckt mit Moskitostichen und Dornenkratzern, wissend, daß meine Mutter und mein Vater mittlerweile den Sheriff und die Feuerwehr alarmierten, und kaum zehn Meter von mir entfernt war ein glitzernder grüner Teich, in dem ein nacktes blondes Mädchen schwamm. Ich hatte mir ihr Gesicht noch nicht näher anschauen können, doch ich sah, daß sie älter war als ich, vielleicht fünfzehn oder sechzehn. Sie war großgewachsen und rank, und sie schwamm nicht mit der planschenden Unbekümmertheit eines Kindes, sondern mit einer eleganten, mühelos scheinenden Grazie. Ich sah ihre Kleider unter einem Baum auf der anderen Seite des Teichs liegen, und von dort führte ein schmaler Pfad in den Wald. Das Mädchen tauchte mit strampelnden Beinen unter, kam wieder hoch und schwamm langsam zu ihren Kleidern hinüber. Sie hielt inne, und ihre Füße fanden auf dem schlammigen Grund Halt. Dann watete sie ans Ufer, und für mich kam der Moment der Wahrheit.
»Warte!« rief ich aus.
Sie wirbelte herum. Ihr Gesicht errötete, und ihre Hände suchten eilig ihre Brüste zu bedecken, und dann kauerte sie sich hin, so daß ihr das Wasser bis zum Hals reichte. »Wer ist da? Wer hat da gerufen?«
»Ich war's.« Ich trat mit einem verschämten Lächeln aus meinem Versteck. »Tut mir leid.«

»Wer bist *du*? Wie lange stehst du schon da?«
»Erst ein paar Minuten«, erwiderte ich. Dann ließ ich eine Notlüge folgen. »Ich habe nichts gesehen.«
Das Mädchen starrte mich mit offenem Mund entrüstet an. Ihr nasses Haar bedeckte ihre Schultern. Ihr Gesicht wurde von einem Sonnenstrahl beschienen, der schräg durch die Bäume fiel, und ich erblickte hinter ihrem Zorn ein Bild der Schönheit. Was mich erstaunte, denn die Kraft ihrer Schönheit traf mich wie ein Blitz. Es gibt viele Dinge, die ein Junge für schön hält: der schimmernde Lack eines Fahrrads, das glänzende Fell eines Hundes, das Singen eines Jo-Jos, das auf und ab surrt, der gelbe Herbstmond, das grüne Gras einer Weide und ein paar freie Stunden. Das Gesicht eines Mädchens, egal wie schön es auch geschnitten sein mochte, zählt gemeinhin nicht in diesen Bereich der Bewunderung. In jenem Augenblick jedoch vergaß ich meinen knurrenden Magen, meine Moskitostiche und meine Dornenkratzer. Ein Mädchen mit dem schönsten Gesicht, das ich je gesehen hatte, starrte mich mit ihren hellen kornblumenblauen Augen an, und ich hatte das Gefühl, aus einem langen, genüßlichen Schlaf zu erwachen und in eine Welt zu blicken, von der ich bisher nicht einmal wußte, daß es sie gab.
»Ich habe mich verlaufen«, brachte ich schließlich heraus.
»Wo kommst du denn her? Spionierst du mir etwa nach?«
»Nein. Ich ... komme von dort her.« Ich deutete in die Richtung hinter mir.
»Erzähl doch keine Märchen!« fuhr sie mich an. »Niemand lebt auf diesen Hügeln!«
»Ja«, erwiderte ich. »Ich weiß.«
Sie blieb weiter zusammengekauert im Wasser hocken, die Arme um ihren Körper geschlungen. Ich konnte sehen, daß ihr Zorn langsam verebbte, denn der Ausdruck in ihren Augen wurde sanfter. »Verlaufen«, wiederholte sie. »Wo wohnst du denn?«

»Zephyr.«
»Oh, jetzt willst du mir aber wirklich einen Bären aufbinden! Zephyr liegt ganz auf der anderen Seite des Tals!«
»Ich habe letzte Nacht draußen campiert«, erklärte ich ihr. »Mit meinen Freunden. Es ist etwas passiert, und ich habe mich verlaufen.«
»Was ist passiert?«
Ich zuckte mit den Schultern. »Ein paar Männer waren hinter uns her.«
»Erzählst du mir auch die Wahrheit?«
»Das tue ich, ich schwöre es.«
»Den ganzen Weg von *Zephyr* hierher? Du mußt ja vollkommen erschöpft sein!«
»Ein bißchen«, erwiderte ich.
»Dreh dich um«, wies sie mich an. »Und wag ja nicht zu gucken, bevor ich es dir erlaube. Verstanden?«
»Verstanden«, antwortete ich und drehte ihr den Rücken zu. Ich hörte, wie sie aus dem Wasser stieg, und vor meinem geistigen Auge sah ich sie nackt vom Kopf bis zu den Zehenspitzen. Kleider raschelten. Einen Augenblick später sagte sie: »Du kannst dich wieder umdrehen.« Sie trug jetzt ein rosafarbenes T-Shirt, Blue jeans und Sandalen. »Wie heißt du?« fragte sie und schob sich das Haar aus der Stirn.
»Cory Mackenson.«
»Ich bin Chile Willow«, sagte sie. »Komm mit, Cory.«
Oh, sie sprach meinen Namen so lieblich aus.
Ich folgte ihr den Waldpfad entlang. Sie war größer als ich, und sie bewegte sich auch nicht wie ein kleines Mädchen. Ich vermutete, sie war sechzehn. Während ich so hinter ihr herging, atmete ich ihren Duft ein, so süß wie Tau auf frischgemähtem Gras. Ich versuchte dorthin zu treten, wo auch sie hingetreten war. Hätte ich einen Schwanz gehabt, so hätte ich damit gewedelt. »Ich lebe

ganz in der Nähe«, sagte Chile Willow, und ich erwiderte: »Das ist gut.«
An einem Feldweg stand eine Hütte aus Teerpappe mit einem Hühnerstall daneben und einem vom Rost zerfressenen Schrottauto, das im unkrautüberwucherten Garten auf Holzblöcken aufgebockt war. Es sah noch schlimmer aus als das heruntergekommene Haus, in dem Großvater Jaybird beim Poker sein letztes Hemd verloren hatte. Ich hatte schon bemerkt, daß Chiles Jeans geflickt und abgewetzt waren und daß ihr T-Shirt Löcher von der Größe eines Zehncentstücks aufwies. Die Hütte, in der sie lebte, ließ die ärmlichste Behausung in Bruton im Vergleich dazu wie einen Palast erscheinen. Sie öffnete die an knarrenden Angeln aufgehängte Fliegentür und rief in die Dunkelheit: »Momma? Ich habe jemanden gefunden!«
Ich folgte ihr ins Haus. Das Wohnzimmer roch nach beißendem Zigarettenrauch und Rübenkraut. Eine Frau saß in einem Schaukelstuhl und strickte. Sie hatte die gleichen kornblumenblauen Augen wie ihre schöne Tochter, und mit diesen starrte sie mich an, aus einem Gesicht, das von Falten durchfurcht und ausgetrocknet von harter Arbeit unter sengender Sonne war. »Wirf ihn zurück«, sagte sie, und ihre Nadeln hielten nicht einen Augenblick inne.
»Er hat sich verlaufen«, erklärte ihr Chile. »*Hatte* sich verlaufen, meine ich. Sagt, er käme aus Zephyr.«
»Zephyr«, wiederholte die Frau und sah mich erneut an. Sie trug ein dunkelblaues Hemd mit Stickerei auf der Vorderseite, und sie hatte Gummilatschen an den Füßen. »Da bist du ja ganz schön weit von zu Hause weg, Junge.« Ihre Stimme klang tief und heiser, als hätte die Sonne auch ihre Lunge ausgetrocknet. Auf einem zerkratzten kleinen Tisch neben ihr stand ein Aschenbecher voller Zigarettenkippen und einer noch glühenden halben Zigarette.

»Ja, Ma'am. Ich würde sehr gern meine Eltern anrufen. Darf ich Ihr Telefon benutzen?«

»Wir haben kein Telefon«, erwiderte sie. »Wir sind hier nicht in Zephyr.«

»Oh. Nun ... könnte mich dann jemand nach Hause bringen?«

Chiles Mutter fischte die Zigarette aus dem Aschenbecher, nahm einen tiefen Zug und legte sie zurück. Als sie wieder sprach, quoll Rauch aus ihrem Mund. »Bill hat den Lieferwagen mitgenommen. Kommt jeden Moment zurück, denke ich.«

Ich hätte gern gefragt, wie lang »jeden Moment« war, doch das wäre unhöflich gewesen. »Könnte ich ein Glas Wasser haben?« fragte ich Chile.

»Klar doch. Und du solltest auch das Hemd ausziehen, es ist ja klitschnaß. Komm schon, zieh's aus.« Während Chile nach hinten in die trostlose kleine Küche ging, knöpfte ich mein Hemd auf und pellte es von meiner Haut. »Hast dich aber ganz schön von den Dornen zerkratzen lassen, Junge«, sagte Chiles Mutter, und wieder kamen kleine Rauchfähnchen aus ihrem Mund. »Chile, bring das Jod mit und verarzte den Jungen.« Chile erwiderte: »Ja, Ma'm«, und ich faltete mein schweißnasses Hemd zusammen und harrte des Vergnügens und des Schmerzes, die da kommen würden.

Chile mußte das Wasser aus einem Hahn in der Küche pumpen. Als es schließlich seinen Weg nach oben fand, spritzte und gurgelte es, und als es bei mir ankam, war es warm und leicht bräunlich und befand sich in einem Marmeladenglas mit einem Bild von Fred Feuerstein vorne drauf. Ich nahm einen Schluck und roch etwas Fauliges. Dann war plötzlich Chile Willows Gesicht ganz dicht neben dem meinen, und ihr Atem duftete süß wie frisch erblühte Rosen. Sie hielt einen Wattebausch und eine Flasche Jod in den Händen. »Es tut vielleicht ein bißchen weh«, sagte sie.

»Er wird es schon aushalten«, antwortete ihre Mutter für mich.
Chile machte sich an die Arbeit. Ich zuckte zusammen und sog den Atem ein, als das Brennen begann und dann stärker wurde. Während der Schmerz wuchs, betrachtete ich Chiles Gesicht. Ihr Haar trocknete langsam und fiel in goldenen Kaskaden über ihre Schultern. Chile kniete sich vor mich hin. Der rote Wattebausch hinterließ rote Streifen auf meiner Haut. Mein Herz pochte. Unsere Blicke trafen sich, und sie lächelte. »Du machst das ganz toll«, sagte sie. Ich erwiderte ihr Lächeln, obgleich die Schmerzen so schlimm waren, daß ich am liebsten geweint hätte.
»Wie alt bist du, Junge?« erkundigte sich Chiles Mutter.
»Zwölf.« Eine weitere weiße Lüge glitt über meine Lippen: »Bald werde ich dreizehn.« Ich starrte wie gebannt in Chiles Augen. »Wie alt bist *du*?« fragte ich sie.
»Ich? Ich bin eine alte Frau. Ich bin sechzehn.«
»Gehst du auf die High-School?«
»Bin ein Jahr dort gewesen«, erwiderte sie. »Das hat mir gereicht.«
»Du gehst nicht mehr in die *Schule*?« Diese Tatsache verblüffte mich. »Irre!«
»Sie geht zur Schule«, sagte ihre Mutter, und ihre Stricknadeln klapperten. »Die harte Schule des Lebens, genauso wie ich.«
»Ach, Mom«, sagte Chile; von ihrem lieblichen Kußmund ausgesprochen, konnten zwei Worte wie Musik klingen.
Ich spürte das Brennen nicht mehr. Schmerz hatte keine Bedeutung für einen Mann wie mich. Wie Chiles Mutter schon sagte, ich konnte es aushalten. Ich schaute mich in dem düsteren Zimmer mit seinen fleckigen, abgenutzten Möbeln um, und als mein Blick zu Chiles Gesicht zurückkehrte, war es, als sehe man nach einer langen, stürmischen Nacht die Sonne. Das Jod mochte grausam sein, doch die

Berührung ihrer Hände war sanft. Ich stellte mir vor, daß sie mich mögen mußte, um so sanft zu sein. Ich hatte sie nackt gesehen. In meinem ganzen Leben hatte ich noch keine Frau außer meiner Mutter nackt gesehen. Ich genoß Chile Willows Gegenwart noch nicht lange, doch was bedeutete schon Zeit, wenn ein Herz sprach? Mein Herz sprach zu Chile Willow in jenem Moment, während sie meine Wunden reinigte und mich anlächelte. Mein Herz sagte: *Wenn du meine Freundin wärst, würde ich dir hundert Glühwürmchen in einem grünen Einmachglas schenken, damit du immer deinen Weg findest. Ich würde dir eine Wiese voller Blumen schenken, auf der nicht zwei gleiche Blüten wären. Ich würde dir mein Fahrrad schenken, damit sein goldenes Auge dich beschützt. Ich würde eine Geschichte für dich schreiben und aus dir eine Prinzessin machen, die in einem Schloß aus weißem Marmor lebt. Wenn du mich nur gern hättest, würde ich dir alle Magie der Welt schenken. Wenn du mich nur gern hättest.*

Wenn du mich nur . . .

»Du bist ein tapferer kleiner Junge«, sagte Chile.

Aus dem hinteren Teil drang plötzlich das Schreien eines Babys herüber.

»O Himmel«, jammerte Chiles Mutter und legte ihre Stricknadeln beiseite. »Bubba ist aufgewacht.« Sie stand auf und entfernte sich in die Richtung des Schreiens. Ihre Latschen klatschten auf den splittrigen Boden.

»Ich werde ihn gleich füttern«, sagte Chile.

»Nee, ich mach das schon. Bill kommt bald zurück, und wenn ich du wäre, würde ich den Ring wieder anstecken. Du weißt, wie leicht er in die Luft geht.«

»Jaaa, das weiß ich.« Das sagte sie ganz leise. Etwas in ihren Augen hatte sich verdunkelt. Sie tupfte den letzten Kratzer ab und verschloß die Jodflasche. »Das hätten wir. Fertig.«

Chiles Mutter kam wieder, in den Armen einen Säugling,

der noch kein Jahr alt war. Ich stand in der Mitte des Zimmers, und meine Haut schrie vor Schmerz, während Chile sich von den Knien erhob und wieder in der Küche verschwand. Als sie zurückkam, trug sie einen schmalen Goldring am dritten Finger ihrer linken Hand. Sie nahm ihrer Mutter das Kind ab und begann, es leise summend in ihren Armen zu wiegen.

»Er ist ein ganz schön munterer Bursche«, sagte die ältere Frau. »Der wird einmal ein richtiger Kerl, soviel steht fest.« Sie ging zum Fenster hinüber und zog die schäbige Gardine beiseite. »Da kommt Bill. Jetzt wirst du nach Hause gebracht, Junge.«

Ich hörte den Lieferwagen klappern, als er beinahe bis an die Veranda fuhr. Eine Tür öffnete sich und wurde wieder zugeschlagen. Dann trat Bill durch die Fliegentür. Er war groß und schlank, hatte militärisch kurz geschorene Haare und war gerade achtzehn Jahre alt. Er trug schmutzige Jeans und ein blaues Hemd mit einem Ölfleck auf der Brust, und er hatte braune Augen mit schweren Lidern und kaute auf einem Streichholz. »Wer ist *das?*« waren seine ersten Worte.

»Der Junge braucht jemanden, der ihn nach Zephyr fährt«, erklärte ihm Chiles Mutter. »Hat sich im Wald verlaufen.«

»Ich fahr ihn bestimmt nicht nach Zephyr!« protestierte Bill mit finsterem Blick. »In dem Lieferwagen ist es heißer als in der Hölle!«

»Wo warst du?« fragte Chile, in den Armen noch immer das Baby.

»Hab den Motor von dem alten Walsh repariert. Und wenn du glaubst, das hat Spaß gemacht, dann kann ich dir mal was erzählen.« Er schaute sie an, während er an ihr vorbei zur Küche marschierte. Ich sah, wie sein Blick einfach durch sie hindurchging, so als wäre sie überhaupt nicht da, und Chiles Augen erloschen.

»Hast du Geld dafür bekommen?« rief Chiles Mutter ihm nach.
»Ja, ich hab etwas Geld bekommen! Hältst mich für blöde, daß ich mir kein Geld für so 'ne Arbeit geben lasse?«
»Bubba braucht frische Milch!« sagte Chile.
Ich hörte, wie der Pumphahn schleimiges Wasser ausspuckte. »Scheiße«, murmelte Bill.
»Bringst du den Jungen heim nach Zephyr oder nicht?« fragte Chiles Mutter.
»Tu ich nicht«, erwiderte er.
»Hier.« Chile hielt ihrer Mutter das Kind hin. »Dann fahr ich ihn.«
»Das glaubst auch nur du!« Bill kam zurück ins Zimmer, in der Hand ein weiteres Feuerstein-Marmeladenglas. »Du kannst nirgendwo hinfahren, du hast keinen Führerschein!«
»Ich habe dir schon oft gesagt, ich sollte ...«
»Du mußt nicht fahren«, fiel ihr Bill ins Wort, und wieder sah er glatt durch sie hindurch. »Dein Platz ist im Haus. Sagen Sie's ihr, Mrs. Purcell.«
»Ich halt mich da raus«, erwiderte Chiles Mutter, doch sie nahm den Säugling nicht. Sie setzte sich in ihren Schaukelstuhl, steckte sich eine Zigarette in den Mund und griff nach ihren Stricknadeln.
Bill trank das braune Wasser aus und verzog das Gesicht. »Also gut. Zur Hölle damit. Ich bring ihn rüber zu der Tankstelle in der Nähe vom Stützpunkt. Da kann er das Münztelefon benutzen.«
»Ist dir das recht, Cory?« fragte mich Chile.
»Ich ...« Mein Kopf drehte sich noch immer, und der Anblick dieses Goldrings schmerzte meine Augen. »Ich denke schon.«
»Nun, du solltest lieber nehmen, was ich dir anbiete, oder ich setz deinen Hintern vor die Tür«, warnte Bill.

»Ich habe kein Geld für das Telefon«, sagte ich.
»Junge, um dich ist es ja ziemlich mies bestellt, was?« Bill brachte das Glas wieder in die Küche. »Von meinem Arbeitslohn bekommst du nichts, soviel ist mal sicher!«
Chile vergrub die Hand in der Tasche ihrer Jeans. »Ich habe etwas Geld«, sagte sie, und als sie ihre Hand wieder herauszog, hielt sie darin ein kleines rotes Plastikportemonnaie in Herzform. Es war eingerissen und abgewetzt, die Art von Ding, die sich ein kleines Mädchen für neunundneunzig Cent bei Woolworth's kaufen mochte. Sie schnappte es auf. Ich sah ein paar Münzen darin. »Ich brauche nur ein Zehncentstück«, sagte ich zu ihr. Sie gab es mir, eines mit Merkurs Kopf darauf, und ich steckte es in meine Tasche. Sie lächelte mich an, was ein Vermögen wert war. »Du kommst schon nach Hause.«
»Das weiß ich.« Ich schaute auf das Gesicht des Säuglings, und ich sah, daß er ihre wunderschönen kornblumenblauen Augen hatte.
»Komm jetzt, wenn ich dich fahren soll«, sagte Bill und marschierte an mir vorbei zur Tür. Er hatte keinen Blick für seine Frau oder sein Baby übrig. Er ging hinaus, die Fliegentür schlug zu, und ich hörte, wie der Motor des Lieferwagens keuchend ansprang.
Ich konnte mich nicht von Chile Willow losreißen. In späteren Jahren habe ich von der stimmenden »Chemie« zwischen zwei Menschen gehört, und was das bedeutete; mein Vater erzählte mir von den »Blumen und Bienen«, doch natürlich wußte ich da schon alles Wissenswerte von meinen Klassenkameraden. Alles, was ich in jenem Augenblick kannte, war ein Sehnen: älter, größer, stärker und gutaussehend zu sein, in der Lage zu sein, die Lippen ihres liebreizenden Gesichts zu küssen und die Zeit zurückzudrehen, so daß sie nicht Bills Baby in ihren Armen hielte. Was ich ihr in jenem Augenblick sagen wollte, war: *Du hättest auf mich warten sollen.*

»Geh nach Hause, wo du hingehörst, Junge«, sagte Mrs. Purcell Sie musterte mich durchdringend, die Stricknadeln für den Moment arbeitslos, und ich fragte mich, ob sie wohl wußte, was mir durch den Kopf ging.
Ich würde nie wieder einen Fuß in dieses Haus setzen. Ich würde Chile Willow nie wieder sehen. Das wußte ich, und ich sog sie in mich ein, solange ich Gelegenheit dazu hatte. Draußen drückte Bill auf die Hupe. Bubba begann wieder zu weinen.
»Vielen Dank«, sagte ich zu Chile, und ich nahm mein nasses Hemd und trat hinaus in den Sonnenschein. Der Lieferwagen war in einem widerlichen Grün gestrichen, die Seiten waren eingedellt und das Chassis nach links abgesackt. Ein Paar roter Samtwürfel baumelte vom Rückspiegel. Ich kletterte auf den Beifahrersitz, und eine Feder piekste in meinen Hintern. Auf dem Boden lagen ein Werkzeugkoffer und Rollen mit Draht, und obgleich die Fenster heruntergekurbelt waren, roch der Innenraum nach Schweiß und etwas ekelhaft Süßlichem, das ich später mit tiefster Armut in Verbindung brachte. Ich blickte zur Tür des Hauses hinüber und sah, wie Chile ins Licht hinaustrat, in den Armen ihr Baby. »Bring noch Milch mit, Bill!« rief sie. Hinter ihr im düsteren Schummerlicht sah ich ihre Mutter stehen. Mir wurde bewußt, wie ähnlich sich ihre Gesichter waren, auch wenn das eine schon von der Zeit und den Umständen und wahrscheinlich einer Menge Enttäuschung und Bitterkeit gegerbt war. Ich hoffte, daß Chile ein solcher Weg erspart bleiben würde. Ich hoffte, sie würde nie ihr Lächeln fortschließen und vergessen, wohin sie den Schlüssel gelegt hatte.
»Auf Wiedersehen!« sagte sie zu mir.
Ich winkte. Bill steuerte den Lieferwagen vom Haus weg, und Staubwolken wirbelten von der Straße zwischen Chile Willow und mir auf.

Es dauerte eine Meile oder mehr, bis der Asphalt begann. Bill schwieg die ganze Fahrt über und setzte mich an einer Tankstelle am Rand des Luftwaffenstützpunktes ab. Als ich ausstieg, sagte er: »He, Junge! Paß besser auf, wo du deinen Pimmel hinsteckst.« Dann fuhr er davon, und ich stand allein auf der heißen Straße.
Schmerz hatte für einen Mann wie mich keine Bedeutung.
Der Besitzer der Tankstelle zeigte mir, wo das Münztelefon war. Ich wollte das Zehncentstück in den Schlitz stecken, doch ich konnte es einfach nicht loslassen. Es stammte aus Chile Willows Portemonnaie. Ich brachte es einfach nicht über mich. Also bat ich den Tankstellenbesitzer, mir das Geld zu leihen, und versprach ihm, daß er es von meinem Dad zurückbekommen würde. »Ich bin doch keine Bank«, knurrte er, doch er nahm trotzdem ein Zehncentstück aus der Kasse. Einen Augenblick später fiel es klimpernd in den Schlitz des Münztelefons. Ich wählte unsere Nummer, und Mom nahm beim zweiten Klingeln den Hörer ab.
Eine halbe Stunde später waren meine Eltern da, um mich abzuholen. Ich rechnete mit dem Schlimmsten, doch ich bekam eine rippenquetschende Umarmung von meiner Mutter, und mein Dad grinste und versetzte mir einen liebevollen Klaps auf den Hinterkopf, und ich wußte, daß ich Oberwasser hatte. Auf der Fahrt nach Hause erfuhr ich, daß Davy Ray und Ben Zephyr gemeinsam gegen sieben Uhr früh erreicht hatten und daß Sheriff Amory die ganze Geschichte darüber kannte, wie zwei maskierte Männer etwas in einer Holzkiste von Biggun Blaylock gekauft und die Blaylocks uns dann durch den Wald gejagt hatten. »Die Männer mit den Masken waren Mr. Hargison und Mr. Moultry«, sagte ich. Mir war nicht wohl dabei, denn ich erinnerte mich daran, wie Mr. Hargison uns aus den Klauen der Branlins gerettet hatte. Trotzdem mußte der Sheriff es erfahren.

Wir kamen am Luftwaffenstützpunkt vorbei, dessen Landebahnen und Gebäude von einem hohen Drahtzaun mit Stacheldraht als Abschluß eingeschlossen waren. Wir fuhren die Straße durch den Wald entlang, vorbei an der Abzweigung zum Haus der bösen Mädchen. Als wir Saxon's Lake passierten, bremste Dad kaum merklich ab, doch er schaute nicht zum See hinüber. Die genaue Stelle, wo ich die Gestalt in dem flatternden Mantel gesehen hatte, ließ sich in den wildwuchernden Gräsern des Sommers nicht mehr finden. Sobald der See hinter uns lag, gab Dad wieder Gas.

Als wir zu Hause waren, wurde ich mit Aufmerksamkeiten überschüttet. Ich bekam eine große Schüssel mit Schokoladeneiscreme und so viele Oreos, wie ich essen konnte. Dad nannte mich beinahe mit jedem Atemzug »Kumpel« und »Partner«. Selbst Rebell hätte mir fast das Gesicht heruntergeleckt. Ich war aus der Wildnis heimgekehrt, und ich war gesund.

Natürlich wollten sie alles über meine Abenteuer hören, und sie drängten mich, ihnen mehr über das Mädchen zu erzählen, das meine Dornenkratzer verarztet hatte. Ich berichtete ihnen von ihr, daß sie sechzehn Jahre alt war, Chile hieß und so schön war wie Cinderella in dem Walt-Disney-Film. »Ich glaube, unser Kumpel hier ist in das Mädchen verschossen«, sagte Dad zu Mom und grinste dabei. Aber ich erwiderte: »Ach, ich hab keine Zeit für irgendein Mädchen!«

Doch als ich auf dem Sofa einschlief, hielt ich ein Zehncentstück in meiner Hand.

Bevor die Sonne am Samstag nachmittag unterging, kam Sheriff Amory vorbei. Er war schon bei Davy Ray und Ben gewesen; nun war ich an der Reihe, Fragen zu beantworten. Wir saßen auf der Veranda, während in der Ferne zwischen den dunklen Wolken Donner grollte und Rebell neben meinem Stuhl ausgestreckt lag und hin und wieder den Kopf hob, um meine Hand zu lecken. Sheriff Amory hörte sich meine Geschichte über die Holzkiste an, und als ich erzählte, daß die maskierten Männer Mr. Dick Moultry und Mr. Gerald Hargison waren, sagte er: »Warum glaubst du, daß es die beiden waren, Cory, obwohl du doch ihre Gesichter nicht sehen konntest?«

»Weil Biggun Blaylock den fetten Mann Dick nannte und der Stumpen, den Mr. Hargison fortwarf, genau vor mir gelandet war, und das sind die Dinger, die er raucht, die mit der weißen Plastikspitze.«

»Verstehe.« Er nickte, doch sein langgezogenes Gesicht verriet keine Emotion. »Weißt du, es gibt in der Gegend hier sicher eine Menge Kerle, die solche Stumpen rauchen. Und nur weil Biggun Blaylock einen Mann mit Dick anspricht, muß es noch nicht Dick Moultry sein.«

»Sie waren es«, beharrte ich. »Alle beide.«

»Davy Ray und Ben haben mir gesagt, daß sie nicht wissen, wer die maskierten Männer waren.«

»Vielleicht wissen sie es nicht, Sir, aber ich weiß es.«

»Also gut, ich werde überprüfen, wo Dick und Gerald letzte Nacht gegen elf waren. Ich habe Davy Ray und Ben gefragt, ob sie mir zeigen könnten, wo es passiert ist, doch sie sagen, sie würden die Stelle nicht wiederfinden. Könntest du das?«

»Nein, Sir. Aber es war in der Nähe eines Waldpfads.«

»Hm. Das Problem ist nur, daß es in den Hügeln eine ganze Menge von alten Forstwegen gibt. Hast du gesehen, was in der Kiste war?«

»Nein, Sir. Aber Mr. Hargison hat gesagt, daß das Zeug in der Kiste einige Leute in der Hölle Step tanzen lassen würde.«

Sheriff Amory runzelte die Stirn. In seinen Augen blitzte neuentfachtes Interesse. »Was meinst du, warum hat er wohl so etwas gesagt?«

»Keine Ahnung. Aber Biggun Blaylock dürfte es wissen. Er sagte, er hätte einen extra in die Kiste gelegt.«

»Einen extra was?«

»Das weiß ich auch nicht.« Ich schaute zu, wie am Horizont Blitze vom Himmel zur Erde zuckten. »Werden Sie Biggun Blaylock suchen und ihn fragen?«

»Biggun Blaylock«, erwiderte der Sheriff, »ist ein unsichtbarer Mann. Ich höre von ihm und weiß von den Dingen, die er und seine Söhne tun, doch ich bekomme ihn nie zu Gesicht. Ich denke, er hat irgendwo in den Wäldern einen Unterschlupf, vermutlich ganz in der Nähe der Stelle, wo ihr Jungs wart.« Auch er schaute den Blitzen zu, und er verschränkte die Finger seiner großen Hände und ließ seine Knöchel knacken. »Wenn ich je einen seiner Söhne bei irgendwelchem Unfug erwischen könnte, vielleicht könnte ich Biggun dann ausräuchern. Doch um offen zu sein, Cory, das Büro des Sheriffs in Zephyr ist mehr oder weniger eine Ein-Mann-Operation. Ich bekomme nicht gerade viel Geld vom Bezirk. Zur Hölle«, stieß er hervor und lächelte verzerrt, »ich habe den Job nur bekommen, weil ihn kein anderer haben wollte. Meine Frau liegt mir ständig in den Ohren, daß ich ihn aufgeben und lieber wieder Häuser anstreichen soll.« Er zuckte mit den Schultern. »Nun«, sagte er und verscheuchte diesen Gedanken, »eine Menge Leute hier in der Gegend haben Angst vor den Blaylocks. Besonders vor Biggun. Ich bezweifle, daß ich mehr als fünf oder sechs Männer finden würde, die mir helfen, die Wälder nach ihm zu durchkämmen. Und wenn wir ihn dann schließlich finden – wenn überhaupt –, dann hätte er schon lange vorher gewußt, daß wir kommen. Siehst du mein Problem, Cory?«

»Ja, Sir. Die Blaylocks sind größer als das Gesetz.«

»Nicht größer als das Gesetz«, korrigierte er mich. »Nur ein ganzes Stück bösartiger.«

Ein Gewitter zog auf. Der Wind pfiff durch die Bäume. Rebell erhob sich und hielt schnüffelnd die Nase in die Luft.
Sheriff Amory erhob sich ebenfalls. »Ich mach mich jetzt mal wieder auf den Weg«, sagte er. »Danke, daß du mir geholfen hast.« Im schwächer werdenden Licht sah er alt und niedergeschlagen aus, die Schultern leicht hochgezogen. Er rief Mom und Dad durch die Fliegentür ein »Auf Wiedersehen« zu, und Dad kam heraus, um sich von ihm zu verabschieden. »Paß auf dich auf, Cory«, sagte er zu mir, dann gingen er und Dad gemeinsam zu seinem Wagen. Ich blieb auf der Veranda und kraulte Rebell, während sich Sheriff Amory und Dad noch eine Weile unterhielten. Nachdem der Sheriff abgefahren und Dad zur Veranda zurückgekehrt war, war er es, der bedrückt aussah. »Komm ins Haus, Partner«, sagte er und hielt mir die Tür auf. »Draußen wird es gleich übel losgehen.«
In jener Nacht heulte der Wind. Der Regen prasselte herab, und die Blitze zuckten über meiner Heimatstadt, als würde eine mysteriöse Hand Botschaften an den Himmel schreiben.
Es war die erste Nacht, in der ich von den vier schwarzen Mädchen träumte, alle herausgeputzt und mit glänzenden Schuhen, die unter einem blätterlosen Baum standen und wieder und wieder und wieder meinen Namen riefen.

9
Der Sommer geht zu Ende

Der August lag in den letzten Zügen. Ebenso wie der Sommer selbst. Schultage, die Tage der goldenen Lebensregeln: Sie lagen vor uns, am vergoldeten Rand des Herbstes.

Diese Dinge geschahen in den letzten Tagen des Sommers: Ich erfuhr, daß Sheriff Amory tatsächlich Mr. Hargison und Mr. Moultry aufgesucht hatte. Ihre Frauen hatten ihm erklärt, daß beide in der betreffenden Nacht zu Hause gewesen seien, daß sie nicht einmal eine Zehenspitze vor die Tür gesetzt hätten. Der Sheriff konnte nichts weiter tun; schließlich hatte ich die Gesichter der beiden Männer, die die Holzkiste von Biggun Blaylock entgegengenommen hatten, nicht gesehen.

Die Septemberausgabe von *Famous Monsters* wurde in unseren Briefkasten geworfen. Auf dem Umschlag mit meinem Namen war grüner Schnodder verschmiert.

Mom ging eines Morgens ans Telefon und sagte dann: »Cory! Es ist für dich!«

Ich nahm den Hörer. Am anderen Ende war Mrs. Evelyn Prathmore, die mich davon in Kenntnis setzte, daß ich den dritten Platz in der Kurzgeschichtenkategorie des Schreibwettbewerbs des Zephyrer Kulturvereins gewonnen hatte. Ich würde eine Plakette mit meinem Namen darauf erhalten, erklärte sie mir. Wäre ich bereit, meine Geschichte innerhalb einer Festveranstaltung am zweiten Samstag im September in der Bibliothek vorzulesen?

Ich war ganz benommen. Stammelnd brachte ich ein »Ja« heraus. Im selben Augenblick, in dem ich den Hörer auflegte, durchströmte mich zuerst ein Glücksgefühl, das mich beinahe aus meinen Hush-puppies riß, und dann ein Gefühl der Panik, das mich beinahe zu Boden warf. Meine Geschichte vorlesen? *Laut?* Vor einem ganzen Raum voller Leute, die ich kaum kannte?

Mom beruhigte mich. Das war Teil ihres Jobs, und sie verstand sich gut darauf. Sie erklärte mir, daß ich noch viel Zeit zum Üben hatte, und sie sagte, sie sei so stolz auf mich, daß sie am liebsten platzen würde. Sie rief Dad in der Molkerei an, und er versprach, daß er mir am Abend zwei kalte Flaschen Schokoladenmilch mitbringen würde. Als ich Johnny, Davy Ray und Ben anrief, um ihnen die Neuigkeit mitzuteilen, fanden sie es auch ganz toll, und sie gratulierten mir, doch jeder von ihnen bohrte eiligst seinen Stachel in die offene Wunde meiner aufkeimenden Angst, indem sie mitleidig darauf reagierten, daß ich meine Geschichte laut vorlesen sollte. Was, wenn dein Reißverschluß kaputtgeht und einfach nicht oben bleibt? fragte Davy Ray. Was, wenn du so sehr zu zittern anfängst, daß du die Seiten nicht mehr halten kannst? fragte Ben. Was, wenn du den Mund aufmachst, um zu sprechen, und deine Stimme versagt und du bekommst kein einziges Wort heraus? fragte Johnny.

Freunde. Sie verstehen es wirklich, dich von deinem Podest zu stoßen, oder?

Drei Tage bevor die Schule begann, an einem klaren Nachmittag mit Schäfchenwolken am Himmel und einer kühlen Brise, die durch die Straßen wehte, fuhren wir alle auf unseren Fahrrädern, an deren Lenkern unsere Handschuhe baumelten, zum Baseballfeld hinaus. Wir nahmen unsere Positionen um das Feld herum ein, das schon für das Ende der Saison bereitgemacht war. Auf der Anzeigetafel stand der Beweis, daß unsere Jugendmannschaft nicht allein in ihrem Leiden war; die Männermannschaft, die Quails, war von der Mannschaft des Luftwaffenstützpunktes, den High Flyers,

fünf zu null geschlagen worden. Wir standen mit Pfützen aus Schatten um unsere Knöchel auf dem Platz und warfen uns gegenseitig den Ball zu, während wir mit einiger Trauer über das Ende des Sommers sprachen. Tief in unseren Herzen aber waren wir ganz aufgeregt wegen des Schulanfangs. Es kommt immer eine Zeit, wenn die Freiheit zu ... nun, zu frei wird. Wir waren bereit, uns einzwängen zu lassen, damit wir im nächsten Sommer wieder fliegen konnten.
Wir warfen schnelle Pässe und hohe Flugbälle und tiefangesetzte Trudelbälle. Ben hatte die besten Dreher, die man sich vorstellen konnte, und Johnny konnte einen Ball so anschneiden, daß er im letzten Augenblick hochzog, bevor er in deinen Handschuh klatschte. Zu schade, daß wir alle Könige des Abschlags waren, jeder einzelne von uns. Nun, es gab immer eine nächste Saison.
Wir waren vielleicht vierzig Minuten oder so dort und schon mächtig ins Schwitzen geraten, als Davy Ray sagte: »He, seht mal, wer da kommt!« Wir schauten alle hin. Nemo Curliss stapfte durch das hohe Gras auf uns zu, die Hände tief in den Taschen seiner Jeans vergraben. Er war noch immer eine Bohnenstange, und seine Haut war noch immer so weiß wie Buttermilch. Seine Mutter war unumstrittene Herrscherin ihres Hühnerstalls, daran bestand kein Zweifel.
»Hallo!« begrüßte ich ihn.
»He, Nemo!« rief Davy Ray. »Komm und wirf uns ein paar Bälle zu!«
»Oh, toll!« sagte Johnny in Erinnerung an die Blasen an seiner Hand. »Äh ... warum wirfst du nicht zur Abwechslung mal Ben ein paar zu?«
Nemo schüttelte den Kopf, das Gesicht gesenkt. Er setzte seinen Weg über das Spielfeld fort, vorbei an Johnny und Ben, und kam zu mir zur Home Plate. Als er stehenblieb und das Gesicht hob, sah ich, daß er geweint hatte. Seine

Augen hinter den dicken Brillengläsern waren rot und verquollen, und auf seinen Wangen glitzerten noch letzte Tränenspuren.
»Was ist denn los?« fragte ich. »Hat jemand dich verprügelt?«
»Nein«, sagte er. »Ich ... ich ...«
Davy Ray kam herüber, in der Hand den Baseball. »Was ist denn? Nemo, hast du geweint?«
»Ich ...« Ein leiser Schluchzer entrang sich seiner Brust. Er versuchte, sich wieder unter Kontrolle zu bringen, doch es gelang ihm nicht. »Ich mussch fort«, sagte er.
»Fort?« wiederholte ich verwirrt. »Wohin denn, Nemo?«
»Weg. Einfach ...« Er machte eine Geste mit seinem mageren Ärmchen. »Einfach fort.«
Ben und Johnny trafen an der Home Plate ein. Wir standen im Kreis um Nemo herum, während er schluchzte und sich seine laufende Nase abwischte. Ben konnte den Anblick nicht ertragen, und er ging ein paar Schritte beiseite und stieß mit dem Fuß einen Stein umher. »Ich bin sschu dir nach Haussch gegangen, um essch dir sschu sschagen, und deine Mom hat mir gesschagt, dassch du hier bisscht«, berichtete Nemo. »Ich wollte, dassch du essch weisscht.«
»Nun, wo mußt du denn hingehen? Besuchst du jemanden?« fragte ich.
»Nein.« Wieder liefen Tränen über sein Gesicht. Es war ein herzzerreißender Anblick. »Wir sschiehen fort, Cory.«
»Ihr zieht fort? Wohin denn?«
»Ich weissch nicht. Irgendwo ganssch weit weg.«
»Mann«, stieß Johnny hervor. »Du hast doch kaum einen ganzen Sommer hier in Zephyr gelebt!«
»Wir haben gehofft, du würdest nächstes Jahr in unserer Mannschaft spielen!« sagte Davy.
»Ja. Und wir dachten, du würdest in unsere Schule gehen«, erklärte ich.

»Nein.« Nemo schüttelte nur den Kopf, und in seinen verquollenen Augen lag tiefer Schmerz. »Nein. Nein. Ich kann nicht. Wir müsschen fortsschiehen. Morgen sschon.«

»*Morgen?* Wieso denn so schnell?«

»Mom sschagt dassch. Wir müsschen fort. Damit Dad ein paar Hemden verkaufen kann.«

Die Hemden. Ach ja, die Hemden. In Zephyr trug niemand maßgeschneiderte Hemden. Ich bezweifelte, daß irgend jemand in den Städten, in die Mr. Curliss seine Frau und seinen Sohn und seinen Musterkatalog schleppte, maßgeschneiderte Hemden trug. Ich bezweifelte, daß irgend jemand es je tun würde.

»Ich kann ...« Nemo sah mich an, und der Schmerz in seinem Blick brach mir fast das Herz. »Ich kann ... nie Freunde finden, weil ... wir immer wieder fortsschiehen müsschen.«

»Es tut mir so leid, Nemo«, sagte ich. »Wirklich. Ich wünschte, du müßtest nicht fortziehen.« Aus einem Impuls heraus nahm ich den Baseball aus meinem Handschuh und hielt ihn ihm hin. »Bitte. Behalt ihn, damit du dich immer an deine Kumpel hier in Zephyr erinnerst. Okay?«

Nemo zögerte. Dann streckte er die Hand aus und ergriff mit den dürren Fingern seiner Wunderwurfhand den Ball. Er nahm das Geschenk an. Hier bewies Johnny echte Klasse; der Baseball gehörte ihm, doch er sagte kein Wort.

Nemo drehte den Baseball mit beiden Händen herum, und ich sah, wie sich die roten Nähte in seiner Brille spiegelten. Er starrte auf den Baseball, als wäre er eine magische Kristallkugel. »Ich will hierbleiben«, sagte er leise. Seine Nase lief, und er schniefte. »Ich möchte hierbleiben und sschur Sschule gehen und Freunde haben.« Er schaute mich an. »Ich möchte nur wie alle anderen sschein. Ich möchte sschooo gern hierbleiben.«

»Vielleicht kannst du irgendwann zurückkommen«, machte Johnny ihm Mut, doch es war ein recht erbärmlicher Versuch. »Vielleicht kannst du ...«

»Nein«, unterbrach ihn Nemo. »Ich werde nie sschurückkommen. Niemalssch. Nicht für einen einsschigen Tag.« Er wandte den Kopf um, in Richtung auf das Haus, das sie bald verlassen würden. Eine einzelne Träne rann langsam über sein Gesicht und blieb zitternd an seinem Kinn hängen. »Mom sschagt, Dad mussch Hemden verkaufen, damit wir Geld haben. Manchmal sschreit sschie ihn nachtssch an und sschimpft ihn einen Faulpelssch, und sschie sschagt, sschie hätten nie heiraten sschollen. Und er sschagt, in der nächsschten Sschtadt werden wir essch sschaffen. In der nächsschten Sschtadt werden wir Glück haben.« Nemo wandte sein Gesicht wieder mir zu. Es hatte sich in diesem kurzen Augenblick verändert. Er weinte noch immer, doch nun lag Wut in seinen Augen, solch brennende Wut, daß ich einen Schritt zurückweichen mußte, um ihrer Hitze zu entfliehen. »In der nächsschten Sschtadt wird essch genausscho sschein«, sagte er. »Wir werden weitersschiehn und weitersschiehen und weitersschiehen, und meine Mutter wird weiter sschimpfen, und mein Dad wird weiter sschagen, dassch wir in der nächsschten Sschtadt unsscher Glück finden. Aber essch isscht eine Lüge.«

Nemo schwieg, doch die Wut sprach Bände. Seine Finger klammerten sich um den Baseball, so daß die Knöchel weiß hervortraten, und seine Augen starrten ins Leere.

»Wir werden dich vermissen, Nemo«, sagte ich.

»Ja«, stimmte Johnny zu. »Du bist in Ordnung.«

»Eines Tages wirst du auf dem Werferhügel stehen, Nemo«, meinte Davy Ray. »Und wenn du dort stehst, dann wirst du es ihnen zeigen. Verstanden?«

»Ja«, erwiderte Nemo, doch es klang nicht sehr überzeugt. »Ich wünssschte, ich müsschte nicht ...« Seine Stimme er-

starb; es hatte alles keinen Zweck, denn er war ein kleiner Junge, und er mußte fort.
Nemo machte sich über das Spielfeld auf den Weg nach Hause, den Baseball fest in der Hand haltend. »Bis dann!« rief ich ihm nach, doch er antwortete nicht. Ich konnte mir vorstellen, wie sein Leben aussah: Mit ewigen Verboten davon abgehalten, den Sport zu betreiben, für den er eine solche Gabe besaß, eingeschlossen in eine lange Kette von Häusern in immer neuen Städten, gerade lange genug an einem Ort bleibend, um gehänselt und verprügelt zu werden, doch nie lange genug, daß die Jungs herausfinden konnten, wer und was er hinter der blassen Haut, dem Lispeln und der dicken Brille war. Ich hätte solches Leiden nicht ertragen können.
Nemo schrie.
Es brach mit solcher Gewalt aus ihm heraus, daß der Laut uns zusammenschrecken ließ. Der Schrei veränderte sich, wurde zu einem langgezogenen Klagelaut, der sich hob und senkte, herzzerreißend in seiner Sehnsucht. Und plötzlich wirbelte Nemo herum, sein Kopf und seine Schultern zuerst, und dann seine Hüften, und ich sah, daß seine Augen weit aufgerissen waren und wütend blitzten und daß seine Zähne fest zusammengebissen waren. Sein Wurfarm zischte so schnell nach vorn, daß die Bewegung verschwamm, sein Rückgrat knackte wie eine Peitsche, und er schleuderte den Baseball beinahe schnurgerade in den Himmel.
Ich sah, wie er emporstieg. Ich sah, wie er immer weiter stieg. Ich sah, wie er zu einem dunklen Punkt wurde. Dann verschluckte ihn die Sonne.
Nemo kauerte auf seinen Knien. Der Schrei und der Wurf hatten ihm die letzten Kräfte geraubt. Er blinzelte. Seine Brille hing schief auf seiner Nase.
»Fang ihn!« sagte Davy Ray und schaute nach oben. »Da kommt er!«

»Wo?« fragte Johnny und hob den Handschuh.
»Wo ist er?« fragte auch ich und trat von den anderen zurück, in dem Versuch, ihn im gleißenden Sonnenlicht zu entdecken.
Ben schaute ebenfalls nach oben. Sein Handschuh hing schlaff neben seinem Körper. »Der Ball«, sagte er leise, »ist *weg.*«
Wir warteten und suchten den Himmel ab.
Wir warteten, unsere Handschuhe bereithaltend.
Wir warteten.
Ich blickte zu Nemo hinüber. Er hatte sich wieder erhoben und ging nach Hause. Seine Schritte waren weder schnell noch langsam, nur resigniert. Er wußte, was ihn in der nächsten Stadt und in der Stadt danach erwartete. »Nemo!« rief ich ihm nach. Er ging einfach weiter und schaute sich nicht um.
Wir warteten darauf, daß der Ball wieder herunterkam.
Nach einer Weile setzten wir uns auf die rote Erde. Unsere Augen suchten den Himmel ab, während Schäfchenwolken dahinzogen und die Sonne im Westen unterzugehen begann.
Keiner sagte ein Wort. Keiner wußte, was er sagen sollte.
In späteren Tagen würde Ben darüber spekulieren, daß der Wind den Ball in den Fluß geweht hätte. Johnny würde glauben, daß ein Vogelschwarm ihn aus der Bahn geworfen hätte. Davy Ray würde sagen, daß wahrscheinlich etwas mit dem Ball nicht in Ordnung gewesen wäre, daß er dort oben aufgeplatzt wäre und wir nur nicht gesehen hätten, wie die Hülle und die Füllung zur Erde zurückgefallen wären.
Und ich?
Ich glaubte es einfach.
Die Dämmerung brach über uns herein. Schließlich stieg ich auf Rakete, die anderen Jungs schwangen sich auch auf ihre Räder, und wir ließen das Baseballfeld und unsere Sommer-

träume hinter uns zurück. Unsere Gesichter waren dem Herbst zugewandt. Bald würde ich jemandem von den vier schwarzen Mädchen erzählen müssen, die ich im Traum sah, die, die so herausgeputzt waren und unter einem Baum standen, der keine Blätter hatte, und meinen Namen riefen. Ich würde meine Geschichte über den Mann auf dem Grund von Saxon's Lake vor einem Raum voller Menschen vorlesen müssen. Ich würde herausfinden müssen, was da in der Kiste war, die Biggun Blaylock mitten in der Nacht für vierhundert Dollar verkauft hatte.

Ich würde meinem Vater helfen müssen, seinen Frieden zu finden.

Wir radelten dahin, vier gute Freunde, mit dem Wind im Rücken, auf Straßen, die alle in die Zukunft führten.

Drei

Flammender Herbst

1
Der Hut mit der grünen Feder

»Cory?«

Ich tat so, als hörte ich das ominöse Flüstern nicht.

»Cory?«

Nein. Ich würde nicht hinsehen. Vorn an der Tafel demonstrierte Mrs. Judith Harper – auch bekannt als »Harke«, »Harpie« und »Old Leatherlungs, die Lederlunge« – das Teilen von Brüchen. Arithmetik war für mich wie eine Reise in die Twilight Zone; diese Sachen mit dem Teilen von Brüchen war ein verwirrender Sturz in die Outer Limits.

»Cory?« flüsterte sie abermals hinter mir. »Ich habe einen großen grünen Popel an meinem Finger.«

O mein Gott, dachte ich. Nicht schon wieder!

»Wenn du dich nicht umdrehst und mich anlächelst, schmier ich ihn dir in den Nacken.«

Es war der vierte Tag des Schuljahrs. Gleich am ersten Tag hatte ich gewußt, daß es ein langes Jahr werden würde, denn irgendein Idiot hatte den Dämon zu einem »begabten Kind« erklärt und sie eine Klasse überspringen lassen, und wie der launische Finger des Schicksals hatte Mrs. Harper eine Sitzordnung erdacht – Junge, Mädchen, Junge, Mädchen, Junge, Mädchen –, durch die der Dämon in der Bank hinter mir landete.

Und das Schlimmste, das Allerschlimmste war, daß – wie Davy Ray mir mit einem gemeinen Lachen erzählte – sie in mich verschossen war wie eine Maus in Käse.

»Cory?« Ihre Stimme verlangte nach meiner Aufmerksamkeit.

Ich mußte mich umdrehen. Das letztemal, als ich mich weigerte, hatte sie mit Spucke ein Herz in meinen Nacken gemalt.
Brenda Sutley grinste. Ihr rotes Haar war fettig und zottelig, und ihre blitzenden Augen besagten, daß sie wieder Böses im Schilde führte. Sie hielt ihren Zeigefinger hoch, der einen schmutzigen Fingernagel, aber keinen Popel daran hatte.
»Hab dich reingelegt«, flüsterte sie.
»Cory Jay Mackenson!« donnerte Old Leatherlungs. *»Dreh dich auf der Stelle um!«*
Ich gehorchte so schnell, daß ich mir beinahe einen Hexenschuß geholt hätte. Ich hörte die Verräter um mich herum kichern, denn ihnen war klar, daß sich Leatherlungs nicht mit diesem Gehorsamsbeweis zufriedengeben würde. »Oh, ich nehme an, daß du schon alles über die Bruchrechnung weißt, ja?« erkundigte sie sich, die Hände in Hüften gestemmt, die so breit wie ein Patton-Panzer waren. »Nun, warum kommst du dann nicht nach vorn und rechnest ein paar Gleichungen aus, um uns zu zeigen, wie man es macht?« Sie hielt mir die verfluchte gelbe Kreide hin.
Wenn ich jemals in den Todestrakt komme, wird der Gang zum elektrischen Stuhl nicht grauenhafter sein als jener Gang von meiner Bank zu der Kreide in Mrs. Harpers Händen und von dort zur Tafel. »Also gut«, sagte sie, als ich mit hängenden Schultern und hängendem Kopf dort stand. »Schreib diese Brüche auf.« Sie ratterte einige herunter, und als ich sie niederschrieb, brach die Kreide ab, und Nelson Bittner lachte, und innerhalb von zwei Sekunden hatte ich einen Leidensgenossen dort vorn bei mir stehen.
Alle wußten es mittlerweile: Wir würden Mrs. Harper niemals mit einem Frontalangriff bezwingen können. Wir würden niemals ihre Bastionen erstürmen und Sieg über ihre verstreuten Mathebücher brüllen können. Es würde ein zäher, heimtückischer Krieg der Heckenschützen und

Bombenattentate werden, ein gewissenhaftes Ausprobieren, um ihre Schwachstelle zu entdecken. Mittlerweile hatten wir Schüler herausgefunden, daß alle Lehrer eine Schwachstelle hatten: Einige brachte ein simpler Kaugummi auf die Palme; andere drehten durch, wenn hinter ihrem Rükken gekichert wurde; wieder andere schnappten über, wenn ununterbrochen Schuhe auf dem Linoleum quietschten und scharrten. Maschinengewehrfeuerhusten, eselartiges Schneuzen, eine Salve von Räusperern, Spuckeplacken an der Tafel: All dies gehörte zum Arsenal im Kampf gegen Hitler-gleiche Lehrer. Wer weiß? Vielleicht konnten wir den Dämon dazu überreden, ein totes, stinkendes Tier in einer Schuhschachtel mit in den Unterricht zu bringen, oder zu niesen und Schnodderfäden aus ihrer talentierten Nase zu blasen, die Mrs. Harper an den Rand des Wahnsinns treiben würden.
»Falsch! Falsch! Falsch!« bellte Leatherlungs mich an, als ich meine zweifelhaften Versuche der Bruchrechnung beendet hatte. »Setz dich hin und paß auf, du Dummkopf!«
Zwischen Old Leatherlungs und dem Dämon stand mir noch einiges bevor.
Nachdem die Drei-Uhr-Glocke geläutet hatte und Davy Ray, Johnny, Ben und ich die Ereignisse des Tages durchgekaut hatten, radelte ich auf Rakete unter einem dunklen, unheilkündenden Himmel nach Hause. Mom war daheim und machte den Ofen sauber. »Cory!« sagte sie, als ich mit dem Vorsatz, die Keksdose zu plündern, in die Küche kam. »Eine Dame aus dem Büro des Bürgermeisters hat vor etwa zehn Minuten für dich angerufen. Bürgermeister Swope möchte dich sehen.«
»Bürgermeister Swope?« Meine Hand erstarrte auf halbem Weg zu einem Lorna Doone. »Weshalb?«
»Hat nicht gesagt, weshalb, aber sie sagte, es sei wichtig.« Mom blickte aus dem Fenster. »Ein Gewitter zieht auf.

Wenn du eine Stunde warten kannst, wird dein Vater dich rüber zum Rathaus fahren.«
Meine Neugier war geweckt. Was konnte Bürgermeister Swope nur von *mir* wollen? Während *Mom* sich wieder über den Ofen hermachte, schaute ich aus dem Fenster und blickte abschätzend auf die aufziehenden Wolken. »Ich denke, ich kann es vor dem Regen schaffen«, sagte ich.
Mom zog ihren Kopf aus der Ofenröhre, sah abermals zum Himmel und runzelte die Stirn. »Ich weiß nicht. Du könntest mitten in den Wolkenbruch geraten.«
Ich zuckte mit den Schultern. »Ich bin ja nicht aus Zucker.«
Sie zögerte, und ihre sorgengeplagte Natur nagte wieder an ihr. Seit meinem Campingausflug gab sie sich jedoch große Mühe, sich nicht mehr so viele Sorgen um mich zu machen. Obgleich ich mich verlaufen hatte, hatte ich bewiesen, daß ich selbst im Angesicht größter Strapazen überleben konnte. Schließlich sagte sie: »Also gut, fahr los.«
Ich nahm mir zwei Lorna Doones und machte mich auf den Weg.
»Wenn es zu stark regnet, bleibst du im Rathaus!« rief sie. »Hast du gehört?«
»Ich hab's gehört!« antwortete ich, stieg auf Rakete und radelte davon, während ich die Lorna Doones zwischen meinen Zähnen zerkrümelte. Nicht weit vom Haus lief plötzlich ein Zucken durch Rakete, und ich spürte, wie der Lenker nach links zog. Vor mir radelten die Branlins Seite an Seite auf ihren schwarzen Rädern, doch sie fuhren in dieselbe Richtung wie ich und sahen mich nicht. Rakete wollte an der nächsten Kreuzung links abbiegen, und ich folgte Raketes weisem Rat, einen Umweg zu nehmen.
Donner grollte, und es begann zu nieseln, als ich das aus dunklem Stein erbaute neogotische Rathaus am Ende der Merchants Street erreichte. Die Tropfen waren eiskalt; der warme Regen des Sommers gehörte der Vergangenheit an.

Ich kettete Rakete an einen Hydranten und betrat das Rathaus, in dem es wie in einem modrigen Keller roch. Ein Schild an der Wand besagte, daß Bürgermeister Swopes Büro im ersten Stock lag, und ich stieg die breite Treppe hinauf. Durch die hohen Fenster um mich herum drang düsteres, gewitterblaues Licht. Am Kopf der Treppe zierten drei geschnitzte Wasserspeier den Abschluß des schwarzen Nußbaumgeländers, ihre schuppigen Beine untergeschlagen und ihre Klauen vor der Brust verschränkt. Eine Wand war mit einer alten, zerschlissenen Konföderiertenflagge geschmückt, und es gab Schaukästen mit mottenzerfressenen Bürgerkriegsuniformen. Über meinem Kopf befand sich eine dunkel getönte Glaskuppel, die nur mit Hilfe einer Leiter erreichbar war, und durch die Kuppel wurde der dunkle Hall des Donners verstärkt wie durch eine Glasglocke.

Ich ging den langen Flur hinunter, dessen Boden aus schwarzen und weißen Linoleumquadraten bestand. Zu beiden Seiten waren Büros: Lizenzamt, Bezirksfinanzamt, Nachlaßstelle, Verkehrsamt und ähnliches. In keinem der Büros brannte Licht. Ich sah einen Mann mit dunklem Haar und einer blauen Paisley-Fliege aus einer Milchglastür mit der Aufschrift REINIGUNG UND WARTUNG kommen. Er verschloß die Tür mit einem Schlüssel, der an einem rasselnden Schlüsselring hing, und schaute mich an. »Kann ich dir helfen, junger Mann?« fragte er.

»Ich soll mich bei Bürgermeister Swope melden«, sagte ich.

»Sein Büro ist am Ende des Gangs.« Er warf einen Blick auf seine Taschenuhr. »Aber er könnte schon weg sein. Fast alle hier verlassen das Haus so gegen halb vier.«

»Vielen Dank«, erwiderte ich und ging weiter. Ich hörte seine Schlüssel rasseln, als er zur Treppe eilte, und er pfiff eine Melodie, die ich nicht kannte.

Ich kam am Ratszimmer und am Büro des Richters vorbei

– beide unbeleuchtet – und erreichte schließlich am Ende des Flurs eine große Eichentür mit Messingbuchstaben darauf: BÜRO DES BÜRGERMEISTERS. Ich wußte nicht, ob ich klopfen sollte oder nicht, und es gab keine Klingel. Ich kämpfte eine Weile mit der Frage der Etikette, während draußen der Donner grollte. Dann ballte ich meine Faust und klopfte.

Fast augenblicklich öffnete sich die Tür. Eine Frau mit einer Hornbrille und einem stahlgrauen Gebirge aus Haaren spähte heraus. Ihr Gesicht war wie ein Granitfels, alles voller Bergkämme und Schluchten. Ihre Augenbrauen hoben sich fragend.

»Ich ... bin gekommen, um Bürgermeister Swope zu sprechen«, sagte ich.

»Oh. Du bist Cory Mackenson, nicht wahr?«

»Ja, Ma'am.«

»Komm rein.« Sie öffnete die Tür weiter, und ich schob mich an ihr vorbei. Als ich das tat, stieg mir ein nach Veilchen duftendes Parfüm oder Haarspray in die Nase. Ich hatte einen mit einem roten Teppich ausgelegten Raum mit einem Schreibtisch, einer Reihe von Stühlen und einem Zeitschriftenständer betreten. Eine Karte von Zephyr, schon ganz braun an den Rändern, zierte eine der Wände. Auf dem Schreibtisch befanden sich eine EINGANG- und eine AUSGANG-Ablage, ein ordentlicher Papierstapel, gerahmte Fotografien eines Babys, das von einer lächelnden jungen Frau und einem Mann hochgehalten wurde, und ein Namensschild, auf dem MRS. INEZ AXFORD stand, und darunter: Sekretärin des Bürgermeisters.

»Setz dich bitte noch eine Minute hin.« Mrs. Axford ging durch den Raum zu einer anderen Tür. Sie klopfte leise daran, und ich hörte Bürgermeister Swope in seinem Kartoffelbreiakzent sagen: »Ja?« Mrs. Axford öffnete die Tür. »Der Junge ist hier«, verkündete sie.

»Danke, Inez.« Ein Sessel knarrte. »Ich denke, das wäre alles für heute. Sie können nach Hause gehen, wenn Sie wollen.«
»Soll ich ihn reinschicken?«
»Ich werde mich gleich um ihn kümmern.«
»Ja, Sir. Oh ... haben Sie die Eingabe für die neuen Ampeln unterschrieben?«
»Muß es mir erst noch genauer anschauen, Inez. Ich mache mich gleich morgen früh daran.«
»Ja, Sir. Dann gehe ich jetzt.« Sie zog sich aus dem Reich des Bürgermeisters zurück, schloß die Tür und sagte zu mir: »Er kümmert sich gleich um dich.« Während ich wartete, verschloß Mrs. Axford ihren Schreibtisch, nahm ihre geräumige braune Handtasche und rückte die Fotos auf ihrem Schreibtisch gerade. Sie klemmte sich die Handtasche unter den Arm, ließ noch einmal ihren Blick durchs Büro schweifen, um sicherzustellen, daß alles an seinem richtigen Platz war, und dann ging sie hinaus auf den Flur, ohne auch nur ein Wort an mich zu verlieren.
Ich wartete. Über dem Dach grollte der Donner und hallte durch das Rathaus. Ich hörte, wie es zu regnen begann – zuerst langsam, dann prasselnd.
Die Tür zum Arbeitszimmer des Bürgermeisters öffnete sich, und Bürgermeister Swope trat heraus. Er hatte die Ärmel seines blauen Hemds aufgekrempelt. Auf seiner Brusttasche prangten seine weißen Initialen, und seine Hosenträger waren rot gestreift. »Cory!« sagte er lächelnd. »Komm rein, dann können wir ein bißchen reden!«
Ich wußte nicht, was ich von der ganzen Sache halten sollte. Ich wußte natürlich, wer Bürgermeister Swope war, doch ich hatte noch nie ein Wort mit ihm gewechselt. Und hier war er nun und bat mich lächelnd in sein Arbeitszimmer. Die Jungs würden mir das ebensowenig abnehmen, wie sie mir glaubten, daß ich einen Besenstiel in Old Moses' Schlund gerammt hatte.

»Komm rein, komm rein!« drängte der Bürgermeister.
Ich trat in sein Arbeitszimmer. Alles war aus dunklem, schimmerndem Holz gefertigt. In der Luft lag der süße Geruch von Pfeifentabak. In dem Arbeitszimmer stand ein Schreibtisch, der so groß wie das Deck eines Flugzeugträgers schien. Es gab Regale voll dicker, ledergebundener Bücher. Auf mich wirkten sie, als hätte sie noch nie eine Hand berührt, denn in keinem davon steckte ein Lesezeichen. Zwei klobige schwarze Ledersessel standen auf einem Perserteppich dem Schreibtisch gegenüber. Die Fenster gaben den Blick auf die Merchants Street frei, doch im Moment rann der Regen an ihnen herab.
Bürgermeister Swope, das graue Haar von den Geheimratsecken zurückgekämmt und seine Augen dunkelblau und freundlich, schloß die Tür. Er sagte: »Nimm doch Platz, Cory.« Ich zögerte. »Ist egal, welchen du nimmst.« Ich wählte den zu seiner Linken. Das Leder knarzte, als ich mich setzte. Bürgermeister Swope machte es sich in seinem eigenen Sessel gemütlich, der verschnörkelte Armlehnen hatte. Auf seinem Flugzeugträgerschreibtisch standen ein Telefon, ein lederumhüllter Becher voller Kugelschreiber, eine Dose mit Field-and-Stream-Tabak und ein Pfeifenständer mit vier Pfeifen. Eine der Pfeifen war weiß und trug das geschnitzte Gesicht eines bärtigen Mannes.
»Da kommt ganz schön was runter, was?« sagte er und verschränkte die Arme. Wieder lächelte er, und so nah, wie ich war, konnte ich sehen, daß seine Zähne verfärbt waren.
»Ja, Sir.«
»Nun, die Farmer können es brauchen. Aber daß wir ja kein zweites Hochwasser bekommen, was?«
»Ja, Sir.«
Bürgermeister Swope räusperte sich. Er trommelte mit den Fingern auf den Tisch. »Warten deine Eltern auf dich?« fragte er.

»Nein, Sir. Ich bin mit dem Fahrrad gekommen.«
»Oh. Mann, du wirst ’ne ganz schön nasse Heimreise haben.«
»Macht mir nichts aus.«
»Wäre nicht gut«, sagte er, »wenn du auf dem Weg einen Unfall hättest. Du weißt schon, so wie der Regen herunterprasselt, könnte dich leicht ein Auto erfassen, du könntest in einem Graben landen und ...« Sein Lächeln war verschwunden. Nun kam es wieder zurück. »Das wäre gar nicht gut.«
»Nein, Sir.«
»Ich nehme an, du fragst dich, weshalb ich dich sehen wollte?«
Ich nickte.
»Du weißt, daß ich zur Jury des Schreibwettbewerbs gehörte? Mir hat deine Geschichte sehr gefallen. Ja, sie hat einen Preis verdient.« Er nahm sich eine Briarpfeife und öffnete die Tabakdose. »Keine Frage. Du bist der jüngste Teilnehmer, der je eine Plakette bei diesem Wettbewerb gewonnen hat.« Ich beobachtete seine Finger, als er den Pfeifenkopf mit Tabakbrocken zu füllen begann. »Ich habe mir die Unterlagen angeschaut. Bei weitem der jüngste. Das sollte dich und deine Eltern sehr stolz machen.«
»Vermutlich.«
»Oh, nur keine falsche Bescheidenheit, Cory! Ich hätte sicher nie so schreiben können wie du, als ich in deinem Alter war! Ich war gut in Mathe, aber Englisch war einfach nicht mein Fach.« Er fischte seine Streichhölzer aus der Tasche, riß eins an und hielt es an den Tabak in der Pfeife. Blauer Rauch quoll aus seinem Mund. Seine Augen ruhten auf mir. »Du hast eine bemerkenswerte Phantasie«, sagte er. »Die Stelle in deiner Geschichte, wo du jemanden am Waldrand auf der anderen Straßenseite stehen siehst. Das hat mir gut gefallen. Wie bist du darauf gekommen?«
»Es ist wirklich ...« *passiert*, wollte ich sagen. Doch bevor

ich Gelegenheit dazu hatte, klopfte es an der Tür. Mrs. Axford schaute herein. »Bürgermeister Swope?« sagte sie. »Gott, es regnet da draußen Katzen und junge Hunde! Ich konnte nicht einmal zu meinem Wagen kommen. Außerdem war ich gerade erst gestern beim Friseur. Haben Sie einen Regenschirm, den ich mir borgen könnte?«

»Ich denke schon, Inez. Sehen Sie mal in dem Schrank dort drüben nach.«

Sie öffnete einen Schrank und wühlte darin herum. »Da sollte einer in der Ecke stehen«, meinte Bürgermeister Swope.

»Es riecht hier drinnen schrecklich modrig!« sagte Mrs. Axford. »Ich glaube, da schimmelt irgend etwas vor sich hin.«

»Ja, muß ihn demnächst mal aufräumen«, erwiderte er.

Mrs. Axford kam aus dem Schrank. In der einen Hand hatte sie einen Regenschirm. Doch sie hatte die Nase gerümpft, denn in der anderen Hand hielt sie zwei Kleidungsstücke, die schon weiß von Schimmel waren. »Sehen Sie sich die nur an!« sagte sie. »Ich glaube, da drin wachsen bereits Pilze!«

Mein Herz zog sich zusammen.

Mrs. Axford hielt einen von Schimmel fleckigen Mantel und einen Hut hoch, die aussahen, als kämen sie gerade aus der Wäsche.

Und am Band des zerknautschten Hutes steckte eine silberne Scheibe und eine plattgedrückte grüne Feder.

»Pfui! Riechen Sie nur mal daran!« Mrs. Axford schnitt eine Grimasse, die glatt eine Uhr zum Stehenbleiben hätte bringen können. »Wofür heben Sie denn so ein Zeug auf?«

»Das ist mein Lieblingshut. Zumindest war er das. Er hat die Nacht des Hochwassers nicht überstanden, doch ich dachte, ich könnte ihn noch einmal aufarbeiten lassen. Und diesen Regenmantel habe ich schon fünfzehn Jahre.«

»Kein Wunder, daß ich nie Ihren Schrank aufräumen darf! Was ist denn noch da drin?«

»Das geht Sie gar nichts an! Machen Sie, daß sie fortkommen! Leroy wartet schon zu Hause auf Sie!«
»Soll ich diese Sachen auf dem Weg nach draußen in die Mülltonne werfen?«
»Nein, Himmel, nein!« antwortete Bürgermeister Swope. »Tun Sie sie einfach wieder da rein, und schließen Sie die Tür!«
»Ich schwöre«, sagte Mrs. Axford, während sie Mantel und Hut in den Schrank zurücklegte, »ihr Männer hängt mehr an alten Sachen als ein Baby an seiner Decke.« Sie schloß die Tür mit einem nachdrücklichen *Rums*. »So! Aber ich kann den Schimmel immer noch riechen.«
»Ist schon gut, Inez. Gehen Sie jetzt nach Hause, und seien Sie vorsichtig auf der Straße.«
»Das werde ich.« Sie warf mir einen kurzen Blick zu, und dann marschierte sie mit dem Regenschirm aus dem Arbeitszimmer.
Ich glaube nicht, daß ich auch nur einmal während der ganzen Unterhaltung Luft geholt hatte. Nun tat ich es und erschauderte, als die Luft in meiner Lunge brannte.
»Also, Cory«, sagte Bürgermeister Swope, »wo waren wir gerade? O ja, der Mann auf der anderen Straßenseite. Wie bist du darauf gekommen?«
»Ich ... ich ...« Der Hut mit der grünen Feder lag drei Meter von mir entfernt in einem Schrank. Bürgermeister Swope war der Mann, der ihn in jener Nacht getragen hatte, als das Hochwasser in den Straßen von Bruton wütete. »Ich ... habe nie gesagt, daß es ein Mann war«, erwiderte ich. »Ich sagte nur ... daß dort jemand stand.«
»Nun, das war ein sehr guter Einfall. Ich wette, das war ein ganz schön aufregender Morgen für dich, nicht wahr?« Er griff in eine andere Tasche, und als seine Hand wieder zum Vorschein kam, lag eine kleine silberne Klinge darin.
Es war das Messer, das ich in seiner Hand gesehen hatte, in

jener Nacht, als ich befürchtete, er würde sich von hinten an meinen Dad heranschleichen und es ihm in den Rücken stoßen, für das, was er an Saxon's Lake gesehen hatte.

»Ich wünschte, ich könnte so schreiben«, sagte Bürgermeister Swope. Er drehte die Klinge herum. Am anderen Ende war ein stumpfes kleines Metallstück, mit dem er den brennenden Tabak in seiner Pfeife nachstopfte. »Ich hatte schon immer ein Faible für das Geheimnisvolle.«

»Ich auch«, brachte ich heiser heraus.

Er stand auf. Hinter ihm prasselte der Regen gegen die Scheiben. Blitze zuckten über Zephyr, und plötzlich flackerte das Licht. Ein Donnerschlag explodierte. »O Himmel«, rief Bürgermeister Swope. »Das war ein wenig zu nah, was?«

»Ja, Sir.« Meine Hände zerquetschten fast die Armlehnen des Sessels.

»Ich möchte«, sagte er, »daß du hier eine Minute wartest. Es gibt da etwas, das ich dir zeigen will, und ich denke, es wird alles erklären.« Er durchquerte das Zimmer, die Pfeife zwischen die Zähne geklemmt und eine Rauchfahne hinter sich herziehend. Er ging hinaus ins Vorzimmer, dort, wo Mrs. Axfords Schreibtisch stand. Er ließ die Tür offenstehen, und ich hörte, wie er die Lade eines Aktenschranks aufzog. Mein Blick wanderte zum Schrank.

Die grüne Feder war darin. So nah. Was, wenn ich sie aus dem Hut zupfen und mit der grünen Feder vergleichen würde, die ich an der Sohle meines Schuhs gefunden hatte? Wenn es die gleiche Feder war, was dann?

Ich mußte schnell handeln, wenn ich es tun wollte.

Die Lade des Aktenschranks wurde geschlossen. Eine andere öffnete sich. »Nur einen Moment!« rief Bürgermeister Swope mir zu. »Es ist nicht da, wo es sein sollte!«

Ich mußte es tun. Jetzt sofort.

Ich stand auf Gummibeinen auf und öffnete den Schrank. Der Gestank von schimmeligem Stoff schlug mir ins Gesicht

wie eine nasse Ohrfeige. Doch der Mantel und der Hut lagen dort auf dem Boden, in eine Ecke gestopft. Ich hörte, wie die Lade zugeschoben wurde. Ich packte die Feder und zog daran. Sie löste sich nicht.
Bürgermeister Swope kam ins Arbeitszimmer zurück. Mein Herz steckte wie ein eiskalter Kloß in meinem Hals. Ein Donnerschlag erschallte, der Regen klatschte gegen die Scheiben, und ich packte die grüne Feder fester und riß daran, und diesmal löste sie sich aus dem Hutband. Sie gehörte mir.
»Cory? Was machst du denn da im ...«
Ein Blitz flammte auf, so nah, daß man das statische Knistern hören konnte. Die Lichter gingen aus, und der nächste Donnerschlag ließ die Fenster erzittern.
Ich stand im Dunkeln, die grüne Feder in meiner Hand, und Bürgermeister Swope stand in der Tür.
»Beweg dich nicht, Cory. Sag doch etwas.«
Ich tat es nicht. Ich wich vorsichtig zur Wand zurück und preßte mich mit dem Rücken dagegen.
»Cory? Komm schon. Laß diese Spielchen.« Ich hörte, wie er die Tür schloß. Ein Dielenbrett knarrte, wenn auch nur ganz leise. Er bewegte sich. »Warum setzen wir uns nicht hin und reden miteinander, Cory? Es gibt da etwas sehr Wichtiges, das du verstehen mußt.«
Draußen waren die Wolken nunmehr fast schwarz, und das Arbeitszimmer war ein dunkles Verlies. Ich glaubte, seine großgewachsene, schlanke Gestalt langsam über den Perserteppich auf mich zugleiten zu sehen. Ich würde direkt in seine Arme laufen, wenn ich die Tür erreichen wollte.
»Was soll das Ganze?« fragte Bürgermeister Swope. Er gab sich Mühe, daß sich seine Stimme fest und beruhigend anhörte. Sie hatte denselben hohlen Klang wie Mr. Hargisons verstellte Stimme. »Cory?« Ich hörte, wie er einen langen, resignierten Seufzer ausstieß. »Du *weißt* es, nicht wahr?«

Verdammt richtig, ich wußte es.
»Wo bist du, Junge? Sprich zu mir.«
Ich wagte es nicht.
»Wie hast du es herausbekommen?« fragte er. »Sag's mir, bitte.«
Zischend flammte ein Blitz auf. In seinem gleißenden Schein konnte ich für einen Augenblick Bürgermeister Swope sehen, weiß wie ein Zombie. Er stand in der Mitte des Raums, und Pfeifenrauch waberte um ihn herum wie ein Gespenst. Nun hämmerte mein Herz wirklich; ein Funken des Blitzes hatte sich glitzernd auf etwas Metallenem gespiegelt, das er in der rechten Hand umklammert hielt.
»Es tut mir leid, daß du es herausgefunden hast, Cory«, sagte Bürgermeister Swope. »Ich wollte nicht, daß dir weh getan wird.«
Ich konnte es nicht verhindern; in meiner Panik stieß ich aus: »Ich will nach Hause!«
»Das kann ich nicht zulassen«, erwiderte er, und seine Gestalt bewegte sich durch die elektrisch aufgeladene Dunkelheit auf mich zu. »Das verstehst du doch, oder?«
Ich verstand es. Meine Beine reagierten als erste; sie trugen mich über den Perserteppich auf den Ausgang zu. Meine Lunge sog keuchend Atem ein, und meine Hand umklammerte die grüne Feder. Ich weiß nicht, wie nah ich an ihm vorbeigelaufen bin, doch ich erreichte ungehindert die Tür und versuchte, den Türknauf zu drehen, doch meine Handfläche war schweißnaß und glitschig. Er mußte das Rattern gehört haben, denn er sagte: »Bleib stehen!«, und ich spürte, wie er hinter mir herkam. Dann drehte sich der Türknauf, die Tür ging auf, und ich schoß hinaus wie eine Kanonenkugel. Ich prallte gegen Mrs. Axfords Schreibtisch, und ich hörte, wie die Fotos klappernd umfielen.
»Cory!« sagte er, diesmal lauter. »Nein!«
Ich sauste um die Ecke des Schreibtischs herum, eine

menschliche Flipperkugel in Aktion. Ich krachte in die Stühle und schlug mit meinem rechten Knie hart gegen eine Kante. Meine Lippen stießen einen Schmerzensschrei aus, und als ich versuchte, die Tür zum Flur zu finden, schien es, als wären die Stühle zum Leben erwacht und würden mir heimtückisch den Weg versperren. Ein eiskalter Schauder lief mir über den Rücken, als Bürgermeister Swopes Hand sich wie eine Spinne auf meine Schulter legte.

»Nein!« sagte er, und der Druck seiner Finger verstärkte sich.

Ich riß mich los. Neben mir war ein Stuhl, und ich schleuderte ihn wie einen Schild in Bürgermeister Swopes Richtung. Er stolperte darüber, und ich hörte ihn »Uff!« sagen, als seine Beine sich verhedderten und er zu Boden fiel. Dann wandte ich mich von ihm ab und suchte wieder hektisch nach der Tür. Ich erwartete, daß sich jeden Augenblick eine Hand um meinen Knöchel schließen würde und mich dann wie der Tentakel des Glaskugelmonsters in *Invasion vom Mars* zu ihm ziehen würde. Tränen der Angst schossen in meine Augen. Ich blinzelte sie fort, und plötzlich fand meine Hand den kühlen Knauf der Tür, die nach draußen führte. Ich drehte ihn, stürzte hinaus und rannte den gewitterdunklen Gang hinunter. Meine Schritte klatschten auf dem Linoleum, und Donner erfüllte die Hallen der Justiz.

»Cory! Komm wieder zurück!« brüllte er, als glaubte er wirklich, ich würde es tun. Er kam hinter mir her. Er rannte ebenfalls. Vor meinem geistigen Auge sah ich schon, wie ich zusammengeschlagen wurde, man mir die Hand an Raketes Lenker kettete, und Rakete dann hinunter, hinunter, hinunter in die schreckliche Geisterwelt von Saxon's Lake stürzte.

Ich stolperte über meine fliehenden Füße und schlitterte bäuchlings über das Linoleum. Mein Kinn schlug krachend gegen die Fußleiste einer Wand, doch ich rappelte mich auf

und rannte weiter. Bürgermeister Swopes Schritte waren direkt hinter mir. *»Cory!«* schrie er, und es lag Wut in seiner Stimme. Es war die Stimme eines wahnsinnigen Mörders, daran bestand kein Zweifel. *»Bleib auf der Stelle stehen!«*
Auf gar keinen Fall, dachte ich.
Und dann sah ich naßkaltes graues Licht durch die Kuppel über der Treppe strömen, und ich rannte die Stufen hinunter, ohne mich am Geländer festzuhalten, was meiner Mutter mit Sicherheit graue Haare beschert hätte, hätte sie es gesehen. Bürgermeister Swope lief keuchend hinter mir her, und seine Stimme klang schon viel heiserer: »Nein, Cory! Nein!«
Ich erreichte den Fuß der Treppe und rannte durch die Eingangshalle und die Tür hinaus in den kalten Regen. Der schlimmste Teil des Gewitters war schon über Zephyr hinweggezogen und kauerte nun über den Hügeln wie eine riesige graublaue Kröte. Ich kettete Rakete los, doch ich ließ die Kette baumeln. Gerade als ich vom Rathaus losradelte, stürzte Bürgermeister Swope aus der Tür und brüllte mir hinterher, ich solle stehenbleiben.
Das letzte, was er mir zuschrie – und ich hielt dies für recht sonderbar, wenn man bedachte, daß es von einem Mörder kam –, war: »Um Gottes willen, sei vorsichtig!«
Mein Rad flog über die Regenpfützen, während sein goldenes Auge den sichersten Weg wählte. Die Wolken rissen auf, und schräge Strahlen gelblichen Sonnenlichts brachen durch. Wenn es regnete, während die Sonne schien, sagte Dad immer, daß der Teufel seine Frau schlüge. Rakete wich den spritzenden Wagen auf der Merchants Street aus, und ich klammerte mich am Lenker fest und ließ es seinen eigenen Weg finden.
Zu Hause angekommen, hielt Rakete schlitternd vor den Verandastufen, und ich rannte hinein. Mein Haar klebte regennaß an meinem Kopf, und in der Hand hielt ich ganz fest die durchnäßte grüne Feder.

»Cory!« rief meine Mutter, als sie die Fliegentür zuschlagen hörte. »Cory Mackenson, komm auf der Stelle her!«
»Einen Moment noch!« Ich lief in mein Zimmer und durchsuchte die sieben mystischen Schubladen, bis ich die White-Owl-Zigarrenkiste fand. Ich öffnete sie, und da war die grüne Feder, die an der Sohle meines Schuhs geklebt hatte.
»Komm auf der Stelle her!« schrie Mom.
»Warte « Ich legte die erste grüne Feder auf meinen Schreibtisch und dann daneben die grüne Feder, die ich vom Hutband des Bürgermeisters abgerissen hatte.
»Cory! Komm runter! Ich habe Bürgermeister Swope am Telefon!«
Oh-oh.
Mein Gefühl des Triumphs knackte, brach in sich zusammen und fiel in Kaskaden um meine nassen Turnschuhe herum zu Boden.
Die erste Feder, die, die ich aus dem Wald mitgebracht hatte, war von einem dunklen Smaragdgrün. Die aus dem Hutband des Bürgermeisters war etwa drei Schattierungen heller. Doch nicht nur das, die Hutbandfeder war auch mindestens zweimal so groß wie die Feder von Saxon's Lake.
Sie ähnelten sich nicht im geringsten.
»Cory! Komm her, und sprich mit dem Bürgermeister, bevor ich dich eigenhändig aus deinem Zimmer schleife!«
Als ich mich schließlich in die Küche wagte, sah ich, daß das Gesicht meiner Mutter rot wie eine strangulierte Karotte war. Sie sagte in den Hörer: »Nein, Sir, ich schwöre Ihnen, daß Cory an keiner Geistesstörung leidet. Nein, Sir, er hat auch keine Anfälle von Panik. Hier kommt er gerade, ich gebe ihm jetzt den Hörer.« Sie hielt mir den Hörer hin und fixierte mich mit einem bösen Blick. »Hast du den *Verstand* verloren? Nimm den Hörer, und sprich mit dem Bürgermeister!«

Ich nahm ihn. Mit allergrößter Mühe brachte ich ein einziges Wort heraus: »Hallo?«

»Cory!« sagte Bürgermeister Swope. »Ich mußte einfach anrufen, um mich zu überzeugen, daß du gut nach Hause gekommen bist. Ich hatte eine Heidenangst, daß du im Dunkeln die Treppe hinunterstürzen und dir das Genick brechen würdest. Als du hinausgerannt bist, glaubte ich, du hättest ... nun ... einen Anfall oder so was.«

»Nein, Sir«, erwiderte ich verschüchtert. »Ich hatte keinen Anfall.«

»Als das Licht ausging, nahm ich an, daß du vielleicht Angst im Dunkeln hättest. Ich wollte nicht, daß du dir weh tust, also habe ich versucht, dich zu beruhigen. Und ich dachte außerdem, daß deine Mom und dein Dad es sicher auch nicht gerne sähen, wenn ich dir erlaube, bei dem Gewitter mit dem Fahrrad nach Hause zu fahren. Wenn du von einem Auto von der Straße gedrängt worden wärst ... nun, Gott sei Dank ist ja nichts passiert.«

»Ich ... dachte ...« Meine Kehle war wie zugeschnürt. Ich spürte, wie sich die glühenden Augen meiner Mutter in meinen Rücken bohrten. »Ich dachte ... Sie versuchten ... mich umzubringen«, sagte ich.

Der Bürgermeister war eine Weile ganz still, und ich konnte mir denken, was ihm durch den Kopf ging. Ich war ein klarer Fall für die Klapsmühle. »Dich *umbringen*? Warum denn das?«

»Cory!« rief Mom. »Bist du verrückt geworden?«

»Es tut mir leid«, sagte ich zum Bürgermeister. »Meine ... Phantasie ist mit mir durchgegangen, nehme ich an. Doch Sie sagten, ich wüßte etwas über Sie, und daß Sie sich fragten, wie ich es herausbekommen hätte, und ...«

»Nein, nicht etwas über *mich*«, erwiderte Bürgermeister Swope. »Etwas über deinen Preis.«

»Meinen *Preis*?«

»Deine Plakette. Für den dritten Platz beim Kurzgeschichtenwettbewerb. Deshalb habe ich dich gebeten, vorbeizukommen. Ich hatte Angst, ein anderes Mitglied der Jury hätte es dir schon gesagt, bevor ich mit dir sprechen konnte.«

»Hätte mir was gesagt?«

»Nun, ich wollte es dir zeigen. Ich wollte gerade die Plakette hereinbringen, als das Licht ausging und du durchgedreht hast. Siehst du, der Mann, der die Plaketten graviert, hat deinen Namen falsch geschrieben. Er hat Cory mit einem ›e‹ geschrieben. Ich wollte, daß du es vor der Verleihung siehst, damit deine Gefühle nicht verletzt würden. Der Mann hat versprochen, eine neue Plakette für dich anzufertigen, doch er muß zuerst noch ein paar Softballpokale machen, und deshalb wird es noch zwei Wochen dauern. Verstehst du?«

Oh, welch bittere Pille. Welch bittere, bittere Pille.

»Ja, Sir«, erwiderte ich. Ich war wie vor den Kopf geschlagen, und mein rechtes Knie begann, höllisch zu schmerzen. »Das tue ich.«

»Nimmst du . . . irgendwelche Medikamente?« fragte mich der Bürgermeister.

»Nein, Sir.«

Er brummte etwas vor sich hin, was wohl besagte: *Das solltest du aber.*

»Es tut mir leid, daß ich mich wie ein Idiot benommen habe«, erklärte ich. »Ich weiß nicht, was in mich gefahren ist.« Wenn er jetzt schon der Meinung war, daß ich verrückt sei, dachte ich bei mir, dann sollte er erst einmal abwarten, bis er sah, was ich mit seinem Hut gemacht hatte. Ich beschloß, daß er das besser selbst herausfinden sollte.

»Nun«, und der Bürgermeister stieß ein kleines Lachen aus, das mir sagte, daß die ganze Sache für ihn doch eine gewisse

Komik hatte, »es ist wirklich ein höchst interessanter Nachmittag gewesen, Cory.«
»Ja, Sir. Äh ... Bürgermeister Swope?«
»Ja?«
»Äh ... die Plakette ist schon in Ordnung, so wie sie ist. Selbst wenn mein Name falsch geschrieben ist. Sie brauchen keine neue machen zu lassen.« Ich dachte mir, daß dies eine Art Buße wäre; jedesmal, wenn ich die Plakette anschaute, würde ich mich an den Tag erinnern, an dem ich einen Stuhl auf den Bürgermeister geschleudert und ihn zu Boden geworfen hatte.
»Unsinn. Wir werden es für dich ändern lassen.«
»Ich nehme sie ebensogern so, wie sie jetzt ist«, entgegnete ich, und ich vermutete, ich hörte mich sehr entschieden an, denn Bürgermeister Swope sagte: »Also gut, Cory, wenn du es so haben willst.«
Er meinte, er müßte jetzt erst mal ein Bad mit Epsom-Salz nehmen, und dann sagte er, er würde mich bei der Preisverleihung sehen. Als er auflegte, mußte ich meiner Mutter gegenübertreten und ihr erklären, wieso ich geglaubt hatte, Bürgermeister Swope wollte mich umbringen. Während der Erklärung kam Dad herein, und obgleich ich bei allem, was recht war, verdient hatte, für meine Dummheit bestraft zu werden, schickten meine Eltern mich einfach nur für eine Stunde auf mein Zimmer, wohin ich sowieso gegangen wäre.
In meinem Zimmer betrachtete ich die beiden ungleichen grünen Federn. Die eine hell, die andere dunkel. Die eine klein, die andere groß. Ich nahm die Feder von Saxon's Lake und hielt sie auf meiner Handfläche. Dann holte ich meine Lupe heraus und untersuchte die Rillen und Linien der Feder. Vielleicht hätten sie Sherlock Holmes einen wichtigen Hinweis gegeben, doch ich war so verwirrt wie Dr. Watson.

Bürgermeister Swope war der Mann mit der grünen Feder am Hut gewesen und sein »Messer« war ein Pfeifenstopfer. Die Feder in meiner Hand hatte nichts mit Bürgermeister Swope zu tun. Hatte sie irgend etwas mit der Gestalt zu tun, die ich am Waldrand stehen zu sehen geglaubt hatte, oder mit dem Toten auf dem Grund des Sees? Eins wußte ich sicher: In den Wäldern um Zephyr herum gab es keine smaragdgrünen Vögel. Woher stammte die Feder also?

Ich legte die Feder des Bürgermeisters beiseite, mit der Absicht, sie ihm zurückzugeben, obgleich ich tief in meinem Herzen wußte, daß ich es niemals tun würde, und ich verstaute die Feder von Saxon's Lake wieder in der White-Owl-Kiste, die dann abermals in einer der sieben mystischen Schubladen verschwand.

In jener Nacht träumte ich wieder von den vier schwarzen Mädchen, die herausgeputzt waren, als wollten sie in die Kirche gehen. Ich nahm an, die jüngste mochte vielleicht zehn oder elf sein, die anderen drei so um die vierzehn. Der einzige Unterschied war, daß sie sich diesmal unter einem grünen, belaubten Baum miteinander unterhielten. Zwei von ihnen hatten Bibeln in der Hand. Ich konnte nicht verstehen, was gesprochen wurde. Eine von ihnen lachte, und dann stimmten die anderen in das Lachen ein, und es klang wie plätscherndes Wasser. Plötzlich war da ein gleißender Blitz von einer solchen Intensität, daß ich die Augen schließen mußte, es donnerte um mich herum, und ein heißer Wind zerrte an meinen Kleidern und meinem Haar. Als ich die Augen wieder aufschlug, waren die vier schwarzen Mädchen verschwunden, und der Baum hatte keine Blätter mehr.

Ich erwachte. Schweiß lief mir übers Gesicht, als wäre ich tatsächlich von jenem sengenden Atem berührt worden. Draußen im dunklen Garten hörte ich Rebell kläffen. Ich schaute auf das leuchtende Zifferblatt meines Weckers und

sah, daß es beinahe halb drei war. Rebell kläffte und kläffte, wie eine Maschine, und seine Stimme stachelte andere Hunde an, also dachte ich mir, daß ich auch hinausgehen und ihn beruhigen könnte, wenn ich schon mal wach war. Ich trat aus meinem Zimmer und sah augenblicklich, daß im kleinen Zimmer Licht brannte.
Ich konnte ein kratzendes Geräusch hören. Ich folgte ihm zur Schwelle des kleinen Zimmers, und dort sah ich meinen Vater, der in seinem Pyjama an seinem Schreibtisch saß, an dem er die Schecks für die Rechnungen ausschrieb. In der Hand hielt er einen Kugelschreiber und schrieb oder malte im Lichtkegel der Lampe etwas auf ein Blatt Papier. Seine Augen sahen fiebrig und eingesunken aus, und ich bemerkte, daß auf seiner Stirn ebenfalls Schweißtropfen standen wie auf der meinen.
Rebells Kläffen hörte auf. Er begann zu jaulen.
»Verdammt noch mal«, murmelte Dad und stand auf, sehr bedacht darauf, nicht mit dem Stuhl auf dem Boden zu scharren. Ich versteckte mich eilig in einem Schatten; ich weiß nicht genau, warum ich es tat, doch Dad sah aus, als wollte er nicht gestört werden. Er ging zur Hintertür, und ich hörte, wie er Rebell zurief, still zu sein.
Rebells Jaulen erstarb. Dad würde gleich wieder zurückkommen.
Ich konnte nicht anders. Ich mußte einfach wissen, was er so Wichtiges zu tun hatte, daß er es nachts um halb drei tat. Ich ging ins Zimmer und schaute auf das Blatt Papier.
Mein Vater – der in keiner Weise künstlerisch veranlagt war – hatte darauf unbeholfen ein halbes Dutzend Schädel gezeichnet, aus deren Schläfen Flügel wuchsen. Und da war eine Spalte mit Fragezeichen und die Worte *Saxon's Lake*, fünfmal hintereinander. *Die Dame* stand dort geschrieben, gefolgt von einer weiteren Reihe von Fragezeichen. *Unten im Dunkeln* stand auch dort, und die Mine des Kugelschreibers

hatte fast das Papier eingerissen. Dem folgten zwei verzweifelte Fragen in Druckbuchstaben: WER? WARUM?
Und dann las ich etwas, was mich wie ein Schlag in den Magen traf:
Ich bin.
Ich habe Angst.
Ich stehe kurz vor einem Zusammenb
Die Hintertür öffnete sich.
Ich zog mich eilig wieder in meinen Schatten zurück und sah, wie Dad das kleine Zimmer betrat. Er setzte sich hin und starrte auf das, was er gezeichnet und geschrieben hatte.
Ich hatte ihn nie zuvor mit einem solchen Gesicht gesehen. Es war das Gesicht eines verängstigten kleinen Jungen, gequält von Dingen, die er nicht zu verstehen vermochte.
Er öffnete eine Schublade und nahm einen Kaffeebecher heraus, auf dem Green Meadows Molkerei aufgedruckt war. Er holte eine Streichholzschachtel hervor. Dann faltete er das Blatt Papier zusammen und begann, es in kleine Stücke zu reißen. Die Fetzen wanderten in den Kaffeebecher. Als das ganze Blatt zerrissen war, zündete Dad ein Streichholz an und ließ es ebenfalls in den Becher fallen.
Eine kleine Rauchwolke stieg auf. Er öffnete das Fenster, und dann war sie wieder verschwunden.
Ich schlüpfte zurück in mein Zimmer und legte mich hin, um nachzudenken.
Während ich von den vier schwarzen Mädchen in ihren Sonntagskleidern träumte, was suchte da meinen Vater heim? Eine schlammverkrustete Gestalt, die aus den dunklen Tiefen des Sees stieg, emporgehoben von einem Geschwader Schildkröten mit bemoosten Panzern? Ein von schweren Schlägen gezeichnetes Gesicht, das flüsterte: *Komm zu mir, komm zu mir, unten im Dunkeln?* Handschellen am Handgelenk eines tätowierten Arms? Oder das Wissen, daß

es jeden Menschen treffen könnte, sein Leben allein, vergessen, in der Versenkung verschwunden zu beenden?
Ich wußte es nicht, und ich hatte Angst, Vermutungen anzustellen. Doch eins wußte ich sicher: Wer immer jenen Unbekannten ermordet hatte, brachte auch meinen Vater um.
Schließlich übermannte mich der Schlaf und zog mich sanft fort von diesen düsteren Gedanken. Ich ruhte, während um mich herum meine Monster Wache hielten.

2
Der Wunderkasten

Der Samstag abend der Preisverleihung des Zephyrer Kulturvereins war gekommen. Wir zogen alle unsere Sonntagskleider an, zwängten uns in den Pick-up und machten uns auf den Weg zur Bibliothek. Mein Angstbarometer, das so um acht herum auf einer Skala von zehn geschwankt hatte, stieg nun auf über neun. Während der vergangenen Woche hatten meine sogenannten Freunde mir ausführlich erzählt, was alles geschehen könnte, wenn ich mich dort hinstellte, um meine Geschichte vorzulesen. Wenn ihre Prophezeiungen eintrafen, würde ich Schüttelkrämpfe bekommen, mir in die Hosen machen und mich in einem Sturzbach der Scham und des Schmerzes aus allen Öffnungen gleichzeitig meines Abendessens entledigen. Davy Ray hatte mir gesagt, daß ich mir, nur um sicherzugehen, einen Korken in den Hintern stecken sollte. Ben hatte mir gesagt, ich sollte lieber vorsichtig sein, wenn ich vor all diesen Leuten auf das Podium stieg, denn dies wäre der wahrscheinlichste Zeitpunkt für meinen kleinen Unfall. Johnny sagte, er hätte einmal einen Jungen gekannt, der sich hinstellte, um vor Leuten etwas vorzulesen, und in dem Augenblick vergaß, wie man las, und nur noch in einer Sprache, die sich wie Griechisch oder Zulu anhörte, vor sich hin brabbeln konnte.

Nun, ich entschied mich gegen den Korken. Doch als ich das Licht in der Bibliothek brennen sah und all die Wagen, die davor geparkt waren, begann ich, meine Entscheidung zu bereuen. Mom legte ihren Arm um meine Schulter. »Du wirst das schon gut machen«, sagte sie.

»Ja«, stimmte Dad zu. Er trug wieder sein Vatergesicht, doch er hatte dunkle Ringe unter den Augen, und ich hatte gehört, wie Mom ihm sagte, daß er vielleicht besser Geritol nehmen sollte. Sie wußte natürlich, daß etwas nicht in Ordnung war, doch sie wußte nicht, wie tief das Problem sich schon eingefressen hatte.

Der Saal der Bibliothek war voller Stühle, und ganz vorn war ein Tisch und das gefürchtete Publikum. Noch schlimmer, da war sogar ein *Mikrofon* am Podium! Etwa vierzig Leute saßen auf den Stühlen, und Bürgermeister Swope, Mrs. Prathmore, Mr. Grover Dean und einige andere Wettbewerbsjuroren bewegten sich händeschüttelnd umher. Ich wollte mich ganz klein machen und in einer Ecke verstecken, als Bürgermeister Swope uns sah und zu uns herüberkam, doch Dad legte seine Hand auf meine Schulter, und ich blieb, wo ich war.

»Hallo, Cory!« Bürgermeister Swope lächelte, doch in seinen Augen lag Mißtrauen. Ich dachte mir, daß er wohl Angst hatte, ich könnte jeden Moment wieder überschnappen. »Bist du bereit, heute abend deine Geschichte vorzulesen?«

Nein, Sir, wollte ich antworten. »Ja, Sir«, kam heraus.

»Nun, ich denke, wir werden ein großes Publikum haben.« Seine Aufmerksamkeit wandte sich nun meinen Eltern zu. »Ich nehme an, Sie sind mächtig stolz auf Ihren Jungen.«

»Das sind wir«, sagte Mom. »Er wäre der erste Schriftsteller in unserer Familie.«

»Er hat zweifellos die nötige Phantasie dafür.« Bürgermeister Swope lächelte abermals; es war ein sehr gezwungenes Lächeln. »Übrigens, Cory, ich habe meinen Hut aus dem Schrank geholt, um ihn aufarbeiten zu lassen. Du weißt nicht zufällig, was mit der ...«

»Luther!« unterbrach ihn eine Stimme. »Dich habe ich gesucht!«

Mr. Dollar, ganz fein herausgeputzt in einem dunkelblauen Anzug und einer Wolke Aqua Velva, schob sich neben den Bürgermeister. Noch nie in meinem Leben war ich so erleichtert gewesen, jemanden zu sehen. »Ja, Perry?« fragte Bürgermeister Swope und kehrte mir den Rücken zu.

»Luther, du mußt etwas gegen diesen verdammten *Affen* unternehmen!« drängte Mr. Dollar. »Das Vieh ist letzte Nacht auf mein Dach gesprungen und hat solchen Lärm veranstaltet, daß Ellen und ich kein Auge zugemacht haben! Das Vieh hat sogar auf meinem Wagen sein Geschäft gemacht! Es muß doch einen Weg geben, es zu fangen!«

Ah, Luzifer. Der Affe bewegte sich noch immer frei in den Bäumen von Zephyr, und gnade dem Bewohner des Hauses, dessen Dach sich Luzifer für seine Untaten auswählte. Aufgrund der Aufregung und der angedrohten Klagen wegen Beschädigung von Eigentum hatte Reverend Blessett sich Mitte August bei Nacht und Nebel aus der Stadt geschlichen. Er hatte keine Nachsendeadresse hinterlassen.

»Wenn dir eine gute Idee kommt, laß es mich wissen«, erwiderte Bürgermeister Swope eine Spur ärgerlich. »So ziemlich das einzige, was wir noch nicht versucht haben, ist, die Jungs vom Luftwaffenstützpunkt zu bitten, eine Bombe auf die Stadt abzuwerfen.«

»Vielleicht kann Doc DeKuypen ihn fangen, oder wir könnten jemanden von einem Zoo bezahlen, damit er herkommt und . . « Mr. Dollar redete noch immer, als Bürgermeister Swope sich schon fortbewegte, und Mr. Dollar folgte ihm und lamentierte weiter über den Affen. Meine Eltern und ich nahmen unsere Plätze ein, und ich rutschte nervös hin und her, als immer mehr Menschen den Raum betraten. Dr. Parrish erschien mit seiner Frau, und siehe da, der Dämon tänzelte herein, gefolgt von ihrer Hydrantenmutter und ihrem Kerzendochtvater. Ich versuchte, mich auf meinem Stuhl zu verkriechen, doch sie sah mich und winkte schadenfroh. Glücklicherweise gab es um uns herum keine freien Stühle mehr, oder ich wäre mit einem Popel in meinem Nacken auf das Podium gestiegen. Dann erlitten meine Sinne einen weiteren Schock, als Johnny Wilson und seine Eltern hereinkamen. Kaum zwei Minuten später erschienen Ben, seine Mutter und sein Dad, dicht gefolgt von Davy Ray und seinen Eltern. Ich würde tapfer ihre höhnischen Grimassen ertragen müssen, doch um Wahrheit zu gestehen, ich war froh, sie zu sehen. Wie Ben mir einmal gesagt hatte, sie waren gute alte Kumpel.

Es muß bemerkt werden, daß die Einwohner von Zephyr viel Unterstützung für ihre eigenen Leute übrig hatten. Entweder das, oder das Samstagabendprogramm im Fernsehen war miserabel. Ein Schrank wurde geöffnet und weitere Klappstühle herausgeholt. Die Menge wurde einen Augenblick still, als Vernon Thaxter, nur in die letzten Überreste seiner Sommerbräune gekleidet, mit einem breiten Lächeln den Raum betrat. Doch die Leute hatten sich mittlerweile an Vernon gewöhnt, und sie hatten gelernt, wo sie hingucken konnten und wo nicht. »Der Kerl ist noch immer nackig, Momma!« verkündete der Dämon, doch abgesehen von ein paar unterdrückten Glucksern und erröteten Gesichtern geschah nichts, niemand machte eine Szene. Vernon zog einen Stuhl in eine der hinteren Ecken des Raums und setzte sich, zufrieden wie eine glückliche Kuh. Stier, meine ich.

Als Bürgermeister Swope und Mrs. Prathmore schließlich eine Schachtel voller Plaketten zum Tisch nach vorn trugen, waren ungefähr siebzig Liebhaber der schönen Literatur anwesend. Mr. Grover Dean, ein schlanker Mann mittleren Alters, der eine sorgsam gekämmte Perücke und eine Brille mit silbernem Gestell trug, ging mit einer Aktentasche in der Hand ganz nach vorn und setzte sich zum Bürgermeister und Mrs. Prathmore an den Tisch. Er öffnete den Reißverschluß der Aktentasche und holte einen Stapel Papiere heraus, und ich vermutete, daß dies die preisgekrönten Beiträge in den drei Kategorien Kurzgeschichte, Essay und Gedicht waren.

Bürgermeister Swope erhob sich und tippte gegen das Mikrofon am Podium. Er wurde von einer kreischenden Rückkopplung begrüßt und einem Geräusch, als würde ein Elefant einen Furz lassen, was ein Gejohle hervorrief. Bürgermeister Swope winkte eilig nach dem Mann, der für die Tonanlage zuständig war. Schließlich beruhigte sich alles, das Mikrofon wurde richtig eingestellt, der Bürgermeister räusperte sich und wollte gerade zu sprechen beginnen, als sich ein leises Flüstern durch die Menge zog. Ich drehte mich zur Tür um, und mein hämmerndes Herz vollführte einen Sprung wie ein Wels. Die Dame war gerade hereingekommen.

Sie war in Lila gekleidet, mit einem Pillendöschenhut und Handschuhen. Ihr Gesicht war hinter einem hauchdünnen Schleier verborgen. Sie wirkte zerbrechlich, ihre blauschwarzen Arme und Beine so dünn wie Stöckchen. An ihrer Seite ging Charles Damaronde mit seinen breiten Schultern und seinen Werwolfaugenbrauen und stützte äußerst diskret ihren Ellbogen. Drei Schritte hinter der Dame folgte der Mondmann, in einem glänzenden schwarzen Anzug, einer roten Krawatte und seinem Stock in der Hand. Er trug keinen Hut, und sein hell-dunkel geteiltes Gesicht war in voller Pracht zu bewundern.

Ich glaube, man hätte eine Stecknadel fallen hören können. Oder, um genauer zu sein, einen Popel von der Nase des Dämons. »Oh«, flüsterte Mom. Dad rutschte nervös auf seinem Stuhl hin und her, und ich glaube, er wäre sogar aufgestanden und gegangen, wenn er nicht meinetwegen hätte bleiben müssen.

Die Dame ließ hinter ihrem Schleier ihren Blick über das

Publikum schweifen. Ich vermochte einen flüchtigen Blick auf ihre grünen Augen zu erhaschen – nur ein kurzes Aufblitzen –, doch es genügte, um mir das Gefühl zu geben, ich könnte dampfende Erde und Sumpfblumen riechen. Dann stand plötzlich Vernon Thaxter auf und bot ihr mit einer Verbeugung seinen Platz an. Sie sagte mit ihrer zittrigen Stimme: »Vielen Dank, Sir«, setzte sich, und Vernon blieb an der hinteren Wand des Raums stehen, während Charles Damaronde und der Mondmann sich zu beiden Seiten der Dame hinstellten. Ein paar Leute – nicht viele, nur fünf oder sechs – erhoben sich, doch nicht um ihre Plätze anzubieten, sondern um den Raum zu verlassen. Sie hatten keine Angst vor ihr, so wie mein Dad; es war ihre Entrüstung darüber, daß Schwarze einen Raum voller Weißer betreten hatten, ohne vorher um Erlaubnis zu bitten. Wir alle wußten das, und die Dame wußte es auch. Es war die Zeit, in der wir lebten.

»Ich denke, wir können nun anfangen«, begann Bürgermeister Swope. Er blickte auf die versammelte Menge, dann zur Dame und dem Mondmann hinüber, und anschließend wieder auf die Menge. »Ich möchte Sie alle zur Preisverleihung des Schreibwettbewerbs des Zephyrer Kulturvereins für das Jahr 1964 begrüßen. Als erstes möchte ich mich bei allen Teilnehmern bedanken, ohne die es keinen Wettbewerb gegeben hätte.«

Nun, es ging noch eine Weile so weiter. Wenn ich nicht so nervös gewesen wäre, wäre ich sicher eingenickt. Bürgermeister Swope stellte zunächst alle Juroren und Mitglieder des Kulturvereins vor, und dann Mr. Quentin Farraday vom *Adams Valley Journal*, der Fotos machen und die Gewinner interviewen würde. Schließlich setzte sich Bürgermeister Swope wieder, und Mrs. Prathmore nahm seinen Platz am Podium ein, um den Gewinner des dritten Preises in der Kategorie Essay aufzurufen. Eine ältliche Frau namens Delores Hightower schlurfte nach vorn, nahm ihren Essay von Mr. Dean entgegen und las dem Publikum fünfzehn Minuten lang von den Freuden eines Kräutergartens vor, dann erhielt sie ihre Plakette und setzte sich wieder. Der Siegeressay, von einem fleischigen Mann mit einer Zahnlücke namens George Eagers, handelte von dem Tag, als er in der Nähe von Tuscaloosa mit einem Platten liegengeblieben war und der berühmte Bear Bryant höchstpersönlich angehalten und ihm seine Hilfe angeboten hatte, ein weiterer Beweis für Bears Göttlichkeit.

Als nächstes kamen die Gedichte. Stellen Sie sich meine Überraschung vor, als die Mutter des Dämons aufstand, um das Gedicht vorzutragen, das den zweiten Preis gewonnen hatte. Dies war ein Teil davon: »Regen, Regen, gehe fort«,/ sagte die Sonne an einem Sommertag. / »Ich muß noch viel scheinen, Tag für Tag / und diese dunklen Wolken dort, / die machen mich weinen.« Sie las es mit so viel Gefühl, daß ich fürchtete, sie würde noch anfangen, Tränen auf den Saal herabregnen zu lassen. Der Dämon und ihr Vater applaudierten am Ende so laut, daß man glauben mochte, es wäre die zweite Auferstehung Christi.

Das Siegergedicht, von einer kleinen verschrumpelten alten Dame namens Helen Trotter, war eigentlich mehr ein Liebesbrief, dessen erster Reim wie folgt lautete: »Er ist immer da, um seine Liebe zu geben/für das, was sich lohnt, da wagt er sein Leben«, und der letzte Reim: »Oh, ich liebe sein Lächeln, ich schwör/das von George C. Wallace, unserm großen Gouver*neur.*«

»Stöhn«, flüsterte Dad. Die Dame, Charles Damaronde und der Mondmann waren höflich genug, sich eines öffentlichen Kommentars zu enthalten.

Ich brauchte einen Korken. Und zwar ganz dringend.

»In diesem Jahr haben wir den jüngsten Gewinner, seit wir 1955 diesen Wettbewerb ins Leben riefen. Wir hatten

Schwierigkeiten zu entscheiden, ob sein Beitrag nun eine Kurzgeschichte oder ein Essay sei, da er auf einem tatsächlichen Ereignis beruht, doch am Ende kamen wir überein, daß er genügend Flair und Phantasie in seinen Beschreibungen besaß, um ihn als Kurzgeschichte zu betrachten. Und nun darf ich Sie bitten, den Gewinner unseres dritten Preises zu begrüßen, der seine Geschichte mit dem Titel ›Vor Sonnenaufgang‹ vorlesen wird: Cory Mackenson.« Mrs. Prathmore heizte den Applaus an. Dad sagte zu mir: »Zeig's ihnen«, und irgendwie schaffte ich es, aufzustehen.

Während ich in einer Trance der Angst zum Podium ging, hörte ich Davy Ray kichern und dann ein leises *Klatsch*, als sein Dad ihm einen Klaps in den Nacken versetzte. Mr. Dean reichte mir meine Geschichte, und Mrs. Prathmore bog das Mikrofon nach unten, so daß es meine Stimme einfangen konnte. Ich blickte auf das Meer von Gesichtern; sie alle schienen zu verschwimmen, zu einer einzigen Masse aus Augen, Nasen und Mündern zu verschmelzen. Plötzlich schoß mir ein Gedanke durch den Kopf: Ist mein Hosenschlitz auch zu? Konnte ich es wagen, nachzusehen? Mein Blick fiel auf den Fotografen des *Journals,* der seine überdimensionale Kamera bereithielt. Mein Herz flatterte wie die Flügel eines eingesperrten Vogels. Übelkeit machte sich in meinem Bauch breit, doch ich wußte, daß ich, sollte ich mich übergeben müssen, nie wieder in das helle Licht des Tages würde hinaustreten können. Jemand hustete, und jemand anders räusperte sich. Alle Augen waren auf mich gerichtet, und die Seiten in meinen Händen zitterten.

»Mach schon, Cory«, drängte Mrs. Prathmore.

Ich schaute auf den Titel, und dann begann ich zu lesen, doch es fühlte sich an, als hätte sich ein stacheliger Kloß in meiner Kehle festgesetzt, genau dort, wo die Worte geformt wurden. Dunkelheit schwappte um die Ränder meines Sichtfeldes; war ich kurz davor, vor all diesen Leuten in Ohnmacht zu fallen? Würde das nicht ein schickes Foto für die Titelseite des *Journals* abgeben? Meine Augen nach oben gedreht, mein Körper zu Boden stürzend, meine Unterhose weiß im klaffenden Maul meines offenen Hosenschlitzes?

»Laß dir Zeit«, sagte Mrs. Prathmore, doch ihre Stimme ließ erkennen, daß sie mit den Nerven am Ende war.

Meine Augen, die sich anfühlten, als würden sie mir gleich aus dem Kopf platzen, tanzten über das Publikum. Ich sah Davy Ray, Ben und Johnny. Keiner von ihnen grinste mehr; das war ein schlechtes Zeichen. Ich sah, wie Mr. George Eagers auf seine Armbanduhr schaute; ein weiteres schlechtes Zeichen. Ich hörte irgendein böswilliges Monstrum flüstern: »Er hat *Angst*, der arme Kleine!«

Ich sah, wie die Dame hinten im Raum aufstand. Ihre Augen hinter ihrem Schleier waren kühl und ruhig, wie stille grüne Seen. Sie hob ihr Kinn, und diese Geste sprach ein einziges Wort: *Mut.*

Ich holte tief Luft. Meine Lunge rasselte wie ein Güterzug, der über eine wackelige Brücke rumpelte. Ich war hier; dies war mein Augenblick. Ich mußte weitermachen, egal, was kommen mochte.

Ich sagte: »›Vor Son . . .« Meine Stimme, vom Mikrofon zu einem Donnerhall verstärkt, erschreckte mich so, daß ich nicht weitersprechen konnte. Mrs. Prathmore legte mir ihre Hand in den Rücken, als wollte sie mich stützen. »Sonnenaufgang«, fuhr ich fort. »Von C-C-Cory Mackenson.«

Ich begann zu lesen. Ich kannte die Worte; ich kannte die Geschichte. Meine Stimme schien zu jemand anderem zu gehören, doch die Geschichte war ein Teil von mir. Während ich weiterlas, Satz für Satz, bemerkte ich, daß das Husten und Räuspern aufgehört hatte. Niemand flüsterte. Ich las die Geschichte, als würde ich einem Pfad durch einen vertrauten Wald folgen; ich kannte den Weg, und das war ein Trost.

Ich wagte es, meinen Blick zum Publikum zu erheben, und als ich es tat, spürte ich es.
Dies sollte mein erstes Erlebnis dieser Art sein, und wie bei jedem ersten Mal vergißt man das Gefühl nie wieder. Was genau es war, vermag ich nicht zu sagen, doch es bohrte sich in meine Seele und baute sich dort ein Nest. Alle beobachteten mich; alle *hörten* mir zu. Die Worte, die aus meinem Mund kamen – die Worte, die ich empfangen und geboren hatte –, ließen die Zeit null und nichtig werden; sie führten die Menschen in diesem Raum auf einer Reise gemeinsam erlebter Anblicke, Geräusche und Gedanken zusammen; sie verließen mich und reisten in die Köpfe und Erinnerungen von Menschen, die überhaupt nicht an jenem kühlen Morgen im März bei Saxon's Lake gewesen waren. Als ich sie so anschaute, konnte ich sehen, daß diese Menschen mir folgten. Und das Größte – das Allergrößte – war, daß sie mir folgen *wollten*, wohin ich sie führte.
All dies überlegte ich mir natürlich erst viel später. Was mich in jenem Moment bewegte, abgesehen davon, zum Ende zu kommen, war, wie ruhig und still alle geworden waren. Ich hatte den Schlüssel zur Zeitmaschine gefunden. Ich hatte in mir eine Kraft entdeckt, von der ich nicht einmal zu träumen gewagt hätte. Ich hatte einen Wunderkasten gefunden, und er wurde Schreibmaschine genannt.
Die Stimme, die aus mir herausdrang, schien stärker zu werden. Sie schien mit Ausdruck und Klarheit zu sprechen, anstatt tonlos zu murmeln, wie sie es am Anfang getan hatte. Ich war überrascht und zugleich tief berührt. Ich hatte tatsächlich – Wunder über Wunder – Spaß daran, laut vorzulesen.
Ich kam zum letzten Satz, und plötzlich ging mir die Geschichte aus.
Für den Moment.

Meine Mutter applaudierte als erste. Dann mein Dad und die anderen im Raum. Ich sah, wie die in lila Handschuhen steckenden Hände der Dame klatschten. Der Applaus fühlte sich gut an; doch es war nicht annähernd so gut, wie die Menschen auf eine Reise zu führen und zu spüren, wie sie dir vertrauten, daß du den Weg kennen würdest. Morgen würde ich vielleicht Milchmann werden wollen wie Dad oder Bomberpilot oder Detektiv, doch in jenem Augenblick wollte ich mehr als alles auf der Welt Schriftsteller werden.

Ich nahm meine Plakette von Bürgermeister Swope entgegen. Als ich mich wieder hinsetzte, klopften mir die Leute um mich herum auf den Rücken, und die Art, wie Mom und Dad lächelten, sagte mir, daß sie stolz auf mich waren. Es machte mir nichts aus, daß mein Name auf der Plakette falsch geschrieben war. Ich wußte, wer ich war.

Die Geschichte, geschrieben von Mr. Terrence Hosmer, die den zweiten Preis gewonnen hatte, handelte von einem Farmer, der versuchte, einen Schwarm Raben auszutricksen, die es auf sein Maisfeld abgesehen hatten. In der Siegergeschichte, von Mrs. Ada Yearby, ging es um die Tiere, die nachts um den neugeborenen Christus herum knieten. Dann dankte Bürgermeister Swope allen für ihr Kommen und sagte, daß wir nun nach Hause gehen könnten. Auf dem Weg nach draußen schwärmten Davy Ray, Johnny und Ben um mich herum, und ich glaube, ich wurde sogar mit noch mehr Aufmerksamkeit überschüttet als Mrs. Yearby. Die Mutter des Dämons kam herübergewatschelt, um mir zu gratulieren, und sie schaute meine Mutter mit ihrem breiten, schnurrbartverzierten Gesicht an und sagte: »Wissen Sie, nächsten Samstag ist Brendas Geburtstagsfeier, und Brenda würde sich bestimmt freuen, wenn Ihr Junge auch käme. Wissen Sie, ich habe das Gedicht für Brenda geschrieben, denn sie ist ein so einfühlsames Kind. Würde Ihr Junge zu

Brendas Geburtstagsfeier kommen? Er braucht auch kein Geschenk mitzubringen.«
Mom blickte mich fragend an. Ich sah den Dämon, die mit ihrem Vater auf der anderen Seite des Raums stand. Der Dämon winkte mir zu und kicherte. Davy Ray stieß mir seinen Ellbogen in die Rippen; er hatte keine Ahnung, daß er mit seinem Leben spielte. Ich sagte: »Tja, Mrs. Sutley, ich glaube, ich habe am Samstag zu Hause einige Pflichten zu erfüllen. Oder, Mom?«
Mom, Gott sei gepriesen, verstand augenblicklich. »Ja, das hast du! Du mußt den Rasen mähen und deinem Vater helfen, die Veranda anzustreichen.«
»Hä?« sagte Dad.
»Es muß getan werden«, erklärte Mom. »Samstag ist der einzige Tag, an dem wir alle zusammen daran arbeiten können.«
»Und vielleicht gelingt es mir, noch ein paar Jungs zum Helfen aufzutreiben«, bot ich an, woraufhin sich meine Kumpel schleunigst aus dem Staub machten.
»Nun, wenn du doch noch zu Brendas Feier kommen möchtest, sie würde dich sicher gern dabei haben. Sie hat all ihre Verwandten eingeladen.« Mrs. Sutley schenkte mir ein bedauerndes Lächeln. Sie wußte Bescheid. Dann kehrte sie zum Dämon zurück und sagte etwas zu ihr, und der Dämon bedachte mich mit genau demselben Lächeln. Ich fühlte mich wie der Absatz eines dungverschmierten Stiefels. Doch ich konnte den Dämon nicht ermutigen, ich konnte es einfach nicht! Es wäre unmenschlich, das von mir zu verlangen. Und, Bruder, ich konnte mir nur zu gut vorstellen, wie die Sippschaft des Dämons aussehen mußte! Im Vergleich zu dieser Versammlung würden die Munsters niedlich aussehen.
Wir waren schon beinahe aus der Tür heraus, als eine leise Stimme sagte: »Tom? Tom Mackenson?«

Mein Dad blieb stehen und drehte sich um.
Er schaute in das Gesicht der Dame.
Sie war kleiner, als ich sie in Erinnerung hatte. Sie reichte meinem Vater kaum bis an die Schultern. Doch da war eine Kraft in ihr, stärker als die von zehn Männern; man konnte in ihr die Lebenskraft sehen, wie man sie in einem wettergegerbten Baum sehen kann, der sich in zahllosen Stürmen gebeugt hat. Sie hatte sich uns ohne Mr. Damaronde oder den Mondmann genähert, die in einiger Entfernung standen und warteten.
»Hallo«, sagte Mom. Die Dame nickte ihr zu. Das Gesicht meines Vaters hatte den Ausdruck eines Mannes, der zusammen mit einer Tarantel in einem stockdunklen Schrank gefangen ist. Seine Augen huschten nervös umher und suchten nach einem Fluchtweg, doch er war viel zu sehr Gentleman, um ihr gegenüber unhöflich zu sein.
»Tom Mackenson«, wiederholte sie. »Sie und Ihre Frau haben wirklich einen begabten Jungen großgezogen.«
»Ich ... wir ... wir haben unser Bestes gegeben, vielen Dank.«
»Und so ein guter *Redner*«, fuhr die Dame fort. Sie lächelte mich an. »Das hast du gut gemacht«, sagte sie.
»Vielen Dank, Ma'am.«
»Wie geht's deinem Fahrrad?«
»Gut. Ich habe es ›Rakete‹ genannt.«
»Das ist ein hübscher Name.«
»Ja, Ma'am. Und ...« Sag's ihr, entschied ich. »Und es hat ein Auge im Scheinwerfer.«
Ihre Brauen hoben sich kaum merklich. »Stimmt das?«
»Cory!« tadelte mich Dad. »Denk dir nicht immer solche Sachen aus!«
»Es scheint mir«, sagte die Dame, »daß das Fahrrad eines Jungen sehen muß, wo es hinfährt. Es muß sehen, ob die Straße frei ist oder irgendwo Gefahr lauert. Es scheint mir,

daß das Fahrrad eines Jungen etwas von einem Pferd in sich tragen muß und etwas von einem Reh und vielleicht sogar ein bißchen von einem *Rep*-til. Für die Schlauheit, verstehst du?«

»Ja, Ma'am«, pflichtete ich bei. Sie kannte Rakete gut.

»Es war sehr freundlich von Ihnen, Cory ein Rad zu schenken«, sagte Dad zu ihr. »Ich bin niemand, der Almosen annimmt, aber ...«

»Oh, es war kein Almosen, Mr. Mackenson. Es war der Lohn für eine gute Tat. Mrs. Mackenson, gibt es etwas in Ihrem Haus, das Mr. Lightfoot reparieren muß?«

»Nein, ich denke, alles funktioniert glänzend.«

»Nun«, sagte sie und blickte meinen Vater an. »Man weiß nie, wann die Dinge kurz vor dem Zusammenbruch stehen.«

»Es war nett, Sie getroffen zu haben, Mrs .... äh ... Dame.« Dad faßte Mom am Ellbogen. »Wir machen uns jetzt besser auf den Heimweg.«

»Mr. Mackenson, wir haben noch etwas zu bereden«, wandte die Dame sich erneut an Dad, als wir uns alle in Bewegung setzten. »Ich denke, Sie verstehen, wenn ich sage, daß es dabei um Leben und Tod geht?«

Dad blieb stehen. Ich sah, wie der Muskel an seinem Kinn zuckte. Er wollte sich nicht wieder zu ihr umdrehen, doch sie zwang ihn förmlich. Vielleicht spürte er, wie ihre Lebenskraft – ihre rohe, ursprüngliche Kraft – um ein paar Grade heißer glühte, so wie ich es spürte. Er schien sich einen weiteren Schritt von ihr entfernen zu wollen, doch er schaffte es nicht.

»Glauben Sie an Jesus Christus, Mr. Mackenson?« fragte die Dame.

Die Frage riß seine letzten Barrikaden nieder. Er drehte sich um und schaute sie an. »Ja, das tue ich«, erwiderte er ernst.

»Ich auch. Jesus Christus war so ohne Fehl, wie ein menschliches Wesen es nur sein kann, und dennoch ereiferte er sich und kämpfte und weinte und hatte Tage, an denen er glaubte, keinen Schritt mehr tun zu können. Wie zum Beispiel, als die Leprakranken und die Siechenden ihn beinahe zertrampelten, während sie ihn alle um ein Wunder anbettelten und ihn nicht in Ruhe ließen, bis er fast keine Wunder mehr wirken konnte. Ich will sagen, Mr. Mackenson, daß selbst Jesus Christus ab und zu Hilfe brauchte, und er war nicht zu stolz, darum zu bitten.«

»Ich brauche keine ...« Er ließ es so stehen.

»Sehen Sie«, sagte die Dame, »ich glaube, jeder Mensch hat hin und wieder Visionen. Ich glaube, das ist ein Teil des Tiers im Menschen. Wir haben diese Visionen – die kleinen Fetzen des großen Quilts –, doch wir wissen nicht, wo sie hineinpassen oder warum. Meistens kommen sie im Traum zu uns, wenn wir schlafen. Manchmal kann man auch im Wachen träumen. Beinahe jeder hat sie, nur können sie nicht ausloten, was sie bedeuten. Verstehen Sie?«

»Nein«, sagte Dad.

»O doch, Sie tun es.« Sie hob einen spindeldürren Finger. »Die Menschen verfangen sich im klebrigen Fliegenfänger dieser Welt. Es macht sie blind, taub und stumm für das, was in der anderen vor sich geht.«

»Der anderen? Der anderen was?«

»Der anderen Welt jenseits des Flusses«, erwiderte sie. »Von wo aus der Mann auf dem Grund von Saxon's Lake Sie ruft.«

»Ich will nichts mehr davon hören.« Doch er bewegte sich nicht.

»Er ruft Sie«, wiederholte sie. »Ich höre ihn auch, und er ruiniert mir meinen verdammten Schlaf, und ich bin eine alte Frau, die etwas Frieden braucht.« Sie trat einen Schritt näher an meinen Vater heran, und ihre Augen hielten ihn gefangen. »Dieser Mann muß erzählen, wer ihn getötet hat, bevor er in die andere Welt übertreten kann. Oh, er versucht es, er versucht es mit aller Kraft, doch er kann uns keinen

Namen oder ein Gesicht geben. Alles, was er uns geben kann, sind diese kleinen Fetzen des großen Quilts. Wenn Sie zu mir kommen und wir uns zusammentun und nachdenken würden, vielleicht könnten wir dann beginnen, die Fetzen zusammenzunähen. Dann könnten Sie wieder nachts ruhig schlafen, und ich auch, und er könnte gehen, wohin er gehört. Noch besser: Wir könnten den Mörder fassen, wenn es da einen Mörder zu fassen gibt.«

»Ich ... glaube nicht ... an diese Art Unsi ...«

»Glauben Sie's, oder lassen Sie's, die Wahl liegt bei Ihnen«, fiel ihm die Dame ins Wort. »Doch wenn der Tote heute nacht wieder nach Ihnen ruft – und das wird er –, dann werden Sie keine andere Wahl haben, als ihm zuzuhören. Und ich rate ihn, Mr. Mackenson, daß Sie endlich anfangen sollten, zuzuhören.«

Dad setzte an, etwas zu sagen; sein Mund öffnete sich, doch er brachte die Worte nicht heraus.

»Entschuldigen Sie bitte«, sagte ich zur Dame. »Ich wollte fragen, ob Sie ... ob Sie ... vielleicht ... noch andere Träume haben?«

»Oh, fast die ganze Zeit«, antwortete sie. »Das Problem ist nur, daß in meinem Alter die meisten Träume Wiederholungen sind.«

»Nun ... ich habe mich gefragt, ob ... Sie irgendwelche Träume über vier Mädchen haben.«

»Vier Mädchen?« fragte sie.

»Ja, Ma'am. Vier Mädchen. Sie wissen schon. Dunkel, so wie Sie. Und sie sind alle herausgeputzt, als ob es Sonntag wäre.«

»Nein«, sagte sie. »Den Traum habe ich noch nie gehabt.«

»Ich träume oft von ihnen. Nicht jede Nacht, aber oft. Was glauben Sie, was das bedeutet?«

»Fetzen eines Quilts«, sagte sie. »Könnte etwas sein, das du schon weißt, aber von dem du nicht weißt, daß du es weißt.«

»Ma'am?«

»Es müssen keine Geister sein, die da zu dir sprechen«, erklärte sie. »Vielleicht bist du es selbst, und du versuchst, etwas zu ergründen.«

»Oh«, sagte ich. Das mußte es sein, weshalb die Dame Dads Träume empfing, doch nicht meine; meine waren keine Geister der Vergangenheit, sondern ein Schatten der Zukunft.

»Sie müssen nach Bruton kommen und sich unser neues Museum anschauen, wenn es fertig ist«, sagte die Dame zu Mom. »Wir haben Geld gesammelt für einen Anbau ans Freizeitzentrum. Sollte in ein paar Monaten fertig sein. Dann werden wir einen hübschen Ausstellungsraum haben.«

»Ich habe davon gehört«, erwiderte Mom. »Viel Glück.«

»Danke. Nun, ich lasse Sie wissen, wann die Eröffnungsfeier stattfindet. Denken Sie an das, was ich Ihnen gesagt habe, Mr. Mackenson.« Sie hielt ihm ihre Hand hin, und mein Vater nahm sie. Er mochte Angst vor der Dame haben, doch zuallererst war er immer noch Gentleman. »Sie wissen, wo ich wohne.«

Die Dame gesellte sich wieder zu ihrem Mann und Mr. Damaronde, dann traten sie gemeinsam hinaus in die warme, stille Nacht. Wir gingen kurz nach ihnen und sahen noch, wie sie davonfuhren, nicht in dem Straß-Pontiac, sondern in einem schlichten blauen Chevrolet. Die letzten der Zuschauer unterhielten sich auf dem Bürgersteig, und sie nahmen sich die Zeit, mir zu sagen, wie sehr ihnen mein Vortrag gefallen hatte. »Mach so weiter!« sagte Mr. Dollar, und dann hörte ich, wie er einem anderen Mann gegenüber prahlte: »Wissen Sie, ich habe sein Haar geschnitten. Ja, Sir, ich schneide dem Jungen schon seit Jahren das Haar!«

Wir fuhren heim. Ich hielt die Plakette in meinem Schoß, mit beiden Händen umklammert. »Mom?« fragte ich. »Was für ein Museum bauen sie in Bruton? Werden sie da Dinosaurier und solche Sachen haben?«

»Nein«, erklärte mir mein Vater. »Es wird eine Ausstellung

über die Bürgerrechtsbewegung. Ich nehme an, sie werden Briefe und Dokumente und all so was haben.«

»Gegenstände von Sklaven, wie ich hörte«, sagte Mom. »Wie Fußketten und Brandeisen, nehme ich an. Lizbeth Sears hat mir erzählt, sie hätte gehört, die Dame hätte ihren großen Pontiac verkauft und das Geld für den Bau des Gebäudes gespendet.«

»Ich wette, wer immer auch das Kreuz in ihrem Garten in Brand gesetzt hat, pfeift jetzt nicht gerade fröhlich das ›Dixielied‹«, bemerkte Dad. »Der Klan wird sich garantiert noch mal melden.«

»Ich halte es für eine gute Sache«, sagte Mom. »Ich denke, sie müssen wissen, wo sie herkommen, um zu wissen, wo sie hingehen.«

»Ja, und ich weiß auch, wo der Klan sie gerne hinschicken möchte.« Dad bremste ab und bog in die Hilltop Street. Durch die Bäume erhaschte ich einen kurzen Blick auf das Thaxter-Anwesen, dessen Fenster hell erleuchtet waren. »Sie hatte einen festen Händedruck«, sagte Dad mehr zu sich selbst. »Die Dame, meine ich.« Wir wußten, von wem er sprach. »Hatte einen festen Händedruck. Und es war, als würde sie glatt in mich hineinschauen, und ich konnte nichts dagegen tun, daß sie Dinge sah, die ...« Er schien zu bemerken, daß wir noch immer da waren, und ließ den Gedanken abrupt fallen.

»Ich würde mit dir kommen«, bot Mom ihm an, »wenn du zu ihr gehen möchtest. Ich würde die ganze Zeit an deiner Seite bleiben. Sie will dir helfen. Ich wünschte, du würdest sie lassen.«

Er schwieg. Wir näherten uns dem Haus. »Ich werde darüber nachdenken«, erwiderte er schließlich, was seine Art war zu sagen, daß er nichts mehr über die Dame hören wollte.

Dad mochte wissen, wo die Dame wohnte, und er mochte

ihre Hilfe brauchen, um den Geist auszutreiben, der ihn von Saxon's Lakes Grund rief, doch er war noch nicht bereit. Ob er jemals bereit sein würde oder nicht, vermochte ich nicht zu sagen. Es war an ihm, den ersten Schritt zu machen, und niemand konnte ihn dazu zwingen. Im Moment gab es andere Dinge, die mich bewegten: Der Traum von den vier schwarzen Mädchen, die Verliebtheit des Dämons, wie ich Old Leatherlungs überleben sollte und wovon meine nächste Geschichte handeln würde.

Und die grüne Feder. Immer wieder die grüne Feder, deren unbeantwortete Fragen mich aus einer meiner sieben mystischen Schubladen heraus verhöhnten.

An jenem Abend hängte Dad die Plakette für mich an einer Wand in meinem Zimmer auf, direkt über den Wunderkasten. Sie sah gut aus, dort oben zwischen den Bildern eines großen Typen mit Bolzen in seinem Hals und einer Person mit einem dunklen Umhang und vorstehenden Zähnen.

Ich hatte heute abend eine neue, überschäumende Kraft gespürt und das Leben gekostet. Ich hatte meinen ersten, wenn auch noch unbeholfenen Schritt in die Richtung gemacht, die ich einschlagen wollte. Dieses Gefühl reiner, purer Erregung mochte verlöschen, mochte unter der Last der Tage dahinschwinden und sich im Strom der Zeit auflösen; doch an diesem Abend, diesem Es-wird-nie-wieder-so-werden-Abend, war es lebendig.

3
Dinner mit Vernon

Zu sagen, daß mir der Dämon in den folgenden Tagen ständig in den Ohren lag, daß ich doch zu ihrer Geburtstagsfeier kommen sollte, wäre, als würde man sagen, daß Katzen eine gewisse Vorliebe für die Gesellschaft von Mäusen hätten. Das unablässige Flüstern des Dämons und Leatherlungs markerschütterndes Brüllen schafften, daß ich von Mittwoch an das reinste Nervenbündel war und noch immer nicht wußte, wie die Bruchrechnung funktionierte.

Mittwoch abend, kurz nach dem Abendessen, trocknete ich gerade das Geschirr für Mom ab, als ich Dad aus seinem Sessel, in dem er saß und Zeitung las, sagen hörte: »Da hält ein Wagen vor dem Haus. Erwarten wir irgend jemanden?«

»Nicht, daß ich wüßte«, erwiderte Mom.

Der Sessel knarrte, als Dad sich erhob. Er ging auf die Veranda. Bevor er zur Tür hinaustrat, pfiff er leise und bewundernd durch die Zähne. »He, das solltet ihr euch angucken!« sagte er, und dann ging er hinaus. Wir konnten der Aufforderung natürlich nicht widerstehen. Und dort vor unserem Haus parkte ein langer, schlanker Wagen, dessen Lack wie schwarzer Satin glänzte. Er hatte Speichenfelgen, einen blitzenden Chromgrill und eine Windschutzscheibe, die eine Meile breit schien. Es war das längste und schönste Auto, das ich je gesehen hatte, und es ließ unseren Pick-up im Vergleich dazu wie einen verrosteten alten Schrotthaufen erscheinen. Die Fahrertür öffnete sich, und ein Mann in einem dunklen Anzug stieg aus. Er ging um den Wagen herum, trat in unseren Vorgarten und sagte: »Guten Abend.« Der Mann sprach mit einem Akzent, der sich nicht anhörte, als stammte er hier aus der Gegend. Er kam den Weg hinauf, in den Lichtkegel der Verandaleuchte, und wir alle sahen, daß er weiße Haare und einen weißen Schnauzbart hatte und daß seine Schuhe so schwarz und glänzend wie der Lack des Wagens waren.

»Kann ich Ihnen helfen?« fragte Dad.

»Mr. Thomas Mackenson?«

»Tom. Ja, das bin ich.«

»Sehr gut, Sir.« Er blieb am Fuß der Stufen stehen. »Mrs. Mackenson.« Er nickte meiner Mutter zu, dann schaute er mich an. »Master Cory?«

»Äh .. ich bin Cory, ja, Sir«, erwiderte ich.

»Ah. Ausgezeichnet.« Er lächelte, dann griff er in die Innentasche seines Jacketts, und als er die Hand wieder herauszog, hielt er darin einen Umschlag. »Bitte.« Er reichte mir den Umschlag.

Ich blickte Dad an. Er nickte zum Zeichen, daß ich ihn nehmen sollte. Ich tat es, und der Mann wartete mit hinter dem Rücken verschränkten Händen, während ich ihn öffnete. Der Umschlag war mit einem Kreis aus rotem Wachs versiegelt, in den der Buchstabe T eingedrückt war. Aus dem Umschlag zog ich eine kleine weiße Karte, auf der mehrere getippte Zeilen standen.

»Was steht da?« Mom beugte sich über meine Schulter.

Ich las es laut vor. »Mr. Vernon Thaxter bittet um das Vergnügen Ihrer Gesellschaft bei einem Dinner am Samstag, dem 19. September 1964, um neunzehn Uhr. Keine Abendgarderobe.«

»Es empfiehlt sich bequeme Kleidung«, erläuterte der weißhaarige Mann.

»O Himmel«, sagte Mom; die Worte ihres Sorgenrosenkranzes. Ihre Augenbrauen zogen sich zusammen.

»Äh ... darf ich fragen, wer *Sie* sind?« erkundigte sich Dad, während er mir die weiße Karte aus der Hand nahm und die Zeilen überflog.
»Meine Name ist Cyril Pritchard, Mr. Mackenson. Ich bin im Thaxter-Haushalt angestellt. Meine Frau und ich dienen Mr. Moorwood und dem jungen Master Vernon seit fast acht Jahren.«
»Oh. Sind Sie ... ein Butler oder so was?«
»Meine Frau und ich erfüllen unsere Dienste, wie immer es erforderlich ist, Sir.«
Dad brummte etwas vor sich hin und runzelte die Stirn. Sein eigener mentaler Sorgenrosenkranz war am Werk. »Wie kommt es, daß Vernon diese Karte geschickt hat und nicht sein Vater?«
»Weil es Vernon ist, der mit Ihrem Sohn zu speisen wünscht, Sir.«
»Und warum das? Ich kann mich nicht daran erinnern, daß Vernon meinen Jungen je kennengelernt hat.«
»Der junge Master Vernon war bei der Preisverleihung des Kulturvereins zugegen. Die sprachliche Gewandtheit Ihres Sohns hat ihn tief beeindruckt. Sie wissen sicherlich, daß er ehemals selbst Hoffnungen hegte, Schriftsteller zu werden.«
»Er hat doch ein Buch geschrieben, oder nicht?« fragte Mom.
»Das hat er in der Tat. *Der Mond, meine Geliebte* lautete der Titel. 1958 veröffentlicht bei Sonneilton Press in New York City.«
»Ich habe es mal in der Bibliothek ausgeliehen«, gestand Mom. »Ich muß zugeben, ich hätte es nie gekauft, nicht mit dem blutigen Fleischerbeil auf dem Umschlag. Wissen Sie, das kam mir immer merkwürdig vor, denn das Buch handelt mehr vom Leben in jener Kleinstadt als von dem Schlachter, der ... nun, Sie wissen schon.«

»Ja, ich weiß«, sagte Mr. Pritchard.

Erst später erfuhr ich, daß der Schlachter in Vernons Buch einer Reihe von Frauen verschiedene Innereien herausgeschnitten hatte, immer bei Vollmond. Jeder in der fiktionalen Kleinstadt pries die Steak- und Nierchenpasteten, würzigen Cajun-Würste und Hackfleischsandwiches des Schlachters.

»Aber für ein Erstlingswerk war es gar nicht schlecht«, meinte Mom. »Warum hat er kein weiteres geschrieben?«

»Unglücklicherweise hat sich das Buch nicht verkauft, aus welchem Grund auch immer. Der junge Master Vernon war ... lassen Sie uns sagen ... desillusioniert.« Sein Blick wandte sich wieder mir zu. »Welche Antwort soll ich dem jungen Master Vernon bezüglich seiner Dinnereinladung überbringen?«

»Nicht so schnell mit den jungen Pferden«, meldete sich Dad zu Wort. »Ich weise nur ungern auf Offensichtliches hin, doch Vernon ist nicht ... nun, er ist nicht in der geistigen Verfassung, in seinem Haus Gäste zu empfangen, oder?«

Mr. Pritchards Blick wurde zu Eis. »Der junge Master Vernon ist sehr wohl in der Lage, einen Gast zum Dinner zu empfangen, Mr. Mackenson. In Antwort auf Ihre offenkundige Sorge, Ihr Sohn wäre vollkommen sicher bei ihm.«

»Das sollte keine Beleidigung sein. Nur wenn jemand den lieben langen Tag splitternackt umherläuft, dann muß man doch annehmen, daß er nicht mehr alle Tassen im Schrank hat. Ich weiß nicht, warum Moorwood ihn so herumlaufen läßt.«

»Der junge Master Vernon hat sein eigenes Leben. Mr. Thaxter hat sich entschieden, ihn seine eigenen Wege gehen zu lassen.«

»Das kann man deutlich sehen«, erwiderte Dad. »Wissen Sie, ich habe Moorwood sicher seit ... oh, ich nehme an, seit gut drei Jahren nicht mehr zu Gesicht bekommen. Er war immer ein Einsiedler, aber geht er denn überhaupt nicht mehr raus, um mal ein bißchen Luft zu schnappen?«

»Um Mr. Thaxters Geschäfte wird sich gekümmert. Seine Miete wird kassiert und seine Grundstücke instand gehalten. Dies waren von jeher seine größten Freuden im Leben, und so ist es noch heute. Nun, was darf ich bitte dem jungen Master Vernon mitteilen?«

Vernon Thaxter hatte ein Buch veröffentlicht. Einen Thriller, so wie es sich anhörte. Ein richtiges Buch, veröffentlicht von einem richtigen Verlag in New York City. Ich würde vielleicht nie wieder die Gelegenheit erhalten, mit einem richtigen Schriftsteller zu sprechen, dachte ich bei mir. Es war mir egal, ob er verrückt war oder nackt wie am Tag seiner Geburt umherlief. Er wußte um eine Welt weit jenseits der Grenzen von Zephyr, und obgleich dieses Wissen ihn vielleicht gebrandmarkt haben mochte, so wollte ich doch nur zu gern hören, welche Erfahrungen er mit dem Wunderkasten gemacht hatte. »Ich würde gern hingehen«, sagte ich.

»Das ist ein Ja, nehme ich an?« fragte Mr. Pritchard meine Eltern.

»Ich weiß nicht, Tom«, sagte meine Mutter. »Einer von uns beiden sollte mitgehen, nur für den Fall.«

»Ich verstehe Ihr Zögern, Mrs. Mackenson. Ich kann Ihnen nur sagen, daß meine Frau und ich den jungen Master Vernon immer als einen sanften, intelligenten und sensiblen Mann kennengelernt haben. Er hat keine Freunde, nicht wirklich. Sein Vater ist und war immer sehr distanziert ihm gegenüber.« Abermals kroch das Eis zurück in Mr. Pritchards Augen. »Mr. Thaxter ist ein bestimmender Mann. Er hat nie gewollt, daß der junge Master Vernon Schriftsteller wird. Um die Wahrheit zu sagen, hat er bis vor kurzem nicht einmal erlaubt, daß die Bibliothek Ausgaben von *Der Mond, meine Geliebte* in ihre Bestände aufnahm.«

»Was hat seine Meinung geändert?« fragte Mom.

»Die Zeit und die Umstände«, erwiderte Mr. Pritchard. »Es wurde Mr. Thaxter bewußt, daß der junge Master Vernon kein Talent für die Geschäftswelt besitzt. Wie ich schon sagte, der junge Master Vernon ist ein sensibler Mann.« Das Eis schmolz wieder; er blinzelte, und es spielte sogar die Andeutung eines Lächelns um seine Lippen. »Verzeihen Sie mir. Ich wollte mich nicht über Belange ergehen, mit denen Sie sicher nicht belästigt werden wollen. Doch der junge Master Vernon erwartet voller Ungeduld eine Antwort. Darf ich ihm ausrichten, daß sie ja lautet?«

»Wenn einer von uns beiden mitkommen kann«, sagte Dad. »Ich wollte das Haus schon immer mal von innen sehen.« Er blickte Mom an. »Bist du damit einverstanden?«

Sie dachte einen Moment darüber nach. Ich suchte nach Anzeichen für eine Entscheidung: Das Kauen an der Unterlippe führte meistens zu einem Nein, wohingegen ein Seufzen und das leichte Zucken ihres rechten Mundwinkels von der Geburt eines Jas kündete. Das Seufzen kam, dann das Zucken. »Ja«, sagte sie.

»Sehr gut.« Mr. Pritchards Lächeln war echt. Er schien erleichtert, daß eine positive Entscheidung gefällt worden war. »Man hat mir aufgetragen, dir zu sagen, daß ich dich am Samstag um halb sieben hier abholen werde. Ist das dir genehm?«

Die Frage war an mich gerichtet. Ich erwiderte, daß es mir passen würde.

»Bis dann.« Er bedachte uns alle mit einer steifen Verbeugung und ging zurück zu dem Wagen mit der Haut aus schwarzem Satin. Das Geräusch des startenden Motors klang wie leise Musik. Dann fuhr Mr. Pritchard davon und bog an der nächsten Kreuzung in Richtung Temple Street ab.

»Ich hoffe, daß alles gutgeht«, sagte Mom, sobald wir wieder im Haus waren. »Ich muß gestehen, daß Vernons Buch mir eine Gänsehaut verursacht hat.«
Dad setzte sich wieder in seinen Sessel und las dort auf der Sportseite weiter, wo er aufgehört hatte. Alle Schlagzeilen waren über Footballspiele von Alabama und Auburn, die Religionen des Herbstes. »Ich wollte mir schon immer mal anschauen, wie der alte Moorwood lebt. Ich denke, eine bessere Gelegenheit dazu werde ich wohl nie bekommen. Jedenfalls hat Cory so eine Chance, mit Vernon über das Schreiben zu reden.«
»Gott, ich hoffe, du wirst nie etwas so Blutrünstiges wie dieses Buch schreiben«, sagte Mom zu mir. »Es ist merkwürdig, denn diese ganzen blutrünstigen Sachen schienen eingefügt, wo sie gar nicht nötig waren. Ohne all diese Morde wäre es ein gutes Buch über eine Kleinstadt.«
»Morde geschehen nun mal«, erwiderte Dad. »Wie wir alle wissen.«
»Ja, aber sollte ein Buch über das *Leben* nicht genug sein? Und dieses blutige Fleischerbeil auf dem Umschlag ... nun, ich hätte es überhaupt nicht gelesen, wenn nicht Vernons Name über dem Titel gestanden hätte.«
»Das Leben besteht nicht nur aus Blumen und Küssen.« Dad ließ seine Zeitung sinken. »Ich wünschte, es wäre so, Gott weiß, daß ich es tue. Doch das Leben bringt ebensoviel Schmerz und Verwirrung wie Freude und Ordnung. Wahrscheinlich sogar viel mehr Verwirrung als Ordnung. Ich denke, wenn du dir das bewußt machst, dann bist du auf dem Weg –«, er lächelte mit traurigen Augen und blickte mich an, »erwachsen zu werden.« Er begann, einen Artikel über die Footballmannschaft von Auburn zu lesen, dann legte er ihn wieder beiseite, als ihm ein neuer Gedanke kam. »Ich sage dir, was ich seltsam finde, Rebecca. Hast *du* Moorwood Thaxter in den letzten zwei, drei Jahren gesehen? Hast du

ihn auch nur *einmal* gesehen? In der Bank, beim Friseur oder irgendwo in der Stadt?«

»Nein, habe ich nicht. Aber wahrscheinlich würde ich ihn sowieso nicht erkennen.«

»Ein schlanker alter Mann. Trägt stets einen schwarzen Anzug und eine schwarze Fliege. Ich erinnere mich an Moorwood, als ich noch ein Kind war. Er sah immer vertrocknet und alt aus. Nachdem seine Frau gestorben war, verließ er das Haus nur noch selten. Doch wir müßten ihn doch ab und zu mal zu Gesicht bekommen, oder?«

»Ich habe auch Mr. Pritchard noch nie zuvor gesehen. Ich nehme an, es sind alles Einsiedler.«

»Mit Ausnahme von Vernon«, warf ich ein. »Bis das Wetter kühler wird, meine ich.«

»So ist es«, sagte Dad. »Aber ich denke, ich werde mich morgen mal ein bißchen umhören und schauen, ob ich jemanden finde, der Moorwood kürzlich gesehen hat.«

»Warum?« fragte Mom stirnrunzelnd. »Wofür soll das gut sein? Du wirst ihn wahrscheinlich Samstag abend sehen.«

»Es sei denn, er ist tot«, kam die Antwort. »Nun, wäre das nicht was? Wenn Moorwood schon seit zwei Jahren oder mehr tot wäre und noch immer jeder katzbuckelt, wenn nur sein Name erwähnt wird, weil sein Tod geheimgehalten wurde?«

»Und warum sollte man ihn geheimhalten? Welchen Nutzen hätte das?«

Dad zuckte mit den Schultern, doch ich konnte erkennen, das sein Gehirn auf Hochtouren lief. »Erbschaftssteuer vielleicht. Gierige Verwandte. Das ganze rechtliche Durcheinander. Könnte viele Gründe haben.« Ein Lächeln huschte über seine Lippen, und seine Augen blitzten. »Vernon würde es natürlich wissen. Wäre das nicht zum Lachen, wenn einem nackten Irren die halbe Stadt gehörte und jeder täte, was er ihnen sagt, nur weil sie denken, daß die Anweisungen von Moorwood kommen? Wie in der Nacht, als die ganze Stadt auf den Beinen war, um Bruton vor dem Hochwasser zu retten? Mir ist das die ganze Zeit schon sonderbar vorgekommen. Moorwood hatte immer mehr Interesse daran, sein Geld festzuhalten als es an gute Samariter zu verteilen, selbst wenn man sie erst dazu hatte zwingen müssen, Gutes zu tun.«

»Vielleicht hat er seine Ansichten geändert«, schlug Mom vor.

»Ja. Ich denke, wenn man tot ist, kann das schon mal passieren.«

»Samstag abend wirst du Gelegenheit haben, es herauszufinden«, sagte Mom.

Und das würden wir. Bis dahin hatte ich jedoch dem Dämon gegenüberzutreten und mir anzuhören, wie toll ihre Geburtstagsfeier werden würde und daß alle anderen aus der Klasse dort sein würden. Während mein Vater sich erkundigte, ob jemand Moorwood Thaxter gesehen hätte, fragte ich meine Klassenkameraden in der Pause, ob sie zur Geburtstagsfeier des Dämons gehen würden.

Niemand ging hin. Die meisten machten Bemerkungen, die mich glauben ließen, daß sie lieber eins ihrer Hundekackesandwiches essen als zu ihrer Feier gehen würden, wo sie ihrer popelwerfenden Munster-Familie ausgeliefert wären. Ich sagte, ich würde mich eher in ein Bett aus heißen Kohlen legen und den kahlköpfigen Russen küssen, der mit seinem Schuh auf den Tisch gehauen hatte, als zur Feier des Dämons gehen und ihre stinkende Sippschaft riechen zu müssen.

Doch ich sagte das natürlich nie, wo sie es hätte hören können. In der Tat begann sie mir ein wenig leid zu tun, denn ich konnte nicht ein einziges Kind ausfindig machen, das zu dieser Feier ging.

Ich weiß nicht, warum ich es tat. Vielleicht weil ich daran dachte, wie ich mich fühlen würde, wenn ich meine ganze

Klasse zu meiner Geburtstagsfeier einladen und ihnen versprechen würde, ihnen Eiscreme und Kuchen zu servieren, und sie müßten noch nicht einmal ein Geschenk mitbringen, und jeder würde nein sagen. Das ist ein sehr verletzendes Wort, und ich dachte mir, daß der Dämon es wohl noch oft genug zu hören bekommen würde. Doch ich konnte nicht zu der Feier gehen; das hätte mir nur Ärger eingebracht. Am Donnerstag fuhr ich nach der Schule mit Rakete zu Woolworth's in der Merchants Street und kaufte ihr für fünfzehn Cent eine Geburtstagskarte, auf der ein Welpe mit einem Geburtstagshütchen auf dem Kopf zu sehen war. Drinnen schrieb ich unter das Glückwunschgedicht: Alles Gute zum Geburtstag von Deinen Klassenkameraden. Dann schob ich die Karte in ihren rosa Umschlag, und am Freitag ging ich vor allen anderen ins Klassenzimmer und legte den Umschlag auf die Bank des Dämons. Und ich dankte Gott, daß niemand mich dabei sah; ich hätte mit dieser Scham niemals leben können.

Die Schulglocke läutete, und Old Leatherlungs übernahm das Kommando. Der Dämon saß hinter mir. Ich hörte, wie sie den Umschlag aufriß. Leatherlungs schrie gerade einen Jungen namens Reggie Duffy an, weil er einen Kaugummi mit Traubengeschmack kaute. Dies war alles Teil des großen Plans; wir hatten herausgefunden, daß sie den Geruch von Traubenkaugummi verabscheute, und so wurde fast täglich jemand zu einem purpurne Blasen machenden Märtyrer.

Hinter mir hörte ich ein leises *Schnief.*

Das war alles. Doch es war ein herzzerreißender Laut, wenn man wußte, daß fünfzehn Cent eine Freudenträne kaufen konnten.

In der Pause, auf dem staubigen Spielplatz hinter der Schule, flatterte der Dämon von einem zum anderen, um jedem die Karte zu zeigen. Alle hatten Verstand genug, so zu tun, als wüßten sie schon davon. Ladd Devine – ein schlaksiger Junge mit roten kurzgeschorenen Haaren, der schon jetzt in seinen flinken Füßen, seiner Wendigkeit und seiner allgemeinen Freude an Zerstörung Anzeichen zeigte, daß einmal ein Footballstar aus ihm würde – begann allen Mädchen zu erzählen, daß er die Karte gekauft hätte, als er hörte, wie süß sie die Idee fanden. Ich hielt meinen Mund. Schon sah der Dämon Ladd mit Liebe in den Augen und einem Finger in der Nase an.

Am Samstag abend, zur verabredeten Zeit, hielt Mr. Pritchard mit dem langen schwarzen Wagen vor unserem Haus. »Benimm dich!« warnte mich Mom, obgleich dies auch an Dad gerichtet war. Wir trugen keine Anzüge; »bequeme Kleidung« bedeutete lässige kurzärmlige Hemden und saubere Blue jeans. Dad und ich stiegen hinten im Wagen ein, und ich hatte den Eindruck, mich unvermittelt in einer mit Nerz und Leder ausgekleideten Höhle zu befinden. Mr. Pritchard war durch eine Scheibe aus durchsichtigem Plastik von uns getrennt. Er fuhr los und nahm die Straße zu den Höhen der Temple Street hinauf, und wir konnten kaum den Motor hören oder eine Erschütterung spüren.

In der Temple Street, inmitten riesiger, ausladender Eichen und Platanen, standen die Häuser der Zephyrer Oberschicht. Bürgermeister Swopes Haus war dort, an einer kreisrunden Auffahrt. Dad zeigte auf die weiße Steinvilla des Mannes, der der Präsident der Bank war. Ein kleines Stück weiter die gewundene Straße entlang stand das Haus von Mr. Sumpter Womack, dem das Spinnin' Wheel gehörte, und direkt gegenüber, in einem Haus mit weißen Säulen, lebte Dr. Parrish. Dann endete die Temple Street vor einem Tor aus verschnörkeltem Schmiedeeisen. Jenseits des Tors wand sich eine Kopfsteinpflasterauffahrt zwischen Reihen von Tannen hindurch, die wie Soldaten bei einer Parade aussahen. Die Fenster der Thaxter-Villa waren hell erleuchtet, und die schrägen Dächer wurden von Schornsteinen und Zwiebeltürmchen geziert. Mr. Pritchard hielt an und stieg aus, um das Tor zu öffnen, dann hielt er auf der anderen Seite abermals, um es wieder zu schließen. Die Reifen glitten wie auf einem Luftpolster über das Kopfsteinpflaster. Wir folgten der langgezogenen Biegung durch die duftenden Kiefern. Schließlich hielt Mr. Pritchard unter einem großen blau-gold gestreiften Leinenbaldachin. Unter dem Baldachin führte ein Aufgang aus Steinfliesen zu einer imposanten Vordertür. Bevor Dad die Wagentür öffnen konnte, war Mr. Pritchard schon da, um es für ihn zu tun. Dann hielt uns Mr. Pritchard, der sich mit der Grazie und Lautlosigkeit von Quecksilber bewegte, die Vordertür auf, und wir traten ein.

Dad blieb stehen. »Wahnsinn« war alles, was er herausbrachte.

Ich teilte seine ehrfürchtige Bewunderung. Es ist unmöglich, die Thaxter-Villa in allen gebührlichen Einzelheiten zu beschreiben, doch am meisten beeindruckte mich ihre Weitläufigkeit, die hohen Decken mit den freiliegenden Balken und den Kronleuchtern. Alles schien zu schimmern, zu glänzen und zu funkeln, und unsere Füße versanken in gewebten orientalischen Gärten. Die Luft roch nach Zedern und Sattelseife. An den Wänden sonnten sich Bilder in vergoldeten Rahmen in Lichtkegeln. Eine ganze Wand wurde von einem Wandteppich mit einer mittelalterlichen Szene eingenommen, und eine breite Treppe führte zum ersten Stock hinauf, so lieblich geschwungen wie Chile Willows Schulter. Ich sah Oberflächen aus knorrigem Holz, dunklem Leder, Samt und buntem Glas, und selbst die Glühbirnen der Kronleuchter waren blitzsauber, ohne die geringste Spur von Spinnweben.

Eine Frau, die in Mr. Pritchards Alter sein mochte, trat durch einen Durchgang zu uns. Sie trug eine weiße Uniform, und ihre schneeweißen Haare waren mit silbernen Nadeln zu einem Dutt aufgesteckt. Sie hatte ein rundes, hübsches Gesicht und klare blaue Augen, und sie begrüßte uns mit demselben Akzent wie ihr Mann. Dad sagte mir, daß er britisch sei. »Der junge Master Vernon ist bei seinen Zügen«, teilte sie uns mit. »Er möchte, daß Sie dorthin kommen.«

»Danke, Gwendolyn«, sagte Mr. Pritchard. »Wenn Sie mir bitte folgen würden, Gentlemen?« Er trat in einen Flur, von dem weitere Räume abgingen, und wir eilten ihm nach. Keiner von uns beiden hegte einen Zweifel daran, daß man mehrere Häuser von der Größe des unseren in dieser Villa unterbringen könnte und dann immer noch genug Platz für eine Scheune übrig hätte. Mr. Pritchard blieb stehen, öffnete die beiden Seiten einer hohen Flügeltür, und wir hörten das scheppernde Kreischen einer Zugpfeife.

Und da war Vernon, nackt wie am Tag, als er dem Mutterleib entfloh. Er stand nach vorn gebeugt und betrachtete etwas, das er sich dicht vors Gesicht hielt, und wir hatten einen ausgezeichneten Blick auf sein Hinterteil.

Mr. Pritchard räusperte sich. Vernon drehte sich um, eine Lokomotive in seiner Hand, und er lächelte so breit, daß ich glaubte, sein Gesicht würde gleich aufreißen. »Oh, da seid ihr ja!« sagte er. »Kommt herein!« Wir taten es. Der Raum war bar jeglicher Möbel, abgesehen von einem riesigen Tisch, auf dem Modelleisenbahnen durch eine grüne Landschaft aus Miniaturhügeln, Wald und einer winzigen Stadt dampften. Vernon bürstete die Räder der Lokomotive mit einem Rasierpinsel ab. »Staub auf den Gleisen«, erklärte er. »Wenn er sich ansammelt, kann der ganze Zug entgleisen.«

Ich starrte in blankem Staunen auf die Eisenbahnanlage. Sieben Züge waren gleichzeitig in Bewegung. Kleine Hebel wurden automatisch umgelegt, kleine Signale blinkten, kleine Autos hielten an kleinen Bahnübergängen. Im grü-

nen Wald befanden sich einzelne rotblättrige Judasbäume. Die winzige Stadt bestand aus Streichholzschachtelhäusern und Gebäuden, die so angemalt waren, daß es wie Mauerwerk und Stein aussah. Am Ende der Hauptstraße stand ein neugotisches Gebäude mit einer Kuppel: das Rathaus, aus dem ich vor Bürgermeister Swope geflohen war. Straßen schlängelten sich zwischen den Hügeln hindurch. Eine Brücke spannte sich über einen Fluß aus grün angemaltem Glas, und jenseits der Stadt war ein großer, länglicher, schwarz angemalter Spiegel. Saxon's Lake, erkannte ich überrascht. Vernon hatte sogar die Uferlinie rot angemalt, wie die Felsen dort. Ich sah das Baseballfeld, das Freibad, die Häuser und Straßen von Bruton. Sogar ein einzelnes, regenbogenfarbiges Haus am Ende einer Straße, die wohl Jessamyn Street darstellte. Ich fand die Route 10, die am Wald entlangführte, in dem sich die Lichtung von Saxon's Lake öffnete. Ich suchte nach einem bestimmten Haus. Ja, da war es, so groß wie mein Daumennagel: Miss Graces Haus der bösen Mädchen. In den bewaldeten Hügeln nach Westen hin, zwischen Zephyr und der außerhalb der Anlage liegenden Union Town, war eine runde, versengte Stelle, wo einige kleine Bäume verbrannt waren. »Da hat etwas Feuer gefangen«, sagte ich.
»Das ist die Stelle, wo der Meteor heruntergekommen ist«, erwiderte Vernon, ohne hinzuschauen. Er blies auf die Räder der Lokomotive. Ich fand die Hilltop Street und unser eigenes Haus am Rand des Waldes. Dann folgte ich der geschwungenen Temple Street, und da war tatsächlich die Pappvilla, in der mein Vater und ich gerade standen.
»Du bist hier drin, Cory. Ihr beide.« Vernon deutete auf einen Schuhkarton neben seiner rechten Hand, in der Nähe eines Haufens von Eisenbahnwaggons, losen Gleisen und Kabeln. Auf dem Deckel der Schuhschachtel stand in schwarzer Wachskreide MENSCHEN geschrieben. Ich hob den

Deckel und schaute auf wohl Hunderte von winzigen Spielzeugmenschen, ihre Haut und ihr Haar peinlich genau angemalt. Keiner von ihnen trug irgendwelche Kleidung.

Einer der fahrenden Züge stieß ein hohes, zwitscherndes Pfeifen aus. Ein anderer wurde von einer Dampflok gezogen, die kleine Rauchringe in die Luft paffte. Dad ging um die gigantische, weitverzweigte Anlage herum. Sein Mund stand offen. »Es ist alles hier, nicht wahr?« fragte er. »Auf Poulter Hill stehen sogar Grabsteine! Mr. Thaxter, wie haben Sie das alles *gebaut*?«

Er blickte von seiner Lokomotive auf. »Ich bin nicht Mr. Thaxter«, sagte er. »Ich bin Vernon.«

»Oh. Also gut, Vernon. Wie haben Sie das alles gebaut?«

»Nicht von heute auf morgen, soviel steht fest«, antwortete Vernon und lächelte wieder. Aus der Entfernung wirkte sein Gesicht jungenhaft; aus der Nähe konnte man jedoch die kleinen Krähenfüße in seinen Augenwinkeln und die tiefeten Falten zu beiden Seiten des Mundes sehen. »Ich habe es gebaut, weil ich Zephyr liebe. Das habe ich immer getan. Und ich werde es auch immer tun.« Er blickte zu Mr. Pritchard hinüber, der wartend an der Tür stand. »Danke, Cyril. Sie können jetzt gehen. Oh ... warten Sie. Hat Mr. Mackenson verstanden?«

»Was verstanden?« fragte Dad.

»Äh ... der junge Master Vernon möchte allein mit Ihrem Sohn speisen. Er möchte, daß Sie in der Küche essen.«

»Ich verstehe nicht. Warum?«

Vernon sah Mr. Pritchard an. Der ältere Mann sagte: »Weil er Ihren Sohn zum Dinner eingeladen hat. Sie sind, wenn ich es richtig sehe, als Anstandsperson mitgekommen. Wenn Sie noch immer ... äh ... Bedenken haben, so lassen Sie mich Ihnen sagen, daß das Speisezimmer direkt neben der Küche liegt. Wir werden zu Abend essen, während Ihr Sohn und der junge Master Vernon im Speisezimmer sind. So will

er es haben, Mr. Mackenson.« Der letzte Satz war mit einer Andeutung von Resignation gesprochen.
Dad schaute mich an, und ich zuckte mit den Schultern. Ich konnte sehen, daß ihm dieses Arrangement nicht gefiel und er kurz davorstand, die ganze Sache abzublasen.
»Da Sie schon einmal hier sind«, sagte Vernon, während er die Lokomotive auf ein Gleis zurückstellte und diese unter seinen Hand davonratterte, »können Sie auch bleiben.«
»Da kannst du auch bleiben«, wiederholte ich.
»Das Essen wird Ihnen munden. Gwendolyn ist eine gute Köchin«, fügte Mr. Pritchard hinzu.
Dad verschränkte die Arme vor der Brust und betrachtete die Züge. »Okay«, sagte er leise. »Warum nicht.«
»Gut!« Jetzt strahlte Vernon richtig. »Das wäre alles, Cyril.«
»Ja, Sir.« Mr. Pritchard zog sich zurück, und die Türen schlossen sich hinter ihm.
»Sie sind Milchmann, nicht wahr?« fragte Vernon.
»Ja, das bin ich. Ich arbeite für Green Meadows.«
»Meinem Daddy gehört Green Meadows.« Vernon ging an mir vorbei um den Tisch herum, um eine Kabelverbindung zu überprüfen. »So ist das.« Er zeigte mit einem seiner dürren Arme vom Tisch weg in die Richtung auf die Molkerei. »Sie wissen sicher, daß im nächsten Monat ein neuer Lebensmittelmarkt in Union Town eröffnet? Sie sind schon fast mit dem neuen Einkaufszentrum dort fertig. Sie nennen es einen Supermarkt. Sie werden eine ganze Abteilung mit Milch in – können Sie sich das vorstellen? – in Plastikflaschen haben.«
»Plastikflaschen?« sagte Dad. »Na, da hol mich doch!«
»Alles wird Plastik«, erwiderte Vernon. Er griff nach unten und rückte ein Haus gerade. »So wird die Zukunft aussehen. Plastik, alles Plastik.«
»Ich ... habe Ihren Vater schon eine ganze Weile nicht

mehr gesehen, Vernon. Gestern habe ich mit Mr. Dollar darüber geredet und auch mit Dr. Parrish und Bürgermeister Swope. Bin sogar zur Bank gegangen, um dort mit ein paar Leuten zu sprechen. Seit zwei Jahren oder sogar länger hat niemand mehr Ihren Vater gesehen. Jemand von der Bank hat gesagt, Mr. Pritchard würde die wichtigen Papiere abholen und sie dann von Moorwood unterschrieben zurückbringen.«

»Ja, das stimmt. Cory, wie gefällt dir diese Vogelperspektive von Zephyr? Gibt einem irgendwie das Gefühl, man würde direkt über die Dächer hinwegfliegen, nicht wahr?«

»Ja, Sir.« Gerade einen Augenblick zuvor hatte ich genau denselben Gedanken gehabt.

»Oh, nenn mich nicht ›Sir‹. Nenn mich Vernon.«

»Wir haben Cory beigebracht, Erwachsene zu respektieren«, sagte Dad.

Vernon blickte ihn mit einer Mischung aus Überraschung und Bestürzung an. »Erwachsene? Aber wir sind im selben Alter.«

Dad schwieg einen Moment. Dann sagte er sehr vorsichtig: »Oh.«

»Cory, komm her und steuere die Züge! Okay?« Er stand neben einem Schaltkasten mit Knöpfen und Hebeln. »Ein Schnellzug kommt durch! Tut-tut!«

Ich ging zum Schaltkasten hinüber, der mir ebenso kompliziert wie das Bruchrechnen schien. »Was muß ich machen?«

»Alles«, sagte Vernon. »Das ist ja der Spaß dabei.«

Zögernd begann ich, an Knöpfen zu drehen und Hebel umzulegen. Einige der Züge wurden schneller, andere langsamer. Die Dampflok kam nun richtig in Fahrt. Die Signale blinkten, und die Pfeifen tuteten.

»Ist Moorwood noch hier, Vernon?« fragte mein Vater.

»Er ruht sich aus. Er ist oben und ruht sich aus.« Vernons Aufmerksamkeit war gebannt auf die Züge gerichtet.

»Darf ich ihn sehen?«
»Niemand darf ihn sehen, wenn er sich ausruht«, erklärte Vernon.
»Dann vielleicht, wenn er sich *nicht* mehr ausruht?«
»Ich weiß nicht. Er ist immer zu müde, um mir Bescheid zu sagen.«
»Vernon, würden Sie mich bitte anschauen?« Vernon wandte seinen Kopf zu meinem Dad um, doch seine Augen blickten weiter auf die Züge. »Lebt Moorwood noch?«
»Leben, lebend«, sagte Vernon. »Krebse und Muscheln, lebend, lebend.« Er runzelte die Stirn, als wäre die Frage endlich in sein Gehirn eingesunken. »*Natürlich* lebt er noch! Wer kümmert sich denn sonst Ihrer Meinung nach um die Geschäfte und all das?«
»Vielleicht Mr. Pritchard?«
»Mein Daddy ist oben und ruht sich aus«, wiederholte Vernon mit einer deutlichen Betonung auf dem *Ausruhen*. »Sind Sie Milchmann oder Großinquisitor?«
»Nur ein Milchmann«, erwiderte Dad. »Ein neugieriger Milchmann.«
»Und Sie werden immer neugieriger und neugieriger. Schneller, Cory! Nummer sechs hat Verspätung!«
Ich drehte weiter an den Knöpfen. Die Züge zischten um Kurven und sausten zwischen den Hügeln umher.
»Deine Geschichte über den See hat mir gefallen«, sagte Vernon. »Deshalb habe ich den See schwarz angemalt. Er birgt ein dunkles Geheimnis tief in seinem Innern, nicht wahr?«
»Ja, Si ... Vernon«, korrigierte ich mich. Ich würde mich erst daran gewöhnen müssen, einen Erwachsenen bei seinem Vornamen zu nennen.
»Ich habe im *Journal* davon gelesen.« Vernon streckte die Hand nach den Hügeln aus, um einen umgeknickten Baum aufzurichten, und sein Schatten fiel auf die Erde. Nachdem

er damit fertig war, trat er zurück und schaute hinab auf die Stadt. »Der Mörder muß gewußt haben, wie tief Saxon's Lake ist. Also muß er aus der Gegend stammen. Vielleicht lebt er in einem dieser Häuser, mitten in Zephyr. Doch wenn ich richtig verstanden habe, daß der Tote nie identifiziert wurde und niemand seit März vermißt wird, dann kann er nicht aus der Gegend stammen. Also welche Verbindung besteht zwischen einem Mann, der hier lebt, und einem Mann, der irgendwo weit weg lebte?«

»Das würde der Sheriff auch gerne wissen.«

»Sheriff Amory ist ein guter Mann«, sagte Vernon. »Nur leider kein guter Sheriff. Er selbst würde das als erster eingestehen. Er hat nicht den Instinkt eines Bluthundes; er läßt die Vögel fliegen, wenn er sie schon unter seiner Pfote hat.« Vernon kratzte sich an einer Stelle direkt unter dem Bauchnabel, den Kopf leicht zur Seite gelegt. Dann begab er sich zu einem Messingkasten an der Wand und knipste zwei Schalter an. Die Lampen im Raum erloschen; in einigen der Häuser gingen winzige Lichter an. Die Züge folgten ihren Scheinwerfern auf den Gleisen. »So früh am Morgen«, überlegte er laut. »Doch wenn ich jemanden umbringen wollte, dann würde ich ihn früh genug umbringen, um ihn im See zu versenken und sicher zu sein, daß niemand auf der Route 10 entlangfährt. Warum hat der Mörder beinahe bis zur Dämmerung gewartet, bis er es tat?«

»Ich wünschte, ich wüßte es«, sagte Dad.

Ich spielte weiter mit den Hebeln und den beleuchteten Knöpfen vor mir.

»Es muß jemand sein, der nicht von Green Meadows beliefert wird«, entschied Vernon. »Er hat nicht an den Zeitplan der Milchmänner gedacht, oder? Wissen Sie, was ich glaube?« Dad antwortete nicht. »Ich glaube, der Mörder ist ein Nachtschwärmer. Ich denke, die Leiche im See zu versenken, war das letzte, was er tat, bevor er nach Hause ging und sich ins Bett legte. Ich denke, wenn Sie einen Nachtschwärmer finden, der keine Milch trinkt, dann haben Sie Ihren Mörder.«

»Der keine Milch trinkt? Wie kommen Sie darauf?«

»Milch hilft einem beim Einschlafen«, sagte Vernon. »Der Mörder will nicht schlafen, und wenn er tagsüber arbeitet, wird er seinen Kaffee schwarz trinken.«

Die einzige Erwiderung meines Dads war ein leises Murren, doch ob es Zustimmung oder Mitleid ausdrückte, vermochte ich nicht zu sagen.

Mr. Pritchard kehrte in den verdunkelten Raum zurück, um anzukündigen, daß das Dinner nun serviert würde. Vernon schaltete die Züge ab und sagte: »Komm mit mir, Cory«, und ich folgte ihm, während Dad mit dem Butler ging. Wir betraten einen Raum, in dem Rüstungen standen, und da war ein langer Tisch, auf dem zwei Gedecke aufgelegt waren. Vernon forderte mich auf, mir einen Platz auszusuchen, also setzte ich mich so hin, daß ich die Ritter sehen konnte. Ein paar Minuten später kam Gwendolyn herein. Sie hielt ein silbernes Tablett in den Händen, und damit begann eins der seltsamsten Dinner meines Lebens.

Wir hatten Erdbeersuppe, in der Stückchen von Vanillewaffeln schwammen. Dann gab es Ravioli und Schokoladenkuchen auf demselben Teller. Wir tranken Zitronenbrause, und Vernon nahm einen ganzen Brausebonbon in seinen Mund, und ich lachte, als die grünen Blasen herausschäumten. Wir hatten Hacksteaks und gebuttertes Popcorn, und zum Dessert gab es eine Schüssel mit Buttercremetortenfüllung, die wir mit Löffeln aßen. Ich aß all diese Dinge mit schuldbewußtem Vergnügen; beim Anblick eines Kinderfestschmauses wie diesem wäre meine Mutter in Ohnmacht gefallen. Nirgendwo war Gemüse zu sehen, keine Karotten, kein Spinat, kein Rosenkohl. Ein schwacher Duft wie von Braten kam von der Küche herüber, also nahm ich an, daß

Dad wohl ein Erwachsenenessen erhielt. Wahrscheinlich hatte er keine Ahnung, womit ich meinen Bauch traktierte. Vernon war ein fröhlicher Esser; er lachte und lachte, und am Ende leckten wir beide in einem zuckertriefenden Delirium unsere Rührschüsseln aus.

Vernon wollte alles über mich wissen. Was ich gerne machte, wer meine Freunde waren, welche Bücher ich gern las, welche Filme mir gefielen. Er hatte *Invasion vom Mars* auch gesehen; das verband uns beide. Er erzählte, daß er früher eine große Truhe voller Superheldencomics gehabt hätte, doch sein Daddy hatte ihn gezwungen, sie alle wegzuwerfen. Er erzählte, er hätte ganze Regale voller Hardy-Boys-Abenteuer besessen, bis sein Daddy sich eines Tages über ihn ärgerte und sie alle im Kamin verbrannte. Außerdem hätte er sämtliche Doc-Savage-Hefte, Tarzan- und John-Carter-vom Mars-Bücher, den Shadow und *Weird Tales* und Kisten voller Ausgaben von *Argosy* und *Boy's Life* gehabt, doch sein Daddy hatte gesagt, Vernon sei zu alt für solche Dinge geworden, und sie waren alle im Feuer oder in der Mülltonne gelandet und zu Asche verbrannt oder unter der Erde vergraben worden. Er sagte, er würde eine Million Dollar dafür geben, sie wiederzubekommen, und ich sollte die, die ich besäße, unbedingt behalten, denn sie bargen einen Zauber in sich.

Wenn man magische Dinge erst einmal verbrannt oder auf den Müll geworfen hatte, sagte Vernon, dann würde man sein ganzes Leben vergeblich versuchen, diesen Zauber zurückzubekommen.

»Ich werde die Beine meiner Hosen aufkrempeln«, verkündete Vernon.

»Was?« fragte ich ihn. Ich hatte Vernon noch nie zuvor in Shorts gesehen.

»Ich habe einmal ein Buch geschrieben.«

»Ich weiß. Mom hat es gelesen.«

»Möchtest du auch mal Schriftsteller werden?«
»Denke schon«, erwiderte ich. »Ich meine ... wenn ich es schaffe.«
»Deine Geschichte war gut. Ich habe früher auch Geschichten geschrieben. Mein Daddy sagte damals, es sei schön, daß ich ein solches Hobby habe, doch ich solle nie vergessen, daß ich später einmal für all dies die Verantwortung tragen würde.«
»Für all was?« fragte ich.
»Ich weiß nicht. Er hat es mir nie gesagt.«
»Oh.« Irgendwie ergab es einen Sinn. »Wieso haben Sie kein zweites Buch geschrieben?«
Vernon setzte an, etwas zu sagen; sein Mund öffnete sich, dann schloß er sich wieder. Er saß lange da und starrte auf seine Hände, deren Finger mit Buttercreme verschmiert waren. Seine Augen glänzten. »Ich hatte nur eins in mir«, sagte er schließlich. »Ich suchte und suchte nach einem zweiten. Doch es ist nicht da. Es war gestern nicht da, es ist heute nicht da ... und ich glaube auch nicht, daß es morgen da sein wird.«
»Warum?« fragte ich. »Fällt Ihnen denn keine Geschichte ein?«
»Ich werde dir eine Geschichte erzählen«, sagte er.
Ich wartete.
Vernon holte tief Luft und entließ sie wieder aus seiner Lunge. Seine Augen wirkten glasig, so als würde er mit aller Kraft wach bleiben wollen, doch der Schlaf zerrte ihn in seine Tiefen. »Da war einmal ein Junge«, begann er, »der ein Buch über eine Stadt schrieb. Eine kleine Stadt, ungefähr so groß wie Zephyr. Ja, sogar sehr wie Zephyr. Dieser Junge schrieb ein Buch, und er brauchte vier Jahre, bis alles genau richtig war. Und während der Junge sein Buch schrieb, sagte ihm sein Daddy ...« Seine Stimme erstarb.
Ich wartete.

»Sein ... Daddy ...« Vernon runzelte die Stirn und versuchte, wieder an seinen Gedanken anzuknüpfen. »Sein Daddy sagte ihm, daß er nur ein dummer Narr sei. Tag und Nacht sagte sein Daddy das. Du Narr, du dummer Narr. Vergeudest deine Zeit mit Schreiben, während du doch lernen solltest, wie man Geschäfte macht. Dafür habe ich dich aufgezogen. Für das Geschäft. Ich habe dich nicht aufgezogen, daß du deine Zeit damit vergeudest, mich zu enttäuschen und deine Chancen einfach wegzuwerfen, ich habe dich fürs Geschäft aufgezogen, und deine Mutter sieht dich von ihrem Grab aus an, denn sie ist auch enttäuscht von dir. Ja, du hast ihr das Herz gebrochen, als du das College nicht geschafft hast, und deshalb hat sie die Tabletten genommen, das ist der Grund, nur das. Denn du hast es nicht geschafft, und all das Geld war verschwendet, ich hätte es ebensogut aus dem Fenster werfen können, damit die Nigger und das weiße Gesindel es sich nehmen.« Vernon blinzelte; etwas in seinem Gesicht sah aus, als wäre es gerade zerbrochen. »›Neger‹, sagte der Junge. Wir müssen doch höflich sein. Verstehst du, Cory?«

»Ich ... weiß nicht ...«

»Zweites Kapitel. Vier Jahre. Der Junge ertrug es vier Jahre lang. Und er schrieb dieses Buch über die Stadt und die Menschen darin, die sie zu dem machten, was sie war. Und vielleicht hatte es keine wirkliche Handlung, vielleicht gab es da nichts, was dich an der Kehle packte und versuchte, dich zu schütteln, bis deine Knochen klapperten, doch das Buch handelte vom *Leben*. Es war der Strom der Zeit und die Stimmen, die kleinen alltäglichen Dinge, aus denen die Erinnerung des *Lebens* besteht. Es wand sich dahin wie ein Fluß, und du wußtest nie, wohin du gingst, bis du dort ankamst, doch die Reise war schön und tief und erweckte in dir den Wunsch nach mehr. Es war lebendig auf eine Art, wie es das Leben des Jungen nicht war.« Er saß eine Weile

da und starrte ins Leere. Ich beobachtete, wie seine buttercremeverschmierten Finger die Tischkante umklammerten.
»Er fand einen Verleger«, fuhr Vernon fort. »Ein richtiger New Yorker Verleger. Du weißt sicher, daß dort das Herz aller Dinge ist. Dort machen sie Bücher zu Hunderten und Tausenden, und jedes davon ist ein eigenständiges, ganz besonderes Kind, und einige gehen aufrecht einher, und andere sind verkrüppelt, doch alle beginnen sie ihren Weg in die Welt hinaus dort. Und der Junge erhielt einen Telefonanruf aus New York City, und sie sagten, sie wollten sein Buch veröffentlichen, doch ob er vielleicht einverstanden sei, ein paar Änderungen vorzunehmen, um es noch besser zu machen, und der Junge war so glücklich und stolz, daß er ja sagte, denn er wollte, daß es das beste Buch überhaupt würde.« Vernons glasige Augen bewegten sich und fanden Bilder im Leeren.
»Also«, sagte Vernon mit leiser Stimme, »packte der Junge seine Koffer, während sein Daddy ihm sagte, was für ein dummer Narr er doch sei, daß er schon wieder nach Hause zurückgekrochen kommen würde, und dann würden wir schon sehen, wer recht behielt, nicht wahr? Und der Junge war an diesem Tag ein sehr unartiger Junge, er sagte seinem Daddy, daß er ihn erst an dem bösen Ort sehen würde, bevor das geschehe. Er fuhr mit dem Bus von Zephyr nach Birmingham und mit dem Zug von Birmingham nach New York City, und er ging in ein Büro in einem hohen Gebäude, um herauszufinden, was mit seinem Kind geschehen würde.«
Vernon versank wieder in Schweigen. Er nahm seine Rührschüssel und suchte nach etwas, an dem er lecken konnte.
»Was ist passiert?« drängte ich.
»Sie haben es ihm gesagt.« Er lächelte; es war ein gezwungenes Lächeln. »Sie sagten, dies sei ein Geschäft wie jedes andere. Wir haben Karten und Statistiken, und wir haben

Zahlen an den Wänden. Wir wissen, daß die Leute in diesem Jahr Geschichten über Morde lesen wollen, und seine Stadt sei ein idealer Hintergrund dafür. Geschichten um Morde, sagten sie. Er solle den Leuten einen Schauder über den Rücken jagen. Wir müssen jetzt mit dem Fernsehen konkurrieren, sagten sie. Es ist nicht mehr wie früher, als die Leute noch Zeit zum Lesen hatten. Die Leute wollen von Morden lesen, und wir haben Karten und Statistiken, um das zu beweisen. Sie sagten, wenn der Junge eine Mördergeschichte in das Buch einbauen würde – und es sei gar nicht schwer, sagten sie, es ginge ganz leicht –, dann würden sie es veröffentlichen, mit dem Namen des Jungen vorne auf dem Umschlag. Doch sie sagten, ihnen gefiele der Titel *Mondstadt* nicht. Nein, das ginge nicht. Ob er knallhart schreiben könne? fragten sie. Sie sagten, was sie in diesem Jahr brauchten, sei ein knallharter Schreiber.«

»Hat er es getan?« fragte ich.

»O ja.« Vernon nickte. »Oh, er tat es. Was immer sie von ihm wollten. Denn es war so nah, so nah, daß er es förmlich schmecken konnte. Und er wußte, daß sein Daddy ihn über seine Schulter beobachtete. Er tat es.« Vernons Lächeln war wie eine frische Wunde in einer gerade verheilten Narbe. »Doch sie irrten sich. Es war sehr, sehr schwer. Der Junge nahm sich ein Zimmer in einem Hotel, und er machte sich an die Arbeit. Dieses Hotel ... es war alles, was er sich leisten konnte. Und während er auf jener geliehenen Schreibmaschine in jenem abscheulichen, kleinen, gemieteten Zimmer arbeitete, fanden ein Teil jenes Hotels und ein Teil jener Stadt ihren Weg in seine Seele und von dort durch seine Finger in das Buch. Dann wußte er eines Tages plötzlich nicht mehr, wo er war. Er hatte sich verlaufen, und es gab keine Schilder, die ihm sagten, welchen Weg er nehmen sollte. Er hörte Menschen weinen und sah Menschen, die verletzt waren, und etwas in seinem Innern ballte sich wie eine Faust zusammen, und er wollte nur noch zur letzten Seite kommen und von dort verschwinden. Er hörte seinen Daddy lachen, tief in der Nacht. Hörte ihn sagen: ›Du Narr, du dummer Narr, du hättest dich durchsetzen sollen.‹ Denn sein Daddy war in ihm, und sein Daddy war den ganzen Weg von Zephyr nach New York City mit ihm gekommen.«

Vernon kniff ein paar schmerzliche Sekunden lang seine Augen fest zusammen. Dann öffneten sie sich wieder, und ich sah, daß sie an den Rändern rot waren. »Dieser Junge. Dieser dumme kleine närrische Junge nahm ihr Geld und lief davon. Zurück nach Zephyr, zurück zu den sauberen Hügeln, dorthin zurück, wo er denken konnte. Und dann kam das Buch heraus, mit dem Namen des Jungen darauf, und er sah diesen Umschlag, und er wußte, daß er sein Kind genommen und dieses wunderschöne Kind herausgeputzt hatte wie eine Hure, und nun wollten es nur noch Menschen, die nach Häßlichkeit verlangten. Sie wollten sich in ihm wälzen und es mißbrauchen und dann wegwerfen, denn es war nur eins von hunderttausend, und es war verkrüppelt. Und dieser Junge ... dieser Junge hatte es ihm angetan. Dieser böse, gierige Junge.«

Seine Stimme brach mit einem Laut, der mich erschreckte. Vernon preßte sich die Hand auf den Mund. Als er seine Hand wieder senkte, hing ein silberner Speichelfaden an seiner Unterlippe. »Dieser Junge«, flüsterte er, »fand sehr bald heraus ... daß das Buch ein Mißerfolg war. Sehr bald. Er rief sie an. Alles, sagte er. Ich tue alles, um es zu retten. Und sie sagten, wir haben die Karten und die Statistiken und die Zahlen an den Wänden. Sie sagten, die Leute hätten Geschichten von Morden über. Sie sagten, die Leute wollten etwas anderes. Sie sagten, sie würden trotzdem gern sein nächstes Buch sehen. Er habe Talent, sagten sie. Er solle sich mal an etwas anderem versuchen. Er sei ein junger Mann, sagten sie. Er habe noch viele Bücher in sich.« Vernon wischte sich mit dem Handrücken über den Mund – eine langsame, schwerfällige Bewegung. »Sein Daddy wartete schon. Sein Daddy grinste und grinste und grinste. Sein Gesicht wurde so groß wie die Sonne, und der Junge verbrannte sich jedesmal, wenn er es anschaute. Sein Daddy sagte, du bist nicht wert, meine Schuhe zu tragen. Und ich habe diese Schuhe bezahlt. Ja, das habe ich. Ich habe auch dieses Hemd und diese Hosen bezahlt. Du bist nicht wert zu tragen, was gutes Geld kostet. Du kennst nur Fehlschläge und Fehlschläge, und so wird es auch für den Rest deines Lebens sein, und er sagte, wenn ich heute nacht im Schlaf sterbe, dann nur, weil du mich mit deinen Fehlschlägen umgebracht hast. Und der Junge stand am Fuß der Treppe, und er weinte, und er sagte, na los, dann stirb doch. Ich wünschte bei Gott, du würdest endlich sterben, du .... elender ... Hurensohn.«

Mit jenem letzten schrecklichen, gezischten Wort sah ich Tränen in seine Augen schießen, als wäre er von einem Speer aufgespießt worden. Er stöhnte leise, und sein Gesicht war schmerzverzerrt wie in jenem spanischen Gemälde von einem nackten Heiligen, das ich einmal im *National Geographic* gesehen hatte. Eine Träne rann über sein Kinn, gefolgt von einer zweiten, die in der Buttercreme in seinem Mundwinkel hängenblieb.

»Oh ...« flüsterte er. »Oh ... oh ... nein.«

»Master Vernon?« Die Stimme war so leise wie die seine; doch sie sprach mit Entschiedenheit. Mr. Pritchard hatte den Raum betreten. Vernon schaute ihn nicht einmal an. Ich wollte aufstehen, doch Mr. Pritchard sagte: »Master Cory? Bitte, bleib einen Augenblick, wo du bist.« Ich blieb. Mr. Pritchard durchquerte den Raum und stellte sich hinter Vernon, und er streckte die Hand aus und legte sie sanft auf Vernons hagere Schulter. »Das Dinner ist zu Ende, Master Vernon«, sagte er.

Der nackte Mann regte sich nicht. Seine Augen waren matt und tot. Es war nichts Lebendiges an ihm, außer dem langsamen Strom der Tränen.
»Es ist Zeit fürs Bett, Sir«, sagte Mr. Pritchard.
»Werde ich wieder aufwachen?« fragte Vernon mit hohler, weit entfernt klingender Stimme.
»Das denke ich schon, Sir.« Die Hand tätschelte seine Schulter; es war eine väterliche Geste. »Sie sollten sich jetzt von Ihrem Gast verabschieden.«
Vernon blickte mich an. Es war, als hätte er mich noch nie zuvor gesehen, als wäre ich ein Fremder in seinem Haus. Doch dann erwachten seine Augen wieder zum Leben, und er schniefte und lächelte auf seine jungenhafte Art. »Staub die Gleise ab«, sagte er. »Wenn er sich ansammelt, kann ein Zug entgleisen.« Seine Miene verdunkelte sich für einen Moment, doch es war nur ein kurzes Gewitter und zog schnell weiter. »Cory.« Das Lächeln kehrte zurück. »Danke, daß du heute mit mir zu Abend gegessen hast.«
»Ja, Si . . .«
Er hielt einen Finger hoch. »Vernon.«
»Vernon«, wiederholte ich.
Er stand auf, und ich folgte seinem Beispiel. Mr. Pritchard sagte zu mir: »Dein Vater wartet an der Vordertür auf dich. Rechts herum, dann den Flur entlang, und schon bist du da. Ich komme in ein paar Minuten nach, um euch nach Hause zu fahren.« Mr. Pritchard umfaßte einen von Vernons Ellbogen und führte ihn zu Tür. Vernon ging wie ein sehr alter Mann.
»Das Dinner hat mir Spaß gemacht!« sagte ich zu ihm.
Vernon blieb stehen und sah mich an. Sein Lächeln glomm auf und verschwand wieder, wie das Flackern eines kaputten Neonschildes. »Ich hoffe, du schreibst weiter, Cory. Ich hoffe, du wirst im Leben nur Gutes erfahren.«
»Vielen Dank, Vernon.«

Er nickte, zufrieden, daß wir uns kennengelernt und etwas gefunden hatten, das uns verband. Im Türrahmen des Eßzimmers hielt er nochmals inne. »Weißt du, Cory, manchmal habe ich einen ganz seltsamen Traum. In diesem Traum gehe ich im hellen Tageslicht durch die Straßen, und ich habe keine Kleider an.« Er lachte. »Splitternackt! Stell dir das nur mal vor!«
Ich kann mich nicht erinnern, daß ich lächelte.
Vernon ließ sich von Mr. Pritchard hinausführen. Ich schaute auf das Gemetzel auf den Tellern, und mir wurde schlecht.
Die Vordertür war leicht zu finden. Dad war dort; die Art, wie er lächelte, zeigte mir, daß er nicht die geringste Ahnung hatte, was vorgefallen war. »Habt ihr euch gut unterhalten?« Ich vermute, ich murmelte irgend etwas, das ihn zufriedenstellte. »Hat er dich gut behandelt?« Ich nickte nur. Dad war jovial und fröhlich, nun, da sein Bauch mit Braten gefüllt war und Vernon mir nicht weh getan hatte. »Nettes Haus, was?« meinte er, während wir zu dem langen schwarzen Wagen gingen. »Ein Haus wie dieses ... wer kann schon sagen, was so was kostet.«
Ich wußte es auch nicht. Doch ich wußte, daß es mehr war, als irgendein menschliches Wesen zahlen sollte.
Wir warteten darauf, nach Hause gefahren zu werden, und schon bald kam Mr. Pritchard, um uns an unserer eigenen Vordertür abzusetzen.

4
Der Zorn des Fünf Donner

Am Montag morgen stellte ich fest, daß der Dämon sich von mir abgewandt hatte. Sie hatte nur noch Augen für Ladd Devine, und ihre launischen Finger ließen meinen Nacken in Ruhe. Dies war das Ergebnis der Geburtstagskarte und Ladds leichtfertiger Bekundung, er hätte sie geschickt. Ladd würde ein wirklich guter Footballspieler werden, wenn er erst einmal aufs College ging; bis dahin würde er viel Gelegenheit bekommen, das Laufen und Ausweichen zu üben.

Es bleibt noch ein letztes Geschehnis im Zusammenhang mit der Geburtstagsfeier des Dämons zu erwähnen. Ich fragte sie in der Pause, wie denn ihre Feier gewesen sei. Sie sah mich an, als wäre ich so gut wie unsichtbar. »Oh, wir hatten Spaß«, sagte sie, während ihr Blick wieder zu dem jungen Footballstar wanderte. »Meine Verwandten sind gekommen und haben Eiscreme und Kuchen gegessen.«

»Hast du auch Geschenke bekommen?«

»Ja.« Sie begann, an einem schmutzigen Fingernagel zu kauen, und ihr strähniges, fettiges Haar hing ihr ins Gesicht. »Meine Momma und mein Daddy haben mir einen Krankenschwesterkoffer geschenkt, von meiner Tante Gretna habe ich ein Paar selbstgestrickte Handschuhe bekommen, und meine Cousine Chile hat mir einen Kranz aus getrockneten Blumen geschenkt, den ich als Glücksbringer über meine Tür hängen soll.«

»Das ist schön«, sagte ich. »Das ist wirklich ...«

Ich hatte mich gerade abwenden wollen. Nun blieb ich wie angewurzelt stehen.
»Chile?« sagte ich. »Wie heißt sie mit Nachnamen?«
»Purcell. Früher zumindest, meine ich. Sie hat einen Typen geheiratet, und der Storch hat ihnen ein niedliches Baby gebracht.« Der Dämon seufzte. »Oh, ist Ladd nicht einfach wunderbar?«
Gott hat einen Sinn für Humor, der mich manchmal auf die Palme bringt.
Der September schwand dahin, und eines Morgens war es Oktober. Die Hügel waren von Rot und Gold durchzogen, als hätte irgendein Zauberer beinahe über Nacht alle Bäume angemalt. Die Nachmittage waren noch immer heiß, doch der Morgen begann flüsternd von Pullovern zu künden. Das war der Altweibersommer, wenn du diese mit purpurnen und roten Körnern bestückten Ähren in den Körben beim Krämer sahst und hin und wieder ein totes Blatt über den Bürgersteig wehte.
In der Schule hatten wir Projekttag unserer Klassenstufe, was bedeutete, daß jeder etwas Wichtiges mitbringen und dann erzählen mußte, warum es so wichtig war. Ich brachte eine Ausgabe von *Famous Monsters* mit, dessen Anblick Old Leatherlungs wahrscheinlich augenblicklich in die Luft gehen lassen würde wie einen Chinaböller, was dann wiederum aus mir einen Helden der Unterdrückten machen würde. Davy Ray brachte seine *I get around*-Platte mit und das Bild einer elektrischen Gitarre, von der er hoffte, daß er einmal darauf spielen lernen würde, wenn seine Eltern sich die Stunden leisten konnten. Ben hatte sich für einen Konföderiertendollar entschieden und Johnny für seine Sammlung von Pfeilspitzen, die er alle einzeln in Wattebäusche eingewickelt in verschiedenen Fächern eines metallenen Angelkoffers aufbewahrte.
Diese Pfeilspitzen waren ein wunderbarer Anblick. Klein

und groß, rauh und glatt, hell und dunkel: Sie entführten die Phantasie auf eine Reise in eine Zeit, als der Wald noch unberührt war, das einzige Licht von den Stammesfeuern kam und Zephyr nur im Fiebertraum eines Medizinmannes existierte. Johnny sammelte Pfeilspitzen, seit ich ihn in der zweiten Klasse kennenlernte. Während wir anderen umherliefen und spielten, ohne auch nur einen Gedanken an jene staubige Schlucht, die man Geschichte nannte, zu verschwenden, durchkämmte Johnny die Waldpfade und Bachbetten nach kleinen scharfen Zeichen seines kulturellen Erbes. Er hatte über hundert gesammelt, liebevoll gesäubert – doch bloß kein Schellack, denn das wäre eine Beleidigung für die Hand, die den Feuerstein geschliffen hatte – und sie in den Angelkoffer gelegt. Ich stellte mir vor, daß er sie nachts in seinem Zimmer hervorholte und bei ihrem Anblick davon träumte, wie das Leben im Adams Valley vor zweihundert Jahren aussah. Ich fragte mich, ob er sich vorstellte, daß es da vier indianische Kumpel gab, die vier Hunde und vier schnelle Ponys hatten, und daß sie in Zelten im selben Dorf lebten und über das Leben, die Schule und all solche Sachen redeten. Ich habe ihn nie gefragt, doch ich denke, daß er es wahrscheinlich tat.

Bevor an jenem Morgen des Projekttags – dem ich mit Furcht entgegensah, wenn ich daran dachte, was der Dämon wohl wieder mitbringen würde – die Schule begann, trafen die Jungs und ich uns an unserem üblichen Ort, in der Nähe des Klettergerüsts auf dem staubigen Spielplatz. Unsere Räder hatten wir inmitten Dutzender anderer an den Zaun gekettet. Wir saßen in der Sonne, denn der Morgen war kühl und der Himmel klar. »Mach ihn auf«, sagte Ben zu Johnny. »Komm schon, zeig sie uns.«

Johnny mußte nicht erst lange gedrängt werden, bis er den Riegel öffnete. Er mochte sie wie seltene Juwelen einpacken und schützen, doch er stellte sich nicht an, wenn es darum ging, ihren Zauber zu teilen. »Diese habe ich letzten Sonntag gefunden«, sagte er, als er einen Wattebausch entfaltete und eine fahlgraue Pfeilspitze zum Vorschein brachte. »Man kann sehen, daß der, der sie gemacht hat, in Eile war. Seht ihr, wie rauh und uneben die Kanten sind? Er hat sich keine Zeit genommen. Er wollte nur eine Pfeilspitze machen, damit er sich etwas zum Essen schießen konnte.«

»Ja, und nach der Größe zu urteilen, hat er höchstens eine Taschenratte geschossen, wette ich«, bemerkte Davy Ray.

»Vielleicht war er ein schlechter Schütze«, meinte Ben.

»Vielleicht wußte er, daß er sie wahrscheinlich verlieren würde.«

»Wenn ich darauf angewiesen wäre, Pfeilspitzen zu machen, um etwas zum Essen zu haben«, sagte ich, »wäre ich schon längst verhungert und vom Wind fortgeweht worden.«

»Du hast wirklich eine Menge davon.« Bens Finger mochten vielleicht jucken, den Angelkoffer eingehender zu erforschen, doch er hatte zuviel Respekt vor Johnnys Eigentum. »Hast du einen Liebling?«

»Ja, den habe ich. Diese hier ist es.« Johnny nahm einen Wattebausch heraus, öffnete ihn und zeigte uns, welche er meinte.

Sie war schwarz, glatt und beinahe perfekt geformt.

Ich erkannte sie wieder.

Es war die Pfeilspitze, die Davy Ray auf unserem Campingausflug tief im Wald gefunden hatte.

»Sie ist eine Schönheit«, pflichtete Ben bei. »Sieht aus, als wäre sie eingeölt, nicht?«

»Ich habe sie nur gesäubert, das ist alles. Aber sie glänzt.« Er rieb die Pfeilspitze zwischen seinen braunen Fingern und legte sie dann in Bens pummelige Hand. »Befühl sie«, sagte Johnny. »Man kann kaum irgendwelche Scharten ausmachen.«

Ben reichte sie an Davy Ray weiter, der sie wiederum an

mich weitergab. Die Pfeilspitze hatte eine kleine Scharte, doch sie schien mit deiner Hand zu verschmelzen. Wenn du sie auf deiner Handfläche riebst, war es schwer zu sagen, wo die Pfeilspitze aufhörte und das Fleisch begann. »Ich frage mich, wer sie wohl gemacht hat?« sagte ich.

»Ja, das würde ich auch gern wissen. Wer immer sie gemacht hat, war nicht in Eile. Wer immer sie gemacht hat, wollte eine gute Pfeilspitze, eine, die schnurgerade flog, selbst wenn er sie verlieren sollte. Für Indianer waren Pfeilspitzen mehr als nur die Endstücke von Pfeilen; sie waren wie Geld, und sie zeigten, mit wieviel Sorgfalt du Dinge bedachtest. Sie zeigten, wie gut du als Jäger warst, ob du eine Menge billiger alter Pfeilspitzen brauchtest, um etwas zu erlegen, oder ob du die Zeit hattest, einige wenige zu machen, auf die du dich wirklich verlassen konntest. Ich würde zu gern wissen, wer diese hier gemacht hat.«

Dies schien sehr wichtig für Johnny. »Ich wette, es war ein Häuptling«, sagte ich.

»Ein *Häuptling*? Wirklich?« Ben riß die Augen weit auf.

»Er denkt sich doch nur wieder eine Geschichte aus«, erklärte ihm Davy Ray. »Du kannst nicht ein Wort glauben, das er von nun an sagt.«

»Sicher war es ein Häuptling!« beharrte ich. »Ja, er war ein Häuptling, und er war der jüngste Häuptling, den der Stamm je gehabt hatte! Er war zwanzig Jahre alt, und sein Vater war vor ihm Häuptling!«

»O Mann!« Davy Ray zog die Knie an die Brust. Auf seinem Gesicht lag ein vielsagendes Lächeln. »Cory, wenn es in der Stadt je einen Wettbewerb für den größten Lügner gibt, dann gewinnst du sicher den ersten Preis!«

Johnny lächelte ebenfalls, doch in seinen Augen blitzte Interesse. »Erzähl weiter, Cory. Erzähl uns von ihm. Wie war sein Name?«

»Ich weiß nicht. Er hieß ... Laufendes Reh, denk ...«

»Das ist nicht gut!« unterbrach mich Ben. »Das ist ein Name für ein Indianermädchen! Gib ihm einen ... oh ... einen Kriegernamen. Wie Mächtig Große Donnerwolke!«
»Mächtig Große Aa!« gluckste Davy Ray. »Das bist du, Ben!«
»Sein Name war Häuptling Donner«, sagte Johnny. Er blickte mich direkt an und ignorierte das zankende Duo.
»Nein, Häuptling *Fünf* Donner. Weil er groß war und dunkel und ...«
»Schielte«, ergänzte Davy Ray.
»... einen Klumpfuß hatte«, beendete Johnny den Satz, und Davy Ray hörte auf zu kichern.
Ich schaute auf die glänzende Pfeilspitze in meiner Hand.
»Erzähl weiter, Cory«, drängte Johnny mit leiser Stimme. »Erzähl uns eine Geschichte über ihn.«
»Häuptling Fünf Donner.« Ich dachte nach, während meine Finger sich um den warmen Feuerstein schlossen und wieder entspannten. »Er war ein Cherokee.«
»Creek«, korrigierte Johnny mich.
»Creek, wie ich schon sagte. Er war ein Creek-Indianer, und sein Vater war Häuptling, doch sein Vater wurde auf der Jagd getötet. Er war fortgegangen, um Rehe zu erlegen, und sie fanden ihn an der Stelle, wo er von einem Felsen gestürzt war. Er lag im Sterben, doch er sagte seinem Jungen, er hätte Snowdown gesehen. Ja, das hatte er. Snowdown hatte ganz dicht vor ihm gestanden, nah genug, daß er die weiße Haut und das Geweih, das so groß wie ein Baum war, hatte sehen können. Er sagte, solange Snowdown in den Wäldern lebte, würde die Welt weiterbestehen. Doch wenn jemals jemand Snowdown tötete, so würde die Welt untergehen. Dann starb er, und Fünf Donner wurde neuer Häuptling.«
»Ich dachte immer, ein Häuptling müßte kämpfen, um Häuptling zu werden«, sagte Davy Ray.

»Nun, natürlich hat er das!« erwiderte ich. »Jeder weiß das. Er mußte gegen eine ganze Schar von tapferen Kriegern antreten, die glaubten, sie sollten Häuptling werden. Doch er hatte den Frieden lieber als das Kämpfen. Es war nicht so, daß er nicht kämpfen konnte, wenn er mußte, es war nur, daß er wußte, wann er kämpfen mußte und wann nicht. Doch er war auch aufbrausend. Deshalb haben sie ihn nicht einfach ›Ein Donner‹ oder ›Zwei Donner‹ genannt. Er wurde nicht oft wütend, doch wenn er es wurde – dann hieß es aufpassen! Es war wie fünf Donnerschläge, die gleichzeitig losgingen.«

»Die Glocke wird gleich läuten«, sagte Johnny. »Was ist mit ihm geschehen?«

»Er ... äh ... er war eine lange, lange Zeit Häuptling. Bis er sechzig Jahre alt wurde. Dann machte er seinen Sohn, Schlauer Fuchs, zum Häuptling.« Ich schaute auf den Eingang; die Kinder begannen in die Schule hineinzugehen. »Doch Fünf Donner war der Häuptling, an den sie sich immer erinnerten, denn er hielt Frieden zwischen seinem Stamm und den anderen Stämmen, und als er starb, nahmen sie seine besten Pfeilspitzen und verstreuten sie in den Wäldern, damit Leute sie hundert Jahre später finden würden. Dann ritzten sie seinen Namen in einen Felsen, und sie begruben seine Leiche auf einer geheimen indianischen Grabstätte.«

»Ach ja?« Davy Ray grinste. »Und wo ist die?«

»Ich weiß nicht«, sagte ich. »Das ist ein Geheimnis.«

Sie stöhnten. Die Glocke läutete. Ich gab Johnny die Pfeilspitze von Fünf Donner zurück, der sie in einen Wattebausch wickelte und wieder in den Angelkoffer legte. Wir erhoben uns, überquerten den Spielplatz, und Staubwolken wirbelten hinter uns auf. »Vielleicht gab es wirklich jemanden wie Häuptling Fünf Donner«, sagte Johnny, als wir uns der Tür näherten.

»Sicher gab es den!« meldete Ben sich zu Wort. »Cory hat es doch gesagt, oder?«

Davy Ray gab einen Laut von sich, als würde er einen Furz lassen, doch ich wußte, daß er es nicht so meinte. Er hatte innerhalb der Gruppe eine Rolle zu spielen – die Rolle des Miesmachers und Zänkers –, und er war sehr gut darin. Ich wußte, wie Davy Ray tief innen drin war; schließlich war er es, der Häuptling Fünf Donner zum Leben erweckt hatte.

Ich hörte Ladd Devine brüllen: »Laß mich mit diesen Eichhörnchenköpfen in Ruhe!« Einige Mädchen kreischten, und jemand rief: »Oh, *eklig*!« Der Dämon war ganz in ihrem Element.

Wie ich prophezeit hatte, machte der Anblick von Filmmonstern in ihrem Klassenzimmer Old Leatherlungs sehr wütend. Sie bekam einen wutschäumenden Anfall, der Häuptling Fünf Donners Ausbrüche im Vergleich dazu wie ein Kaffeekränzchen erscheinen ließ. Old Leatherlungs verlangte zu wissen, ob meine Eltern wüßten, mit welchem Schund ich mir den Kopf vollstopfte. Dann verfiel sie in eine Tirade darüber, daß alle Anständigkeit und Güte in der Welt zugrunde gingen, einfach zugrunde gingen, und fragte, warum ich kein Interesse an einem guten Buch anstelle dieses Monsterschunds hatte? Ich saß einfach nur da und ließ es über mich ergehen, wie es geplant war. Dann öffnete der Dämon den Schuhkarton, den sie mitgebracht hatte, und hielt ihn Old Leatherlungs unter die Nase, und der Anblick dieser vier Eichhörnchenköpfe, auf denen die Ameisen umherwimmelten und deren Augen mit einen Zahnstocher ausgestochen waren, ließ Old Leatherlungs eilig den Rückzug ins Lehrerzimmer antreten.

Endlich läutete die Drei-Uhr-Glocke, und die Schule lag für einen weiteren Tag hinter uns. Old Leatherlungs hatte sich in ein flüsterndes Nervenbündel verwandelt. Draußen auf dem Spielplatz, unter der heißen Nachmittagssonne, stoben die Staubwolken durch die Luft, als die Kinder in die Freiheit hinausstürmten. Wie gewöhnlich zog Davy Ray Ben wegen irgendeiner Sache auf, Johnny stellte seinen Angelkoffer auf dem Boden ab, während er seine Fahrradkette aufschloß, und ich kniete mich hin, um das Zahlenschloß zu öffnen, mit dem Rakete gesichert war.

Es geschah sehr schnell. Solche Dinge taten das immer.

Sie traten aus den Staubwolken. Ich spürte es, bevor ich sie sah. Die Haare in meinem Nacken richteten sich auf.

»Vier kleine Ärsche, alle in einer Reihe«, kam der erste höhnende Spruch.

Ich riß meinen Kopf herum, denn ich kannte diese Stimme. Davy Ray und Ben hielten in ihrem Zanken inne. Johnny blickte auf, und seine Augen verdunkelten sich angstvoll.

»Da sind sie ja«, sagte Gotha Branlin, mit Gordo an seiner Seite. Auf ihren Gesichtern trugen sie ein Grinsen wie ein offenes Rasiermesser. Hinter ihnen kauerten ihre schwarzen Räder. »Sind sie nicht niedlich, Gordo?«

»Ja, sind sie das nicht?«

»Was ist denn das?« Mit einer schnellen Bewegung riß Gotha mir die Zeitschrift aus der Hand, die ich für den Projekttag mitgebracht hatte. Sie riß an den Heftklammern auseinander, und auf dem Titelblatt zischte Christopher Lees Graf Dracula in machtloser Wut. »Sieh dir diese Scheiße an!« forderte Gotha seinen Bruder auf, und Gordo lachte über ein Bild des schlanken, weiblichen Roboters aus *Metropolis.* »Ich kann ihre verdammten Titten sehen!« sagte Gordo. »Gib her!« Er packte die Seite, Gotha zerrte daran, und zwischen ihren Händen löste sich das Bild auf, als würde es von Säure zerfressen. Doch Gotha bekam das meiste davon, den Teil, der ihre metallenen Brüste zeigte, und er verschwand zerknittert und beschmutzt in der Tasche seiner Jeans. Gordo quiekte: »Du Saukerl, gib's wieder her!«, und er zerrte am Rest der Zeitschrift, während Gotha von der anderen Seite zog. Einen Augenblick später ergaben sich die Heftklammern, und Seiten voller dunkler, glitzernder Träume, Helden und Schurken und phantastischer Visionen flatterten durch den Staub wie Fledermäuse im Tageslicht. »Du hast es *kaputtgemacht*!« kreischte Gotha, und er versetzte seinem Bruder einen kräftigen Stoß, so daß dieser rücklings zu Boden stürzte und eine Speichelfontäne aus seinem Mund sprudelte. Gordo setzte sich auf, das Gesicht rot vor Wut und die Augen unbeschreiblich, doch Gotha hielt die Faust schlagbereit und stand über ihm wie Godzilla über Gidra. »Komm doch, versuch es!« sagte Gotha. »Komm doch!«

Gordo blieb, wo er war. Sein Ellbogen zerdrückte ein Bild von King Kong im Kampf mit einer naßhäutigen riesigen Schlange. Selbst Monster hatten ihre Reibereien und Kämpfe auf Leben und Tod. Gordos Gesicht war grimmig und bitter. Jedes andere Kind, das einen solch harten Schlag hätte einstecken müssen, hätte zumindest einmal geschluchzt. Ich stellte mir vor, daß eine Träne im Haushalt der Branlins etwas ebenso Seltenes wie ein Drachenzahn war, und all diese ungeweinten Tränen und die unterdrückte, immer köchelnde Wut hatten Gotha und Gordo zu dem gemacht, was sie waren: Zwei wilde Tiere, die ihren Käfigen nicht entfliehen konnten, egal wie verzweifelt sie kämpften oder wie weit sie auf diesen Aasgeierrädern umherstreiften.

Vielleicht hätte ich Mitleid für sie empfunden, wenn sie mir Raum dazu gelassen hätten. Doch dann sagte Gotha: »Was ist denn da drin?« und nahm den Angelkoffer vom Boden, bevor Johnny danach greifen konnte. Johnny stieß einen erstickten Laut aus, als Gotha den Riegel öffnete und den Deckel aufklappte. Die große grausame Hand senkte sich

hinab und begann die Wattebäusche aufzureißen. »He, Mann!« sagte er zu Gordo. »Sieh mal, was der Squawjunge da hat! Pfeilspitzen!«
»Warum laßt ihr uns nicht in Ruhe?« fragte Davy Ray. »Wir tun euch doch auch ...«
»Halt's Maul, du Schwachkopf!« schrie Gotha ihn an, und Gordo stand grinsend auf, ihren brüderlichen Haß für den Augenblick vergessend. Beide begannen sie mit ungeduldigen, zerrenden Fingern die Sammlung von Pfeilspitzen zu durchwühlen. Ich mochte mir gar nicht vorstellen, wie es am Abendbrottisch der Branlins zuging.
»Das sind meine«, rief Johnny.
Worte hatten die Branlins noch nie aufgehalten, und sie taten es auch diesmal nicht. »Die gehören mir«, sagte Johnny wieder, und auf seinen Wangen schimmerten Schweißperlen.
Diesmal ließ etwas in Johnnys Stimme Gotha aufschauen. »Was hast du gesagt, Niggerschwanz?«
»Das sind meine Pfeilspitzen. Ich ... ich will sie zurückhaben.«
»Er will sie zurückhaben!« krächzte Gordo.
»Wollt ihr kleinen Ärsche uns etwa Ärger machen?« Gothas rechte Hand war voller Pfeilspitzen. »Seid heulend zum Sheriff gelaufen und habt versucht, unseren Daddy böse auf uns zu machen. Oder etwa nicht?«
Diese Taktik lenkte Johnnys Aufmerksamkeit nicht ab. »Gib sie mir wieder«, sagte er.
»He, Gotha! Ich glaube, der Squawjunge will seine beschissenen Pfeilspitzen wiederhaben!«
»Warum laßt ihr Jungs uns nicht ...« begann ich, doch im nächsten Augenblick war Gordo bei mir und packte mich an den Hemdaufschlägen und stieß mich gegen den Zaun.
»Kleiner Arsch.« Gordo ließ schmatzende Geräusche hören. »Kleiner Schwuliarsch.«

Ich sah Raketes goldenes Auge im Scheinwerfer. Es blitzte nur ganz kurz auf, schätzte die Situation ab und war schon wieder verschwunden.
»Hier hast du deine Pfeilspitzen, Squawjunge«, sagte Gotha und schleuderte die, die er in der Hand hielt, über den staubigen Spielplatz. Johnny zitterte, als würde er von Sturmwinden geschüttelt. Er starrte auf Gothas Hand, als sie abermals im Angelkoffer verschwand, wieder zum Vorschein kam und erneut Pfeilspitzen von sich schleuderte, als wären es wertlose Kieselsteine.
»Schwuliarsch, Schwuliarsch, Schwuliarsch!« höhnte Gordo und legte seinen sehnigen Unterarm um meinen Hals. Seine Nase lief, und er stank nach Maschinenöl und verbranntem Grillfleisch.
»Hör auf«, keuchte ich. Sein Atem war auch nicht gerade französisches Parfüm.
»Wuu-wuu, wuu-wuu!« Gotha stimmte ein indianisches Kriegsgeheul an, während er Johnnys Sammlung verstreute. »Wuu-wuu, wuu-wuu!«
»Hört endlich auf!« brüllte Davy Ray.
Und dann hielten Gothas Finger plötzlich eine glatte schwarze, beinahe perfekt geformte Pfeilspitze. Selbst Gotha konnte erkennen, daß sie etwas Besonderes war, denn er betrachtete sie eingehend.
»Tu's nicht«, bettelte Johnny.
Was immer Gotha in Häuptling Fünf Donners Pfeilspitze sehen mochte, es war nur eine flüchtige Vision. Er holte mit dem Arm aus, seine Finger öffneten sich, und die Pfeilspitze flog davon. Sie schwang sich empor und fiel zwischen das Gras und Unkraut neben der Mülltonne. Johnny gab einen Laut von sich, als hätte er einen Schlag in die Magengrube bekommen.
»Was sagst du denn *dazu*, Squaw . . .« begann Gotha; er beendete den Satz nicht, denn im nächsten Augenblick hatte

Johnny die Distanz zwischen ihnen beiden mit einem Hinker und einem Sprung überquert, und Johnnys Faust schoß hervor und traf Gotha Branlins Kinn genau auf den Punkt.

Gotha stolperte nach hinten, blinzelte, und eine Schmerzwelle verzerrte sein Gesicht. Dann zuckte seine Zunge heraus, und es war Blut daran. Er schleuderte den Angelkoffer beiseite und rief: »Du bist *tot*, Niggerschwanz!«

»Schnapp ihn dir, Gotha!« feuerte Gordo ihn an.

Johnny sollte nicht kämpfen. Ich wußte das, und ich wußte auch, daß er es ebenfalls wußte. Die Branlin-Fäuste hatten ihn schon einmal ins Krankenhaus gebracht. Er litt noch immer unter gelegentlichen Schwindelanfällen, und er reichte nicht im entferntesten an Gotha Branlins Größe heran.

»Lauf weg, Johnny!« rief ich.

Johnny war das Weglaufen leid.

Gotha kam fäusteschwingend auf ihn zu. Eine Faust traf Johnnys Schulter und trieb ihn nach hinten, und Johnny duckte sich unter eine Faust durch, die für sein Gesicht bestimmt war, und rammte seinen eigenen Schlag in Gothas Rippen.

»Zeig's ihm! Zeig's ihm!« begann jemand unter den wenigen Kindern, die noch auf dem Platz übriggeblieben waren, zu brüllen.

Ich stieß Gordo mit aller Kraft nach hinten. Gordo streckte eine Hand aus, um das Gleichgewicht zu halten, und seine Finger schlossen sich um Raketes Lenker. *»Scheiße!«* kreischte er plötzlich, hielt sich die Hand und starrte auf seine Finger. Blut tropfte aus dem Hautlappen zwischen Daumen und Zeigefinger. »Der Bastard hat mich gebissen!« Ich dachte mir, er hätte sich an einer Schraube oder einem Stück Metall geschnitten, doch als ich später Rakete absuchte, fand ich keine vorstehende Schraube oder Metallkante. Gordo wirbelte herum und trat nach Rakete, und in diesem Augenblick sprach Fünf Donner zu mir.

Er sagte, wie er schon zu Johnny gesagt hatte: *Es reicht.*
Ich war kein Schläger. Wenn Gordo treten wollte, so sollte mir das recht sein. Mit kochendem Blut machte ich einen Schritt nach vorn und versetzte ihm einen Tritt gegen das Schienbein, der ihn aufheulen und einen einbeinigen Steptanz aufführen ließ. Johnny und Gotha wälzten sich inmitten von Staubwolken auf dem Boden. Fäuste hoben sich und sausten herab, und Davy Ray und Ben standen bereit, sich in das Getümmel zu werfen, wenn es so aussehen sollte, daß Gotha die Oberhand über Johnny gewann und anfing, ihn mit Schlägen zu bombardieren. Johnny kam jedoch sehr gut allein zurecht. Er schlug um sich und wand sich und kämpfte, sein schwitzendes Gesicht ganz weiß von Staub. Gothas Hand packte Johnnys Haar, doch Johnny schüttelte sie ab. Eine Faust traf Johnnys Kinn, doch Johnny zeigte keine Anzeichen von Schmerz. Dann ließ Johnny mit all der Kraft eines Jungen, der nichts mehr zu verlieren hatte außer seiner Würde, seine Fäuste auf Gotha herabsausen. Gotha stöhnte vor Schmerz und versuchte, sich wie ein sich windender Wurm zusammenzurollen. »Zeig's ihm! Zeig's ihm!« erhob sich der anfeuernde Ruf, und ein dichtes Knäuel von Schaulustigen hatte sich mittlerweile um Johnny und Gotha versammelt, während sie auf dem Boden rangelten.
Doch Gordo stürzte sich mit einem Stock in seiner rechten Hand auf mich
Ich hatte keine Lust, mir von ihm das Gehirn zu Brei schlagen oder Rakete in Trümmer prügeln zu lassen. Ich schwang mich auf Rakete, klappte mit dem Fuß den Ständer hoch und radelte davon. Ich wollte soviel Abstand wie möglich zwischen uns bringen. Ich dachte, Gordo würde sich von mir abwenden, und dann würde ich versuchen können, auf ihn zuzuschießen und ihm den Stock aus der Hand zu schlagen. Ich irrte mich. Gordo sprang auf sein schwarzes Rad und raste hinter mir her, ohne sich weiter

um Gotha und dessen eigenen kleinen, haßerfüllten Krieg zu kümmern.
Ich hatte keine Zeit, Davy Ray und Ben zu Hilfe zu rufen. Ich bezweifelte sowieso, daß sie mich über all das Gebrüll der blutdürstenden Menge hätten hören können. Ich schwenkte Rakete von Gordo fort und radelte wie von tausend Höllenhunden gehetzt über den Spielplatz, durch das Tor im Zaun hindurch und hinaus auf den Bürgersteig. Als ich nach hinten schaute, sah ich, daß Gordo aufholte, den Kopf flach über den Lenker ausgestreckt und hektisch in die Pedale tretend. Ich wollte Rakete wieder zum Spielplatz herumschwenken, um Hilfe von meinen Kumpeln zu holen. Doch Rakete weigerte sich.
Rakete versteifte sich. Der Lenker ließ sich nicht bewegen. Mir blieb keine andere Wahl, als weiter über den unebenen Bürgersteig zu rasen, und plötzlich geschah etwas Seltsames.
Die Pedale begannen, sich schneller zu drehen, so daß ich kaum meine Füße auf ihnen halten konnte. In der Tat rutschten meine Turnschuhe mehr als einmal ab; doch die Pedale drehten sich weiter. Raketes Kette ratterte über das Zahnrad, bis das Geräusch zu einem hohen, kraftvollen Summen wurde.
Rakete schoß dahin, während ich nichts weiter tat, als mich festzuklammern, als hinge ich auf dem Rücken eines wilden Pferdes. Wir wurden immer schneller, und der Wind pfiff durch mein Haar. Ich blickte über meine Schulter; Gordo war mir noch immer auf den Fersen wie das Schicksal und das Ende der Welt.
Er wollte meine Haut, und er würde nicht aufgeben, bevor er sie hatte.
Hinter mir auf dem Spielplatz erhob sich Gotha mühsam auf die Füße. Bevor er zum Schlag ansetzen konnte, warf sich Johnny gegen seine Knie, und sie stürzten wieder zu Boden,

während die Schaulustigen freudig aufschrien. Davy Ray und Ben begannen sich nach mir umzuschauen und entdeckten, daß Rakete verschwunden war, ebenso wie Gordo und eins der schwarzen Räder.

»O Gott!« sagte Ben.

Gordos Rad war schnell. Es hätte wohl jedes andere Rad in Zephyr schlagen können, doch Rakete war eben nicht wie jedes andere Rad. Rakete sauste dahin wie ein Höllenhund, und ich mochte mir gar nicht vorstellen, was geschehen würde, wenn die Kette vom Zahnrad sprang. Wir kamen an einem Mann vorbei, der das Laub von seiner Auffahrt fegte. Wir kamen an zwei Frauen vorbei, die in einem Vorgarten miteinander tratschten. Ich wollte anhalten, doch wann immer ich versuchte, an der Bremse zu ziehen, ertönte ein schrilles, wütendes Zischen, und Rakete ließ es nicht zu. An der nächsten Kreuzung versuchte ich, rechts abzubiegen, um nach Hause zu rasen. Rakete wollte nach links, und ich schrie auf, als der Lenker die Kurve nahm und das Hinterrad glatt am Abgrund einer Katastrophe entlangschlitterte. Doch Rakete klebte am Asphalt, und schon rasten wir wieder weiter. »Was tust du?« rief ich. »Wo willst du *hin?*« Es gab nur eine Antwort auf diese Fragen: Rakete war verrückt geworden.

Ein weiterer Blick zurück zeigte mir, daß sich Gordo noch immer direkt hinter mir befand, obgleich er keuchte und sein Gesicht ganz rotfleckig war. »Bleib besser stehen!« brüllte er. »Ich krieg dich ja doch!«

Aber nicht mit Rakete! Doch jedesmal, wenn ich Rakete in Richtung auf unser Haus drängen wollte, weigerte das Rad sich, sich lenken zu lassen. Es hatte seinen eigenen Bestimmungsort, und mir blieb keine andere Wahl, als mich von ihm dorthin tragen zu lassen.

Auf dem Schulhof hatten sich die beiden Kämpfer mittlerweile durch die Staubwolken wieder auf die Füße erhoben.

Gotha, der nicht an Gegenwehr gewöhnt war, zeigte seine Schwächen; er schwang ziellos seine Fäuste, und er war so müde, daß er umhertaumelte wie ein Betrunkener. Johnny tänzelte hin und her, so daß Gothas Schläge immer wieder ins Leere gingen. Als Gotha einen Schrei ausstieß und nach vorn stürmte, duckte sich Johnny zur Seite weg, und Gotha stolperte über seine eigenen Füße und fiel bäuchlings zu Boden, wobei er sich sein angeschlagenes Kinn auf dem Kieselbelag aufschürfte. Er erhob sich wieder. Seine Arme schienen auf einmal bleischwer. Abermals griff er an, und abermals wich Johnny ihm aus, wobei er seinen Klumpfuß einsetzte, wie Pan sich auf einem Huf drehen und wenden mochte. »Bleib endlich stehen!« keuchte Gotha. »Bleib stehen, du Niggerblut!« Seine Brust hob sich schwer, und sein Gesicht war rot wie ein rohes Steak.
»Na gut«, sagte Johnny. Seine Nase blutete, und seine Wange war aufgeplatzt. »Dann komm mal.«
Gotha stürmte auf ihn zu. Johnny täuschte einen Sprung nach links an. Davy Ray würde später sagen, daß es war, als würde man Cassius Clay in Aktion bewundern. Als Gotha sich umwandte, um den angetäuschten Sprung abzufangen, legte Johnny alles, was er hatte, in einen Aufwärtshaken, der Gothas Kiefer traf und seinen Kopf zur Seite riß. Ben sagte, dies war der Moment, in dem Gothas Pupillen nach oben rollten und seine Augen weiß wurden. Doch Johnny hatte noch einen letzten Donner in sich; er trat einen Schritt vor und versetzte Gotha einen Schlag auf den Mund, so hart, daß alle hörten, wie zwei von Johnnys Knöcheln wie Pistolenschüsse knackten.
Gotha gab keinen Laut von sich. Nicht einmal ein Wimmern.
Er fiel einfach nur wie ein gefällter Baum um.
Er lag da, und Blut tropfte aus seinem Mund. Ein Schneidezahn rutschte über seine Lippen, und dann begann Gotha

zu zittern und mit verbissenen, wütenden, kaum hörbaren Schluchzern zu weinen.
Niemand bot ihm Hilfe an. Irgend jemand lachte. Jemand anders zischte hämisch: »Du hast ihm gezeigt, wer der Boß ist, was?«
Johnny trat ein paar Schritte zurück. Er wischte sich die Nase mit dem Rücken der Hand ab, die Dr. Parrish kurz darauf wegen der beiden gebrochenen Knöchel schienen würde. Johnnys Eltern würden ihm die Hölle heiß machen. Sie würden endlich verstehen, warum er den langen, heißen Sommer über soviel Zeit allein in seinem Zimmer verbracht und in einem Buch gelesen hatte, das er für drei Dollar und fünfzig Cent bei einem Buchversand bestellt hatte und dessen Titel *Grundbegriffe des Kampfes* von Sugar Ray Robinson lautete.
»Ich bin nicht so hart«, erwiderte Johnny, und er beugte sich zu Gotha hinunter und sagte: »Soll ich dir helfen?«
Ich jedoch konnte nicht von Sugar Rays reichem Erfahrungsschatz profitieren. Ich hatte nur Rakete unter mir und Gordo als gnadenlosen Verfolger, und als Rakete plötzlich den Lenker herumriß und in einen Waldweg einbog, befürchtete ich, nun die letzte Runde erreicht zu haben.
Rakete weigerte sich zu bremsen, weigerte sich, meinem verzweifelten Zerren am Lenker zu gehorchen. Wenn mein Rad verrückt geworden war, dann mußte ich abspringen. Ich machte mich für den Sprung ins Unterholz bereit.
Doch dann brach Rakete zwischen den Bäumen hindurch, und direkt vor mir lag eine große Grube voller Unkraut und Abfall, und Rakete schwang sich mit einem unglaublichen Effet, der mir die Haare zu Berge stehen ließ, in die Lüfte.
Ich glaube, ich habe geschrien. Ich weiß, daß ich mir in die Hosen machte und mich so fest an den Lenker klammerte, daß meine Hände noch Tage später schmerzten.

Rakete segelte über die Grube hinweg und landete mit einer derartigen Wucht auf der anderen Seite, daß meine Zähne aufeinanderschlugen und mein Rückgrat sich anfühlte wie eine Geigensaite, die gerade gerissen war. Der Sprung war selbst für Rakete zuviel; der Rahmen vibrierte, die Reifen schlitterten über das Laub und die Kiefernnadeln, und wir purzelten ineinander verschlungen zu Boden. Ich sah, wie Gordo über den Weg auf mich zugerast kam, und sein Gesicht verzerrte sich voller Entsetzen, als er der Grube vor sich gewahr wurde. Er trat die Bremse, doch er fuhr zu schnell, um rechtzeitig anhalten zu können. Sein schwarzes Rad rutschte auf die Seite und riß Gordo mit sich, als es in das Unkraut und den Abfall hinunterstürzte.

Die Grube war nicht sonderlich tief. Sie war auch nicht voller Dornen oder scharfer Felskanten. Gordo hatte wirklich eine weiche Landung inmitten der dicken, grünen, dreiblättrigen Ranken und einem Sammelsurium von Dingen: Kissen, aus denen die Füllung quoll, Mülltonnendeckel, leere Blechbüchsen, ein paar Tortenformen aus Aluminium, Socken und zerrissene Hemden, Stofflappen und dergleichen. Gordo wälzte sich eine Weile in den grünen Ranken und befreite sich von seinem schwarzen Rad. Er hatte nicht viel abbekommen. Er sagte: »Bleib nur wo du bist, du kleines Arschloch. Bleib nur, wo du . . .«

Plötzlich schrie er auf.

Denn etwas war dort unten bei ihm in der Grube.

Er war mitten darauf gelandet, als es die letzten Reste einer Kokosnußcremetorte fraß, die es vor kaum zehn Minuten vom Sims eines offenstehenden Küchenfensters stibitzt hatte.

Und nun war Luzifer sehr, sehr wütend, denn es gefiel ihm gar nicht, sein Nest voller Mülltonnenschätze zu teilen.

Der Affe schoß aus den Ranken auf und sprang Gordo mit

gebleckten Zähnen an, während sein Hinterteil eine Fontäne stinkenden Breis verspritzte.

Gordo kämpfte um sein Leben. Der bösartige Affe riß Fleischbrocken aus seinen Armen, seinen Wangen, seinem Ohr und kaute beinahe einen Finger ab, bevor es Gordo, aus Leibeskräften schreiend und stinkend wie die Hölle, gelang, aus der Grube zu krabbeln und davonzurennen. Luzifer lief zeternd, spuckend und scheißend hinter ihm her, und das letzte, was ich sah, war, daß Luzifer auf Gordos Kopf gesprungen war, Büschel seines wasserstoffgebleichten Haars gepackt hielt und auf Gordo ritt wie ein Kaiser auf einem Elefanten.

Ich zog Rakete hoch und stieg auf. Das Rad war nun wieder ganz gehorsam, und die letzten Reste der Kampfeslust waren aus ihm gewichen. Bevor ich mich anschickte, einen Pfad um die Grube herum zu suchen, dachte ich daran, wie Gordo sich in ein paar Tagen fühlen würde, wenn sein Gesicht und seine Arme angeschwollen von den Bissen waren und ihm bewußt wurde, daß all diese grünen, dreiblättrigen Ranken dort unten in Luzifers Reich Giftsumbach waren, zum Bersten gefüllt mit lautloser Boshaftigkeit. Er würde eine wandelnde Eiterbeule sein. Wenn er umherwandeln *konnte,* heißt das.

»Du kannst ganz schön gemein sein«, sagte ich zu Rakete. Das geschlagene schwarze Rad lag unten am Boden der Grube. Wer immer kam, um es herauszuholen, sollte besser einen großen Vorrat an Zinkpaste parat haben.

Ich fuhr zurück zur Schule. Der Kampf war vorüber, doch drei Jungs suchten den Spielplatz ab. Einer von ihnen trug einen Angelkoffer unter dem Arm.

Wir fanden die meisten Pfeilspitzen wieder. Nicht alle. Etwa ein Dutzend war vom Erdboden verschluckt worden. Eine Opfergabe, wenn man so will. Zu den verlorenen zählte auch die glatte schwarze Pfeilspitze von Häuptling Fünf Donner.

Johnny schien es nicht viel auszumachen. Er sagte, er würde später noch einmal danach suchen, und wenn er sie nicht finden würde, so würde es vielleicht jemand anders tun, in zehn oder zwanzig Jahren oder wer weiß wann. Sie hatte ihm sowieso nicht gehört, sagte er. Er hatte sie nur eine Weile behalten dürfen, bis der Häuptling sie in den ewigen Jagdgründen brauchte.

Ich hatte mich immer gefragt, was Reverend Lovoy wohl meinte, wenn er von »Demut« sprach. Nun verstand ich es. Es bedeutete, etwas aufzugeben, das man um nichts auf der Welt verlieren wollte, und glücklich dabei zu sein.

In Sinne dieser Definition war Johnnys Demut zutiefst beeindruckend.

Ich wußte es zu jenem Zeitpunkt noch nicht, doch ich selbst stand an der Schwelle meiner eigenen Prüfung in bezug auf Demut.

5
Fall Nummer 3432

Nach jenem Tag auf dem Spielplatz ließen die Branlins uns in Ruhe. Gotha kehrte mit einem falschen Schneidezahn und einer Portion Bescheidenheit zur Schule zurück, und als Gordo aus dem Krankenhaus entlassen wurde, schlich er sich davon, wann immer ich in der Nähe war. Der Höhepunkt kam, als Gotha doch allen Ernstes an Johnny herantrat und ihn bat, daß er ihm – in Zeitlupe natürlich – den Aufwärtshaken zeigte, den er nicht einmal hatte kommen sehen. Das soll nicht bedeuten, daß Gotha und Gordo über Nacht zu Heiligen wurden. Doch Gothas Abreibung und Gordos juckende Qualen hatten ihnen gutgetan. Sie hatten vom Kelch des Respekts gekostet, und das war zumindest ein Anfang.

Während der Oktober voranschritt, loderten die Hügel in Gold und Orange. Der Geruch von verbranntem Herbst lag in der Luft. Alabama und Auburn hatten beide einen Siegeszug, Old Leatherlungs hatte ihre Tiraden um einiges eingeschränkt, der Dämon war in jemand anderen als mich verliebt und alles in der Welt wäre in Ordnung gewesen.

Wenn nicht.

Oft ertappte ich mich dabei, daß ich an Dad dachte, wie er tief in der Nacht Fragen, die er nicht beantworten konnte, auf einen Zettel kritzelte. Er war nun richtiggehend mager geworden, gänzlich ohne Appetit. Wenn er sich ein Lächeln abrang, wirkten seine Zähne zu groß, und seine Augen blitzten trügerisch. Mom begann, an ihren Fingernägeln zu kauen, und sie lag Dad nun wirklich ständig in den Ohren, Dr.

Parrish oder die Dame aufzusuchen, doch er weigerte sich. Sie hatten ein paar Streitereien, bei denen Dad wütend das Haus verließ, in den Pick-up stieg und davonfuhr. Hinterher weinte Mom in ihrem Zimmer. Mehr als einmal belauschte ich sie am Telefon, als sie Großmutter Sarah anflehte, ihm ins Gewissen zu reden. ». . . Es zerfleischt ihn«, hörte ich Mom sagen, und dann ging ich hinaus, um mit Rebell zu spielen, denn es tat mit zu weh, mitanzuhören, wieviel Schmerz meine Mutter ertragen mußte. Dad war, wie ich nur zu gut wußte, schon längst in seiner eigenen Folterkammer gefangen.

Und der Traum. Immer wieder der Traum: Zwei Nächte hintereinander, dann eine Nacht nicht, da war er wieder, drei Nächte nicht, dann sieben Nächte in Folge.

Cory? Cory Mackenson? flüsterten sie, während sie in ihren weißen Kleidern unter dem verbrannten, laublosen Baum standen. Ihre Stimmen klangen so sanft wie fliegende Tauben, doch es lag eine Dringlichkeit in ihnen, die einen Funken der Angst in mir entzündete. Und je öfter ich den Traum hatte, desto mehr kleine Einzelheiten offenbarten sich, als würde ich durch ein taubeschlagenes Glas schauen: Hinter den vier schwarzen Mädchen war eine Wand aus dunklen Steinen, und in jener Wand war ein zerborstener Fensterrahmen, in dem nur noch einige schartige Glasscherben hingen. *Cory Mackenson?* Da war ein entferntes Ticken. *Cory?* Es wurde lauter, und die unbekannte Furcht durchflutete mich.

In der siebten Nacht ging das Licht an. Ich blickte auf meine Eltern, meine Augen und mein Verstand noch immer schlaftrunken. »Was war das für ein Geräusch?« fragte Dad. Mom sagte: »Sieh dir das an, Tom.« An der gegenüberliegenden Wand von meinem Bett war eine große, zerkratzte Stelle. Glas, Schrauben und Federn lagen auf dem Boden; auf dem Zifferblatt war zwei Uhr neunzehn zu lesen. »Ich weiß, daß

die Zeit nur so dahinfliegt«, sagte Mom zu mir, »aber Wekker kosten Geld.«
Wir schoben die Schuld auf die mexikanischen Enchiladas, die Mom zum Abendessen gemacht hatte.
Über eine ganze Weile hinweg hatte nun schon ein Geschehnis begonnen, Gestalt anzunehmen, das zu jenen schicksalhaften Zusammentreffen von Orten und Umständen gehörte. Ich war mir dessen nicht bewußt, und auch nicht meine Eltern, und auch nicht der Mann in Birmingham, der am Limonadenabfüllwerk jeden Morgen in seinen Lastwagen stieg und hinausfuhr, um seine Bestellungen bei einer vorher festgelegten Reihe von Tankstellen und Lebensmittelläden abzuliefern. Hätte es einen Unterschied gemacht, wenn der Mann an jenem Morgen beschlossen hätte, zwei Minuten länger unter der Dusche zu bleiben? Wenn er zu seinem Frühstücksrührei Schinken statt Würstchen gegessen hätte? Wenn ich Rebell noch einmal mehr das Stöckchen geworfen hätte, bevor ich zur Schule ging, hätte das vielleicht das Gefüge dessen, was geschehen sollte, verändert?
Da er nun einmal ein Rüde war, lag es in Rebells Natur, umherzustreunen, wenn er in der richtigen Stimmung war. Dr. Lezander hatte meinen Eltern gesagt, daß es am besten wäre, Rebell und seine Männlichkeit voneinander zu trennen, um ihn von seiner Wanderlust zu kurieren, doch Dad war jedesmal zusammengezuckt, wenn er darüber nachdachte, und mir gefiel es auch nicht sonderlich. Und so wurde es einfach nicht gemacht. Mom mochte Rebell nicht den ganzen Tag in seinem Zwinger eingesperrt lassen, da er sowieso die meiste Zeit auf der Veranda verbrachte und auf unserer Straße nie viel Verkehr herrschte.
Die Bühne war bereitet. Die Würfel waren gefallen.
Am dreizehnten Oktober, als ich nach der Schule durch die Vordertür trat, sah ich, daß Dad früher von der Arbeit nach Hause gekommen war und schon auf mich wartete. »Jun-

ge«, begann er. Das Wort sagte mir augenblicklich, daß etwas Schreckliches geschehen war.
Er fuhr mich im Pick-up zu Dr. Lezanders Haus, das auf etwa zwölftausend Quadratmeter gerodetem Land zwischen der Merchants und der Shantuck Street stand. Das Grundstück wurde von einem weißen Lattenzaun umschlossen, und zwei Pferde grasten im Sonnenschein auf der grünen Weide. Auf der einen Seite befanden sich ein Zwinger und ein Hundeübungsplatz, auf der anderen eine Scheune. Dr. Lezanders zweistöckiges Haus war weiß und viereckig, so präzise und sauber wie Arithmetik. Die Auffahrt brachte uns zur Rückfront des Hauses, an der ein Schild mit der Aufschrift BITTE LEINEN SIE IHRE HAUSTIERE AN angebracht war. Wir stellten unser Auto vor der Hintertür ab, und Dad zog an einer Kette, die die Türglocke läuten ließ. Einen Augenblick später öffnete sich die Tür, und Mrs. Lezander füllte den Eingang.
Wie ich schon sagte, hatte sie ein Pferdegesicht und einen fleischigen Körper, der leicht einen Grizzly hätte verschrecken können. Sie war immer ernst und lächelte nie, als ginge sie unter einer Gewitterwolke einher. Doch ich hatte geweint, und meine Augen waren verquollen, und vielleicht bedingte dies die Veränderung, deren Zeuge ich nun wurde.
»Oh, du armes liebes Kind«, sagte Mrs. Lezander, und es trat ein Ausdruck auf ihr Gesicht, der mich überwältigte. »Das mit deinem Hund tut mir so leid. Bitte, kommen Sie herein!« forderte sie Dad auf, und sie führte uns durch ein kleines Wartezimmer, an dessen kieferngetäfelten Wänden Bilder von Kindern mit Hunden und Katzen in den Armen hingen. Hinter einer weiteren Tür befand sich die Treppe, die zu Dr. Lezanders im Keller gelegenen Behandlungszimmer führte. Jede Stufe war eine Qual für mich, denn ich wußte, was mich dort unten erwartete.

Mein Hund lag im Sterben.
Der Lieferwagen, mit dem die Limonade aus Birmingham gebracht wurde, hatte ihn überfahren, als er gegen ein Uhr über die Merchants Street gelaufen war. Rebell war inmitten eines Rudels von Hunden gewesen, sagte Mr. Dollar meiner Mutter, als er bei uns zu Hause anrief. Es war Mr. Dollar gewesen, der das Kreischen der Reifen und Rebells Jaulen gehört hatte, als er nach dem Mittagessen aus dem Bright Star Café kam. Rebell hatte dort auf der Merchants Street gelegen, umringt von den anderen Hunden, die ihn anbellten, daß er wieder aufstehen sollte, und Mr. Dollar hatte Chief Marchette herbeigeholt, der ihm dann half, Rebell auf die Ladefläche von Wynn Gillies Pick-up zu legen und ihn zu Dr. Lezander zu bringen. Mom war ebenfalls ganz am Boden zerstört, denn sie hatte vorgehabt, Rebell an jenem Nachmittag in seinen Zwinger einzusperren, doch dann hatte sie sich nicht von *Auf der Suche nach Morgen* losreißen können. Noch nie in seinem Leben hatten Rebells Streunertouren ihn bis zur Merchants Street geführt. Es war mir klar, daß er sich mit einem üblen Haufen eingelassen hatte, und dies war der Preis dafür.
Unten im Keller roch die Luft nach Tieren; nicht unangenehm, sondern moschusartig. Da war eine Reihe von Räumen, die von Neonröhren beleuchtet waren, das Schimmern von weißen Kacheln und rostfreiem Stahl. Dr. Lezander war dort, in seinem weißen Arztkittel, und sein kahler Kopf glänzte im Schein der Lampen. Er begrüßte Dad mit gedämpfter Stimme und grimmigem Gesicht. Dann blickte er mich an und legte seine Hand auf meine Schulter. »Cory?« sagte er. »Möchtest du Rebell sehen?«
»Ja, Sir.«
»Ich bringe dich zu ihm.«
»Er ist nicht . . . er ist nicht tot, oder?«
»Nein, er ist nicht tot.« Die Hand massierte einen verspann-

ten Muskel in meinem Nacken. »Doch er liegt im Sterben. Ich möchte, daß du das verstehst.« Dr. Lezanders Augen fixierten mich, so daß ich den Blick nicht abwenden konnte. »Ich habe es Rebell so bequem wie möglich gemacht, doch . . . er ist sehr schwer verletzt.«
»Sie können ihn wieder gesund machen!« sagte ich. »Sie sind doch Arzt!«
»Das stimmt, doch selbst wenn ich ihn operieren würde, könnte ich die Verletzungen nicht wieder ungeschehen machen, Cory. Sie sind einfach zu schwer.«
»Sie können ihn . . . doch nicht einfach *sterben* lassen!«
»Sieh ihn dir an, Junge«, drängte Dad. »Geh hin.« *Solange du noch kannst*, wollte er sagen.
Dad wartete, während Dr. Lezander mich in einen der Räume führte. Von oben konnte ich ein Pfeifen hören: Ein Teekessel. Mrs. Lezander war über uns und machte in der Küche Wasser für Tee heiß. Dem Raum, in den wir traten, haftete der Geruch von Krankheit an. Dort befand sich ein Regal voller Flaschen und eine Arbeitsfläche mit Instrumenten, die auf einem blauen Tuch ausgebreitet waren. Und in der Mitte des Raums war ein Tisch aus rostfreiem Stahl, auf dem eine Gestalt lag, zudeckt mit einem hundegroßen Baumwollaken. Beinahe hätten meine Beine nachgegeben; Flecken braunen Blutes waren in die Baumwolle eingesickert.
Ich muß gezittert haben. Dr. Lezander sagte: »Du mußt nicht, wenn du nicht . . .«
»Ich möchte es«, erwiderte ich.
Dr. Lezander hob vorsichtig eine Ecke des Lakens an. »Ruhig, ruhig«, sagte er, als spräche er mit einem verletzten Kind. Die Gestalt erbebte, und ich hörte ein Jaulen, das mir das Herz zerriß. Heiße Tränen schossen mir in die Augen. Ich erinnerte mich an dieses Jaulen an dem Tag, an dem Dad Rebell als Welpen in einem Schuhkarton mit nach Hause brachte und Rebell Angst vor dem Dunkeln hatte. Ich ging

die vier Schritte zur Seite des Tisches hinüber und blickte auf das, was Dr. Lezander mir zeigte.
Ein Lastwagenreifen hatten die Form von Rebells Kopf verändert. Das weiße Fell und Fleisch an der einen Seite des Schädels waren heruntergefetzt, so daß der Knochen und die in einem Grinsen fixierten Zähne bloßlagen. Die rosa Zunge schwamm in einem Meer von Blut. Ein Auge hatte eine tote graue Farbe angenommen. Das andere war feucht vor Angst. Blutblasen schäumten aus Rebells Nasenlöchern, und er atmete mit einem schmerzhaften, schweren Keuchen. Eine Vorderpfote war zu Brei zermalmt, und die gesplitterten Kanten von Knochen ragten aus dem verrenkten Bein.
Ich denke, ich stöhnte auf. Ich weiß es nicht. Das unversehrte Auge fand mich, und Rebell versuchte, sich mit letzter Kraft zu erheben, doch Dr. Lezander drückte den Körper mit seinen starken Händen sanft nach unten, und die Bewegung erstarb.
Ich sah eine Nadel, die an Rebells Seite festgemacht war und durch die über einen Schlauch eine klare Flüssigkeit aus einer Flasche in seinen Körper lief. Rebell wimmerte, und instinktiv legte ich meine Hand auf die schwer verletzte Schnauze. »Vorsichtig!« warnte Dr. Lezander. Ich hatte gar nicht daran gedacht, daß ein Tier in Todesqualen nach allem schnappen konnte, das sich bewegte, sogar nach der Hand eines Jungen, der es liebt. Rebells blutige Zunge kam hervor und leckte kraftlos über meine Finger, und ich stand da und starrte auf den blutroten Streifen auf meiner Hand.
»Er leidet fürchterliche Qualen«, sagte Dr. Lezander. »Das kannst du doch sehen, oder?«
»Ja, Sir«, erwiderte ich. Mir erschien das alles wie ein schrecklicher Traum.
»Seine Rippen sind gebrochen, und eine von ihnen hat seine Lunge aufgerissen. Ich dachte, sein Herz hätte schon längst zu schlagen aufgehört. Ich glaube, es wird es bald tun.« Dr.

Lezander deckte Rebell wieder zu. Ich konnte meinen Blick nicht von der zitternden Gestalt abwenden. »Ist ihm kalt?« fragte ich. »Ihm muß kalt sein.«
»Nein, ich glaube nicht.« Abermals ergriff er meine Schulter und führte mich zur Tür. »Laß uns jetzt mit deinem Vater reden, ja?«
Dad wartete noch immer, wo wir ihn zurückgelassen hatten. »Bist du okay, Partner?« fragte er mich, und ich sagte ja, obgleich mir sehr, sehr schlecht war. Der Gestank von Blut lag in meiner Nase, so schwer wie die Sünde.
»Rebell ist ein starker Hund«, sagte Dr. Lezander. »Er hat überlebt, was die meisten Hunde auf der Stelle getötet hätte.« Er nahm einen Ordner von seinem Schreibtisch und zog ein Blatt Papier heraus. Es war ein vorgedrucktes Formular, und am oberen Rand stand Fall Nr. 3432. »Ich weiß nicht, wie lange Rebell es noch überleben wird, doch ich denke, das ist im Augenblick nur eine rein akademische Überlegung.«
»Es gibt keine Chance, meinen Sie?« fragte Dad.
»Keine Chance«, antwortete der Doktor. Er warf mir einen hastigen Blick zu. »Es tut mir leid.«
»Er ist mein *Hund*«, sagte ich, und eine frische Träne rann über meine Wange. Meine Nase fühlte sich an, als wäre sie mit Zement verstopft. »Er kann sich wieder erholen.« Selbst als ich das sagte, wußte ich, daß keine Phantasie der Welt dies wahr werden lassen konnte.
»Tom, wenn Sie dieses Formular unterschreiben, kann ich dem Hund etwas geben, was ihn ... äh ...« Sein Blick huschte abermals zu mir.
»Einschlafen läßt«, kam ihm Dad zu Hilfe.
»So ist es. Genau so. Wenn Sie bitte hier unterschreiben wollen. Oh, Moment, ich gebe Ihnen einen Kugelschreiber.« Er zog eine Schublade auf und holte einen heraus.
Dad nahm ihn. Ich wußte, worum es ging. Man brauchte

mich nicht zu behandeln, als ob ich sechs wäre. Ich wußte, daß sie darüber sprachen, Rebell eine Spritze zu geben, die ihn töten würde. Vielleicht war es das einzig Richtige, vielleicht war es human, doch Rebell war mein Hund, und ich hatte ihn gefüttert, wenn er hungrig war, und ihn gewaschen, wenn er schmutzig war, und ich kannte seinen Geruch und das Gefühl seiner Zunge auf meinem Gesicht. Ich kannte ihn. Es würde nie einen anderen Hund als Rebell geben. Ein riesiger Kloß verkeilte sich in meinem Hals. Dad beugte sich über das Formular und wollte gerade den Kugelschreiber auf das Papier setzen. Ich suchte nach etwas, was ich mit meinen Augen fixieren konnte, und ich fand eine Schwarzweißfotografie in einem silbernen Rahmen auf dem Schreibtisch des Doktors. Sie zeigte eine hellhaarige, lächelnde junge Frau, die vor einer Windmühle stand und winkte. Ich brauchte ein paar Sekunden, bis ich in dem jungen, apfelbäckigen Gesicht das von Veronica Lezander erkannte.

»Einen Moment.« Dad hob den Kugelschreiber. »Rebell gehört dir, Cory. Was hast du dazu zu sagen?«

Ich schwieg. Nie zuvor war mir eine solche Entscheidung unterbreitet worden. Sie war schwer.

»Ich liebe Tiere sehr«, sagte Dr. Lezander. »Ich weiß, was ein Hund einem Jungen bedeuten kann. Was ich hier vorschlage, Cory, ist nichts Schlechtes. Es ist die einzige Möglichkeit. Rebell leidet schreckliche Schmerzen und wird sich nicht wieder erholen. Alles wird geboren und stirbt. So ist das Leben. Ja?«

»Vielleicht stirbt er nicht«, flüsterte ich.

»Sagen wir, er überlebt noch eine Stunde. Oder zwei, oder drei. Sagen wir, er übersteht die Nacht. Sagen wir, er schafft es irgendwie, noch weitere vierundzwanzig Stunden zu überleben. Er kann nicht laufen. Er kann kaum atmen. Sein Herz schlägt mit letzter Kraft, er steht unter Schock.« Dr. Lezander runzelte die Stirn und betrachtete mein ausdrucksloses Gesicht. »Sei Rebell ein guter Freund, Cory. Laß ihn nicht länger so leiden.«

»Ich denke, ich muß das hier unterschreiben, Cory«, sagte Dad. »Meinst du nicht auch?«

»Kann ich ... noch eine Minute bei ihm sein? Ganz allein?«

»Ja, natürlich. Aber an deiner Stelle würde ich ihn nicht anfassen. Er könnte nach dir schnappen. Okay?«

»Ja, Sir.« Wie ein Schlafwandler kehrte ich zum Schauplatz eines Alptraums zurück. Rebell lag noch immer zitternd auf dem Tisch aus rostfreiem Stahl. Er jaulte und wimmerte, als würde er seinen Herrn bitten, den Schmerz von ihm zu nehmen.

Ich begann zu weinen. Es war ein mächtiges Weinen, und es ließ sich nicht zurückhalten. Ich fiel auf dem kalten, harten Boden auf die Knie und beugte meinen Kopf und faltete ganz fest die Hände.

Ich betete, die Augen geschlossen, während die Tränen brennend über mein Gesicht rannen. Ich kann mich nicht mehr besinnen, was genau ich in diesem Gebet sagte, doch ich wußte, worum ich betete. Ich betete darum, daß eine Hand vom Himmel oder dem Paradies oder Nimmernimmerland herunterkäme und die Pforten des TODES verschloß. Diese Pforten fest gegen den TOD verschloß, auch wenn der TOD wütete und schrie und tobte, um zu meinem Hund hineinzugelangen. Eine Hand, eine mächtige Hand, um das Monster fortzuschicken und Rebell zu heilen, um den TOD hinwegzuschleudern wie einen Sack voll alter bleicher Knochen und ihn wie einen Bettler in den Regen hinauszujagen. Ja, der TOD war hungrig, und ich konnte hören, wie er sich dort in jenem Raum die Lippen leckte, doch die mächtige Hand konnte seinen Mund versiegeln, konnte seine Zähne ausschlagen, konnte den TOD

zu einem kleinen sabbernden Ding mit schmatzenden, zahnlosen Kiefern machen.
Darum betete ich. Ich betete mit meinem ganzen Herzen und meiner ganzen Seele und meinem ganzen Verstand. Ich betete durch jede Pore meines Körpers, ich betete, als ob die Haare auf meinem Kopf Antennen wären und die Kraft knisternd durch sie hindurchfuhr und die Megamegamillionen Watt durch das All und die Ewigkeit hinaufschrien zu dem entfernten Ohr des allwissenden, allmächtigen Jemands. Egal, wer er war.
Antworte mir.
Bitte.
Ich habe keine Ahnung, wie lange ich dort auf dem Boden kniete, den Kopf gesenkt, schluchzend und betend. Vielleicht waren es zehn Minuten, vielleicht länger. Ich wußte, daß ich, wenn ich aufstünde, hinaus zu Dad und Dr. Lezander gehen und ihnen sagen mußte, ob die Antwort ja lautete oder ...
Ich hörte ein Grunzen, gefolgt von dem grauenhaften Laut von Atem, der in eine zerstörte, blutverklebte Lunge eingesogen wird.
Ich blickte auf. Ich sah, wie Rebell mit aller Kraft versuchte, auf dem Tisch aufzustehen. Die Haare in meinem Nacken richteten sich auf, und eine Gänsehaut überlief mich. Rebell erhob sich auf zwei Pfoten. Sein Kopf zuckte unkontrolliert von einer Seite auf die andere. Er jaulte, ein langes, fürchterliches Jaulen, das mich wie ein Dolch traf. Er wandte sich um, als wollte er nach seinem Schwanz schnappen, und das Licht blitzte in seinem einen Auge und auf dem Todesgrinsen seiner Zähne.
»Hilfe!« rief ich. »Dad! Dr. Lezander! Kommt schnell!«
Rebells Rücken krümmte sich mit solcher Gewalt, daß ich fest überzeugt war, sein malträtiertes Rückgrat würde brechen. Ich hörte ein Rascheln wie von Körnern in einem

leeren Kürbis. Dann durchlief ein Zucken Rebells Körper, und er fiel seitwärts auf den Tisch. Er bewegte sich nicht mehr.

Dr. Lezander stürzte herein, dicht gefolgt von meinem Vater. »Bleib zurück«, wies der Doktor mich an. Er legte seine Hand auf Rebells Brustkorb. Dann nahm er ein Stethoskop und horchte. Er hob das Lid des gesunden Auges; es war nach oben gerollt und weiß.

»Warte, Partner.« Dad legte beide Hände auf meine Schultern. »Warte.«

»Nun«, sagte Dr. Lezander und seufzte, »wir werden das Formular doch nicht brauchen.«

»Nein!« rief ich. »Nein! Dad, nein!«

»Laß uns nach Hause gehen, Cory.«

»Ich habe *gebetet*, Dad! Ich habe darum gebetet, daß er nicht stirbt! Und er wird nicht sterben! Das darf er nicht!«

»Cory?« Dr. Lezanders Stimme war ruhig und fest, und ich blickte ihn durch meine heißen Tränen hindurch an. »Rebell ist . . .«

Etwas nieste.

Das Geräusch, so laut wie ein Kanonenschlag in dem gekachelten Raum, ließ uns alle zusammenfahren. Ihm folgte ein Keuchen und ein rauschender Luftzug.

Rebell setzte sich auf. Blut und Schaum troffen aus seinen Nasenlöchern. Sein gesundes Auge suchte umher, und er schüttelte seinen abscheulichen Kopf, als wollte er einen langen, tiefen Schlaf abschütteln.

Dad sagte: »Ich dachte, er sei . . .«

»Er *war* tot!« In Dr. Lezanders Gesicht stand blankes Entsetzen, und er war um die Augen herum ganz blaß geworden. »Mein . . . mein Gott! Der Hund war tot!«

»Er lebt!« rief ich. Ich schniefte grinsend. »Seht ihr? Ich habe es euch gesagt!«

»Unmöglich!« Dr. Lezander brüllte es beinahe heraus. »Sein Herz hat nicht geschlagen! Sein Herz hatte aufgehört zu schlagen, und er war tot!«

Rebell versuchte aufzustehen, doch er hatte nicht die Kraft dazu. Er rülpste. Ich ging zu ihm und strich über das warme Fell seines Rückens. Rebell bekam Schluckauf, und er legte seinen Kopf auf den Tisch nieder und begann, den kalten Stahl zu lecken. »Er wird nicht sterben!« verkündete ich zuversichtlich. Meine Tränen waren getrocknet. »Ich habe den Tod von ihm weggebetet.«

»Ich weiß nicht ... ich kann nicht ...« sagte Dr. Lezander, und das war alles, was er herausbrachte.

Fall Nummer 3432 blieb ohne Unterschrift.

Rebell schlief und erwachte, schlief und erwachte. Dr. Lezander überprüfte regelmäßig seinen Herzschlag und seine Temperatur und schrieb alles in ein Notizbuch. Mrs. Lezander kam herunter und fragte Dad und mich, ob wir etwas Tee und Apfelkuchen wollten, und wir folgten ihr nach oben. Ich trug die unerschütterliche Überzeugung in mir, daß Rebell nicht sterben würde, während ich fort war. Mrs. Lezander schenkte Dad eine Tasse Tee ein, und ich bekam ein Glas Tang zu meinem Apfelkuchen. Während Dad Mom anrief, um ihr zu sagen, daß es so aussah, als würde Rebell es überleben und wir bald nach Hause kämen, schlenderte ich in das kleine Zimmer neben der Küche. In jenem Raum hingen vier Vogelkäfige an Haken von der Decke, und ein Hamster rannte hektisch in der Tretmühle in seinem eigenen Käfig herum. Zwei der Vogelkäfige waren leer, doch in den anderen beiden saßen ein Kanarienvogel und ein Papagei. Der Kanarienvogel begann mit einer leisen, lieblichen Stimme zu singen, und Mrs. Lezander kam mit einem Beutel Vogelfutter herein.

»Möchtest du unsere Patienten füttern?« fragte sie, und ich sagte ja. »Nur ein bißchen«, wies sie mich an. »Sie haben sich nicht wohl gefühlt, doch bald wird es ihnen wieder besser gehen.«

»Wem gehören sie?«

»Der Papagei gehört Mr. Grover Dean. Der Kanarienvogel dort – ist sie nicht eine hübsche Dame – gehört Mrs. Judith Harper.«

»Mrs. *Harper*? Der Lehrerin?«

»Ja, so ist es.« Mrs. Lezander beugte sich vor und lockte den Vogel mit leisen, schmatzenden Geräuschen. Es war merkwürdig, einen derartigen Laut aus einem solchen Pferdemund kommen zu hören. Der Vogel pickte graziös die Körner auf, die ich ihm in seinen Napf geschüttet hatte. »Sie heißt Tinkerbell. Hallo, Tinkerbell, du kleiner Engel!«

Old Leatherlungs hatte einen Kanarienvogel namens Tinkerbell. Ich konnte es mir einfach nicht vorstellen.

»Vögel sind meine Lieblinge«, sagte Mrs. Lezander. »So zutraulich, so voll von Gott und dem Guten. Schau dir mal meine Vögelchen hier drüben an.«

Mrs. Lezander zeigte mir ihre Sammlung von zwölf handbemalten Keramikvögeln, die auf dem Klavier hockten. »Sie kamen den ganzen weiten Weg aus Holland mit uns herüber«, erklärte sie mir. »Ich habe sie, seit ich ein kleines Mädchen war.«

»Sie sind hübsch.«

»Oh, viel mehr als hübsch! Wenn ich sie anschaue, dann erwachen so schöne Erinnerungen in mir: Amsterdam, die Grachten, die Tulpen, die zu Tausenden im Frühling hervorsprießen.« Sie nahm ein Keramikrotkehlchen hoch und strich mit ihrem Zeigefinger über das dunkelrote Brustgefieder. »Sie sind in meinem Koffer zerbrochen, als wir so überstürzt packen und fliehen mußten. Alle sind sie in Scherben gegangen. Aber ich habe sie wieder zusammengesetzt, jeden einzelnen. Man kann kaum die Risse sehen.« Sie zeigte es mir, doch sie hatte gute Arbeit geleistet, als

sie sie reparierte. »Ich vermisse Holland«, sagte sie. »So sehr.«
»Wollen Sie je wieder zurück?«
»Irgendwann vielleicht. Frans und ich sprechen manchmal darüber. Wir haben uns sogar schon die Reiseprospekte besorgt. Dennoch ... nach dem, was wir erlebt haben ... die Nazis und all das schreckliche ...« Sie runzelte die Stirn und stellte das Rotkehlchen zurück auf seinen Platz zwischen einem Pirol und einem Kolibri. »Nun, einige zerbrochene Dinge lassen sich nicht so leicht wieder reparieren«, sagte sie.
Ich hörte einen Hund bellen. Es war Rebell, heiser, doch kräftig. Das Geräusch drang durch einen Luftschacht aus dem Keller herauf. Dann hörte ich Dr. Lezander rufen: »Tom! Cory! Würdet ihr bitte nach unten kommen?«
Als wir den Keller betraten, maß Dr. Lezander gerade wieder Rebells Temperatur. Rebell war noch immer kraftlos und schläfrig, doch er zeigte keine Anzeichen des Sterbens mehr. Dr. Lezander hatte eine weiße Salbe auf Rebells verletzte Schnauze gestrichen und ihn nun mit zwei Nadeln an zwei Flaschen klarer Flüssigkeit angeschlossen. »Ich wollte, daß Sie sich die Temperatur dieses Tieres ansehen«, sagte er. »Ich habe sie in der letzten Stunde viermal gemessen.« Er nahm sein Notizbuch zur Hand und schrieb den Wert auf dem Thermometer nieder. »So etwas hat es noch nicht gegeben! Es ist einfach unmöglich!«
»Was ist denn?« fragte Dad.
»Rebells Körpertemperatur ist gesunken. Sie scheint sich jetzt stabilisiert zu haben, aber vor einer halben Stunde dachte ich, er würde sterben.« Dr. Lezander zeigte Dad seine Aufzeichnungen. »Sehen Sie selbst!«
»Mein Gott.« Dads Stimme klang zutiefst verblüfft. »*So* niedrig ist sie?«
»Ja. Tom, kein Tier kann mit einer Körpertemperatur von

achtundzwanzig Grad leben. Es ist einfach ... absolut unmöglich!«
Ich berührte Rebell. Mein Hund war nicht mehr warm. Sein weißes Fell fühlte sich hart und borstig an. Er wandte den Kopf um, und sein Auge fand mich. Er begann mit offensichtlicher Kraftanstrengung mit dem Schwanz zu wedeln. Und dann glitt seine Zunge zwischen den Zähnen hindurch und leckte meine Handfläche. Seine Zunge war so kalt wie ein Grabstein.
Doch er lebte.
Rebell blieb in Dr. Lezanders Haus. In den folgenden Tagen nähte Dr. Lezander seine aufgerissene Schnauze, pumpte ihn mit Antibiotika voll und nahm sich vor, das zerquetschte Bein zu amputieren, doch dann begann es zu verdorren. Das weiße Fell fiel aus, so daß das tote graue Fleisch darunter freilag. Diese neue Entwicklung hatte Dr. Lezanders Neugierde erweckt; er verschob die Amputation und verband statt dessen das verdorrende Bein, um zu sehen, was weiter damit geschah. Am vierten Tag in Dr. Lezanders Pflege hatte Rebell einen Hustenanfall und würgte einen Klumpen toten Gewebes von der Größe einer Männerfaust aus. Dr. Lezander legte den Klumpen in eine Flasche mit Alkohol und zeigte ihn Dad und mir. Es war Rebells aufgerissene Lunge.
Doch er lebte.
Jeden Tag nach der Schule fuhr ich mit Rakete hinüber zu Dr. Lezanders Praxis, um nach meinem Hund zu sehen. Jeden Tag trug der Doktor einen neugeborenen Ausdruck der Verblüffung auf dem Gesicht und hatte etwas Neues, was er mir zeigte: Teile von ausgewürgten Knochen, die nur gebrochene Rippen sein konnten; ausgefallene Zähne; das erblindete Auge, das wie eine weiße Murmel aus seiner Höhle gefallen war. Für eine Weile hatte Rebell vorsichtig feingehacktes Fleisch zu sich genommen und ein paar Schlucke Wasser geschlürft, und die Zeitungen auf dem Boden seines

Käfigs waren durchnäßt von Blut. Dann hörte Rebell auf zu fressen, rührte weder Nahrung noch Wasser an, wie sehr ich ihn auch drängte. Er rollte sich in einer Ecke zusammen und starrte mit seinem einen Auge auf etwas hinter meiner Schulter, doch ich vermochte nicht herauszufinden, was dort seine Aufmerksamkeit erregte. So lag er eine Stunde oder länger da, als wäre er mit offenem Auge eingeschlafen oder in einem Traum verloren. Ich konnte ihm keine Reaktion entlocken, selbst wenn ich direkt vor seiner Schnauze mit den Fingern schnippte. Dann erwachte er plötzlich wieder und leckte meine Hand mit seiner Grabsteinzunge und jaulte ein wenig. Anschließend schlief er entweder erneut zitternd ein oder versank abermals in seiner Trance.

Doch er lebte.

»Hör dir sein Herz an, Cory«, forderte Dr. Lezander mich eines Nachmittags auf. Ich nahm das Stethoskop und horchte. Ich hörte ein langsames, angestrengtes *Bumm.* Rebells Atmen klang wie eine knarrende Tür in einem verlassenen Haus. Er war weder warm noch kalt; er war einfach nur. Dann nahm Dr. Lezander eine Spielzeugmaus, zog sie auf und ließ sie direkt vor Rebell hin und her rollen, während ich mit dem Stethoskop seinem Herzschlag lauschte. Rebells Schwanz wedelte träge. Das Geräusch seines Herzens wich nicht ein Jota von seinem langsamen, langsamen Schlagen ab. Es war wie eine Maschine, die darauf eingestellt war, mit einer bestimmten Geschwindigkeit zu arbeiten, Tag und Nacht, ohne jegliche Steigerung oder Senkung der Kraftzufuhr, egal, was der betreffende Arbeitsgang verlangte. Es war das Geräusch einer Maschine, die ohne Sinn oder Freude oder Verstand in der Dunkelheit schlug. Ich liebte Rebell, doch ich haßte den hohlen Klang jenes Herzschlags.

An einem Oktobertag saßen Dr. Lezander und ich im warmen Schein der Nachmittagssonne auf der Veranda. Ich trank ein Glas Tang und aß ein Stück von Mrs. Lezanders

Apfelkuchen. Er saß in einem Schaukelstuhl, das Gesicht zu den goldenen Hügeln gewandt, und er sagte: »Ich verstehe das nicht. Ich habe noch nie in meinem Leben so etwas gesehen. Nie. Ich sollte es aufschreiben und es an eine Fachzeitschrift schicken, doch ich denke nicht, daß mir irgend jemand glauben würde.« Er faltete die Hände, und ein goldener Sonnenstrahl traf sein Gesicht. »Rebell ist tot, Cory.«

Ich starrte ihn an, mit einem orangefarbenen Schnurrbart auf der Oberlippe.

»Tot«, wiederholte er. »Ich erwarte nicht, daß du es verstehst, wenn ich selbst es nicht tue. Rebell frißt nicht. Er trinkt nicht. Er scheidet nichts aus. Sein Körper ist nicht warm genug, um seine Organe zu erhalten. Sein Herzschlag ist ... eine Trommel, auf der ohne jegliche Variation immer und immer wieder derselbe Rhythmus geschlagen wird. Sein Blut – wenn ich etwas aus ihm herausquetschen kann – ist voller Giftstoffe. Er magert ab, daß er nur noch aus Haut und Knochen besteht, und doch lebt er. Kannst du mir das erklären, Cory?«

Ja, dachte ich bei mir. *Ich habe den Tod von ihm weggebetet.* Doch ich sagte nichts.

»Nun. Geheimnisse, Geheimnisse. Wir kommen aus der Dunkelheit, und in die Dunkelheit müssen wir zurückkehren.« Dr. Lezander sagte dies mehr zu sich selbst, während er in seinem Stuhl hin und her schaukelte. »So ist es für die Menschen, und für die Tiere gilt das auch.«

Mir gefiel die Richtung, die seine Gedanken und die Unterhaltung nahmen, überhaupt nicht. Ich mochte nicht darüber nachdenken, daß Rebell mager wurde und sein Fell ausfiel und er weder fraß noch trank und doch weiterlebte. Ich mochte den leeren Klang seines Herzschlags nicht, der sich wie eine Uhr anhörte, die in einem Haus tickte, in dem niemand mehr lebte. Um mich von diesen Gedanken abzu-

lenken, sagte ich: »Mein Dad hat mir erzählt, daß Sie einen Nazi getötet haben.«
»Was?« Er blickte mich erstaunt an.
»Sie haben einen Nazi getötet«, wiederholte ich. »In Holland. Mein Dad sagte, Sie waren nah genug, um sein Gesicht zu sehen.«
Dr. Lezander schwieg eine Weile. Ich erinnerte mich, daß Dad mir gesagt hatte, ich sollte den Doktor nicht auf dieses Thema ansprechen, denn die meisten Männer, die im Krieg waren, mochten nicht über das Töten reden. Ich hatte mich an den Abenteuern von Sergeant Rock, Sergeant Saunders und den Gallant (msp 326a) Men geweidet, und in meinen Visionen von Helden war der Krieg eine Fernsehserie, die auf einem Comic-Heft basierte.
»Ja«, erwiderte er. »Ich war ihm so nah.«
»Mann!« sagte ich. »Sie müssen ganz schön Angst gehabt haben! Ich meine ... ich hätte Angst gehabt.«
»Oh, ich hatte Angst. Sehr große Angst. Er ist in unser Haus eingebrochen. Er hatte ein Gewehr. Ich hatte eine Pistole. Er war ein junger Mann. Ein Teenager, um genau zu sein. Einer jener blonden, blauäugigen Jungen, die Paraden lieben. Ich habe ihn erschossen. Er fiel um.« Dr. Lezander schaukelte weiter. »Ich hatte noch nie eine Pistole abgefeuert. Doch die Nazis waren in den Straßen, und sie brachen in unsere Häuser ein. Was sollte ich da tun?«
»Waren Sie ein Held?« fragte ich.
Er lächelte ein wenig; es lag Schmerz darin. »Nein, kein Held. Nur ein Überlebender.« Ich sah, wie seine Hände sich um die Armlehnen klammerten und wieder entspannten. Seine Finger waren kurz und stumpf, wie kraftvolle Instrumente. »Weiß du, wir hatten alle eine Heidenangst vor den Nazis. Blitzkrieg. Braunhemden. Waffen-SS. Luftwaffe. Diese Worte erfüllten uns mit Schrecken. Ein paar Jahre nach dem Ende des Kriegs habe ich einen Deutschen getroffen.

Er war Nazi gewesen. Er war eins dieser Monster gewesen.« Dr. Lezander hob den Kopf und beobachtete einen Vogelschwarm, der Richtung Süden am Horizont entlangflog. »Er war einfach nur ein Mensch. Mit schlechten Zähnen, Körpergeruch und Schuppen. Kein Superman, einfach nur ein Mensch. Ich erzählte ihm, daß ich 1940 in Holland war, als die Nazis dort einmarschierten. Er sagte, er sei nicht dort gewesen, doch er bat mich ... um Vergebung.«
»Haben Sie ihm vergeben?«
»Ja. Obwohl ich viele Freunde hatte, die unter diesen Stiefeln zermalmt wurden, vergab ich einem der Männer, die sie getragen hatten. Denn er war Soldat, und er gehorchte nur den Befehlen. Das ist der Stahl des deutschen Charakters, Cory. Sie befolgen Befehle, selbst wenn es bedeutet, ins Feuer zu gehen. Oh, ich hätte dem Mann ins Gesicht schlagen können. Ich hätte ihn anspucken und verfluchen können. Ich hätte einen Weg finden können, ihn bis ans Ende seiner Tage zu verfolgen, doch ich bin keine Bestie. Die Vergangenheit ist Vergangenheit, und man sollte schlafende Hunde nicht aufwecken. Oder?«
»Ja, Sir.«
»Und da wir gerade von schlafenden Hunden sprechen, wir sollten mal wieder einen Blick auf Rebell werfen.« Er erhob sich mit knackenden Knien, und ich folgte ihm ins Haus.
Es kam der Tag, an dem Dr. Lezander sagte, er hätte alles in seiner Macht Stehende getan, und es gäbe keinen Grund, Rebell noch länger bei sich zu behalten. Wir nahmen Rebell in unserem Pick-up mit nach Hause.
Ich liebte meinen Hund, obgleich man durch sein spärliches weißes Fell das graue Fleisch sehen konnte, sein Schädel vernarbt und verformt und sein verdorrtes graues Bein so dürr wie ein gedrehter Stock war. Mom konnte seine Nähe nicht ertragen. Dad brachte noch einmal das Thema zur

Sprache, ihn einschläfern zu lassen, doch ich wollte nichts davon hören. Rebell war mein Hund, und er lebte.

Er fraß nie. Trank nie auch nur einen Tropfen. Er blieb in seinem Zwinger, denn er vermochte kaum auf seinem verdorrten Bein zu laufen. Ich konnte seine Rippen zählen, und durch seine papierdünne Haut konnte ich ihre abgebrochenen Enden ausmachen. Wenn ich nachmittags von der Schule nach Hause kam, blickte er mich an und wedelte ein paarmal mit dem Schwanz. Dann streichelte ich ihn – obgleich ich hier der Wahrheit die Ehre geben und eingestehen muß, daß mich bei der Berührung seines Fleisches eine Gänsehaut überlief –, und er starrte hinaus ins Leere, und ich war so gut wie allein, bis er wieder erwachte, wie lange das auch dauern mochte. Meine Kumpel sagten, er sei krank, ich solle ihn einschläfern lassen. Ich fragte sie, wie es ihnen gefallen würde, eingeschläfert zu werden, wenn sie krank würden, und das brachte sie zum Schweigen.

Die Zeit der Geister kam auf uns zu.

Nicht nur, daß Halloween vor der Tür stand und die Pappkartons mit den seidigen Kostümen und Plastikmasken auf den Regalen bei Woolworth's auftauchten, ebenso wie glitzernde Zauberstäbe, Kürbisköpfe aus Gummi, Hexenhüte und Spinnen, die in schwarzen Netzen baumelten. Es war ein Gefühl in der kühlen Luft der Dämmerung; es war die erwartungsvolle Stille über den Hügeln. Die Geister fanden sich zusammen, sammelten Kräfte, um in den Feldern des Oktobers umherzuwandeln und zu denen zu sprechen, die geneigt waren, zuzuhören. Wegen meines Interesses an Monster glaubten meine Kumpel und sogar meine Eltern, daß Halloween mir die liebste Zeit des Jahres war. Sie hatten recht, doch die Gründe waren falsch. Sie dachten, ich fände Gefallen an Skeletten in Schränken, dem Aufschrecken in der Nacht, den lakenverhüllten Gespenstern im Spukhaus auf dem Berg. So war es nicht. Was ich in der stillen Oktoberluft spürte, wenn Halloween nahte, hatte nichts mit den billigen Krämerladenversionen von Spukgespenstern zu tun, sondern mit titanischen und geheimnisvollen Mächten, die am Werk waren. Jene Mächte konnten nicht mit Namen benannt werden; es waren keine kopflosen Reiter, keine heulenden Werwölfe oder grinsenden Vampire. Jene Mächte waren so alt wie die Welt und so rein in ihrer Gutheit oder Bösartigkeit wie die Elemente selbst. Statt Kobolde unter meinem Bett zu sehen, sah ich Armeen der Nacht ihre Schwerter und Äxte für den Kampf in den wabernden Nebeln schärfen. In meiner Phantasie sah ich das Gefecht auf Bald Mountain in all seiner ungezügelten, unerbittlichen Grausamkeit und die Legionen übermütiger Dämonen, die beim von der Morgendämmerung kündenden Hahnenschrei ihre grausigen Gesichter in Trauer und Abscheu gen Osten wenden und im Takt zum »Amboßchor« zurück zu ihren fauligen Höhlen marschieren. Ebenso sah ich den Liebenden, der an gebrochenem Herzen dahinsiecht; das verlorene, schluchzende, durchscheinende Kind; die Frau in Weiß, die sich nur nach der Freundlichkeit eines Fremden sehnt.

Und so kam es, daß ich an einem jener stillen, kühlen Abende kurz vor Allerheiligen hinaus zu Rebell in seinem Zwinger ging und dort jemanden bei ihm stehen sah.

Rebell saß auf seinen Hinterpfoten, seinen vernarbten Kopf leicht zur Seite gelegt. Er starrte auf eine Gestalt, die auf der gegenüberliegenden Seite des Drahtzauns stand. Die Gestalt – ich konnte erkennen, daß es ein kleiner Junge war – schien mit Rebell zu sprechen. Ich konnte das leise Flüstern seiner Stimme hören. Die Tür fiel hinter mir ins Schloß, und der kleine Junge zuckte erschrocken zusammen und rannte wie eine verbrühte Katze in den Wald. »He!« rief ich. »Warte!«

Er blieb nicht stehen. Er lief vollkommen lautlos über das gefallene Laub. Dann verschluckte ihn der Wald.

Der Wind wehte, und die Bäume wisperten. Rebell lief in seinem Zwinger im Kreis herum und herum, das verdorrte Bein hinter sich herziehend. Er leckte meine Hand mit seiner kühlen Zunge, seine Schnauze war so kalt wie ein Eisklumpen. Ich setzte mich eine Weile zu ihm. Er wollte mir die Wange lecken, doch ich wandte das Gesicht ab, denn sein Atem roch wie etwas Totes. Dann versank Rebell wieder in einer seiner Trancen, die Schnauze auf den Wald gerichtet. Sein Schwanz wedelte ein paarmal, und er jaulte.

Ich ließ ihn ins Nichts starrend zurück und ging ins Haus, denn es wurde kalt.

Irgendwann in der Nacht erwachte ich in tiefster Qual, weil ich Rebell verweigert hatte, meine Wange zu lecken. Es war eins dieser Dinge, die wuchsen und wuchsen, bis du es nicht mehr ertragen kannst, mit ihnen zu leben. Ich hatte meinen Hund abgewiesen, als er doch nichts weiter wollte, als meine Wange zu lecken. Ich stand im Dunkeln auf, zog einen Pullover über und ging zur Hintertür. Ich wollte gerade das Licht auf der hinteren Veranda anknipsen, als ich Rebell einmal kurz bellen hörte. Der Laut ließ meine Hand augenblicklich vor dem Schalter erstarren.

Wenn man einen Hund über Jahre besessen hat, kennt man ihn. Man kennt die Bedeutung seiner Schniefer und Grunzer und Beller. Jedes Zucken seiner Ohren ist eine Frage oder eine Feststellung, jeder Schwanzwedler ein Ausruf. Ich kannte dieses Bellen: Es kündete von aufgeregter Freude, und ich hatte es nicht mehr gehört seit der Zeit, bevor Rebell gestorben und wieder zum Leben erwacht war.

Langsam und vorsichtig drückte ich die Tür auf. Ich stand im Dunkeln und lauschte durch die Fliegentür. Ich hörte den Wind. Ich hörte die letzten Grillen des Sommers, ein zäher Stamm. Ich hörte Rebell abermals freudig bellen.

Ich hörte die Stimme eines kleinen Jungen sagen: »Würdest du gern mein Hund sein?«

Mein Herz zog sich zusammen. Wer immer er war, er versuchte, sehr leise zu sein. »Ich hätte dich wirklich gern als meinen Hund«, sagte er. »Du bist ein hübscher Hund.«
Von dort, wo ich stand, konnte ich weder Rebell noch den kleinen Jungen sehen. Ich hörte das Rasseln des Zauns, und ich wußte, daß Rebell hochgesprungen war und seine Pfoten in den Draht gehakt hatte, so wie er es immer tat, wenn ich ihn dort draußen besuchte.
Der kleine Junge begann wieder, Rebell etwas zuzuflüstern. Ich konnte nicht verstehen, was er sagte.
Doch nun wußte ich, wer er war und warum er hier war.
Ich öffnete die Tür. Ich versuchte, vorsichtig zu sein, doch eine Angel quietschte. Als ich auf die Veranda hinaustrat, sah ich den kleinen Jungen auf den Wald zulaufen, und das Mondlicht schimmerte silbern auf seinem lockigen sandfarbenen Haar.
Er war acht Jahre alt. Er würde in alle Ewigkeit acht Jahre alt sein.
»Carl!« rief ich. »Carl Bellwood!«
Es war der kleine Junge, der ein Stück weiter die Straße hinunter gelebt hatte und der immer herübergekommen war, um mit Rebell zu spielen, weil seine Mutter ihm nicht erlaubte, einen eigenen Hund zu haben. Es war der kleine Junge, der in seinem Bett verbrannt war, als eine defekte elektrische Schaltung Funken gesprüht hatte, und der nun unter einem Stein mit der Aufschrift »Unser Liebender Sohn« auf Poulter Hill schlief.
»Carl, lauf nicht weg!« rief ich.
Er sah zurück. Ich erhaschte einen flüchtigen Blick auf sein Gesicht. Seine Augen waren ängstlich und blitzten vom Mondlicht, das sich darin fing. Ich glaube nicht, daß er je den Waldrand erreichte. Er war einfach plötzlich verschwunden.
Rebell begann zu jaulen und in seinem Zwinger im Kreis

herumzulaufen. Er schaute zum Wald, und ich kam nicht umhin, die Sehnsucht in seinem Blick zu erkennen. Ich stand an der Pforte zum Zwinger. Der Riegel war direkt neben meiner Hand.

Er war mein Hund. *Mein* Hund.

Das Licht auf der hinteren Veranda ging an. Dad fragte ganz verschlafen: »Was soll denn das Gebrüll, Cory?«

Ich mußte mir eine Geschichte ausdenken, daß ich etwas in den Mülltonnen herumwühlen gehört hatte. Ich konnte Luzifer nicht als Entschuldigung nehmen, denn Luzifer war in der zweiten Oktoberwoche von Gabriel »Jazzman« Jackson, der den Affen beim Plündern des Kürbisbeets seiner Frau ertappt hatte, in widerliche kleine Stücke geschossen worden. Doch ich sagte, daß es vielleicht ein Opossum gewesen sein könnte.

Beim Frühstück hatte ich keinen Appetit. Das Schinkenbrot in meinem Clutch-Cargo-Lunchkoffer blieb unberührt. Beim Abendessen stocherte ich lustlos in meinem Hacksteak herum. Mom legte ihre Hand auf meine Stirn. »Du hast kein Fieber«, sagte sie, »aber du siehst ein bißchen angeschlagen aus. Wie fühlst du dich?«

»Ganz gut.« Ich zuckte mit den Achseln. »Denke ich.«

»Ist in der Schule alles in Ordnung?« erkundigte sich Dad.

»Ja, Sir.«

»Diese Branlins machen dir doch keinen Ärger mehr, oder?«

»Nein, Sir.«

»Aber irgend etwas anderes bedrückt dich?« fragte Mom.

Ich schwieg. Sie konnte in mir lesen, als wäre ich ein fünfzig Fuß großes BESUCHT ROCK CITY-Schild.

»Willst du darüber sprechen?«

»Ich ...« Ich blickte sie im warmen Licht der Küchenlampe an. Jenseits der Fenster lag alles im Dunkeln. Wind pfiff um die Giebel, und Wolken verdeckten den Mond. »Ich habe einen Fehler gemacht«, sagte ich, und bevor ich sie noch aufhalten konnte, rannen Tränen über mein Gesicht. Ich erzählte meinen Eltern, wie sehr ich bereute, den Tod von Rebell weggebetet zu haben. Ich hatte einen Fehler gemacht, denn Rebell war so schwer verletzt gewesen, daß man ihm hätte erlauben sollen, zu sterben. Ich wünschte, ich hätte nicht gebetet. Ich wünschte, ich könnte mich an Rebell erinnern, so wie er gewesen war, mit blitzenden Augen und immer wachsam, bevor er zu einem toten Körper wurde, der einzig durch die Kraft meiner Selbstsüchtigkeit am Leben erhalten wurde. Ich wünschte, ich wünschte, doch ich hatte einen Fehler gemacht, und ich schämte mich dafür.

Dads Finger ließen den Kaffeebecher kreisen. Es half ihm, Ordnung in seine Gedanken zu bringen, wenn es so viele Dinge zu bedenken gab. »Ich verstehe«, sagte er, und nie waren zwei Worte willkommener. »Du weißt, daß kein Fehler auf der Welt nicht wieder behoben werden könnte. Man muß es nur wollen. Manchmal mag es schwer sein. Manchmal tut es weh, einen Fehler zu beheben, doch du mußt es trotzdem tun.« Sein Blick ruhte auf mir. »Du weißt, was getan werden muß, nicht wahr?«

Ich nickte. »Rebell zu Dr. Lezander bringen.«

»Das denke ich«, sagte Dad.

Wir nahmen es uns für den nächsten Tag vor. Später am Abend, als meine Zubettgehzeit immer näher rückte, brachte ich Rebell ein Stück Hacksteak nach draußen. Es war ein richtiger Hundeleckerbissen. Ich hoffte, er würde es fressen, doch er roch nur daran und starrte dann wieder auf den Wald, als wartete er darauf, daß jemand käme und ihn holte.

Ich war nicht mehr sein Herr.

Ich saß neben ihm im kühlen Wind, der uns umwehte.

Rebell machte kleine jaulende Laute, tief unten in seiner Kehle. Er ließ sich von mir streicheln, doch er war ganz abwesend. Ich erinnerte mich, wie er als Welpe war, voll überschäumender Energie, verzaubert von einem gelben Ball mit einer kleinen Glocke darin. Ich erinnerte mich an die Zeiten, wenn wir gemeinsam Rennen gelaufen waren und er mich wie ein echter Südstaatenkavalier immer hatte gewinnen lassen. Ich erinnerte mich daran, wie wir zusammen über die Hügel des Sommers geflogen waren. Selbst wenn das nur meine Einbildung gewesen war, so war es doch wirklicher als die Wirklichkeit. Ich weinte ein bißchen. Etwas mehr als ein bißchen.

Ich stand auf und wandte mich zum Wald um. »Bist du dort, Carl?« fragte ich.

Natürlich antwortete er nicht. Er war immer ein scheuer kleiner Junge gewesen.

»Ich schenke dir Rebell, Carl«, sagte ich. »Okay?«

Keine Antwort. Doch er war dort. Ich spürte es.

»Wirst du kommen und ihn holen, Carl? Ich möchte nicht, daß er zu lange allein ist.«

Nur Schweigen. Nur das Schweigen, lauschend.

»Er mag es gern, wenn man ihn an den Ohren krault«, sagte ich. »Carl?« rief ich. »Du bist doch nicht ganz verbrannt, oder? Wird Rebell ... wird er so sein, wie er früher war?«

Der Wind wisperte. Nur das, nichts weiter.

»Ich gehe jetzt ins Haus«, sagte ich. »Ich werde nicht wieder herauskommen.« Ich schaute Rebell an. Seine ganze Aufmerksamkeit war auf den Wald gerichtet, und sein Schwanz wedelte kaum wahrnehmbar. Ich begab mich ins Haus, schloß die Tür und schaltete das Licht auf der hinteren Veranda aus.

Weit nach Mitternacht weckte mich Rebells freudiges Bellen. Ich wußte, was ich sehen würde, wenn ich zur Hintertür ginge. Es war das beste, wenn sie sich miteinander vertraut machen konnten, ohne daß ich mich einmischte. Ich drehte mich um und schlief wieder ein.

Am folgenden Nachmittag in Dr. Lezanders Praxis ließen Dad und der Doktor mich allein, während ich mich von Rebell verabschiedete. Er leckte mich mit seiner kalten Zunge ab. Ich streichelte seinen verformten Kopf und tätschelte ihn eine Weile, und dann war es an der Zeit. Dr. Lezander hatte das Formular bereit, und Dad hielt schon den Kugelschreiber in der Hand und wartete nur auf mein Wort.

»Dad?« sagte ich. »Er ist mein Hund, nicht wahr?«

Mein Vater verstand. »Ja, das ist er«, erwiderte er, und er reichte mir den Kugelschreiber.

Wir ließen das Formular mit der Aufschrift Fall Nr. 3432 bei Dr. Lezander, mit meiner Unterschrift auf der gepunkteten Linie. Als wir nach Hause kamen, ging ich in Rebells Zwinger umher. Er schien so klein.

Ich ließ die Pforte offen, als ich hinausging.

6
Ein Toter am Steuer

Gegen Ende Oktober brachte Dad mir einen Weidenkorb mit, den ich hinten auf Raketes Gepäckträger schnallen konnte. Zuerst hielt ich es für eine tolle Idee, doch schon bald erkannte ich, daß nun von mir erwartet wurde, alle möglichen Botengänge für Mom zu erledigen. Um diese Zeit herum hängte Mom auch einen handgeschriebenen Zettel am Ankündigungsbrett unserer Kirche auf, auf dem stand, daß sie Kuchen und andere Backwaren verkaufte. Und so ein Zettel wurde ebenfalls im Friseurladen aufgehängt. Ein paar Bestellungen gingen ein, und schon bald steckte Mom bis zu den Ellbogen in mehligen Rührschüsseln, Eierschalen und Schachteln mit Puderzucker.

Wie ich erst später erfuhr, tat sie dies, weil Dads Arbeitsstunden in der Molkerei gekürzt worden waren. Wir brauchten dringend Geld, auch wenn ich selbst es gar nicht bemerkte. Es gab einfach weniger Arbeit für Dad bei Green Meadows. Einige der ältesten Kunden der Molkerei hatten ihre Bestellungen storniert. Schuld daran war der neue Supermarkt in Union Town, der vor kurzem, begleitet von den Fanfaren des Spielmannszugs der Adams-Valley-High-School, seine Pforten geöffnet hatte. Der Supermarkt, der den Namen Big Paul's Pantry trug, hätte unseren eigenen kleinen Piggly-Wiggly verschlingen können wie ein Wal eine Krabbe. Es schien, daß es dort für einfach alles eine eigene Abteilung gab. Die Milchabteilung allein nahm einen ganzen Gang ein, und all die Milch war in undurchsichtigen Plastikflaschen, die nicht ausgespült und zurückgegeben werden mußten. Und weil Big Paul Milch in solchen Mengen anbot, konnte er es sich leisten, sie zu Preisen zu verkaufen, die der Green-Meadows-Molkerei den Boden unter den Füßen wegzogen. So kam es, daß Dads Ausliefertour fortschreitend kürzer wurde, wenn man so etwas als Fortschritt bezeichnen möchte. Den Leuten gefiel das neue Erlebnis, in einen sauberen, klimatisierten Supermarkt zu gehen, ihre Milch in Plastikflaschen zu kaufen und dann diese Flaschen ohne einen weiteren Gedanken einfach fortzuwerfen. Doch nicht nur das, Big Paul's Pantry blieb abends bis um acht Uhr geöffnet, was etwas völlig Neues war.

Einen Korb auf Rakete zu schnallen war, als würde man Flipper Briefträgertaschen überlegen. Doch ich tat meine Pflicht und fuhr nachmittags Torten und Kuchen zu den Leuten, und Rakete bockte manchmal aus Protest, warf aber nie etwas runter.

Um den Lezanders dafür zu danken, daß sie so nett zu Rebell gewesen waren, beschloß Mom, ihnen kostenlos einen Kürbiskuchen – ihr Verkaufsrenner – zu backen. Sie packte den Kuchen in eine Schachtel, verschnürte diese mit Bindfaden, und ich stellte die Schachtel in Raketes Korb und radelte zum Haus der Lezanders. Auf dem Weg begegnete ich Gotha und Gordo Branlin auf ihren schwarzen Rädern. Gotha begrüßte mich mit einem leichten Hochrecken des Kinns, doch Gordo – dessen nässende Eiterbeulen noch immer mit Pflastern bedeckt waren – jagte davon, als wäre der Teufel hinter ihm her. Bei Dr. Lezander angekommen, klingelte ich an der Hintertür, und kurz darauf machte mir Mrs. Lezander auf.

»Mom hat Ihnen und dem Doktor einen Kuchen gebacken«, sagte ich und hielt ihr die Schachtel hin. »Es ist ein Kürbiskuchen.«

»Oh, wie nett von ihr.« Sie nahm die Schachtel entgegen und roch am Deckel. »Ist da Sahne drin?«

»Kondensmilch, glaube ich.« Ich sollte es wissen. Die Küche quoll über von Pet-Milk-Dosen. »Meine Mom hat ihn heute morgen gebacken.«
»Das ist sehr freundlich von deiner Mutter, Cory, doch leider kann keiner von uns beiden Sahne oder Kondensmilch vertragen. Wir reagieren beide allergisch auf alles, was von Kühen kommt.« Sie lächelte. »So haben wir uns kennengelernt, ganz rot und fleckig in einer Klinik in Rotterdam.«
»O Mann. Nun, dann können Sie ihn vielleicht jemand anders geben. Es ist ein wirklich guter Kuchen.«
»Ich bin sicher, daß es ein phantastischer Kuchen ist. Doch wenn ich ihn im Hause behielte, würde Frans ihn wie eine kleine Maus um Mitternacht aufnaschen. Er ist ein richtiges Leckermaul, weißt du. Und dann würde er in zwei Tagen aussehen, als hätte er Masern, und es würde ihn so jucken, daß er keine Kleider tragen könnte. Also ist es besser, wenn Frans ihn nicht einmal *riechen* kann, oder er würde wie Vernon Thaxter herumlaufen, was?«
Ich lachte bei der Vorstellung. »Ja, Ma'am.« Ich nahm den Kuchen zurück. »Mom kann Ihnen ja etwas anderes bakken.«
»Das ist nicht nötig. Die Absicht allein zählt schon.«
Ich blieb an der Tür stehen und überlegte, ob ich Dr. Lezander die Frage stellen sollte, die mir seit einiger Zeit im Kopf herumging.
»Ja?« forderte Mrs. Lezander mich auf.
»Kann ich wohl den Doktor sehen? Ich würde gern kurz mit ihm sprechen.«
»Im Augenblick macht er ein Nickerchen. Er ist die ganze Nacht aufgewesen und hat sich seine Radiosendungen angehört.«
»Seine Radiosendungen?«
»Ja, er hat einen dieser Kurzwellenempfänger. Manchmal

bleibt er bis zum Morgengrauen auf und hört sich die Sendungen aus fernen Ländern an. Soll ich ihm etwas ausrichten?«

»Äh ... ich werde einfach später mit ihm reden.« Ich wollte ihn fragen, ob er nachmittags etwas Hilfe gebrauchen könnte. Nachdem ich Dr. Lezander bei der Arbeit zugeschaut hatte, schien mir Tierarzt ein sehr wichtiger Beruf zu sein. Ich könnte gleichzeitig Tierarzt und Schriftsteller sein. Die Welt würde immer Tierärzte brauchen, ebenso wie sie immer Milchmänner brauchen würde. »Ich komme ein anderes Mal wieder«, sagte ich und stellte den Kürbiskuchen in Raketes Korb zurück und machte mich auf den Heimweg.

Ich fuhr ganz gemütlich dahin. Mein Rad schien ein wenig nervös, doch ich führte dies auf seine Unzufriedenheit über den Korb zurück, so wie ein Windhund sich gegen eine Leine wehrte. Die Sonne war warm, und die Hügel loderten in einem strahlenden Gelb. Noch eine Woche, und die Blätter würden sich braun färben und herabfallen. Es war einer jener schönen Nachmittage, an denen selbst die blauen Schatten schön sind und du instinktiv langsamer fährst und die Dinge um dich herum genießt, weil sie weder so bleiben könnten noch würden.

Ich grinste bei dem Gedanken, wie Dr. Lezander so nackt wie Vernon Thaxter umherwandelte. Das wäre ein schöner Anblick, was? Ich hatte gehört, daß einige Leute allergisch gegen Hunde und Katzen, Gräser, Tabak und Löwenzahn waren. Großvater Austin war allergisch gegen Pferde; sie ließen ihn niesen, bis er kaum noch aufrecht stehen konnte, was auch der Grund dafür war, weshalb er nicht mehr zum Brandywine Carnival ging, wenn dieser im November in die Stadt kam. Großmutter Sarah sagte, Jaybird sei allergisch gegen Arbeit. Ich nahm an, daß Leute gegen alles unter der Sonne allergisch sein konnten, die Sonne selbst eingeschlossen. Man stelle sich das nur mal vor! Keiner der beiden Lezanders konnte Eiscreme essen. Sie durften keinen Bananenpudding essen oder ein Glas Vanillemilch trinken. Wenn ich nichts von diesen Dingen haben könnte, würde ich verrückt werden wie ...

Vernon kam mir in den Sinn.

Vernon, wie er in jenem Raum stand, in dem die Züge um das Miniatur-Zephyr zuckelten.

Wissen Sie, was ich glaube?

Ich erinnerte mich daran, wie die Lampen ausgeschaltet waren und die Lichter in den Fenstern der winzigen Häuser leuchteten.

Ich denke, wenn Sie einen Nachtschwärmer finden, der keine Milch trinkt, dann haben Sie Ihren Mörder.

Ich trat die Bremse. Die Plötzlichkeit, in der das geschah, überraschte sogar Rakete. Das Rad kam schleudernd zum Halten.

Er ist die ganze Nacht aufgewesen und hat sich seine Radiosendungen angehört, hatte Mrs. Lezander gesagt.

Ich schluckte. Es war so, als hätte sich eine Pet-Milk-Dose in meinem Hals verkeilt.

Manchmal bleibt er bis zum Morgengrauen auf und hört sich die Sendungen aus fernen Ländern an.

»O nein«, flüsterte ich. »O nein, es kann nicht Dr. Lez ...«

Ein Wagen zog an mir vorbei, so dicht, daß er beinahe mein Bein gestreift hätte, und dann schwenkte er zur Seite, um mir den Weg zu versperren. Es war ein dunkelblauer, tiefliegender Chevy. Die rechte hintere Seite war eingedellt, und Rostflecken breiteten sich darauf aus wie tote Giftsumachblätter. Ein weißer Hasenkopf auf einem schwarzen Kreis baumelte am Rückspiegel. Der Motor des Chevys brüllte und röhrte unter der Haube, und der ganze Wagen bebte von schwer zu zügelnder Kraft. »He, Junge!« rief der Mann hinter dem Steuer durch das heruntergekurbelte Fenster. Das

Lenkrad war mit blauem Pelz bezogen. »Du bist doch dieser kleine Mackenson-Scheißer!«
Seine Stimme war lallend, und die Lider seiner roten Augen hingen auf halbmast. Donny Blaylock, besoffen wie drei nackte Affen. Sein Gesicht war rissig wie ein roh behauener Felsblock, und eine fettige Strähne seines dunklen, brillantineglänzenden Haars hing herunter. »Ich erkenne dich wieder«, sagte er. »Sims Haus. Du kleines Arschloch.«
Ich spürte, wie Rakete erbebte. Das Rad schoß plötzlich nach vorn und rammte sich in den Chevy, wie ein Terrier, der einen Dobermann angriff.
»Hast Sachen gesehen, die du nicht hättest sehen sollen«, fuhr Donny fort. »Hast Ärger gemacht, nicht wahr, Kleiner?«
»Nein, Sir«, erwiderte ich. Rakete rollte zurück und rammte sich abermals in den Chevy.
»O doch, das hast du. Biggun wird sich freuen, dich zu sehen, Junge. Wird sich mal ein bißchen mit dir über deine großen Augen und dein großes Maul unterhalten. Steig ein.«
Wenn mein Herz noch stärker gehämmert hätte, so wäre es aus seinen Verankerungen gerissen und einfach aus meiner Brust herausgebrochen.
»Ich sagte, steig ein. *Sofort.*« Er hob die rechte Hand.
Sie hielt eine Pistole, und die Pistole war auf mich gerichtet.
Wieder attackierte Rakete den Wagen. Rakete hatte mich vor Gordo Branlin gerettet, doch gegen diese dreckige Ratte und seine Waffe war Rakete machtlos.
»Ich schieß dir gleich deinen verdammten Kopf weg«, schwor Donny.
Ich war halb tot vor Angst, und die andere Hälfte durchlitt Todesängste. Der Lauf der Pistole schien so groß wie ein Kanonenrohr. Es war ein überzeugendes Argument. In mei-

nem Kopf konnte ich Mom schreien hören, als ich Rakete zurückließ und in den Wagen stieg, doch welch andere Wahl blieb mir denn? »Wir machen jetzt 'ne kleine Spritztour«, sagte Donny – der mich mit seinem widerlichen Gestank aus Schweiß und selbstgebranntem Whiskey fast erstickte – und knallte die Tür zu. Er trat das Gaspedal durch, und der Chevy röhrte und kletterte den Bordstein hinauf, bevor er ihn wieder gerade ausrichten konnte. Ich blickte zurück auf mein Rad, das schnell in der Ferne schrumpfte. Eine kleine Plastik-Hawaiianerin vollführte einen wackelnden Hula-Tanz im Rückfenster des Chevys. »Sitz still«, knurrte mich Donny an, und ich gehorchte, denn die Pistole war da, um mir etwas Gehorsam in die Rippen zu stoßen. Donnys Fuß drückte das Gaspedal noch tiefer aufs Bodenblech. Der Motor des Chevys jaulte auf, während wir in Richtung Wasserspeierbrücke die Merchants Street entlangschossen.

»Wo fahren wir hin?« wagte ich zu fragen.

»Wart's einfach ab.«

Die Nadel des Tachometers kletterte auf sechzig. Wir ließen die Wasserspeier atemlos hinter uns zurück. Der Motor des Chevys donnerte, und wir brausten mit siebzig Meilen pro Stunde über die gewundene Straße, die an Saxon's Lake vorbeiführte. Ich klammerte mich an die Armlehne, und Donny lachte. Auf dem Boden rollte eine leere Flasche hin und her, und der Gestank von hochprozentigem selbstgebranntem Fusel war so stechend, daß meine Augen zu tränen begannen.

Der Wald zu beiden Seiten der Straße jagte in einem verwischten Gelb an uns vorbei, und die Hinterreifen des Chevys kreischten auf der haarnadelkurvigen Straße. »Ich lebe!« brüllte Donny. Vielleicht war das so, doch er sah aus, als stünde er mit einem Bein im Grab. Seine Augen waren eingesunken, sein Kinn von den Stoppeln eines ungepflegten Barts bedeckt, seine Kleider zerknittert und schmutzig, als hätte er drei Tage in einem Schweinestall geschlafen. Oder vielleicht hatte er auch nur drei Tage lang darin gelegen und gesoffen. »Ich hab dich gesehen!« schrie er mir über das Heulen des Fahrtwinds zu. »Bin dir gefolgt! Ja Sir, der alte Donny hat sich an dich herangepirscht und sich ein nettes kleines Vögelchen gefangen, was?« Er warf seine Schultern in eine Kurve, die mir beinahe die Augen aus dem Kopf springen ließ. »Dieser fette Hurenbock sagt, ich wär blöd! Ich werd' diesem Fettarsch zeigen, wer der clevere Blaylock ist!«

Wenn eine Pistole, ein schneller Wagen und die Tatsache, betrunkener als ein Schwein zu sein, einen Mann clever machten, dann war Donny Kopernikus, Leonardo DaVinci und Einstein, alle zu einer einzigen teigigen Masse des Genies zusammengeknetet.

Wir zischten an Saxon's Lake und dem Granitabhang vorbei. »Hui! Hui, Big Dick!« grölte Donny den Wagen an, während er auf die Bremse trat. Wir verlangsamten unsere Geschwindigkeit gerade genug, daß Donny nach rechts in einen Feldweg schwenken konnte, ohne daß wir in die Bäume krachten. Dann gab er wieder Gas, und wir schossen die fünfzig Meter zwischen der Route 10 und dem kleinen weißen Haus mit der mit Fliegengitter geschützten Veranda am Ende des Wegs dahin. Ich kannte das Haus. Der rote Mustang stand noch immer unter der grünen Plastikplane, doch der alte, verrostete Cadillac war verschwunden. Der Rosengarten war noch immer dort, alles Dornen und keine Blüten.

»Hui!« brüllte Donny, und sein Big Dick hielt mit quietschenden Reifen vor Miss Graces Haus der bösen Mädchen.

Gott steh mir bei! dachte ich. Was sollte das Ganze werden?

Donny stieg aus dem Wagen, die Waffe in der Hand. Er

zeigte mir die abscheuliche Schnauze der Pistole. »Du solltest besser noch hier sein, wenn ich zurückkomme! Du solltest besser noch hier sein, oder ich jage dich und knall dich ab! Verstanden?«

Ich nickte. Donny Blaylock hatte schon einen Mann getötet. Mr. Dollar hatte es gesagt. Ich hegte keinen Zweifel daran, daß er es wieder tun würde, also blieb mein Hintern am Sitz kleben. Donny taumelte zur Vordertür und begann, dagegen zu hämmern. Jemand im Haus brüllte. Donny trat die Tür auf und stürmte hinein, wobei er grölte: »Wo ist sie? Wo ist mein verdammtes Weibsstück?«

Ich steckte ganz schön in der Scheiße, soviel stand mal fest. Irgendwo in meinem von Angst umklammerten Gehirn dachte ich, daß Dr. Lezander nicht derjenige sein könnte, der den Mann bei Saxon's Lake getötet hatte; es mußte Donny Blaylock gewesen sein. Mr. Dollar hatte darüber von Sim Sears gehört. Donny Blaylock war der Mörder, nicht Dr. Lezander!

Kaum dreißig Sekunden, nachdem er in das Haus gestürmt war, kam Donny wieder heraus. Er hatte ein Mädchen bei seinen blonden Haaren gepackt und zerrte es hinter sich her, während es sich wehrte und fluchte.

Dieses Mädchen war Lainie, die mir an jenem ersten Tag die Zunge rausgestreckt hatte.

»Steig in den Wagen!« schrie Donny sie an, während er sie über den Boden schleifte. Sie trug ein rückenfreies rosa Oberteil und purpurne Hot pants, und einer ihrer silbernen Schuhe war von ihrem Fuß gefallen. »Steig ein, aber schnell!«

»Laß mich los! Laß mich los, du Hurenbock!«

Plötzlich stürzte die rothaarige, wohlbeleibte Miss Grace aus der Tür. Sie trug einen weißen Pullover und Blue jeans, die groß genug waren, daß man ein Scheunenfest darin hätte veranstalten können. Auf ihrem Gesicht lag ein Ausdruck wie reinstes Höllenfeuer. In der rechten Hand hielt sie eine Bratpfanne, und sie hob sie hoch, um sie auf Donnys Kopf zu schmettern.

Er schoß auf sie. *Bum!* Einfach so.

Miss Grace schrie auf und umklammerte ihre Schulter, während rotes Blut wie eine sich öffnende Rose auf dem Weiß erblühte. Sie sackte auf die Knie und schluchzte: »Du hast mich angeschossen, du Arschloch! Du blöder Bastard, du!«

Zwei weitere Mädchen, beide brünett und das eine so wohlgenährt wie das andere mager, stürzten aus dem Haus und knieten sich neben Miss Grace, und eine Blondine stand in der Tür und schrie: »Wir rufen den Sheriff! Es ist schon eine am Telefon und ruft ihn an!«

»Du blöde Kuh!« grölte Donny, während er den Wagen erreichte. »Der Sheriff *gehört* uns!« Er riß die Tür auf, stieß Lainie auf mich drauf, und ich kletterte hinüber auf den Rücksitz, während sie mit Händen und Füßen versuchte, wieder aus dem Wagen zu kommen. Donny schrie: »Hör auf damit!« und versetzte ihr mit seiner freien Hand einen solchen Schlag ins Gesicht, daß ich plötzlich auf ihr Gesicht schaute, wo einen Sekundenbruchteil zuvor noch ihr Hinterkopf war. Ihre harten, doch hübschen Züge waren schmerzverzerrt. Blut tropfte aus ihrem Mundwinkel. »Brauchst nur so weiterzumachen, wenn du noch mehr willst!« warnte Donny sie, und dann ging er um den Wagen herum und setzte sich hinters Lenkrad. Der Motor des Chevys heulte auf. Ich wollte rausspringen, doch Donny sah meine Bewegung im Rückspiegel, und der Lauf der Pistole sauste gegen meinen Kopf. Wenn ich mich nicht gerade noch rechtzeitig geduckt hätte, wären mir echte Flügel gewachsen. »Bleib da sitzen! Ihr beide!« grölte Donny, und er riß den Wagen in einem halsbrecherischen Kreis herum und schoß wieder auf die Route 10 zu.

»Du bist verrückt!« wütete Lainie, eine Hand gegen ihren

Mund gepreßt. »Ich hab dir gesagt, du sollst mich in Ruhe lassen!«
»Ach ja!«
»Ich schwöre, ich lasse mir das nicht gefallen! Miss Grace wird ...«
»*Was* wird sie? Ich hätte ihr das Gehirn rausblasen sollen!«
Lainie machte eine Bewegung zum Türgriff hin. Doch im selben Augenblick erreichten wir die Route 10, und Donny gab Gas. Die Reifen des Chevys kreischten, während wir wieder auf Zephyr zujagten. Lainies Finger umklammerten den Türgriff, doch wir waren schon auf fünfzig Meilen pro Stunde.
»Spring doch«, sagte Donny und grinste. »Na, auf, tu's!«
Ihre Finger entspannten sich und ließen den Griff los.
»Ich werde dir die Polizei auf den Hals hetzen! Das schwöre ich!«
»Klar doch.« Sein Grinsen wurde breiter. »Die Polizei hat keine Zeit für Abschaum wie dich!«
»Du bist besoffen und völlig übergeschnappt!« Sie warf mir einen Blick zu. »Wofür schleppst du denn ein Kind mit dir herum?«
»Familienangelegenheit. Halt die Klappe, und sieh hübsch aus.«
»Du sollst in der Hölle schmoren«, fauchte sie ihn an, doch er lachte nur.
Der Chevy überquerte abermals die Wasserspeierbrücke. Wir kamen an Rakete vorbei. Eine Krähe hatte sich auf dem Lenker niedergelassen und versuchte, die Schachtel aufzuhacken. Was für eine Frechheit! Donny brauste mit sechzig Sachen durch Zephyr und ließ tote Blätter hinter uns aufwirbeln. Er schoß über die Stadtgrenze auf der anderen Seite und bog auf die Route 16, und wir jagten über die Hügel nach Union Town.
»Entführung!« Lainie wütete noch immer. »Genau das ist es! Dafür kannst du in die Gaskammer kommen!«

»Ich scheiß drauf. Ich hab dich. Das ist alles, was ich will.«
»Aber ich will *dich* nicht!«
Seine Hand packte ihr Kinn und drückte zu. Der Chevy schleuderte über die Straße, und ich hielt erschrocken die Luft an, als ich sah, wie der Wald seine Arme nach uns ausstreckte. Dann riß Donny das Steuer mit einem Ruck herum, und wir waren wieder auf dem Asphalt. Wir ritten auf dem Mittelstreifen. »Sag das nicht. Sag das nie, oder es wird dir leid tun.«
»Ich zittere!« Sie versuchte, sich von ihm zu lösen, doch seine sehnigen Finger hielten sie fest.
»Ich will dir nicht weh tun, Baby. Gott ist mein Zeuge, das will ich nicht.« Seine Finger gaben sie frei, doch die Abdrücke blieben auf ihrer Haut zurück.
»Ich bin nicht dein Baby! Ich habe dir schon vor langer Zeit gesagt, daß ich nichts mit dir oder deinen verdammten Brüdern zu tun haben will!«
»Aber du nimmst unser Geld, oder? Ganz schön hochnäsig für 'ne billige Nutte, was?«
»Ich bin ein *Profi*«, sagte sie mit einem gerüttelt Maß an Stolz. »Ich liebe dich nicht, geht das nicht in deinen Schädel? Ich *mag* dich noch nicht einmal! Es gibt nur einen Mann, den ich je geliebt habe, und der ist jetzt bei Jesus.«
»Jesus.« Er ahmte hämisch ihre Stimme nach. »Der Bastard verrottet in der Hölle.« Seine Augen huschten zum Rückspiegel. Ich sah, wie sie schmal wurden. »Was, zum *Teufel*?« flüsterte er.
Ich drehte mich um. Ein Wagen war hinter uns, und er holte schnell auf.
Es war ein schwarzer Wagen. Schwarz wie ein Panther.
»Nein.« Donny schüttelte den Kopf. »O nein! *So* besoffen kann ich nicht sein!«
Lainie schaute ebenfalls nach hinten. Ihre Unterlippe war geschwollen. »Was ist denn?«

»Dieser Wagen. Siehst du ihn?«
»Was für 'n Wagen?«
Ihre dunkelbraunen Augen nahmen nichts wahr. Doch ich sah es. Und Donny sah es auch. Ich konnte es an der Art erkennen, wie er den Wagen quer über die Straße ziehen ließ. Das schwarze Auto raste hinter uns her. Einen Moment später erblickte ich die aufgemalten Flammen auf der Motorhaube. Und ich konnte die verschwommene Gestalt des Fahrers durch die schräge Windschutzscheibe ausmachen. Er schien nach vorn gebeugt, gierig darauf, uns einzuholen.
»Alle Hunde der Hölle!« Donnys Finger klammerten sich um das pelzige Lenkrad, und seine Knöchel wurden ganz weiß. »Ich glaube, ich verliere den Verstand!«
»Das hast du gerade eben erst gemerkt? Mich zu entführen ist schon schlimm genug, aber dafür, daß du auf Miss Grace geschossen hast, kriegen sie dich am Arsch! Was, wenn du sie umgebracht hättest?«
»Halt's Maul.« Kleine Schweißtropfen sammelten sich auf seiner Stirn. Sein Blick huschte zwischen dem Rückspiegel und der gewundenen Straße hin und her. Der schwarze Wagen war einen Moment lang hinter einer Kurve verschwunden, doch dann sah ich Midnight Mona die Biegung nehmen und aus dem Schatten heraus- und immer näher kommen. Der Chevy machte weit über siebzig; Midnight Mona mußte mit beinahe neunzig dahinpreschen.
»Dort ist es passiert!« Lainie zeigte auf eine Stelle am Straßenrand. Der Wind peitschte ihr das Haar in ihr angespanntes, verlorenes Gesicht. »Dort ist mein Baby getötet worden!«
Sie deutete auf eine Stelle, die wie nichts weiter als hohes Gras und dichtes Unterholz hätte aussehen können, wären da nicht die beiden toten und geschwärzten Bäume gewesen, die dicht beisammen standen, ihre Stämme von tiefen und

häßlichen Furchen aufgerissen. Ihre Äste waren ineinander verwoben, als würden sie einander selbst noch im Tod umarmen.

Ich blickte auf ihr blondes Haar, und ich erinnerte mich. Es war ihr Kopf gewesen, den ich an Little Stevie Cauleys Schulter gelehnt gesehen hatte, damals auf dem Parkplatz vor dem Spinnin' Wheel.

»Paß auf!« kreischte Lainie plötzlich, und sie griff nach dem Steuer, als ein Sattelschlepper über den Hügel vor uns auf uns zugedonnert kam. Der Kühlergrill füllte Big Dicks Windschutzscheibe wie ein Maul voller silberner Zähne. Donny hatte nur auf Midnight Mona geschaut, die im Rückspiegel immer größer wurde, und nun schrie er voller Entsetzen auf und riß das Lenkrad herum. Die riesigen Räder des Lasters zischten an uns vorbei, und die tiefe Hupe röhrte empört. Ich drehte mich gerade noch rechtzeitig herum, um zu sehen, wie der Laster und Midnight Mona verschmolzen, dann brach Midnight Mona aus den Hinterrädern des Lasters hervor und jagte wieder hinter uns her, und der Laster setzte seinen Weg fort, so blöde und unwissend wie Paul Bunyans Ochse. Donny hatte dieses überragende Zauberkunststück nicht gesehen; er war zu sehr damit beschäftigt gewesen, einen Zusammenstoß zu vermeiden. »Das war verdammt knapp!« sagte Lainie, und als sie nach hinten schaute, konnte ich erkennen, daß sie noch immer nichts von dem schwarzen Wagen sah.

Doch ich wußte Bescheid. Und Donny wußte es auch. Little Stevie Cauley war gekommen, um seine Freundin zu retten.

»Wenn er sein beschissenes Spiel abziehen will, dann werde ich mit ihm spielen!« brüllte Donny, und sein Fuß sank auf das Bodenblech. Der Motor des Chevys jaulte auf, der ganze Wagen begann zu vibrieren, und alles, was nicht festgeschraubt war, schepperte und stöhnte. »Er hat mich nie schlagen können! Niemals!«

»Fahr langsamer!« flehte Lainie, und in ihren Augen stand Angst. »Du wirst uns noch umbringen!«
Doch Midnight Mona hing jetzt wie ein schwarzer Düsenjäger an unserer Stoßstange und hielt die Geschwindigkeit. Der Fahrer war eine dunkle Gestalt hinter dem Lenkrad. Die Reifen des Chevys brannten Gummispuren auf den Asphalt, während Donny die Zähne aufeinanderbiß und der gefährlichen Straße folgte. Sein Gesicht war schweißnaß. Über den Lärm des Motors und des Fahrtwinds und Lainies Stimme, die Donny anflehte, langsamer zu fahren, konnte ich das Donnern von Midnight Mona hören.
»Komm schon, du Hurenbock!« knurrte Donny. »Ich hab dich einmal umgebracht! Ich kann dich wieder töten!«
»Du bist *verrückt*!« Lainie krallte sich wie eine Katze an ihren Sitz. »Ich will nicht sterben!«
Ich wurde von einer Seite des Wagens auf die andere geschleudert, während der Chevy mit halsbrecherischem Tempo die Kurven nahm und Donny mit all seiner brutalen Kraft mit dem Lenkrad rang. Mein Verstand war durcheinandergewirbelt, doch nicht ausgeschaltet; während ich wie schmutzige Wäsche umhergeschleudert wurde, wurde mir bewußt, daß Donny Blaylock Little Stevie Cauley getötet hatte. Wie es geschehen war, konnte ich deutlich vor meinem geistigen Auge sehen: Zwei Wagen – einer blau, einer schwarz – rasen wie die Höllenhunde höchstpersönlich unter dem Oktobermond des letzten Jahres über eben diese Straße. Flammen züngeln aus ihren Auspuffrohren. Vielleicht waren sie Kopf an Kopf, wie die Streitwagen in *Ben-Hur,* und dann hatte Donny Big Dick zur Seite gerissen, und der rechte hintere Kotflügel war in Midnight Mona gekracht. Vielleicht hatte Little Stevie Cauley die Gewalt über den Wagen verloren, oder vielleicht war ein Reifen geplatzt. Jedenfalls war Midnight Mona so graziös wie ein schwarzer Schmetterling durch

die silberne Dunkelheit gesegelt und dann in Flammen aufgegangen, als sie aufschlug. Ich konnte Donnys teuflisches Lachen hören, während er von dem brennenden Wrack aus Glas und Metall davonraste.

Um genau zu sein, konnte ich sein teuflisches Lachen in diesem Augenblick hören.

»Ich werde dich wieder töten! Ich werde dich wieder töten!« grölte er. Seine Augen funkelten wahnsinnig, und seine brillantineglänzenden Strähnen wanden sich wie Medusas Schlangen um seinen Kopf. Es war offensichtlich, daß er kurz davorstand, endgültig überzuschnappen.

Er trat voll auf die Bremse. Lainie kreischte. Ich kreischte. Big Dick kreischte ebenfalls.

Midnight Mona, die kaum zwei Meter hinter der Stoßstange des Chevys war, rammte uns.

Während meine Augen beinahe aus meinem Kopf gerissen wurden, sah ich, wie sich die mit aufgemalten Flammen verzierte Schnauze des schwarzen Wagens durch den Rücksitz schob. Dann begann Midnight Mona wie die verschwommenen Bilder einer Reihe von Standbildaufnahmen das ganze Innere von Big Dick zu füllen. Der Geruch von brennendem Öl und glühendem Metall, Zigarettenrauch und English-Leather-Aftershave stieg mir in die Nase. Für den Bruchteil einer Sekunde saß ein schwarzhaariger junger Mann mit Augen so blau wie das Wasser im Freibad neben mir, die Hände um ein Lenkrad geklammert, den Stummel einer Chesterfield zwischen die Zähne geklemmt. Das scharfgeschnittene Kinn seines herben, gutaussehenden Gesichts war entschlossen nach vorn gereckt wie der Bug des Fliegenden Holländers. Ich glaube, mir stand das Haar zu Berge.

Midnight Mona pflückte durch Big Dick. Schob sich glatt durch die Vordersitze, und auf dem Weg in den Motorblock streckte der Fahrer die Hand aus und schien Lainies

Wange zu berühren. Ich sah, wie sie blinzelte und ihr Gesicht so bleich wie weiße Seide wurde. Donny zuckte zusammen und schrie in blankem Entsetzen auf. Er riß das Steuer hin und her, denn er konnte die vorbeiziehende Erscheinung sehen, auch wenn Lainie ihr gegenüber blind war. Dann löste Midnight Mona sich aus der vorderen Stoßstange; ihre Rücklichter hatten die Form roter Karos, und ihre Auspuffrohre spuckten in Donnys Gesicht. Der Chevy begann, im Kreis herumzuschleudern, und die Reifen und Bremsen kreischten wie betrunkene Geister beim Spukball.

Ich spürte einen Ruck und hörte ein Krachen und flog gegen die Rückseite von Lainies Sitz, als würde ich von einem überdimensionalen Waffeleisen dagegengepreßt. »Jesus!« hörte ich Donny ausrufen; und diesmal äffte er niemanden nach. Glas splitterte und bohrte sich krachend in den Bauch des Wagens, und schließlich kam der Chevy, begleitet vom lauten Rascheln und Knacken von Büschen und tiefhängenden Ästen, zum Stehen, die Nase in eine Böschung aus roter Erde gebohrt.

»Yi yi yi yi!« jaulte Donny wie ein Hund mit einem verletzten Bein. Ich schmeckte Blut, und meine Nase fühlte sich an, als wäre sie glatt in mein Gesicht hineingedrückt worden. Ich sah, wie Donny sich mit irrem Blick umschaute; alle Haare am Haaransatz rund um seinen Kopf waren grau geworden. »Ich hab ihn getötet!« plärrte er mit schriller Stimme. »Ich hab diesen Bastard umgebracht! Die Midnight Mona ist verbrannt! Ich hab es mit eigenen Augen gesehen!«

Lainie starrte ihn an. Ihr Blick war glasig, und auf ihrer geröteten Stirn hatte sie eine eigroße Beule. »Du ... hast ...« flüsterte sie heiser.

»Ihn umgebracht! Ihn tot gemacht! Von der Straße geflogen ist er! *Bum*, hat es gemacht! *Bum!«* Donny begann zu lachen, und er kletterte durch das Fahrerseitenfenster hinaus, ohne die Tür zu öffnen. Sein Gesicht war geschwollen und naß, seine Augen verdreht und wahnsinnig. Er fing an, im Kreis herumzutaumeln, die Vorderseite seiner Jeans durchnäßt von Urin. »Daddy?« rief er. »Hilf mir, Daddy!« Dann begann er, sinnlos vor sich hin zu plappern und zu schluchzen und erklomm die Böschung aus roter Erde, um den Wald dahinter zu erreichen.

Ich hörte ein *Klick.*

Lainie hatte hinunter auf das Bodenblech gegriffen und die Pistole aufgehoben. Sie hatte den Hahn gespannt, und nun zielte sie auf den taumelnden, wahnsinnigen Jammerlappen, der schluchzend nach seinem Daddy rief.

Ihre Hand zitterte. Ich sah, wie ihr Finger sich um den Abzug spannte.

»Besser nicht«, sagte ich.

Ihr Finger hörte nicht.

Doch ihre Hand tat es. Sie bewegte sich einen Zentimeter. Die Pistole ging los, und die Kugel ließ die rote Erde explodieren. Sie feuerte weiter, viermal noch. Vier weitere Brocken roter Erde stoben auf.

Donny Blaylock rannte in den gelben Wald. Er verfing sich kurz in den Ästen, und als er um sich schlug, um sich zu befreien, rissen ihm die Äste das Hemd vom Rücken. Dann stürzte er davon, doch wir konnten ihn lachen und weinen hören, bis das schreckliche Geräusch leiser wurde und schließlich ganz erstarb.

Lainie senkte den Kopf und preßte die Hände vors Gesicht. Ihr Rücken begann zu beben. Sie stieß ein leises, stöhnendes Schluchzen aus. Meine Nase begann sich anzufühlen, als stünde sie in Flammen.

Doch ich konnte noch immer den schwachen Duft von English Leather damit riechen.

Lainie blickte erschrocken auf. Sie berührte ihre tränennasse

Wange. »Stevie?« sagte sie, und ihre Stimme war voller Hoffnung.

Wie ich schon bemerkte, war es die Zeit der Geister. Sie waren zusammengekommen und sammelten Kräfte, um auf den Feldern – und Straßen – des Oktobers zu wandeln und zu jenen zu sprechen, die hören wollten.

Vielleicht hat Lainie ihn nicht gesehen. Vielleicht hätte sie an ihrem eigenen Verstand gezweifelt, wenn sie es getan hätte, und wäre ebenso eilig auf dem Weg in eine Gummizelle wie Donny.

Doch ich glaube, daß sie ihn gehört hat, laut und deutlich. Vielleicht nur in dem Duft seiner Haut oder der Erinnerung einer Berührung.

Ich glaube, es war genug.

7
Zwölf Uhr mittags in Zephyr

Meine Nase war nicht gebrochen, obgleich sie wie eine Melone anschwoll und sich gräßlich rotgrün verfärbte und meine Augen zu schwarzblauen Schlitzen zuquollen. Zu sagen, daß meine Mutter entsetzt war über das Ganze, wäre so, als würde man sagen, der Golf von Mexiko enthielte etwas Wasser. Doch ich überlebte, und ich war wieder ganz in Ordnung, als meine Nase auf ihre normale Größe zurückgeschrumpft war.

Sheriff Amory, der von Miss Grace gerufen worden war, fand Lainie und mich, als wir zu Fuß an der Route 16 entlang nach Zephyr gingen. Ich hatte ihm nicht viel zu sagen, denn ich erinnerte mich daran, wie Donny gebrüllt hatte, daß der Sheriff den Blaylocks gehörte. Ich erzählte Dad davon, als er und Mom mich in Dr. Parrishs Praxis abholten. Dad erwiderte nichts, doch ich konnte sehen, wie sich die Gewitterwolken über seinem Kopf zusammenbrauten, und ich wußte, daß er die Sache nicht auf sich beruhen lassen würde.

Miss Grace ging es gut. Sie mußte ins Krankenhaus in Union Town gebracht werden, doch die Kugel hatte nichts getroffen, was nicht wieder repariert werden konnte. Ich hatte so das Gefühl, daß schon eine ganze Menge passieren müßte, um Miss Grace unter die Erde zu bringen.

Und nun die Geschichte von Lainie und Little Stevie Cauley, wie ich sie später von Dad hörte, der sie wiederum vom Sheriff erfahren hatte: Lainie, die mit siebzehn von zu Hause fortgelaufen war, hatte Donny Blaylock kennengelernt, als sie als Stripperin im Port Said in Birmingham auftrat. Er hatte sie überredet, mit ihm zu kommen und für das »Geschäft« seiner Familie zu arbeiten. Er hatte ihr viel Geld und alle möglichen Dinge versprochen und ihr erzählt, daß die Jungs von der Air Force wirklich wußten, wie man einen Gehaltsscheck auf den Kopf hauen konnte. Sie kam mit, doch schon bald nachdem sie bei Miss Grace eingetroffen war, lernte sie Little Stevie Cauley kennen, als sie sich bei Woolworth's in Zephyr ihre Sommergarderobe aussuchte. Vielleicht war es noch nicht einmal Liebe auf den ersten Blick gewesen, aber zumindest kam es dem sehr nahe. Jedenfalls hatte Little Stevie Lainie ermutigt, Miss Grace zu verlassen und ihr Leben in Ordnung zu bringen. Sie begannen, von Heirat zu sprechen. Miss Grace war sehr dafür gewesen, denn sie hatte nicht gern Mädchen, die nicht mit ganzem Herzen bei der Sache waren. Doch Donny Blaylock bildete sich ein, er wäre Lainies fester Freund. Er haßte Little Stevie sowieso, denn so gern Donny es auch bestritten hätte, Midnight Mona konnte Big Dick einfach jederzeit hinter sich lassen. Schließlich sah er, daß die einzige Möglichkeit, Lainie bei der Stange zu halten, darin bestand, Stevie von der Bildfläche verschwinden zu lassen. Der Unfall und das Verbrennen von Midnight Mona hatte auch Lainies Träume in einen Trümmerhaufen verwandelt, und von diesem Zeitpunkt an war es ihr egal, was sie tat, mit wem und wo. Lainie war kalt wie Hundeschnauze geworden, wie Miss Grace es genannt hatte.

Das letzte, was ich von Lainie hörte, war, daß sie nach Hause zurückging, älter und weiser.

Und auch trauriger.

Doch wer hat gesagt, daß es für jeden ein Happy-End geben muß?

Einige dieser Informationen kamen aus dem Maul des Esels selbst. Donny saß im Gefängnis von Zephyr, direkt neben dem Rathaus, hinter Gittern. Er war von einem Farmer mit einer sehr großen Schrotflinte aufgegriffen worden, als er gerade mit einer Vogelscheuche tanzte. Der Anblick der Gitterstangen vor seinem Gesicht hatte einige verschrobene Ecken von Donnys Verstand wieder zurechtgerückt, und er war lange genug aus seinem Wahnsinn aufgetaucht, um zu gestehen, daß er Little Stevie von der Straße gedrängt hatte. Es war offensichtlich, daß diesmal ein Blaylock nicht dem langen Arm des Gesetzes entgehen würde, selbst wenn die Hand an diesem Arm schmutzig vom Geld der Blaylocks war.

Der November hatte die Vorgärten von Zephyr mit seinen frostigen Fingern berührt. Die Hügel waren braun geworden, und die Blätter fielen. Sie knisterten wie kleine Knallfrösche, wenn jemand den Weg zum Haus hinaufkam. Wir hörten sie am Dienstag abend, als ein Feuer in unserem Kamin brannte, Dad die Zeitung las und Mom ihre Kochbücher nach neuen Torten- und Kuchenrezepten durchforstete.

Dad ging an die Tür, als das Klopfen ertönte. Sheriff Junior Talmadge Amory stand unter der Verandaleuchte, sein längliches Gesicht bedrückt und seinen Hut in den Händen haltend. Er hatte den Kragen seiner Jacke hochgeschlagen; es war kalt dort draußen.

»Darf ich reinkommen, Tom?« fragte er.

»Ich weiß nicht«, erwiderte Dad.

»Ich könnte es verstehen, wenn du nicht mehr mit mir sprechen möchtest. Ich würde es wie ein Mann ertragen. Doch ... ich würde gern meine Seite zu einigen Dingen darlegen.«

Mom kam zu Dad. »Laß ihn rein, Tom. Einverstanden?«

Dad öffnete die Tür, und der Sheriff trat aus der Nacht herein.

»Hallo, Cory«, begrüßte er mich. Ich saß neben dem Kamin auf dem Boden und machte meine Hausaufgaben über die

Geschichte Alabamas. Eine bestimmte Stelle, wo Rebell sich immer im Schein des Kaminfeuers ausgestreckt hatte, war schrecklich leer. Doch das Leben ging weiter.

»Hallo«, sagte ich.

»Cory, geh auf dein Zimmer«, wies Dad mich an, doch Sheriff Amory meinte: »Tom, ich würde ihn gern dabeihaben, denn schließlich war er es, der es herausgefunden hat.«

Ich blieb, wo ich war. Sheriff Amory ließ seinen schlanken Ichabod-Crane-Körper auf das Sofa sinken und legte seinen Hut auf den Couchtisch. Er saß da und starrte auf den silbernen Stern, der den Hut zierte. Dad setzte sich wieder, und Mom – immer die freundliche Gastgeberin – fragte den Sheriff, ob er ein Stück Apfeltorte oder Gewürzkuchen haben wollte, doch er schüttelte den Kopf. Dann setzte sie sich ebenfalls, und ihr und Dads Sessel versperrten den Blick auf den Kamin.

»Ich werde nicht mehr lange Sheriff sein«, begann Sheriff Amory. »Bürgermeister Swope wird einen neuen Sheriff einsetzen, sobald er sich für einen entschieden hat. Ich werde wohl Mitte des Monats mit allem durch sein.« Er seufzte schwer. »Ich denke, wir werden die Stadt noch vor Dezember verlassen.«

»Es tut mir leid, das zu hören«, sagte Dad. »Doch es hat mir noch mehr leid getan zu hören, was Cory mir zu erzählen hatte. Aber ich vermute, ich kann dir keine allzu großen Vorwürfe machen. Du hättest lügen können, als ich damit zu dir kam.«

»Ich wollte es. Ja, ich wollte es. Aber wenn du deinem eigenen Sohn nicht glauben kannst, wem auf der Welt kannst du dann noch glauben?«

Dad runzelte wütend die Stirn. Er sah aus, als hätte er am liebsten einen widerlichen Geschmack in seinem Mund ausgespuckt. »Um Gottes willen, warum hast du es getan, J.T? Hast du das Geld der Blaylocks dafür genommen, sie zu decken? Dafür, in die andere Richtung zu schauen, wenn sie ihren Selbstgebrannten verkauften oder die Leichtgläubigen in ihre heimtückische Spielhölle lockten? Ganz zu schweigen von Miss Graces Haus, und ich mag und respektiere Miss Grace wirklich, doch Gott weiß, daß sie sich einen anderen Beruf suchen sollte. Was hast du sonst noch für Biggun Blaylock getan? Seine Stiefel geputzt?«

»Ja«, erwiderte der Sheriff.

»Ja was?«

»Ich habe es getan. Seine Stiefel geputzt, meine ich.« Auf Sheriff Amorys Gesicht trat ein schwaches, mattes Lächeln. Seine Augen waren schwarze Löcher der Trauer und der Reue. Das Lächeln rutschte von seinem Gesicht und ließ seinen Mund schmerzverzerrt zurück. »Ich bin immer zu Bigguns Haus gegangen, um mir mein Geld abzuholen. Er hielt es für mich bereit, am ersten Tag des Monats. Zweihundert Dollar in einem weißen Umschlag mit meinem Namen darauf. ›Sheriff Junior‹. So nennt er mich.« Der Gedanke daran ließ ihn zusammenzucken. »Als ich einmal kam, waren alle seine Söhne da: Donny, Bodean und Wade. Biggun ölte gerade ein Gewehr. Selbst wenn er auf einem Stuhl sitzt, kann er noch ein ganzes Zimmer füllen. Er kann dich ansehen und umhauen. Ich nahm meinen Umschlag, und plötzlich greift er zu Boden, stellt seine schlammigen Stiefel auf den Tisch und sagt: ›Sheriff Junior, ich habe hier was zum Putzen, und ich habe keine Lust, es selbst zu tun. Glaubst du, du könntest sie für mich saubermachen?‹ Ich wollte nein sagen, doch er holt fünfzig Dollar aus seiner Hemdtasche, steckt sie in einen dieser riesigen Stiefel und fügt hinzu: ›Ich würde mich natürlich für deine Mühe erkenntlich zeigen.‹«

»Erzähl es mir nicht, J. T.«, sagte Dad.

»Ich will aber. Ich muß es tun.« Der Sheriff starrte ins Feuer, und ich konnte sehen, wie die Flammen Licht und Schatten über sein Gesicht tanzen ließen. »Ich erklärte Biggun, daß ich gehen müsse, daß ich niemandes Stiefel putzen könne. Doch er grinst nur. ›Ach, Sheriff Junior, warum hast du mir denn nicht gleich deinen Preis gesagt?‹ Er nimmt noch mal fünfzig Dollar aus seiner Tasche und steckt sie in den anderen Stiefel.« Sheriff Amory blickte auf die Finger seiner verräterischen rechten Hand. »Meine Mädchen brauchten was Neues zum Anziehen«, sagte er. »Brauchten Sonntagsschuhe mit Schleifen darauf. Brauchten etwas, was noch nicht von jemand anders völlig abgetragen war. Also habe ich mir hundert Dollar extra verdient. Doch Biggun wußte, daß ich an diesem Tag kommen würde, und er ... er war im Dreck herumgelaufen. Als seine Stiefel geputzt waren, bin ich hinausgegangen und habe mich übergeben, und ich hörte die Jungs im Haus lachen.« Er kniff für einen Moment die Augen zusammen, und dann öffnete er sie wieder. »Ich bin mit meinen Mädchen in den elegantesten Schuhladen in Union Town gegangen, und ich habe Lucinda einen großen Blumenstrauß gekauft. Er war nicht nur für sie; ich wollte etwas Schönes riechen.«

»Hat Lucinda davon gewußt?« fragte Dad.

»Nein. Sie dachte, ich hätte eine Gehaltserhöhung bekommen. Weißt du, wie oft ich Bürgermeister Swope und den verdammten Stadtrat um eine Gehaltserhöhung gebeten habe, Tom? Weißt du, wie oft sie gesagt haben: ›Wir nehmen es nächstes Jahr in den Etat auf, J. T.‹« Er stieß ein bitteres Lachen aus. »Der gute alte J. T.! Der alte J. T. wird schon damit auskommen, oder er muß ganz ohne auskommen! Er kann das Zehncentstück umdrehen, bis Roosevelt zu jammern anfängt, und er braucht keine Gehaltserhöhung, denn was tut er denn schon den lieben langen Tag? Der alte J. T. fährt in seinem Streifenwagen umher, sitzt hinter seinem Schreibtisch und liest *True Detective*, und hin und wieder schlichtet er vielleicht einen Streit oder spürt einen verlorengegangenen Hund auf oder hält zwei Nachbarn davon ab, sich wegen eines eingedrückten Zauns zu prügeln. Alle Jubeljahre gibt es mal einen Einbruch oder eine Schießerei oder etwas wie die Sache mit dem Wagen, der in Saxon's Lake versunken ist. Aber es sieht nicht so aus, als ob der gute alte J. T. ein *richtiger* Sheriff wäre, nicht wahr? Er ist nur ein großer Jammerlappen mit einem Stern an seinem Hut, und in Zephyr passiert nicht viel, das eine Gehaltserhöhung rechtfertigen würde oder anständiges Benzingeld oder hin und wieder einen Bonus. Oder vielleicht auch nur ein aufmunterndes Schulterklopfen.« In seinen Augen funkelte Wut. Ich erkannte, wie es auch meine Eltern taten, daß wir nichts von Sheriff Amorys inneren Qualen gewußt hatten. »Verdammt«, sagte er. »Ich wollte nicht herkommen und euch das alles vor die Füße kotzen. Es tut mir leid.«

»Wenn du schon lange so empfunden hast«, fragte Mom, »warum hast du dann nicht einfach gekündigt?«

»Weil ... es mir gefiel, Sheriff zu sein, Rebecca. Es hat mir gefallen zu wissen, wer was mit wem machte und warum. Es hat mir gefallen, daß die Leute mir vertrauten. Es war ... als wäre man ein Vater und ein großer Bruder und der beste Freund, alles in einem. Vielleicht respektieren mich Bürgermeister Swope und der Stadtrat nicht, doch die Menschen in Zephyr tun es. *Taten* es, meine ich. Deshalb bin ich dabeigeblieben, auch wenn ich schon vor langer Zeit alles hätte hinschmeißen sollen. Bevor Biggun Blaylock mich mitten in der Nacht anrief und sagte, daß er ein Angebot für mich hätte. Er sagte, seine Geschäfte würden doch niemandem weh tun. Er sagte, er würde den Leuten einen Gefallen tun. Er sagte, er wäre überhaupt nicht im Geschäft, wenn die Leute nicht nach dem suchen würden, was er zu verkaufen hat.«

»Und du hast ihm geglaubt. Mein Gott, J. T.!« Dad schüttelte angewidert den Kopf.

»Da war noch mehr. Biggun sagte, wenn er und seine Jungs nicht im Geschäft wären, würde die Ryker-Bande aus dem Nachbarbezirk hier herüberkommen, und ich hatte gehört, daß diese Kerle eiskalte Killer sind. Biggun sagte, daß ich vielleicht einen Pakt mit dem Teufel eingehen mochte, wenn ich sein Geld nähme, doch der Teufel, den man kennt, sei besser als der Teufel, den man nicht kennt. Ja, ich habe ihm geglaubt, Tom. Ich glaube ihm noch immer.«

»Also hast du die ganze Zeit über gewußt, wo sein Schlupfwinkel war, und die Leute gleichzeitig glauben lassen, du könntest nicht die geringste Spur von ihm finden.«

»Das stimmt. Sein Haus ist ganz in der Nähe der Stelle, wo Cory und seine Freunde die Übergabe der Kiste beobachtet haben. Ich weiß wirklich nicht, was darin war, aber ich weiß, daß Gerald Hargison und Dick Moultry schon seit langem zum Klan gehören. Doch nun bin ich der Sünder und der letzte Dreck und bin es nicht wert, auf denselben Straßen wie die anständigen Bürger zu gehen.« Sheriff Amory richtete seinen durchdringenden Blick auf Dad. »Man braucht mir nicht zu sagen, daß ich die Sache vermasselt habe, Tom. Ich weiß, daß ich falsch gehandelt habe. Ich habe Schande über das Amt des Sheriffs und über meine Familie gebracht. Es bringt mich um, wenn Leute, die ich für gute Freunde von uns gehalten habe, Lucinda und die Mädchen anschauen, als wären sie gerade aus einem Spucknapf gekrochen. Wie ich schon sagte, wir werden bald die Stadt verlassen. Doch ich habe noch eine letzte Aufgabe als gewählter Sheriff von Zephyr zu erfüllen.«

»Und was ist das? Einen Banktresor für Biggun öffnen?«

»Nein«, erwiderte der Sheriff leise. »Sicherstellen, daß Donny wegen Mordes ins Gefängnis geht. Oder wenigstens wegen Totschlags.«

»Oh«, sagte Dad, und ich weiß, daß er sich plötzlich ganz klein gefühlt haben muß. Doch er wuchs schnell wieder.

»Was wird Biggun davon halten? Nachdem er dich dafür bezahlt hat, ein Auge zuzudrücken?«

»Biggun hat mich nicht dafür bezahlt, einen Mörder zu decken. Und genau das ist Donny. Ich danke nur Gott, daß er nicht auch Miss Grace getötet hat. Ich kannte Stevie Cauley. Er mag ein harter Bursche gewesen sein, und wir hatten unsere Reibereien miteinander, aber er war anständig. Seine Eltern sind auch gute Leute. Und deshalb werde ich nicht zulassen, daß Donny sich aus dieser Sache herausschlängelt, Tom. Egal, womit Biggun mir droht.«

»Hat er dir gedroht?« fragte Mom, während Dad aufstand, um mit dem Feuerhaken einen Holzscheit im Kamin umzudrehen.

»Ja. Oder sagen wir, er hat mich gewarnt.« Sheriff Amorys Augenbrauen zogen sich zusammen, und die Falten zwischen den Augen vertieften sich. »Übermorgen kommen zwei Marshalls mit dem Trailways-Bus aus der Bezirkshauptstadt herüber. Es ist Bus Nummer dreiunddreißig, und er wird mittags hier sein. Bis dahin soll ich alle Überführungspapiere fertig haben, und sie nehmen dann Donny in ihren Gewahrsam.«

Der Trailways-Bus kam jeden zweiten Tag auf seinem Weg nach Union Town durch Zephyr. Bei seltenen Gelegenheiten hielt er unter dem kleinen Trailways-Schild an der Shell-Tankstelle in der Ridgeton Street, um einen oder zwei Fahrgäste ein- oder aussteigen zu lassen. Doch an den meisten Tagen brauste er nur einfach durch.

»Ich habe ein kleines schwarzes Buch unter dem Fahrersitz in Donnys Wagen gefunden«, berichtete der Sheriff. Dad legte einen weiteren Scheit ins Feuer, doch er hörte zu. »Da stehen Namen und Zahlen drin, die, wie ich glaube, mit dem Wetten auf High-School-Footballspiele zu tun haben. Da sind einige Namen notiert, die dich überraschen würden. Keine Leute aus Zephyr, aber Namen, die

du vielleicht in der Zeitung gelesen hast, wenn du dich für den Politikteil interessierst. Ich denke, die Blaylocks könnten einen oder zwei Trainer bezahlt haben, um die Spiele zu manipulieren«
»Mein Gott!« hauchte Mom.
»Diese beiden Marshalls kommen, um Donny abzuholen, und ich muß sicherstellen, daß er da ist, wenn sie kommen.« Sheriff Amory fuhr mit seinem Finger am Rand seines Stern entlang. »Biggun sagt, er bringt mich eher um, bevor er zuläßt, daß ich seinen Jungen in diesen Bus setze. Und ich denke, er meint, was er sagt, Tom.«
»Er blufft nur!« erwiderte Dad. »Er versucht, dir Angst zu machen, damit du Donny laufen läßt!«
»Heute morgen lag etwas Totes auf unserer Veranda. Ich denke ... es könnte eine tote Katze gewesen sein. Doch sie war in Stücke gehackt, und überall war ihr Blut verschmiert, und an unserer Haustür stand mit Katzenblut geschrieben: *Donny wird nicht gehen*. Du hättest die Gesichter der Mädchen sehen sollen, als sie die Schweinerei erblickten.« Sheriff Amory senkte einen Moment den Kopf und starrte auf den Boden. »Ich habe Angst. Große Angst. Ich glaube, Biggun wird versuchen, mich umzubringen und Donny aus dem Gefängnis zu befreien, bevor der Bus kommt.«
»Ich hätte mehr Angst davor, daß diese verdammten Schlangen sich Lucinda und die Mädchen schnappen könnten«, sagte Mom, und ich wußte, daß sie erregt war, denn sie fluchte sonst so gut wie nie.
»Ich habe sie heute morgen zu Lucindas Mutter geschickt, nachdem das geschehen war. Sie hat mich gegen zwei Uhr angerufen und gesagt, daß sie gut angekommen seien.« Er hob den Kopf und blickte meinen Vater mit einem gequälten Ausdruck an. »Ich brauche Hilfe, Tom.«
Sheriff Amory fuhr fort zu erklären, daß er drei oder vier Männer als Hilfssheriffs brauchte und daß sie diese Nacht,

morgen und morgen nacht gemeinsam im Gefängnis verbringen und Donny bewachen würden. Er sagte, er habe schon Jack Marchette zum Hilfssheriff ernannt, der in eben diesem Moment seinen Wachdienst im Gefängnis versah, doch daß er Probleme hatte, noch andere zu finden. Er habe schon zehn Männer gefragt, sagte er, und sei zehnmal abgewiesen worden. Es sei eine gefährliche Aufgabe, sagte er. Die Hilfssheriffs würden jeder fünfzig Dollar aus seiner eigenen Tasche bekommen, mehr könne er sich nicht leisten zu zahlen. Doch es gäbe Pistolen und Munition im Gefängnis, und das Gefängnis selbst sei so uneinnehmbar wie eine Festung. Der gefährliche Teil sei, so sagte er, Donny von seiner Zelle zum Bus zu bringen.

»Das wär's.« Sheriff Amory umklammerte seine knochigen Knie. »Willst du Hilfssheriff werden, Tom?«

»*Nein!*« Moms Stimme ließ beinahe die Fenster erzittern. »Hast du den Verstand verloren?«

»Es tut mir leid, Tom darum bitten zu müssen, Rebecca. Aber es muß getan werden.«

»Dann bitte jemand anders! Nicht Tom!«

»Kann ich deine Antwort hören?« drängte der Sheriff.

Dad stand neben dem Kamin, in dem die Holzscheite knisterten. Seine Augen wanderten von Sheriff Amory zu Mom und wieder zurück, mit einem kurzen Abstecher zu mir. Dann senkte er den Kopf und vergrub die Hände in den Taschen. »Ich ... weiß nicht, was ich sagen soll.«

»Du weißt, was richtig ist, nicht wahr?«

»Ja. Aber ich weiß auch, daß ich Gewalt ablehne. Ich kann den bloßen Gedanken daran nicht ertragen. Besonders ... nicht nach dem, wie ich mich in den letzten Monaten gefühlt habe. So als ginge ich über Eierschalen, mit einem Amboß auf meinen Rücken gebunden. Ich bin überzeugt, ich könnte nicht abdrücken und jemanden erschießen. Dessen bin ich mir ganz sicher.«

»Dann trägst du eben keine Waffe. Ich würde es nicht von dir verlangen. Sei einfach nur da und zeige Biggun, daß er nicht mit einem Mord davonkommt.«

»Es sei denn, die Blaylocks ermorden euch alle!« Mom sprang förmlich aus ihrem Sessel. »Nein! Tom hat in der letzten Zeit unter großem Streß gestanden, und er ist weder körperlich noch geistig in der Verfassung ...«

»Rebecca«, fuhr Dad sie an. Sie verstummte. »Ich kann für mich selbst sprechen, danke.«

»Sag nur einfach ja, Tom.« Sheriff Amorys Stimme klang nun flehend. »Das ist alles, was ich hören möchte.«

Dad litt große Gewissensqualen. Ich konnte ihr grimmiges Zeichen in seinem Gesicht sehen. Er wußte, was richtig war, doch in seinem Innern war er ganz verdreht und verletzt, und die eiskalte Hand des Mannes auf dem Grund von Saxon's Lake hatte ihn im Nacken gepackt. »Nein«, sagte er schließlich mit heiserer Stimme. »Ich kann nicht, J. T.«

Es mag mir verziehen werden. Mir kam ein Wort in den Sinn, und dieses Wort war *Hasenfuß*. Augenblicklich schämte ich mich dafür, und mein Gesicht brannte, als ich aufsprang und in mein Zimmer lief.

»Cory!« rief Dad. »Warte doch!«

»Nun, so steht es also!« Sheriff Amory erhob sich, nahm seinen Hut vom Couchtisch und setzte ihn auf. Die Krone war eingedrückt, und der silberne Stern hing schief. »Einfach phantastisch! Jeder will, daß die Blaylocks hinter Gittern landen, und sie treten mir in den Hintern, weil ich schmutziges Geld genommen habe, doch wenn sie die Gelegenheit bekommen, wirklich etwas gegen sie zu unternehmen, suchen sie mit Kind und Kegel das Weite! Wirklich ganz toll!«

»Ich wünschte, ich könnte ...« sagte Dad.

»Vergiß es. Bleib zu Hause. Halt dich raus. Gute Nacht.« Sheriff Amory trat aus der Haustür in die Kälte. Die Blätter knirschten unter seinen Schuhen, doch das Geräusch verlor sich in der Ferne. Dad stand am Fenster und schaute ihm nach, als er davonfuhr.

»Mach dir keine Sorgen um ihn«, sagte Mom. »Er wird schon genügend Freiwillige finden.«

»Was, wenn er es nicht tut? Was, wenn sich *wirklich* jeder aus dem Staub macht?«

»Wenn der Stadt nicht genug an Recht und Ordnung liegt, dann verdient sie es, zu vertrocknen und vom Wind davongeweht zu werden.«

Dad wandte sich zu ihr um, und sein Mund war ein verbissener, schmaler Strich. »*Wir* sind Zephyr, Rebecca. Du und ich. Cory. J. T. Die zehn Männer, die er gefragt hat und die ihn abgewiesen haben, die sind auch Zephyr. Es sind die Seelen der Menschen und das Mitgefühl füreinander, die vertrocknen und vom Wind davongeweht werden, bevor es die Gebäude und Häuser tun.«

»Du kannst ihm nicht helfen, Tom. Das kannst du einfach nicht. Wenn dir etwas zustieße ...« Sie beendete den Satz nicht, denn dieser Gedanke führte zu einem trostlosen Ziel.

»Vielleicht hat er unrecht getan, aber er verdient Hilfe. Ich hätte sagen sollen, daß ich ihm helfen würde.«

»Nein, das hättest du nicht sagen sollen. Du bist kein Kämpfer, Tom. Diese Blaylocks würden dich töten, bevor du noch blinzeln könntest.«

»Vielleicht sollte ich dann einfach nicht blinzeln«, erwiderte Dad mit versteinertem Gesicht.

»Tu das, was J. T. sagte, Tom. Bleib zu Hause, und halt dich raus. Okay?«

»Ein schönes Beispiel gebe ich da für Cory ab. Hast du gesehen, wie er mich angeschaut hat?«

»Er kommt schon darüber hinweg«, entgegnete Mom. Sie gab sich große Mühe, ein Lächeln auf ihre Lippen zu zaubern. »Wie wär's mit einem Stück Gewürzkuchen und einer Tasse Kaffee?«

»Ich will keinen Gewürzkuchen. Ich will auch keine Apfeltorte oder Kokosnußmuffins oder Blaubeerschmalzgebäck. Ich will nur etwas ...« Er mußte mit dem Sprechen innehalten, denn der Überschwang der Gefühle erstickte ihn. *Frieden* mochte das nächste Wort gewesen sein, das er hätte sagen wollen. »Ich muß mit Cory reden«, sagte er schließlich, kam zu meinem Zimmer und klopfte an der Tür.

Ich ließ ihn herein. Er war mein Dad. Er setzte sich auf mein Bett, während ich mir einen Blackhawk-Comic dicht vors Gesicht hielt. Bevor er hereingekommen war, hatte ich mich an etwas erinnert, was Vernon sagte: *Sheriff Amory ist ein guter Mann, nur leider kein guter Sheriff. Er läßt die Vögel fliegen, wenn er sie schon unter seiner Pfote hat.* Ich denke, man kann nicht sagen, daß Sheriff Amory nicht versucht hätte, sich gut um seine Familie zu kümmern. Dad räusperte sich. »Nun, ich nehme an, in deinen Augen bin ich tiefer gesunken als der Pimmel einer Schlange, stimmt's?«

Zu jedem anderen Zeitpunkt hätte ich gelacht. Doch jetzt starrte ich nur auf mein Comic-Heft und versuchte, mich in der Welt aus schlanken Flugzeugen und markanten Helden zu verkriechen, die ihren Verstand und ihre Fäuste für das Gesetz einsetzten.

Vielleicht war es eine Selbsttäuschung. Vielleicht las mein Vater wirklich für einen Augenblick meine Gedanken. Er sagte: »Die Welt ist kein Comic-Heft, Junge.« Er berührte meine Schulter, dann stand er auf und schloß beim Hinausgehen die Tür hinter sich.

In jener Nacht habe ich schlecht geschlafen. Wenn es nicht die vier Mädchen waren, die meinen Namen riefen, dann war es der Wagen, der über den Granitvorsprung ins schwarze Wasser stürzte, dann raste Midnight Mona durch mich hindurch, und Biggun Blaylock mit seinem dämonischen, bärtigen Gesicht sagte: Ich habe noch einen extra reingelegt, als Glücksbringer, und Luzifers zerschossener Kopf schrie mich aus seinem Grab heraus an, und Mrs. Lezander bot mir ein Glas Tang an und sagte: *Manchmal bleibt er bis zum Morgengrauen auf und hört sich die Sendungen aus fernen Ländern an.*

Ich lag da und starrte in die Dunkelheit.

Ich hatte Dad und Mom nichts von Dr. Lezanders allergischer Reaktion auf Milch erzählt und auch nichts davon, daß er ein Nachtschwärmer war. Das hatte sicher nichts mit dem Wagen in Saxon's Lake zu tun. Welchen Grund könnte Dr. Lezander haben, einen Fremden umzubringen? Und Dr. Lezander war ein freundlicher Mensch, der Tiere liebte, keine blutrünstige Bestie, die einen Mann halb zu Tode geprügelt und dann die andere Hälfte mit einer Klaviersaite erdrosselt hatte. Das war unvorstellbar!

Und doch stellte ich es mir vor.

Vernon hatte in bezug auf Sheriff Amory recht gehabt. Könnte er auch in bezug auf den milchhassenden Nachtschwärmer recht haben?

Vernon war verrückt, doch wie die Beach Boys kam er herum. Wie das Auge Gottes beobachtete er das Kommen und Gehen der Bürger von Zephyr, sah ihre großen Hoffnungen und niederen Ränke. Das Leben lag nackt vor ihm. Und vielleicht war ihm mehr bewußt, als er selbst wußte.

Ich traf eine Entscheidung. Ich würde anfangen müssen, Dr. Lezander zu beobachten. Und auch Mrs. Lezander. Wie konnte sich unter seinem zivilisierten Äußeren ein solches Monster verbergen, ohne daß sie etwas davon wußte?

Am nächsten Tag, der kühl und regnerisch war, radelte ich nach der Schule an Dr. Lezanders Haus vorbei. Natürlich waren er und seine Frau drinnen. Selbst die beiden Pferde waren im Stall. Ich weiß nicht, wonach ich Ausschau hielt, ich wollte mich nur umsehen. Es mußte mehr als Vernons

Theorien geben, um den Doktor mit Saxon's Lake in Verbindung zu bringen. An jenem Abend hätte man das Schweigen beim Abendbrot mit einer Kettensäge zerschneiden können. Ich traute mir nicht zu, Dads Blick zu begegnen, und Dad und Mom vermieden ebenfalls, einander anzusehen. Also war es ein wirklich fröhliches Abendessen.

Und dann, als wir gerade Kürbiskuchen aßen, der uns langsam schon zu den Ohren wieder herauskam, sagte Dad: »Heute haben sie Rick Spanner entlassen.«

»Rick? Er war doch genauso lange wie *du* bei Green Meadows!«

»Das stimmt«, erwiderte Dad und stocherte mit seiner Gabel im Kuchen. »Hab heute morgen mit Neil Yarbrough gesprochen. Er hat gehört, daß sie das Personal reduzieren. Muß sein, wegen diesem verdammten ... diesem Supermarkt«, verbesserte er sich selbst, obgleich der Fluch schon in die Freiheit entlassen war. »Big Paul's Pantry.« Er schnaubte so laut, daß ich dachte, der Kürbiskuchen würde ihm gleich durch die Nase kommen. »Milch in Plastikflaschen. Was werden sie sich als nächstes einfallen lassen, um alles schlechter zu machen?«

»Leah Spanner hat erst im August ein Baby bekommen«, sagte Mom. »Es ist ihr drittes. Was wird Rick jetzt tun?«

»Ich weiß nicht. Er ist gleich gegangen, nachdem sie es ihm mitgeteilt haben. Neil hat gehört, daß sie ihm einen Monatslohn ausgezahlt haben, doch das wird auch nicht lange reichen, wenn er vier Mäuler zu stopfen hat.« Er legte seine Gabel hin. »Vielleicht können wir ihnen einen Kuchen geben oder irgend etwas.«

»Ich werde morgen früh einen backen.«

»Das ist gut.« Dad griff über den Tisch und legte seine Hand auf Moms. Bei all dem, was geschehen war – was gesagt worden und ungesagt geblieben war –, war es ein herzerwärmender Anblick. »Ich habe so das Gefühl, das ist nur der Anfang, Rebecca. Green Meadows kann mit den Supermarktpreisen nicht konkurrieren. Letzte Woche haben wir unsere Preise für die Stammkunden gesenkt, und zwei Tage später ist Big Paul's Pantry noch weiter runtergegangen. Ich denke, es wird noch viel schlimmer werden, bis es besser wird.« Ich sah, wie seine Finger Moms Hand drückten, und sie erwiderte die Geste. Sie saßen gemeinsam in diesem Boot, und es würde eine lange, anstrengende Reise werden.

»Da ist noch eine Sache.« Dad hielt inne. Sein Kiefer spannte sich an und entspannte sich wieder. Es fiel ihm offensichtlich schwer, es auszuspucken, was immer es auch war. »Ich habe heute nachmittag mit Jack Marchette gesprochen. Er war an der Shell-Tankstelle, als ich dort anhielt, um zu tanken. Er sagte ...« Abermals hatte sich ein dorniges Hindernis in seinem Hals verkeilt. »Er sagte, J. T. hätte nur noch einen weiteren Freiwilligen außer ihm gefunden. Weißt du, wer das ist?«

Mom wartete.

»Der Mondmann.« Ein verkniffenes Lächeln huschte über Dads Gesicht. »Kannst du dir das vorstellen? Von all den kräftigen Männern dieser Stadt wollen sich nur Jack und der Mondmann zusammen mit J. T. gegen die Blaylocks stellen. Ich bezweifle, daß der Mondmann überhaupt eine Pistole zu *halten* in der Lage ist, ganz davon zu schweigen, daß er sie einsetzen könnte, wenn er eine hätte! Nun, ich denke, alle anderen haben beschlossen, lieber zu Hause zu bleiben und sich rauszuhalten, oder wie siehst du das?«

Mom zog ihre Hand fort. Sie blickte auf irgend etwas anderes. Dad sah mich über den Tisch hinweg an, und seine Augen waren so durchdringend, daß ich auf meinem Stuhl hin und her zu rutschen begann, denn ich spürte ihr Feuer und ihre Kraft. »Du hast schon einen tollen Vater, was,

Partner? Hast du heute in der Schule deinen Freunden erzählt, wie ich geholfen habe, das Gesetz zu verteidigen?«
»Nein, Sir«, erwiderte ich.
»Das hättest du aber. Du hättest es Ben, Johnny und Davy Ray erzählen sollen.«
»Ich sehe nicht, daß deren Väter sich vordrängen, um sich von den Blaylocks umbringen zu lassen!« sagte Mom. Ihre Stimme klang angespannt. »Wo sind die Leute, die wissen, wie man eine Waffe benutzt? Wo sind die Jäger? Wo sind die Männer mit der großen Klappe, die sagen, sie hätten so viele Kämpfe hinter sich, und sie wüßten, wie sie ihre Fäuste und Pistolen einsetzen müßten, um jedes Problem in der großen weiten Welt zu lösen?«
»Ich weiß nicht, wo sie sind.« Dad schob seinen Stuhl zurück und stand auf. »Aber ich weiß, wo ich bin.« Er ging auf die Tür zu, und Mom hauchte ängstlich: »Wo willst du hin?«
Dad blieb stehen. Er stand da, zwischen uns und der Tür, und er hob eine Hand an die Stirn. »Nach draußen auf die Veranda. Nur hinaus auf die Veranda, Rebecca. Ich muß mich dort hinsetzen und nachdenken.«
»Draußen ist es kalt, und es regnet!«
»Ich werd's schon überleben«, erwiderte er und verließ das Haus.
Doch er kam zurück, etwa eine halbe Stunde später. Er setzte sich vor den Kamin und wärmte sich am Feuer. Ich durfte etwas länger aufbleiben, da es Freitagabend war. Als es an der Zeit für mich war, ins Bett zu gehen, so zwischen halb elf und elf, saß Dad noch immer in seinem Sessel vor dem Kamin, das Kinn auf die Hände gestützt. Der Wind draußen frischte auf und trieb Regentropfen gegen die Fenster.
»Gute Nacht, Mom!« sagte ich. Sie rief mir von ihren Herkulespflichten in der Küche gute Nacht zu. »Gute Nacht, Dad.«

»Cory?« sagte er leise.
»Ja, Sir?«
»Wenn ich einen Mann töten müßte, würde ich dann in irgendeiner Weise anders sein als derjenige, der den Mord an Saxon's Lake beging?«
Ich dachte einen Moment darüber nach. »Ja, Sir«, entschied ich. »Denn du würdest töten, um dich selbst zu schützen.«
»Woher sollen wir wissen, daß nicht auch der, der den Mord beging, sich auf irgendeine Art selbst *schützte*?«
»Wir können es nicht wissen, denke ich. Doch es würde dir kein Vergnügen bereiten, wie es das ihm bereitet hat.«
»Nein. Ganz sicher nicht.«
Ich hatte noch etwas anderes zu sagen. Ich wußte nicht, ob er es hören mochte oder nicht, doch ich mußte es loswerden.
»Dad?«
»Ja, mein Junge?«
»Ich glaube nicht, daß dir irgend jemand Frieden gibt, Dad. Ich denke, du mußt darum kämpfen, ob du nun willst oder nicht. So wie die Sache mit Johnny und Gotha Branlin. Johnny hat den Kampf nicht gesucht. Er wurde ihm aufgezwungen. Aber er hat Frieden für uns alle gewonnen, Dad.«
Der Gesichtsausdruck meines Vaters änderte sich nicht, und ich wußte nicht, ob er begriff, worauf ich hinauswollte.
»Verstehst du nicht?«
»Doch, ganz deutlich«, erwiderte er. Er hob das Kinn, und ich sah die Spur eines Lächelns in seinen Mundwinkeln.
»Morgen bringen sie im Radio das Alabama-Spiel. Muß ein tolles Ding werden. Du solltest jetzt besser zu Bett gehen.«
»Ja, Sir.« Ich machte mich zu meinem Zimmer auf.
»Danke, Junge«, sagte mein Vater.
Um sieben Uhr früh wurde ich vom Röhren der Startversuche des kalten Motors unseres alten Pick-ups geweckt.
»Tom!« hörte ich meine Mutter von der Veranda rufen.

»Tom, nein!« Ich spähte aus dem Fenster in das frühe Morgenlicht und sah Mom, die in ihrem Bademantel auf die Straße hinauslief. Doch der Pick-up fuhr schon davon, und Mom rief: »Geh nicht!« Dads Hand schob sich aus dem Fahrerfenster, und er winkte. Die ganze Hilltop Street hinauf und hinunter bellten Hunde, die, vom Lärm aufgeschreckt, aus ihren Hundehütten gekommen waren. Ich wußte, wohin Dad fuhr. Ich wußte, warum.

Ich hatte Angst um ihn, doch in der Nacht hatte er eine schwerwiegende Entscheidung getroffen. Er würde seinen Frieden finden, anstatt darauf zu warten, daß der Frieden ihn fand.

Jener Morgen war die reinste Folter. Mom vermochte kaum zu sprechen. Sie stolperte in ihrem Morgenmantel umher, die Augen glasig vor Angst. Jede Viertelstunde oder so rief sie im Büro des Sheriffs an, um mit Dad zu sprechen, bis er ihr so um neun Uhr herum wohl sagte, daß er nicht mehr mit ihr reden könnte, denn von da an wählte sie die Nummer nicht mehr.

Um halb zehn zog ich mich an – Jeans, ein Hemd und einen Pullover, denn obgleich die Sonne strahlte und der Himmel blau war, war die Luft doch frostig. Ich putzte mir die Zähne und kämmte mich. Ich beobachtete, wie die Uhr auf zehn Uhr zutickte. Ich dachte an den Trailways-Bus, Nummer dreiunddreißig, der jetzt schon in Richtung Zephyr unterwegs war. Würde er zu spät, zu früh oder pünktlich kommen? Am heutigen Tag konnte etwas so Nebensächliches wie ein paar Sekunden den Unterschied zwischen Leben und Tod für meinen Vater, den Sheriff, Chief Marchette und den Mondmann bedeuten. Ich schob Gedanken wie diesen so gut ich konnte beiseite, aber sie kehrten zurück, so bösartig wie Giftsumach. Gegen halb elf wußte ich, daß ich hingehen mußte. Ich mußte einfach dort sein, um meinen Vater zu sehen. Ich konnte nicht auf den Telefonanruf warten, in dem man uns mitteilte, daß Donny mit den beiden Marshalls im Bus saß oder daß mein Vater von einer Blaylock-Kugel getötet worden war. Ich mußte einfach hingehen. Ich band mir meine Timex um und war bereit.

Als elf Uhr näher rückte, war Mom so nervös, daß sie gleichzeitig den Fernseher und das Radio eingeschaltet und drei Kuchen auf einmal im Ofen hatte. Das Alabama-Spiel würde gleich anfangen. Es kümmerte mich kein bißchen.

Ich trat in die von Kürbis- und Muskatdüften durchzogene Küche und sagte: »Kann ich zu Johnny gehen, Mom?«

»Was?« Sie schaute mich mit wirrem Blick an. »Wohin?«

»Zu Johnny. Die Jungs wollen sich da treffen, um ...« Ich blickte auf das Radio. *Macht sie nieder!* jubelte die Menge. »... um sich das Spiel anzuhören.« Es war eine Notlüge.

»Nein. Ich möchte, daß du hier bei mir bleibst.«

»Ich habe ihnen versprochen, daß ich kommen würde.«

»Ich *sagte* ...« Ihr Gesicht war feuerrot vor Zorn. Sie knallte die Rührschüssel auf den Tisch. Mit Kürbis überzogene Utensilien rutschten zu Boden. Tränen schossen in ihre Augen, und sie preßte die Hand auf den Mund, um einen gequälten Aufschrei zu unterdrücken.

Draußen kalt, doch drinnen loderten Höllenfeuer. Das war ich. »Ich möchte hingehen«, sagte ich.

Die Hand konnte es nicht länger zurückhalten. »Dann geh doch!« schrie Mom, mit ihren Nerven nun endgültig am Ende. »Geh schon, ist mir doch egal!«

Ich drehte mich um und lief hinaus, bevor das Schluchzen, das in ihr aufstieg, mich in der Küche festhielt. Als ich auf Rakete stieg, hörte ich ein Krachen aus der Küche. Die Rührschüssel war auf dem Boden aufgeschlagen. Ich machte mich durch die eisige Kälte auf den Weg zur Ridgeton Street.

Rakete war an diesem Tag schnell, als würde es die drohende Tragödie erahnen. Die Stadt jedoch lag ruhig in ihrem samstäglichen Dämmerzustand. Die Kälte hatte alle bis auf ein paar unverwüstliche Kinder in die Häuser getrieben, wo sie Bears neuestem Triumph lauschten. Ich beugte mich vor, und mein Kinn durchpflügte den Wind. Raketes Räder surrten über den Asphalt, und wenn meine Schuhe von den Pedalen rutschten, drehten sie sich aus eigener Kraft weiter.

Ich erreichte die Tankstelle fast auf den Gongschlag um elf Uhr fünfzehn. Die Tankstelle besaß zwei Benzinsäulen und einen Luftschlauch. Am Schreibtisch im Kassenhäuschen, das mit einer Werkstatt verbunden war, saß, mit dem Ohr am Radio, der Besitzer der Tankstelle – Mr. Hiram White, ein ältlicher Mann mit einem Buckel, der zwischen seinen Schraubenschlüsseln und Motorblöcken umherschlurfte wie Quasimodo zwischen seinen Glocken. An einer Ecke des kastenförmigen Gebäudes hing ein gelbes Blechschild mit der Aufschrift TRAILWAYS BUS SERVICE an verrosteten Schrauben. Ich stellte Rakete hinter dem Gebäude neben den ölverschmierten Mülltonnen ab, dann setzte ich mich in der Sonne auf den Boden und wartete darauf, daß es zwölf Uhr mittags wurde.

Um zehn vor zwölf, als meine Nägel schon bis zum Fleisch abgekaut waren, hörte ich die Motorengeräusche von sich nähernden Autos. Ich schlich mich an die Ecke und spähte auf die Straße. Der Wagen des Sheriffs fuhr vor, gefolgt von Dads Pick-up. Neben Dad saß der Mondmann, mit seinem Zylinder auf dem Kopf. Chief Marchette saß auf dem Beifahrersitz des Streifenwagens, und hinter Sheriff Amory hockte der Verbrecher selbst. Donny Blaylock trug eine graue Uniform, und auf seinem Gesicht lag ein feistes Grinsen. Niemand stieg aus. Sie saßen da, während die Motoren beider Wagen im Leerlauf röhrten.

Mr. White kam mit seinem seltsam krebsartigen, seitwärts gerichteten Gang aus seinem Büro. Sheriff Amory kurbelte sein Fenster herunter, und sie tauschten einige Worte aus, doch ich konnte nicht verstehen, was sie sagten. Dann kehrte Mr. White in sein Büro zurück. Ein paar Minuten später trat er wieder heraus, und diesmal trug er eine ölverschmierte Jacke und eine Baseballmütze. Er stieg in seinen DeSoto und fuhr davon, begleitet von blauen Rauchwölkchen aus seinem Auspuff, die wie die Punkte und Striche des Morsealphabets in der Luft hingen.

Das Fahrerfenster des Sheriffs wurde wieder nach oben gekurbelt. Ich schaute auf meine Timex. Es war zwei Minuten vor zwölf.

Zwei Minuten später war der Bus noch immer nicht angekommen.

Plötzlich sagte eine Stimme hinter mir: »Beweg dich nicht, Junge.«

Eine Hand packte meinen Nacken, bevor ich meinen Kopf umwenden konnte. Sehnige Finger drückten so fest zu, daß meine Nerven erstarrten. Die Hand zog an meinem Hals, und ich wich von der Ecke des Gebäudes zurück. War es Wade oder Bodean, der mich da am Schlafittchen gepackt hatte? Gott, gab es nicht eine Möglichkeit, meinen Dad zu warnen? Die Hand zog mich weiter zurück, bis wir wieder bei den Mülltonnen waren. Dann ließ sie mich los, und ich drehte mich um, um einen Blick auf meinen Gegner zu werfen.

Mr. Owen Cathcoate sagte: »Was zum Teufel machst du hier, Junge?«

Ich konnte nicht sprechen. Mr. Cathcoates faltiges, mit Leberflecken übersätes Gesicht wurde von einem mit Schweißrändern überzogenen braunen Cowboyhut gekrönt, der in seiner Form mehr an einen Gabby Hayes denn an einen Roy Rogers erinnerte. Sein schütteres gelblichweißes Haar hing ungepflegt bis auf seine Schultern herab. Über seinen zerknitterten schwarzen Hosen und einer schlammfarbenen

Strickjacke trug er einen beigen Staubmantel, der mehr nach Schimmel als nach Staub aussah. Sein ausgefranster Saum reichte beinahe bis zu den Knöcheln seiner schlichten schwarzen Stiefel. Doch das alles war es nicht, was mir die Stimme geraubt hatte. Der Stimmendieb war das Pistolenhalfter aus gehämmertem Leder, das um seine schlanke Taille geschnallt war, und die Pistole mit dem Elfenbeingriff, die auf der linken Seite in jenem Halfter steckte, verkehrt herum, so daß der Griff nach vorn zeigte. Mr. Cathcoates schmale Schlitzaugen musterten mich durchdringend. »Ich habe dich was gefragt«, sagte er.

»Mein Dad«, brachte ich schließlich heraus. »Er ist hier. Um dem Sheriff zu helfen.«

»Das ist er. Aber das erklärt noch nicht, warum *du* hier bist.«

»Ich wollte nur ...«

»Daß jemand dir den Kopf herunterschießt? Es wird ein ganz schönes Feuerwerk geben, wenn ich die Blaylocks richtig einschätze. Steig auf das Rad und zieh Leine.«

»Der Bus hat Verspätung«, sagte ich in dem Versuch, ihn hinzuhalten.

»Probier nicht, Zeit zu gewinnen«, gab er zurück. »*Los!*« Er schubste mich zu Rakete.

Ich stieg nicht auf. »Nein, Sir. Ich bleibe bei meinem Dad.«

»Soll ich dir hier auf der Stelle den Hintern versohlen?« Die Adern an seinem Hals traten hervor. Ich überlegte kurz, daß er mir eine Abreibung verpassen könnte, gegen die die meines Vaters wie das zarte Streicheln einer Puderquaste wäre. Mr. Cathcoate trat auf mich zu. Ich machte einen einzigen Schritt nach hinten, und dann entschied ich, daß ich nicht weitergehen würde.

Mr. Cathcoate blieb ebenfalls stehen, kaum einen Meter vor mir. Ein verkniffenes Lächeln verzog seine Lippen. »Nun«, sagte er, »du hast ganz schön Mumm in den Knochen, was?«

»Ich bleibe hier«, erklärte ich.
Und dann hörten wir beide das Geräusch eines näher kommenden Fahrzeugs, und wir wußten, daß uns keine Zeit mehr zum Streiten blieb. Mr. Cathcoate wirbelte herum und pirschte zur Ecke des Gebäudes. Er hielt inne und spähte verstohlen um die Ecke, und ich erkannte plötzlich, daß ich nicht mehr Mr. Cathcoate vor mir sah.
Ich sah Candystick Kid.
Ich spähte ebenfalls um die Ecke, bevor Mr. Cathcoate mich zurückwinkte.
Was ich erblickte, ließ mir beinahe das Herz stehenbleiben. Es war nicht der Trailways-Bus, sondern ein schwarzer Cadillac. Er fuhr bis zur Tankstelle und hielt in schrägem Winkel vor dem Wagen des Sheriffs. Ich duckte mich unter Mr. Cathcoates zurückhaltender Hand hindurch und lief zu einem Haufen alter Reifen in der Nähe der Werkstatt, hinter denen ich mich auf den Boden warf. Nun hatte ich ein freies Blickfeld auf das, was bald geschehen würde, und ich blieb dort trotz aller winkenden Versuche von Mr. Cathcoate, mich wieder hinter die Ecke des Gebäudes zu holen.
Bodean Blaylock, in einem weißen Hemd mit offenem Kragen und einem glänzenden grauen Anzug, stieg auf der Fahrerseite aus. Sein Haar war fast bis auf den Schädel rasiert, und sein gemeiner Mund verzog sich zu einem dünnen Lächeln. Er griff in den Wagen, und als seine Hand wieder zum Vorschein kam, hielt sie einen Revolver mit Perlmuttgriff. Dann stieg Wade Blaylock auf der Beifahrerseite aus. Er hatte sein dunkles Haar mit Brillantine zurückgekämmt, sein Kinn trotzig vorgereckt, und er trug enge schwarze Hosen. Die Ärmel seines blau karierten Cowboyhemdes waren aufgekrempelt, so daß trotz der schneidenden Kälte seine schlanken, tätowierten Unterarme bloßlagen. Er hatte ein Schulterhalfter mit einer Waffe darin, und er brachte ein

Gewehr mit sich aus dem Cadillac, das er mit einer schnellen Bewegung durchlud: *kaschunk!*
Dann öffnete sich die hintere Tür, der Cadillac wippte, und das fleischige Haupt der Familie hievte sich heraus. Biggun Blaylock trug einen Overall in Tarnfarben und ein dunkelbraunes Hemd. Er sah aus wie ein zum Leben erwachter Novemberhügel, der sich aus seinem Felsbett losgerissen hatte, um über das Land zu rollen. Sein Gesicht zeigte ein breites Grinsen, und sein kahler Kopf mit dem kleinen Büschel grauer Haare glänzte von Pomade. Er schnaufte stark, ganz außer Atem von der Anstrengung des Aussteigens.
»Los, Jungs«, keuchte er.
Wade legte das Gewehr an. Bodean spannte den Hahn seiner Pistole. Sie zielten auf den Wagen des Sheriffs und begannen zu schießen.
Ich wäre beinahe aus meiner Haut gesprungen. Die Kugeln trafen die beiden Vorderreifen von Sheriff Amorys Wagen und ließen zischend die Luft entweichen. Dann zielten Wade und Bodean auf Dads Pick-up, während Dad im selben Augenblick den Rückwärtsgang einlegte und versuchte, den Wagen aus der Gefahrenzone zu bringen. Es war nutzlos; die beiden Vorderreifen explodierten, und der Pick-up lag wie eine lahme Ente da und schaukelte auf seinen Stoßdämpfern.
»Dann laß uns mal zur Sache kommen, Sheriff Junior!« donnerte Biggun.
Sheriff Amory stieg nicht aus. Donnys grinsendes Gesicht war gegen die Fensterscheibe gepreßt wie das eines Kindes, das sich die frischen Kuchen in einer Bäckerei anschaute. Ich warf einen Blick zu Mr. Cathcoate hinüber, um zu sehen, was er tat. Doch Candystick Kid war nicht mehr da.
»Der Bus wird noch 'ne Weile brauchen!« sagte Biggun. Er beugte sich zum Rücksitz des Cadillacs hinunter, und als er sich wieder aufrichtete, hielt er eine doppelläufige Schrot-

flinte in einer seiner schinkengroßen Hände und in der anderen einen Beutel, ebenfalls in Tarnfarben. Er legte den Beutel auf das Dach des Caddys, öffnete den Reißverschluß und griff hinein. »Ganz komische Sache, Sheriff Junior!« Er klappte die Flinte auf, fischte zwei Patronen aus dem Munitionsbeutel und schob sie in die Kammern. Dann schnappte er die Waffe wieder zu. »Der verdammte Bus hatte plötzlich zwei platte Reifen, etwa sechs Meilen weiter auf der Route 10! Wird 'ne ganz schöne Arbeit, die Dinger auszuwechseln!« Er stützte sein Gewicht auf den Caddy, der daraufhin ächzend nach unten sackte. »Ich selbst hab es immer gehaßt, Reifen zu wechseln.«

Eine Schußwaffe sprach: *Bum bum!*

Die Hinterreifen des Cadillacs explodierten. Biggun sprang trotz seiner Leibesfülle einen Meter in die Luft. Er stieß einen Laut aus, der eine Mischung aus einem Jodler und einer Opernarie war. Wade und Bodean wirbelten herum. Biggun landete mit einer Zement aufreißenden Erschütterung wieder auf dem Boden.

Rauch waberte um eine Gestalt, die hinter dem Cadillac stand, direkt neben Mr. Whites Abschleppwagen. Candystick Kid hielt seine Pistole in seiner rechten Hand.

»Was ist denn das für eine verdammte Scheiße ...!« wütete Biggun. Sein Gesicht schwoll rot an, und seine Bartspitze zitterte.

Sheriff Amory sprang aus seinem Streifenwagen. »Owen! Ich hab dir doch gesagt, ich will dich hier nicht sehen!«

Candystick Kid ignorierte ihn. Sein eiskalter Blick richtete sich auf Biggun. »Wissen Sie, wie man das nennt, Mr. Blaylock?« Plötzlich ließ er seine Pistole um seinen Abzugsfinger kreiseln, so daß die Sonne auf dem bläulichen Metall blitzte, und dann ließ er die Waffe mit dem Griff nach vorn und dem leisen Knirschen weichen Leders in den links hängenden Halfter rutschen. »Dies nennt man«, sagte er, »ein Patt.«

»Leck mich doch am Arsch mit deinem Patt!« brüllte Biggun. *»Legt ihn um, Jungs!«*

Wade und Bodean eröffneten das Feuer, während Sheriff Amory »Nein!« schrie und das Gewehr hochriß, das er neben dem Körper gehalten hatte.

Candystick Kid mochte ein alter, faltiger Mann sein, doch was immer er in sich trug, das ihn zum Kid gemacht hatte, zeigte nun, was es konnte. Er warf sich hinter den Abschleppwagen, während im selben Augenblick Kugeln die Windschutzscheibe durchschlugen und sich in die Motorhaube bohrten. Sheriff Amory feuerte zwei Schüsse ab, und die Windschutzscheibe des Cadillacs zerbarst. Wade schrie auf und warf sich auf den Boden, doch Bodean drehte sich mit haßverzerrtem Gesicht und erhobener Pistole herum. Sheriff Amorys Hut flog wie eine Taube von seinem Kopf. Der nächste Schuß aus dem Gewehr des Sheriffs zog einen Scheitel in Bodeans kurzgeschorenem Haar, und Bodean mußte die Hitze der Kugel gespürt haben, denn er brüllte *»Au!«* und ging auf Froschperspektive hinunter.

Mr. Marchette stieg aus dem Streifenwagen aus, in der Hand eine Pistole. Dad kletterte aus dem Pick-up und warf sich auf den Asphalt, und eine erregende Mischung aus Stolz und Furcht durchzuckte mich, als ich sah, daß auch er eine Waffe in der Hand hielt. Der Mondmann blieb im Wagen und duckte seinen Kopf, so daß nur noch sein Zylinder zu sehen war.

Bum! ertönte die doppelläufige Schrotflinte. Der Abschleppwagen erbebte, und Stücke von Glas und Metall flogen in alle Richtungen. Biggun kniete neben dem Cadillac, und ich dachte bei mir, daß er den Abschleppwagen besser nicht kaputtmachen sollte, denn er würde ihn später noch als Hilfe beim Aufstehen brauchen.

»Daddy!« schrie Donny aus dem Streifenwagen. »Hol mich hier raus, Daddy!«

»Niemand nimmt sich so einfach etwas, was mir gehört!« brüllte Biggun zurück. Er feuerte einen Schuß auf den Wagen des Sheriffs ab, und der Kühlergrill explodierte. Dampfendes Kühlwasser brodelte wie ein Geysir hoch. Vom Rücksitz aus, wo er offensichtlich mit Handschellen oder einem Seil festgehalten wurde, schrie Donny: »Bring mich nicht um, bevor du mich rettest, Daddy!«

Ich konnte sehen, von wem Donny seinen Verstand geerbt hatte.

Biggun griff nach oben und zog den Munitionsbeutel herunter, um nachzuladen. Eine weitere Kugel schlug in den Cadillac ein, und ein Rücklicht zerbarst. Candystick Kid war noch immer bei der Arbeit.

»Hat keinen Zweck!« rief Biggun und ließ die Schrotflinte wieder zuschnappen. »Wir werden durch euch hindurchfahren wie Scheiße durch eine Gans! Hörst du mich, Sheriff Junior?«

Dad stand auf. Ich hätte ihm beinahe zugerufen, daß er am Boden bleiben sollte, aber er lief am Streifenwagen entlang und kauerte sich neben Sheriff Amory. Ich konnte sehen, wie bleich sein Gesicht war. Doch er war dort, und das allein zählte.

Es folgte eine kurze Feuerpause, während der alle Beteiligten neuen Mut schöpften. Dann begannen Bodean und Wade abermals, auf den Wagen des Sheriffs zu schießen, und Donny duckte sich auf dem Rücksitz. »Hört auf damit, ihr verdammten Idioten!« befahl Biggun. »Wollt ihr eurem Bruder den Kopf runterblasen?«

Vielleicht war es nur meine Einbildung, doch weder Bodean noch Wade hörten so augenblicklich mit dem Feuern auf, wie sie es hätten tun sollen.

»Schnapp sie dir von hinten, Wade!« brüllte Bodean.

»Schnapp *du* sie dir doch von hinten, blöder Hund!«

Bodean, der bewies, daß die Verschlagenheit eines Pokerspielers nichts über seinen gesunden Menschenverstand aussagte, stand auf und sprintete zur Ecke des Gebäudes. Er kam gerade drei Schritte weit, bevor ein einzelner Schuß ertönte und er seinen rechten Fuß umklammerte und langgestreckt auf den Asphalt fiel. »Ich bin getroffen, Daddy! Daddy, ich bin getroffen!« wimmerte er. Seine Pistole lag außerhalb seiner Reichweite.

»Hab auch nicht gedacht, daß du aus Jux und Tollerei *jaulst*!« brüllte Biggun zurück. »Guter Gott, du hast den Verstand eines Zwergkaninchens!«

»He, ich brauch was anderes, auf das ich schießen kann!« drängte Candystick Kid, gut versteckt im Schatten des Abschleppwagens. »Ich hab 'ne ganze Knarre voller einsamer Kugeln!«

»Gib auf, Biggun!« rief Sheriff Amory. »Dir steht doch das Wasser bis zum Hals!«

»Wenn das so ist, laß ich euch vorher an der Seife ersticken, ihr Bastarde!«

»Hat doch keinen Sinn, wenn erst jemand verletzt wird! Werft eure Waffen weg und gebt auf!«

»Scheeeiiße!« knurrte Biggun. »Glaubst du, ich hab es im Leben soweit gebracht, indem ich aufgegeben habe? Glaubst du, ich bin von der Kuhscheiße und den Baumwollfeldern aufgestiegen, um mir von einem mickrigen Blechstern meinen Jungen wegnehmen und *alles* ruinieren zu lassen? Du hättest dir von dem Geld, das ich dir gegeben habe, einen Gehirnklempner leisten sollen!«

»Biggun, es ist vorbei! Du bist umzingelt!« Das war die Stimme meines Vaters. Solange ich lebe, werde ich nie ihre eiserne Entschlossenheit vergessen. Er war doch Blackhawk.

»Umzingelt *dies*!« Wade sprang auf und begann mit seinem Gewehr in Richtung meines Vaters zu feuern. Biggun brüllte ihm zu, wieder in Deckung zu gehen, doch Wade balancierte genau wie Donny am Abgrund des Wahnsinns. Kugeln ließen Funken von Beton hochstieben, und eine von ihnen bohrte sich in einen der Reifen, hinter denen ich mich versteckte. Mein Herz setzte einen Schlag aus, so dicht war es. Dann krachte abermals Candystick Kids Pistole, nur einmal, und ein Stück von Wades linkem Ohr wurde von seinem Kopf gefetzt, und rotes Blut spritzte auf die Motorhaube des Cadillacs.

Man hätte glauben mögen, die Kugel hätte etwas weit Elementareres abgerissen, denn Wade kreischte wie eine Frau. Er hielt sich sein ausgefranstes Ohr, sackte zu Boden und begann sich wie Curly von den Three Stooges hysterisch herumzuwälzen.

»O Gott erbarme sich!« stöhnte Biggun.

Es war offensichtlich, daß die Blaylocks, wie die Branlins, zwar gut austeilen, aber nichts einstecken konnten.

»Verdammt, ich hab danebengeschossen!« sagte Candystick Kid. »Ich hab auf seinen Kopf anstatt auf seinen Arsch gezielt!«

»*Ich lege euch alle um!*« Bigguns Stimme erreichte wieder die Donnergrenze. »*Ich lege jeden einzelnen von euch um und tanze auf euren Gräbern!*«

Es war ein beängstigender Ausruf. Doch mit Bodean und Wade, die sich auf dem Boden wälzten, und Donny, der wie ein trauriger Welpe jaulte, waren nicht mehr viele Blitze in diesem Gewitter übrig.

Und dann öffnete sich die Beifahrertür des Pick-ups, und der Mondmann stieg aus. Er trug einen schwarzen Anzug und eine rote Fliege. Um seinen Hals baumelten sechs oder sieben Bindfäden, an denen kleine Gegenstände hingen, die wie Teebeutel aussahen. An einen Jackenaufschlag war eine Hühnerkralle geheftet, und an jedem Handgelenk trug er drei Uhren. Er duckte sich nicht und ging auch nicht in Deckung. Statt dessen marschierte er geradewegs am Streifenwagen vorbei, vorbei an Chief Marchette und meinem Dad und Sheriff Amory. »He!« rief Chief Marchette. »Nehmen Sie Ihren Kopf runter!«

Doch der Mondmann ging einfach mit gemessenen Schritten und hocherhobenem Kopf weiter, geradewegs auf die Stelle neben dem Cadillac zu, wo Biggun mit einer geladenen doppelläufigen Schrotflinte kauerte.

»Hört mit dieser sinnlosen Gewalt auf!« sagte der Mondmann mit leiser, beinahe kindlicher Stimme. Ich hatte noch nie zuvor seine Stimme vernommen. »Hört mit dieser sinnlosen Gewalt auf, bei allem, was gut ist!« Seine langen Beine stiegen ohne ein Zögern über Wade hinweg.

»Bleib mir vom Leib, du verrückter Nigger!« warnte Biggun. Doch der Mondmann ließ sich nicht aufhalten. Dad rief: »Kommen Sie zurück!« und wollte aufstehen, aber Sheriff Amory hielt ihn am Arm.

»Ich blase dich in die Voodoo-Hölle!« sagte Biggun, ein Zeichen dafür, daß er sich des Rufs des Mondmanns und der Dame durchaus bewußt war. In Bigguns Augen blitzte das feuchte Funkeln der Furcht. »Bleib mir vom Leib! Bleib weg, sag ich!«

Der Mondmann trat vor Biggun. Der Mondmann lächelte, die Augen ganz in seinen Falten verborgen, und streckte seine langen, mageren Arme aus. »Laß uns nach dem Licht suchen«, sagte er.

Biggun zielte direkt auf den Mondmann. »Nun, dann zünde mal eins für mich an!« höhnte er, und sein dicker Finger betätigte beide Abzüge gleichzeitig.

Ich zuckte zusammen, während meine Trommelfelle schon in Erwartung des Knalls zu knistern schienen.

Doch es kam kein Knall.

»Steh auf, und gehe wie ein Mann«, sagte der Mondmann, noch immer lächelnd. »Es ist nicht zu spät.«

Biggun würgte und japste gleichzeitig nach Luft. Erneut

drückte er ab. Noch immer ertönte kein Knall. Biggun ließ die Schrotflinte aufschnappen, und was die Kammern verstopft hatte, ergoß sich über seine Hände.

Es waren kleine grüne Gartenvipern. Dutzende davon, alle ineinander verknäult. Vollkommen harmlos, aber sie setzten Biggun Blaylock zu, daran bestand kein Zweifel.

»Aaaaahhhh!« keuchte er. Er klopfte die Schlangen aus den Kammern und griff in den Munitionsbeutel. Augenblicklich zog er die Hand wieder heraus, um die sich schlanke grüne Körper ringelten. Biggun stieß einen Laut aus wie Lou Costello beim Anblick von Lon Chaneys Werwolf – »*Woo woo woo woo!*« –, und plötzlich war dieser fleischige Koloß auf den Beinen und zeigte, daß er vielleicht nicht wie ein Mann gehen, dafür aber wie ein Hase rennen konnte. Natürlich traten in Fällen wie diesem zwangsläufig irgendwann die physikalischen Gesetze in Kraft, und Bigguns Gewicht warf ihn zu Boden, bevor er noch sehr weit gekommen war. Er wälzte sich und schlug um sich wie eine Schildkröte, die man auf den Rücken gedreht hatte.

Reifen quietschten. Ein mit Männern beladener Pick-up donnerte auf die Tankstelle zu. Unter ihnen erkannte ich Mr. Wilson und Mr. Callan. Die meisten der Männer hielten Baseballschläger, Äxte oder Gewehre in ihren Händen. Dicht hinter ihnen kam ein weiterer Wagen, gefolgt von noch einem. Ein zweiter Pick-up kam schlitternd zum Stehen. Die Männer von Zephyr – und auch viele der Männer aus Bruton – sprangen heraus, bereit, ein paar Köpfe rollen zu lassen. »Da hol mich doch«, entfuhr es Sheriff Amory, und er stand auf.

Sie waren, um es freundlich zu sagen, zutiefst enttäuscht, daß alles schon vorbei war. Später erfuhr ich, daß sie durch den Lärm der Schießerei ihren Mut wiedergefunden hatten und herbeigeeilt waren, um ihren Sheriff und ihre Stadt zu verteidigen. Ich vermute, sie hatten alle geglaubt, daß schon jemand anders die Verantwortung übernehmen würde und sie zu Hause bleiben und sich heraushalten konnten. Viele Frauen hatten viele Tränen vergossen. Doch sie waren gekommen. Bei weitem nicht alle Männer aus Zephyr und Bruton, doch mehr als genug, um die Sache zu erledigen. Ich denke, beim Anblick dieses wilden Haufens von Männern mit Schlachtermessern, Louisville-Sluggers, Äxten, Pistolen und Fleischerbeilen dankten die Blaylocks ihrem Schutzengel, daß sie nicht in Holzsärgen ins Gefängnis gingen.

In all dem Durcheinander kam ich aus meinem Versteck. Mr. Owen Cathcoate stand über Wade gebeugt und hielt ihm eine Predigt über den schmalen Pfad der Tugend. Wade hörte nur mit halbem Ohr zu. Mein Dad stand mit dem Mondmann drüben beim Cadillac der Blaylocks. Ich ging zu ihm, und er schaute mich an und wollte gerade fragen, was ich hier machte, doch er tat es nicht, denn die Antwort darauf würde zu einer Tracht Prügel führen. Also fragte er nicht, sondern nickte nur.

Dad und ich standen nebeneinander und starrten hinunter auf Bigguns Flinte und den Munitionsbeutel. Grüne Schlangen wimmelten dort und krochen ineinander verschlungen wie Seegras aus dem Beutel.

Der Mondmann grinste nur. »Meine Frau«, sagte er. »Sie ist schon eine ganz schön verrrüüückte alte Dame.«

8
Aus der verlorenen Welt

Die Blaylocks gingen direkt ins Gefängnis. Sie hatten keine »Sie kommen aus dem Gefängnis frei«-Karte, sie zogen keine zweihundert Dollar ein, und ihr verderbtes Monopoly war zerschlagen. Ich hörte, daß sie zuerst verschlossen wie die Austern waren, doch dann, als die Ermittlungsbeamten der Staatspolizei sie sich richtig vornahmen, begannen sich die Familienbande aufzulösen. Wade erfuhr, daß Donny eine schöne Stange seiner Schwarzbrennereiprofite gestohlen hatte, Bodean erfuhr, daß Wade einiges von den Einnahmen der Spielhölle in die eigene Tasche hatte fließen lassen, und Donny verdächtigte Wade, eine Spur Arsen in seine Flasche mit Selbstgebranntem getan zu haben und dies der Grund dafür war, daß er einen Geist gesehen hatte. Während die Blaylock-Brüder begannen, wie die Vögelchen zu singen, entschied sich Biggun, die Flucht in den Glauben anzutreten. Während der ersten Anhörung vor Gericht fiel er auf die Knie und gestand theatralisch schluchzend – selbst Shakespeare wäre grün vor Neid geworden –, daß er wiedergeboren und von seinen eigenen fehlgeleiteten Söhnen verführt worden sei, den Pfaden des Teufels zu folgen. Sie kamen sicher ihrer Mutter nach, sagte er. Er schwor, sein Leben von nun an dem Guten zu weihen und Pastor zu werden, wenn der Richter ihm durch die Barmherzigkeit Gottes den Gnadenkelch anbieten würde.

Man sagte ihm, daß er lange Zeit haben würde, das Predigen zu üben, ebenso wie einen warmen, sicheren Platz, an dem er in Ruhe die Bibel studieren könnte.

Als sie ihn kreischend und um sich schlagend aus dem Gerichtssaal zerrten, verdammte er alle Anwesenden, sogar die Stenographin. Man sagte, er stieß so viele Flüche aus, daß sie, wären es Ziegelsteine gewesen, für ein Dreizimmerhaus mit einer Doppelgarage gereicht hätten. Die Brüder wurden ebenfalls dem Richter vorgeführt, mit ähnlichem Ergebnis. Ich hatte kein Mitleid mit ihnen. Wie ich die Blaylocks kannte, würden sie schon bald den Gefängnisladen führen und sich an jeder Zigarette und jedem Blatt Klopapier eine goldene Nase verdienen.

Eins jedoch weigerten sich die Blaylocks auszuspucken: was in der Holzkiste war, die sie Gerald Hargison und Dick Moultry verkauft hatten. Es konnte nicht bewiesen werden, daß die Kiste überhaupt existierte. Doch ich wußte es besser.

Die Amorys verließen die Stadt. Mr. Marchette gab seinen Posten als Brandmeister auf und übernahm die Stelle des Sheriffs. Wie ich hörte, hat Sheriff Marchette Mr. Owen Cathcoate gesagt, daß er ihm nur Bescheid geben müßte, wenn er mal Lust hatte, einen Hilfssheriffstern zu tragen. Doch Mr. Cathcoate setzte den Sheriff davon in Kenntnis, daß Candystick Kid sich aufgemacht hätte, abermals die Prärien des Wilden Westens zu durchstreifen, wo er hingehörte, und daß er von nun an einfach schlicht der alte Owen sei.

Mom ging eine Weile wie ein Zombie umher, während ihr Visionen dessen, was alles hätte geschehen können, durch den Kopf wirbelten, doch sie kam wieder zu sich. Ich glaube, daß sie vielleicht tief in ihrem Herzen gewünscht hatte, Dad wäre zu Hause geblieben und hätte sich herausgehalten, doch sie respektierte ihn noch mehr dafür, daß er sich entschieden hatte, das zu tun, was er für richtig hielt. Als meine Lüge zutage trat, überlegte Dad, mich nicht zum Brandywine Carnival gehen zu lassen, wenn dieser in die Stadt kam, aber schließlich entschied er sich, mich eine Woche lang das Abendbrotgeschirr spülen und abtrocknen zu lassen. Ich stritt nicht mit ihm.

Dann begannen die Plakate in der Stadt aufzutauchen. DER BRANDYWINE CARNIVAL KOMMT! Johnny freute sich schon auf die Indianerponys und die Kunstreiter. Ben war ganz aufgeregt wegen der Budenstraße und der von bunten, blinkenden Glühbirnen beleuchteten Karussells. Ich freute mich auf die Geisterbahn, durch die man in ruckelnden Wagen fuhr, während einem unvermittelt Dinge über das Gesicht strichen und einen aus der Dunkelheit heraus anheulten. Davy Rays Aufregung galt der Freakshow. Ich habe nie wieder jemanden kennengelernt, der sich so für Freaks begeistern konnte wie er. Mir machten sie angst, und ich mochte sie kaum ansehen, doch Davy Ray war ein wahrer Genießer, wenn es um Entstellungen ging. Wenn es drei Arme, einen Stecknadelkopf, eine krokodilartige Haut hatte oder Blut schwitzte, wurde ihm ganz schwindlig vor freudiger Erregung.

So kam es, daß am Donnerstag abend der Park in der Nähe des Baseballfeldes, wo wir unser Barbecue am vierten Juli abgehalten hatten, leer und verlassen dalag, als die letzten Lichter in Zephyr erloschen. Am Freitag morgen waren die Kinder auf dem Weg zur Schule Zeuge der Veränderung, die wenige Stunden bringen konnten. Der Brandywine Carnival erhob sich wie eine Insel in einem Meer aus Sägemehl. Laster rumpelten umher, Männer errichteten Zelte, die Gestelle der Karussells wurden zusammengesetzt wie Dinosaurierknochen, und die Buden, in denen Eßwaren verkauft werden würden und man für zwei Dollar an Hufeisen wertlose Puppen gewinnen könnte, wurden aufgebaut.

Vor der Schule machten meine Kumpel und ich auf unseren Rädern noch eine kurze Spritztour durch den Park. Andere Kinder hatten dieselbe Idee, und wir alle kreisten umher wie

Motten in Erwartung einer Glühbirne. »Da ist die Geisterbahn!« rief ich und deutete auf die Fledermausflügel eines Spukschlosses, das gerade zusammengefügt wurde. »Wie's aussieht, wird's dieses Jahr ein Riesenrad geben!« Johnnys Blick klebte an dem Wagen, auf dessen Seiten Pferde und Indianer gemalt waren. Davy Ray brüllte: »Seht euch das an! O *Mann!*« Wir sahen, worüber er so aufgeregt war: eine große, grellbunt bemalte Zeltwand mit einem faltigen Gesicht und in der Mitte des Gesichts ein einzelner, abscheulicher Augapfel. DIE ABSCHEULICHEN LAUNEN DER NATUR! verkündeten die Worte auf der Zeltwand. ES HÄTTE AUCH SIE TREFFEN KÖNNEN!

Um ehrlich zu sein, war es kein großer Jahrmarkt. Er war noch nicht einmal mittelgroß. Die Zelte waren geflickt, die Wagen verrostet, die Laster und Arbeiter gleichermaßen erschöpft. Es war das Ende der Jahrmarktsaison für sie, und unsere Gegend war beinahe der letzte Halt. Doch wir hatten nie das Gefühl, die Reste der Liebesäpfelernte zu bekommen, daß die Indianerponys und die Kunstreiter ihre Nummern mit einem Auge auf der Uhr erledigten, daß die Karussells dringend geölt werden müßten und die Säuerlichkeit der Ausrufer nicht Teil ihrer Schau war, sondern daher rührte, daß sie völlig groggy waren. Wir sahen nur den Jahrmarkt dort draußen, strahlend und lockend. Das war es, was wir sahen.

»Schaut aus, als würde es ein gutes Jahr werden!« sagte Ben, als wir uns wieder auf den Weg zur Schule machten.

»Ja, ist schon ...«

Und dann donnerte eine Hupe hinter mir, und Rakete schwenkte blitzschnell zur Seite, während ein Mack-Truck an uns vorbeibrauste. Er bog auf den mit Sägespänen bestreuten Platz, der unter seinen schweren Reifen knirschte. Die Zugmaschine war ein Sammelsurium bunter Teile, und sie zog einen fensterlosen Anhänger hinter sich her. Wir konnten die Stoßdämpfer ächzen hören. Auf die Seiten des Anhängers hatte die Hand eines Amateurs ungelenk grüne Dschungelbäume und Pflanzen gemalt. Über der Dschungellandschaft stand in dicken roten Lettern, die wie tropfendes Blut verlaufen waren: AUS DER VERLORENEN WELT.

Er rumpelte dahin, auf das Labyrinth aus anderen Zugmaschinen und Wagen zu. Doch er ließ einen Geruch zurück. Keine Auspuffgase, obgleich auch davon viel in der Luft hing. Etwas anderes. Etwas ... Echsenartiges.

»Pfui!« Davy Ray rümpfte die Nase. »Ben hat einen gelassen!«

»Hab ich nicht!«

»Lautlos, aber tödlich!« johlte Davy Ray.

»Dann hast du ihn selbst gelassen! Nicht ich!«

»Ich rieche es auch«, sagte Johnny ruhig. Davy Ray und Ben verstummten. Wir hatten gelernt, zuzuhören, wenn Johnny sprach. »Das kam aus dem Anhänger.«

Wir schauten zu, wie der Mack-Truck und sein Anhänger zwischen zwei Zelten abbog und aus dem Blickfeld verschwand. Ich sah auf den Boden und bemerkte, daß seine Räder glatt durch das Sägemehl hindurchgepflügt waren und braune Furchen zurückgelassen hatten. »Was da wohl drin ist?« fragte Davy Ray, offenkundig auf einen weiteren Freak hoffend. Ich sagte, daß ich es nicht wisse, doch was immer es auch sei, es sei ganz schön schwer.

Auf dem Weg zur Schule schmiedeten wir unsere Pläne. Die Einwilligung unserer Eltern vorausgesetzt, würden wir uns um halb sieben an meinem Haus treffen und gemeinsam wie die vier Musketiere zum Jahrmarkt gehen. Ich fragte, ob das allen recht sei.

»Kann nicht«, erwiderte Ben, der neben mir radelte. Die beiden Worte klangen wie unheilkündender Glockendonner.

»Warum nicht? Wir gehen doch immer um halb sieben! Dann sind alle Karussells in Betrieb!«

»Kann nicht«, wiederholte Ben.
»He, hast du einen Papagei verschluckt?« fragte Davy Ray. »Was ist denn los mit dir?«
Ben seufzte und blies dabei eine kleine Dampfwolke in die frostige, sonnige Morgenluft. Er hatte eine Wollmütze auf dem Kopf, und seine runden Backen waren dunkelrot. »Ich ... kann einfach nicht. Nicht vor sieben Uhr.«
»Wir gehen doch *immer* um halb sieben!« beharrte Davy Ray. »Es ist ... es ist ...« Er blickte mich hilfesuchend an.
»Tradition«, sagte ich.
»Ja! Genau das ist es!«
»Ich glaube, es gibt da etwas, was Ben uns nicht erzählen möchte«, sagte Johnny und zog mit seinem Rad auf die andere Seite von Davy Ray. »Spuck's aus, Ben.«
»Es ist nur ... ich kann nicht ...« Er runzelte die Stirn und entschied sich mit einer weiteren Dampfwolke, reinen Tisch zu machen. »Um sechs Uhr habe ich eine *Klavier*stunde.«
»*Was?*« Davy Ray hatte es förmlich herausgeschrien. Rakete wackelte. Johnny sah aus, als hätte ihm Cassius Clay einen Haken auf die Birne versetzt.
»Eine *Klavier*stunde«, wiederholte Ben. So wie er das Wort aussprach, konnte ich Legionen jammernder Weichlinge hinter Legionen von Klavieren sehen, während ihre sie vergötternden Mütter lächelten und ihre kleinen Hütchen zurechtrückten. »Miss Blue Glass hat angefangen, Klavierstunden zu geben. Mom hat mich angemeldet, und um sechs Uhr ist meine erste Stunde.«
Wir waren erschüttert. »Warum, Ben?« fragte ich. »Warum hat sie das getan?«
»Sie möchte, daß ich ein paar Weihnachtslieder lerne. Kannst du dir das vorstellen? Weihnachtslieder!«
»Mann!« Davy Ray schüttelte mitleidig den Kopf. »Zu scha-

de, daß Miss Blue Glass dir nicht das Gitarrespielen beibringen kann! Das wäre cool. Aber Klavier . . . igitt!«
»Wem sagst du das«, murmelte Ben.
»Nun, es gibt einen Ausweg«, meinte Johnny, als wir uns der Schule näherten. »Warum holen wir Ben nicht einfach bei den Glass-Schwestern ab? Wir können doch um sieben statt um halb sieben zum Jahrmarkt fahren.«
»Ja!« Ben sah augenblicklich einen Silberstreifen am Horizont. »Dann wäre es nicht ganz so schrecklich!«
Also war es abgemacht, die Zustimmung unserer Eltern vorausgesetzt. Doch wir gingen jedes Jahr zusammen von halb sieben bis zehn auf den Jahrmarkt, und unsere Eltern hatten immer zugestimmt. Es war wirklich der einzige Abend, an dem Kinder unseres Alters dorthin gehen konnten. Der Samstag morgen und nachmittag war für die Schwarzen, der Samstag abend gehörte den Jugendlichen. Und um zehn Uhr am Sonntag morgen war der Park wieder leer und verlassen, abgesehen von etwas verstreutem Sägemehl, zertretenen Pappbechern und Resten von Eintrittskarten, die das Aufräumkommando zurückgelassen hatte wie ein Hund, der sein Revier markiert.
Der Tag kroch in erwartungsvoller Spannung dahin. Old Leatherlungs nannte mich zweimal einen Dummkopf und ließ Georgie Sanders mit seiner Nase gegen einen Kreis an der Tafel gepreßt stehen, weil er eine freche Bemerkung gemacht hatte. Ladd Devine mußte zum Rektor, weil er ein unzüchtiges Bild auf der Innenseite des Umschlags seines Heftes gemalt hatte, und der Dämon schwor, sie würde es Old Leatherlungs schon noch zeigen. Ich hätte es ganz schön gehaßt, in Leatherlungs klobigen braunen Schuhen zu stecken.
Als sich das bläuliche Zwielicht sammelte und die Mondsichel erschien, konnte ich von unserem Haus aus die Lichter des Brandywine Carnivals sehen. Das Riesenrad drehte sich, umrandet von Rot. Die Budenstraße blinkte mit weißen

Glühbirnen. Der Klang der Drehorgelmusik, des Gelächters und der übermütigen Schreie wehte über die Dächer von Zephyr zu uns herüber. Ich hatte fünf Dollar in meiner Tasche, ein Geschenk von meinem Vater. Ich trug meine mit Schafspelz gefütterte Jeansjacke, um gegen die Kälte gewappnet zu sein. Ich war bereit, so richtig auf den Putz zu hauen.

Die Glass-Schwestern lebten ungefähr eine halbe Meile entfernt in der Shantuck Street. Als ich gegen Viertel vor sieben auf Rakete dort ankam, stand Davy Rays Rad schon neben Bens vor dem Haus, das wie ein Pfefferkuchenhäuschen ausschaute, bei dem Hänsel und Gretel blaß vor Neid geworden wären. Ich stellte Rakete ab und ging zur Veranda hinauf. Ich konnte hören, wie hinter der Tür die Klaviertasten malträtiert wurden. Dann ertönte die hohe, flötende Stimme von Miss Blue Glass: »Sanft, Ben. *Sanft!*«

Ich schellte an der Tür. Helles Glockengeläut ertönte, und Miss Blue Glass sagte: »Würdest du bitte aufmachen, Davy Ray?«

Er öffnete die Tür, während das Hämmern weiterging. Ich konnte an seinem kränklichen Ausdruck erkennen, daß es nicht gut für die Gesundheit war, zuzuhören, wie Ben dieselben fünf Noten wieder und wieder ins Klavier hämmerte.

»Ist das Winifred Osborne?« rief Miss Blue Glass über den Lärm.

»Nein, Ma'am, es ist Cory Mackenson«, antwortete Davy Ray. »Er wartet auch auf Ben.«

»Dann laß ihn herein. Es ist zu kalt, um draußen zu warten.«

Ich trat über die Schwelle in ein Wohnzimmer, das der Alptraum jedes Jungen war. Alle Möbelstücke muteten wie spindeldürre Antiquitäten an, die nicht einmal das Gewicht eines ausgehungerten Moskitos hätten tragen können. Auf kleinen Tischen standen Porzellanfiguren von tanzenden Clowns, Kindern mit Hundebabys und ähnlichem. Der graue Teppich auf dem Boden schien Fußabdrücke unauslöschlich in sich einzusaugen. Eine Glasvitrine so groß wie mein Dad beherbergte einen Wald aus bunten Kristallkelchen, Kaffeebechern mit den Gesichtern aller Präsidenten darauf, über zwanzig Keramikpuppen in Spitzenkleidchen und wohl weitere zwanzig mit Straß verzierte Eier, jedes in seinem eigenen vierfüßigen Messingständer. Was für ein Krachen es geben würde, wenn die Vitrine umfiel, dachte ich bei mir. Auf einem grün-blau gestreiften Marmorpodest lag eine aufgeschlagene Bibel, so riesig wie mein überdimensionales Wörterbuch, die Schrift darin so groß, daß man sie von der anderen Seite des Zimmers aus lesen konnte. Alles sah aus, als wäre es zu zerbrechlich zum Anfassen und zu kostbar, um sich daran zu erfreuen, und ich fragte mich, wie jemand in einem solchen Zustand erstarrter Niedlichkeit leben konnte. Natürlich war da das glänzende braune Klavier, an dessen Tasten Ben gefangen war, während Miss Blue Glass mit einem Dirigentenstab neben seinem Hocker stand.

»Hallo, Cory. Nimm doch bitte Platz«, sagte sie. Wie üblich war sie ganz in Blau gekleidet, abgesehen von einem weißen Gürtel um ihre knochige Taille. Ihr weißlichblondes Haar war zu einer überschäumenden Fontäne aufgetürmt, und ihre schwarz gerahmte Brille war so dick, daß ihre Augen wie Käfer anmuteten.

»Wo?« fragte ich.

»Dort. Auf dem Sofa.«

Das Sofa, bezogen mit samtigem Stoff, auf dem Schäfer mit ihren Harfen tänzelnden Schäfchen aufspielten, hatte Beine, die etwa so kräftig aussahen wie vom Regen aufgeweichte Zweige. Davy Ray und ich ließen uns in die weichen Tiefen des Sofas sinken. Das Sofa knarrte nur ganz leise, doch mir sprang beinahe das Herz aus dem Leib.

»Aufgepaßt jetzt! Setz deine Denkerkappe auf! Die Finger fließen wie Wellen dahin! Eins, zwei, drei, eins, zwei, drei.« Miss Blue Glass' Dirigentenstab begann sich auf und ab zu bewegen, während die Wurstfinger von Bens rechter Hand versuchten, dieselben Noten mit einer Art Rhythmus zu spielen. Doch schon bald hämmerte er wieder auf die Tasten ein, als wollte er Ameisen zerquetschen. »Laß sie wie Wellen fließen!« sagte Miss Blue Glass. »Sanft, sanft! Eins, zwei, drei, eins, zwei, drei!«

Bens Spiel war weniger fließend als zäh und schlammig. »Ich kann's nicht!« jammerte er und zog seine Hand von den angsteinflößenden Tasten fort. »Meine Finger verhaken sich!«

»Sonia, gönn dem Jungen eine Pause!« rief Miss Green Glass aus dem hinteren Teil des Hauses. »Er wird sich noch die Finger wund spielen!« Ihre Stimme war mehr Posaune als Flöte.

»Kümmer dich um deine eigenen Angelegenheiten, Katharina!« gab Miss Blue Glass zurück. »Ben muß die richtige Technik lernen!«

»Es ist doch seine erste Stunde, Herrgott noch mal!« Miss Green Glass trat aus dem Flur ins Wohnzimmer. Sie stemmte ihre Hände in ihre mageren Hüften und funkelte ihre Schwester wütend durch ihre eigene schwarz gerahmte Brille an. Sie war ganz in Grün gekleidet, in Schattierungen von Heu bis Tanne. Man wurde ein wenig seekrank, wenn man sie anschaute. Ihr blondweißliches Haar war höher als das von Sonia aufgetürmt und hatte eine leicht pyramidenhafte Form. »Nicht jeder ist ein musikalisches Genie wie du, weißt du!«

»Ja, das weiß ich, vielen Dank auch!« Rote Flecken waren auf Miss Blue Glass' elfenbeinfarbene Wangen gekrochen. »Ich würde es sehr begrüßen, wenn du Bens Stunde nicht stören würdest!«

»Seine Stunde ist sowieso vorbei. Wer ist dein nächstes Opfer?«
»Winifred Osborne ist meine nächste *Schülerin*«, erwiderte Miss Blue Glass spitz. »Und wenn du nicht all diese Zeitschriftenabonnements hättest, würde ich gar keinen Klavierunterricht erteilen müssen!«
»Gib nicht meinen Zeitschriftenabonnements die Schuld! Es ist deine eigene Schuld! Ich schwöre, wenn du noch ein Eßgeschirr kaufst, dann schnappe ich über! Warum kaufst du diese ganzen Eßteller, wenn wir doch nie jemanden zum Essen hier haben?«
»Weil sie hübsch sind, deshalb! Ich mag hübsche Dinge! Und ich könnte dich genausogut fragen, warum du losgegangen bist und eine Sammlung First-Lady-Fingerhüte gekauft hast, wenn du nicht einmal nähen kannst!«
»Weil sie an Wert gewinnen, deshalb! Du würdest doch eine gute Investition nicht einmal erkennen, wenn sie dir auf einem dieser blöden Eßteller entgegengekrochen käme und dich anflehte, sie mit einem Keks zu verspeisen!«
Ich fürchtete, die Schwestern würden sich nun gleich richtig an die Wäsche gehen. Das Timbre ihrer Stimmen hörte sich an wie das Duell leicht verstimmter Musikinstrumente. Ben, der zwischen ihnen gefangen war, schien jeden Augenblick aus seiner Haut fahren zu wollen. Dann machte etwas im hinteren Teil des Hauses *Krääääcchz*. Es war die Art von Geräusch, wie ich sie mir von dem tentakelbestückten Marsmenschen in dem Glas vorstellen konnte. Miss Blue Glass stieß mit ihrem Dirigentenstab nach ihrer Schwester und keifte: »Siehst du? Nun hast du ihn aufgeschreckt! Bist du jetzt zufrieden?«
Das Glockengeläut an der Tür ertönte. Miss Blue Glass öffnete die Tür. Der Junge davor war in eine dunkelbraune Jacke über einem schwarzen Rollkragenpullover gekleidet. »Ich bin hier, um auf Ben zu warten«, sagte er.

»Gott erbarme sich! Wartet denn die ganze Welt auf Ben?« Sie machte ein Gesicht, als hätte sie in eine Zitrone gebissen, doch sie sagte: »Er hat noch fünf Minuten! Also komm rein!« Johnny betrat das Haus. Er sah unsere angespannten Gesichter und erkannte augenblicklich, daß er in etwas hineingetreten war, das nicht gerade als ein Haufen Rosen bezeichnet werden konnte.

Krääächz! Krääächz! machte das Ding hinten im Haus.

»Würdest du dich vielleicht mal um ihn kümmern, wenn du nicht zu beschäftigt bist?« fuhr Miss Blue Glass ihre Schwester an. »Da du ihn aufgeschreckt hast, kannst du dich wenigstens um ihn kümmern!«

»Ich schwöre, ich würde augenblicklich hier ausziehen, wenn ich eine anständige Hundehütte fände!« knurrte Miss Green Glass, doch sie marschierte wieder hinaus in den Flur, und das Gefecht war zumindest für den Moment beigelegt.

»Gott, ich bin ganz erschöpft!« Miss Blue Glass nahm ein altes Gemeindeblatt zur Hand und fächelte sich damit Luft zu. »Ben, steh auf, und ich zeig dir, was du spielen kannst, wenn du deine Übungen machst, wie ich dir gesagt habe.«

»Ja, Ma'am!« Er sprang auf.

Miss Blue Glass nahm auf dem Klavierhocker Platz. Ihre Hände mit ihren langen, eleganten Fingern ruhten über den Tasten. Sie schloß die Augen, um in die richtige Stimmung zu kommen, vermute ich. »Früher hab ich dieses Lied all meinen Schülern beigebracht, als ich noch regulär Klavierunterricht gegeben habe«, sagte sie. »Hast du schon einmal ›Beautiful Dreamer‹ gehört?«

»Nein, Ma'am«, erwiderte Ben. Davy Ray stieß mir seinen Ellbogen in die Rippen und verdrehte die Augen.

»Dies ist es«, erklärte Miss Blue Glass, und sie begann zu spielen.

Es war nicht wie die Beach Boys, doch es war hübsch. Die Musik schwärmte aus dem Klavier heraus und füllte den Raum, und Miss Blue Glass schaukelte leicht hin und her auf ihrem Hocker, während ihre Finger über die Tasten huschten. Ich muß gestehen, es hörte sich wirklich ganz gut an.

Dann fuhr ein schreckliches Kreischen dazwischen. Die Haare in meinem Nacken richteten sich auf und wollten sich aus ihren Wurzeln reißen. Das Geräusch fühlte sich an, als würde einem jemand eine Glasscherbe ins Ohr rammen.

»Schädel und Knochen! Hannah Furd! Schädel und Knochen! Heiß und weiß!«

Miss Blue Glass hörte auf zu spielen. »Katharina! Gib ihm einen Kräcker!«

»Er wird ganz verrückt hier! Er flattert in seinem Käfig herum!«

»Schädel und Knochen! Liederlicher Presser! Schädel und Knochen!«

Ich weiß nicht, ob das wirklich die Worte waren, die dieses Ding kreischte, doch so hörte es sich für mich an. Ben, Davy Ray, Johnny und ich blickten einander an, als wären wir geradewegs in ein Irrenhaus geraten. *Hannah Furd! »Krääächz! Heiß und weiß!«*

»Ein Kräcker!« brüllte Miss Blue Glass. »Weißt du, was ein *Kräcker* ist?«

»Ich kräcker dir gleich einen über den Kopf!«

Das Kreischen und Krächzen ging weiter. Plötzlich ertönte über den Tumult hinweg die Türglocke.

»Ich sag dir, es ist dieses Lied!« rief Miss Green Glass. »Jedesmal, wenn du es spielst, dreht er durch!«

»Krääächz! Liederlicher Presser! Hannah Furd! Hannah Furd!«

Ich ging zur Haustür und öffnete sie, um hinauszulaufen. Ein Mann mittleren Alters und ein kleines Mädchen von acht oder neun Jahren standen auf der Veranda. Ich erkannte den Mann wieder. Mr. Eugene Osborne war der Koch des Bright Star Cafés. »Wir sind wegen Winifreds Klavierstunde ...« begann er, bevor die Krakeelerei von neuem ansetzte. »*Schädel und Knochen! Krääächz! Heiß und weiß!*«

»Was in aller Welt ist denn das für ein Lärm?« fragte Mr. Osborne, die Hand auf Winifreds Schulter. Ihre blauen Augen waren weit aufgerissen und verwirrt. Auf Mr. Osbornes Knöcheln sah ich einige ausgeblichene tätowierte Buchstaben. Ein U. S. auf dem Daumen, und auf den folgenden Fingern A, R, M und Y.

»Das ist mein Papagei, Mr. Osborne.« Miss Blue Glass kam an die Tür und drängte mich ins Haus. Sie war ganz schön stark für ihr mageres Äußeres. »Er ist in der letzten Zeit ein wenig unruhig.«

Miss Green Glass trat aus dem Flur, in der Hand einen Vogelkäfig, der die Quelle all des Lärms enthielt. Es war ein ziemlich großer Papagei, und er flatterte gegen die Gitterstäbe und zitterte wie ein Blatt in einem Wirbelsturm. »*Schädel und Knochen!*« kreischte er und zeigte dabei seine schwarze Zunge. »*Liederlicher Presser!*«

»Gib du ihm doch einen Kräcker!« Miss Green Glass stellte den Käfig unsanft auf dem Klavierhocker ab. »Ich lasse mir doch nicht die Finger abbeißen!«

»Ich hab *deinen* immer gefüttert, und da hab ich auch meine Finger riskiert!«

»Ich füttere dieses Biest nicht!«

»*Hannah Furd! Liederlicher Presser! Schädel und Knochen!*« Der Papagei hatte türkisfarbenes Gefieder, und es war nicht das kleinste Fleckchen einer anderen Farbe an ihm, abgesehen vom Gelb seines Schnabels. Abermals attackierte er die Gitterstäbe, und blaue Federn flogen umher.

»Bring ihn doch ins Schlafzimmer!« sagte Miss Blue Glass. »Leg das Tuch über den Käfig, damit er sich beruhigt!«

»Ich bin ein Sklave! Ich bin nichts weiter als ein Sklave in meinem eigenen Haus!« jammerte Miss Green Glass, doch sie nahm den Käfig wieder an seinem Griff hoch und verließ das Wohnzimmer.

»Schädel und Knochen!« kreischte der Papagei zum Abschied. *»Heiß und weiß!«*

Eine Tür schloß sich, und der Lärm wurde gnädig gedämpft.

»Er hat ein klitzekleines Problemchen«, erklärte Miss Blue Glass Mr. Osborne mit einem nervösen Lächeln. »Er scheint eins meiner Lieblingslieder nicht zu mögen. Bitte, kommen Sie doch herein, kommen Sie herein; Ben, damit ist deine Stunde für heute beendet. Aber denk immer dran! Setz die Denkerkappe auf! Die Finger müssen wie Wellen dahinfließen!«

»Ja, Ma'am.« Dann fügte er ganz leise zu mir hinzu: »Laß uns bloß hier verschwinden!«

Ich folgte Davy Ray durch die Tür nach draußen. Der Papagei war verstummt, vielleicht weil das Tuch ihn beruhigt hatte. Und dann hörte ich Mr. Osborne sagen: »Das erstemal, daß ich einen Papagei auf deutsch habe fluchen hören.«

»Wie bitte, Mr. Osborne?« Miss Blue Glass zog ihre aufgemalten Augenbrauen hoch.

Ich blieb in der Tür stehen. Johnny rempelte mich an.

»Er flucht auf deutsch«, wiederholte Mr. Osborne. »Wer hat ihm diese Worte beigebracht?«

»Nun, ich ... habe keine Ahnung, wovon Sie sprechen, muß ich gestehen!«

»Ich war Koch beim Big Red One in Europa. Hatte Gelegenheit, mit einer Menge Gefangener dort drüben zu sprechen, und glauben Sie mir, ich erkenne einige üble Worte in deutsch, wenn ich sie höre. Und ich habe gerade eine Kostprobe bekommen.«

»Mein ... Papagei hat diese Dinge gesagt?« Ihr Lächeln schaltete sich nervös ein und aus. »Sie müssen sich irren!«

»Laß uns gehen!« sagte Johnny zu mir. »Der Jahrmarkt wartet!«
»Und es waren auch nicht nur Flüche«, fuhr Mr. Osborne fort. »Da waren noch andere deutsche Worte, aber sie waren ganz durcheinander.«
»Mein Papagei ist ein *Amerikaner*«, informierte ihn Miss Blue Glass trotzig. »Ich habe nicht die geringste Ahnung, wovon Sie reden!«
»Nun, also gut.« Er zuckte mit den Schultern. »Mir kann es egal sein.«
»Jungs! Würdet ihr jetzt die Tür zumachen und nicht mehr die ganze Wärme rauslassen?«
»Komm schon, Cory!« rief Davy Ray, der bereits auf seinem Rad saß. »Wir sind spät genug dran!«
Eine Tür im hinteren Teil des Hauses öffnete sich. Miss Green Glass sagte aus dem Flur heraus: »Er ist jetzt ruhig, Gott sei Dank! Aber egal, was du tust, paß auf, daß du nie wieder dieses Lied spielst!«
»Ich habe dir schon ein paarmal gesagt, daß es nicht das Lied ist, Katharina! Ich habe es früher so oft für ihn gespielt, und er hat es geliebt!«
»Nun, jetzt haßt er es! Also spiel es nicht mehr!«
Ihr Gekeife begann mich an zwei kreischende, alte Papageien zu erinnern, einer blau und einer grün. »Mach bitte die Tür zu!« fauchte Miss Blue Glass mich an, und Johnny gab mir einen Schubs, damit ich mich endlich in Bewegung setzte. Als wir auf der Veranda waren, schloß er die Tür hinter uns, doch wir konnten noch immer die Stimmen der Glass-Schwestern hören, die wie Kettensägen kreischten. Mir tat nur das kleine Mädchen von den Osbornes leid.
»Diese beiden haben doch nicht mehr alle Tassen im Schrank!« sagte Ben. »Mann, das war noch schlimmer als *Schule*!«
»Du mußt irgend etwas gemacht haben, daß deine Mutter

mächtig böse auf dich ist«, war Davy Rays Meinung. »Aber wir vergeuden nur Zeit!« Er stieß einen Freudenschrei aus und radelte was das Zeug hielt in Richtung auf den Jahrmarkt los.

Ich zuckelte hinter den anderen her, obgleich sie mir immer wieder zuriefen, ich sollte zu ihnen aufschließen. Deutsche Flüche, dachte ich. Woher kannte Miss Sonia Glass' Papagei deutsche Flüche? Soweit ich wußte, sprach keine der beiden Schwestern etwas anderes als Südstaatenenglisch. Ich hatte noch nie zuvor gehört, daß Mr. Osborne beim Big Red One gewesen war. Das war, wie ich aus meinen Büchern wußte, eine sehr berühmte Infanteriedivision. Mr. Osborne war wirklich dort gewesen, auf derselben kriegsgeschüttelten Erde wie Sergeant Rock! Mann, dachte ich. Irre!

Doch woher kannte der Papagei deutsche Flüche?

Dann trieben mir die fröhlichen Geräusche des Jahrmarkts auf den Duftwolken von gebuttertem Popcorn und kandierten Äpfeln entgegen. Ich ließ den deutsche Flüche ausstoßenden Papagei hinter mir und legte mich in die Pedale, um meine Freunde einzuholen.

Am Eingangstor zahlten wir unseren Dollar Eintritt und stürzten uns auf den Jahrmarkt wie ausgehungerte Bettler auf ein Festmahl. Die Lichterketten blinkten über unseren Köpfen wie eingefangene Sterne. Viele Kinder unseres Alters waren dort, gemeinsam mit ihren Eltern, ebenso wie einige ältere Leute und Schüler von der High-School. Um uns herum ratterten, schepperten und ächzten die Karussells. Wir kauften unsere Tickets und stiegen in das Riesenrad, und ich machte den Fehler, mich neben Davy Ray zu setzen. Als wir an den höchsten Punkt kamen und das Riesenrad anhielt, um Fahrgäste in die unterste Gondel einsteigen zu lassen, grinste er und fing an, uns hin und her schaukeln zu lassen, während er schrie, daß die Bolzen lose wären. »Hör auf! Hör auf!« flehte ich, mein Körper ganz erstarrt von dieser plötzlichen Zurschaustellung seiner Beweglichkeit. Von dieser Höhe aus konnte ich den ganzen Jahrmarkt übersehen. Mein Blick fiel auf ein grelles Schild mit ungelenk aufgemalten grünen Dschungelpflanzen und den roten, tropfenden Worten AUS DER VERLORENEN WELT.

Ich zahlte es Davy Ray auf der Fahrt durch die Geisterbahn heim. Als eine warzennasige Hexe aus der Dunkelheit auf unseren klappernden Wagen zusprang, packte ich ihn im Nacken und schrie so laut, daß es die knisternde Aufnahme des Geistergejaules übertönte. »Hör auf!« sagte er, nachdem er wieder auf seinen Sitz heruntergekommen war. Draußen erklärte er mir dann, daß die Geisterbahn wirklich der größte Mist sei, den er je in seinem Leben gesehen habe, und daß er nicht das kleinste bißchen Angst gehabt hätte. Doch er hatte einen ganz komischen Gang, und er machte sich eilig zu der Reihe aufgestellter Toilettenhäuschen auf.

Wir stopften uns mit Zuckerwatte, gebuttertem Popcorn und glasierten Miniatur-Doughnuts voll. Wir aßen kandierte, mit Erdnüssen bestreute Äpfel. Wir verdrückten Würstchen am Spieß und tranken genug Kräuterlimonade, daß wir es in unseren Mägen umherschwappen fühlten. Dann wollte Ben unbedingt mit dem Schüttler fahren, doch das Ergebnis war alles andere als schön. Wir schafften ihn in eins der aufgestellten Toilettenhäuschen, und glücklicherweise konnte er gut zielen, und seine Kleider entgingen somit knapp der technicolorgrünen Fontäne.

Ben verzichtete auf einen Besuch des Zeltes mit dem großen, faltigen, einäugigen Gesicht. Davy Ray hingegen hatte es so eilig, dort hineinzukommen, daß er sich am liebsten einen Weg durch die Zeltwand gekaut hätte, doch Johnny und ich gingen gegen unser besseres Wissen mit ihm hinein.

Im schummrigen Innern hielt ein säuerlich dreinblickender Kerl mit einer Nase so groß wie eine Gewürzgurke vor einem halben Dutzend begeisterten Freak-Liebhabern hof.

Er redete eine Weile über die Sünden des Fleisches und das Auge Gottes. Dann zog er einen kleinen Vorhang beiseite, knipste einen Scheinwerfer an, und vor uns stand eine Glasflasche mit einem verschrumpelten, nackten rosa Baby darin. Das Baby hatte zwei Arme, zwei Beine und ein Zyklopenauge in der Mitte seiner mißgestalteten Stirn. Er hielt die Flasche jedem vors Gesicht. »Dies ist die Sünde des Fleisches, und hier ist das Auge Gottes als Strafe für diese Sünde«, sagte er. Ich hatte so das Gefühl, daß er sich phantastisch mit Reverend Blessett verstehen müßte. Als der Mann vor mir stehenblieb, sah ich, daß das Auge golden war wie das von Rakete. Das Gesicht des Babys war so faltig, daß es wie das eines winzigen alten Mannes anmutete, der gerade ansetzte, seinen zahnlosen Mund zu öffnen, um Gott um einen Blitz anzuflehen, der seiner Qual ein Ende bereiten würde. »Siehe, mein Sohn, wie der Finger Gottes die Werkzeuge der Sünde ausradiert hat«, sagte der Mann, und in seinen von Tränensäcken heruntergezogenen Augen blitzte ein Funken heiliger Inbrunst. Ich sah, was er meinte: Das Baby hatte weder männliche noch weibliche Geschlechtsorgane. Dort unten war nichts weiter als faltige rosa Haut. Der Mann drehte die Flasche herum, um mir den Rücken des Babys zu zeigen. Das Baby trieb mit einem leisen, nassen, schmatzenden Geräusch gegen das Glas.

Ich sah die Schulterblätter des Zyklopenbabys. Es waren dicke, knochige Vorsprünge. Wie die Stümpfe von Flügeln, dachte ich.

Und plötzlich wußte ich es. Ich wußte es wirklich.

Das Zyklopenbaby war jemandes Engel, der auf die Erde gefallen war.

»Schande über die Sünder«, sagte der Mann, während er zu Johnny und Davy Ray hinüberging. »Schande über die Sünder, denn das Auge Gottes sieht alles.«

»Ach, das war doch nur *Beschiß*!« wetterte Davy Ray, als

wir wieder draußen auf der Budenstraße waren. »Ich dachte, es wäre lebendig! Ich dachte, es würde mit uns sprechen!«
»Hat es das nicht?« fragte ich ihn, und er schaute mich an, als wäre bei mir eine Schraube locker.
Wir gingen zu einer Show, bei der Motorradfahrer in einer einem Käfig ähnlichen Kugel umherbrausten, während die Motoren direkt vor unseren Gesichtern aufheulten und die Reifen haarscharf am Rand einer Katastrophe entlangschlitterten. Dann gingen wir zu einer Show mit Indianerponys, die in einem großen Zelt aufgeführt wurde, in dem Bleichgesichter, die Geronimo nicht von Sitting Bull hätten unterscheiden können, in Lendenschurzen und Federschmuck umherhüpften und versuchten, Pferden, die nur einen Heuballen von der nächsten Klebstoffabrik entfernt waren, etwas Feuer in die Flanken zu treten. Das Finale kam, als ein Wagen mit Cowboys darauf, verfolgt von den Pseudo-Indianern, im Kreis um das Zelt herumfuhr, die Cowboys ihre Platzpatronen abfeuerten und die weißen Rothäute heulten und um ihr Leben rannten. Die Geschichte Alabamas war nie so langweilig gewesen, doch am Ende der Show wandte sich Johnny mit einem müden Lächeln zu mir um und sagte, daß eins der Ponys, ein kleines gelbbraunes Tier mit einem durchhängenden Rücken, tatsächlich aussah, als könnte es galoppieren, wenn es nur den nötigen Auslauf dafür hätte.
Mittlerweile war Davy Rays Hunger nach Freaks von neuem erwacht, also begleiteten wir ihn zu einer gertenschlanken, rothaarigen Frau, die elektrische Glühbirnen leuchten lassen konnte, indem sie sie in den Mund steckte. Gleich daneben war Al Capones Leichenwagen, eine nachgestellte Szene, die blutende Körper auf einem Bürgersteig liegend zeigte, während hämisch grinsende Gangster die Luft mit Maschinengewehren durchsiebten. Der tatsächliche Wagen, mit einer

Schaufensterpuppe hinter dem Lenkrad und vier weiteren Schaufensterpuppen, die darum herum aufgebaut waren und ihn anstarrten, war ein Schrotthaufen, den selbst Mr. Sculley verschmäht hätte. Wir folgten Davy Ray, während er immer mehr in Fahrt geriet. Der Alligator-Junge, die Menschliche Raupe und die Dame mit dem Giraffenhals lockten ihn in ihre Zelte.

Und dann gingen wir um eine Ecke, und der Geruch stieg uns in die Nase.

Nur eine Spur davon, die unter dem Gestank von Bratfett und Doughnut-Schmalz zu uns herüberwehte.

Echsenartig, dachte ich bei mir.

»Ben hat sich in die Hosen gemacht!« sagte Davy Ray. Er hatte gut reden.

»Hab ich nicht!« Ben sollte es mittlerweile besser wissen, daß er damit nur wieder den Teufelskreis in Bewegung setzte.

»Da ist es«, sagte Johnny, und direkt vor mir war das riesige VERLORENEN mit AUS DER und WELT links und rechts davon.

Der Wagen hatte Stufen, die zu einer Öffnung ähnlich der eines Güterwaggons hinaufführten. Ein schäbiger brauner Vorhang hing davor. In der Eintrittskartenbude hockte ein Mann mit fettigen Haarsträhnen, die platt über seinen ansonsten kahlen Schädel gekämmt waren, auf einem Stuhl und kaute an einem Zahnstocher, während er ein Jughead-Comic las. Seine kleinen blaßblauen Murmelaugen blickten auf und sahen uns, und er griff schläfrig nach dem Mikrofon. Seine Stimme krächzte aus einem Lautsprecher in der Nähe: »Kommt herbei, kommt herbei! Seht die Bestie aus der verlorenen Welt! Kommt herbei, kommt . . .« Er verlor das Interesse an seiner Litanei und wandte sich wieder den Sprechblasen seines Comics zu.

»Es stinkt hier«, sagte Davy Ray. »Laßt uns gehen!«

»Einen Moment mal«, entgegnete ich. »Nur einen Moment.«

»Warum?«

VERLORENEN füllte mein gesamtes Blickfeld. »Ich möchte vielleicht ansehen, was es ist.«

»Gib dein Geld doch nicht für so was aus!« warnte mich Ben. »Es wird eine große Schlange oder irgendwas Ähnliches sein!«

»Nun, blöder als der Leichenwagen kann's auch nicht sein!«

Da mußten sie mir beipflichten.

»He, da drüben ist ein Stier mit zwei Köpfen!« Davy Ray deutete auf ein bemaltes Zelt. »Da muß ich hin!« Er setzte sich in Bewegung, und Ben folgte ihm zwei Schritte, doch dann blieb er stehen, als er bemerkte, daß Johnny und ich nicht nachkamen. Davy Ray blickte zurück, runzelte die Stirn und blieb ebenfalls stehen. »Es wird wieder so ein Beschiß sein!« sagte er.

»Vielleicht«, erwiderte ich. »Aber vielleicht ist es auch ...«

Etwas Tolles, wollte ich sagen.

Doch da ertönte das Geräusch eines riesigen Körpers, der sein Gewicht verlagerte. Der Wagen ächzte. *Buumm!* machte es, als etwas Gigantisches gegen Holz schlug. Der ganze Wagen erbebte, und der Mann in der Eintrittskartenbude griff neben sich zu Boden und hob etwas auf. Dann begann er, mit einem mit Nägeln gespickten Baseballschläger gegen den Wagen zu hämmern. Ich konnte die Spuren unzähliger Nagelspitzen sehen, die das zweite riesige N von VERLORENEN zerkratzt hatten.

Was immer im Innern war, beruhigte sich wieder. Der Wagen hörte auf sich zu bewegen. Der Kartenverkäufer legte den Baseballschläger beiseite. Sein Gesicht war vollkommen ausdruckslos.

»Mann«, sagte Ben leise, »da muß aber ein mächtig großes Tierchen drin sein.«

Meine Neugier kannte keine Grenzen mehr. Der sumpfige Gestank schien die schaulustigen Kunden abzuhalten, doch ich mußte es einfach wissen. Ich ging zum Kartenverkäufer hinüber.

»Eine?« Er sah nicht einmal auf.

»Was ist es?« fragte ich.

»Es kommt aus der verlorenen Welt«, antwortete er. Er blickte noch immer auf sein Comic-Heft. Sein Gesicht war hager, seine Wangen und die Stirn von Aknenarben verunziert.

»Ja, Sir, aber was ist es?«

Diesmal sah er auf. Beinahe wäre ich einen Schritt zurückgewichen, denn seine Augen funkelten so böse, daß ich an den Zorn der Branlins erinnert wurde. »Wenn ich dir das verraten würde«, sagte er und lutschte lautstark an seinem Zahnstocher, »dann wäre es ja keine Überraschung mehr, oder?«

»Ist es ... ist es ... ein Freak oder so was?«

»Geh doch rein.« Er lächelte kalt und zeigte dabei seine Zahnstummel. »Dann kannst du mir ja erzählen, was du gesehen hast.«

»Cory! Komm schon!« Davy Ray stand hinter mir. »Es ist ein Beschiß, hab ich gesagt!«

»Ach ja?« Der Mann klatschte sein Comic-Heft auf den Tisch. »Was weißt du denn schon, Junge? Du kennst doch nichts außer diesem kleinen Pestgeschwür von einer Stadt, oder?«

»Ich erkenne einen Beschiß, wenn ich ihn sehe!« Er fing sich augenblicklich wieder. »Sir.«

»Ach ja? Junge, du kannst nicht einmal deinen Kopf von deinem Arsch unterscheiden! Verschwindet hier, und hört auf, mir auf die Nerven zu gehen!«

»Das werde ich!« sagte Davy Ray. »Da können Sie drauf wetten! Komm schon, Cory!« Er stakste davon, doch ich blieb da. Davy Ray sah, daß ich nicht nachkam, und er machte ein Geräusch wie ein Furz und ging hinüber zu einer Imbißbude in der Nähe des zweiköpfigen Stiers.

»Eine«, bat ich, während ich einen Vierteldollar aus meiner Hosentasche angelte.

»Fünfzig Cent«, sagte er.

»Alles sonst kostet einen Vierteldollar!« Ben stand jetzt neben mir, und Johnny war auf meiner anderen Seite.

»Es kostet fünfzig Cent«, wiederholte der Mann. »Das Vieh muß ja auch fressen. Das Vieh muß *immer* fressen.«

Ich legte ihm das Geld hin. Er ließ es in eine Blechbüchse fallen, die beinahe leer klang, dann riß er eine Karte ab und reichte mir die Hälfte. »Geh rauf durch den Vorhang, und warte dort auf mich. Da ist ein zweiter Vorhang auf der anderen Seite. Geh nicht durch den durch, bevor ich komme. Verstanden?« Ich bejahte und stieg die Stufen hinauf. Der echsenartige, sumpfige Gestank war fürchterlich, und darunter lag der eklig süße Geruch von verfaulenden Früchten. Bevor ich noch den Vorhang erreichte, fragte ich mich bereits, ob meine Neugier wirklich klug gewesen war. Doch dann schob ich mich hindurch und stand plötzlich in beinahe vollkommener Dunkelheit. »Ich gehe auch rein«, hörte ich Johnny hinter mir sagen. Dann wartete ich. Ich streckte die Hand aus und fühlte einen groben Sackleinenvorhang zwischen mir und was immer sonst noch in dem Wagen war.

Irgend etwas rumpelte wie ein Güterzug in der Ferne.

»Geh ein Stück weiter«, sagte der Kartenverkäufer, der nun mit Johnny und Ben im Schlepptau die Stufen heraufkam. Als er den ersten Vorhang öffnete, sah ich, daß er den mit Nägeln gespickten Baseballschläger in der Hand hielt. Ich machte meinen Kumpeln Platz, so daß auch sie zwischen den beiden Vorhängen stehen konnten. Ben rümpfte die Nase und sagte: »Der Gestank ist *widerlich*!«

»Er mag überreife Früchte«, erklärte der Mann. »Manchmal verfaulen sie dann.«
»Was ist das für ein Ding?« fragte Johnny. »Und was ist die verlorene Welt?«
»Die verlorene Welt ist verloren! Ist doch klar. Was verloren ist, das gibt's nicht mehr und kann auch nie wieder werden. Kriegst du das in dein Spatzenhirn?«
Keinem von uns gefiel seine Art. Johnny hätte ihn wahrscheinlich mit einem Schlag zu Boden schicken können, doch er sagte nur: »Ja, Sir.«
»He, ich komm rauf!« Es war Davy Ray. »Wo seid ihr alle?« Der Mann trat auf die Stufen, um ihm den Weg zu versperren. »Fünfzig Cent, oder du kannst es vergessen.«
Natürlich rief das erst einmal einen wütenden Ausbruch hervor. Ich spähte durch den Vorhang und sah, wie Davy Ray mit dem Mann rangelte. Davy Ray kaute an einem Zero-Schokoriegel, einer von der weißen Sorte, mit Schokoladennougatfüllung. »Wenn du nicht die Klappe hältst«, warnte der Mann, »dann nehme ich dir fünfundsiebzig Cent ab! Bezahl, oder mach 'ne Fliege!«
Fünfzig Cent wechselten den Besitzer. Davy Ray zwängte sich zu uns herein, und ihm folgte säuerlich fluchend der Kartenverkäufer. »Du da, Junge! Geh durch!« sagte er zu mir.
Ich schob den Sackleinenvorhang beiseite. Als ich hindurchtrat, haute mich der Gestank beinahe um. Die Jungs folgten mir, dann kam Mr. Griesgram. Vier Öllampen, die von Haken an der Decke herabhingen, waren die einzige Lichtquelle, und auch ihr Schein konnte bestenfalls als schummrig bezeichnet werden. Vor mir war etwas, was wie ein großes Schweinegatter aussah, eingeschlossen von Eisenstangen so dick wie Pythons. In dem Gatter lag etwas, was so riesig war, daß mir die Knie weich wurden. Ich hörte Ben hinter mir erschrocken nach Luft ringen. Johnny stieß ein leises

Pfeifen aus. Im Gatter waren Berge von verfaulten Fruchtschalen. Die stinkenden Überreste lagen in einer Brühe aus grünlichbraunem Matsch, und der Matsch war, um es so dezent wie möglich zu sagen, von einem Dutzend brauner Brocken gekrönt, so lang wie der Arm meines Vaters und zweimal so dick. Eine schwarze Wolke von Fliegen summte um das Gatter herum wie ein Miniaturwirbelsturm. Der Gestank von all dem auf so kurze Distanz war schlimm genug, um einem Stinktier die Streifen vom Rücken zu hauen. Wen mochte es da wundern, daß Mr. Griesgrams Blechbüchse fast leer war?

»Tretet näher, und seht es euch an!« sagte er. »Kommt schon, ihr habt dafür bezahlt!«

»Ich muß gleich kotzen!« jammerte Ben, drehte sich um und rannte hinaus.

»Bei mir gibt's kein Geld zurück!« brüllte Mr. Griesgram ihm nach.

Vielleicht war es die brüllende Stimme des Mannes. Vielleicht war es die Art, wie wir alle für das Ding in dem Gatter rochen. Doch plötzlich erhob es sich aus seinem Matschbett, und der riesige Koloß wuchs und wuchs, während sich immer mehr von ihm aus dem flüssigen Chaos löste. Das Ding schnaubte, und es klang wie das Röhren von hundert Fagotten. Dann watschelte es behäbig zur hinteren Seite des Wagens hinüber. Sein nasses, graues Fleisch glänzte von Matsch und Dreck, und Heerscharen von Fliegen krabbelten über seine Haut. Mit einem Kreischen von Stoßdämpfern und gemarterten Holzplanken begann sich der gesamte Wagen plötzlich zur Seite zu neigen, und wir schrien alle drei auf und brüllten, umfangen vom Klammergriff einer Furcht, wie wir sie nie in der Geisterbahn erlebt hatten.

»Halt still, du Mistvieh!« Mr. Griesgram stellte sich auf eine hölzerne Plattform. »Ich sagte, halt still, bevor du uns alle umkippst!« Er hob den Baseballschläger und ließ ihn brutal herabsausen.

»Und bleib da stehen, du blödes Vieh!« brüllte Mr. Griesgram.

»Wollen Sie es umbringen, Mister?« fragte Davy Ray.

»Der Bastard fühlt keinen Schmerz! Der hat eine Haut wie eine gottverdammte Rüstung! He, versuch ja nicht, mir zu sagen, wie ich mein Geschäft zu führen habe, oder ich werf dich hochkant hier raus!«

Ich vermochte nicht zu sagen, ob die Kreatur Schmerz empfand oder nicht. Ich wußte nur, daß ich auf einen großen, faltigen grauen Fleischberg schaute, aus dem Blutstropfen rannen.

Das Ding war halb so hoch wie ein Elefant und etwa so groß wie unser Pick-up. Wenn die dicken Muskeln seiner Flanken zitterten, erhoben sich träge Fliegenschwärme in die Luft. Während die Kreatur reglos mit ihren dicken Stampfern in dem Schlammloch aus verfaulten Früchten und ihren eigenen Exkrementen stand, konnte ich im schummrigen Lampenschein die Stümpfe dreier Hörner sehen, die sich aus einem Nackenpanzer aus Knochen erhoben, der mit ledriger grauer Haut überzogen war.

Ich wäre beinahe zu Boden gefallen, doch ich fürchtete mich vor dem, was vielleicht auf dem Boden liegen mochte.

»Das hier ist ein altes Ding«, sagte Mr. Griesgram. »Ihr wißt sicher, daß einige Schildkröten zweihundert, dreihundert Jahre alt werden können? Nun, dieser Kerl ist so alt, daß jene Schildkröten gegen ihn wie Teenager wirken. Älter als Methusalems Pimmel«, sagte er und lachte, als ob es komisch wäre.

»Wo haben Sie ihn gefunden?« hörte ich meine Stimme fragen, obgleich mein Verstand zu benommen war, um eine Verbindung herzustellen.

»Hab ihn für siebenhundert Dollar gekauft, bar auf den

Tisch des Hauses. Der Typ ist mit ihm in Louisiana rumgezogen, im Cajunland. Davor hat ihn ein Kerl aus Texas ausgestellt. Vor dem Texaner ist ein Typ aus Montana mit ihm rumgezogen. Ich denke, das muß so in den Zwanzigern gewesen sein. Ja, er ist ganz schön herumgekommen.«

»Er blutet«, sagte Davy Ray mit leiser, zitternder Stimme. Er hielt seinen halben Zero-Riegel in der Hand, die schlaff neben seinem Körper hing. Ihm war der Appetit gründlich vergangen.

»Ja, und? Ich muß ihm ein paar überziehen, damit er gehorcht. Zum Teufel, sein Gehirn ist gerade mal so groß wie 'ne Walnuß.«

»Wo kommt er her?« fragte ich. »Ich meine ... wer hat ihn als erster gefunden?«

»Das war vor langer Zeit. Ich kann mich nicht mehr erinnern, was dieser Cajun-Bastard mir erzählt hat. Irgend etwas über ... einen Professor, der ihn gefunden hat. Entweder im Dschungel am Amazonas oder in Belgisch-Kongo. Ich weiß nicht mehr, wo. Irgendwo auf einem Bergplateau, das niemand mehr ersteigen oder wiederfinden kann. Sein Name war ... Professor Chandler ... nein ...« Er runzelte die Stirn. »Callander ... nein, das war es auch nicht.« Er schnippste mit den Fingern. »Professor Challenger! Der hat ihn gefunden und mit zurückgebracht! Wißt ihr, was es ist? Es ist ein Sty ... ein Sty ...«

»... racosaurus«, beendete ich das Wort für ihn. Ich kannte mich bei Dinosauriern aus, und das ist keine Übertreibung.

»Ja, ein Stypampolus.« Mr. Griesgram nickte. »Genau das ist er.«

»Jemand hat ihm die Hörner abgesägt«, sagte Johnny. Er hatte ihn ebenfalls erkannt, und nun ging er an mir vorbei und umklammerte mit seinen Händen die Eisenstangen. »Wer hat seine Hörner abgesägt, Mister?«

»Das war ich höchstpersönlich. Mußte ich tun. Du hättest die Scheißdinger mal sehen sollen. Wie Speere waren sie. Er hat immer wieder die Wagenwände damit demoliert. Hat glatt die Metallbleche durchstoßen. Meine Kettensäge ist kaputtgegangen, bevor ich halb durch war, da mußte ich mir 'ne verdammte Axt nehmen. Er hat einfach nur dagelegen. So ist er, er liegt einfach nur da und frißt und scheißt.« Mr. Griesgram trat nach einer angeschimmelten Wassermelonenrinde, die irgendwie aus dem Schlammloch herausgestoßen worden war. »Wißt ihr, wieviel es kostet, den alten Scheißer in dieser Jahreszeit mit *Obst* zu versorgen? Mann, das waren die am dümmsten ausgegebenen siebenhundert Dollar meines Lebens!«
Davy Ray trat neben Johnny an die Gitterstäbe. »Wieso frißt er nur Obst?«
»Oh, er kann so ziemlich alles fressen. Wenn die Jahrmarktsaison vorbei ist, gebe ich ihm Abfälle und Baumrinde.« Mr. Griesgram grinste. »Von Früchten riecht er besser, verstehst du.«
Die kleinen schwarzen Augen des Styracosaurus blinzelten träge. Sein massiger Kopf schaukelte hin und her, auf der Suche nach einem Gedanken. Das Gatter war kaum groß genug, daß er sich darin umdrehen konnte. Dann stieß er einen langgezogenen Seufzer aus und ließ sich wieder in den Matsch sinken und starrte ins Leere, während kleine blutige Rinnsale über seine Flanken krochen.
»Ist ganz schön eng da drinnen, oder?« fragte Davy Ray. »Ich meine ... lassen Sie ihn nie raus?«
»Wo denkst du hin! Wie sollte ich ihn wieder da reinkriegen, du Genie?« Er beugte sich über die Eisenstangen, die ihm bis zur Hüfte reichten, wenn er auf der Plattform stand. »He, du Mistvieh!« brüllte er. »Warum *tust* du nicht mal was, um deinen verdammten Lebensunterhalt zu verdienen? Warum lernst du nicht, einen Ball auf deiner

Schnauze zu balancieren oder durch einen Reifen zu springen? Ich hab geglaubt, ich könnte dir ein paar beschissene *Tricks* beibringen! Wieso liegst du immer nur da und schaust blöd aus der Wäsche?« Mr. Griesgrams Gesicht verzerrte sich, und die Wut darin war häßlich. »He, ich rede mit dir!« Er ließ den Baseballschläger einmal auf den Rücken des Tiers herabsausen, und dann noch mal. Die Nägel rissen blutige Striemen. Die wäßrigen Augen des Styracosaurus schlossen sich in stummem Leiden. Mr. Griesgram hob den Schläger zu einem dritten Schlag, die Stummelzähne fest aufeinandergebissen.

»Tun Sie's nicht, Mister«, sagte Davy Ray.

Und etwas in seiner Stimme meinte es auch.

Der Schläger hielt im Herabsausen inne. »Was hast du gesagt, Junge?«

»Ich sagte ... tun Sie's nicht. Bitte«, fügte er hinzu. »Es ist nicht richtig.«

»Vielleicht ist es nicht richtig«, pflichtete Mr. Griesgram bei. »Aber es macht *Spaß*.« Und er versetzte dem Styracosaurus mit aller Kraft einen dritten Schlag auf den Rükken.

Ich sah, wie Davy Rays Hand sich ballte und die übriggebliebene Hälfte seines Zero-Riegels zerquetschte.

»Ich hab genug«, sagte Johnny. Er wandte sich von dem Gatter ab und verließ den Wagen.

»Laß uns gehen, Davy Ray«, forderte ich ihn auf.

»Es ist nicht richtig«, wiederholte Davy Ray. Mr. Griesgram hatte aufgehört, auf das Tier einzuschlagen, und die Nägel glänzten rot. »So etwas wie er sollte nicht in einem Schlammloch eingesperrt sein.«

»Du hast was für deine fünfzig Cent geboten bekommen«, erwiderte der Mann. Er hörte sich ausgelaugt an. Auf seiner Stirn schimmerten Schweißperlen. Ich nehme an, es war ganz schön anstrengend, die Nägel in das Fleisch zu bohren

und wieder herauszuziehen. Dieser Akt der Gewalt hatte anscheinend etwas von seinem Zorn verdampfen lassen. »Geht nach Hause, ihr Dorftrampel«, sagte er.
Davy Ray bewegte sich nicht. Seine Augen erinnerten mich an glühende Kohlen. »Mister, wissen Sie, was Sie da haben?«
»Ja. Tierische Kopfschmerzen. Willst du ihn kaufen? Zum Teufel, ich mach dir ein gutes Angebot! Krieg deinen Daddy dazu, daß er mir fünfhundert Dollar bringt, und ich lade ihn sofort in eurem Garten ab, und er kann in deinem verdammten Bett mit dir schlafen.«
Davy Ray war völlig unbeeindruckt. »Es ist nicht richtig, etwas zu hassen, nur weil es lebt«, sagte er.
»Was weißt *du* denn schon?« knurrte Mr. Griesgram. »Du hast doch von nichts 'ne Ahnung, du Rotzlümmel! Leb du erst mal noch zwanzig weitere Jahre und sieh, was ich von dieser stinkenden Welt gesehen habe. Dann kannst du kommen und mir erzählen, was ich tun und lassen soll!«
Da tat Davy Ray etwas höchst Seltsames. Er warf seinen zermalmten Zero-Riegel in den Schlamm direkt neben die gehörnte Schnauze des Styracosaurus. Er versank mit einem leisen *Platsch* in der Brühe. Der Styracosaurus lag einfach nur da, die Augen unter ihren schweren Lidern verborgen.
»He! Hör auf, Sachen in das Gatter zu werfen, du Rotzlümmel! Ihr beide verschwindet jetzt auf der Stelle!«
Ich war schon auf dem Weg nach draußen.
Ich hörte ein lautes schmatzendes Geräusch, und als ich mich umdrehte, sah ich, wie der Styracosaurus sein Maul aufriß und den Zero samt des ihn umgebenden Schlamms hochschaufelte wie ein lebender Bulldozer. Das Tier kaute ein paarmal, und dann legte es seinen Kopf nach hinten, um die matschige Brühe seine Kehle hinunterlaufen zu lassen.

»Haut ab!« befahl uns Mr. Griesgram. »Ich mache für heute d ...«

Der Wagen erbebte. Der Styracosaurus erhob sich, triefend wie eine uralte Sumpfeiche. Ich schwöre, daß seine rostfarbene Zunge, die so groß war wie ein Eßteller, herauskam, um über sein graues, schlammverkrustetes Maul zu lecken. Sein Kopf mit den drei abgehackten Hörnerstümpfen neigte sich Davy Ray entgegen, und er begann schwerfällig vorwärts zu watscheln.

Es war, als würde man einem Panzer dabei zusehen, wie er Tempo aufnahm. Und dann senkte er den Kopf und rammte damit gegen die Eisenstangen, und die dicke Panzerplatte aus Knochen knackte laut, so als würden zwei riesige Footballhelme gegeneinanderschlagen. Der Styracosaurus trat drei Schritte zurück, dann krachte er mit einem schnaubenden Grunzen abermals gegen die Eisenstangen.

»He! He!« brüllte Mr. Griesgram.

Der Styracosaurus schob sich vorwärts, während seine Füße oder Pfoten oder wie immer man sie nennen mochte im Schlamm hin und her rutschten. Seine Kraft war beeindruckend; seine Muskeln spielten unter seiner elefantenartigen Haut, und die Fliegen verließen fluchtartig dieses wandelnde Erdbeben. Die Eisenstangen ächzten und begannen sich nach außen zu verbiegen, und die Bolzen lösten sich quietschend aus ihren Verankerungen.

»He, laß das! *Laß das!* « Mr. Griesgram prügelte jetzt erneut auf den Styracosaurus ein, und Blutstropfen flogen von den Nägeln. Das Tier scherte sich nicht darum, sondern konzentrierte weiter seine ganze Anstrengung auf das Verbiegen der Stangen, um, wie mir blitzartig bewußt wurde, zu Davy Ray zu gelangen. »Du Bastard! Du verdammtes altes Mistvieh!« brüllte der Mann, während er den Baseballschläger hoch und nieder schwang. Er blickte uns mit böse funkelnden Augen an. »Verschwindet! Ihr macht ihn verrückt!«

Ich packte Davy Ray am Arm und zog. Er kam mit mir, und wir hörten hinter uns, wie weitere Bolzen knarrend nachgaben. Der Wagen begann zu schaukeln wie eine vom Teufel besessene Wiege. Wir schafften es die Stufen hinunter und sahen Johnny im Windschatten stehen, während Ben – ein Bild des Jammers – auf einer umgedrehten Limonadenkiste hockte, das Gesicht in den Händen vergraben.

»Er hat versucht auszubrechen«, sagte Davy Ray, während wir auf den bebenden, schaukelnden Wagen starrten. »Hast du das gesehen?«

»Ja, habe ich. Er ist durchgedreht.«

»Ich wette, er hat noch nie zuvor einen Schokoriegel bekommen«, sagte er. »In seinem ganzen Leben noch nicht. Er mag Zeros genauso gern wie ich, was? Junge, ich habe zu Hause eine ganze Schachtel voll davon, die er sich wohl nur zu gerne schnappen würde, wette ich!«

Ich war mir nicht sicher, ob wirklich der Geschmack des Schokoriegels für das alles verantwortlich war, doch ich erwiderte: »Ich denke, du hast recht.«

Das Schaukeln des Wagens hörte langsam auf. Ein paar Minuten später erschien Mr. Griesgram wieder auf der Bildfläche. Seine Kleider und sein Gesicht waren mit Klumpen von Matsch und Kacke bespritzt. Sowohl Davy Ray als auch ich zitterten, während wir nach Leibeskräften versuchten, nicht in lauthalses Gelächter auszubrechen. Mr. Griesgram zog den Vorhang zu, schloß die Tür hinter sich und verriegelte sie mit einer Kette und einem Vorhängeschloß. Dann blickte er zu uns herüber und explodierte. »*Verschwindet, hab ich gesagt! Haut ab, bevor ich* ...« Den Baseballschläger schwingend, stürzte er auf uns zu, und wir ließen unser Gelächter Gelächter sein und flüchteten.

Der Jahrmarkt schloß für die Nacht seine Pforten, die Menschenmenge in der Budenstraße löste sich auf, die Karussells blieben stehen, und die Ausrufer der Freaks hängten ihre Superlative an den Nagel. Eins nach dem anderen verloschen die Lichter.

Wir gingen zurück zu dem Platz, wo wir unsere Räder abgestellt hatten. Die Luft war frostig geworden. Der Winter war im Anzug.

Ben, der nun etwas von seinem Ballast abgelassen hatte, war wieder in das Land der Lebenden zurückgekehrt und plapperte fröhlich drauflos. Johnny sagte nicht viel, doch er bemerkte, wie toll die Motorradfahrer gewesen seien. Ich behauptete, ich könnte eine Geisterbahn bauen, bei der den Leuten vor Angst das Herz stehenbleiben würde, wenn ich wollte. Davy Ray jedoch sagte kein Wort.

Bis wir unsere Fahrräder erreichten. Dann meinte Davy Ray: »Ich möchte nicht so leben.«

»Wie?« fragte Ben.

»In so einem Verschlag. Ihr wißt schon. Wie das Ding aus der verlorenen Welt.«

Ben zuckte mit den Schultern. »Aaaachh, der hat sich mittlerweile sicher daran gewöhnt.«

»Sich an etwas zu gewöhnen«, gab Davy Ray zurück, »ist nicht dasselbe, wie es zu mögen, Blödmann.«

»He, werd jetzt bloß nicht auf *mich* wütend!«

»Ich bin auf niemanden wütend.« Davy Ray setzte sich auf sein Rad, die Hände um den Lenker geklammert. »Es ist nur ... ich würde es wirklich hassen, so leben zu müssen. Er konnte sich kaum bewegen. Konnte nicht mal die Sonne sehen. Und jeder Tag wird wie der vorangegangene sein, selbst wenn du eine Million Tage lebtest. Ich kann den Gedanken daran einfach nicht ertragen. Du etwa, Cory?«

»Es wäre ganz schön schrecklich«, pflichtete ich ihm bei.

»Dieser Mann wird ihn schon bald umbringen, so wie er auf ihn einprügelt. Dann kann er ihn auf die Müllhalde werfen und seiner Wege ziehen.« Davy Ray blickte auf zur Mondsichel, und sein Atem löste sich in weißen Wölkchen von seinen Lippen. »Das Ding war sowieso nicht *echt*. Der Mann war ein Lügner. Es war ein verkrüppeltes Nashorn, das ist alles. Also, seht ihr? Es *war* ein Beschiß, wie ich euch gesagt habe.« Und er radelte davon, bevor ich mit ihm streiten konnte.

Das war unser Besuch auf dem Brandywine Carnival.

In den frühen Morgenstunden des Samstags, irgendwann gegen drei, begann die Sirene auf dem Rathaus zu heulen. Dad sprang so schnell in seine Kleider, daß er seine Unterwäsche verkehrt herum überzog, und er nahm den Pickup, um herauszufinden, was los war. Ich selbst glaubte, die Russen würden uns bombardieren. Als Dad gegen vier Uhr zurückkehrte, erzählte er uns, was er herausgefunden hatte.

Eine der Attraktionen des Jahrmarkts war fortgelaufen. War einfach aus ihrem Wagen ausgebrochen und hatte ihn dabei zu Kleinholz zerlegt. Ihr Eigentümer hatte in einem anderen Wagen geschlafen. Später hörte ich, wie Dad Mom erzählte, daß es der Wagen der rothaarigen Frau war, die seltsame Dinge mit Glühbirnen anstellte. Jedenfalls war das Ding ausgebrochen und hatte die Budenstraße plattgewalzt wie ein Patton-Panzer. Es hatte sich durch die Zelte gewälzt, als wären es Haufen von Herbstlaub. Das Ding war offenkundig geradewegs die Merchants Street hinuntergestürmt, wobei es mehrere Geschäfte verwüstet und dann etliche dort abgestellte Wagen in geeignetes Material für Mr. Sculley verwandelt hatte. Es mußten Schäden in Höhe von Zehntausenden von Dollar entstanden sein, wie Bürgermeister Swope meinem Dad erzählt hatte. Und sie hatten das Ding noch nicht eingefangen. Es war in die Wälder entkommen und auf die Berge zugelaufen, während alle noch damit beschäftigt waren, in ihre Stiefel zu springen. Nur Mr. Wynn Gillie hatte es gesehen, als es mit seinem Kopf durch die Schlafzimmerwand seines Hauses brach, und Mr. Gillie und seine Frau wurden nun wegen Schock im Krankenhaus von Union Town behandelt.

Die Bestie aus der verlorenen Welt war frei, und der Jahrmarkt zog ohne sie weiter.

Ich wartete bis zum Sonntag abend. Dann rief ich von Johnny aus bei den Callans an, und wir benutzten das Telefon im Hinterzimmer, während seine Eltern Fernsehen guckten. Davy Rays kleiner Bruder Andy nahm den Hörer ab. Ich sagte, ich würde gern mit Mr. Callan sprechen.

»Was kann ich für dich tun, Cory?« fragte er.

»Ich rufe für meinen Dad an. Wir wollen diese Woche Rebells Zwinger abbauen, und da haben wir uns gefragt, ob Sie vielleicht ... äh, eine Blechzange hätten, die wir benutzen könnten?«

»Nun, wahrscheinlich werdet ihr eher eine Drahtschere brauchen. Da ist ein Unterschied.«

»Wir müssen aber auch einiges an Blech zerlegen«, erklärte ich.

»Also gut. Kein Problem. Ich schicke Davy Ray morgen nachmittag damit zu euch, wenn euch das recht ist. Weißt du, ich habe die Blechzange vor ein paar Jahren gekauft, sie aber nie benutzt. Hab sie irgendwo unten im Keller in einer Kiste.«

»Davy Ray weiß wahrscheinlich, wo sie ist«, sagte ich.

Mr. Griesgram hatte sich mucksmäuschenstill aus dem Staub gemacht, wahrscheinlich, weil ein Verlust von siebenhundert Dollar immer noch billiger war als ein Zehntausend-Dollar-Urlaub im Kittchen. Viele große Jäger hefteten sich auf die Fährte der Bestie aus der verlorenen Welt, doch sie kehrten mit Kacke an ihren Stiefeln und geknickten Egos zurück.

Ich habe ein Bild im Kopf.

Ich sehe den Park, nachdem der Jahrmarkt zusammengepackt hatte und weitergezogen war. Er war wieder wie immer, abgesehen von etwas verstreutem Sägemehl, zertretenen Pappbechern und Resten von Eintrittskarten, die das Aufräumkommando zurückgelassen hatte wie ein Hund, der sein Revier markiert.

Doch in diesem Jahr treibt der Wind das Einwickelpapier von Zero-Riegeln vor sich her, und sie machten im Vorbeirascheln ein Geräusch, als würden sie kichern.

Vier

Des Winters kalte Wahrheit

1
Ein einsamer Reisender

»Dein Vater hat seine Arbeit verloren«, sagte Mom.

Ich war gerade von der Schule heimgekommen. Thanksgiving lag erst vier Tage hinter uns. Die Nachricht traf mich wie ein Schlag in die Magengrube. Moms Gesicht war grimmig, und mit ihren Augen sah sie schon die schweren Zeiten, die vor uns lagen. Sie wußte um die in roter Tinte geschriebene Wirklichkeit ihres Backgeschäfts; Big Paul's Pantry hatte neben Milch in wegwerfbaren Plastikflaschen auch eine riesige Abteilung mit Torten und Kuchen.

»Sie haben es ihm gesagt, als er heute morgen anfing«, fuhr sie fort. »Sie haben ihm zwei Wochenlöhne und einen Bonus gegeben, und sie sagten, sie könnten sich ihn nicht mehr leisten.«

»Wo ist er?« Ich ließ meine Bücher einfach fallen.

»Ist irgendwo hingefahren, etwa vor einer Stunde. Den größten Teil des Tages hat er nur dagesessen und kaum gesprochen. Beim Mittagessen hat er keinen Bissen heruntergebracht. Hat versucht, etwas zu schlafen, aber er konnte nicht. Ich glaube, er ist fertig, Cory.«

»Weißt du, wo er hingefahren ist?«

»Nein. Er sagte nur, er würde irgendwo hinfahren, wo er nachdenken könnte.«

»Okay. Ich werde versuchen, ihn zu finden.«

»Wo willst du hin?«

»Zuerst zu Saxon's Lake«, antwortete ich und ging hinaus zu Rakete.

Sie folgte mir auf die Veranda. »Cory, sei vor ...« Sie biß

sich auf die Zunge. Es war an der Zeit, einzugestehen, daß ich auf dem Weg war, ein Mann zu werden. »Ich hoffe, du findest ihn«, sagte sie schließlich.

Ich fuhr unter einem tiefhängenden grauen Himmel davon, der mit Schneeregen drohte.

Es war eine ganz schöne Strecke von unserem Haus bis dort hinaus. Der Wind blies mir ins Gesicht. Als ich auf der Route 10 dahinradelte, den Kopf tief über den Lenker gebeugt, warf ich mißtrauische Blicke auf den windgepeitschten Wald rechts und links von mir. Die Bestie aus der verlorenen Welt lief noch immer frei herum. Das war an sich nicht beängstigend, denn ich bezweifelte, daß der Styracosaurus viel mit dem einem Gefängnis gleichenden Schlammloch der Zivilisation zu tun haben wollte. Was mich so vorsichtig sein ließ, war die Tatsache, daß Marty Barklee, der vor Sonnenaufgang die Zeitungen von Birmingham herüberbrachte, zwei Tage vor Thanksgiving auf eben dieser Straße gefahren war, als plötzlich ein Koloß aus dem Wald hervorstürmte und mit solcher Wucht in seinen Wagen rammte, daß die Räder vom Asphalt gerissen wurden. Ich hatte Mr. Barklees Auto gesehen. Die Beifahrerseite war eingedrückt, als hätte ein riesiger Stahlstiefel dagegengetreten, und die Scheibe war in tausend Stücke zerborsten. Mr. Barklee sagte, daß das Monster ihn gerammt habe und dann geflüchtet sei. Ich war überzeugt, daß der Styracosaurus sich in jenen unzugänglichen, sumpfigen Wäldern um Saxon's Lake herum sein Revier abgesteckt hatte, und jedes Fahrzeug auf der Route 10 war in Gefahr, da der Styracosaurus in ihm einen rivalisierenden Dinosaurier sah. Ob er Rakete eines schnaubenden Angriffs für würdig hielt, vermochte ich nicht zu sagen. Ich wußte nur, daß ich beim Radeln die Augen offenhalten mußte. Mr. Griesgram hatte offenkundig nicht erkannt, daß er statt eines großen grauen Fleischbergs, der dösend im Schlamm hockte, in Wirklichkeit einen Patton-

Panzer besaß, der jedes Auto einholen konnte. Freiheit verlieh den Beinen Schnelligkeit, soviel stand fest. Und trotz all seiner Jahre und seiner Größe war der Styracosaurus im Herzen doch ein Junge.

Abgesehen davon, daß ich Davy Ray mit einer Blechzange zu uns kommen ließ, machte ich zu niemandem eine Andeutung darüber, was ich vermutete. Johnny war ebenfalls verschlossen wie eine Auster, und wir erzählten Ben nichts davon, denn Ben konnte manchmal einfach seinen Mund nicht halten. Auch über Davy Rays Lippen kam nichts weiter als die Bemerkung, daß er hoffte, sie würden die Kreatur ihre noch verbleibenden Jahre in Frieden leben lassen. Ich war mir nie ganz sicher, doch ich vermutete immer, daß Davy Ray dahintersteckte. Woher sollte er denn auch wissen, daß der Styracosaurus Schäden in Höhe von Zehntausenden von Dollar anrichten würde? Nun, Glasscheiben konnten ersetzt und Metall wieder ausgebeult werden. Mr. Wynn Gillie und seine Frau zogen nach Florida, wie sie es schon seit fünf oder sechs Jahren vorgehabt hatten. Bevor Mr. Gillie fortging, erzählte ihm Mr. Dollar, daß die Sümpfe in Florida voller Dinosaurier seien, die an deine Hintertür kämen und um Essensreste bettelten. Mr. Gillie wurde kreidebleich und begann zu zittern, bis »Jazzman« Jackson ihm erklärte, daß Mr. Dollar ihn nur auf den Arm nähme.

Als ich um die Kurve fuhr, hinter der sich Saxon's Lake befand, sah ich Dads Pick-up, der in der Nähe des Granitvorsprungs abgestellt war. Ich nahm die Füße von den Pedalen und rollte langsam darauf zu, während ich mir überlegte, was ich zu ihm sagen würde. Plötzlich hatte ich keine Worte mehr. Dies würde ganz anders sein, als den Wunderkasten zu füttern; dies war das wirkliche Leben, und es würde sehr, sehr schwer werden.

Ich konnte ihn nirgendwo in der Nähe des Wagens ausmachen, als ich Raketes Ständer herunterklappte. Doch dann sah ich ihn – eine kleine Gestalt, die auf einem Granitbrocken halb auf der anderen Seite des Sees hockte. Er starrte auf das schwarze, vom Wind gekräuselte Wasser. Als ich ihn so beobachtete, sah ich, wie er eine Flasche an seine Lippen hob und gierig einen Schluck trank. Dann senkte er die Flasche und starrte wieder auf den See.

Ich ging durch den Morast aus Gräsern und Farnen zu ihm hinüber. Der rote Schlamm schmatzte unter meinen Schuhen, und ich entdeckte die Fußabdrücke meines Vaters darin. Er war diesen Weg schon viele Male gegangen, denn er hatte einen schmalen Trampelpfad durch die dichtesten Stellen des Unterholzes gezogen. Damit hatte er unbewußt sein Werk als Vater fortgesetzt, indem er den Weg ein kleines bißchen leichter für den Sohn gemacht hatte.

Als ich näher kam, sah er mich. Er winkte nicht. Er senkte den Kopf, und ich wußte, daß auch er keine Worte mehr hatte.

Ich blieb drei Meter vor ihm und dem Felsen, der einst Teil des Randes von Saxon's Grube gewesen war, stehen. Er hielt den Kopf gesenkt und die Augen geschlossen, und neben ihm stand eine halbvolle Plastikflasche mit Traubensaft. Augenblicklich wurde mir bewußt, daß er in Big Paul's Pantry eingekauft hatte.

Der Wind pfiff um mich herum und ließ die kahlen Äste der Bäume knacken. »Geht's dir gut?« fragte ich.

»Nein«, erwiderte er.

»Mom hat es mir erzählt.«

»Dachte ich mir schon.«

Ich vergrub die Hände in den Taschen meiner mit Schaffell gefütterten Jeansjacke und blickte hinaus über das dunkle, dunkle Gewässer. Dad sagte lange Zeit nichts, ebenso wie ich. Dann räusperte er sich. »Willst du auch etwas Traubensaft?«

»Nein, Sir.«

»Ist noch viel drin.«
»Nein, Sir, ich bin nicht durstig.«
Er hob den Kopf und blickte mich an. In jenem harten, kalten Licht sah er unendlich alt aus. Ich glaubte seinen Schädel unter der dünnen Fleischschicht sehen zu können, und der Anblick erfüllte mich mit Angst. Es war, als würde man zuschauen, wie jemand, den man sehr liebte, langsam starb. Seine Gefühle hatten schon zuvor auf einer schmalen Klippe balanciert. Ich erinnerte mich an die Fragen, die er mitten in der Nacht voller Verzweiflung auf ein Blatt Papier geschrieben hatte, und an seine unausgesprochene Furcht davor, einen Zusammenbruch zu erleiden. Ich sah nur zu deutlich, daß mein Vater – kein mythischer Held, kein Superman, sondern schlicht ein guter Mensch – ein einsamer Reisender in der Wildnis der inneren Qual war.
»Ich habe alles getan, worum sie mich baten«, sagte er. »Hab eine doppelte Tour übernommen. Hab die Rückläufe eingesammelt, wenn sie eingesammelt werden mußten. Bin früher gekommen und länger geblieben, um noch im Lager zu helfen. Ich habe alles getan, was sie wollten.« Er blickte auf und versuchte die Sonne zu finden, doch die Wolken waren wie Eisenplatten. »Sie haben gesagt: ›Tom, du mußt das verstehen.‹ Sie haben gesagt: ›Wir müssen tiefe Schnitte machen, wenn wir Green Meadows am Leben erhalten wollen.‹ Und weißt du, was sie noch gesagt haben, Cory?«
»Nein, Sir.«
»Sie haben gesagt, Milchlieferungen an die Haustür seien so tot wie die Dinosaurier. Sie haben gesagt, es gäbe keinen Platz mehr dafür in all diesen Regalen mit Plastikflaschen. Sie haben gesagt, in der Zukunft würde nur noch darauf geachtet werden, daß alles leicht geht und bloß keine Umstände macht, und genau so wollen es die Leute haben.« Er legte die Hände ineinander, und der Muskel an

seinem Kiefer zuckte. »Das ist nicht, wie *ich* es haben will.«

»Wir werden es schon schaffen«, sagte ich.

»O ja.« Er nickte. »Ja, das werden wir. Ich werde etwas anderes finden. Bevor ich hierherkam, bin ich zum Eisenwarenladen gegangen und habe eine Bewerbung ausgefüllt. Mr. Vandercamp junior braucht vielleicht einen Lastwagenfahrer. Verdammt, ich würde hinter der Kasse arbeiten. Aber ich habe wirklich geglaubt, daß ich in zwei, drei Jahren zweiter Vorarbeiter der Beladeabteilung werden würde. Ganz schön blöd, was?«

»Du hast es nicht gewußt.«

»Ich weiß *nie* etwas«, sagte er. »Das ist mein Problem.«

Das Wasser kräuselte sich, während der Wind darüber strich und kleine Wellen aufwarf. Im Wald dahinter krächzten unsichtbare Krähen. »Es ist kalt, Dad«, sagte ich. »Wir sollten nach Hause gehen.«

»Ich kann's gar nicht erwarten, daß dein Großvater es herausfindet.« Er meinte Jaybird. »Der wird sich kaum einkriegen vor Lachen.«

»Mom und ich lachen nicht«, sagte ich. »Und auch sonst wird keiner lachen.«

Er nahm die Traubensaftflasche und trank einen Schluck. »Bin auch bei Big Paul's Pantry vorbeigefahren. Ich bin dort hineingegangen und hab die ganze Milch gesehen. Ein richtiges weißes Meer davon.« Abermals blickte er mich an. Seine Lippen waren blau. »Ich möchte, daß die Dinge so bleiben, wie sie sind. Ich will nicht, daß ein Kaugummi kauendes Mädchen, das meinen Namen nicht kennt, mein Geld nimmt und nicht einmal lächelt, wenn ich es frage, wie's ihm geht. Ich will keine Supermärkte, die bis acht Uhr abends geöffnet haben und so grell beleuchtet sind, daß einem die Augen schmerzen. Familien sollten um acht Uhr abends gemeinsam zu Hause sein und nicht draußen im Supermarkt und die Sachen kaufen, von denen die großen Schilder an der Decke einem sagen, daß man sie kaufen soll. Ich meine ... wenn es so weit kommt, selbst nur in Kleinigkeiten, dann werden wir nie wieder zurückgehen können. Und irgendeines Tages wird irgend jemand sagen: ›Oh, es ist so schön, daß wir noch spätabends in den Supermarkt gehen und aus diesen Regalen voller Dinge, von denen wir nie zuvor gehört haben, auswählen können, aber was ist bloß aus den Milchmännern geworden oder aus diesen Leuten, die Wassermelonen von ihrem Wagen verkaufen, oder aus der Frau, die Gemüse direkt aus ihrem Garten verkauft und wie die Sonne gestrahlt hat, wenn man ihr einen guten Morgen wünschte?‹ Irgend jemand wird sagen: ›Oh, die verkaufen jetzt all diese Sachen im Supermarkt, und du mußt nicht mehr hierhin und dorthin laufen, um zu bekommen, was du brauchst, dort gibt's alles.‹ Und warum machen sie das mit allem? Nur um die Läden einer Stadt unter ein Dach zu bringen, damit du nicht naß vom Regen wirst oder dir kalt ist. Wäre das nicht eine klasse Idee?« Mein Vater knackte eine Weile mit seinen Fingerknöcheln. »Und dann hast du plötzlich Läden und Straßen und Häuser, aber du hast keine Städte mehr. Zumindest nicht so, wie sie jetzt sind. Und du gehst in einen dieser Läden unter einem Dach, und du fragst nach etwas, und die Kaugummi kauende Verkäuferin sagt: ›Nein, das führen wir nicht. Wir führen das nicht, und wir können es auch nicht für Sie bestellen, denn das wird schon lange nicht mehr hergestellt. Wissen Sie, so was wollen die Leute nicht haben. Die Leute wollen nur große Schilder, die von der Decke hängen und ihnen sagen, was sie wollen. Wir haben nur solche Dinge, und sie sind von Maschinen gemacht, tausend Stück in einer Minute. Aber sie sind makellos‹, wird sie sagen. ›Kein einziger Makel in der gesamten Lieferung.

Und wenn Sie es aufgebraucht haben oder es über haben oder andere Schilder kommen, können Sie es einfach wegwerfen, denn es ist zum Wegwerfen gemacht worden. Und nun‹, wird sie sagen, ›wie viele dieser makellosen Dinge brauchen Sie heute, und bitte beeilen Sie sich, denn da wartet schon eine Schlange hinter Ihnen.‹«
Er schwieg. Ich hörte seine Fingerknöchel knacken.
»Es ist nur *ein* Supermarkt«, sagte ich.
»Der erste«, erwiderte er.
Er verengte seine Augen zu Schlitzen und starrte vielleicht eine Minute hinaus auf den See, während der Wind Muster auf seine Oberfläche zeichnete.
»Ich höre dich«, sagte er leise.
Ich wußte, mit wem er sprach. »Dad? Können wir nach Hause fahren?«
»Geh schon. Ich bleibe noch hier sitzen und höre meinem Freund zu.«
Ich vernahm den Wind und die Krähen, doch ich wußte, daß mein Vater einer anderen Stimme lauschte. »Was sagt er, Dad?«
»Er sagt dasselbe, was er immer sagt. Er sagt, er wird mich nicht in Ruhe lassen, bis ich zu ihm komme, unten im Dunkeln.«
Tränen schossen in meine Augen. Ich blinzelte sie fort. »Du gehst doch nicht zu ihm, oder?«
»Nein, Junge. Nicht heute.«
Beinahe hätte ich ihm von Dr. Lezander berichtet. Mein Mund öffnete sich, doch mein Verstand warf eine Frage auf: Was sollte ich meinem Vater erzählen? Daß Dr. Lezander auf Milch allergisch reagierte und ein Nachtschwärmer war, und daß Vernon Thaxter glaubte, daß dies die Eigenschaften eines Mörders seien? Was über meine Lippen kam, war: »Die Dame weiß um viele Dinge, Dad. Sie kann uns helfen, wenn wir sie bitten.«

»Die Dame«, wiederholte er. Seine Stimme klang heiser. »Sie hat Biggun Blaylock einen ganz schönen Schrecken eingejagt, was?«

»Ja, Sir, das hat sie. Sie könnte uns helfen, wenn wir zu ihr gingen.«

»Vielleicht. Vielleicht auch nicht.« Er runzelte die Stirn, als würde der Gedanke daran, die Dame um Hilfe zu bitten, ihm große Schmerzen bereiten. Sie konnten nicht schlimmer sein als die Schmerzen, die sich schon wie Eiterbeulen auf seiner Seele festgesetzt hatten. »Ich sag dir was«, fuhr er fort, als seine Stirn sich wieder geglättet hatte. »Ich werde meinen Freund fragen, was er davon hält.«

Ich hatte Angst um ihn. Große, sehr große Angst. »Bitte komm bald heim.«

»Das werde ich.« Er nickte. »Bald.«

Ich ließ ihn dort auf dem Felsen unter den tiefhängenden grauen Wolken zurück. Während ich zu Rakete ging, schaute ich nach hinten und sah ihn an der Kante des Felsens stehen. Seine ganze Aufmerksamkeit war auf das Wasser unter ihm gerichtet, als würde er in jenen schrecklichen Tiefen nach einer Spur eines Wagens suchen. Ich wollte ihn anrufen, wollte ihn warnen, doch von der Kante zurückzutreten, aber dann ging er wieder zu der Stelle, wo er vorher gewesen war, und setzte sich hin.

Nicht heute hatte er gesagt. Das mußte ich ihm glauben.

Ich radelte auf demselben Weg nach Hause, auf dem ich gekommen war, und mir ging viel zuviel im Kopf herum, um auch nur eine Sekunde an die Bestie aus der verlorenen Welt zu denken.

Die folgenden Tage waren grau und kalt. Die Hügel um Zephyr herum waren so braun wie das Gras auf Poulter Hill. Wir traten in den Dezember ein, den Monat der Freude und der festlichen Stimmung. Dad war manchmal daheim, wenn ich aus der Schule kam, und manchmal auch nicht. Mom, die plötzlich angespannter und müder wirkte, als ihre Jahre hätten erklären können, sagte, daß er nach Arbeit suche. Ich hoffte, daß er nicht wieder auf jenem Felsen hockte und die Zukunft in einem Spiegel aus schwarzem Glas betrachtete.

Die Mütter meiner Freunde waren sehr hilfsbereit. Sie begannen mit Tüchern bedeckte Schüsseln, Körbe mit Obst, Eingemachtes und dergleichen zu bringen. Mr. Callan versprach, uns etwas vom ersten Wild zu geben, das er in dieser Saison erlegte. Mom bestand darauf, allen als Gegenleistung Kuchen zu backen. Dad aß das Essen, doch ich konnte sehen, daß es ihn umbrachte, solch offenkundige Almosen anzunehmen. Offensichtlich brauchte Mr. Vandercamp keinen Lastwagenfahrer und auch keinen weiteren Mann hinter der Kasse. Oft hörte ich Dad nachts ihm Haus umherstreifen. Er fing an, bis in den späten Vormittag hinein zu schlafen, bis elf oder so, und dafür bis nach vier Uhr morgens aufzubleiben. Es waren Nachtschwärmerzeiten.

Eines Samstags bat Mom mich, zu Woolworth's in der Merchants Street zu fahren und ihr eine Schachtel mit Kuchenformen zu holen. Ich fuhr los, Rakete wie ein williges Pferd unter mir. Ich ging in den Laden, kaufte die Kuchenformen und machte mich wieder auf den Heimweg.

Vor dem Bright Star Café hielt ich an.

Mr. Eugene Osborne arbeitete dort. Mr. Eugene Osborne war in der Big-Red-One-Infanteriedivision gewesen. Und Mr. Eugene Osborne erkannte deutsche Flüche, wenn er sie hörte.

Das hatte an mir genagt wie die leise Stimme eines kleinen Dämons in meinem Hinterkopf, seit jenem Abend, als wir zum Brandywine Carnival gegangen waren. Wie konnte ein Papagei deutsche Flüche kennen, wenn sein Besitzer kein Deutsch sprach? Und da war noch etwas anderes, das Mr. Osborne gesagt hatte und an das ich mich erinnerte: *Und es*

waren auch nicht nur Flüche. Da waren noch andere deutsche Worte, aber sie waren ganz durcheinander.
Wie konnte so etwas gehen?
Ich ließ Rakete draußen zurück und trat in das Bright Star. Es war nichts Besonderes, nur ein paar Tische und Nischen und ein Tresen, an dem die Leute auf Stühlen hocken und mit den beiden Serviererinnen schwatzen konnten, der alten Mrs. Madeline Huckabee und der jüngeren Carrie French. Ich muß einräumen, daß Miss French die meiste Aufmerksamkeit zuteil wurde, denn sie war blond und hübsch, und Mrs. Huckabee sah aus wie zwei Meilen schlechter Straße. Doch Mrs. Huckabee war schon Serviererin im Bright Star gewesen, lange bevor ich geboren wurde, und sie regierte das Café mit eiserner Hand. Das Bright Star war um diese Tageszeit nicht gerade sonderlich attraktiv, doch ein paar Leute waren dort und tranken Kaffee, die meisten von ihnen alte Rentner. Mr. Cathcoate war unter ihnen; er saß in einer Nische und las Zeitung. Der Fernseher über dem Tresen war eingeschaltet. Und am Tresen selbst saß niemand anderer als der walförmige Mr. Dick Moultry höchstpersönlich und grinste Miss French an.
Er erblickte mich, und sein Grinsen verschwand wie ein Geist in der Morgendämmerung.
»Hallo!« sagte Miss French und schenkte mir ein sonniges Lächeln, als ich mich dem Tresen näherte. Wenn sie nicht so vorstehende Zähne gehabt hätte, wäre sie vielleicht so schön wie Chile Willow gewesen. »Was kann ich für dich tun?«
»Ist Mr. Osborne da?«
»Sicher.«
»Kann ich bitte mit ihm sprechen?«
»Einen Moment.« Sie ging zur Durchreiche zwischen dem Tresen und der Küche. Ich bemerkte, wie sich Mr. Moultrys riesiger Schwabbelbauch gegen die Tresenkante preßte, als

er sich nach vorn beugte, um einen Blick auf ihre Beine zu erhaschen. »Eugene? Hier will dich jemand sprechen.«
»Wer?« hörte ich ihn fragen.
»Wer?« fragte sie mich. Miss French bewegte sich nicht in meinen Kreisen, und ich kam nicht oft genug ins Bright Star, als daß sie mich hätte wiedererkennen müssen.
»Cory Mackenson.«
»Oh, du bist Toms Sohn?« fragte sie, und ich nickte. »Toms Sohn«, sagte sie zu Mr. Osborne.
Mein Dad kam eben herum, genauso wie die Beach Boys. Ich spürte, daß Mr. Moultry mich beobachtete. Er trank laut schlürfend einen Schluck von seinem Kaffee und versuchte so, meine Aufmerksamkeit zu erregen, doch ich tat ihm den Gefallen nicht.
Mr. Osborne schob sich durch die Schwingtüren. Er trug eine Schürze und ein weißes Käppi, und er wischte sich die Hände an einem Tuch ab. »Tag«, sagte er. »Was kann ich für dich tun?«
Mr. Moultry beugte sich vor, ganz Ohr und Schwabbelbauch. Ich fragte: »Können wir uns hinsetzen? Dort drüben vielleicht?« Ich deutete auf eine der hinteren Nischen.
»Warum nicht. Geh voran.«
Nachdem wir uns gesetzt hatten – ich mit dem Rücken zu Mr. Moultry –, sagte ich: »Ich war in Miss Glass' Haus, als Sie Winifred zur Klavierstunde hingebracht haben.«
»Ich erinnere mich daran.«
»Entsinnen Sie sich auch an den Papagei? Sie sagten, er würde deutsche Flüche kreischen.«
»Wenn ich Deutsch kenne, dann war es das. Und ich kenne Deutsch.«
»Erinnern Sie sich noch daran, was der Papagei gesagt hat?«
Mr. Osborne lehnte sich in der Nische zurück. Er legte den

Kopf zur Seite, und seine Finger mit der US-Army-Tätowierung spielten mit einer Gabel des Gedecks. »Worum geht es denn eigentlich, wenn ich fragen darf?«
»Nichts Besonderes.« Ich zuckte mit den Schultern. »Ich bin nur neugierig, das ist alles.«
»Neugierig, ja?« Er lächelte dünn. »Du bist hierhergekommen, um mich zu fragen, was der Papagei gesagt hat?«
»Ja, Sir.«
»Das ist fast drei Wochen her. Wieso bist du nicht schon früher gekommen und hast es wissen wollen?«
»Ich nehme an, ich hatte andere Dinge im Kopf.« Ich *hatte* es natürlich wissen wollen, doch mit dem Ausbruch der Bestie aus der verlorenen Welt und Dads Rausschmiß bei der Molkerei hatte ich dieser Sache nicht die höchste Prioritätsstufe gegeben.
»Ich erinnere mich nicht mehr genau, was er gesagt hat, abgesehen von den deftigen Worten, die ich ohne Toms Einwilligung nicht vor dir wiederholen könnte.«
»Ich wußte gar nicht, daß mein Dad hierherkommt.«
»Manchmal tut er das. Zuletzt war er hier, um eine Bewerbung auszufüllen.«
»O Mann!« sagte ich. »Ich wußte gar nicht, daß mein Dad *kochen* kann.«
»Tellerwäscher«, erwiderte Mr. Osborne und musterte mich. Ich denke, ich bin ein bißchen zusammengezuckt. »Mrs. Huckabee kümmert sich um alle Einstellungen. Führt diesen Laden wie ein Arbeitslager.«
Ich nickte und versuchte, seinem durchdringenden Blick nicht zu begegnen.
»Dieser Papagei«, sagte er, und sein Lächeln wurde breiter. »Dieser blaue Papagei. Hat das Blaue vom Himmel heruntergeflucht. Ist aber auch keine Überraschung, oder? Da er doch Miss Blue Glass gehört, meine ich.«

»Vermutlich nicht.« Ich hatte nicht gewußt, daß auch einige Erwachsene sie Miss Blue Glass nannten.

»Worum geht's denn nun wirklich, Cory?«

»Ich möchte Schriftsteller werden«, antwortete ich, auch wenn ich nicht wußte, warum. »Solche Sache interessieren mich.«

»*Schriftsteller?* So richtig mit Geschichten schreiben und so?«

»Ja, Sir.«

»Stell ich mir gar nicht so leicht vor.« Er stützte die Ellbogen auf den Tisch. »Ist das hier so 'ne Art ... Recherche für 'ne Geschichte oder so was?«

»Ja, Sir.« Ich sah einen kleinen Silberstreifen am Horizont. »Ja, Sir, das ist es!«

»Du schreibst doch nicht etwa eine Geschichte über Miss Blue Glass, oder?«

»Ich schreibe ... eine Geschichte über einen Papagei«, sagte ich. »Einen, der Deutsch spricht.«

»Tatsächlich? Nun, was soll man dazu sagen! Als ich in deinem Alter war, wollte ich Detektiv oder Soldat werden. Ein Wunsch hat sich ja auch erfüllt.« Er blickte auf seine tätowierten Finger. »Ich denke, es wäre vielleicht besser gewesen, wenn ich Detektiv geworden wäre«, sagte er mit einem leisen Seufzen, das Bände über das wirkliche Soldatenleben im Gegensatz zum Nachspielen von Szenen aus *Combat* im Wald sprach.

»Können Sie sich erinnern, was der Papagei noch gesagt hat, Mr. Osborne?«

Er murrte leise, doch sein Lächeln war noch immer freundlich. »Wenn du Hartnäckigkeit besitzen mußt, um Schriftsteller zu werden, dann hast du sicher das Zeug dazu, einer zu werden. Ist es wirklich so wichtig für dich, das alles zu wissen?«

»Ja, Sir. Sehr wichtig.«

Mr. Osborne hielt inne und dachte darüber nach. Dann sagte er: »Es war alles ganz durcheinander. Hat keinen großen Sinn ergeben, wirklich.«

»Ich würde es nur gerne wissen.«

»Dann laß uns mal sehen. Muß mal ein bißchen in meinem Oberstübchen kramen. Ich vertraue dir ein Geheimnis an.« Er beugte sich leicht vor. »Wenn du für Mrs. Huckabee arbeitest, hörst du 'ne ganze Menge deftiger Ausdrücke.« Ich schaute mich nach ihr um, doch sie war entweder in der Küche oder auf der Toilette. »Ich erinnere mich, daß der Papagei etwas sagte wie ...« Er schloß die Augen, um sich die Szene zu vergegenwärtigen. »Wer weiß?«

»Können Sie sich nicht erinnern?« drängte ich.

»Nein, das ist es.« Seine Augen öffneten sich. »Wer weiß? Das hat der Papagei gesagt, wenn er nicht gerade Flüche ausgestoßen hat.«

»Wer weiß was?« fragte ich.

»Woher soll ich das wissen? ›Wer weiß?‹ ist alles, was ich verstanden habe. Das, und etwas, was sich wie ein Name angehört hat.«

»Ein *Name*? Wie lautete er?«

»Hannaford, glaube ich. Zumindest hat es sich so ähnlich angehört.«

Hannah Ford, dachte ich bei mir.

»Ich kann mich natürlich irren. Ich habe den Namen nur einmal gehört. Aber bei dem Fluchen irre ich mich nicht, das kannst du mir glauben!«

»Erinnern Sie sich daran, daß Miss Green ... äh ... Miss Katharina Glass etwas darüber sagte, daß der Papagei immer verrückt würde, wenn dieses Lied gespielt wird?« Ich versuchte, mich auf den Titel zu besinnen. »›Beautiful Dream‹?«

»›Dreamer‹«, korrigierte er mich. »O ja. Das ist das Lied, das Miss Blue Glass *mir* beigebracht hat.«

»Das sie *Ihnen* beigebracht hat?«
»Genau. Ich wollte immer ein Musikinstrument spielen. Ich hab bei Miss Blue Glass Stunden genommen ... oh, ich denke, das ist jetzt wohl gut vier Jahre her, als sie noch richtig Unterricht gegeben hat. Sie hatte viele ältere Schüler, und sie hat uns allen dieses Lied beigebracht. Jetzt, da du es erwähnst – ich kann mich nicht daran erinnern, daß der Papagei damals so gekreischt hat, wie er es an jenem Abend tat. Komisch, was?«
»Seltsam.« Diesmal war es an mir, ihn zu korrigieren.
»Ja. Nun, ich gehe jetzt besser wieder an meine Arbeit.« Er hatte Mrs. Huckabee aus der Toilette kommen sehen, und sie war Drachen genug, um einem Soldaten Angst einzujagen. »Hilft dir das irgendwie?«
»Ich denke schon«, sagte ich. »Ich bin mir noch nicht sicher.«
Mr. Osborne stand auf. »He, warum schreibst du in der Geschichte nicht auch was über mich?«
»In welcher Geschichte?«
Er blickte mich wieder so sonderbar an. »Die Geschichte, die du über den blauen Papagei schreibst.«
»Oh, die Geschichte! Ja, Sir, das werde ich!«
»Sag etwas Nettes über mich«, bat er, und dann ging er wieder zur Küchentür hinüber. Irgendein Mann in einer braunen Uniform machte auf dem Bildschirm Krawall.
»He, Eugene!« brüllte Mr. Moultry. »Hör dir mal diesen Scheißer an!«
»Mr. Osborne?« fragte ich, und er schenkte mir seine Aufmerksamkeit, bevor er auf den Fernseher schaute. »Glauben Sie, Miss Blue Glass hätte etwas dagegen, das Lied noch einmal zu spielen, mit dem Papagei im Zimmer? Und vielleicht könnten Sie sich es dann anhören und zu verstehen versuchen, was er sagt?«
»Ich denke, das wäre wohl etwas schwierig«, erwiderte er.

»Warum, Sir?«
»Miss Blue Glass hat den Papagei vor zwei Wochen zu Dr. Lezander gebracht. Hatte eine Hirnhautentzündung oder irgend so was, was Vögel kriegen. So hat es ihr zumindest der Doktor erklärt. Jedenfalls hat der Papagei den Löffel abgegeben. Was ist denn, Dick?«
»Guck dir diesen Kerl an!« sagte Mr. Moultry und zeigte auf den Mann, der sich auf dem Bildschirm ereiferte. »Sein Name ist Lincoln Rockwell! Der Schreihals ist der Führer der amerikanischen Nazi-Partei, wenn du solchen Mist glauben kannst!«
»Amerikanische Nazis?« Ich sah, wie Mr. Osbornes Nacken rot anlief. »Du meinst, wir haben geholfen, denen da drüben in Europa kräftig in den Hintern zu treten, und nun sind sie hier mitten in unseren schönen Vereinigten Staaten von Amerika?«
»Der behauptet, sie werden das ganze Land übernehmen!« sagte Mr. Moultry. »Hör dir bloß diesen Müll an, da reißt einem vor Lachen glatt das Zwerchfell!«
»Wenn ich den in die Finger bekommen könnte, würde ich ihm seine häßliche Birne abreißen!«
Ich war auf dem Weg nach draußen, den Kopf voller verwirrender Gedanken, da hörte ich Mr. Moultry – von dem Exsheriff Amory behauptet hatte, daß er ein Mitglied des Ku-Klux-Klans war – lachen und sagen: »Na, da hat er zumindest recht! Ich sage auch, alle Nigger auf ein Schiff und rüber nach Afrika! Auf alle Fälle will ich sie nicht in meinem *Haus* haben, wie ein bestimmter Jemand, der diesen Lightfoot-Nigger doch glatt durch die Vordertür hereinbittet!«
Ich schnappte diese Bemerkung auf, und ich wußte, gegen wen sie gerichtet war. Ich blieb stehen und blickte ihn an. Mr. Moultry grinste und redete auf Mr. Osborne ein. Der Mann auf dem Bildschirm ereiferte sich weiter über »Ras-

senreinheit«, doch Mr. Moultry beobachtete mich aus dem Augenwinkel. »Ja, mein Haus ist meine Festung! Ich würde nie meine Festung vollstinken lassen, indem ich einen Nigger einlade, hereinzukommen und es sich gemütlich zu machen! Würdest du das, Eugene?«

»Lincoln Rockwell, ja?« sagte Mr. Osborne. »Was für ein Name für einen Nazi.«

»Scheint, daß einige Leute es besser wissen würden, als sich mit so 'nem Nigger anzufreunden, was, Eugene?« Mr. Moultry ließ einfach nicht locker.

Endlich drang das, was gesagt wurde, zu Mr. Osborne durch. Er betrachtete Mr. Moultry mit einem Blick, mit dem man sonst vielleicht ranzigen Käse anschauen mochte. »Ein Mann namens Ernie Graverson hat mir da drüben in Europa das Leben gerettet, Dick. Er war schwärzer als ein Pik-As.«

»Oh ... hör mal ... ich wollte nicht ...« Mr. Moultrys Grinsen war pathetisch. »Nun«, sagte er in dem Versuch, seine Ehre zu retten, »es gibt immer einen oder zwei unter ihnen, die das Gehirn eines Weißen anstatt das eines Gorillas haben.«

»Ich denke«, erwiderte Mr. Osborne, während er seine US-Army-Hand auf Mr. Moultrys Schulter legte und sie ein wenig niederdrückte, »du solltest jetzt besser die Klappe halten, Dick.«

Mr. Moultry gab keinen weiteren Muckser von sich.

Ich verließ das Bright Star und den Mann in der braunen Uniform, der im Fernsehen interviewt wurde, und radelte mit Rakete heim, die Kuchenformen sicher in Raketes Korb verstaut. Doch den ganzen Weg über mußte ich an den blauen Papagei denken – das heißt, den kürzlich verstorbenen blauen Papagei –, der Deutsch sprach.

Als ich nach Hause kam, schlief Dad in seinem Sessel. Die Radioübertragung des Alabama-Spiels war schon vorbei gewesen, als ich zu Woolworth's fuhr, und nun war im Radio ein Country-Sender eingestellt. Ich lieferte die Kuchenformen bei Mom ab und schaute dann Dad beim Schlafen zu. Er lag zusammengerollt da, die Arme beschützend über der Brust verschränkt. Er versucht, sich zusammenzuhalten, dachte ich bei mir. Er stieß einen leisen heiseren Laut aus, kurz vor dem Schnarchen. Etwas ging ihm durch den Kopf, was ihn zusammenzucken ließ. Seine rotgeränderten Augen öffneten sich, und er schien mich für einen Moment direkt anzustarren, bevor sich seine Augen wieder schlossen.

Die Art, wie sein Gesicht im Schlaf aussah, gefiel mir überhaupt nicht. Es wirkte traurig und ausgezehrt, obgleich unser Essen reichlich war. Es wirkte geschlagen. Es ist nichts Ehrenrühriges daran, ein Tellerwäscher zu sein, das will ich gar nicht sagen, denn jede Arbeit hat ihre Ehre und Notwendigkeit. Aber ich konnte den Gedanken nicht abschütteln, daß er an der Schwelle der Verzweiflung stehen mußte, wenn er ins Bright Star Café ging und sich als Tellerwäscher bewarb, da doch die Position als zweiter Vorarbeiter in der Beladeabteilung der Molkerei schon in Reichweite gewesen zu sein schien. Sein Gesicht verzog sich plötzlich im Klammergriff eines Alptraums, und aus seinem Mund drang ein leises Stöhnen. Selbst im Schlaf konnte er nicht lange entfliehen.

Ich ging in mein Zimmer, schloß die Tür und öffnete eine meiner sieben mystischen Schubladen. Ich holte die White-Owl-Zigarrenkiste hervor, hob den Deckel und betrachtete im Schein meiner Schreibtischlampe die Feder.

Ja, entschied ich, und mein Herz begann zu hämmern. Ja. Es konnte eine Papageienfeder sein.

Doch sie war smaragdgrün. Miss Blue Glass' deutsch fluchender Papagei war türkis gewesen, ohne auch nur den kleinsten Fleck einer anderen Farbe, wenn man einmal vom Gelb seines Schnabels absah.

Zu schade, daß der Papagei nicht Miss Green Glass gehört

hatte, dachte ich bei mir. Dann wäre die Feder ganz sicher ...

... grün gewesen. Und plötzlich hatte ich das Gefühl, ich wäre gerade von einem Granitfelsen gesprungen.

Etwas, was Miss Blue Glass gesagt hatte, als Miss Green Glass sich weigerte, dem Papagei einen Kräcker zu geben, weil sie Angst hatte, ihre Finger zu verlieren.

Ich.

Hab.

Deinen.

Immer.

Gefüttert.

Deinen was? Papagei?

Hatten beide Glass-Schwestern, deren Leben von dieser seltsamen Mischung aus Nachahmung und Rivalität gekennzeichnet war, einen Papagei besessen? Hatte es irgendwo im Haus einen zweiten Papagei gegeben – einen smaragdgrünen, dem eine Feder fehlte –, so still, wie der andere lärmend war?

Ein Telefonanruf würde dies klären.

Ich hielt die Feder fest in meiner Hand. Mein Herz hämmerte, als ich mein Zimmer verließ und zum Telefon ging. Ich kannte die Nummer natürlich nicht; ich mußte sie in unserem dünnen Telefonbuch nachschlagen.

Bevor ich die Nummer der Glass-Schwestern heraussuchen konnte, klingelte das Telefon.

Ich sagte: »Ich geh ran!« und nahm den Hörer ab.

Die Stimme, die sprach, würde ich für den Rest meines Lebens nicht vergessen.

»Cory, hier ist Mrs. Callan. Gib mir bitte deine Mutter.«

Die Stimme klang gepreßt und voller Angst. Augenblicklich wußte ich, daß etwas Schreckliches geschehen war.

»Mom!« rief ich. »Mom, es ist Mrs. Callan!«

»Weck deinen Vater nicht auf!« tadelte mich Mom, als

sie zum Telefon kam, doch ein Murren und das Knarren des Sessels sagten mir, daß es schon zu spät war. »Hallo, Diane, wie geht ...« Sie verstummte. Ich sah, wie ihr Lächeln verschwand. »*Was?*« flüsterte sie. »Oh ... mein Gott ...«

»Was ist? Was ist?« fragte ich. Dad kam mit vom Schlaf verquollenen Augen herein.

»Ja, das werden wir«, sagte Mom. »Natürlich. Ja. Sobald wir können. O Diane, es tut mir so schrecklich leid!« Als sie den Hörer auf die Gabel zurücklegte, standen Tränen in ihren Augen und ihr Gesicht war kreidebleich. Sie sah zuerst Dad und dann mich an. »Davy Ray ist angeschossen worden«, sagte sie. Meine Hand öffnete sich, und die grüne Feder flatterte davon.

Fünf Minuten später saßen wir im Pick-up und waren auf dem Weg ins Krankenhaus von Union Town. Ich kauerte zwischen meinen Eltern, mein Verstand wie benebelt von dem, was Mom erzählt hatte. Davy Ray und sein Vater waren heute auf die Jagd gegangen. Davy Ray war ganz aufgeregt gewesen, mit seinem Dad dort draußen in den winterlichen Wäldern die Fährten des Wildes aufspüren zu dürfen. Sie waren einen Hügel heruntergekommen, hatte Mrs. Callan berichtet. Einfach einen ganz gewöhnlichen Hügel. Doch Davy Ray war in ein Wieselloch getreten, das unter Laub verborgen lag, und war nach vorn gefallen, und im Fallen hatte sich das Gewehr unter seinen Körper geschoben, so daß es auf seine Lunge und sein Herz zielte. Als der Körper auf die Erde aufschlug, hatte sich ein Schuß gelöst. Mr. Callan, dessen körperliche Verfassung nicht gerade die beste war, hatte seinen Sohn auf die Arme genommen und war mit ihm eine Meile durch den Wald zurück zu seinem Wagen gelaufen.

Davy Ray war ins Not-OP gekommen, sagte Mom. Die Verletzungen waren sehr schwer.

Das Krankenhaus war ein Gebäude aus rotem Stein und Glas. Ich fand, daß es recht klein anmutete, wenn man seine Wichtigkeit bedachte. Wir gingen durch den Notaufnahmeeingang hinein, wo uns eine grauhaarige Krankenschwester den Weg zeigte. In einem Wartezimmer mit kahlen weißen Wänden fanden wir Davy Rays Eltern. Mr. Callan trug Jagdkleidung in Tarnfarben, deren Vorderseite mit Blut befleckt war. Der Anblick verschlug mir den Atem. Er hatte olivgrüne Theaterschminke auf seine Wangen und quer über seinen Nasenrücken gestrichen. Sie war verschmiert, und es sah aus, als wäre sein Gesicht geschlagen worden. Ich vermute, er stand zu sehr unter Schock, um sich das Gesicht zu waschen; was waren Wasser und Seife im Vergleich zu Fleisch und Blut? Unter seinen Fingernägeln klebte noch immer Walderde. Er war erstarrt im Augenblick der Katastrophe. Mrs. Callan und Mom umarmten einander, und Mrs. Callan begann zu weinen. Dad stand mit Mr. Callan am Fenster. Davy Rays kleiner Bruder Andy war nicht hier. Wahrscheinlich hatten sie ihn bei irgendeinem Verwandten oder Nachbarn abgegeben. Er war viel zu jung, um zu verstehen, was ein Messer in Davy Rays Innern machte.

Ich setzte mich hin und suchte nach etwas zum Lesen. Meine Augen wollten sich einfach nicht auf die Seiten der Zeitschriften konzentrieren. »So plötzlich«, hörte ich Mr. Callan sagen. »Es geschah alles so plötzlich.« Mom setzte sich mit Mrs. Callan hin, und sie hielten einander die Hände. Irgendwo in den Gängen des Krankenhauses ertönte ein Gong, und eine Stimme rief aus einem Lautsprecher nach Dr. Scofield. Ein Mann in einem blauen Pullover steckte seinen Kopf durch die Tür des Wartezimmers, und unser aller Aufmerksamkeit fixierte sich augenblicklich auf ihn, doch er sagte: »Sind Sie die Russels?« Er verschwand wieder, auf der Suche nach einer anderen gramgebeugten Familie.

Der Pastor der Presbyterianergemeinde in Union Town, zu der die Callans gehörten, kam herein und forderte uns alle auf, uns an den Händen zu fassen und zu beten. Ich wußte um die Kraft des Gebets, doch ich wußte auch, was Selbstsucht anzurichten vermochte. Natürlich wollte ich, daß Davy Ray wieder gesund wurde, und dafür betete ich von ganzem Herzen, doch ich dachte nicht im Traum daran, einer Naturgewalt wie Davy Ray Rebells Tod-im-Leben zu wünschen.

Johnny Wilson und seine Eltern kamen. Johnnys Vater, ein Stoiker wie sein Sohn, sprach leise mit Mr. Callan, zeigte jedoch keine Gefühlsregung. Mrs. Wilson und meine Mutter saßen zu beiden Seiten von Mrs. Callan, die nur auf den Boden starrte und immer wieder sagte: »Er ist ein guter Junge, er ist so ein guter Junge«, als bereitete sie sich darauf vor, Gott mit diesem Argument Davy Rays Leben abzuringen.

Johnny und ich wußten nicht, was wir zueinander sagen sollten. Dies war das Schlimmste, was jeder von uns je durchgemacht hatte. Ein paar Minuten nach den Wilsons kamen Ben und seine Eltern und dann einige von Davy Rays Verwandten. Der Pastor führte Mr. und Mrs. Callan hinaus, für ein privates Bittgebet, wie ich vermutete, und Ben und Johnny und ich standen draußen im Flur und sprachen über das, was geschehen war. »Er wird schon durchkommen«, meinte Ben. »Mein Dad sagt, dies ist ein wirklich gutes Krankenhaus.«

»Mein Dad sagt, Davy Ray hat Glück gehabt, daß er nicht auf der Stelle getötet wurde«, meinte Johnny. »Er sagt, er hätte einmal einen Jungen gekannt, der sich in den Bauch geschossen hat, und der hat es nur ein paar Stunden überlebt.«

Ich schaute auf meine Timex. Davy Ray war schon seit vier Stunden im Operationssaal. »Er wird es schaffen«, sagte ich zu den anderen. »Er ist stark. Er wird es schaffen.«

Eine weitere Stunde schleppte sich dahin. Die Nacht war angebrochen, und mit ihr war ein kalter, dunstiger Nieselschleier gekommen. Mr. Callan hatte sich die Schminke vom Gesicht gewaschen, die Erde unter seinen Fingernägeln herausgeschrubbt und ein grünes Krankenhaushemd geliehen, das man ihm angeboten hatte. »Das war mein letzter Jagdausflug«, sagte er zu meinem Vater. »Das schwöre ich bei Gott. Wenn Davy Ray dies alles heil übersteht, schaffe ich alle Gewehre aus dem Haus.« Er hob eine Hand zum Gesicht und unterdrückte ein Schluchzen. Dad legte seinen Arm um Mr. Callans Schulter. »Weißt du, was er heute zu mir gesagt hat, Tom? Nicht einmal zehn Minuten, bevor es geschehen ist. Er sagte: ›Wenn wir ihn sehen, dann erschießen wir ihn doch nicht, oder? Wir jagen nur nach Wild, nicht wahr? Wir werden ihn nicht erschießen, wenn wir ihn sehen.‹ Weißt du, wovon er gesprochen hat?«

Dad schüttelte den Kopf.

»Das Vieh, das dem Jahrmarkt davongelaufen ist. Warum hat er wohl gerade daran gedacht?«

»Ich weiß nicht«, erwiderte Dad.

Es schmerzte mich, diese Dinge zu hören.

Ein Arzt mit kurzgeschnittenem grauem Haar und einer Drahtbügelbrille kam herein. Augenblicklich sprangen die Callans auf die Füße. »Könnte ich Sie beide bitte draußen sprechen?« fragte er. Mom umklammerte Dads Hand. Ich wußte ebenfalls, daß dies keine guten Neuigkeiten bedeuten konnte.

Als sie zurückkamen, berichtete Mr. Callan allen, daß Davy Ray den Operationssaal verlassen hatte. Davy Rays Zustand war ernst, und die Nacht würde die Entscheidung bringen. Er dankte allen dafür, daß sie gekommen waren und ihnen Beistand geleistet hatten. Dann sagte er, daß wir nun nach Hause gehen und etwas schlafen sollten.

Ben und seine Eltern blieben bis zehn, dann gingen sie. Die

Wilsons gingen eine halbe Stunde später. Nach und nach verschwanden die Verwandten. Der Pastor sagte, er würde bleiben, solange sie ihn bei sich haben wollten. Mrs. Callan ergriff die Hand meiner Mutter und bat sie, noch zu bleiben. Also warteten wir in jenem Raum mit den kahlen weißen Wänden, während sich der Nieselschleier in Regen verwandelte, der Regen aufhörte, Nebelschwaden am Fenster vorbeizogen und der Nieselschleier wiederkehrte.

Nach Mitternacht ging Mr. Callan hinaus, um sich einen Becher Kaffee aus dem Automaten im Gang zu holen. Er kehrte ein paar Minuten später mit dem Arzt zurück. »Diane!« rief er aufgeregt. »Diane, er ist aufgewacht!«

Einander an den Händen haltend, stürzten sie hinaus.

Zehn Minuten verstrichen. Dann, nachdem eine Ewigkeit vergangen zu sein schien, kam Mr. Callan zurück ins Wartezimmer. Ich habe Brandlöcher gesehen, die mehr Leben in sich hatten als seine Augen. »Cory?« sagte er leise. »Davy Ray möchte dich sehen.«

Ich hatte Angst.

»Geh schon, Cory«, drängte mein Vater. »Ist schon in Ordnung.«

Ich erhob mich und folgte Mr. Callan.

Der Arzt stand vor Davy Rays Zimmer und sprach mit dem Pastor. Sie gaben ein erschreckendes Bild ab. Mr. Callan öffnete die Tür, und ich trat ein. Mrs. Callan war im Zimmer. Sie saß auf einem Stuhl neben dem Bett, das in ein milchiges Sauerstoffzelt eingehüllt war. Plastikschläuche schlängelten sich von einer Gestalt, die unter einem blaßblauen Laken lag, hinauf zu Beuteln voller Blut und einer klaren Flüssigkeit. Auf einer Maschine war ein grüner Punkt zu sehen, der in langsamen Abständen auf einem runden schwarzen Bildschirm blinkte. Mrs. Callan bemerkte mich und beugte sich zu dem Kopf unter jenem Zelt. »Davy Ray? Er ist hier.«

Ich hörte rasselndes, gepreßtes Atmen und roch Clorox und Pine Sol. Regen begann gegen das Fenster zu klopfen. Mrs. Callan sagte: »Cory, setz dich hier hin«, und stand auf. Ich ging zu ihr hinüber. Mrs. Callan ergriff eine von Davy Rays Händen; sie war so weiß wie italienischer Marmor. »Ich bin ganz in der Nähe, Davy Ray.« Mit größter Anstrengung rang sie sich ein aufmunterndes Lächeln ab, und dann ließ sie seine Hand wieder auf das Bett sinken und trat beiseite.

Ich stellte mich neben das Bett und blickte durch das Sauerstoffzelt auf das Gesicht meines Freundes.

Er war sehr bleich, mit dunklen, purpurnen Schatten unter den Augen. Jemand hatte sich die Mühe gemacht, sein Haar zu kämmen. Der Kamm war naß gewesen. Er war gänzlich zugedeckt, so daß ich keine Anzeichen von der Verwundung sehen konnte, die ihn hierhergebracht hatte. Schläuche kamen aus seinen Nasenlöchern, und seine Lippen waren grau. Sein Gesicht wirkte wächsern, und seine Augen blickten mich direkt an.

»Ich bin's«, sagte ich. »Cory.«

Er schluckte schwer. Vielleicht war das grüne Blinklicht etwas schneller geworden, doch vielleicht bildete ich mir das auch nur ein.

»Du bist hingefallen«, sagte ich und dachte im selben Moment, daß dies wohl das Dümmste war, was ich je von mir gegeben hatte.

Er antwortete nicht. Er konnte nicht sprechen, dachte ich.

»Ben und Johnny waren hier«, erzählte ich ihm.

Davy Ray atmete. Der Atemhauch wurde zu einem Wort: »*Ben.*« Einer seiner Mundwinkel verzog sich nach oben. »Blödmann.«

»Ja«, sagte ich und versuchte zu lächeln. Ich war nicht so stark wie Mrs. Callan. »Kannst du dich daran erinnern, was passiert ist?«

Er nickte. Seine Augen glänzten fiebrig. »Erzähl's dir«, brachte er mit gepreßter Stimme heraus. »Muß es dir erzählen.«
»Also gut«, sagte ich, und ich setzte mich.
Er lächelte. »Hab ihn gesehen.«
»Wirklich?« Ich beugte mich verschwörerisch nach vorn. Ein leichter Geruch wie von etwas Blutigem stieg mir in die Nase, doch ich ließ es mir nicht anmerken. »Du hast das Ding aus der verlorenen Welt gesehen?«
»Nein. Besser.« Sein Lächeln verschwand, als er schluckte, was sehr weh tun mußte, dann kehrte es wieder zurück. »Hab Snowdown gesehen«, sagte er.
»*Snowdown*«, flüsterte ich. Der große weiße Hirsch mit einem Geweih wie eine alte Eiche. Ja, entschied ich. Wenn irgend jemand es verdiente, Snowdown zu sehen, dann war es Davy Ray.
»Hab ihn gesehen. Deshalb bin ich hingefallen. Hab nicht auf meine Füße geschaut. O Cory«, sagte er. »Er ist so schön.«
»Das wette ich«, pflichtete ich ihm bei.
»Er ist noch *größer*, als alle sagen! Und er ist auch viel *weißer*!«
»Das wette ich«, erwiderte ich, »er ist der schönste Hirsch, den es je gegeben hat.«
»Direkt vor mir«, hauchte Davy Ray. »Er stand einfach direkt vor mir. Und als ich ansetzte, es Dad zu erzählen, sprang Snowdown hoch. Er sprang einfach hoch und war verschwunden. Dann bin ich hingefallen, denn ich habe nicht auf meine Füße geschaut. Aber es war nicht Snowdowns Schuld, daß ich gefallen bin, Cory. Es war niemandes Schuld. Es ist einfach passiert.«
»Du wirst wieder gesund werden.« Ich beobachtete, wie eine blutige Speichelblase in seinem Mundwinkel wuchs.
»Ich bin so glücklich, daß ich Snowdown gesehen habe«,

sagte Davy Ray. »Ich hätte es nicht missen wollen. Für nichts auf der Welt.«

Er hielt inne, und es war nur noch das leise, feuchte Rasseln seines Atems zu hören. Die Maschine *biep ... biep ... biepte.*

»Ich denke, ich gehe jetzt besser«, sagte ich und machte Anstalten, aufzustehen.

Seine marmorweißen Finger umklammerten meine Hand.

»Erzähl mir eine Geschichte«, hauchte er.

Ich setzte mich wieder. Davy Ray betrachtete mich mit flehenden Augen. Er hielt meine Hand, und ich versuchte nicht, sie aus seinem Griff zu lösen. Er fühlte sich kalt an.

»Also gut«, sagte ich. Ich würde mir die Geschichte ausdenken müssen, während ich sie erzählte, so wie bei Häuptling Fünf Donner. »Da war ein Junge.«

»Ja«, stimmte Davy Ray zu, »es muß ein Junge sein.«

»Dieser Junge brauchte es sich nur in Gedanken vorzustellen, und schon konnte er zu fremden Planeten reisen. Dieser Junge konnte den roten Sand des Mars unter seinen Turnschuhen spüren oder auf dem Pluto Schlittschuh laufen. Er konnte mit seinem Rad auf den Ringen des Saturn dahinsausen oder auf der Venus mit Dinosauriern kämpfen.«

»Konnte er zur Sonne reisen, Cory?«

»Oh, natürlich konnte er das. Er konnte jeden Tag zur Sonne reisen, wenn er wollte. Dahin reiste er, wenn er schön braun werden wollte. Er setzte einfach seine Sonnenbrille auf und reiste dorthin, und wenn er zurückkam, war er so braun wie eine Kaffeebohne.«

»Muß aber ganz schön heiß gewesen sein«, sagte Davy Ray.

»Er hatte einen Fächer mit«, erklärte ich. »Dieser Junge war mit allen Königen und Königinnen der Planeten befreundet, und er war in all ihren Schlössern zu Gast. Er war zu Gast in der roten Sandburg von König Ludwig vom Mars und dem Wolkenschloß von König Nicholas vom Jupiter. Er vermittelte zwischen König Zanthas vom Saturn und König

Damon vom Neptun, als sie einen Krieg darüber anzetteln wollten, wem von ihnen ein gewisser Komet gehörte. Er reiste zum Feuerschloß von König Burl vom Merkur, und auf der Venus half er König Swane, ein Schloß in den hohen blauen Bäumen zu bauen. Auf dem Uranus bat ihn König Farron, doch das ganze Jahr über bei ihm zu bleiben und Admiral der Eisflotte zu werden. Oh, alle königlichen Herrscher kannten diesen Jungen. Sie wußten, daß es nie wieder einen Jungen wie ihn geben würde, selbst wenn die Sterne und Planeten eine Million Male ausglühten und wieder angezündet würden. Denn er war der einzige auf der ganzen Erde, der auf den Planeten umherwandeln konnte, und er war der einzige, dessen Name in ihren Einladungsbüchern geschrieben stand.«

»He, Cory?«

»Ja?«

Seine Stimme wurde langsam schläfrig. »Ich würde mir gern mal ein Wolkenschloß anschauen, du nicht auch?«

»Klar doch«, erwiderte ich.

»Mann.« Seine Augen sahen mich nicht mehr an. Sein Blick war auf einen anderen Ort gerichtet, wie der eines einsamen Reisenden, der sich gerade in irgendein sagenumwobenes Land wünschte. »Ich hatte nie Angst vor dem Fliegen, oder?«

»Nicht ein bißchen.«

»Ich bin schrecklich müde, Cory.« Er runzelte die Stirn, und der rote Speichel begann auf seinem Kinn hinabzurinnen. »Ich mag nicht so müde sein.«

»Dann solltest du dich etwas ausruhen«, sagte ich. »Ich besuche dich morgen wieder.«

Seine Züge glätteten sich. Ein Lächeln kroch verstohlen über seine Lippen. »Nicht, wenn ich heute zur Sonne reise. Dann werde ich ganz braun, und du hängst immer noch hier fest und zitterst vor Kälte.«

»Cory?« Das war Mrs. Callan. »Cory, der Doktor muß sich jetzt wieder um ihn kümmern.«
»Ja, Ma'am.« Ich stand auf. Davy Rays kalte Finger hielten meine Hand noch einen Augenblick umklammert, dann lösten sie sich, und seine Hand fiel aufs Bett. »Bis dann«, sagte ich durch das Sauerstoffzelt. »Okay?«
»Leb wohl, Cory«, sagte Davy Ray.
»Leb . . .« Ich biß mir auf die Zunge. Ich mußte an Mrs. Neville denken, an jenem ersten Tag des Sommers. »Auf Wiedersehen«, sagte ich, dann ging ich an seiner Mutter vorbei zur Tür. Ein Schluchzen stieg in meiner Kehle hoch, doch ich drängte es zurück. Wie Chile Willows Mutter gesagt hatte, würde ich es schon aushalten.
Es gab nichts mehr für uns zu tun. Wir fuhren über die dunstverhangene Route 16 nach Hause, auf der Midnight Mona auf der Suche nach Liebe entlangsauste. Wir sprachen nicht viel; in Zeiten wie dieser klangen alle Worte hohl. Zu Hause lag die grüne Feder noch immer dort auf dem Boden, wo sie hingefallen war; sie verschwand wieder in der Zigarrenkiste.
Am Sonntag morgen schreckte ich aus dem Schlaf auf, mit Tränen in den Augen. Das Sonnenlicht lag in Streifen auf dem Boden. Mein Vater stand in der Tür. Er trug noch immer dieselben Kleider, die er schon gestern angehabt hatte.
»Cory?« sagte er.
Reisen, reisen, um die Könige Ludwig, Nicholas, Zanthas, Damon, Farron, Burl und Swane zu besuchen. Reisen, reisen zu den Schlössern und Burgen aus rotem Sand, gehauen aus blauen Bäumen, gebildet aus Feuer, gebaut aus geformten Wolken. Reisen, reisen, mit Milliarden von Planeten und Sternen zur Auswahl und einem Einladungsbuch, auf dessen aufgeschlagener Seite ein einzelner Name stand. Der einsame Reisende hatte diese Welt verlassen. Er würde nie wieder hier vorbeikommen.

2
Zuversicht

Ich dachte, ich würde den Tod kennen.

Ich hatte ihn auf seinen Wegen begleitet, seit ich zum erstenmal vor dem Fernseher gesessen oder mit einer Schachtel voll gebuttertem Popcorn vor der Leinwand des Lyric gehockt hatte. Wie viele Hunderte von Cowboys und Indianern hatte ich von Pfeilen durchbohrt oder von Kugeln getroffen in den von Wagentrecks aufgewirbelten Staub stürzen sehen. Wie viele Dutzende von Detektiven und Polizisten, die niedergestreckt von der Kugel eines Kriminellen ihre letzten Minuten aushauchten? Wie viele Heere, zerfetzt von Granaten und Maschinengewehrfeuer, und wie viele Opfer von Monstern, die schreiend von den gigantischen Kiefern zermalmt wurden?

Ich dachte, ich hätte den Tod in Rebells leblosen, ausdruckslosen Augen kennengelernt. In Mrs. Nevilles letztem Lebewohl. Im Rauschen und Glucksen der Luft, als ein Wagen mit einem Mann hinter dem Steuer in kalten Tiefen versank.

Ich hatte mich geirrt.

Denn man konnte den Tod nicht kennenlernen. Man konnte sich nicht mit ihm anfreunden. Wenn der Tod ein Junge wäre, so wäre er eine einsame Gestalt, die am Rand des Spielplatzes stand, während die Luft vom Lachen anderer Kinder widerhallte. Wenn der Tod ein Junge wäre, würde er allein seiner Wege ziehen. Er würde nur flüstern, und in seinen Augen läge die Qual eines Wissens, das kein Mensch ertragen könnte.

Das war es, was mich in den stillen Stunden peinigte: *Wir kommen aus der Dunkelheit, und in die Dunkelheit müssen wir zurückkehren.*
Ich erinnerte mich daran, wie Dr. Lezander mir dies sagte, als wir gemeinsam auf seiner Veranda saßen und auf die goldenen Hügel schauten. Ich wollte es einfach nicht glauben. Ich wollte nicht glauben, daß Davy Ray an einem Ort war, an dem er kein Licht sehen konnte, nicht einmal die Kerze, die für ihn in der Presbyterianerkirche brannte. Ich wollte nicht glauben, daß Davy Ray eingesperrt war, ausgeschlossen von der Sonne, nicht in der Lage, zu atmen und zu lachen, selbst wenn es nur Schattenspiele des Lebens waren. In den Tagen, die Davy Rays Tod folgten, erkannte ich, welcher Fiktion ich anheimgefallen war. Die Cowboys und Indianer, die Detektive und Polizisten, die Heere und Monsteropfer erhoben sich alle wieder, wenn die Scheinwerfer verloschen. Sie gingen nach Hause, um dort auf eine neue Rolle zu warten. Doch Davy Ray war für immer tot, und ich konnte den Gedanken daran, daß er nun von Dunkelheit umfangen war, nicht ertragen.
Es kam so weit, daß ich nicht mehr schlafen konnte. Mein Zimmer war zu dunkel. Es kam so weit, daß ich nicht mehr sicher war, was ich gesehen hatte in jener Nacht, als eine verschwommene Gestalt mit Rebell sprach. Denn wenn Davy Ray in der Dunkelheit gefangen war, dann war Carl Bellwood es auch. Und Rebell. Und all die Schläfer auf Poulter Hill, und all die Generationen, deren Gebeine unter den verschlungenen Wurzeln der Bäume von Zephyr lagen: Auch sie waren in die Dunkelheit zurückgekehrt.
Ich erinnerte mich an Davy Rays Begräbnis. Daran, wie hoch die rote Erde an den Rändern des Grabes war. Wie hoch, wie schwer. Wenn der Pastor zu Ende gesprochen hatte und die Leute nach Hause gegangen waren und ein paar Männer aus Bruton die Erde hineingeschaufelt hatten,

dann gab es dort unten keine Tür. Dann war dort unten nur Dunkelheit, und die Last ihres Gewichts ließ etwas in mir zerbrechen.
Ich wußte nicht mehr, ob es einen Himmel gab. Ich war mir nicht sicher, ob Gott irgendein Gefühl, einen Plan oder ein Ziel hatte, oder ob Er auch im Dunkeln tappte. Ich war mir über nichts mehr sicher, nicht über das Leben, nicht über das Leben nach dem Tod, nicht über Gott, nicht über das Gute. Und ich haderte mit diesen Dingen, während die Weihnachtsdekorationen in der Merchants Street aufgehängt wurden.
Es waren noch zwei Wochen bis Weihnachten, doch Zephyr bemühte sich, eine festliche Stimmung zu erzeugen. Davy Rays Tod hatte jedermanns Freude erstickt. Man sprach darüber bei Mr. Dollar, im Bright Star Café, im Rathaus und überall sonst. Er war so jung, sagten sie. Solch ein tragischer Unfall, sagten sie. Aber so ist das Leben, sagten sie; ob es uns nun gefällt oder nicht, so ist das Leben.
Es half mir nicht, diese Dinge zu hören. Natürlich versuchten meine Eltern, mit mir darüber zu reden. Sie sagten, daß Davy Ray nun nicht mehr leiden müsse und daß er jetzt an einem besseren Ort sei.
Doch ich konnte ihnen einfach nicht glauben. Welcher Ort konnte besser sein als Zephyr?
»Der Himmel«, sagte Mom, als wir zusammen vor dem knisternden Kaminfeuer saßen. »Davy Ray ist jetzt im Himmel, und daran mußt du glauben.«
»Warum?« fragte ich sie, und sie blickte mich an, als hätte ich ihr eine Ohrfeige versetzt.
Ich wartete auf eine Antwort. Ich hoffte auf eine, doch sie erfolgte mit einem Wort, das mich unbefriedigt ließ, und dieses Wort war »Zuversicht«.
Sie gingen mit mir zu Reverend Lovoy. Wir saßen in seinem Büro in der Kirche, und er gab mir einen Zitronenbonbon

aus einem Glas auf seinem Schreibtisch. »Cory«, sagte er, »du glaubst doch an Jesus, oder?«

»Ja, Sir.«

»Und du glaubst daran, daß Jesus von Gott gesandt war, um für die Sünden der Menschen zu sterben?«

»Ja, Sir.«

»Dann glaubst du also auch daran, daß Jesus gekreuzigt wurde, starb und beerdigt wurde und am dritten Tage auferstand aus seinem Grab?«

»Ja, Sir.« Hier runzelte ich meine Stirn. »Aber Jesus war Jesus. Davy Ray war nur ein einfacher Junge.«

»Das weiß ich, Cory, aber Jesus ist auf die Erde gekommen, um uns zu zeigen, daß an unserem Dasein mehr ist, als wir verstehen. Er hat uns gezeigt, daß auch wir einen Platz bei Gott im Himmel haben, wenn wir an ihn glauben und seinem Beispiel und seinen Worten folgen. Verstehst du?«

Ich dachte eine Weile darüber nach, während Reverend Lovoy sich in seinem Sessel zurücklehnte und mich musterte.

»Ist es im Himmel besser als in Zephyr?« fragte ich ihn.

»Millionenmal besser«, erwiderte er.

»Haben sie dort Comic-Hefte?«

»Nun ...« Er lächelte. »Wir wissen nicht, wie es im Himmel sein wird. Wir wissen nur, daß es wunderbar sein wird.«

»Warum?« fragte ich.

»Weil«, erwiderte er, »wir Zuversicht haben müssen.« Er hielt mir das Bonbonglas hin. »Möchtest du noch einen?«

Ich konnte mir den Himmel nicht vorstellen. Wie konnte es an einem Ort schön sein, wenn es dort nichts von den Dingen gab, die einem Spaß machten? Wenn es dort keine Comic-Hefte, keine Monsterfilme, keine Fahrräder und keine Landstraßen gab, auf denen man mit den Rädern fahren konnte? Keine Schwimmbäder, keine Eiscreme, keinen Sommer oder Barbecue am vierten Juli? Keine Gewitter und keine Verandas, auf denen man sitzen und sie heraufziehen sehen konnte? Für mich hörte es sich so an, als wäre der Himmel wie eine Bibliothek, in der es nur Bücher über ein bestimmtes Thema gab, und du mußt Ewigkeiten und Ewigkeiten und Ewigkeiten dort verbringen und diese Bücher lesen. Was war schon ein Himmel ohne Schreibmaschinenpapier und einen Wunderkasten?

Der Himmel wäre die Hölle, ganz einfach.

Jene Tage waren nicht alle nur trostlos. Die Weihnachtsbeleuchtung tauchte die Merchants Street in rotes und grünes Licht. Lampen in der Form von Nikolausköpfen brannten an den Straßenecken, und silbernes Lametta hing von den Ampeln herab. Dad fand eine neue Anstellung. Er arbeitete nun drei Tage in der Woche als Lagerhilfe bei Big Paul's Pantry.

Dann kam der Tag, an dem Old Leatherlungs mich sechsmal Dummkopf nannte. Sie befahl mir, zur Tafel zu kommen und der Klasse zu zeigen, was ich über Primzahlen wußte.

Ich erklärte ihr, daß ich nicht kommen würde.

»*Cory Mackenson, du kommst auf der Stelle hierher!*« brüllte sie.

»Nein, Ma'am«, sagte ich. Hinter mir kicherte der Dämon hämisch und voller Vorfreude auf einen neuerlichen Anschlag im Krieg gegen Mrs. Harper.

»Komm. Hier. Her. Auf. Der. *Stelle!*« Old Leatherlungs' Gesicht lief puterrot an.

Ich schüttelte den Kopf. »Nein.«

Schon stürzte sie sich auf mich. Sie war entschieden schneller, als ich ihr zugetraut hätte. Sie packte mich mit beiden Händen am Pullover und riß mich mit solcher Wucht von meiner Bank hoch, daß mein Knie gegen die Tischplatte schlug und Schmerz durch mein ganzes Bein schoß, und als der Schmerz schließlich meinen Kopf erreichte, hatte er sich in blanke, brennende Wut verwandelt.

Mit Davy Ray und der Dunkelheit und einem bedeutungslosen Wort namens Zuversicht, die sich wie Dornen in meinen Verstand gebohrt hatten, holte ich zum Schlag gegen sie aus.
Ich traf sie mitten ins Gesicht. Ich hätte nicht besser zielen können. Ihre Brille flog von ihrer Nase, und sie stieß ein überraschtes Quaken aus. Meine Wut verflog augenblicklich wieder, doch Old Leatherlungs brüllte: »*Wag ja nicht, mich zu schlagen!*«, packte mich am Schopf und begann meinen Kopf zu schütteln. Meine Klassenkameraden waren in völliger Verblüffung erstarrt; dies war zuviel, sogar für sie. Ich war in einen mythischen Bereich eingetreten, obgleich ich das in jenem Augenblick noch nicht wußte. Old Leatherlungs schleuderte mich von sich. Ich krachte gegen Sally Meachums Bank und hätte sie beinahe umgeworfen, und dann zerrte mich Old Leatherlungs auch schon laut zeternd durch die Tür hinaus zum Büro des Rektors.
Der unausweichliche Telefonanruf brachte sowohl meine Mom als auch meinen Dad in die Schule. Sie waren, um es freundlich zu formulieren, entsetzt über mein Verhalten. Ich wurde für drei Tage der Schule suspendiert, und der Rektor – ein kleiner, vogelähnlicher Mann mit Namen Mr. Cardinale – sagte, daß ich Mrs. Harper erst eine handschriftliche, von meinen Eltern unterzeichnete Entschuldigung überbringen müsse, bevor ich wieder am Unterricht teilnehmen dürfe.
Ich blickte ihn an, dort vor meinen Eltern in seinem Büro, und ich erklärte ihm, daß er mich meinetwegen drei Monate von der Schule suspendieren könne. Ich erklärte ihm, daß ich ihr niemals eine Entschuldigung schreiben würde, daß ich es leid sei, ein Dummkopf geschimpft zu werden, und daß Mathematik und alle anderen mich krank machten.
Dad schoß von seinem Stuhl hoch. »Cory!« sagte er. »Was ist denn bloß los mit dir?«

»Noch nie in der gesamten Geschichte dieser Schule hat ein Schüler gewagt, einen Lehrer zu schlagen!« piepste Mr. Cardinale. »Niemals! Dieser Junge braucht eine anständige Tracht Prügel, so wie ich es sehe.«

»Es tut mir leid, das sagen zu müssen«, erwiderte Dad, »doch ich stimme Ihnen zu.«

Auf dem Heimweg versuchte ich es ihnen zu erklären, aber sie wollten mir nicht zuhören. Dad sagte, es gäbe keine Entschuldigung für meine Tat, und Mom sagte, daß sie sich noch nie so geschämt habe. Also gab ich es einfach auf und hockte verdrossen im Pick-up, auf dessen Ladefläche Rakete lag. Die Tracht Prügel wurde von der Hand meines Vaters verabreicht. Sie war kurz, doch schmerzhaft. Ich wußte nicht, daß Dad an jenem Tag von seinem Boß bei Big Paul's Pantry einen Anpfiff bekommen hatte, weil er die Schachteln mit Weihnachtskeksen nicht richtig gezählt hatte. Ich wußte nicht, daß Dads Boß acht Jahre jünger als mein Dad war, daß er einen roten Thunderbird fuhr und daß er meinen Vater Tommy nannte.

Ich ertrug die Abreibung schweigend, doch in meinem Zimmer preßte ich mein Gesicht in die Kissen.

Mom kam herein. Sie sagte, sie könne nicht verstehen, was in mich gefahren sei. Sie sagte, sie wisse, daß ich die Sache mit Davy Ray noch nicht verwunden habe, doch daß Davy Ray nun im Himmel sei und ich mein Leben weiterleben müsse. Sie sagte, ich müsse die Entschuldigung schreiben, ob ich nun wolle oder nicht, und je früher ich es tun würde, desto besser. Ich hob mein Gesicht aus den Kissen und erwiderte, daß Dad mir jeden Tag von heute an bis zum Jüngsten Tag eine Tracht Prügel verabreichen könne, und trotzdem würde ich keine Entschuldigung schreiben.

»Dann bleibst du wohl besser in deinem Zimmer und denkst darüber nach, junger Mann«, sagte sie. »Und ich denke auch, daß du mit leerem Magen besser nachdenken kannst.«

Ich antwortete nicht. Es gab nichts zu antworten. Mom verließ das Zimmer, und ich hörte, wie meine Eltern über mich sprachen, was mit mir los sei und warum ich mich so respektlos verhielte. Ich hörte das Klappern von Geschirr und roch gebratenes Hühnchen. Ich drehte mich einfach um und schlief ein.

Ein Traum von den vier schwarzen Mädchen, dem Lichtblitz und einer lautlosen Druckwelle weckten mich auf. Wieder hatte ich meinen Wecker vom Nachttisch gestoßen, doch diesmal kamen meine Eltern nicht herein. Der Wecker funktionierte noch; es war beinahe zwei Uhr in der Früh. Ich stand auf und schaute aus dem Fenster. Die Mondsichel war so scharf gezeichnet, daß man einen Hut daran hätte aufhängen können. Jenseits der kalten Fensterscheibe war die Nacht ruhig, und die Sterne strahlten. Ich würde keine Entschuldigung schreiben; vielleicht trat darin wieder der Jaybird in mir zutage, doch ich sollte verdammt sein, wenn ich Old Leatherlungs diese Genugtuung geben würde.

Ich mußte mit jemandem reden, der mich verstand. Jemand wie Davy Ray.

Meine mit Schaffell gefütterte Jacke hing im Schrank neben der Haustür. Ich wollte nicht diesen Weg hinaus nehmen, denn vielleicht war Dad wach. Ich zog meine Cordhosen an, zwei Pullover und Handschuhe. Dann schob ich vorsichtig das Fenster hoch. Es quietschte einmal, ein Geräusch, das mir die Haare zu Berge stehen ließ, doch ich wartete eine Weile und hörte keine Schritte. Dann schob ich es ganz hoch und kroch aus dem Fenster in die bitterkalte Nachtluft hinaus.

Ich schloß das Fenster hinter mir wieder bis auf einen schmalen Spalt, unter den ich meine Finger schieben konnte. Ich stieg auf Rakete und radelte davon.

Die Ampeln blinkten gelb, während ich durch die stillen Straßen fuhr. Mein Atem breitete sich wie eine weiße Krake vor mir aus. In einigen Häusern sah ich Licht – angelassene Badezimmerlampen, die das schläfrige Umhertappen erleichtern sollten. Meine Nase und meine Ohren wurden sehr schnell kalt; es war eine Nacht, in der man weder einen Hund noch Vernon Thaxter vor die Tür jagen würde. Auf meinem Weg zum Poulter Hill bog ich nach links ab und radelte etwa eine Viertelmeile weiter, als nötig gewesen wäre, denn ich wollte mir etwas anschauen. Ich rollte langsam an dem Haus vorbei, das auf etwa zwölftausend Quadratmeter gerodetem Land stand und einen Pferdestall hatte.

In einem Zimmer im oberen Stock brannte Licht. Es schien zu hell für eine Badezimmerlampe. Dr. Lezander war auf und hörte sich die Sendungen aus fernen Ländern an.

Ein merkwürdiger Gedanke schoß mir durch den Kopf. Vielleicht war Dr. Lezander ein Nachtschwärmer, weil er Angst vor der Dunkelheit hatte. Vielleicht hockte er dort in jenem Zimmer im Lampenschein und lauschte auf die Stimmen aus aller Herren Länder, um sich zu versichern, daß er nicht allein war, während die Uhr durch die einsamen Stunden der Nacht tickte.

Ich lenkte Rakete von Dr. Lezanders Haus fort. Ich war dem Geheimnis um die grüne Feder nicht mehr nachgegangen, seit Davy Ray gestorben war. Ein Anruf bei Miss Blue Glass war eine viel zu große Anstrengung in dieser Zeit des Todes und des Zweifels. Ich hatte genug damit zu tun, die Dunkelheit zu vertreiben, die sich um mich selbst sammelte, um einen Gedanken daran zu verschwenden, was dort im Schlamm auf dem lichtlosen Grund von Saxon's Lake lag. Ich wollte nicht glauben, daß Dr. Lezander etwas mit der Sache zu tun haben könnte. Wenn aber doch, was in der Welt war dann noch wirklich und wahr?

Ich erreichte Poulter Hill. Die schmiedeeisernen Tore waren verschlossen, doch da die Steinmauer um den Friedhof nicht einmal einen Meter hoch war, war das Hineinkommen kein sonderlich schweres Zauberkunststück. Ich ließ Rakete vor der Mauer zurück und ging zwischen den in Mondschein getauchten Grabsteinen hindurch den Hügel hinauf. So wie Poulter Hill auf der unsichtbaren Grenze zwischen den Welten lag, so lag er auch auf der Grenze zwischen Zephyr und Bruton. Die toten Weißen ruhten auf der einen Seite, die toten Schwarzen auf der anderen. Es war nur einsichtig, daß Menschen, die nicht im selben Café essen, nicht im selben Schwimmbad schwimmen oder im selben Laden einkaufen konnten, sicher nicht glücklich wären, wenn man sie in Sichtweite voneinander begraben würde. Was mich darauf brachte, daß ich Reverend Lovoy irgendwann einmal fragen mußte, ob die Dame und der Mondmann in denselben Himmel wie Davy Ray kommen würden. Wenn die Schwarzen in denselben Himmel wie die Weißen kamen, was für einen Sinn hatte es dann, hier auf der Erde in verschiedenen Cafés zu essen? Wenn Schwarze und Weiße im selben Himmel umherwandelten, hieß das dann, daß wir klüger oder dümmer als Gott waren, weil wir einander hier auf der Erde mieden? Wenn wir allerdings alle wieder in die Dunkelheit eingingen, dann gab es natürlich sowieso keinen Gott und keinen Himmel. Wie Little Stevie Cauley es geschafft hatte, mit Midnight Mona durch einen Spalt in jener Dunkelheit zu fahren, war ein weiteres Geheimnis, denn ich hatte ihn so deutlich gesehen, wie ich nun die Stadt aus Grabsteinen sah, die um mich herum aufragte.

Da waren so viele von ihnen. So viele. Ich erinnere mich, einmal irgendwo folgendes gehört zu haben: Wenn ein alter Mann stirbt, geht eine Bibliothek in Flammen auf. Davy Rays Nachruf im *Journal* kam mir in den Sinn. Sie sagten, er sei bei einem Jagdunfall ums Leben gekommen. Sie sagten, wer seine Mutter und sein Vater waren, daß er einen jüngeren Bruder namens Andy hatte und daß er ein

Mitglied der Presbyterianergemeinde von Union Town war. Sie sagten, daß sein Begräbnis vormittags um halb elf stattfinden würde. Was sie ausgelassen hatten, verblüffte mich. Sie hatten nicht ein einziges Wort darüber verloren, wie sich seine Mundwinkel kräuselten, wenn er lachte, oder wie er den Mund verzog, kurz bevor er Ben wieder mal mit einer kleinen Stichelei bedachte. Es wurde überhaupt nicht erwähnt, wie seine Augen funkelten, wenn er einen Waldpfad entdeckte, den er noch nicht erforscht hatte, oder wie er an seiner Unterlippe kaute, wenn er mit dem Baseball zielte. Sie hatten die nackten Fakten niedergeschrieben, doch sie hatten den wirklichen Davy Ray nicht erwähnt. Das war es, worüber ich nachdachte, während ich zwischen den Gräbern einherging. Wie viele Geschichten ruhten hier, begraben und vergessen? Wie viele alte, niedergebrannte Bibliotheken, wie viele junge, die noch Jahr für Jahr, Band für Band wuchsen? Und all diese Geschichten waren verloren. Ich wünschte, es gäbe einen Ort, wo man hingehen und in einem Raum wie ein Kinosaal sitzen und einen Katalog mit unzähligen Namen durchsehen konnte, und dann würde man einen Knopf drücken, und auf der Leinwand würde ein Gesicht erscheinen, um dir von seinem vergangenen Leben zu erzählen. Es wäre ein lebendiges Denkmal für die Generationen, die uns vorangegangen sind, und man könnte ihre Stimmen hören, obgleich diese Stimmen schon seit hundert Jahren verstummt sind. Während ich so in der Gegenwart all dieser verstummten Stimmen, die nie wieder gehört werden würden, dahinging, schien es mir, daß wir eine höchst verschwenderische Rasse waren. Wir hatten die Vergangenheit fortgeworfen, und unsere Zukunft war ärmer dadurch.

Ich kam zu Davy Rays Grab. Der Grabstein war noch nicht gesetzt, doch eine flache Steinplatte war in die nackte Erde eingelassen. Er war weder am Fuß des Hügels noch auf der

Kuppe; er hatte einen Platz in der Mitte. Ich setzte mich neben der Platte auf den Boden, wobei ich aufpaßte, nicht auf der leichten Erhebung herumzutrampeln, die der Regen glätten und der Frühling sprießen lassen würde. Ich hockte unter dem kalten, scharfgeschnittenen Mond und schaute hinaus in die Dunkelheit. Ich wußte, daß man im Tageslicht von hier einen wunderbaren Blick auf Zephyr und die Hügel hatte. Man konnte die Wasserspeierbrücke sehen und den Tecumseh. Man konnte die Bahngleise sehen, die sich zwischen den Hügeln entlangschlängelten, und die Eisenbahnbrücke, die den Fluß auf seinem Weg durch Zephyr zu den größeren Städten überquerte. Es war ein hübsches Panorama, wenn man Augen dafür hatte. Irgendwie bezweifelte ich, daß Davy Ray sich groß darum scherte, ob er von seinem Grab aus einen Blick auf die Hügel und den Fluß oder auf ein Schlammloch hatte. Solche Dinge mochten für die Trauernden wichtig sein, doch nicht für die Verblichenen.

»Mann«, sagte ich, und mein Atem formte eine kleine Wolke. »Ich bin ganz schön verwirrt.«

Hatte ich eine Antwort von Davy Ray erwartet? Nein, das hatte ich nicht. Deshalb war ich auch nicht über die Stille enttäuscht.

»Ich weiß nicht, ob du in der Dunkelheit oder im Himmel bist«, sagte ich. »Ich weiß nicht, was so toll am Himmel sein soll, wenn man dort nicht das kleinste bißchen Unfug anstellen kann. Hört sich für mich an wie in der Kirche. Kirche ist ja ganz nett für eine Stunde am Sonntag, aber ich möchte da nicht leben. Und ich möchte auch nicht in der Dunkelheit sein. Nur nichts und nichts und wieder nichts. Alles, was du jemals gedacht oder getan oder geglaubt hast, alles einfach weg, wie eine kleine Welle auf einem Teich, die niemand gesehen hat.« Ich zog meine Knie an die Brust und verschlang die Arme um sie. »Keine Stimme, um zu sprechen, keine Augen, um zu se-

hen, keine Ohren, einfach nichts. Wofür werden wir dann geboren, Davy Ray?«
Auch auf diese Frage folgte nur Schweigen.
»Ich komm mit dieser Sache mit der Zuversicht nicht zurecht«, fuhr ich fort. »Mom sagt, ich solle sie haben. Reverend Lovoy sagt, ich *muß* sie haben. Aber was soll man machen, wenn da nichts ist, was einem Zuversicht gibt, Davy Ray? Was, wenn Zuversicht einfach so ist, als würde man in ein Telefon sprechen und niemand ist am anderen Ende der Leitung, aber du weißt nicht, daß dort niemand ist, bis du eine Frage stellst und man dir nicht antwortet? Würdest du dann nicht irgendwie verrückt werden, wenn du daran denkst, wie lange du schon einfach so ins Blaue gequatscht hast?«
Genauso, wie ich es gerade tat, wurde mir bewußt. Doch ich fand Trost darin zu wissen, daß Davy Ray neben mir lag. Ich rutschte zu einer Stelle hinüber, wo das braune Gras keine Spuren von Schaufeln aufwies und legte mich auf den Rücken. Ich starrte hinauf zu den leuchtenden Sternen. »Schau dir das an«, sagte ich. »Schau dir nur mal den Himmel an. Sieht aus, als hätte sich der Dämon die Nase auf schwarzen Samt geschneuzt, was?« Ich lächelte, während ich so bei mir dachte, daß Davy Ray sicher seinen Spaß daran gehabt hätte. »Nicht wirklich«, sagte ich. »Kannst du von da, wo du bist, den Himmel sehen?«
Schweigen und mehr Schweigen.
Ich verschränkte die Arme über der Brust. Es schien gar nicht so kalt zu sein, wie ich so ausgestreckt auf der Erde lag. Mein Kopf war neben Davy Rays. »Ich hab heute eine Tracht Prügel bekommen«, gestand ich. »Dad hat mir ganz schön den Hintern versohlt. Vielleicht hab ich es verdient. Aber Old Leatherlungs verdient auch eine Tracht Prügel, oder nicht? Warum hört denn bloß niemand auf Kinder, wenn sie was zu sagen haben?« Ich seufzte, und mein Atem

stieg zum Sternzeichen des Steinbocks auf. »Ich kann diese Entschuldigung nicht schreiben, Davy Ray. Ich kann es einfach nicht, und keiner wird mich dazu zwingen. Vielleicht habe ich falsch gehandelt, aber ich war nur halb im Unrecht, und sie wollen mich zwingen zu sagen, daß ich ganz im Unrecht war. Ich kann es nicht schreiben. Was soll ich bloß machen?«

Da hörte ich es.

Nicht Davy Rays Stimme, die mich tadelte.

Sondern die Pfeife eines Zugs, irgendwo in der Ferne.

Der Güterzug kam durch die Stadt.

Ich setzte mich auf. Drüben in den Hügeln konnte ich den Scheinwerfer wie einen sich bewegenden Stern sehen, während sich der Zug auf Zephyr zuschlängelte. Ich beobachtete, wie er näher kam.

Der Güterzug würde vor der Eisenbahnbrücke über den Tecumseh abbremsen, so wie er es immer tat. Er würde noch mehr abbremsen, wenn er die Brücke überquerte und seine schweren Räder die alte Konstruktion stöhnen und knarren ließen.

Wenn er von der Brücke herunterkam, würde er langsam genug sein, daß man aufspringen konnte, wenn man wollte. Der Augenblick würde nur kurz sein. Der Güterzug würde erneut Tempo aufnehmen, und wenn er schließlich die andere Seite von Zephyr erreichte, würde er wieder mit voller Geschwindigkeit fahren.

»Ich kann keine Entschuldigung schreiben, Davy Ray«, sagte ich leise. »Nicht morgen, nicht übermorgen. Niemals. Ich nehme an, ich werde nie wieder zur Schule gehen, was?«

Davy Ray half mir weder mit seiner Meinung noch mit einem Rat. Ich war auf mich allein gestellt.

»Was wäre, wenn ich für einige Zeit fortginge? Nicht für lange. Vielleicht zwei oder drei Tage. Was, wenn ich ihnen zeigte, daß ich eher ausreißen als eine Entschuldigung schreiben würde? Vielleicht würden sie mir dann zuhören, was meinst du?« Ich betrachtete den sich bewegenden Stern, der immer näher kam. Die Pfeife quäkte abermals, vielleicht um ein Reh von den Gleisen zu scheuchen. Ich hörte sie *Corrrrriiiieee* sagen.

Ich stand auf. Ich konnte rechtzeitig die Eisenbahnbrücke erreichen, wenn ich zu Rakete lief. Doch ich mußte mich augenblicklich in Bewegung setzen. Noch fünfzehn Sekunden länger, und ich würde einen weiteren Tag voller Zorn und Enttäuschung meiner Eltern ertragen müssen. Einen weiteren Tag eingeschlossen in meinem Zimmer, während eine ungeschriebene Entschuldigung wie ein Damoklesschwert über mir hing. Der Güterzug, der nun bald die Stadt durchqueren würde, kam immer wieder zurück. Ich griff in meine Tasche und fand einen halben Dollar, der noch von irgendeinem Bonbon- oder Popcornkauf im Lyric im letzten Winter übriggeblieben war, als alles noch in Ordnung war.

»Ich gehe, Davy Ray!« sagte ich. »Ich gehe!«

Ich rannte über den Friedhof. Als ich Rakete erreichte und mich auf den Sattel schwang, befürchtete ich, daß ich schon zu spät kam. Ich trat wie ein Verrückter in die Pedale. Atemwolken hingen vor meinem Gesicht. Als ich auf gleiche Höhe mit den Gleisen zog, konnte ich das Ächzen und Knarren hören; der Güterzug überquerte gerade die Brücke, und es war noch immer möglich, ihn zu erreichen.

Und dann war er plötzlich da, mit seinem gleißenden Scheinwerfer. Die riesige Lokomotive kam von der Brücke und fuhr an mir vorbei, ein wenig schneller, als ich gehen konnte. Gleich darauf begannen die Waggons an mir vorbeizuziehen: Southern-Railroad-Waggons, *bum-ka-chak, bum-ka-chak, bum-ka-chak*, einer nach dem anderen. Schon nahm der Zug wieder Tempo auf. Ich sprang von Rakete

und stellte das Rad auf den Ständer. Ich ließ meine Finger über den Lenker gleiten. Für einen kurzen Moment sah ich das goldene Auge im Scheinwerfer, strahlend im Licht des Mondes. »Ich komme zurück!« versprach ich.
Alle Waggons waren verschlossen, wie es schien. Doch dann kam einer gegen Ende des Zugs, dessen Tür einen Spalt breit offenstand. Der Gedanke an Ochsen, die in Waggons waren und blinde Passagiere mit ihren wütenden Schädeln wieder in die von heißen Dampfschwaden durchzogene Leere hinausstießen, schoß mir durch den Kopf, doch ich verdrängte ihn sofort. Ich lief neben dem Waggon mit der offenen Tür her. Eine Leiter war in Reichweite. Ich griff nach oben, hakte vier behandschuhte Finger um eine Metallsprosse, klammerte auch den Daumen darum, packte dann mit der anderen Hand zu und zog meine Füße hoch.
Ich schwang mich zur offenen Waggontür. Ich war selbst erstaunt, daß ich solche Gelenkigkeit besaß. Ich nehme an, wenn man ein paar Tonnen Stahl unter sich mahlen hört, wird man ganz schnell zu einem Akrobaten. Ich schob mich durch den Spalt in den Waggon, meine Finger ließen die eisernen Sprossen los, und ich fiel auf einen spärlich mit Heu bedeckten Holzboden. Mein Eintritt ging nicht leise vonstatten; er hallte durch den Waggon, der auf der anderen Seite verriegelt war. Ich setzte mich auf. Die ganze Vorderseite meines Pullovers war mit Stroh bedeckt.
Der Waggon ruckelte und bebte. Er war offenkundig nicht für Fahrgäste geschaffen.
Und trotzdem hatte er welche.
»He, Princey!« sagte eine Stimme. »Da ist gerade ein kleines Vögelchen hereingeflogen!«
Ich sprang auf. Die Stimme hatte wie eine Mischung aus Steinen in einem Zementmischer und dem Klagelied eines Ochsenfrosches geklungen. Sie war aus der Dunkelheit vor mir gekommen.

»Ja, ich sehe ihn«, erwiderte ein anderer Mann. Diese Stimme war so sanft wie schwarze Seide und hatte einen leichten ausländischen Akzent. »Ich glaube, der hat sich fast die Flügel gebrochen, Franklin.«
Ich war in der Gesellschaft von Eisenbahntramps, die mir für den halben Dollar in meiner Tasche die Kehle durchschneiden würden. Ich wirbelte herum, um aus dem Waggon zu springen, doch Zephyr rauschte nur so vorbei.
»Ich würde das nicht tun, junger Mann«, warnte mich die Stimme mit dem ausländischen Akzent. »Es wäre kein hübscher Anblick.«
Ich blieb an der Kante stehen. Mein Herz hämmerte.
»Wir werden dich schon nicht beißen!« sagte die froschige Zementmischerstimme. »Oder, Princey?«
»Sprich bitte für dich selbst.«
»Ach, der macht nur Spaß! Princey macht immer Spaß, nicht wahr?«
»Ja«, erwiderte der andere mit einem Seufzen, »ich mache immer Spaß.«
Ein Streichholz flammte neben meinem Gesicht auf. Erneut wirbelte ich herum, um zu sehen, wer da stand.
Eine Alptraumfratze starrte mich an, so nah, daß ich den modrigen Atem riechen konnte.
Gegen diesen Mann hätte eine Bahnschwelle wie Charles Atlas ausgesehen. Er war ausgemergelt, seine Augen versunken in Schatten, und die Wangenknochen ragten fast aus dem Fleisch seines Gesichts heraus. Und was für ein Fleisch das war! Ich hatte ausgetrocknete Bachbetten gesehen, die mehr Feuchtigkeit enthielten. Jeder Zentimeter seines Gesichts bestand nur aus Furchen und Falten, und die Furchen zogen seinen Mund von seinen gelben Zähnen zurück und gingen dann weiter nach oben, wo sie wie eine seltsame Kappe seinen kahlen Schädel umrundeten. Sein langen, dürren Finger, die sich im Schein des Streichholzes offenbarten,

waren in gleicher Weise verschrumpelt, ebenso der Rest der Hand. Sein Hals war eine vertrocknete Masse von Falten. Er trug eine staubige weiße Uniform, doch wo sich Hemd und Hosen trafen, vermochte ich nicht zu sagen. Er sah aus wie ein Stock in einem Bündel schmutziger Lappen.

Ich war vor Angst erstarrt und wartete darauf, daß jeden Augenblick eine Klinge meine Kehle aufschlitzen würde.

Die andere Hand des faltigen Mannes hob sich wie der Kopf einer Natter.

Er hielt eine Schachtel mit ein paar Fig Newtons darin hoch.

»Schön, schön!« sagte der ausländische Mann mit offenkundiger Überraschung. »Ahmet mag dich! Nimm eine Fig Newton, er spricht nicht.«

»Ich ... glaube nicht ... daß ich ...«

Das Streichholz erlosch. Ich konnte Ahmet neben mir riechen, ein Geruch so trocken, daß er beinahe die Härchen in meinen Nasenlöchern ausgedörrt hätte. Sein Atmen klang wie das Rascheln toter Blätter.

Ein zweites Streichholz wurde angezündet. Ahmet hatte einen schwarzen Streifen auf seinem spitzen Kinn. Er hielt noch immer die Fig Newtons hoch, und nun nickte er mir zu. Als er es tat, glaubte ich sein Fleisch knacken zu hören.

Er grinste wie der aufgewärmte Tod. Wie der aufgebackene und verkrustete Tod, um genauer zu sein. Ich griff mit einer zitternden Hand in die Schachtel und nahm eine Fig Newton heraus. Dies schien Ahmet zu besänftigen. Er schlurfte auf die andere Seite des Waggons hinüber, wo er sich hinkniete und mit dem Streichholz drei Kerzenstummel anzündete, die mit Wachs auf dem Boden eines umgedrehten Eimers festgemacht waren.

Das Licht wurde stärker. Und während es stärker wurde, offenbarte es mir Dinge, die ich mir lieber nicht hätte ansehen mögen.

»Also«, sagte der Ausländer, der mit dem Rücken gegen einen Haufen grober Leinensäcke gelehnt dasaß. »Jetzt können wir einander von Auge zu Auge sehen.«
Ich wünschte, wir wären Rücken an Rücken gewesen, mit fünf Meilen zwischen uns.
Wenn dieser Mann je das Licht der Sonne gesehen hatte, dann war die Dame meine Großmutter. Seine Haut war so bleich, daß im Vergleich dazu der Mond so dunkel wie Don Ho schien. Er war ein junger Mann, zumindest jünger als mein Vater, und er hatte dünnes, blondes Haar, das aus einer hohen Stirn zurückgekämmt war. Ein Hauch von Silber glitzerte an seinen Schläfen. Er trug einen dunklen Anzug, ein weißes Hemd und eine Krawatte. Nur daß ich an den Flikken um die Schultern herum, an den ausgefransten Hemdaufschlägen und den braunen Flecken auf seiner Krawatte sofort erkennen konnte, daß der Anzug schon bessere Tage gesehen hatte. Dennoch war etwas Elegantes an diesem Mann; selbst auf dem Boden sitzend, zog er mit einem starrenden Blick, in dem eine Spur kultivierten Hochmuts lag, deine ungeteilte Aufmerksamkeit auf sich. Seine breiten Schuhspitzen waren abgestoßen. Zuerst dachte ich, er würde weiße Socken tragen, aber dann erkannte ich, daß es seine Knöchel waren. Doch seine Augen beunruhigten mich; im Kerzenschein funkelten seine Pupillen scharlachrot.
Aber dieser Mann und Ahmet, der Ausgetrocknete, muteten wie Troy Donahue und Yul Brynner an im Vergleich zu der dritten Monstrosität im Waggon.
Er stand in einer Ecke. Sein Kopf, der seltsam spatenförmig war, streifte beinahe die Decke. Der Mann mußte weit über zwei Meter groß sein. Seine Schultern schienen so breit wie einige der Flügel der Flugzeuge draußen beim Robbins-Luftwaffenstützpunkt. Sein Körper wirkte massig und klobig und im ganzen einfach nicht richtig. Er trug eine lose braune Jacke und graue Hosen mit Flicken auf den Knien.

Die Hosen sahen aus, als wären sie naß geworden und eingelaufen, während er sie anhatte. Die Größe der Schuhe des Mannes erstaunte mich; sie als Waldbrandtreter zu bezeichnen wäre so, als würde man eine Atombombe eine schwangere Granate nennen. Sie waren mehr wie Schaufelbagger.

»Hi«, sagte er, während seine Schuhe auf die Holzplanken stampften und er auf mich zukam. »Ich bin Franklin.«

Er grinste. Ich wünschte, er hätte es nicht getan. Sein Grinsen ließ Mr. Sardonicus schlicht unglücklich aussehen. Doch noch schlimmer als sein Grinsen war die Narbe, die sich über seine Neandertalerstirn zog und die, wie es schien, von einem schielenden Medizinstudenten mit Schluckauf zusammengenäht worden war. Sein fleischiges Gesicht sah plattgedrückt aus, und sein glänzendes schwarzes Haar machte den Eindruck, als wäre es auf seinem Schädel aufgemalt. Im Kerzenschein wirkte er so, als hätte er vor nicht allzu langer Zeit etwas gegessen, das ihm nicht bekommen war. Das Gesicht des unglücklichen Kolosses hatte eine kränkliche graugrüne Färbung. Und siehe da! Aus jeder Seite des Stiernackens dieses Mannes ragte eine kleine rostige Schraube.

»Willst du etwas Wasser?« fragte er und hielt mir eine verbeulte Feldflasche hin. In seiner Hand schien sie die Größe einer Miesmuschel zu haben.

»Äh ... nein, Sir. Nein, vielen Dank, Sir.«

»Solltest die Fig Newton runterspülen«, sagte er. »Sonst bleibt sie in deinem Hals stecken.«

»Alles in Ordnung. Wirklich.« Ich räusperte mich. »Sehen Sie?«

»Okay. Alles in Ordnung also.« Er kehrte in seine Ecke zurück, wo er wie eine groteske Statue stehenblieb.

»Franklin ist 'ne fröhliche Type«, erklärte Princey. »Ahmet ist der Stille.«

»Und was sind *Sie*?« fragte ich.

»Ich bin der ambitionierte Typ«, erwiderte er. »Was für ein Typ bist du?«
»Der ängstliche.« Ich hörte das Rauschen des Fahrtwindes hinter mir. Der Güterzug sauste nun mit voller Geschwindigkeit dahin und ließ das friedlich schlafende Zephyr hinter sich zurück.
»Setz dich doch«, bot Princey mir an. »Es ist hier nicht besonders sauber, aber das ist es in einem Kerker auch nicht.«
Ich blickte sehnsüchtig zur Tür hinüber. Die Geschwindigkeit betrug etwa ...
»Sechzig Meilen pro Stunde«, sagte Princey. »Eher vierundsechzig, würde ich meinen. Ich kann das sehr gut am Geräusch des Windes abschätzen.«
Ich setzte mich in gebührlichem Abstand zu den dreien auf den Boden.
»Also.« Er vergrub seine Hände in den Taschen seiner Jacke. »Sei so gnädig und teile uns deinen Bestimmungsort mit, Cory.«
»Ich denke, ich ... einen Augenblick mal. Habe ich Ihnen meinen Namen genannt?«
»Das mußt du wohl.«
»Ich erinnere mich nicht daran.«
Franklin lachte. Es hörte sich an wie ein verstopftes Rohr, das mit Roto-Rooter wieder frei gemacht wurde. »Ha! Ha! Ha! Das ist doch einer! Princey hat einen dollen Sinn für Humor!«
»Ich glaube nicht, daß ich Ihnen meinen Namen genannt habe«, sagte ich.
»Nun sei doch nicht trotzig«, erwiderte Princey. »Jeder hat einen Namen. Wie lautet deiner?«
»Co ...« Ich hielt inne. Waren diese drei wahnsinnig, oder war ich es? »Cory Mackenson. Ich komme aus Zephyr.«
»Und willst nach ...?«

»Wohin fährt der Zug?« fragte ich.
»Von hier?« Er lächelte. »Überallhin.«
Ich warf einen Blick zu Ahmet hinüber. Er saß in der Hocke und starrte mich durchdringend über die flackernden Kerzen hinweg an. An seinen faltigen Füßen trug er Sandalen, und seine Zehennägel waren gut fünf Zentimeter lang. »Ist es nicht ein bißchen kalt dafür, Sandalen zu tragen?«
»Ahmet macht das nichts aus«, sagte Princey. »Das ist seine bevorzugte Fußbekleidung. Er ist Ägypter.«
»*Ägypter?* Wie ist er den weiten Weg hierher gekommen?«
»Es war ein langer, staubiger Weg«, versicherte er mir.
»Wer *sind* Sie eigentlich alle? Sie sehen irgendwie . . .«
»Vertraut aus, wenn du ein Anhänger der lieblichen Kunst bist. Womit ich natürlich das Boxen meine«, sagte Princey und schaufelte weiter Worte in meinen Mund. »Hast du je von Franklin Fitzgerald gehört? Auch bekannt als Big Philly Frank?«
»Nein, Sir.«
»Warum hast du dann gesagt, daß du es hättest?«
»Ich . . . *habe* ich das?«
»Ich darf dir Franklin Fitzgerald vorstellen.« Er deutete auf das Monster in der Ecke.
»Hallo«, sagte ich.
»Freut mich, dich kennenzulernen«, erwiderte Franklin.
»Ich bin Princey von Kulic. Das ist Ahmet Zu-schwer-Auszusprechen.«
»Hi-hi-hi«, kicherte Franklin hinter einer fleischigen Hand mit vernarbten Knöcheln.
»Sie sind kein Amerikaner, nicht?« fragte ich Princey.
»Weltbürger, wenn es dir beliebt.«
»Und woher stammen Sie?«
»Ich stamme aus einer Nation, die weder hier noch dort ist. Es ist eine Unnation, wenn du so willst.« Wieder lächelte er. »Unnation. Das gefällt mir. Mein Land ist so oft von

fremden Invasoren heimgesucht worden, daß wir Platzkarten fürs Vergewaltigen und Plündern verteilen. Es ist leichter, hier Geld zu machen, was soll ich sagen?«

»Also sind Sie auch ein Boxer?«

»Ich?« Er verzog das Gesicht, als hätte er einen schlechten Geschmack im Mund. »O nein! Ich bin das Gehirn hinter Franklins Muskeln. Ich bin sein Manager. Ahmet ist sein Trainer. Wir kommen ganz famos miteinander aus, abgesehen von den Momenten, wo wir versuchen, einander umzubringen.«

»Ha-ha!« polterte Franklin.

»Momentan befinden wir uns gerade zwischen zwei Gegnern«, sagte Princey mit einem leichten Achselzucken. »Auf dem Weg vom letzten Ort, an dem wir waren, zum nächsten Ort, an dem wir sein werden. Und so, fürchte ich, stellt sich unser ganzes Dasein dar.«

Ich hatte entschieden, daß das Trio mir nichts Böses wollte, egal, wie einschüchternd sie aussahen. »Trägt Mr. Fitzgerald viele Kämpfe aus?« fragte ich.

»Franklin nimmt es mit jedem auf, überall, zu jeder Zeit. Unglücklicherweise ist jedoch seine Schnelligkeit bei weitem nicht so gut ausgebildet wie sein formidabler Körper.«

»Princey meint, daß ich langsam bin«, sagte Franklin.

»Ja. Und was sonst noch, Franklin?«

Die vorstehende Stirn des Kolosses drohte, in sich zusammenzufallen, während er über diese Frage nachdachte. »Ich habe keinen Killerinstinkt«, sagte er schließlich.

»Aber wir arbeiten daran, nicht wahr, Schweigender Sam?« fragte Princey den Ägypter. Ahmet zeigte seine gelben Zähne und nickte zustimmend. Ich dachte bei mir, daß er besser vorsichtig sein sollte, für den Fall, daß sein Kopf abfiele.

Ich blickte auf Franklins Hals. »Mr. Princey, warum hat er diese Schrauben da?«

»Franklin ist ein Mann, der aus vielen Teilen zusammengesetzt ist«, antwortete Princey, und Franklin kicherte wieder. »Die meisten von ihnen gehören eher zur rostigen Sorte. Seine Zusammentreffen mit anderen Individuen in jenem viereckigen Ring waren nicht immer angenehm. Um es kurz zu fassen, er hat sich so viele Knochen gebrochen, daß die Ärzte Teile von ihm mit Draht zusammenhalten mußten. Die Schrauben sind mit einer Metalleiste verbunden, die sein Rückgrat verstärkt. Es ist schmerzhaft, da bin ich sicher, doch es ist nötig.«

»Ah«, sagte Franklin, »so schlimm ist es nicht.«

»Er besitzt das Herz eines Löwen«, erklärte Princey. »Unglücklicherweise besitzt er auch den Verstand einer Maus.«

»Hi-hi-hi! Dieser Princey ist schon ein Komiker!«

»Ich habe Durst«, sagte Princey und stand auf. Er war ebenfalls groß, vielleicht einsfünfundneunzig, und schlank, wenn auch keine solche Bohnenstange wie Ahmet.

»Hier.« Franklin hielt ihm die Feldflasche hin.

»Nein, die will ich nicht!« Princeys bleiche Hand schob sie beiseite. »Ich will ... ich weiß nicht, was ich will.« Er blickte mich an. »Ist dir das auch schon mal passiert? Hast du jemals etwas gewollt, aber nicht herausfinden können, was es ist, und wenn dein Leben davon abhinge?«

»Ja, Sir«, sagte ich. »Zum Beispiel manchmal, wenn ich denke, ich will eine Cola, doch in Wirklichkeit will ich eine Kräuterlimonade.«

»Genau. Meine Kehle ist so staubig wie Ahmets Kissen!« Er ging an mir vorbei und spähte auf den vorüberziehenden Wald hinaus. Dort draußen unter dem Firmament waren keine Lichter zu sehen. »Gut!« sagte er. »Du kennst uns nun. Wie steht's mit dir? Ich nehme an, du bist von zu Hause ausgerissen?«

»Nein, Sir. Ich meine ... ich gehe nur für eine Weile fort, denke ich.«

»Ärger mit deinen Eltern? Mit der Schule?«

»Beides«, erwiderte ich.
Er nickte und lehnte sich gegen die Öffnung des Waggons. »Die allgegenwärtigen Leiden eines Jungen. Auch ich hatte solche Schwierigkeiten. Auch ich machte mich auf, für eine Weile fortzugehen. Glaubst du wirklich, daß dir das bei deinen Problemen helfen wird?«
»Ich weiß nicht. Es war das einzige, das mir eingefallen ist.«
»Die Welt«, sagte Princey, »ist nicht wie Zephyr, Cory. Die Welt empfindet keine Zuneigung für einen kleinen Jungen. Sie kann ein wunderbarer Ort sein, doch ebenso kann sie bösartig und gemein sein. Wir sollten es wissen.«
»Wieso?« fragte ich.
»Weil wir überall auf ihr herumgereist sind. Wir haben diese Welt gesehen, und wir kennen die Menschen, die in ihr leben. Manchmal erfaßt mich Todesangst, wenn ich an das denke, was dort draußen ist: Grausamkeit, Gefühllosigkeit, völlige Gleichgültigkeit und Respektlosigkeit gegenüber den Mitmenschen. Und es wird nicht besser, Cory; es wird schlimmer.« Er blickte hinauf zum Mond, der mit unserem Tempo mithielt. »›O Welt‹«, sagte er. »›Lehrt uns dein seltsam Wechseln nicht dich zu hassen, das Leben beugte nimmer sich dem Alter.‹«
»Ist das nicht hübsch?« fragte Franklin.
»Es ist Shakespeare«, erwiderte Princey. »Und da wir gerade von den allgegenwärtigen Leiden der Menschen sprechen.« Er wandte sich vom Mond ab und blickte mich mit seinen scharlachroten Pupillen an. »Hättest du gern einen Rat von einer älteren Seele, Cory?«
Ich wollte eigentlich keinen, doch um höflich zu sein, sagte ich: »Ja, Sir.«
Er hatte einen amüsierten Gesichtsausdruck, so als würde er meine Gedanken kennen. »Ich gebe ihn dir trotzdem. Hab es nicht so eilig mit dem Erwachsenwerden. Bleib solange es geht ein Junge, denn wenn du erst einmal den Zauber

verloren hast, wirst du auf ewig vergeblich versuchen, ihn zurückzubekommen.«
Das hörte sich irgendwie vertraut an, doch ich konnte mich nicht darauf besinnen, wo ich es schon einmal gehört hatte.
»Willst du etwas von der Welt sehen, Cory?« fragte er mich.
Ich nickte, erstarrt unter dem Blick seiner blutroten Pupillen.
»Dann hast du Glück. Ich sehe die Lichter einer Stadt.«
Ich stand auf und schaute hinaus. Und dort in der Ferne, jenseits des Drachenkamms der verschlungenen Hügel, waren die Sterne ausgelöscht von irdischem Lichtschimmer.
Princey erklärte mir, daß der Zug in der Stadt am Güterbahnhof abbremsen würde. An dieser Stelle konnten wir vom Waggon abspringen, ohne uns die Beine zu brechen. Langsam wuchs die Stadt um uns herum, von Holzhütten zu Steinhäusern. Selbst zu dieser späten Stunde war die Stadt noch von Leben erfüllt. Neonschilder blinkten und summten. Autos sausten auf den Straßen, und Gestalten schlurften über die Bürgersteige. Dann ruckelte der Güterzug über die sich überkreuzenden Gleise des Güterbahnhofs, wo andere Züge schliefen, und bremste ab. Als er Schrittgeschwindigkeit erreicht hatte, berührten Franklins riesige Schuhe den Boden. Dann sprang Ahmet hinaus, und eine Staubwolke stieg von seinem Körper auf, als er auf dem Boden landete. »Spring jetzt, wenn du springen willst«, wies Princey mich an, der hinter mir stand. Ich kletterte hinaus, und dann sprang Princey aus dem Waggon. Wir waren in der Stadt angekommen, und ich war sehr weit weg von zu Hause.
Wir durchquerten den Bahnhof, begleitet vom Pfeifen und Dampfen der Züge. Die Luft roch verbrannt, obgleich es ein kaltes Feuer war. Princey sagte, daß wir uns besser einen Unterschlupf für die Nacht suchen sollten. Wir gingen wei-

ter, tiefer hinein in die Stadt, auf grauen Straßen, über denen die großen grauen Gebäude hoch aufragten, wobei wir immer wieder anhalten und auf Franklin warten mußten, der sich in der Tat nur recht langsam fortbewegte.
Wir kamen an eine Stelle, wo Gassen die Mauern durchschnitten und Neonlichter sich in den stehenden Wasserpfützen auf dem aufgebrochenen Beton spiegelten. Als wir an einer Gasse vorbeikamen, hörte ich ein grunzendes Geräusch und ein Klatschen. Ich blieb stehen, um es mir anzusehen. Ein Mann hielt einem anderen die Arme auf dem Rücken fest, während ein dritter dem zweiten methodisch mit der Faust ins Gesicht schlug. Der zweite Mann blutete aus Nase und Mund. Seine angstvoll aufgerissenen Augen waren glasig und feucht. Der Mann, der auf ihn einschlug, wirkte so, als verrichte er eine ganz gewöhnliche Arbeit, als würde er einen störenden Baum abholzen. »Wo ist das Geld, du Hurensohn?« sagte der erste Mann mit leiser, böser Stimme. »Du wirst uns das Geld geben.« Das Schlagen ging weiter. Die Fingerknöchel des dritten Mannes waren schon rot von Blut. Das Opfer stieß einen stöhnenden, wimmernden Laut aus, und während die Faust weiter zurückschwang und herabsauste, begann sein Gesicht seine Form zu verändern.
Eine bleiche Hand legte sich auf meine Schulter. »Laß uns weitergehen, ja?«
Ein Stück vor uns hatte ein Streifenwagen am Bordstein gehalten. Zwei Polizisten standen zu beiden Seiten eines langhaarigen Mannes in schmutziger Kleidung. Sie waren untersetzt und kräftig, und ihre Waffen blitzten in ihren schwarzen Lederhalftern. Einer der Polizisten beugte sich vor und brüllte dem langhaarigen Mann ins Gesicht. Der andere Polizist packte einen Büschel seiner Haare, wirbelte ihn herum und rammte seinen Kopf gegen die Windschutzscheibe. Das Glas zerbrach nicht, doch die Knie des Mannes sackten

zusammen. Er leistete keine Gegenwehr, als sie ihn in den Streifenwagen stießen. Als sie an uns vorbeifuhren, sah ich kurz das Gesicht des Mannes, der zu uns herausblickte, während Blut von seiner Stirn rann.

Musik dröhnte und pulsierte aus einem Hauseingang. Sie schien nicht den geringsten Rhythmus, Sinn oder Verstand zu haben. Ein Mann saß gegen eine Wand gelehnt da, eine Pfütze aus Urin zwischen seinen Beinen. Er grinste ins Leere, die Augen glasig wie die eines Irren. Zwei junge Männer kamen heran, und einer von ihnen hielt einen blechernen Benzinkanister in der Hand. »Steh auf! Steh auf!« sagte der andere und versetzte dem Mann auf dem Boden einen Tritt. Der Irre grinste nur weiter. »Steh auf! Steh auf!« wiederholte er wie ein Papagei. Im nächsten Augenblick ergoß sich ein Schwall Benzin über ihn. Der andere junge Mann zog eine Streichholzschachtel aus seiner Tasche.

Princey führte mich um eine Ecke. Franklin, der hinter Ahmet herschlurfte, seufzte wie ein Blasebalg, sein Gesicht in Schatten getaucht.

Eine Sirene heulte, doch sie fuhr in eine andere Richtung. Mir war schlecht, und ich hatte Kopfschmerzen. Princey behielt seine Hand auf meiner Schulter, und sie spendete mir Trost.

An einer Straßenecke standen vier Frauen unter einem flackernden Neonschild. Sie waren alle jünger als meine Mutter, aber älter als Chile Willow. Sie schienen auf jemand Wichtigen zu warten. Als wir an ihnen vorbeigingen, stieg mir ihr süßes Parfüm in die Nase. Ich blickte einer von ihnen ins Gesicht und sah einen blonden Engel. Doch etwas an ihrem Gesicht war leblos, wie das aufgemalte Gesicht einer Puppe. »Der Arsch sollte mich besser gut behandeln«, sagte sie zu einer dunkelhaarigen Frau. »Sollte mir ja nicht dumm kommen, verdammt noch mal.«

Ein roter Wagen fuhr vor. Der blonde Engel setzte ein Lä-

cheln für den Fahrer auf. Die anderen Frauen gesellten sich zu ihr, die Augen strahlend von falscher Hoffnung.
Mir gefiel nicht, was ich sah, und Princey führte mich weiter.
In einem Hauseingang stand ein Mann in einer Jeansjacke über eine Frau gebeugt, die ausgestreckt auf dem Boden lag. Er zog gerade den Reißverschluß an seinem Hosenschlitz hoch. Das Gesicht der Frau war eine breiige Masse aus schwarzen Beulen. »Na also«, sagte der Mann. »Ich hab's dir gezeigt, was? Hab dir gezeigt, wer hier der Boß ist.« Er griff nach unten und packte sie am Schopf. »Sag's, du Schlampe.« Er schüttelte ihren Kopf. »Sag, wer hier der Boß ist!«
Ihre zugeschwollenen Augen flehten ihn an. Ihr Mund öffnete sich und gab den Blick auf eine Reihe eingeschlagener Zähne frei. »Du bist's«, wimmerte sie und begann zu weinen. »Du bist der Boß.«
»Geh zu, Cory«, wies Princey mich an. »Bleib nicht stehen, bleib nicht stehen.«
Ich taumelte weiter. Überall, wo ich hinsah, war nur kalter Beton. Ich erblickte keinen Hügel und nicht die geringste Spur von Grün. Ich hob den Kopf, doch die Sterne waren ausgelöscht, und die Nacht war grau in grau. Wir gingen um eine Straßenecke, und ich hörte ein Scheppern. Ein kleiner weißer Hund, dessen Rippen hervorstachen, suchte verzweifelt zwischen den Mülltonnen herum. Plötzlich war da ein bulliger Kerl, und er sagte: »Jetzt hab ich dich endlich«, während der Hund ihn mit einer Bananenschale zwischen seinen Zähnen anstarrte. Der Mann holte mit einem Baseballschläger aus und ließ ihn auf den Rücken des Hundes herabsausen. Der Hund jaulte schmerzvoll auf und zuckte wild, sein Rückgrat gebrochen und die Bananenschale verloren. Der Mann stand über ihn gebeugt. Wieder holte er mit dem Baseballschläger aus und ließ ihn herabsausen, und dann hatte der Hund plötzlich weder Schnauze noch Augen,

sondern nur noch einen eingeschlagenen roten Überrest. Die weißen Beine zuckten weiter, als wollte er davonlaufen.

»Kleines Stück Scheiße«, sagte der Mann und trat den Hund mit seinem Stiefel.

Tränen brannten in meinen Augen. Ich stolperte, doch Princeys Hand hielt mich aufrecht. »Geh weiter«, sagte er. »Schnell.« Ich tat es, vorbei an dem niedergemetzelten Hund. Ich mußte mich gleich übergeben und sackte gegen eine Wand aus rauhen Steinen. Hinter mir donnerte Franklin: »Das Kind ist zu weit weg von zu Hause, Princey. Das ist nicht richtig.«

»Glaubst du, *mir* gefällt das?« fauchte Princey zurück. »Blödmann.«

Ich kam zur Ecke der Wand und blieb stehen. Ich schien in ein kleines Zimmer zu blicken. Ich konnte Stimmen hören, die im Streit erhoben waren, doch in jenem Zimmer saß nur ein Junge. Er war etwa in meinem Alter, dachte ich bei mir, doch etwas in seinem Gesicht mutete viel älter an. Der Junge starrte mit glasigen Augen auf den Boden, während die streitenden Stimmen lauter und lauter wurden. Und dann hob er einen Schwamm und eine Tube mit Klebstoff auf, die Art, mit der meine Freunde und ich unsere Plastikmodelle zusammenklebten. Er drückte Klebstoff in den Schwamm, und anschließend preßte er den Schwamm auf seine Nase und inhalierte mit geschlossenen Augen. Einen Moment später fiel er nach hinten, und sein Körper begann zu zucken. Sein Mund stand offen, und seine Zähne schnappten immer wieder zusammen und bissen dabei auf seine Zunge.

Ich wandte zitternd und schluchzend meinen Blick ab. Princeys Hand legte sich sanft auf meinen Hinterkopf und zog mein Gesicht zu sich herüber.

»Siehst du, Cory?« flüsterte er, und seine Stimme klang gepreßt von unterdrücktem Zorn. »Die Welt verschlingt kleine Jungen. Du bist noch nicht soweit, einen Besenstiel in ihren Schlund zu stoßen.«

»Ich will ... ich will ...«

»Nach Hause«, sagte Princey. »Heim nach Zephyr.«

Begleitet vom Pfeifen und Dampfen der Züge, gingen wir zurück zum Güterbahnhof. Princey sagte, sie würden mich ein Stück des Wegs begleiten, um sicherzugehen, daß ich den richtigen Zug erwische. Es kam ein Southern-Railroad-Güterzug, und die Tür eines seiner Waggons stand einen Spalt breit offen. »Das ist er!« sagte Princey und sprang in die Öffnung. Franklin war als nächster an der Reihe. Wenn er mußte, konnte er seine großen alten Schuhe ganz schön flink bewegen. Dann kam Ahmet, von dessen zerfurchtem Fleisch bei jedem Schritt kleine Staubwolken hochstoben.

Der Zug nahm Tempo auf. Ich rannte neben dem Waggon her und versuchte, einen Halt zu finden, doch da war keine Leiter. »He!« rief ich. »Laßt mich nicht zurück!«

Der Abstand wurde immer größer. Ich konnte kaum mit dem Zug mithalten. Die Öffnung des Waggons lag im Dunkeln. Ich vermochte weder Princey noch Franklin noch Ahmet darin zu sehen. »Laßt mich nicht zurück!« rief ich voller Panik, während meine Beine schwächer wurden.

»Spring, Cory!« drängte Princey mich aus der Dunkelheit heraus. »Spring!«

Die Tonnen von Stahl sausten neben mir dahin. »Ich habe Angst!« sagte ich und fiel weiter zurück.

»Spring!« sagte Princey. »Wir fangen dich auf!«

Ich konnte sie dort drinnen nicht sehen. Ich konnte nichts außer der Dunkelheit sehen. Doch in meinem Rücken lag die Stadt, der Teil der Welt, der kleine Jungen verschlang.

Ich würde Zuversicht haben müssen.

Ich schoß nach vorn und sprang auf die dunkle Öffnung zu.

Ich fiel. Fiel durch kalte Nacht und Sterne.

Erschrocken riß ich die Augen auf.

Ich konnte das Pfeifen des Güterzugs hören, der sich irgendwo jenseits von Zephyr auf seinem Weg zu jener anderen Welt dahinbewegte.
Ich setzte mich auf, neben Davy Rays Grab.
Mein Schlaf hatte nur vielleicht zehn Minuten gedauert. Doch ich war weit gekommen, war erschüttert und voller Übelkeit, aber sicher zurückgekehrt. Ich wußte, die Welt jenseits von Zephyr war nicht so schlimm. Schließlich las ich ja *National Geographic.* Ich wußte um die Schönheit der Städte, die Kunstmuseen, die Mahnmale des Muts und der Menschlichkeit. Doch wie beim Mond lag ein Teil der Welt im Verborgenen. Wie der Mann, der auf Zephyrer Erde gemordet hatte, vor dem Mondlicht verborgen war. Die Welt, ebenso wie Zephyr, war nicht gänzlich gut und nicht gänzlich schlecht. Princey – oder was immer Princey gewesen war – hatte recht; ich mußte erst noch erwachsener werden, bevor ich mich diesem Monster stellen konnte. In diesem Augenblick jedoch war ich ein Junge, der in seinem eigenen Bett schlafen und mit dem Wissen aufwachen wollte, daß seine Mutter und sein Vater mit ihm im Haus waren. Die Entschuldigung für Old Leatherlungs steckte mir noch immer wie eine Feder im Hals. Ich würde mir einen Weg durch diesen Dschungel bahnen, wenn es soweit war.
Mit den leuchtenden Sternen über mir stand ich auf. Ich blickte auf das Grab, so trostlos frisch. »Leb wohl, Davy Ray«, sagte ich und fuhr auf Rakete nach Haus.
Am nächsten Tag machte Mom eine Bemerkung darüber, wie müde ich aussah. Sie fragte, ob ich einen Alptraum gehabt habe. Ich sagte, es sei nichts, mit dem ich nicht fertig werden könne. Dann machte sie mir Pfannkuchen.
Die Entschuldigung wurde nie geschrieben. Während ich an jenem Abend in meinem Zimmer hockte und die Monster an meinen Wänden über mich wachten, hörte ich viermal das Telefon klingeln. Dad und Mom kamen herein, um mit

mir zu sprechen. »Warum hast du uns denn nichts davon erzählt?« fragte Dad. »Wir haben nicht gewußt, daß diese Lehrerin die Kinder so schlecht behandelt hat.« Er war, wie ich schon gesagt habe, vertraut damit, schlecht behandelt zu werden.

Einer der Anrufer war Sally Meachums Mutter gewesen. Ein anderer war das schnurrbärtige Muttertier des Dämons. Ladd Devines Dad hatte angerufen, und Joe Petersons Mutter. Sie hatten meinen Eltern berichtet, was ihre Kinder ihnen erzählt hatten, und plötzlich schien es so, daß ich zwar noch immer unbestreitbar falsch gehandelt hatte, als mir der Kragen platzte und ich Old Leatherlungs die Brille vom Gesicht schlug, doch daß Old Leatherlungs selbst einige Verantwortung dafür trug.

»Es ist nicht recht, wenn ein Lehrer ein Kind Dummkopf nennt. Jeder verdient Respekt, egal wie alt oder jung er ist«, sagte Dad zu mir. »Ich denke, morgen werden wir eine kleine Unterhaltung mit Mr. Cardinale haben und die Sache ins reine bringen.« Er betrachtete mich verwirrt. »Aber warum in aller Welt hast du uns nicht gleich davon erzählt, Cory?«

Ich zuckte mit den Schultern. »Ich nehme an, ich habe nicht geglaubt, daß ihr euch auf meine Seite stellen würdet.«

»Nun«, sagte Dad, »es scheint, daß wir nicht genug Vertrauen in dich hatten, oder, Partner?«

Er strich mir übers Haar.

Es war schon richtig toll, wieder zu Hause zu sein.

3
Fetzen des Quilts

Dad ging zu Mr. Cardinale. Der Rektor, der schon von anderen Lehrern andeutungsweise gehört hatte, daß Old Leatherlungs wohl einige Tassen im Schrank fehlten, entschied, daß ich nun ausreichend lange von der Schule suspendiert war. Eine Entschuldigung war nicht nötig.

Bei meiner Rückkehr stellte ich fest, daß ich ein siegreicher Held war. In den Jahren, die noch vor uns lagen, würde sich kein Astronaut bei der Rückkehr vom Mond so willkommen fühlen, wie ich es jetzt tat. Old Leatherlungs war eingeschüchtert, aber säuerlich, denn Mr. Cardinales schrille Gardinenpredigt klingelte ihr noch wie Weihnachtsglocken in den Ohren. Doch auch ich war nicht ganz frei von Schuld, und ich erkannte, daß ich es eingestehen sollte. Und so hob ich am Tag meiner Rückkehr, der gleichzeitig der letzte Schultag vor den Weihnachtsferien war, unmittelbar nach der Anwesenheitskontrolle meine Hand, und Old Leatherlungs fauchte: »Was ist?«

Ich stand auf. Alle Augen waren auf mich gerichtet, voller Erwartung einer weiteren heroischen Geste in diesem großartigen Feldzug gegen Ungerechtigkeit, Ungleichheit und das Verbot von Kaugummi mit Traubengeschmack. »Mrs. Harper?« begann ich. Ich zögerte, und meine neugewonnene Erhabenheit stand auf dem Spiel.

»Spuck's aus! Ich kann nicht deine Gedanken lesen, du Dummkopf!«

Was immer Mr. Cardinale ihr gesagt haben mochte, es hatte offensichtlich nicht ausgereicht, sie zu veranlassen, ihre Waffen an den Nagel zu hängen. Doch ich fuhr trotzdem fort, denn es war das richtige. »Ich hätte Sie nicht schlagen dürfen«, sagte ich. »Es tut mir leid.«

Oh, ihr gefallenen Helden! Götzenbilder auf Füßen aus brüchigem Ton! Mächtige Krieger, niedergestreckt von Flohbissen in den Spalten ihrer Rüstungen! Ich wußte, wie sie sich fühlten, von dem Stöhnen und den verblüfften Lauten, die sich um mich herum wie bittere Blüten erhoben. Ich war von meinem Podest gestiegen und hatte aufgeheult, als ich in ein Schlammloch trat.

»Es tut dir *leid?*« Old Leatherlungs schien die Verblüffteste von allen zu sein. Sie nahm ihre Brille ab und setzte sie wieder auf. »Du *entschuldigst* dich bei mir?«

»Ja, Ma'am.«

»Nun, ich ... ich ...« Sie fand keine Worte. Sie schwamm in den unbekannten Gewässern der Vergebung und versuchte, Boden unter den Füßen zu finden. »Ich ... weiß nicht ... was ich ...«

Gnade lag zum Greifen nahe vor ihr. Gnade, mit all ihrem Zauber und ihren Wundern. Die Gnade eines Augenblicks, und ich sah, wie ihre Züge sanfter zu werden begannen.

»... sagen soll, aber ...« Sie schluckte. Vielleicht steckte ihr ein Kloß im Hals.

»... aber ... *Es ist höchste Zeit, daß du etwas Verstand zeigst, du Dummkopf!*« brüllte sie.

Offensichtlich war es ein Kloß aus Nägeln gewesen. Sie spuckte sie aus.

»*Setz dich hin, und schlag dein Mathematikbuch auf!*«

Ihre Züge waren nicht sanfter geworden, dachte ich bei mir, während ich mich seufzend wieder hinsetzte. Sie waren nur abgeschlafft wie ein Segel, bevor sich der Wind wieder hob.

In dem kreischenden Irrenhaus, das große Pause genannt wurde, bemerkte ich, wie der Dämon sich aus der Pausenhalle schlich, während Old Leatherlungs einem armen Jungen eine Strafpredigt hielt, weil er sein Mittagessensgeld für Baseballkarten ausgab. Sie kehrte etwa fünf Minuten später wieder zurück und schlüpfte auf ihren Stuhl in der Nähe der Tür, bevor Old Leatherlungs auffiel, daß sie verschwunden war. Ich sah den Dämon und die anderen Mädchen an ihrem Tisch kichern und grinsen. Ein Komplott war geschmiedet worden.

Nachdem wir wieder in unsere Klassenräume getrieben worden waren, setzte sich Old Leatherlungs an ihr Pult wie eine Löwin, die einen fleischigen Knochen bewachte. »Schlagt eure Alabama-Geschichtsbücher auf!« donnerte sie. »Kapitel zehn! Rekonstruktion! Beeilt euch!« Sie griff nach ihrem eigenen Geschichtsbuch, und ich hörte sie etwas brummen.

Old Leatherlungs vermochte nicht das Buch vom Pult zu nehmen. Während alle Augen auf sie gerichtet waren, zerrte sie mit beiden Händen an dem Buch, die Ellbogen gegen die Tischkante gestemmt, doch es bewegte sich keinen Millimeter. Irgend jemand gluckste. »Findet ihr das komisch?« fauchte sie, und Zorn flammte in ihren Augen auf. »Wer hält das für ko ...« Und dann quakte sie, denn ihre Ellbogen wollten sich nicht mehr von der Pultkante lösen. Ahnend, daß sie sich nun in einer verzwickten Lage befand, versuchte sie aufzustehen. Doch ihr voluminöses Hinterteil wollte sich ebenfalls nicht vom Stuhl lösen, und als sie sich erhob, nahm sie den Stuhl mit sich. »Was geht hier vor!« brüllte sie, während die gesamte Klasse sich vor Lachen bog, ich selbst eingeschlossen. Old Leatherlungs versuchte, zur Tür zu watscheln, doch ihr Gesicht verzerrte sich zu einer Grimasse, als sie feststellte, daß ihre klobigen braunen Schuhe am Linoleum klebten, als wären sie dort festgenagelt. Da stand sie nun, vornübergebeugt mit der Sitzfläche des Stuhls an ihrem Hintern, die Schuhe festgehalten in einer unsichtbaren Schraubzwinge und die Ellbogen festgeklebt am Pult. Sie sah aus, als verneigte sie sich vor uns, obgleich der zornige Ausdruck auf ihrem Gesicht kaum zu dieser Höflichkeit passen mochte.

»Helft mir!« schrie Old Leatherlungs, den Tränen der Verzweiflung nahe. »So helft mir doch!« Ihre Hilferufe waren auf die Tür gerichtet, aber so wie alle johlten und lachten, bezweifelte ich, daß irgend etwas auf der anderen Seite der Milchglasscheibe gehört werden konnte, selbst ihre Nebelhornstimme nicht. Sie zerriß den Stoff eines ihrer Blusenärmel, als sie einen ihrer Ellbogen befreite, und dann beging sie den Fehler, ihre freie Hand auf die Tischplatte zu stützen, um ihre Kraft besser konzentrieren zu können. Die Hand war nicht länger frei. »Helft mir!« rief sie. »So helft mir doch hier heraus!«

Das Ende der Geschichte war, daß Mr. Dennis, der schwarze Hausmeister, von Mr. Cardinale herbeigerufen werden mußte, um Old Leatherlungs zu befreien. Mr. Dennis mußte den zähen Fäden der Substanz, die Old Leatherlungs unlösbar an das Pult, den Stuhl und den Boden heftete, mit einer Säge zu Leibe rücken. Unglücklicherweise rutschte Mr. Dennis' Hand während des Sägens ab, und ein Stück von Old Leatherlungs' Hinterteil bedurfte anschließend dringend einer Rekonstruktion.

Als die Sanitäter Old Leatherlungs zeternd und fauchend auf einer Bahre durch die mit Tannenzweigen dekorierten Gänge davonrollten, hörte ich Mr. Dennis zu Mr. Cardinale sagen, daß es die verfluchteste Klebe war, der er je begegnet sei. Das Zeug, so sagte er, veränderte seine Farbe, abhängig davon, worauf man es schmierte. Es war geruchlos, abgesehen von einem leichten Hefearoma. Er sagte, daß Old Leatherlungs – Mrs. Harper, wie er sie nannte – großes Glück gehabt hatte, daß ihre Hand noch an ihrem Handgelenk hing, so stark war das Zeug. Mr. Cardinale war außer sich und flatterte aufgeregt umher. Doch im Klassenzimmer wurde keine Flasche oder Tube mit Klebstoff gefunden, und Mr. Cardinale konnte sich beim besten Willen nicht vorstellen, daß ein Kind verschlagen und heimtückisch genug sein konnte, solch üblen Plan auszuhecken.

Er kannte den Dämon nicht. Ich habe es nie mit absoluter Sicherheit klären können, doch ich nahm an, daß sie die Flasche mit dem Klebstoff an einer Schnur aus dem Fenster gehängt und hereingezogen haben mußte, als der Rest von uns in der Pausenhalle war. Als sie dann damit fertig war, alle notwendigen Oberflächen einzuschmieren, war die Flasche wieder aus dem Fenster verschwunden, wo sie sie nach der Schule einsammelte. Ich hatte noch nie zuvor von einem so starken Kleber gehört. Später erfuhr ich, daß der Dämon ihn selbst zusammengebraut hatte, wobei sie Zutaten wie Schlamm vom Grund des Tecumsehs, Erde von Poulter Hill und das Rezept ihrer Mutter für Schokoladencremetorte benutzte. Wenn dem so war, hätte ich um nichts in der Welt Mrs. Sutleys Schokoladencremetorte probieren mögen. Sie nannte sie Superzeug, was einen Sinn ergab.

Ich wußte, daß ein Grund vorliegen mußte, weshalb der Dämon eine Klasse übersprungen hatte. Ich hatte nur keine Ahnung gehabt, daß ihre wahre Begabung im Bereich der Chemie lag.

Eines kühlen Nachmittags machten Dad und ich uns auf in den Wald. Wir fanden eine kleine Kiefer, die reichen würde. Wir nahmen sie mit uns nach Hause und behängten den Baum mit Popcorn, Gold- und Silberlametta und den angeschlagenen Dekorationen, die, von einer Woche im Jahr einmal abgesehen, in einer Schachtel im Schrank ruhten.

Ben lernte seine Weihnachtslieder. Ich fragte ihn, ob Miss Green Glass einen Papagei besaß, doch er wußte es nicht. Er habe noch nie einen gesehen, sagte er. Aber vielleicht hatten sie hinten im Haus irgendwo einen grünen Papagei.

Dad und ich gingen zusammen in die Stadt und kauften für Mom ein neues Kochbuch mit Backrezepten und eine Kuchenform, und Mom und ich gingen zusammen in die Stadt und kauften Dad einige Paar Socken und Unterwäsche. Dad machte sich noch einmal allein auf und erstand bei Woolworth's eine kleine Flasche Parfüm für Mom, während Mom ihm einen warmen Schal kaufte. Es gefiel mir zu wissen, was sich in den bunt eingepackten Paketen unter dem Weihnachtsbaum befand. Doch dort waren auch zwei Pakete mit meinem Namen darauf, und ich hatte nicht die geringste Ahnung, was darin war. Das eine war klein und das andere etwas größer – zwei Geheimnisse, die darauf warteten, enthüllt zu werden.
Immer wieder schreckte ich davor zurück, das Telefon zu nehmen und die Glass-Schwestern anzurufen. Das letztemal, als ich es vorgehabt hatte, hatte es eine Tragödie gegeben. Doch die grüne Feder war nie ganz vergessen. Eines Morgens wachte ich auf, nachdem ich wieder von den vier schwarzen Mädchen geträumt hatte, die meinen Namen riefen, und rieb mir im Schein der Wintersonne die Augen. Dann nahm ich die grüne Feder von dem Platz auf meinem Nachttisch, an den ich sie am Abend zuvor gelegt hatte, und ich wußte, was ich zu tun hatte. Ich würde sie nicht anrufen, sondern höchstpersönlich hingehen und mich umschauen.
Dick eingepackt fuhr ich mit Rakete unter dem Zephyrer Lametta zu dem Pfefferkuchenhäuschen in der Shantuck Street. Mit der Feder in meiner Tasche, klopfte ich an der Tür.
Miss Blue Glass öffnete. Es war noch sehr früh am Morgen, gerade erst kurz nach neun. Miss Blue Glass trug einen azurblauen Morgenmantel und gesteppte zyanblaue Pantoffeln. Ihr weißblondes Haar war wie üblich aufgetürmt, was ihre erste Tat jeden Morgen zu sein schien. Sie erinnerte mich an die Bilder vom Matterhorn, die ich gesehen hatte.

Sie musterte mich durch ihre dicken, schwarz gerahmten Brillengläser hindurch. Unter ihren Augen waren dunkle Ringe. »Cory Mackenson«, sagte sie. Ihre Stimme war tonlos. »Was kann ich für dich tun?«

»Dürfte ich für eine Minute hereinkommen?«

»Ich bin allein«, erwiderte sie.

»Äh ... es dauert wirklich nur eine Minute.«

»Ich bin allein«, wiederholte sie, und hinter ihrer Brille traten Tränen hervor. Sie wandte sich von der Tür ab, die sie offenstehen ließ. Ich ging ins Haus, noch immer dasselbe Museum voller Tand wie in jener Nacht, als ich wegen Bens Klavierstunde hierhergekommen war. Und doch ... fehlte etwas.

»Ich bin allein.« Miss Blue Glass sackte auf dem von spindeldürren Beinen getragenen Sofa zusammen, senkte den Kopf und begann zu schluchzen.

Ich schloß die Tür, um die Kälte draußen zu halten. »Wo ist Miss Gre ... die andere Miss Glass?«

»Sie ist nicht mehr *Miss* Glass«, sagte sie mit einer Spur von Abfälligkeit.

»Ist sie nicht hier?«

»Nein. Sie ist in ... der Himmel weiß, wo sie jetzt ist.« Sie nahm ihre Brille ab, um sich mit einem blauen Spitzentaschentuch die Tränen abzutupfen. Ich sah, daß sie ohne ihre Brille, und wenn sie ihre Haare ein paar hundert Meter niedriger frisieren würde, wahrscheinlich nicht halb so ... einschüchternd ausschauen würde.

»Was ist los?« fragte ich.

»Was los ist«, sagte sie, »ist, daß mir das Herz aus dem Leib gerissen und mit Füßen *zertrampelt* worden ist! Einfach völlig *zertrampelt*!« Wieder rannen Tränen über ihr Gesicht. »Oh, ich kann kaum den Gedanken daran ertragen!«

»Hat jemand etwas Böses getan?«

»Ich bin *betrogen* worden!« sagte sie. »Von meinem eigenen

Fleisch und Blut!« Sie griff nach einem blaßgrünen Blatt Papier, das neben ihr lag, und hielt es mir hin. »Hier, lies es selbst!«

Ich nahm das Blatt. Die Worte, in graziöser Handschrift, waren in dunkelgrüner Tinte geschrieben.

Liebste Sonia, begann es. *Wenn zwei Herzen einander rufen, was bleibt einem dann anderes zu tun, als ihrem Ruf zu folgen? Ich kann meine Gefühle nicht länger verleugnen. In meinem Herzen lodert ein Feuer. Ich sehne mich danach, mich in den Ekstasen wahrer Leidenschaft zu vereinigen. Musik ist schön und gut, liebste Schwester, doch die Noten verblassen. Liebe ist ein Lied, das weiterlebt. Ich muß mich jener zarteren, tieferen Symphonie hingeben. Deshalb muß ich mit ihm gehen, Sonia. Mir bleibt keine andere Wahl, als mich ihm ganz zu geben, mit Haut und Haaren. Wenn Du diese Zeilen liest, werden wir schon . . .*

»Verheiratet?« Ich muß es herausgeschrien haben, denn Miss Blue Glass schreckte auf.

»Verheiratet«, sagte sie grimmig.

. . . verheiratet sein, und wir hoffen, daß Du eines Tages verstehen wirst, daß wir in diesem Leben nicht die Dirigenten unseres eigenen Chorals sind, sondern von der Hand des Großen Maestros dirigiert werden. In Liebe nehme ich Abschied von Dir, Deine Schwester Katharina

»Ist das nicht einfach unglaublich?« fragte Miss Blue Glass mich. Ihre Unterlippe begann zu beben.

»Mit wem ist Ihre Schwester durchgebrannt?«

Miss Blue Glass nannte seinen Namen, doch ihn laut auszusprechen, schien ihre Qualen noch zu vertiefen.

»Sie meinen . . . Ihre Schwester hat . . . *Mr. Cathcoate* geheiratet?«

»Owen«, schluchzte Miss Blue Glass. »Oh, mein geliebter Owen ist mit meiner eigenen Schwester durchgebrannt!«

Ich glaubte, meinen Ohren nicht zu trauen. Nicht nur, daß Mr. Cathcoate mit Miss Green Glass durchgebrannt war, er hatte auch Miss Blue Glass den Hof gemacht! Ich wußte, daß er etwas vom Wilden Westen in sich trug, doch ich hätte nicht im Traum gedacht, daß seine südlicher gelegenen Teile ebenso wild waren. »Ist Mr. Cathcoate nicht etwas *alt* für Sie beide?« Ich legte den Brief zurück aufs Sofa.

»Mr. Cathcoate hat das Herz eines kleinen Jungen«, sagte sie, und ihre Augen nahmen einen träumerischen Ausdruck an. »O Gott, ich werde diesen Mann vermissen!«

»Ich muß Ihnen eine Frage stellen«, kam ich nun zur Sache, bevor sich ihre Schleusen erneut öffneten. »Besitzt Ihre Schwester einen Papagei?«

Nun war es an ihr, mich anzusehen, als hätte ich den Verstand verloren. »Einen *Papagei*?«

»Ja, Ma'am. Sie hatten einen blauen Papagei. Hat Ihre Schwester einen grünen?«

»Nein«, sagte Miss Blue Glass. »Ich erzähle dir, wie man mir das Herz gebrochen hat, und du willst über einen Papagei reden?«

»Es tut mir leid. Ich mußte Sie einfach fragen.« Ich seufzte und ließ meinen Blick durch das Zimmer schweifen. Einige der Nippesstücke in dem Vitrinenschränkchen waren verschwunden. Ich glaubte nicht, daß Miss Green Glass je zurückkommen würde, und ich nahm an, daß Miss Blue Glass es auch wußte. Es schien, als wäre zumindest ein Vogel seinem Käfig entflohen. Ich vergrub meine rechte Hand in meiner Tasche und umklammerte die Feder. »Ich wollte Sie nicht belästigen«, sagte ich und ging zur Tür.

»Selbst mein Papagei hat mich verlassen«, wehklagte Miss Blue Glass. »Und mein Papagei war so lieb und sanft . . .«

»Ja, Ma'am. Es hat mir leid getan, hören zu müssen, daß er . . .«

». . . nicht so wie dieser widerliche, gierige Papagei von Katharina!« plapperte sie weiter. »Nun, ich hätte ihre wahre

Natur erkennen müssen, nicht wahr? Ich hätte wissen müssen, daß sie es die ganze Zeit über auf Owen abgesehen hatte!«

»Moment mal«, sagte ich. »Ich dachte, Sie hätten mir gerade erzählt, daß Ihre Schwester nie einen Papagei besessen hätte.«

»Das habe ich nicht gesagt. Ich antwortete dir auf die Frage, ob sie einen *hat*, mit Nein. Als er starb, hat der Teufel einen netten Festtagsbraten bekommen!«

Ich ging zu ihr zurück, und auf dem Weg zog ich meine Hand aus der Tasche und öffnete die Finger. Mein Herz raste wie ein Rennwagen. »War dies die Farbe des Papageis Ihrer Schwester, Miss Glass?«

Sie warf einen verächtlichen Blick darauf. »Das ist sie. Der Himmel weiß, daß ich seine Federn überall wiedererkennen würde, so wie er immer gegen die Käfigstangen geflattert ist und sie im ganzen Zimmer verstreut hat. Er war beinahe kahl, als er starb.« Sie fing sich wieder. »Einen Augenblick mal. Woher hast *du* denn eine seiner Federn?«

»Ich habe sie gefunden. Irgendwo.«

»Der Vogel starb im ... oh, wann war das bloß?«

Ich wußte es. »Im März«, sagte ich.

»Ja, es *war* März. Die Knospen begannen gerade zu sprießen, und wir suchten unsere Ostermusik aus. Aber ...« Sie runzelte die Stirn, ihr gebrochenes Herz für den Moment vergessend. »Woher weißt du das, Cory?«

»Ein kleines Vögelchen hat es mir erzählt«, erwiderte ich. »Woran ist der Papagei gestorben, Miss Glass?«

»Eine Hirnhautentzündung. Genauso wie mein Papagei. Dr. Lezander sagt, das käme bei tropischen Vögeln häufig vor, und wenn es geschieht, kann man nichts dagegen tun.«

»Dr. Lezander.« Der Name kroch wie gefrorener Atem über meine Lippen.

»Er liebte meinen Papagei. Er sagte, mein Papagei sei der

sanfteste Vogel, den er je gesehen habe.« Ihr Mund verzog sich zu einem hämischen Grinsen. »Aber Katharinas grünen hat er gehaßt! Ich glaube, er hätte ihn ebensogern umgebracht wie ich, wenn ich damit davongekommen wäre!«

»Er wäre beinahe damit davongekommen«, sagte ich leise.

»Womit?« fragte sie.

Ich ließ ihre Frage unbeantwortet im Raum stehen. »Was ist mit dem grünen Papagei geschehen, nachdem er gestorben ist? Hat Dr. Lezander ihn abgeholt?«

»Nein. Er war krank, rührte seine Körner nicht an, und Katharina hat ihn zu Dr. Lezander in die Praxis gebracht. In der folgenden Nacht ist er gestorben.«

»Hirnhautentzündung«, sagte ich.

»Das stimmt, Hirnhautentzündung. Warum stellst du all diese seltsamen Fragen, Cory? Und ich verstehe noch immer nicht, woher du diese Feder hast.«

»Ich ... kann es Ihnen noch nicht sagen. Ich wünschte, ich könnte es, aber es geht nicht.«

Ein Geheimnis witternd, beugte sie sich vor. »Was ist es, Cory? Ich schwöre, ich werde niemandem etwas davon erzählen!«

»Ich kann es nicht sagen. Ehrlich.« Ich steckte die Feder in meine Tasche zurück, und Miss Blue Glass' Gesichtsausdruck wurde wieder traurig. »Ich gehe jetzt besser. Es tut mir leid, Sie belästigt zu haben, aber es war wichtig.« Auf dem Weg zur Tür fiel mein Blick auf das Klavier, und ein Gedanke traf mich wie die Pfeilspitze von Häuptling Fünf Donner mitten zwischen die Augen. Ich erinnerte mich daran, daß die Dame Mom erzählt hatte, sie habe in ihrem Traum Klaviermusik gehört und Hände gesehen, die einen Draht oder eine Saite und einen Totschläger hielten. Ich erinnerte mich an das Klavier in dem Zimmer mit den Keramikvögeln in Dr. Lezanders Haus. »Haben Sie je Dr. Lezander Klavierunterricht gegeben?« fragte ich.

»Dr. Lezander? Nein, aber seine Frau hat Stunden genommen.«
Seine Frau. Die große, pferdegesichtige Veronica. »War das erst kürzlich?«
»Nein, das ist schon vier oder fünf Jahre her, als ich noch regulär Unterricht gab. *Bevor* Katharina mich dazu zwang, an der Tür des Armenhauses zu klopfen«, sagte sie frostig. »Mrs. Lezander hat mehrere goldene Sterne gewonnen, wenn ich mich richtig erinnere.«
»Goldene Sterne?«
»Ich habe goldene Sterne für herausragende Leistungen vergeben Meiner Meinung nach hätte Mrs. Lezander eine professionelle Konzertpianistin werden können. Sie hatte die Hände dafür. Und sie liebte mein Lied.« Ihr Gesicht strahlte.
»Welches Lied?«
Miss Blue Glass stand auf und nahm am Klavier Platz. Sie begann das Lied zu spielen, das sie an dem Abend spielte, als ihr Papagei plötzlich auf deutsch krächzte. »›Beautiful Dreamer‹«, sagte sie, und sie schloß die Augen, während die Melodie den Raum erfüllte. »Das ist alles, was mir noch geblieben ist, nicht wahr? Meine schönen, schönen Träume.«
Ich lauschte auf die Musik. Was hatte den Papagei an jenem Abend so verrückt gemacht?
Ich erinnerte mich an Miss Green Glass' Stimme: *Ich sag dir, es ist dieses Lied! Jedesmal, wenn du es spielst, dreht er durch!*
Und Miss Blue Glass hatte gesagt: *Ich habe es früher so oft für ihn gespielt, und er hat es geliebt!*
Ein schwacher Lichtschimmer begann die Dunkelheit zu durchdringen. Er war wie ein einzelner Sonnenstrahl, den man vom Grund eines modrigen Sees aus sah. Ich konnte in seinem Schein noch nichts ausmachen, doch ich wußte, daß es da war.

»Miss Glass?« sagte ich. Ein bißchen lauter, denn sie hatte die Lautstärke erhöht und begonnen, auf die Tasten einzuhämmern, als spielte sie mit Bens Fingern. »Miss Glass?«

Sie schloß mit einer bitteren Note. Tränen rannen bis auf ihr Kinn herab. »Was ist denn?«

»Dieses Lied da. Hat es Ihren Papagei aufgeregt?«

»Nein! Das war eine bösartige Lüge von Katharina, weil sie selbst mein Lieblingslied gehaßt hat!« Doch so wie sie es sagte, wußte ich, daß es nicht stimmte.

»Sie haben gerade erst wieder damit angefangen, Klavierstunden zu geben, nicht wahr? Haben Sie das Lied oft gespielt seit ... oh ... seit der grüne Papagei gestorben ist?«

Sie dachte darüber nach. »Ich weiß nicht. Ich nehme an ... ich habe es manchmal bei den Proben in der Kirche gespielt, um meine Finger aufzuwärmen. Aber da ich keine Stunden gab, spielte ich nur selten zu Hause Klavier. Nicht, daß ich es nicht gewollt hätte, aber Katharina« – sie konnte nicht anders, als den Namen mit Verachtung auszusprechen – »sagte, mein Spiel würde ihren empfindlichen Ohren weh tun, diese heimtückische Männerdiebin!«

Das Licht war noch immer da. Etwas begann, Form anzunehmen, doch es lag in weiter Ferne.

»Es war immer Katharina dies und Katharina das!« Miss Blue Glass ließ plötzlich ihre Hände mit solcher Wucht auf die Tasten herabsausen, daß das ganze Klavier erbebte. »Immer habe ich alles getan, um der allmächtigen Katharina zu gefallen! Und ich hasse und verabscheue *Grün*!« Sie stand auf, ein mageres, vor Wut bebendes Geschöpf. »Ich werde alles Grüne in diesem Haus nehmen und es verbrennen, und wenn das bedeutet, daß ich Teile des Hauses herausnehmen muß, ganze Wände sogar, dann werde ich auch die verbrennen! Es wäre meine größte Freude im Leben, wenn ich nie wieder etwas Grünes zu Gesicht bekäme!«

Sie steigerte sich geradezu in eine Zerstörungswut hinein. Es war ein Anblick, dessen Zeuge ich nicht länger sein wollte. Ich hatte meine Hand am Türknauf. »Vielen Dank, Miss Glass.«

»Ja, ich bin noch immer *Miss* Glass!« schrie sie, doch sie weinte schon wieder. »Die einzige *Miss* Glass! Und ich bin stolz darauf, hörst du mich? Ich bin stolz darauf!« Sie nahm den blaßgrünen Abschiedsbrief vom Sofa und begann ihn mit zusammengebissenen Zähnen in Stücke zu reißen. Ich machte mich aus dem Staub, solange ich noch konnte. Als sich die Tür hinter mir schloß, hörte ich den Vitrinenschrank umstürzen. Ich hatte recht gehabt; es gab ein ohrenbetäubendes Krachen.

Während ich nach Hause radelte, versuchte ich alles in meinem Kopf zusammenzusetzen. *Fetzen des Quilts* hatte die Dame gesagt. Die Teile waren da, aber wie paßten sie zusammen?

Der Mord an einem Mann, den niemand kannte.

Die grüne Feder eines toten Papageis, dort am Ort des Verbrechens.

Ein Lied, das einen zweiten Papagei dazu brachte, wüsteste Flüche auf deutsch auszustoßen.

Dr. Lezander, der Nachtschwärmer, der auf Milch allergisch reagierte.

Wer weiß?

Hannaford?

Wenn der grüne Papagei in Dr. Lezanders Praxis gestorben war, wie war dann eine seiner Federn zum See gekommen? Was war die Verbindung zwischen den beiden Papageien, dem toten Mann und Dr. Lezander?

Als ich nach Hause kam, ging ich direkt zum Telefon. Ich rief Miss Blue Glass an, meine Furcht vor einer weiteren Tragödie verdrängt von der schlichten Notwendigkeit. Zuerst dachte ich, sie würde gar nicht ans Telefon gehen,

denn es läutete achtmal. Dann, beim neunten Klingeln: »Ja?«
»Miss Glass, ich bin es noch mal. Cory Mackenson. Ich habe noch eine letzte Frage an Sie.«
»Ich will nicht mehr von Benedictine Arnold sprechen.«
»Wer? O nein, nicht Ihre Schwester. Ihr Papagei. Abgesehen von diesem letzten Mal, als er bei Dr. Lezander starb, war er vorher schon einmal krank?«
»Ja. Sie waren beide am selben Tag krank. Katharina und ich brachten sie beide in Dr. Lezanders Praxis. Aber am nächsten Tag ist ihr verdammter Vogel gestorben.« Sie stieß einen leicht entrüsteten Laut aus. »Cory, worum *geht* es denn bloß?«
Das Licht war nun ein wenig heller. »Nochmals vielen Dank, Miss Glass«, sagte ich und legte auf. Mom fragte mich aus der Küche, weshalb ich Miss Glass angerufen habe, und ich erwiderte, ich würde eine Geschichte über eine Klavierlehrerin schreiben. »Das ist prima«, sagte Mom. Ich hatte herausgefunden, daß man als Schriftsteller große Freiheit hatte, die Wahrheit zu verdrehen, aber ich sollte es besser nicht zur Gewohnheit werden lassen.
Ich ging in mein Zimmer und machte mich ans Nachdenken. Es brauchte eine Weile, aber ich konnte einige der Fetzen des Quilts zusammennähen.
Und ich kam zu folgendem Schluß: Beide Papageien waren in jener Märznacht, in der der Unbekannte ermordet wurde, bei Dr. Lezander gewesen. Der grüne Papagei war in jener Nacht gestorben, und der blaue fluchte seitdem auf deutsch, wenn das Lied »Beautiful Dreamer« auf dem Klavier gespielt wurde. Mrs. Lezander spielte Klavier. Mrs. Lezander kannte »Beautiful Dreamer«.
War es also möglich, daß sich der Papagei, als Miss Blue Glass dieses Lied spielte, an etwas erinnerte, das gesagt – oder in deutscher Sprache geflucht und geschrien – worden

war, während Mrs. Lezander es gespielt hatte? Und warum würde Mrs. Lezander Klavier spielen, während jemand schrie und fluch ...

Ja, dachte ich. Ja.

Ich sah das Licht.

Mrs. Lezander hatte Klavier gespielt – jenes Lied, »Beautiful Dreamer« –, um die Schreie und die Flüche zu übertönen. Nur die beiden Papageien waren im Zimmer gewesen, in den Vogelkäfigen dort. Doch es schien unwahrscheinlich, daß irgend jemand direkt hinter Mrs. Lezanders Rücken schreien und fluchen würde, oder?

Ich erinnerte mich an Dr. Lezanders Stimme, die über den Luftschacht aus seiner Praxis im Keller heraufdrang. Wie er Dad und mir zurief, herunterzukommen. Er hatte gewußt, daß wir ihn deutlich durch den Schacht hören konnten, deshalb war er auch nicht heraufgekommen. Hatte er in jener Nacht im März befürchtet, daß der Lärm der Schreie vielleicht außerhalb des Hauses gehört werden könnte, und war das der Grund, weshalb Mrs. Lezander das erste Lied, das ihr in den Sinn kam, gespielt hatte, während die beiden Papageien dabeihockten und es in ihre Erinnerung einschlossen?

Hatte Dr. Lezander den Unbekannten in seinem Keller mit einem Totschläger verprügelt und ihn dann erdrosselt, während die beiden Papageien lauschten? Vielleicht hatte es fast die ganze Nacht gedauert, und der Lärm der Gewalt hatte beide Papageien voller Panik in ihren Käfigen herumflattern lassen? Und dann, nachdem die Tat vollbracht war, hatten da Dr. Lezander und seine große, pferdegesichtige Frau die nackte Leiche hinaus zum Wagen des Unbekannten geschafft, der im Stall abgestellt war? Und einer von ihnen war hinaus zu Saxon's Lake gefahren, während der andere ihm in ihrem eigenen Wagen folgte? Doch sie hatten nicht bemerkt, daß eine grüne Feder aus dem Käfig herausgesegelt war und sich in den Falten eines Mantels oder in den Tiefen einer Tasche verfangen hatte? Und da beide Lezanders allergisch auf Milch reagierten, waren sie auch nicht auf der Auslieferliste der Molkerei und wußten nicht, um welche Zeit Dad auf der Route 10 fahren würde?

Wer weiß?

Hannaford?

Vielleicht war es so gewesen. Vielleicht.

Vielleicht aber auch nicht.

Es hätte zweifelsohne ein großartiges Geheimnis für die Hardy-Boys abgegeben. Doch alles, was ich hatte, war die Feder eines toten Papageis und ein halb zusammengenähter Quilt, der an den Kanten etwas ausgefranst anmutete. Die deutschen Flüche zum Beispiel. Dr. Lezander war Holländer, nicht Deutscher. Und wer war der Unbekannte? Welche mögliche Verbindung konnte zwischen einem Mann mit einem auftätowierten Schädel mit Flügeln an den Schultern und einem Zephyrer Veterinär geben? Ausgefranste, ausgefranste Kanten.

Dennoch . . . da war die grüne Feder, »Beautiful Dreamer« und *Wer Weiß?*

Weiß *was?* Das, so schien es mir, war der Schlüssel zu dieser ganzen dunklen Maschinerie.

Ich erzählte meinen Eltern nichts von alldem. Wenn ich bereit war, würde ich es tun; ich war es nicht, und so tat ich es auch nicht. Doch mehr als je zuvor war ich davon überzeugt, daß ein Fremder unter uns lebte.

4
Mr. Moultrys Festung

Zwei Tage vor Weihnachten klingelte das Telefon, und Mom ging ran. Dad arbeitete gerade bei Big Paul's Pantry. Mom sagte: »Hallo?« und stellte fest, daß sie mit Mr. Charles Damaronde sprach. Mr. Damaronde rief an, um unsere Familie zu einem Empfang einzuladen, den die Dame im Freizeitzentrum von Bruton gab, wo das Bürgerrechtsmuseum nun fertiggestellt worden war und am 26. Dezember eröffnet werden sollte. Der Empfang fand am Nachmittag des Heiligabend statt und sollte ein zwangloses Zusammenkommen sein. Mom fragte mich, ob ich hingehen wolle, und ich sagte ja. Dad brauchte sie nicht zu fragen, denn sie wußte, daß er nicht gehen würde, und außerdem mußte er Heiligabend sowieso arbeiten, weil die großen Kisten mit Eierflip und Puterfleisch in Dosen das Lager verstopften.

Dad versuchte nicht, uns vom Hingehen abzuhalten. Er sagte kein Wort, als Mom es ihm erzählte. Er nickte nur, während seine Augen abwesend auf einen Punkt in der Ferne gerichtet waren. Auf den großen Felsblock am See, wie ich vermutete. Also fuhr Mom Dad am Morgen des Heiligabends mit dem Pick-up zur Arbeit, und als es Zeit wurde, sich für den Empfang fertig zu machen, schlug Mom vor, ich sollte ein weißes Hemd und eine Krawatte tragen, obgleich Mr. Damaronde gesagt hatte, wir sollten in legerer Kleidung kommen. Sie selbst zog ein hübsches Kleid an, und wir machten uns auf den Weg nach Bruton.

Es ist eins der interessanten Dinge, wenn man im Süden

Alabamas lebt, daß, obgleich es eine kurze frostige Periode im Oktober geben mag und vielleicht sogar ein oder zwei Schneetreiben im November, Weihnachten selbst gewöhnlich warm ist. Nicht warm wie im Sommer, natürlich, aber eine Wiederkehr des Altweibersommers. Dieses Jahr stellte keine Ausnahme dar. Der dicke Pullover, den ich trug, war eine Qual; ich schwitzte darunter wie ein Stier, als wir schließlich das Freizeitzentrum, ein rotes Backsteingebäude neben dem Baseballfeld in der Buckhart Street, erreichten. Ein Schild mit einem roten Pfeil zeigte auf die Brutoner Bürgerrechtshalle, ein weißgetünchter Holzbau, kaum größer als ein Wohnwagen, der an das Freizeitzentrum angebaut worden war. Ein rotes Band war um das gesamte weiße Gebäude gelegt worden. Obgleich die feierliche Eröffnung des Museums erst in zwei Tagen stattfinden würde, waren eine Menge Wagen und eine ebensolche Menge Aktivität zu beobachten. Leute – die meisten schwarz, doch einige auch weiß – gingen in das Freizeitzentrum, und wir folgten ihnen. Drinnen, in einem großen Raum, der mit Weihnachtskränzen aus Tannenzapfen und einem riesigen Weihnachtsbaum mit roten und grünen Schleifen an den Zweigen dekoriert war, standen die Leute Schlange, um sich in das Gästebuch einzutragen, für das Mrs. Velvadine zuständig war. Dann zog sich die Schlange weiter zu einer Bowlenschale voll mit limonenfarbener Flüssigkeit, und von da zu anderen Tischen, die mit Festtagsleckereien beladen waren: verschiedene Chips und Dips, kleine Sandwiches, Hackbällchen, zwei goldbraune Puter in Erwartung des Tranchiermessers und zwei schwergewichtige Schinken. Die letzten drei Tische bogen sich förmlich unter ihrer Last; auf ihnen türmte sich eine atemberaubende Auswahl an Kuchen, Puddings und Torten. Dad wären die Augen übergegangen, wenn er dieses Festmahl gesehen hätte. Die Stimmung war fröhlich und feierlich, die Leute lachten und unterhielten

sich, während zwei Geiger auf einer kleinen Bühne über die Saiten sägten. Und es mochte ein zwangloses Zusammenkommen sein, doch die Leute hatten sich alle mächtig herausgeputzt. Es gab Sonntagsanzüge und -kleider in Hülle und Fülle und eine wahre Hochkonjunktur für weiße Handschuhe und blumengeschmückte Hüte. Ich denke, so mancher Pfau hätte sich in dieser regenbogenschillernden Pracht nackt gefühlt. Die Leute waren stolz auf Bruton und stolz auf sich selbst, und das war deutlich zu sehen.
Nila Castile kam zu uns herüber und umarmte meine Mutter. Sie drückte uns Pappteller in die Hände und führte uns durch die Menge. Die Puter würden gleich aufgeschnitten werden, sagte sie, und wenn wir uns nicht beeilten, bekämen wir nicht ein Fitzelchen von dem schönen Fleisch ab. Sie deutete auf den alten Mr. Thornberry, der einen ausgebeulten braunen Anzug trug und ausgelassen zur Musik der Fiedeln herumhüpfte. Neben ihm grinste Gavin und tat es ihm Schritt für Schritt nach. Mr. Lightfoot, elegant wie Cary Grant in einem schwarzen Anzug mit Samtrevers, hielt einen Pappteller in der Hand, auf dem sich Schinken auf Kuchen auf Torte auf Sandwiches türmte, während er sich mit Zeitlupengrazie durch die Menge bewegte. Dann bogen sich unsere eigenen Teller unter den herrlichen Speisen, und unsere Bowlengläser waren bis zum Rand mit leckerem Lime Fizz gefüllt. Charles Damaronde und seine Frau erschienen und dankten Mom für ihr Kommen. Sie sagte, sie hätte es um nichts in der Welt missen wollen. Kinder rannten umher, und Großeltern jagten ihnen vergeblich hinterdrein. Mr. Dennis gesellte sich zu mir und fragte mich mit gespieltem Ernst, ob ich nicht wisse, wer die Klebe auf Mrs. Harpers Pult geschmiert habe, damit sie wie eine Fliege in zäher Melasse daran klebenbliebe. Ich erwiderte, daß ich so eine Ahnung hätte, es jedoch nicht mit Sicherheit sagen könne. Er fragte mich, ob meine Ahnung wohl herumlief und sich

ständig in der Nase bohrte, und ich sagte, das könne schon sein.

Jemand fing an, Akkordeon zu spielen. Jemand anders holte eine Harmonika hervor, und die Geiger bekamen Konkurrenz. Eine ältliche Frau in einem orchideenfarbenen Kleid begann mit Mr. Thornberry zu tanzen, und ich dachte bei mir, daß er in diesem Augenblick wohl sehr glücklich war, daß er sich für das Leben entschieden hatte. Ein Mann mit einem stahlgrauen Bart ergriff meine Schulter und beugte seinen Kopf zu mir herunter. »Einen Besenstiel in seinen Schlund gerammt, hä-hä-hä«, sagte er und drückte meine Schulter fest, bevor er weiterging.

Mrs. Velvadine und eine andere füllige Frau, beide in geblümten Kleidern, die grell genug waren, die Natur selbst vor Scham erbleichen zu lassen, bestiegen die Bühne und verscheuchten die Musiker. Mrs. Velvadine sprach durch ein Mikrofon und erklärte den Anwesenden, wie glücklich die Dame sei, daß sie alle gekommen waren, diesen Tag mit ihr zu begehen. Das Museum, für dessen Errichtung sie so hart gearbeitet hatten, sei beinahe fertig, sagte Mrs. Velvadine. Am zweiten Weihnachtsfeiertag würde es seine Türen öffnen und die Geschichte nicht nur der Menschen von Bruton, sondern auch der Kämpfe, die sie dahin gebracht hatten, wo sie nun waren, erzählen. »Es liegen noch viele Kämpfe vor uns«, sagte Mrs. Velvadine. »Glaubt nicht, daß sie alle vorüber sind! Doch obgleich noch ein langer Weg vor uns liegt, sind wir auch schon einen weiten Weg gekommen, und das soll das Museum zeigen.«

Während Mrs. Velvadine sprach, kam Mr. Damaronde zu Mom und mir herüber. »Sie möchte Sie sehen«, flüsterte er meiner Mutter zu. Wir wußten, wen er meinte, und folgten ihm.

Er führte uns aus dem Saal und durch einen Gang. Ein Raum, an dem wir vorbeikamen, war mit einer Tischtennisplatte, einem Dartspiel und einem Flipper ausgestattet. In einem anderen Raum waren vier Shuffleboardfelder nebeneinander aufgemalt, und ein dritter enthielt Turngeräte und einen Sandsack. Dann kamen wir zu einer weißen Tür, von der der Geruch frischer Farbe ausging. Er hielt uns die Tür auf, und wir schritten hindurch.

Wir waren im Bürgerrechtsmuseum. Der Boden bestand aus Holz, und die Beleuchtung war schummrig. Gläserne Schaukästen zeigten schwarze Puppen in Sklaven- und Bürgerkriegskleidung neben primitiven Tongefäßen, Stickereien und Spitze. Eine Abteilung mit Bücherregalen enthielt gut hundert oder mehr dünne, ledergebundene Bände. Sie sahen wie Notizbücher oder Tagebücher aus. An den Wänden hingen riesige, vergrößerte Schwarzweißfotografien. Auf einem erkannte ich Martin Luther King und auf einem anderen Gouverneur Wallace, der die Eingangstür einer Schule blokkierte.

Und in der Mitte des Raums stand die Dame, gekleidet in weiße Seide, ihre dünnen Arme bis zu den Ellbogen in langen weißen Handschuhen. Sie trug einen weißen, breitkrempigen Hut, und darunter strahlten ihre wunderschönen smaragdgrünen Augen.

»Das«, sagte sie, »ist mein Traum.«

»Es ist wunderbar«, erwiderte Mom.

»Es ist *notwendig*«, korrigierte die Dame sie. »Wer auf dieser Welt kann sagen, wohin wir gehen, wenn die Menschen keine Karte davon haben, wo sie hergekommen sind? Ihr Mann ist nicht hier?«

»Er arbeitet.«

»Nicht mehr bei der Molkerei, wie ich gehört habe.«

Mom nickte. Ich hatte den Eindruck, daß die Dame genau wußte, wo Dad war.

»Hallo, Cory«, begrüßte sie mich. »Du hast in der letzten Zeit einige Abenteuer zu bestehen gehabt, nicht wahr?«

»Ja, Ma'am.«

»Wenn du Schriftsteller werden möchtest, sollten dich diese Bücher hier interessieren.« Sie deutete auf die Regale. »Weißt du, was für Bücher das sind?« Ich verneinte. »Es sind Tagebücher«, sagte sie. »Die Stimmen von Menschen, die in dieser Gegend hier lebten. Und nicht nur Schwarze. Wann immer jemand wissen möchte, wie das Leben vor hundert Jahren ausgesehen hat, warten diese Stimmen darauf, gehört zu werden.« Sie ging zu einem der gläsernen Schaukästen hinüber und ließ ihre Finger auf der Suche nach Staub darübergleiten. Sie fand keinen und nickte zufrieden. »Jeder muß wissen, wo er hergekommen ist. Nicht nur die Schwarzhäute, sondern auch die Weißhäute. Ich glaube, wenn ein Mensch seine Vergangenheit verliert, dann kann er auch die Zukunft nicht finden. Deshalb haben wir dieses Museum eingerichtet.«

»Sie wollen, daß sich die Menschen von Bruton daran *erinnern*, daß ihre Vorfahren Sklaven waren?« fragte Mom.

»Ja, das will ich. Und ich will, daß sie sich nicht mit Selbstmitleid daran erinnern oder sich geknechtet fühlen oder glauben, daß sie ein Anrecht haben auf das, was ihnen nicht gehört, sondern daß sie sich sagen: ›Seht, wo ich hergekommen bin, und seht, was ich erreicht habe.‹« Die Dame wandte sich zu uns um. »Es geht immer nur nach oben«, sagte sie. »Lesen. Schreiben. *Denken*. Das waren die Sprossen der Leiter, die nach oben und hinaus führte. Nicht das Jammern und Hinnehmen und ein ergebener Sklave mit gefesseltem Verstand sein. Das ist die So-war-es-einmal-Welt. Es sollte nun eine neue Welt sein.« Sie ging im Raum umher und blieb vor einem Bild mit einem brennenden Kreuz stehen. »Ich will«, sagte sie leise, »daß mein Volk zu schätzen lernt, woher es gekommen ist. Und es nicht unter den Teppich kehrt. Sie sollen sich auch nicht daran festbeißen, denn das wäre nichts weiter, als die Zukunft aufzugeben. Aber sie sollen sagen: ›Mein Urgroßvater hat mit eigener Kraft einen Pflug gezogen. Er hat von Sonnenaufgang bis Sonnenuntergang geschuftet, Sommer und Winter. Er hat dafür keinen weiteren Lohn bekommen als das Essen und das Dach über dem Kopf, das ihm sein Master gab. Hat schwer gearbeitet und ist manchmal schwer ausgepeitscht worden. Hat Blut geschwitzt und weitergemacht, wenn er am liebsten umgefallen wäre. Hat sich das Brandzeichen geben lassen und ›Ja, Massa‹ geantwortet, selbst wenn sein Herz dabei zerbrach und sein Stolz am Boden lag. Hat all dies getan, obwohl er wußte, daß seine Frau und seine Kinder schon morgen vielleicht auf dem Auktionsblock stehen und von ihm gerissen würden. Hat auf den Feldern gesungen und in der Nacht geweint. All dies hat er getan, und mehr noch, und bei Gott ... bei Gott, weil er dies alles erduldet hat, kann ich heute wenigstens die Schule beenden.‹« Sie hob ihr Kinn trotzig zu den Flammen empor. »Das sollen sie denken und sagen. Das ist mein Traum.«

Ich löste mich von meiner Mutter und ging zu einer der vergrößerten Fotografien hinüber. Sie zeigte einen knurrenden Polizeihund, der seine Zähne im Hemd eines Schwarzen vergraben hatte. Der Mann wehrte sich gegen den Hund, während ein Polizist mit erhobenem Schlagstock neben ihm stand. Das nächste Foto zeigte ein schlankes schwarzes Mädchen, das einige Schulbücher umklammert hielt und durch eine Menge aus wütenden weißen Gesichtern ging, die ihm Schmähungen entgegenbrüllten. Das dritte zeigte ...

Ich erstarrte.

Mein Herz vollführte einen schmerzhaften Sprung.

Das dritte Bild zeigte eine ausgebrannte Kirche mit zerborstenen Glasfenstern, in deren Ruine Feuerwehrmänner herumsuchten. Einige Schwarze standen umher, ihre Gesichter ausdruckslos vom Schock. Die Bäume vor der Kirche hatten keine Blätter mehr.

Ich hatte das Bild irgendwo schon einmal gesehen.
Mom und die Dame standen drüben bei den von Sklaven gefertigten Tongefäßen und unterhielten sich. Ich starrte auf das Bild, und ich erinnerte mich. Ich hatte es in einer Ausgabe von *Life* gesehen, die Mom zum Wegwerfen aussortiert hatte.
Ich drehte meinen Kopf etwa zwanzig Zentimeter nach links.
Und da waren sie.
Die vier Mädchen aus meinem wiederkehrenden Traum.
Unter den einzelnen Porträtaufnahmen standen ihre Namen, eingraviert in Messingplatten. *Denise McNair. Carole Robinson. Cynthia Wesley. Addie Mae Collins.*
Sie lächelten, nicht wissend, was die Zukunft für sie bereithielt.
»Ma'am?« sagte ich. »Ma'am?«
»Was ist denn, Cory?« fragte Mom.
Ich blickte die Dame an. »Wer sind diese Mädchen, Ma'am?« Meine Stimme bebte.
Sie kam zu mir herüber und erzählte mir von der Dynamit-Zeitbombe, die diese Mädchen am 15. September 1963 in der Baptistenkirche in der 16th Street in Birmingham getötet hatte.
»Oh ... *nein*«, hauchte ich.
Ich hörte die Stimme von Gerald Hargison, gedämpft von einer Maske, während er eine Holzkiste in seinen Armen hält: *Sie werden gar nicht wissen, was ihnen passiert ist, bis sie in der Hölle Step tanzen.*
Und Biggun Blaylock, der sagt: *Ich hab noch einen extra reingelegt. Als Glücksbringer.*
Ich schluckte. Die Augen der vier Mädchen beobachteten mich.
Ich sagte: »Ich glaube, ich weiß es.«
Etwa eine Stunde später verließen Mom und ich das Frei-

zeitzentrum. Nachdem Dad von der Arbeit nach Hause kam, gingen wir alle zur abendlichen Messe in unserer Kirche. Schließlich war ja Heiligabend.

»Hallo, kleiner Kürbis! Frohe Weihnacht, Sonnenblume! Komm nur herein, Wild Bill!«

Ich hörte Dr. Lezander, bevor ich ihn sah. Er stand dort drüben an der Kirchentür, gekleidet in eine rote Weste zu seinem grauen Anzug und einer rot-grün gestreiften Fliege. An seinem Revers trug er eine Nikolausbrosche, und wenn er lächelte, funkelte das Licht auf seinem silbernen Schneidezahn.

Mein Herz begann zu hämmern, und meine Handflächen wurden feucht. »Fröhliche Weihnachten, Füllen!« begrüßte er meine Mutter ohne ersichtlichen Grund. Er ergriff die Hand meines Vaters und schüttelte sie. »Wie geht's, Midas?« Und dann fiel sein Blick auf mich, und er legte seine Hand auf meine Schulter. »Und ein sehr frohes Weihnachtsfest auch für dich, Revolverheld!«

»Vielen Dank, Vogelmann«, erwiderte ich.

Da sah ich es.

Sein Mund war sehr, sehr klug. Er lächelte weiter. Doch seine Augen huschten kaum merklich unruhig umher. Etwas Hartes, Eiskaltes breitete sich in ihnen aus und verdrängte das weihnachtliche Leuchten. Und dann war es schon wieder vorüber. Die ganze Sache hatte vielleicht zwei Sekunden gedauert. »Was versuchen wir denn da, Cory?« Seine Hand wollte mich nicht loslassen. »Willst du meinen Job übernehmen?«

»Nein, Sir«, erwiderte ich, meine Vorwitzigkeit aus mir herausgepreßt vom wachsenden Druck seiner Hand. Dr. Lezander fixierte mich noch einen Moment länger mit seinen Augen, und in jenem Moment lernte ich, was Furcht war. Dann entspannten sich seine Finger und lösten sich von meiner Schulter, und er blickte auf die Familie, die hinter mir eintrat. »Komm herein, Muffin! Fröhliches Yulefest, Daniel Boone!«

»Tom! Komm her, und beeil dich, Junge!«

Wir wußten natürlich, wer das war. Großvater Jaybird, Großmutter Sarah, Großvater Austin und Großmutter Alice warteten schon in einer Bankreihe auf uns. Großvater Austin sah wie gewöhnlich zutiefst unglücklich aus. Großvater Jaybird stand winkend und brüllend da und machte an diesem Weihnachtsabend einen Narren aus sich, wie er es schon zu Ostern getan hatte, womit er bewies, daß er ein Narr für jede Jahreszeit war. Doch als er mich anblickte, sagte er: »Hallo, junger Mann«, und ich sah in seinen Augen, daß ich erwachsen wurde.

Während der Messe, als Miss Blue Glass »Stille Nacht« auf dem Klavier spielte und die Orgel neben ihr tatsächlich stumm blieb, beobachtete ich die Lezanders, die fünf Reihen vor uns saßen. Ich sah, wie Dr. Lezander seinen kahlen Kopf umwandte und sich umschaute, wobei er vorgab, seinen Blick nur kurz über die versammelte Gemeinde schweifen zu lassen. Ich wußte es besser. Unsere Blicke trafen sich, wenn auch nur für einen Moment. Ein eisiges Lächeln zeigte sich auf seinem Gesicht. Dann beugte er sich zu seiner Frau hinüber und flüsterte ihr etwas ins Ohr, doch sie blieb vollkommen reglos.

Ich stellte mir vor, daß er vielleicht die Frage beantwortete: *Wer weiß?* Vielleicht hatte er dort zwischen dem »Alles schläft« und dem »Holder Knabe in lockigem Haar« der pferdegesichtigen Veronica ins Ohr geflüstert: *Cory Mackenson weiß es.*

Wer bist du? fragte ich mich, während ich ihn bei Reverend Lovoys Weihnachtsgebet beobachtete. Wer bist du wirklich hinter der Maske, die du trägst?

Wir zündeten unsere Kerzen an, und die Kirche war in flackerndes Licht getaucht. Dann wünschte Reverend Lovoy uns fröhliche und glückliche Feiertage, trug uns auf, vor allem anderen den Geist des Weihnachtsfestes in unseren Herzen zu bewahren, und der Gottesdienst war zu Ende. Dad, Mom und ich fuhren nach Hause; der morgige Tag gehörte den Großeltern, doch der Heiligabend war unser.

Unser Abendessen in diesem Jahr war nicht so üppig wie in den vergangenen, doch ich mochte Eierflip, und wir hatten viel davon, dank der großzügigen Spende von Big Paul's Pantry. Dann war es an der Zeit, die Geschenke zu öffnen. Während Mom einen Sender mit Weihnachtsliedern im Radio suchte, wickelte ich unter dem geschmückten Baum meine Geschenke aus.

Von Dad bekam ich ein Taschenbuch. Es trug den Titel *Die goldenen Äpfel der Sonne*, von einem Schriftsteller namens Ray Bradbury. »Weißt du, bei Big Paul's verkaufen sie auch Bücher«, erklärte Dad mir. »Haben einen ganzen Ständer voll davon. Dieser Typ aus der Lebensmittelabteilung sagt, Bradbury schreibe gut. Er sagt, er habe das Buch selbst, und da seien ein paar nette Geschichten drin.«

Ich schlug die erste Geschichte auf. »Das Nebelhorn«, war der Titel. Im Überfliegen sah ich, daß sie von einem Meeresmonster handelte, das sich zum Klagelied eines Nebelhorns aus den Fluten erhob. Die Geschichte war genau das richtige für einen Jungen. »Danke, Dad!« sagte ich. »Das ist toll!«

Während Dad und Mom ihre eigenen Geschenke auspackten, öffnete ich mein zweites Paket. Ein Foto in einem silbernen Rahmen rutschte heraus. Ich hielt es im Schein des Kaminfeuers hoch.

Es war das Bild eines Gesichtes, das ich sehr gut kannte. Es war das Gesicht eines meiner besten Freunde, obgleich er es nicht wußte. Am unteren Rand des Fotos stand geschrieben: *Für Cory Mackenson, Mit den besten Wünschen, Vincent Price.* Ich

war so überglücklich, daß ich keine Worte fand. Er kannte doch tatsächlich meinen Namen.
»Ich wußte, daß du seine Filme magst«, sagte Mom. »Ich habe einfach an das Filmstudio geschrieben und sie um ein Bild gebeten, und sie haben prompt eins geschickt.«
Oh, der Heiligabend! Hat es je einen schöneren Abend gegeben?
Nachdem alle Geschenke geöffnet waren und das Einwickelpapier fortgeräumt war, nachdem ein weiterer Holzscheit ins Kaminfeuer gelegt worden war und ein dritter Becher Eierflip warm in unseren Bäuchen schwappte, erzählte Mom Dad, was in der Bürgerrechtshalle geschehen war. Sein Blick war auf das knisternde Kaminfeuer gerichtet, doch er hörte zu. Als Mom geendet hatte, sagte Dad: »Da soll mich doch. Ich hätte nie gedacht, daß so etwas hier passieren könnte.« Er runzelte die Stirn, und ich wußte, was er dachte. Von vielen Dingen, die in Zephyr geschahen, hatte er geglaubt, daß sie hier nie passieren könnten, angefangen mit der Sache an Saxon's Lake. Vielleicht war es das Zeitalter, das um uns herum Gestalt anzunehmen begann. Die Nachrichten berichteten immer öfter von einem Ort namens Vietnam. Unruhen brachen in den Städten aus wie Scharmützel in einem unerklärten Krieg. Ein vages Gefühl dunkler Vorahnung breitete sich im Land aus, während wir uns dem Plastik-, Wegwerf-, Profitzeitalter näherten. Die Welt veränderte sich; Zephyr veränderte sich ebenfalls, und es gab keinen Weg zurück zu der Welt, wie sie einmal gewesen war.
Aber – heute abend war Heiligabend, und morgen war Weihnachten, und für den Moment hatten wir Frieden auf Erden.
Er dauerte ungefähr zehn Minuten.
Wir hörten das Kreischen eines Düsenjägers über Zephyr. Das war an sich nichts Ungewöhnliches, denn wir hörten nachts oft das Starten oder Landen von Düsenjägern auf

Robbins Luftwaffenstützpunkt. Doch wir kannten das Geräusch jener Flugzeuge so gut, wie wir das Pfeifen des Güterzugs kannten, und dieses Flugzeug ...

»Hört sich ziemlich tief an, nicht wahr?« fragte Mom.

Dad sagte, für ihn höre es sich so an, als würde es schon die Dächer streifen. Er stand auf, um auf die Veranda zu gehen, und plötzlich vernahmen wir ein Geräusch, als würde jemand mit einem Fünfzig-Pfund-Klöppel gegen ein Faß schlagen. Das Geräusch hallte über Zephyr, und einen Augenblick später begannen die Hunde von der Temple Street bis nach Bruton zu kläffen, und die umherziehenden Gruppen von Weihnachtssingern waren gezwungen, den heiligen Geist aufzugeben. Wir standen auf der Veranda und lauschten auf den Lärm. Zuerst glaubte ich, daß der Düsenjäger abgestürzt sei, doch dann hörte ich ihn wieder. Er umkreiste Zephyr ein paarmal mit blinkenden Lichtern an den Flügelspitzen, und dann schwenkte er in Richtung Luftwaffenstützpunkt ab und zischte davon.

Die Hunde kläfften und jaulten weiter. Leute kamen aus ihren Häusern, um zu sehen, was vor sich ging. »Da ist irgendwas los«, sagte Dad. »Ich denke, ich werde mal Jack anrufen.«

Sheriff Marchette hatte die Stelle übernommen, die nach J. T. Amorys Weggang frei geworden war. Natürlich war Zephyrs Verbrechenswelle vorüber, nun, da die Blaylocks hinter Gittern saßen. Die schwierigste Aufgabe, die Sheriff Marchette zu meistern hatte, war, die Bestie aus der verlorenen Welt zu finden, die eines Tages einen Trailways-Bus angegriffen und ihm einen solchen Stoß mit ihren abgesägten Hörnern versetzt hatte, daß der Fahrer und acht Fahrgäste wegen Schleudertraumata im Krankenhaus von Union Town behandelt werden mußten.

Dad erreichte Mrs. Marchette, doch der Sheriff selbst hatte sich schon seinen Hut gegriffen und war aus dem Haus gestürmt, nachdem ihn ein Telefonanruf vom Weihnachtsessen fortgeholt hatte. Mrs. Marchette berichtete Dad, was ihr Mann ihr erzählt hatte, und Dad gab die Nachricht mit einem Ausdruck völliger Verblüffung an uns weiter.

»Eine Bombe«, sagte er. »Eine Bombe ist heruntergefallen.«

»*Was?*« Mom befürchtete augenblicklich eine Invasion der Russen. »*Wo?*«

»Auf Dick Moultrys Haus«, sagte Dad. »Mrs. Moultry hat Jack erzählt, daß sie einfach mitten durchs Dach, den Wohnzimmerfußboden und hinunter in den Keller geschossen ist.«

»Mein Gott! Ist denn nicht das ganze Haus in die Luft geflogen?«

»Nein. Die Bombe liegt einfach so da. Sie liegt einfach da, bei Dick.«

»Bei *Dick?*«

»Genau. Mrs. Moultry hat Dick zu Weihnachten eine neue Werkbank geschenkt. Er war im Keller, um sie zusammenzubauen. Jetzt ist er da unten mit einer scharfen Bombe gefangen.«

Es dauerte nicht lange, bis die Feuerwehrsirenen zu heulen begannen. Dad erhielt einen Anruf von Bürgermeister Swope, der ihn fragte, ob er zu einer Gruppe von Freiwilligen stoßen würde, die sich beim Rathaus traf, und helfen würde, von Tür zu Tür zu gehen und allen zu sagen, daß Zephyr und Bruton auf der Stelle evakuiert werden mußten.

»Am *Heiligabend*?« fragte Dad. »Die ganze *Stadt* evakuieren?«

»So ist es, Tom.« Der Bürgermeister hörte sich an, als wäre er mit den Nerven am Ende. »Wissen Sie, daß ein Düsenjäger eine Bombe verloren hat, und sie fiel direkt auf ...«

»Dick Moultrys Haus, ja, ich hab's gehört. Ein Düsenjäger hat sie verloren?«

»Stimmt genau. Und wir müssen die Leute hier wegschaffen, für den Fall, daß das verdammte Ding hochgeht.«

»Nun, warum rufen Sie nicht einfach den Luftwaffenstützpunkt an? Die würden doch sicher kommen und sie holen.«

»Ich habe gerade mit ihnen gesprochen. Mit ihrem Verbindungsoffizier, meine ich. Ich habe ihm erklärt, daß einer seiner Düsenjäger eine Bombe über unserer Stadt verloren habe, und wissen Sie, was er gesagt hat? Er sagte, ich hätte wohl zuviel Weihnachtspunsch getrunken! Er sagte, daß so etwas gar nicht passieren könne, daß keiner ihrer Piloten so unvorsichtig sein würde, den Sicherheitshebel zu ziehen und eine Bombe auf Zivilisten abzuwerfen. Er sagte, selbst *wenn* so etwas vorkommen sollte, sei ihr Bombenentschärfungskommando am Heiligabend nicht im Dienst, und *wenn* so etwas vorkommen sollte, dann hoffe er, die Zivilisten in der Stadt, auf die die Bombe *nicht* gefallen war, hätten genug Verstand, sich augenblicklich auf sicheren Boden zu begeben, denn die Bombe, die *nicht* aus einem Düsenjäger gefallen war, könne den größten Teil der Stadt in Zahnstocher verwandeln! Nun, was sagen Sie *dazu*?«

»Er muß doch wissen, daß Sie ihm die Wahrheit erzählt haben, Luther. Er wird jemanden schicken, der die Bombe entschärft.«

»Vielleicht, aber *wann*? Morgen nachmittag? Wollen Sie sich heute nacht schlafen legen, in dem Wissen, daß das Ding tickt? Ich kann es nicht riskieren, Tom. Wir müssen alle hier herausschaffen!«

Dad bat Bürgermeister Swope, vorbeizukommen und ihn abzuholen. Dann legte er den Hörer auf und sagte zu Mom, sie und ich sollten den Pick-up nehmen und für die Nacht zu Großvater Austin und Großmutter Alice fahren. Er würde dann dorthin kommen, wenn alles erledigt sei. Mom begann ihn anzuflehen, doch mit uns zu fahren; sie wollte es so sehr, wie Regen den Wolken folgen will. Doch sie sah, daß er schon entschieden hatte, was das richtige war, und sie würde lernen müssen, damit fertig zu werden. Sie sagte: »Geh und hol deinen Pyjama, Cory, und hol auch deine Zahnbürste, ein frisches Paar Socken und Unterwäsche. Wir fahren zu Großvater Austin.«

»Dad, wird Zephyr in die Luft fliegen?« fragte ich.

»Nein. Wir schaffen alle nur aus Gründen der Sicherheit aus der Stadt. Die Jungs von der Air Force werden schon bald jemanden schicken, der das Ding abholt, da bin ich sicher.«

»Du wirst doch vorsichtig sein?« fragte Mom ihn.

»Das weißt du doch. Fröhliche Weihnachten.« Er lächelte. Sie konnte nicht anders, als auch zu lächeln. »Du heilloser Verrückter, du!« sagte sie und küßte ihn.

Mom und ich packten das Nötigste ein. Die Feuerwehrsirenen heulten beinahe eine Viertelstunde, ein Geräusch, das so durch Mark und Bein ging, daß es selbst die Hunde zum Schweigen brachte. Die ersten hatten die Nachricht schon gehört und fuhren davon, um die Nacht bei Verwandten oder Freunden in anderen Städten oder im Union Pines Motel in Union Town zu verbringen. Bürgermeister Swope kam vorbei, um Dad abzuholen. Dann waren Mom und ich fertig, um zu gehen. Bevor wir jedoch aus der Tür traten, klingelte das Telefon. Es war Ben, der mir erzählen wollte, daß sie nach Birmingham fuhren, um die Nacht bei seinem Onkel und seiner Tante zu verbringen. »Ist das nicht irre?« sagte er aufgeregt. »Weißt du, was ich gehört habe? Mr. Moultry hat zwei gebrochene Beine und ein gebrochenes Rückgrat, und die Bombe liegt direkt auf ihm drauf! Das ist doch irre, was?«

Ich mußte ihm beipflichten. Wir hatten noch nie einen Heiligabend wie diesen erlebt.

»Ich muß jetzt los! Wir reden später weiter! Oh, ach ja ... fröhliche Weihnachten!«

»Fröhliche Weihnachten, Ben!«

Er legte auf. Mom drängte mich, und wir machten uns auf den Weg zu Großvater Austins und Großmutter Alices Haus. Ich hatte noch nie zuvor so viele Wagen auf der Route 10 gesehen. Der Himmel mochte uns helfen, wenn die Bestie aus der verlorenen Welt beschloß, gerade jetzt anzugreifen; dann hätten wir die Bombe in unserem Rücken, Wagen und Laster umgestürzt wie Blechdosen, und Leute, die ganz ohne Flügel durch die Luft flogen.

Wir ließen Zephyr hinter uns, das im Schein seiner Weihnachtsbeleuchtung erstrahlte.

Den Rest der Geschichte habe ich später herausgefunden, da ich nicht dabei war.

Die Neugier packte Dad schließlich. Er mußte sich die Bombe anschauen. Und so verließ er, während Zephyr und Bruton sich langsam leerten, die Gruppe von Freiwilligen, mit der er unterwegs war, und ging ein halbes Dutzend Blocks zu dem Ort, an dem Mr. Moultry lebte. Mr. Moultrys Haus war eine kleine, blaßblau gestrichene Holzhütte mit weißen Fensterläden. Durch das aufgerissene Dach strömte Licht nach oben gen Himmel. Der Wagen des Sheriffs stand mit blinkendem Blaulicht vor dem Haus. Dad kletterte auf die Veranda, die nach dem Einschlag ganz schief hing. Die Vordertür stand offen, und die Wände waren von Rissen überzogen. Der Aufprall der Bombe hatte das Haus aus seinen Fundamenten gehoben. Dad ging hinein. Er konnte das riesige Loch im abgesackten Fußboden gar nicht übersehen, denn es hatte das halbe Zimmer verschlungen. Ein paar Weihnachtsbaumdekorationen lagen verstreut, und ein kleiner silberner Stern balancierte auf dem Rand des Lochs. Der Baum selbst war verschwunden.

Dad spähte nach unten. Dielenbretter und Balken lagen durch- und übereinander wie ein Teller Makkaroni. Pulverisierter Putz war der Parmesankäse. Und da war auch die

Bombe als Fleischklößchen: Ihre stahlgrauen Heckflossen ragten aus dem Schutt heraus, ihre Nase hatte sich mitten in den gestampften Erdboden des Kellers gebohrt.
»Holt mich hier raus! Ohhhh, meine Beine! Bringt mich ins Krankenhaus! Ohhhhh, ich sterbe!«
»Du stirbst nicht, Dick. Beweg dich einfach nicht.«
Mr. Moultry lag inmitten von Schutt. Eine Werkbank lag auf ihm, und darüber befand sich ein Balken, so dick wie eine stämmige Eiche. Er war zerbrochen, und Dad nahm an, daß er früher den Wohnzimmerfußboden gestützt hatte. Über dem Balken, der Mr. Moultry im rechten Winkel unter sich begraben hatte, lag der Weihnachtsbaum. Alle Kugeln und Glühbirnen waren zerbrochen. Die Bombe lag nicht auf Mr. Moultry drauf, doch sie hatte sich kaum mehr als einen Meter von seinem Kopf entfernt in den Boden gebohrt. Sheriff Marchette kniete in der Nähe und betrachtete das Schlamassel.
»Jack? Ich bin's, Tom Mackenson!«
»Tom?« Sheriff Marchette blickte auf, sein Gesicht überzogen mit Putz. »Sie sollten hier verschwinden, Mann!«
»Ich wollte es mir anschauen. Nicht so groß, wie ich gedacht hätte.«
»Aber groß genug«, erwiderte der Sheriff. »Wenn dieses Ding hochgeht, dann fliegt das ganze Haus in die Luft, und wo der Block war, bleibt nur ein Krater übrig.«
»*Ohhhhh!*« stöhnte Mr. Moultry. Sein Hemd war von den herabstürzenden Balken zerrissen worden, und sein voluminöser Bauch schwabbelte hierhin und dorthin. »Ich hab gesagt, ich sterbe, verdammt noch mal!«
»Ist er schwer verletzt?« fragte Dad.
»Ich komm nicht nah genug ran, um es feststellen zu können. Er sagt, seine Beine seien gebrochen. Vielleicht auch ein oder zwei angeknackste Rippen, so wie er keucht.«

»Der atmet immer so«, sagte Dad.

»Nun, der Krankenwagen sollte bald hier sein.« Sheriff Marchette warf einen Blick auf seine Armbanduhr. »Ich habe sie gleich angerufen, als ich hierherkam. Ich weiß nicht, was sie aufhält.«

»Was haben Sie ihnen erzählt? Daß ein Mann von einer herabfallenden Bombe getroffen wurde?«

»Ja«, erwiderte der Sheriff.

»In dem Fall denke ich, daß Dick sich auf eine lange Wartezeit einstellen kann.«

»Holt mich hier raus!« Mr. Moultry versuchte etwas von dem staubigen Balkengewirr von sich zu stoßen, doch er stöhnte auf und schaffte es nicht. Er wandte seinen Kopf um und blickte auf die Bombe. Schweißtropfen glänzten auf seinen Pausbacken. »Schafft das *Ding* hier raus! Jesus Christus, helft mir!«

»Wo ist Mrs. Moultry?« fragte Dad.

»Ha!« Mr. Moultrys staubweißes Gesicht verzog sich verächtlich. »Sie ist abgehauen und hat mich hier liegenlassen, das hat sie gemacht! Hat nicht einen Finger gekrümmt, um mir zu helfen!«

»Das stimmt nicht ganz. Sie hat mich angerufen, oder etwa nicht!« erinnerte der Sheriff ihn.

»Und was zum Teufel nützen Sie mir? Ohhhhh, meine Beine! Die sind glatt durchgebrochen, sag ich Ihnen!«

»Kann ich runterkommen?« fragte Dad.

»Besser wäre, Sie würden's nicht tun. Wär mir lieber, Sie würden hier weggehen, wie jeder normale Mensch es tun würde. Doch kommen Sie nur runter, wenn Sie wollen. Aber seien Sie vorsichtig. Die Treppe ist eingestürzt, also habe ich eine Leiter aufgestellt.«

Dad stieg vorsichtig die Leiter hinunter. Dann betrachtete er eingehend den Haufen von Dielenbrettern, Balken und den Weihnachtsbaum, die auf Mr. Moultry lagen. »Den gro-

ßen dort oben müßten wir eigentlich wegheben können«, sagte er. »Ich nehme das eine Ende, wenn Sie das andere nehmen.«
Sie räumten den Weihnachtsbaum beiseite und schafften es, den eichengroßen Balken zu bewegen, obgleich ihre Rücken nach einer baldigen Wärmemassage schrien. Mr. Moultry steckte jedoch noch immer in einem Berg von Problemen.
»Wir könnten ihn freischaufeln, zu Ihrem Wagen bringen und ins Krankenhaus fahren«, schlug Dad vor. »Der Krankenwagen kommt doch nicht.«
Der Sheriff kniete neben Mr. Moultry nieder. »He, Dick! Haben Sie sich in der letzten Zeit mal auf die Waage gestellt?«
»Auf die Waage gestellt! Teufel, nein! Warum sollte ich?«
»Was haben Sie gewogen, als Sie zum letztenmal beim Arzt waren?«
»Dreiundsiebzig Kilo.«
»Wann war das?« fragte Sheriff Marchette. »In der dritten Klasse? Wieviel wiegen Sie *jetzt*, Dick?«
Mr. Moultry runzelte wütend die Stirn und fluchte vor sich hin. Dann sagte er: »Ein bißchen mehr als neunzig Kilo.«
»Versuchen Sie's noch mal.«
»Ach, Scheiße! Ich wiege einhundertdreißig Kilo! Sind Sie jetzt zufrieden, Sie Sadist?«
»Möglicherweise zwei gebrochene Beine. Gebrochene Rippen. Vielleicht innere Verletzungen. Und er wiegt einhundertdreißig Kilo. Glauben Sie, wir können ihn die Leiter da hinaufschaffen, Tom?«
»Völlig unmöglich«, sagte mein Vater.
»Genauso sehe ich es auch. Er sitzt hier fest, bis irgend jemand mit einer Winde kommt.«
»Was soll das heißen?« quäkte Mr. Moultry. »Ich soll hierbleiben?« Er warf abermals einen ängstlichen Blick auf die

Bombe. »Nun, dann schafft um Himmels willen dieses verdammte Ding hier weg!«

»Ich würde es ja für Sie tun, Dick«, sagte der Sheriff. »Wirklich, aber dafür müßte ich es anfassen. Und was ist, wenn das Ding so eingestellt ist, daß es bei der leisesten Berührung hochgeht? Glauben Sie, ich will die Verantwortung dafür tragen, daß Sie in die Luft fliegen? Ganz zu schweigen von mir selbst und Tom? Nein, Sir!«

»Bürgermeister Swope hat mir erzählt, er habe mit jemandem vom Luftwaffenstützpunkt gesprochen«, berichtete Dad dem Sheriff. »Hat gesagt, der Typ hätte nicht geglaubt ...«

»Ja, Luther ist hier vorbeigekommen, bevor er und seine Familie sich aus dem Staub gemacht haben. Er hat mir genau erzählt, was dieser Hurensohn gesagt hat. Vielleicht hatte der Pilot zuviel Angst, irgend jemandem zu melden, was für einen Bock er da geschossen hat. Wahrscheinlich ist er von irgendeiner Weihnachtsfeier gekommen und einfach ins Cockpit getaumelt. Ich weiß nur eins sicher, und das ist, daß niemand vom Stützpunkt in näherer Zukunft hierherkommen wird, um das Ding zu holen.«

»Und was soll ich machen?« fragte Mr. Moultry. »Soll ich einfach hier liegenbleiben und leiden?«

»Ich kann hinaufgehen und Ihnen ein Kissen holen, wenn Sie wollen«, bot Sheriff Marchette ihm an.

»Dick? Dick, bist du okay?« Die zaghafte, ängstliche Stimme kam von oben.

»Oh, mir geht's einfach blendend!« brüllte Mr. Moultry. »Ich kann mir nichts Schöneres vorstellen, als hier unten mit zwei gebrochenen Beinen und einer Bombe neben meinem Wasserkopf zu liegen! Herrgott noch mal! Ich weiß nicht, wer du da oben bist, aber du bist ein größerer Idiot als der Schwachkopf, der diese verdammte Bombe hat fallen ... *Oh!* Du bist's!«

»Hallo, Dick«, sagte Mr. Gerald Hargison verlegen. »Wie geht's denn so?«

»Ich könnte vor Freude tanzen!« Mr. Moultrys Gesicht bekam langsam dunkelrote Flecken. »Scheiße!«

Mr. Hargison stand am Rand des Lochs und spähte herunter. »Das da ist die Bombe, stimmt's?«

»Nein, das ist ein großes Hasenknötchen!« wetterte Mr. Moultry. »Natürlich ist es die Bombe!«

Während Mr. Moultry wild herumfuchtelte, um sich zu befreien, und dabei nichts weiter erntete als einen Sandsturm aus pulverisiertem Schutt und mächtige Schmerzen, schaute Dad sich im Keller um. In einer Ecke stand ein Schreibtisch, und darüber hing eine Wandtafel mit der Aufschrift: *Das Heim eines Mannes ist seine Festung.* Daneben hing ein Plakat mit einem glubschäugigen, Step tanzenden schwarzen Possenreißer und darunter ein handgeschriebenes Schild: *Die Bürde des weißen Mannes.* Dad schlenderte zu dem Schreibtisch hinüber, auf dem sich Schichten von ungeordneten Papieren türmten. Er öffnete die oberste Schublade, und sein Blick prallte auf die riesigen Brüste und Brustwarzen einer Frau auf dem Titelblatt eines Herrenmagazins. Unter der Zeitschrift befand sich ein Sammelsurium von Büroklammern, Bleistiften, Gummibändern und ähnlichem. Ein überbelichtetes Kodak-Foto kam zum Vorschein. Es zeigte Dick Moultry in einer weißen Robe mit einem Gewehr im Arm, während die anderen weiße Kapuzen umarmten. Mr. Moultry lächelte breit, mit stolzgeschwellter Brust.

»He, lassen Sie die Finger davon!« Mr. Moultry drehte den Kopf herum. »Reicht es nicht, daß ich hier im Sterben liege, müssen Sie auch noch mein Haus plündern?«

Dad schloß die Schublade mit dem Foto wieder und ging zu Sheriff Marchette hinüber. Über ihnen scharrte Mr. Hargison nervös mit den Schuhsohlen über den unebenen Boden. »Hör zu, Dick, ich wollte nur mal vorbeikommen und nach dir sehen. Wollte sichergehen, daß du nicht ... du weißt schon, na, tot bist oder so.«

»Nein, ich bin nicht tot, *noch* nicht. Auch wenn meine Frau sich wünscht, die Bombe hätte mir gleich den Schädel eingeschlagen.«

»Wir verschwinden aus der Stadt«, sagte Mr. Hargison. »Äh ... wir werden sicher erst nach Weihnachten zurückkommen. Wahrscheinlich werden wir so um zehn Uhr morgens wieder hier sein. Hörst du, Dick? Zehn Uhr morgens.«

»Ja, ich höre dich! Ist mir egal, wann du zurückkommst!«

»Nun, wir werden so gegen zehn Uhr wieder hier sein. Morgens, am zweiten Feiertag. Ich dachte, du möchtest es vielleicht wissen, damit du deine Uhr danach stellen kannst.«

»Meine *Uhr* danach stellen? Bist du ...« Er verstummte. »Oh. Ja. Okay. Das werde ich tun.« Er grinste und blickte mit schweißnassem Gesicht zum Sheriff hoch. »Gerald und ich sollen am zweiten Feiertag einem Freund helfen, seine Garage auszuräumen. Deshalb hat er mir gesagt, um welche Uhrzeit er zurück sein wird.«

»Ist das so?« fragte der Sheriff. »Und welcher Freund soll das sein, Dick?«

»Oh ... ein Typ, der drüben in Union Town lebt. Sie kennen ihn sicher nicht.«

»Ich kenne viele Leute in Union Town. Wie heißt denn Ihr Freund?«

»Joe«, sagte Mr. Hargison im selben Augenblick, als Mr. Moultry antwortete: »Sam.«

»Joe Sam«, erklärte Mr. Moultry, noch immer mit einem schweißtropfenden Grinsen. »Joe Sam Jones.«

»Ich glaube nicht, daß Sie irgendeinem Joe Sam Jones am zweiten Feiertag beim Ausräumen seiner Garage helfen werden, Dick. Ich denke, Sie werden in einem netten, sicheren Krankenhausbett liegen, oder sehen Sie das anders?«

»He, Dick, ich hau jetzt ab!« verkündete Mr. Hargison. »Mach dir keine Sorgen, es wird schon alles klargehen.« Und mit diesen letzten Worten stieß seine Schuhspitze gegen den silbernen Weihnachtsbaumstern, der auf dem Rand des Lochs balancierte. Dad schaute zu, wie der kleine Stern wie in Zeitlupe heruntersegelte, als wäre er eine vergrößerte Schneeflocke.

Er landete auf den stahlgrauen Heckflossen der Bombe und explodierte in einem Regen bunter Glassplitter.

In den Augenblicken der Stille, die folgten, hörten alle vier Männer es.

Die Bombe stieß einen zischenden Laut aus, wie eine Schlange, die in ihrem Nest aufgeschreckt worden war. Das Zischen erstarb, und aus dem Bauch der Bombe drang ein unheilvolles Ticken, nicht wie das Ticken eines Weckers, sondern eher wie das Ticken einer heißen Maschine, in der sich Dampf anstaute.

»Oh ... Scheiße«, flüsterte Sheriff Marchette.

»Jesus, hilf mir!« hauchte Mr. Moultry. Sein Gesicht, das noch vor ein paar Augenblicken krebsrot gewesen war, wurde nun so weiß wie das einer Wachspuppe.

»Das Ding hat sich eingeschaltet«, sagte Dad mit heiserer Stimme.

Mr. Hargison war bei weitem der wortgewaltigste von allen. Er sprach mit seinen Beinen, die ihn über den abgesackten Boden hinaus auf die schiefe Veranda und zu seinem Wagen trugen, als hätte man ihn aus einem Kanonenrohr abgefeuert. Der Wagen brauste davon wie der Road Runner: Im einen Augenblick war er noch da, im nächsten war er nicht mehr zu sehen.

»O Gott! O Gott!« Tränen waren in Mr. Moultrys Augen getreten. »Laß mich nicht sterben!«

»Tom? Ich glaube, es ist an der Zeit.« Sheriff Marchette sprach mit leiser Stimme, so als reichte schon das Gewicht der Worte, die da von der Luft weitergetragen wurden, aus, um die Bombe zu erschüttern. »Wir sollten verduften, oder was meinen Sie?«

»Sie können mich doch nicht hier liegenlassen! Das können Sie nicht! Sie sind der *Sheriff*!«

»Ich kann nichts für Sie tun, Dick. Ich schwöre, ich wünschte, ich könnte es. Sieht so aus, als benötigten Sie im Augenblick einen Zauber oder ein Wunder, und ich denke, dafür besteht nur wenig Hoffnung.«

»Lassen Sie mich nicht allein! Holen Sie mich hier heraus, Jack! Ich zahle Ihnen, was Sie wollen!«

»Tut mir leid. Klettern Sie rauf, Tom.«

Dad mußte nicht zweimal aufgefordert werden. Er stieg eiligst die Leiter hinauf, so flink wie Luzifer auf einen Baum. Oben angekommen, sagte er: »Ich halte die Leiter für Sie fest, Jack!«

Die Bombe tickte. Und tickte. Und tickte.

»Ich kann Ihnen nicht helfen, Dick«, sagte Sheriff Marchette und ging.

»Nein! Hören Sie! Ich tue alles! Holen Sie mich hier raus, okay? Ist mir egal, ob es weh tut! Okay?«

Dad und Sheriff Marchette waren auf dem Weg zur Tür.

»*Bitte!*« rief Mr. Moultry. Seine Stimme brach und verwandelte sich in ein Schluchzen. Er kämpfte gegen seine Falle an, doch der Schmerz ließ ihn nur noch lauter heulen. »*Sie können mich hier doch nicht sterben lassen! Das ist unmenschlich!*«

Er schrie und schluchzte noch immer, als Dad und der Sheriff das Haus verließen. Ihre Gesichter waren angespannt.

»Ist wirklich ein ganz toller Job«, sagte Sheriff Marchette.

Sie kamen zum Streifenwagen. »Soll ich Sie irgendwohin mitnehmen, Tom?«

»Ja.« Er runzelte die Stirn. »Nein.« Und er lehnte sich gegen den Wagen. »Ich weiß nicht.«
»Na, machen Sie nicht so ein Gesicht! Wir können nichts für ihn tun, und das wissen Sie auch!«
»Vielleicht sollte jemand in der Nähe bleiben, für den Fall, daß das Entschärfungskommando doch noch kommt.«
»Gut.« Der Sheriff ließ seinen Blick die Straße hinauf und hinab wandern. »Melden Sie sich freiwillig?«
»Nein.«
»Ich auch nicht! Und die kommen sowieso nicht so bald, Tom. Ich denke, diese Bombe wird explodieren, und wir werden den ganzen Block verlieren, und ich weiß nicht, wie es Ihnen geht, aber ich verschwinde hier, solange ich noch kann.« Er ging zur Fahrertür hinüber.
»Jack, warten Sie eine Minute«, sagte Dad.
»Ich habe keine Minute. Kommen Sie, wenn Sie mitwollen.«
Dad stieg zu ihm in den Wagen, und Sheriff Marchette ließ den Motor an. »Wohin?«
»Hören Sie mal zu, Jack. Sie haben es selbst gesagt: Dick braucht einen Zauber oder ein Wunder, richtig? Und wer ist die Person, die ihm da vielleicht helfen könnte?«
»Reverend Blessett hat die Stadt verlassen.«
»Nein, nicht der! *Sie.*«
Sheriff Marchette schwieg, die Hand auf dem Schalthebel.
»Jemand, der es schafft, einen Beutel mit Munition in einen Beutel mit Schlangen zu verwandeln, könnte vielleicht auch mit der Bombe fertig werden, was meinen Sie?«
»Nein, das meine ich nicht! Ich glaube nicht, daß die Dame etwas damit zu tun hatte. Ich denke, Biggun Blaylock hat sich so mit seinem eigenen schwarzgebrannten Whiskey die Birne zugesoffen, daß er glaubte, er würde den Beutel mit Munition füllen, während er tatsächlich Schlangen hineinschaufelte!«

»Ach, kommen Sie! Sie haben die Schlangen genauso gesehen wie ich! Es waren Hunderte! Wie lange hätte Biggun gebraucht, so viele zu finden?«
»Ich glaube nicht an diesen Voodoo-Kram«, erwiderte Sheriff Marchette. »Absolut nicht.«
Dad sagte das erste, was ihm in den Sinn kam, und es auszusprechen, hinterließ einen schalen Nachgeschmack in seinem Mund: »Wir dürfen keine Angst haben, sie um Hilfe zu bitten, Jack. Sie ist alles, was wir haben.«
»Verdammt«, murmelte der Sheriff. »Verdammt und noch mal verdammt.« Er blickte zum Haus der Moultrys hinüber, aus dessen eingestürztem Dach noch immer Licht strömte. »Vielleicht ist sie schon weg.«
»Vielleicht. Vielleicht auch nicht. Können wir nicht wenigstens hinfahren und es herausfinden?«
Viele Häuser in Bruton waren dunkel, nachdem ihre Besitzer der Warnung der Sirenen gefolgt und vor der drohenden Explosion geflüchtet waren. Ihr regenbogenfarbenes Heim jedoch war hell beleuchtet. Kleine Lämpchen blinkten in den Fenstern.
»Ich warte hier«, sagte Sheriff Marchette. Dad nickte und stieg aus. Er sog die Weihnachtsluft tief in seine Lunge und setzte seine Beine in Bewegung. Sie trugen ihn zur Vordertür. Er nahm den Türklopfer, eine kleine silberne Hand, und tat etwas, was er nicht einmal im Traum für möglich gehalten hätte: Er verkündete der Dame, daß er gekommen war.
Er wartete, hoffend, daß sie nicht öffnen würde.
Er wartete und schaute gebannt auf den Türknauf.
Er wartete.
Fünf Minuten, nachdem mein Vater die silberne Hand ergriffen hatte, drang ein Geräusch von der Straße, in der Dick Moultry lebte, herüber. Es war ein Donnern und ein Scheppern, ein Klirren und ein Rattern, und es schreckte alle

Hunde auf, die augenblicklich zu bellen anfingen. Der vom Rost fleckige, durchhängende Pick-up hielt am Bordstein vor dem Haus der Moultrys, und ein großgewachsener, hagerer schwarzer Mann stieg aus der Fahrertür aus. Auf der Tür stand in nicht sonderlich schön geschriebenen Lettern: LIGHTFOOTS REPARATUR-DIENST.

Er bewegte sich so langsam, daß es schien, als würde jegliche Bewegung ihm Schmerzen bereiten. Er trug einen frisch gewaschenen Overall und eine graue Mütze, unter der sein graues Haar hervorquoll. In erlesenem Zeitlupentempo ging er nach hinten zur Ladefläche des Wagens und schnallte sich seinen Werkzeuggürtel um, in dem etliche unterschiedliche Hämmer, Schraubenzieher und geheimnisvoll anmutende Zangen steckten. In einer langsamen Dehnung der Zeit nahm er seine Werkzeugtasche, deren zahlreiche Fächer mit jeder Art von Schrauben und Bolzen unter der Handwerkersonne gefüllt waren. Dann ging Mr. Marcus Lightfoot so träge, als würde ihn die Last ganzer Jahrhunderte niederdrücken, zu Dick Moultrys schiefhängender Haustür hinüber. Er klopfte an der Tür, obgleich sie offenstand: Eins . . .

zwei . . .

Ewigkeiten verstrichen. Zivilisationen erblühten und zerfielen zu Staub. Sterne wurden in einem Ausbruch physischer Gewalt geboren und erstarben flackernd in den kalten Weiten des Kosmos'.

. . . drei.

»Gott sei Dank!« rief Mr. Moultry, seine Stimme kaum mehr als ein Krächzen. »Ich wußte, Sie würden mich nicht einfach sterben lassen, Jack! O Gott hab Erbar . . .«

Er verstummte mitten in seiner Lobeshymne, denn er schaute hinauf durch das Loch im Wohnzimmerboden, und anstatt in das Gesicht eines himmlischen Helfers blickte er in das schwarze Antlitz von etwas, was er für den Teufel auf Erden hielt.

»Ach Gott, ach Gott«, sagte Mr. Lightfoot. Seine Augen hatten die Bombe entdeckt, und seine Ohren vernahmen das Ticken des Detonationsmechanismus'. »Da stecken Sie aber ganz schön in Schwierigkeiten.«

»Bist du hergekommen, um zuzuschauen, wie ich in die Luft fliege, du schwarzer Wilder?« knurrte Mr. Moultry.

»Nein, Sir. Bin gekommen, damit Sie nicht in die Luft fliegen.«

»*Du?* Willst *mir* helfen? Ha!« Er holte tief Luft und brüllte mit seiner heiser gewordenen Stimme: »*Jack! So hilf mir doch jemand! Irgendein Weißer!*«

»Mr. Moultry, Sir?« Mr. Lightfoot wartete, bis die Lunge des anderen Mannes ihren Dienst versagte. »Diese Bombe da mag solchen Lärm vielleicht gar nicht.«

Mr. Moultry, dessen Gesicht mittlerweile die Farbe von Ketchup angenommen hatte und mit Schweißtropfen bedeckt war, begann erneut gegen seine Lage anzukämpfen. Er fuchtelte herum und trat um sich und zerrte an dem Schutthaufen; in einem Anfall von Wut packte er sein eigenes Hemd und riß sich die letzten Fetzen davon herunter; seine Hände schienen die Luft selbst packen zu wollen, doch sie fanden keinen Halt. Und dann streckte ihn der Schmerz nieder wie ein Ringer, der einen anderen auf die Matte warf, und Mr. Moultry lag atemlos keuchend da, noch immer mit zwei gebrochenen Beinen und einer tickenden Bombe neben seinem Kopf.

»Ich denke«, sagte Mr. Lightfoot, und er gähnte, denn es war bereits spät, »ich komme jetzt mal runter.«

Es hätte schon Silvester sein können, als Mr. Lightfoot schließlich die unterste Sprosse der Leiter erreichte. Die Werkzeuge an seinem Gürtel schlugen scheppernd gegeneinander. Mit seiner Werkzeugtasche in der Hand, ging er auf Mr. Moultry zu, doch das Plakat mit dem glubschäugigen Possenreißer an der Wand erregte seine Aufmerksamkeit. Er starrte es eine Weile an, und die Bombe tickte.

»He-he«, sagte Mr. Lightfoot und schüttelte den Kopf. »He-he.«

»Worüber lachst du denn, du blöder Bimbo?«

»Das ist ein Weißer«, sagte er. »Ganz angemalt, so daß er wie ein Narr aussieht.«

Schließlich riß Mr. Lightfoot sich von dem Bild von Al Jolson los und ging zur Bombe. Er räumte einige Dielen und Dachziegel beiseite und setzte sich auf die rote Erde, ein Handlungsablauf, als würde man einer Schnecke dabei zuschauen, wie sie ein Fußballfeld überquerte. Er zog die Werkzeugtasche zu sich heran, als wäre sie ein treuer Kamerad. Dann holte er eine Drahtbügelbrille aus der Brusttasche seines Hemdes, hauchte auf die Gläser und wischte sie an seinem Ärmel ab, alles mit quälender Langsamkeit.

»Womit habe ich das verdient?« krächzte Mr. Moultry.

Mr. Lightfoot setzte seine Brille auf. »Nun«, sagte er. »Kann ich.« Er beugte den Kopf über die Bombe, und als er die Stirn runzelte, vertieften sich die kleinen Falten zwischen seinen Augen. »Sehen, was was ist.«

Er nahm einen winzigen Hammer aus seinem Gürtel, leckte sich den Daumen und – langsam, langsam – schmierte die Spucke auf den Hammerkopf. Dann klopfte er damit so leicht gegen die Seite der Bombe, daß kaum ein Laut ertönte.

»Schlag nicht dagegen! O Jeeeesus! Du wirst uns noch beide in die Hölle bringen!«

»Hab ich«, erwiderte Mr. Lightfoot, während er vorsichtig die Seite der Bombe abklopfte, »nicht vor.« Er preßte sein Ohr gegen die stählerne Haut der Bombe. »Aha«, sagte er. »Ich höre dich sprechen.« Während Mr. Moultry in angstvollem Schweigen tausend Qualen durchlitt, machten sich Mr. Lightfoots Finger an die Arbeit und bewegten sich über die Bombe, als würden sie einen kleinen Hund streicheln. »Aha.« Seine Finger hielten an einer dünnen Nahtstelle inne. »Das ist der Weg zu deinem Herzen, was?« Er fand vier Schrauben dicht unter den Heckflossen und zog den passenden Schraubenzieher aus seinem Gürtel, alles mit der Geschwindigkeit eines schmelzenden Gletschers.

»Du bist hergekommen, um mich umzubringen, stimmt's?« sagte Mr. Moultry stöhnend. Die Erkenntnis traf ihn wie ein Blitz. »*Sie* hat dich geschickt, ja? Sie hat dich geschickt, um mich zu töten!«

»Halb«, sagte Mr. Lightfoot, während er die erste Windung der ersten Schraube drehte, »richtig.«

Äonen später fiel die letzte Schraube in Mr. Lightfoots Handfläche. Mr. Lightfoot hatte angefangen, auf seine schlafwandlerische Art »Frosty, the Snowman« zu summen. Irgendwann zwischen dem Entfernen der zweiten und dritten Schraube hatte sich das Geräusch des Detonationsmechanismus' von einem Ticken in ein Ratschen verwandelt. Mr. Moultry, der im Dampfbad seines eigenen Schweißes dalag, während er mit glasigen Augen im Delirium seinen Kopf von einer Seite auf die andere riß, hatte fünf Pfund verloren.

Mr. Lightfoot fischte einen kleinen blauen Glasnapf aus seiner Werkzeugtasche. Er öffnete ihn und holte mit dem Zeigefinger einen schmierigen Klumpen von der Farbe der Haut eines Aals heraus. Er spuckte darauf und schmierte das Zeug auf die Naht, die einmal um die Bombe herumführte. Dann umfaßte er die Heckflossen und versuchte sie gegen den Uhrzeigersinn zu drehen. Sie weigerten sich. Er versuchte es im Uhrzeigersinn, doch auch das nützte nichts.

»Hör mal!« Mr. Lightfoots Stimme klang streng, und seine Stirn runzelte sich tadelnd. »Mach mir keinen Ärger!« Er klopfte mit dem Miniaturhammer gegen die Schraubenlöcher, und Mr. Moultry verlor ein paar weitere Gramm, als seine Hosen plötzlich naß wurden. Dann packte Mr. Lightfoot die Heckflossen mit beiden Händen und zog.

Mit einem schrillen, hohen *Kreeeeiiisch* des Widerstands begann sich der hintere Teil der Bombe zu lösen. Es war harte Arbeit, und Mr. Lightfoot mußte eine Pause machen, um seine verkrampften Finger zu lockern. Dann ging er wieder ans Werk, mit der ganzen Entschlossenheit eines Faultiers, das sich an einem Ast festklammerte. Schließlich löste sich das Heckteil vollständig, und darunter kamen elektronische Schaltkreise zum Vorschein, ein Dschungel aus verschiedenfarbigen Drähten und glänzenden schwarzen Zylindern, die an die Rücken von Küchenschaben erinnerten.

»*Tätäääää!*« hauchte Mr. Lightfoot, völlig verzaubert. »Ist das nicht hübsch?«

»Du bringst mich um ...« wimmerte Mr. Moultry. »Du bringst mich um ...«

Das Ratschen war nun lauter. Mr. Lightfoot verwendete einen Metallstab, um das kleine rote Kästchen zu berühren, von dem das Geräusch ausging. Dann benutzte er seinen Finger, und er pfiff, als er den Finger wieder zurückzog. »Oho! Wird irgendwie warm.«

Mr. Moultry verlor nun völlig die Fassung. Seine Nase lief, und Tränen rannen aus seinen verquollenen Augen.

Mr. Lightfoots Finger waren wieder am Werk und folgten den Drähten zu ihrem Ursprungsort. Der Geruch von Hitze stieg in die Luft auf, die über dem roten Kästchen waberte. Mr. Lightfoot kratzte sich am Kinn. »Wissen Sie«, sagte er, »ich glaube, wir haben hier ein Problem.«

Mr. Moultry zitterte am Rande eines Komas.

»Sehen Sie, ich« – Mr. Lightfoot tippte sich gegen sein Kinn, die Augen schmal vor Konzentration – »repariere Sachen. Ich mache sie nicht kaputt.« Er holte tief Luft und entließ sie langsam wieder. »Scheint mir, hier muß ich was kaputtmachen.« Er nickte. »Ja, Sir. Und ich hasse es, etwas so Hübsches kaputtzumachen.« Er wählte einen anderen, größeren Hammer. »Aber es muß sein.« Er ließ den Hammer auf das rote Kästchen herabsausen. Die Plastikummantelung platzte von einem Ende zum anderen auf. Mr. Moultrys Zähne verbissen sich in seiner Zunge. Mr. Lightfoot entfernte die beiden Teile und betrachtete die kleineren Zahnräder und Drähte darunter. »Ein Rätsel nach dem anderen«, sagte er. Er versenkte seine Hand in seiner Werkzeugtasche, und als er sie wieder hervorzog, hielt er darin einen kleinen Drahtschneider, an dem noch immer das Neunundneunzig-Cent-Preisschild klebte. »Nun hör mal gut zu«, befahl er der Bombe, »rülps mir nicht ins Gesicht, verstanden?«

»O Gott, O Jesus im Himmel, oh, ich komme in den Himmel, ich komme«, keuchte Mr. Moultry.

»Wenn Sie da sind«, sagte Mr. Lightfoot mit einem Lächeln, »dann melden Sie Petrus, ein Mann für die kleinen Reparaturen ist schon auf dem Weg.« Er führte den Drahtschneider zu zwei Drähten – einer schwarz, der andere weiß –, die sich im Herzen der Maschine überkreuzten.

»*Warte*«, flüsterte Mr. Moultry. »Warte . . .«

Mr. Lightfoot hielt inne.

»Ich muß es mir von der Seele reden«, sagte Mr. Moultry. Seine Augen waren mittlerweile so vorgequollen wie die des Possenreißers. »Muß mich erleichtern, damit ich in den Himmel aufsteigen kann. Hör mir zu . . .«

»Ich höre«, erwiderte Mr. Lightfoot, während die Bombe weiter vor sich hin sprach.

»Gerald und ich . . . wir . . . eigentlich hat Gerald das meiste gemacht . . . ich wollte nichts damit zu tun haben . . . aber . . . sie ist eingestellt . . . um zehn Uhr morgens . . . hochzugehen . . . . am zweiten Feiertag. Hörst du? Zehn Uhr morgens. Es ist eine Kiste . . . voller Dynamit . . . und ein

Wecker als Zeitzünder. Wir haben Biggun Blaylock bezahlt, und er ... er hat es für uns besorgt.« Mr. Moultry schluckte. Vielleicht spürte er schon das Höllenfeuer unter seinem Hintern. »Es soll das Bürgerrechtsmuseum in die Luft sprengen. Wir ... eigentlich war das alles Geralds Idee ... haben uns dazu entschlossen, als wir davon erfuhren, daß die Dame vorhatte, es zu bauen. Hör mir zu, Lightfoot!«

»Ich höre«, erwiderte er langsam und ruhig.

»Gerald hat sie gelegt, irgendwo um das Museum herum. Könnte im Freizeitzentrum sein. Ich weiß nicht, wo sie ist, das schwöre ich bei Gott ... aber sie sitzt in diesem Moment da drüben, und sie wird um zehn Uhr morgens hochgehen, am zweiten Feiertag.«

»Ist das so?« fragte Mr. Lightfoot.

»Ja! Es ist die Wahrheit, und Gott kann mich jetzt in den Himmel holen, denn ich habe meine Seele befreit!«

»Aha.« Mr. Lightfoot streckte die Hand aus. Er umfaßte den schwarzen Draht mit dem Drahtschneider und, *schnipp*, der schwarze Draht war durchtrennt. Die Bombe ließ sich jedoch nicht so leicht zum Schweigen bringen.

»Hörst du mich nicht, Lightfoot? Eine Kiste mit Dynamit steht da drüben!«

Mr. Lightfoot machte sich nun an den weißen Draht. Ein Muskel zuckte an seinem Kiefer, und Schweiß glänzte auf seinen Wangen wie Diamantstaub. »Nein, ist sie nicht.«

»Sie ist nicht was?«

»Dort drüben. Nicht mehr. Ist gefunden worden. Muß jetzt diesen Draht durchtrennen.« Seine Hand zitterte. »Kann hochgehen, wenn ich den falschen Draht zuerst durchtrenne.«

»Gott hab Erbarmen«, wimmerte Mr. Moultry. »O Jesus, ich schwöre, ich werde jeden Tag ein guter Junge sein, wenn du mich nur weiterleben läßt!«

»Ich schneide jetzt«, sagte Mr. Lightfoot.

Mr. Moultry kniff die Augen zusammen. Der Drahtschneider machte *schnipp.*

KA-BUUUUMMMMM!

In jenem unglaublichen Aufbrüllen der Zerstörung und des Feuers begann Mr. Moultry zu schreien.

Als seine Schreie schwächer geworden waren, hörte er weder die Harfen von Engeln noch Teufel, die »For He's a Jolly Good Fellow« sangen. Er hörte: »Hä-hä-hä-hä.«

Mr. Moultry riß die Augen auf.

Mr. Lightfoot grinste. Er blies ein kleines, züngelndes Flämmchen am durchtrennten Ende des weißen Drahts aus. Die Bombe war bezähmt und stumm. Mr. Lightfoot sprach mit einer Stimme, die noch heiser war von dem unglaublichen Schrei, den er gerade in Mr. Moultrys Ohr gebrüllt hatte. »Entschuldigen Sie bitte, Sir«, sagte er. »Ich mußte es einfach tun.«

Mr. Moultry schien in sich zusammenzusacken, als wäre irgendwo ein Loch in seinem Körper, aus dem Luft entströmte. Mit einem leisen Zischen fiel er in Ohnmacht.

5
Sechzehn Blutstropfen

Ich bin zurück.

Die Zeitbombenkiste voller Dynamit – mit einer Extrastange vom großzügigen Biggun Blaylock – war tatsächlich gefunden worden, kurz nachdem ich die Dame davon informiert hatte, wer meine nächtlichen Traumbesucher waren. Ich mußte das Bild irgendwo in meinem Hinterkopf verwahrt haben, und dann, nach dem brennenden Kreuz und nachdem ich gesehen hatte, wie Mr. Hargison und Mr. Moultry die Kiste von Biggun Blaylock kauften, mußte ich im Unterbewußtsein erkannt haben, was das für eine Kiste war. Deshalb hatte ich angefangen, meinen Wecker vom Nachttisch zu schleudern. Der einzige Haken dieser Theorie war, daß ich vor meinem Besuch im Museum nie die Bilder der Mädchen gesehen hatte, die in der Baptistenkirche in der 16th Street umgekommen waren. Ich denke nicht darüber nach. Vielleicht waren sie doch im *Life*. Mom hat das Heft fortgeworfen, also kann ich nicht sicher sein.

Die Dame fügte alles zusammen, sobald ich es ihr erzählt hatte. Sie sorgte dafür, daß jeder auf dem Empfang sich im Freizeitzentrum, im Bürgerrechtsmuseum oder in der näheren Umgebung auf die Suche nach einer Holzkiste machte. Niemand konnte sie finden, obgleich wir alles auseinandernahmen. Dann erinnerte sich die Dame daran, daß Mr. Hargison Briefträger war. Direkt draußen vor dem Zentrum, an der Ecke der Buckhart Street, stand ein Briefkasten. Charles Damaronde hielt Gavin an den Füßen fest, während dieser in den Briefkasten hinunterrutschte, und wir hörten eine gedämpfte Stimme sagen: »Hier ist sie!« Er konnte sie jedoch nicht herausholen, da sie zu schwer war. Sheriff Marchette wurde herbeigerufen, und er kam in Begleitung des Postmeisters von Zephyr, Mr. Conrad Oatman, der den Schlüssel für den Briefkasten mitbrachte. In der Kiste war genug Dynamit, um das Freizeitzentrum, das Bürgerrechtsmuseum und zwei, drei Häuser auf der anderen Straßenseite in die Luft zu sprengen. Offensichtlich konnte man mit vierhundert Dollar einen ganz schön großen Knall kaufen.

Mr. Hargison, der wußte, zu welchen Zeiten die Post abgeholt wurde und daß der Briefkasten nicht vor dem Nachmittag des 26. Dezember geöffnet werden würde, hatte den Wecker am Zeitzünder auf Punkt zehn Uhr morgens eingestellt. Sheriff Marchette sagte, die Bombe sei von einem Experten zusammengebaut worden, denn man konnte den Zeitzünder sowohl auf zwölf als auch auf vierundzwanzig oder achtundvierzig Stunden einstellen. Er sagte zu der Dame, er wolle, daß Mr. Hargison oder Mr. Moultry noch nicht erfahre, daß die Bombe gefunden worden war, nicht, bis das Innere auf Fingerabdrücke untersucht worden war. Mom und ich hatten es Dad erzählt, als wir vom Freizeitzentrum nach Hause kamen, und ich muß sagen, daß er und Sheriff Marchette gute Arbeit geleistet hatten, sich nichts anmerken zu lassen, als sie in Dick Moultrys Haus waren und Mr. Hargison hereinspaziert kam. Wie sich herausstellte, war Mr. Moultrys Geständnis nur der Guß auf der Torte, denn auf der Zeitbombe fanden sich fünf Abdrücke, die perfekt mit Mr. Hargisons Fingern übereinstimmten. Und so wurden die beiden ziemlich bald zu einem Besuch ins FBI-Büro in Birmingham gebracht. Ich brauche wohl nicht noch extra zu erwähnen, daß ihre Namen von der Liste der Bewohner meiner Heimatstadt gestrichen wurden.

Das Bürgerrechtsmuseum hatte eine feierliche Eröffnung.

Ich hatte keine Träume mehr von den vier schwarzen Mädchen. Doch wenn ich sie je wiedersehen wollte, dann wußte ich, wohin ich gehen mußte.
Das Herabfallen einer Bombe von einem Düsenjäger und das Finden einer Ku-Klux-Klan-Bombe in einem Briefkasten vor dem Bürgerrechtsmuseum hielt Zephyr in den Tagen nach Weihnachten in Atem. Ben, Johnny und ich stritten darüber, ob Mr. Lightfoot Angst vor der Bombe gehabt hatte oder nicht. Ben sagte, er hätte Angst gehabt, während Johnny und ich die Position vertraten, daß Mr. Lightfoot wie Nemo Curliss war; doch statt für Baseball, besaß Mr. Lightfoot ein Naturtalent für alles Mechanische, selbst eine Bombe, und so hatte er die ganze Zeit über genau gewußt, was er tat, als er sich mit den Drähten abmühte. Nebenbei bemerkt, hatte Ben noch ein interessantes Erlebnis in Birmingham gehabt. Er und seine Mom und sein Dad waren bei Bens Onkel Miles untergekommen, der in einer Bank in der Stadt arbeitete. Miles hatte Ben tatsächlich ein Bündel mit fünfzig Einhundertdollarscheinen in die Hand nehmen lassen, und Bens Finger kribbelten noch immer davon. Ben verkündete, daß er zwar nicht wüßte, was er später werden würde, doch wenn möglich, würde es etwas sein, daß mit viel, viel Geld zu tun hatte. Johnny und ich lachten ihn nur aus. Wir vermißten Davy Ray, denn wir wußten, welchen Kommentar er dazu abgegeben hätte.
Johnny hatte sich zwei Dinge zu Weihnachten gewünscht und sie auch bekommen. Eins war ein Polizeispielkoffer, komplett mit Ehrenabzeichen, Fingerabdruckpuder, Handschellen, Einbrecherpulver, das sich an den Sohlen von Einbrechern festsetzte und nur in ultraviolettem Licht zu sehen war, und einem Handbuch für Polizisten. Das andere war ein hölzerner Schaukasten mit kleinen Fächern darin, in dem er seine Pfeilspitzensammlung ausstellen konnte. Er füllte alle Fächer bis auf eins, das für eine gewisse glatte schwarze

Pfeilspitze reserviert war, sollte Häuptling Fünf Donner sich je entscheiden, sie noch einmal herzugeben.
Eine Frage bezüglich Mr. Lightfoot und der Bombe blieb. Mom brachte sie am Abend nach dem zweiten Feiertag zur Sprache, während kalter Regen auf Zephyr fiel.
»Tom?« sagte sie. Wir saßen alle im Wohnzimmer, und im Kamin prasselte ein gemütliches Feuer. Man hätte *Die goldenen Äpfel der Sonne* nicht mit einem Brecheisen aus meinen Händen lösen können. »Weshalb ist Mr. Lightfoot überhaupt zu Dick Moultrys Haus gegangen? Ich hätte nicht gedacht, daß das etwas wäre, zu dem er sich freiwillig melden würde.«
Dad antwortete nicht.
Genauso wie Eltern einen sechsten Sinn hatten, was ihre Kinder betraf, hatten Kinder einen, wenn es um ihre Eltern ging. Ich ließ mein Buch sinken. Dad las weiter seine Zeitung.
»Tom? Weißt du, weshalb Mr. Lightfoot das getan hat?«
Er räusperte sich. »Irgendwie schon«, sagte er leise.
»Nun, was war es?«
»Ich nehme an ... ich hatte etwas damit zu tun.«
»*Du?* Aber wie?«
Er ließ die Zeitung sinken, denn er erkannte, daß es keinen anderen Ausweg als die Wahrheit gab. »Ich ... habe die Dame um Hilfe gebeten.«
Mom wußte nicht, was sie dazu sagen sollte. Regen prasselte gegen die Fenster, und das Holzscheit im Kamin knackte und knisterte, doch sie saß vollkommen reglos und stumm da.
»Ich dachte mir, wenn Dick jemand helfen konnte, dann sie. Nach dem, was sie mit Biggun Blaylocks Munitionsbeutel gemacht hat ... ich dachte, sie könnte ihm helfen. Und ich hatte recht, wie's scheint. Sie hat Marcus Lightfoot angerufen, während ich dort in ihrem Haus war.«

»In ihrem *Haus*? Das kann ich einfach nicht glauben! Du bist zum Haus der Dame gegangen?«
»Nicht einfach nur dorthin. Direkt hinein. Ich habe mich in ihren Sessel gesetzt. Ich habe eine Tasse von ihrem Kaffee getrunken.« Er zuckte mit den Schultern. »Ich nehme an, ich hatte Schrumpfköpfe an den Wänden und giftige Spinnen in allen Ecken erwartet. Ich wußte nicht, daß sie *religiös* ist.«
»Zum Haus der Dame«, sagte Mom. »Ich kann es einfach nicht glauben! Und das, nachdem du die ganze Zeit solche Angst vor ihr gehabt hast!«
»Ich hatte keine Angst vor ihr«, korrigierte Dad Mom. »Mir war nur ... ein wenig unwohl dabei, das ist alles.«
»Und sie hat gesagt, sie würde Dick Moultry helfen? Selbst nachdem sie schon wußte, daß er bei der Sache mit der Zeitbombe seine Hand im Spiel hatte?«
»Nun ... ganz so einfach war es nicht«, gestand mein Vater.
»Oh?« Mom wartete. Als Dad mit keinen weiteren Informationen rausrücken wollte, sagte Mom: »Ich würde es gern hören.«
»Ich mußte ihr versprechen, daß ich wiederkommen würde. Sie sagte, sie brauche mich nur anzuschauen und würde sehen, daß ich bei lebendigem Leibe aufgefressen werde. Sie sagte, man sähe es in meinem Gesicht, und auch in Corys. Sie sagte, wir würden alle unter der Last des Toten auf dem Grund von Saxon's Lake leben.« Dad legte die Zeitung beiseite und schaute ins Feuer. »Und weißt du was? Sie hat recht. Ich habe versprochen, daß ich morgen abend um sieben Uhr wieder zu ihr kommen würde. Ich hätte es dir schon erzählt, irgendwann. Aber vielleicht auch nicht, ich weiß nicht.«
»Stolz, Stolz«, tadelte Mom ihn. »Willst du mir etwa sagen, daß du etwas für Dick Moultry getan hast, was du für *mich* nicht tun wolltest?«

»Nein. Ich war einfach noch nicht bereit. Dick brauchte Hilfe. Ich habe sie für ihn gefunden. Und nun bin ich bereit, sie für mich zu finden, und für euch beide auch.«

Mom erhob sich aus ihrem Sessel. Sie stellte sich hinter meinen Vater und legte ihre Hände auf seine Schultern, dann stützte sie zärtlich ihr Kinn auf seinen Kopf. Ich beobachtete, wie ihre Schatten verschmolzen. Er griff nach oben und legte seinen Arm um ihren Nacken. So blieben sie eine Weile, Herz an Herz, während das Kaminfeuer knisterte und zischte.

Es war Zeit, zur Dame zu gehen.

Mr. Damaronde machte uns die Tür auf, als wir zehn Minuten vor sieben an ihrem Haus eintrafen. Dad hatte keine Scheu, die Schwelle zu überschreiten; seine Furcht vor der Dame war verschwunden. Der Mondmann kam heraus, gekleidet in seinen Hausmantel, und bot uns Brezeln an. Mrs. Damaronde brühte Kaffee auf – nach New Orleanser Art mit Zichorie, wie sie sagte –, und wir warteten im Wohnzimmer, bis die Dame bereit war, uns zu empfangen.

Ich behielt meinen Verdacht gegen Dr. Lezander für mich. In meinem Herzen mochte ich einfach noch nicht glauben, daß Dr. Lezander, der immer so freundlich und fürsorglich zu Rebell gewesen war, ein Mörder sein sollte. Ich hatte die Verbindung mit den beiden Papageien, doch es gab nichts, was Dr. Lezander mit dem Toten in Verbindung brachte, abgesehen von der grünen Feder, und das war einfach nur meine Theorie. Gut, er reagierte auf Milch allergisch, und er war ein Nachtschwärmer; aber machte ihn das gleich zu einem Mörder? Bevor ich es meinen Eltern erzählte, brauchte ich etwas Handfesteres.

Wir mußten nicht lange warten. Mr. Damaronde bat uns, ihm zu folgen, und er führte uns nicht zum Schlafzimmer der Dame, sondern zu einem anderen Zimmer auf der gegenüberliegenden Seite des Flurs. Dort saß die Dame auf einem Stuhl mit hoher Lehne hinter einem zusammenklappbaren Kartentisch. Sie trug weder eine Voodoo-Robe noch eine Zauberkappe, sondern einfach ein schlichtes dunkelgraues Kleid mit einer Brosche in der Form eines tanzenden Harlekins am Kragen. Auf dem Boden des Raums, der offensichtlich ihr Konsultationszimmer war, lag ein Läufer aus verwobenen Gräsern, und in der Ecke stand ein verwachsener Baum in einem Tontopf. Die Wände waren beige gestrichen und schmucklos. Mr. Damaronde schloß die Tür, und die Dame sagte: »Setzen Sie sich, Tom.«

Dad gehorchte. Ich konnte erkennen, daß er nervös war, denn ich hörte seinen Kehlkopf knacken, wenn er schluckte. Er zuckte leicht zusammen, als die Dame neben ihrem Stuhl nach unten griff und eine Arzttasche hochhob. Sie stellte die Tasche auf den Tisch und öffnete den Reißverschluß.

»Wird es weh tun?« fragte Dad.

»Vielleicht. Kommt darauf an.«

»Worauf?«

»Wie tief wir schneiden müssen, um an die Wahrheit zu gelangen«, erwiderte sie. Sie griff in die Tasche und holte etwas heraus, das in ein blaues Tuch gewickelt war. Dann folgten eine silberne Filigrandose und ein Kartenspiel. Als nächstes holte sie ein Blatt Schreibmaschinenpapier heraus. Im Schein der Deckenlampe konnte ich das Nifty-Wasserzeichen erkennen; es war dieselbe Marke Papier, die auch ich benutzte. Als letztes nahm sie ein Tablettenfläschchen aus der Tasche, in dem sich drei polierte Flußkiesel befanden: Einer ebenholzschwarz, einer rötlichbraun, einer weiß mit einer grauen Maserung. Sie sagte: »Öffnen Sie Ihre rechte Hand«, und als Dad es tat, schraubte sie den Verschluß des Tablettenfläschchens ab und schüttete die Flußkiesel auf seine Handfläche. »Bewegen Sie sie eine Weile in Ihrer Hand«, wies sie ihn an.

Dad lächelte nervös, während er tat, worum sie ihn gebeten hatte. »Sind die aus Old Moses' Bauch oder so was?«
»Nein. Es sind nur alte Kiesel, die ich gefunden habe. Bewegen Sie sie weiter, es wird Sie beruhigen.«
»Oh«, sagte Dad und rollte die Sorgenkiesel auf seiner Handfläche umher.
Mom und ich standen etwas abseits, um der Dame viel Platz dafür zu lassen, was sie zu tun vorhatte. Was immer das auch sein mochte. Ich weiß nicht, was ich erwartete. Vielleicht eine jener von Fackeln erleuchteten Zeremonien, bei denen Leute im Kreis herumtanzten und schrien. Doch dies war vollkommen anders. Die Dame begann die Karten zu mischen, und die Art, wie sie es tat, ließ mich vermuten, daß Maverick es sich von ihr hatte beibringen lassen. »Erzählen Sie mir von Ihren Träumen, Tom«, sagte sie, während die Karten mit einem leisen Rascheln durch ihre geschickten Finger glitten.
Dad blickte unbehaglich zu uns herüber. »Wollen Sie, daß sie gehen?« fragte die Dame, doch er schüttelte den Kopf. »Ich träume davon«, begann er, »daß ich sehe, wie der Wagen in den See stürzt. Dann bin ich mit ihm im Wasser, und ich schaue durch das Fenster auf den Toten. Sein Gesicht ... völlig entstellt. Die Handschellen an seinem Handgelenk. Die Klaviersaite um seinen Hals. Und als der Wagen versinkt und das Wasser in ihn hineinströmt, da ...« Dad mußte einen Augenblick innehalten. Die Kiesel in seiner Hand klackten gegeneinander. »Er sieht mich an und grinst. Dieses schreckliche, entstellte Gesicht grinst. Und wenn er spricht, ist es, als hörte man ... Schlamm gurgeln.«
»Was sagt er?«
»Er sagt ... ›Komm mit mir, unten im Dunkeln.‹« Dads Gesicht war eine einzige Qual, und es schmerzte mich, es anzusehen. »Das ist es, was er sagt. ›Komm mit mir, unten im Dunkeln.‹ Und er greift nach mir, mit der Hand, die

nicht angekettet ist. Er greift nach mir, und ich weiche zurück, denn ich habe Todesangst davor, daß er mich berührt. Dann ist es vorbei.«

»Haben Sie andere wiederkehrende Träume?«

»Ein paar. Doch keiner ist so stark wie dieser. Manchmal glaube ich Klaviermusik zu hören. Manchmal glaube ich jemanden schreien zu hören, doch es ist nur unverständliches Zeug. Hin und wieder sehe ich Hände, die den Draht halten, und etwas, was wie ein dicker Holzstock aussieht, den man mit schwarzem Klebeband umwickelt hat. Da sind Gesichter, doch sie sind ganz verschwommen, so als würde ich sie durch Blut hindurch sehen oder meine Augen hätten Schwierigkeiten, sich auf einen Punkt zu konzentrieren. Doch diese Träume kommen bei weitem nicht so häufig wie der über den Mann im Wagen.«

»Hat Rebecca Ihnen erzählt, daß auch ich einige dieser Fetzen empfange?« Sie mischte weiter die Karten. Es war ein hypnotisches, beruhigendes Geräusch. »Ich hörte Bruchstücke von Klaviermusik, das Schreien, und ich sehe den Draht und den Totschläger. Ich habe die Tätowierung gesehen, aber nichts sonst von ihm.« Sie lächelte leicht. »Sie und ich sind in dieselbe Steckdose eingestöpselt, Tom, aber Sie bekommen mehr Saft als ich. Können Sie das überbieten?«

»Ich dachte, Sie wären hier angeblich der Seher«, sagte Dad.

»Das bin ich. Angeblich. Doch jeder Mensch besitzt Traumaugen, Tom. Jeder sieht Fetzen des einen oder anderen Quilts. Sie sind sehr nah an diesem dran. Näher als ich. Das ist der Grund.«

Dad ließ die Flußkiesel rollen. Die Dame mischte ihre Karten und wartete.

»Zuerst«, sagte er, »hatte ich diese Träume immer gleich, wenn ich zu Bett ging. Später dann ... überkamen sie mich, selbst wenn ich nicht schlief. Während des Tages.

Es ist nur ein kurzer, flüchtiger Blick auf den Wagen und das Gesicht des Mannes, und ich höre ihn rufen. Er sagt immer und immer wieder dasselbe: ›Komm mit mir, unten im Dunkeln.‹ Ich höre diese schlammige, gurgelnde Stimme, und ich ... ich bin kurz davor, deswegen zu zerbrechen, denn ich kann es einfach nicht abschütteln. Ich finde keine Ruhe mehr. Ich bin die ganze Nacht auf, denn ich habe zuviel Angst, einzuschlafen, aus Furcht ...« Seine Stimme erstarb.

»Ja?« drängte die Dame.

»Aus Furcht ... jenem Toten zuzuhören und zu tun, was er von mir verlangt.«

»Und was soll das sein, Tom?«

»Ich denke, er will, daß ich mich umbringe«, sagte Dad.

Das Rascheln der Karten verstummte. Mom ergriff meine Hand und drückte sie fest.

»Ich denke, er ... will, daß ich zu diesem See komme und mich darin ertränke. Ich denke, er will, daß ich mit ihm komme, unten im Dunkeln.«

Die Dame musterte ihn durchdringend. Ihre smaragdgrünen Augen begannen zu funkeln. »Und warum sollte er das wollen, Tom?«

»Ich weiß nicht. Vielleicht will er Gesellschaft haben.« Er versuchte zu lächeln, doch sein Mund gehorchte ihm nicht.

»Ich möchte, daß Sie sehr, sehr gründlich nachdenken. Sind das die genauen Worte?«

»Ja. ›Komm mit mir, unten im Dunkeln.‹ Er spricht es etwas gurgelnd, wohl weil sein Kiefer gebrochen ist oder weil Blut und Wasser in seinem Mund sind, doch ... ja, das ist es.«

»Sonst nichts? Ruft er Sie bei Ihrem Namen?«

»Nein. Das ist alles.«

»Wissen Sie, das ist komisch, finden Sie nicht auch?« fragte die Dame.

»Ich wünschte, ich wüßte, was daran komisch sein soll!« erwiderte Dad.

»Dies: Wenn der Tote die Chance hat, mit Ihnen zu sprechen – Ihnen eine Botschaft zu übermitteln –, warum vergeudet er seine Zeit dann damit, Sie aufzufordern, Selbstmord zu begehen? Warum sagt er Ihnen nicht, wer ihn ermordet hat?«

Dad blinzelte. Nun verstummte das Klacken der Kiesel.

»Darüber ... habe ich nie nachgedacht.«

»Dann denken Sie darüber nach. Der Tote hat eine Stimme, wie zerrissen sie auch sein mag. Warum nennt er Ihnen nicht den Namen seines Mörders?«

»Das vermag ich nicht zu sagen. Ich denke, er würde es, wenn er könnte.«

»Er könnte.« Die Dame nickte. »Wenn er zu Ihnen sprechen würde.«

»Ich kann Ihnen nicht folgen.«

»Vielleicht«, sagte sie, »sind da drei Stecker in dieser Steckdose.«

Langsam dämmerte es Dad. Ebenso wie mir und Mom.

»Der Tote spricht nicht zu Ihnen, Tom«, fuhr die Dame fort. »Er spricht zu seinem Mörder.«

»Sie ... meinen, ich ...«

»Sie empfangen den Traum des Mörders, genauso wie ich Ihren empfange. Oh, Erbarmen! Sie haben ganz schön *starke* Traumaugen, Tom!«

»Er will nicht ... daß ich mich *umbringe*, weil ich ihn nicht retten konnte?«

»Nein«, antwortete die Dame. »Da bin ich mir sicher.«

Dad preßte seine freie Hand auf seinen Mund. Tränen standen in seinen Augen, und ich hörte, wie Mom neben mir bei diesem Anblick aufschluchzte. Er beugte den Kopf nach vorn. Eine einzelne Träne fiel auf den Tisch.

»Ein tiefer Schnitt«, sagte die Dame. »Aber es ist ein heil-

samer Schmerz, nicht wahr? So als würde man ein Krebsgeschwür herausschneiden.«
»Ja.« Seine Stimme brach. »Ja.«
»Wenn Sie hinausgehen und sich ein wenig die Beine vertreten wollen, tun Sie es ruhig.«
Dads Schultern bebten. Doch die Last fiel von ihm ab, Tonne für Tonne. Er holte tief Luft, sog den Atem ein wie ein Mann, der gerade die Oberfläche eines düsteren Gewässers durchbrochen hatte. »Mir geht es gut«, sagte er, aber er hob sein Gesicht noch nicht. »Geben Sie mir eine Minute.«
»Nehmen Sie sich so viele Minuten, wie Sie brauchen.«
Schließlich sah er auf. Er war noch immer der Mann, der er ein paar Augenblicke zuvor gewesen war; sein Gesicht war noch immer von Sorgenfalten überzogen, sein Kinn noch immer ein wenig hängend. Doch seine Augen waren wieder die eines Jungen, und er war frei.
»Sie wollen herausfinden, wer der Mörder ist?« fragte die Dame.
Dad nickte.
»Ich habe eine Menge Freunde auf der anderen Seite des Flusses. Wenn Sie erst einmal so alt wie ich sind, haben Sie mehr Freunde auf jener Seite als auf dieser. Sie sehen Dinge, und manchmal erzählen sie mir davon. Doch sie treiben auch gern ihre Spielchen mit mir. Sie lieben es, mir ein Rätsel aufzugeben. Also treten sie nie einfach vor und beantworten eine Frage direkt; es ist immer eine doppeldeutige Antwort, doch es ist immer die Wahrheit. Wollen Sie sich ihrer in dieser Angelegenheit bedienen?« Es hörte sich an wie eine Frage, die sie schon sehr oft gestellt hatte.
»Ich denke schon.«
»Entweder ja oder nein, ein ›ich denke schon‹ hat hier nichts zu suchen.«
Nach einem kurzen Zögern erwiderte mein Vater: »Ja.«
Die Dame öffnete die silberne Filigrandose und schüttete

sechs kleine Knochen auf dem Tisch aus. »Legen Sie die Kiesel fort«, sagte sie. »Nehmen Sie diese in Ihre rechte Hand.«
Dad schaute angewidert auf das, was vor ihm lag. »Muß ich?«
Die Dame schwieg einen Augenblick. Dann seufzte sie und sagte: »Nein. Es ist gut, um in die richtige Stimmung zu kommen, das ist alles.« Sie schob die Knochen mit der Handkante zurück in die Dose, sie schloß die Dose und legte sie beiseite. Dann griff sie abermals in ihre Arzttasche. Diesmal holte sie eine Flasche mit einer klaren Flüssigkeit und einen Plastikbeutel voller Wattebäusche heraus. »Aber Sie müssen die Kiesel aus der Hand legen. Strecken Sie Ihren Zeigefinger aus.«
»Warum?«
»Weil ich es gesagt habe.«
Er tat es. Die Dame schraubte die Flasche auf und tränkte einen Wattebausch mit der Flüssigkeit. Dann tupfte sie damit Dads Zeigefinger ab. »Alkohol«, erklärte sie, »hab ihn von Dr. Parrish bekommen.« Sie breitete das Blatt Nifty-Schreibmaschinenpapier auf dem Tisch aus. Dann wickelte sie das Ding in dem blauen Tuch aus. Es war ein Stock, und durch eines seiner Enden waren zwei Nadeln getrieben. »Halten Sie Ihren Finger still«, befahl sie ihm, während sie den Stock hochnahm.
»Was wollen Sie tun? Sie wollen mich damit doch nicht stechen, od ...«
Die Nadeln bohrten sich blitzschnell und ziemlich grob in die Fingerspitze. »Autsch!« entfuhr es ihm. Auch ich war zusammengezuckt, und mein Zeigefinger fühlte den Phantomschmerz der Stiche. Augenblicklich begann Blut aus den Einstichen zu quellen. »Geben Sie acht, daß kein Blut aufs Papier kommt«, wies sie ihn an. Mit schnellen Bewegungen tupfte sie Alkohol auf den Zeigefinger ihrer eigenen rechten

Hand und ließ mit der linken die Nadeln herabsausen. Auch bei ihr trat Blut hervor. Sie sagte: »Stellen Sie Ihre Frage. Nicht laut, sondern in Gedanken. Stellen Sie sie deutlich. Stellen Sie sie so, als würden Sie eine Antwort erwarten. Na, kommen Sie.«
»Also gut«, sagte Dad einen Moment später. »Was nun?«
»An welchem Datum ist der Wagen in Saxon's Lake gestürzt?«
»Am sechzehnten März.«
»Pressen Sie acht Blutstropfen auf die Mitte des Papiers. Stellen Sie sich nicht an. Acht Tropfen. Keinen mehr und keinen weniger.«
Dad drückte seinen Finger, und das Blut begann herunterzutropfen. Die Dame fügte acht Tropfen ihres eigenen Blutes hinzu. »Gott sei Dank ist es nicht am einunddreißigsten passiert«, bemerkte Dad.
»Nehmen Sie das Blatt Papier in Ihre Hand und knüllen Sie es mit dem Blut nach innen zusammen«, wies sie ihn an, ohne seinen Sarkasmus zu beachten. Dad tat es. »Halten Sie es fest, und wiederholen Sie die Frage laut.«
»Wer hat den Mann auf dem Grund von Saxon's Lake getötet?«
»Halten Sie es fest in der Hand«, sagte die Dame, während sie einen weiteren Wattebausch auf ihren blutenden Finger preßte.
»Sind Ihre Freunde in diesem Augenblick hier?« fragte Dad, in der linken Faust das zusammengeknüllte Blatt Papier.
»Das werden wir schon bald herausfinden, nicht wahr?« Sie streckte ihre linke Handfläche aus. »Geben Sie es mir.« Als sie es hatte, sagte sie mit strenger Stimme ins Leere: »Haltet mich jetzt bloß nicht zum Narren. Dies ist eine wichtige Frage, und sie verdient eine Antwort. Und auch keine Rätsel, verstanden? Eine Antwort, mit der wir etwas anfangen

können. Ihr werdet uns doch helfen, oder nicht?« Sie wartete vielleicht fünfzehn Sekunden. Dann legte sie das zusammengeknüllte Papier auf der Mitte des Tisches ab. »Öffnen Sie es«, sagte sie.

Dad nahm das Blatt. Mein Herz raste, während er es entfaltete. Wenn dort in Blut *Dr. Lezander* geschrieben stand, würde ich vor Schreck aus der Haut fahren.

Als das Papier entfaltet war, spähten Mom und ich über seine Schulter. Da war ein großer Blutfleck in der Mitte des Papiers, um den sich weitere Kleckse verteilten. Ich hätte in diesem Durcheinander nichts erkennen können, auch wenn mein Leben davon abgehangen hätte. Dann nahm die Dame einen Ticonderoga-Nr.-2-Bleistift aus ihrer Tasche und betrachtete das Blatt eine Weile, und schließlich begann sie »Verbinden Sie die Punkte« zu spielen.

»Ich kann nichts erkennen«, sagte Dad.

»Haben Sie Vertrauen«, erwiderte sie. Ich beobachtete die Bleistiftspitze, die sich zwischen den Blutstropfen umherbewegte. Ich sah eine lange, geschwungene Linie, die sich nach innen und dann wieder nach außen zog.

Und plötzlich erkannte ich, daß ich auf eine 3 blickte.

Die Bleistiftspitze bewegte sich weiter. Wieder eine geschwungene Linie. Von außen nach innen, von außen nach innen.

Eine zweite 3. Und dann fand die Bleistiftspitze keine Blutkleckse mehr, die sie hätte verbinden können.

»Das ist es«, sagte die Dame. Sie runzelte die Stirn. »Zwei Dreien.«

»Das ist doch kein Name, oder?« fragte Dad.

»Sie haben mir wieder ein Rätsel gegeben, das haben sie getan. Ich schwöre, ich wünschte, daß sie es mir hin und wieder einmal etwas *leichter* machen würden!« Erbost knallte sie den Bleistift auf den Tisch. »Nun, das ist alles, was wir bekommen werden.«

»Das ist *alles?*« Dad lutschte an seinem verletzten Finger. »Sind Sie sicher, daß Sie es auch richtig angestellt haben?«
Es gibt keine Worte, die den Blick beschreiben könnten, mit dem sie ihn bedachte. »Zwei Dreien«, sagte sie. »Das ist die Antwort. Drei drei. Vielleicht dreiunddreißig. Wenn wir herausfinden, was sie bedeuten, werden wir den Namen des Mörders haben.«
»Mir fällt niemand ein, dessen Vor- und Nachname jeweils aus drei Buchstaben besteht. Aber vielleicht ist es ja auch eine Adresse?«
»Ich weiß es nicht. Ich weiß nur, was ich vor mir sehe: drei drei.« Sie schob ihm das Blatt Papier hin; er durfte es als Belohnung für seinen Schmerz und seine Mühen behalten. »Das ist alles, was ich für Sie tun kann. Tut mir leid, daß es nicht mehr ist.«
»Mir auch«, sagte Dad. Er nahm das Blatt und stand auf.
Dann legte die Dame ihr geschäftsmäßiges Gebaren ab und wurde gesellig. Sie sagte, sie würde frisch aufgebrühten Kaffee riechen und daß da auch ein Schokobiskuitkuchen sei, den Mrs. Pearl vom Bake Shoppe gebacken habe. Dad, der wie ein Vögelchen gegessen hatte, bevor wir zur Dame kamen, verdrückte zwei große Stücke Kuchen und spülte sie mit zwei Tassen heißem schwarzem Zichoriekaffee hinunter. Er unterhielt sich mit dem Mondmann über den Tag, an dem die Blaylocks an der Trailways-Haltestelle festgenommen worden waren, und Dad lachte, als sie sich daran erinnerten, wie Biggun Blaylock vor einem Beutel voller Schlangen davongelaufen war.
Mein Vater war wieder gesund und zu uns zurückgekehrt. Vielleicht sogar besser, als er vorher gewesen war.
»Vielen Dank«, sagte Dad zur Dame, als wir uns an der Tür von ihr verabschiedeten. Mom nahm ihre Hand und küßte ihre ebenholzschwarze Wange. Die Dame betrachtete mich mit ihren leuchtenden smaragdgrünen Augen.

»Willst du immer noch Schriftsteller werden?« fragte sie mich.
»Ich weiß nicht«, antwortete ich.
»Ich denke, ein Schriftsteller bekommt viele Schlüssel in die Hand«, sagte sie. »Kann eine Menge Welten besuchen und in der Haut vieler Menschen leben. Es scheint mir, als hätte ein Schriftsteller die Chance, ewig zu leben, wenn er gut ist und Glück hat. Würde dir das gefallen, Cory? Würdest du gern ewig leben?«
Ich dachte darüber nach. Ewig war eine schrecklich lange Zeit. »Nein, Ma'am«, entschied ich. »Ich denke, ich würde müde werden.«
»Nun«, sagte sie und legte eine Hand auf meine Schulter, »es scheint mir so, daß die Stimme eines Schriftstellers etwas Ewiges ist. Selbst wenn ein Junge und ein Mann es nicht sind.« Sie beugte sich näher zu mir herunter. Ich konnte die Hitze ihres Gesichts spüren, so als würde die Sonne in ihren Knochen glühen. »Du wirst von vielen Mädchen geküßt werden«, sagte sie. »Und du wirst viele Mädchen küssen. Aber erinnere dich daran.« Sie küßte mich ganz zart auf die Stirn. »Erinnere dich bei all den Küssen von Mädchen und Frauen in all den Sommern, die noch vor dir liegen, daß du deinen ersten Kuß« – ihr uraltes, wunderschönes Gesicht lächelte – »von einer Dame bekamst.«
Als wir wieder zu Hause waren, setzte Dad sich mit dem Telefonbuch hin und überflog die Namen, immer auf der Suche nach der Adresse »dreiunddreißig«. Es waren zwei Privathäuser und ein Geschäft: Phillip Caldwell in der Ridgeton Street 33, J. E Grayson in der Deerman Street 33 und die Craft Barns in der Merchants Street 33. Dad sagte, Mr. Grayson würde in unsere Kirche gehen und sei schon fast neunzig. Phillip Caldwell war seines Wissens nach Verkäufer bei Western Auto in Union Town. Die Craft Barns wurden, wie Mom wußte, von einer blauhaa-

rigen Frau namens Edna Hathaway geführt. Sie bezweifelte stark, daß Mrs. Hathaway, die sich mit Hilfe eines Gehgestells fortbewegte, irgend etwas mit dem Verbrechen bei Saxon's Lake zu tun hatte. Dad entschied, daß Mr. Caldwells Haus einen Besuch wert wäre, und nahm sich vor, gleich am nächsten Morgen hinzufahren, bevor Mr. Caldwell zur Arbeit ging.
Ein Geheimnis schaffte es noch immer, mich aus dem Bett zu treiben. Die Uhr zeigte gerade sieben, als ich schon mit leuchtenden Augen auf den Beinen war, und Dad sagte, ich könne ihn begleiten, aber ich dürfe kein Wort sagen, während er mit Mr. Caldwell spreche.
Auf der Fahrt dorthin meinte Dad, er hoffe, ich würde verstehen, daß er Mr. Caldwell gegenüber vielleicht eine Notlüge benutzen müsse. Ich täuschte Entsetzen und Erschütterung vor, doch meine eigene Liste von Notlügen war in der letzten Zeit etwas seitenlastig geworden, also konnte ich keine wirkliche Enttäuschung über ihn empfinden. Und schließlich war es ja für einen guten Zweck.
Mr. Caldwells rotes Backsteinhaus, vier Blocks hinter der Tankstelle, war klein und unauffällig. Wir parkten den Pick-up, und ich folgte Dad zur Haustür. Er drückte auf die Klingel, und wir warteten. Die Tür wurde von einer Frau mittleren Alters mit Hängebacken und verschlafenen Augen geöffnet. Sie trug noch immer ihren gesteppten rosa Morgenmantel. »Ist Mr. Caldwell zu Hause?« fragte Dad.
»Phillip!« rief sie über ihre Schulter ins Haus. »Philliiiip!« Sie hatte eine Stimme wie eine Kettensäge auf Hochtouren.
Einen Augenblick später erschien ein grauhaariger Mann mit einer Fliege, braunen Hosen und einem rostfarbenen Pullover an der Tür. »Ja?«
»Hallo, ich bin Tom Mackenson.« Dad streckte ihm die Hand hin. Mr. Caldwell schüttelte sie. »Sind Sie nicht der

Mann, der bei Western Auto in Union Town arbeitet? Rick Spanners Schwager?«

»Das stimmt. Kennen Sie Rick?«

»Ich habe zusammen mit ihm bei Green Meadows gearbeitet. Wie geht's ihm?«

»Besser, nachdem er eine neue Stelle gefunden hat. Aber er mußte nach Birmingham ziehen. Er tut mir leid, ich selbst hätte keine Lust, in einer großen Stadt zu leben.«

»Ich auch nicht. Nun, der Grund, weshalb ich so früh am Morgen vorbeikomme, ist ... ich habe auch meinen Job bei der Molkerei verloren.« Dad lächelte gezwungen. »Ich arbeite jetzt bei Big Paul's Pantry.«

»Bin schon dagewesen. Riesiger Laden.«

»Ja, das ist er. Ein bißchen zu riesig für mich. Ich habe mich gefragt ... äh ... ob ... äh ...« Selbst eine Notlüge blieb ihm im Halse stecken. »Ob es vielleicht irgendwelche Jobs bei Western Auto gibt?«

»Nicht daß ich wüßte. Wir haben im letzten Monat jemanden eingestellt.« Er runzelte die Stirn. »Wieso sind Sie nicht einfach zu Western Auto gefahren und haben dort gefragt?«

Dad zuckte mit den Achseln. »Ich wollte wohl das Benzin sparen, nehme ich an.«

»Sie sollten vorbeigehen und eine Bewerbung ausfüllen. Man kann nie wissen, was sich ergibt. Der Geschäftsführer heißt Mr. Addison.«

»Vielen Dank, vielleicht werde ich das machen.«

Mr. Caldwell nickte. Dad ging nicht von der Tür weg. »Kann ich sonst noch etwas für Sie tun?«

Dads Augen suchten das Gesicht des Mannes ab. Mr. Caldwell zog wartend die Brauen hoch. »Nein«, sagte Dad schließlich, und ich hörte an seiner Stimme, daß er die Antwort nicht gefunden hatte. »Ich denke nicht. Trotzdem vielen Dank.«

»Schon gut. Kommen Sie vorbei, und füllen Sie die Bewerbung aus. Mr. Addison wird sie dann bei seinen Unterlagen aufbewahren.«

»Okay, ich werde daran denken.«

Wieder zurück im Wagen, ließ Dad den Motor an und sagte: »Ich denke, den können wir streichen, meinst du nicht auch?«

»Ja, Sir.« Ich hatte versucht herauszufinden, was die Zahlen 3 und 3 mit Dr. Lezander zu tun haben könnten, doch auch ich war bis jetzt leer ausgegangen.

So wie der Pick-up. »Oh! Oh!« Dad schaute auf den Tankanzeiger. »Wir sollten besser anhalten und ihn auffüllen! Denkst du nicht auch?« Er lächelte, und ich erwiderte das Lächeln.

An der Tankstelle schlurfte Mr. Hiram White aus seiner Kathedrale aus Motorblöcken und Kühlern und begann Benzin in den Tank zu pumpen. »Schöner Tag«, bemerkte Mr. White und blickte zum blauen Himmel hinauf. Doch es war wieder kalt geworden; der Januar scharrte schon wie ein nervöses Pferd in seiner Startbox.

»Ja, das ist es«, pflichtete Dad ihm bei und lehnte sich gegen den Wagen.

»Hier wird doch heute nicht schon wieder geschossen, oder?«

»Ich glaube nicht.«

Mr. White grinste. »Ich schwöre, das war aufregender als Fernsehen!«

»Ich bin nur froh, daß niemand getötet wurde.«

»War schon ein Glück, daß der Bus nicht angekommen ist, als hier die Schießerei in Gange war, sonst hätten wir die Toten mit 'nem Schaufelbagger aufsammeln können.«

»So ist es.«

»Sie haben doch sicher mitgekriegt, daß der Bus draußen auf der Route 10 von diesem Monster angegriffen worden ist, oder?«

»Ja.« Dad schaute auf seine Uhr.
»Hätte ihn beinahe umgeworfen. Kennen Sie Cornelius McGraw, der den alten Dreiunddreißiger schon seit acht Jahren fährt?«
»Nicht persönlich.«
»Nun, der hat mir erzählt, daß das Monster so groß ist wie ein Bagger. Und flink wie ein Reh soll es gelaufen sein. Er sagt, er hat noch versucht auszuweichen, aber das Vieh hat ihn voll in die Seite gerammt, und er sagt, der ganze Bus sei beinahe auseinandergefallen davon. Sie mußten den Bus ausmustern, ja, das mußten sie.«
»Was Sie nicht sagen.«
»Ja, ja.« Mr. White war mit dem Einfüllen fertig und zog den Stutzen aus dem Tank des Pick-ups. Er wischte das Ende mit einem Tuch ab, damit kein Tropfen Benzin den Lack des Wagen beschmutzte. »Die Route hat jetzt ein neuer Bus übernommen, aber Corny sitzt weiter hinter dem Steuer. Ist auch immer noch die Nummer dreiunddreißig, also hat sich nicht viel verändert, was?«
»Ich kann nichts dazu sagen«, erwiderte Dad und bezahlte.
»Fahren Sie vorsichtig!« rief uns Mr. White nach, als wir davonfuhren.
Wir waren schon halb zu Hause, da sagte Dad: »Ich denke, ich sollte besser noch einmal das Telefonbuch durchschauen. Vielleicht habe ich etwas übersehen.« Er blickte mich an und sah dann wieder auf die Straße. »Ich hatte unrecht mit der Dame, Cory. Sie ist nicht böse, oder?«
»Nein, Sir.«
»Ich bin froh, daß ich hingegangen bin. Ich fühle mich sehr erleichtert, jetzt, da ich weiß, daß der Tote nicht nach mir ruft. Aber ich habe Mitleid mit dem, den er ruft. Der arme Teufel muß ganz schöne Schwierigkeiten beim Schlafen haben, wenn er überhaupt schläft.«

Er ist ein Nachtschwärmer, dachte ich. Es war an der Zeit. »Dad? Ich glaube, ich weiß, wer ...«

»*Mein Gott noch mal!*« rief Dad plötzlich aus, und er trat so ruckartig auf die Bremse, daß der Wagen schlingerte und auf den Rasen vor einem Haus schleuderte. Der Motor stotterte und soff ab. »Hast du gehört, was Mr. White gesagt hat?« Dads Stimme bebte vor Erregung. »Dreiunddreißig! Der alte Dreiunddreißiger, hat er gesagt!«

»Sir?«

»Der Trailways-Bus, Cory! Er hat die Nummer dreiunddreißig! Ich stand da und hab ihm zugehört, und ich habe es kaum mitbekommen! Glaubst du, daß es das sein könnte, was die Zahlen bedeuten?«

Ich fühlte mich geehrt, daß er meine Meinung hören wollte, doch ich mußte antworten: »Ich weiß nicht.«

»Nun, Cornelius McGraw kann nicht der Mörder sein. Der lebt nicht mal in dieser Gegend. Aber was könnte der Bus mit demjenigen zu tun haben, der den Mann im See ermordet hat?« Er begann darüber nachzugrübeln, die Hände um das Lenkrad geklammert. Dann kam eine Frau mit einem Besen in der Hand aus dem Haus und brüllte uns an, wir sollten von ihrem Rasen verschwinden, bevor sie den Sheriff rief. Also mußten wir weiterfahren.

Wir kehrten zur Tankstelle zurück. Wieder kam Mr. White heraus. »Den Tank haben Sie aber schnell leer gekriegt, was?« meinte er. Dad hatte jedoch kein Interesse an einer neuen Tankfüllung, sondern einzig daran, seine Neugier zu befriedigen. Er fragte Mr. White, wann der Dreiunddreißiger wiederkommen würde, und Mr. White antwortete, am nächsten Tag zur Mittagszeit.

Dad sagte, er würde da sein.

Vielleicht irrte er sich, erklärte er Mom an jenem Abend beim Essen, doch er würde morgen mittag an der Tankstelle sein, um den Bus abzupassen. Es war nicht Cornelius

McGraw, auf den er dort warten würde, doch er würde die Augen offenhalten, um zu sehen, wen der Bus nach Zephyr brachte, oder wen er von dort mitnahm.

Kurz vor zwölf war ich mit ihm dort. Mr. White trieb uns in den Wahnsinn mit seinem Gerede darüber, wie schwer es heutzutage war, gutes GoJo zu bekommen, um sich damit das Schmieröl von den Händen zu waschen. Dann sagte Dad: »Da kommt er, Cory«, und er trat aus dem kalten Schatten in das kühle Sonnenlicht, um ihn zu empfangen.

Der Trailways-Bus, mit der Nummer dreiunddreißig auf einem Schild über der Windschutzscheibe, rauschte vorbei, ohne auch nur abzubremsen, obgleich Mr. McGraw hupte und Mr. White winkte.

Dad schaute ihm hinterher. Dann drehte er sich wieder zu Mr. White um, und ich erkannte an seinem entschlossenen Gesichtsausdruck, daß mein Vater nun ein Mann mit einer Mission war. »Kommt der Bus übermorgen wieder vorbei, Hiram?«

»Klar. Zwölf Uhr mittags, wie immer.«

Dad hob einen Finger und tippte sich damit gegen seine Lippen, und seine Augen verengten sich zu Schlitzen. Ich wußte, was er dachte. Wie würde er an den Tagen, an denen er bei Big Paul's Pantry arbeitete, hier auf den Bus warten können?

»Hiram«, sagte er schließlich, »brauchen Sie eine Hilfe in der Tankstelle?«

»Nun ... ich weiß nicht, ob ich ...«

»Ich nehme einen Dollar die Stunde. Ich pumpe das Benzin, ich räume die Garage auf, ich tue alles, was Sie von mir verlangen. Wenn Sie wollen, daß ich Überstunden mache, so geht das in Ordnung. Einen Dollar die Stunde. Wie sieht's aus?«

Mr. White murrte etwas vor sich hin und schaute auf die mit Gerümpel vollgestopfte Garage. »Ich denke, einiges von dem Zeug könnte mal 'ne Inventur vertragen. Bremsbeläge, Zündkerzen, Kühlerpumpen und der ganze Kram. Und ich könnte einen weiteren starken Rücken gebrauchen.« Und dies vom Quasimodo der Keilriemen. Er streckte seine Hand aus. »Sie haben einen Job, wenn Sie ihn wollen. Sie fangen morgen früh um sechs an, wenn es Ihnen recht ist?«

»Ich werde dasein«, sagte Dad und schlug in Mr. Whites Hand ein.

Mein Vater hatte halt immer eine Idee.

Der Bus brauste abermals ohne das leiseste Zischen der Bremsen vorbei. Doch er würde wiederkommen, um zwölf Uhr mittags, genau nach Fahrplan, und mein Dad würde dasein.

Silvester kam, und wir schauten uns im Fernsehen die Feier auf dem Times Square an. Schlag zwölf feuerte jemand Raketen über Zephyr ab, die Kirchenglocken läuteten und Autohupen quäkten. Das Jahr 1965 hatte begonnen. Am Neujahrstag aßen wir schwarze Erbsen, damit sie uns Silber, und grüne, damit sie uns Gold ins Haus brachten, und wir schauten uns Footballspiele an, bis uns der Hintern wund wurde vom Sitzen. Dad saß in seinem Sessel mit einem Notizblock in der Hand, und obgleich er seine Mannschaft anfeuerte, kritzelte er nebenbei mit seinem Kugelschreiber 33 ... 33 ... 33, bis sie ein ganzes Mosaik aus Zahlen ergaben. Mom sagte tadelnd, er solle den Stift beiseite legen und sich entspannen, und er tat es für eine Weile, doch schon bald griffen seine Finger wieder danach. Die Art, wie sie ihn anschaute, ließ deutlich erkennen, daß sie wieder anfing, sich Sorgen um ihn zu machen; er war nun von dem alten Dreiunddreißiger ebenso besessen, wie er es zuvor von seinem Alptraum gewesen war. Natürlich hatte er diesen Traum noch immer, doch er wußte, daß der Tote nicht ihn rief, und das machte einen großen Unterschied aus. Aber ich

nehme an, im Fall meines Vaters bedurfte es einer Besessenheit, um eine andere zu verdrängen.
Ben, Johnny und ich und der Rest unserer kindlichen Generation kehrten zur Schule zurück. Im Klassenraum angekommen, entdeckte ich, daß wir eine neue Lehrerin hatten. Ihr Name war Miss Fontaine, und sie war so jung und hübsch wie der Frühling. Jenseits der Fenster jedoch tobte der Winter mit all seiner Macht.
Jeden zweiten Tag gegen Mittag trat mein Vater aus dem Bürohäuschen der Tankstelle in den frostigen Wind oder den Schneeregen oder die bleiche kalte Sonne. Er beobachtete den Trailways-Bus – die alte Nummer dreiunddreißig mit Cornelius McGraw am Steuer –, während er sich näherte, und sein Herz begann zu hämmern.
Doch er hielt nicht an. Nicht ein einziges Mal. Er fuhr immer einfach weiter, zu irgendeinem anderen Ziel.
Dann kehrte Dad in das Büro zurück, wo er zumeist gerade Domino mit Mr. White spielte, und er setzte sich auf einen knarrenden Stuhl nieder und wartete auf Mr. Whites nächsten Zug.

6
Der Fremde unter uns

Der Januar ging dahin, so kalt wie ein Grab.

Um elf Uhr am Samstag morgen, dem sechzehnten, sagte ich Mom auf Wiedersehen und fuhr auf Rakete davon, um mich mit Ben und Johnny am Lyric zu treffen. Der Himmel war wolkenverhangen, und Eisregen lag in der Luft. Ich war eingepackt wie ein Eskimo, doch schon bald würde ich meinen Mantel und meine Handschuhe ausziehen. Der heutige Film trug den Titel *Die ins Gras beißen*, und das Plakat zeigte die verschwitzten Gesichter amerikanischer Soldaten, die hinter einem Maschinengewehr und einer Bazooka kauerten und auf eine feindliche Attacke warteten. Als Begleitprogramm für dieses Gemetzel würden einige Daffy-Duck-Zeichentrickfilme und die nächste Episode von *Kampfkommando vom Mars* gezeigt werden. Am Ende der letzten Folge hatte das Kampfkommando kurz davorgestanden, am Boden eines Minenschachts auf dem Mars von einem herabstürzenden Felsbrocken zermalmt zu werden. Ich hatte im Kopf schon ihre Flucht geplant; sie würden in allerletzter Sekunde in einen zuvor verborgenen Tunnel kriechen und so dem niederschmetternden Schicksal entgehen.

Auf der Fahrt zum Kino schlug ich selbst einen schicksalhaften Weg ein.

Ich radelte an Dr. Lezanders Haus vorbei.

Ich hatte ihn seit dem Weihnachtsgottesdienst nicht mehr gesehen. Seit ich ihn »Vogelmann« genannt und in seine Augen aus Stein geblickt hatte, begann ich mich zu fragen, ob er und Mrs. Lezander nicht vielleicht dem Käfig entflogen waren. Mehrmals setzte ich an, Dad von meinen Vermutungen zu erzählen, doch er hatte den Dreiunddreißiger im Kopf, und ich hatte nichts weiter als eine grüne Feder und zwei tote Papageien. Ich hielt Rakete unten an der Auffahrt an und beobachtete von dort aus das Haus. Es war dunkel. Verlassen? fragte ich mich. Waren der Doktor und seine Frau bei Nacht und Nebel ausgezogen, aufgeschreckt von dem, was ich vielleicht wußte? Ich betrachtete das Haus mit wachsamen Augen; nirgendwo war eine Spur von Licht oder Leben auszumachen. Die Helden und das Kampfkommando konnten warten. Ich mußte es herausfinden, und so radelte ich mit Rakete die Auffahrt zum Haus hinauf. Ich fuhr zur Rückfront. Das Schild mit der Aufschrift BITTE LEINEN SIE IHRE HAUSTIERE AN war noch immer da. Ich stellte Rakete auf seinem Ständer ab und spähte in das nächstgelegene Fenster.

Dunkelheit, nichts als Dunkelheit. Zuerst sah ich nur die Umrisse von Möbelstücken, doch als meine Augen sich an das Schummerlicht gewöhnt hatten, war ich in der Lage, die zwölf Keramikvögel auf dem Klavier auszumachen. Es war der Raum, in dem sich die Vogelkäfige befanden. Dr. Lezanders Praxis lag darunter, näher an der Hölle. Vor meinem geistigen Auge sah ich unwillkürlich Mrs. Lezander am Klavier sitzen und immer wieder »Beautiful Dreamer« spielen, während der grüne und der blaue Papagei aufgescheucht in ihren Käfigen umherflatterten und geschriene Flüche durch den Luftschacht nach oben drangen. Aber warum waren die Flüche auf deutsch?

Lichter trafen mich. Mein Herz raste, ich fühlte mich wie ein Häftling in einem Ausbruchsfilm, eingekesselt von den kreisenden Scheinwerfern. Ich wirbelte herum, und da waren die Scheinwerfer eines Wagens, der vor der hinteren Veranda vorfuhr. Es war ein neuer stahlgrauer Buick mit einem verchromten Kühlergrill, der aussah wie ein grinsender Mund

voll silberner Zähne; die Arbeit des Doktors zahlte sich aus.
Ich sprang zu Rakete hinüber, doch bevor ich noch den Ständer hochklappen konnte, hörte ich eine Stimme sagen: »Wer ist da?« Mrs. Lezander stieg aus, ihr fülliger Leib noch bärenhafter durch den braunen Mantel, den sie trug. Sie mußte mein Rad wiedererkannt haben, denn mein Kragen war hochgeschlagen. »Cory?«
Ich saß in der Falle. Ruhig, dachte ich bei mir. Bleib ganz ruhig. »Ja, Ma'am«, erwiderte ich. »Ich bin's.«
»Welch glückliche Fügung«, sagte sie. »Hilfst du mir bitte?« Sie ging zur Beifahrerseite hinüber und öffnete die Tür. »Ich habe hier ein paar Einkaufstüten.«
Rakete mochte mir in jenem Augenblick etwas zugeflüstert haben. Rakete mochte mit seidiger, drängender Stimme gesagt haben: *Hau ab, Cory. Verschwinde, solange du noch kannst. Ich werde dich davontragen, du mußt dich nur festhalten.*
»Hilfst du mir bitte?« Mrs. Lezander hob die erste eines halben Dutzends vollgestopfter Papiertüten hoch. Auf allen stand in roten Lettern Big Paul's Pantry aufgedruckt.
»Ich bin auf dem Weg ins Kino«, sagte ich.
»Es dauert nur eine Minute.«
Was konnte mir im hellen Licht schon geschehen? Ich nahm die Tüte. Mrs. Lezander, mit einer zweiten Tüte unter dem Arm, steckte den Schlüssel ins Schloß der Hintertür. Eine Windböe pfiff um uns herum, und ich sah, wie die Falten ihres Mantels sich bewegten, und da wußte ich, daß sie die Gestalt gewesen war, die ich am Waldrand stehen sehen hatte.
»Geh schon«, sagte sie, »die Tür ist offen.«
Mit Mrs. Lezander im Rücken und einem riesigen Kloß der Furcht in meiner Kehle überschritt ich die Schwelle, als würde ich einen Minenschacht betreten.

»Zehn Punkte«, sagte Mr. White, während er einen weiteren Dominostein hinlegte.
»Und zehn«, sagte Dad, und sein eigener Dominostein fügte sich ans Ende der L-förmigen Anordnung an.
»Ich schwöre, ich hätte nicht geglaubt, daß Sie den haben!« Mr. White schüttelte den Kopf. »Sie sind ein ganz gerissenes Kerlchen, was?«
»Ich versuche mein Bestes.«
Ein klopfendes Geräusch ertönte. Mr. White spähte aus dem Fenster. Die Wolken hatten sich verdunkelt, und das Licht der Tankstelle ergoß sich über den Asphalt. Kleine Hagelkörner schlugen gegen die Glasscheibe. Dad nutzte die Gelegenheit zu einem Blick auf die Wanduhr, die zwölf Minuten vor zwölf anzeigte. »Also schön, wo war ich?« Mr. White rieb sich das Kinn und betrachtete seine Dominosteine nachdenklich wie eine bucklige Sphinx. »Na dann!« sagte er und griff nach einem Stein. »Schreiben Sie schon mal fünfzehn Punkte für mich ...«
Etwas zischte.
Dad wandte seinen Kopf nach links.
Der Trailways-Bus fuhr vor.
»... auf«, beendete Mr. White seinen Satz. »Na guck mal einer schau! Sehen Sie doch mal, wer da an diesem schönen Tag zu früh kommt!«
Dad war schon auf den Beinen. Er ging an der Kasse und den Regalen mit Öl und Benzinzusätzen vorbei zur Tür. »Muß Rückenwind gehabt haben!« sagte Mr. White. »Hat wahrscheinlich das Monster auf der Route 10 gesehen, und Corny hat den Bleifuß aufs Gaspedal gestemmt!«
Dad trat hinaus in die Kälte. Der Bus kam unter dem gelben Schild mit der Aufschrift TRAILWAYS BUS zum Stehen. Die Türen falteten sich mit einem Zischen der Hydraulik nach außen auf. »Passen Sie auf die Stufen auf, meine Herren!« hörte Dad den Fahrer sagen.

Zwei Männer stiegen aus. Hagel prasselte Dad ins Gesicht, und der Wind pfiff ihm um die Ohren, doch er wich keinen Schritt zurück. Der eine Mann sah aus, als wäre er in den Sechzigern, der andere etwa halb so alt. Der ältere Mann, der einen Tweedmantel und einen braunen Hut trug, hatte einen Koffer bei sich. Der jüngere, gekleidet in Blue jeans und ein beiges Jackett, trug einen Seesack in der Hand.

»Einen netten Aufenthalt, Mr. Steiner!« sagte Corny McGraw, und der ältere Mann hob eine behandschuhte Hand und winkte. Hiram White, der hinter Dad aus dem Büro gekommen war, begrüßte die beiden Männer, und dann blickte er die Stufen hinauf zu Mr. McGraw. »He, Corny! Willst du 'nen heißen Kaffee?«

»Nein, ich fahr gleich weiter, Hiram. Meine Schwester hat heute morgen ihr Baby bekommen, und sobald ich meine Tour fertig habe, gehe ich sie besuchen. Das dritte Kleine, aber der erste Junge. Wenn ich nächstesmal vorbeikomme, bring ich dir 'ne Zigarre mit.«

»Ich halte schon mal das Streichholz bereit. Fahr vorsichtig, Onkel Corny!«

»Ta-ta, euch allen«, sagte er. Die Türen schlossen sich, der Bus fuhr los, und die beiden Fremden standen vor meinem Vater.

Der ältere Mann, Mr. Steiner, hatte ein faltiges Gesicht, aber ein Kinn wie eine Granitplatte. Er trug eine Brille, auf deren Gläser Hagelkörner hingen. »Sir? Entschuldigen Sie«, sagte er mit einem ausländischen Akzent. »Gibt es hier ein Hotel?«

»Eine Pension tut's auch«, meinte der jüngere Mann; er hatte blondes Haar, das sich schon lichtete, und einen deutlichen Midwest-Akzent.

»Es gibt hier kein Hotel«, erwiderte Dad. »Auch keine Pension. Wir bekommen nur selten Besuch.«

»Ach je.« Mr. Steiner runzelte die Stirn. »Und wo ist das nächste Hotel?«

»Es gibt da ein Motel in Union Town. Das Union Pines. Es ist ...« Er hielt inne und hob den Arm, um die Richtung zu weisen. »Brauchen Sie jemanden, der Sie hinbringt?«
»Das wäre sehr freundlich, danke. Mr ...?«
»Tom Mackenson.« Er schüttelte die behandschuhte Hand. Der Griff des Mannes ließ seine Knöchel knacken.
»Jacob Steiner«, stellte der ältere Mann sich vor. »Dies ist mein Freund, Lee Hannaford.«
»Freut mich, Sie beide kennenzulernen«, sagte Dad.

Die sechste Tüte war die schwerste. Sie war voller Hundefutterdosen. »Die kommen runter in den Keller«, sagte Mrs. Lezander, während sie die anderen Lebensmitteldosen in den Schrank räumte. »Stell sie einfach dort drüben hin, ich bringe sie selbst runter.«
»Ja, Ma'am.«
Die Lampen in der Küche brannten. Mrs. Lezander hatte ihren Mantel ausgezogen, und darunter trug sie ein dunkelgraues Kleid. Sie nahm ein Glas Folger's Instantkaffee aus der vierten Tüte und öffnete es mit einer leichten Drehung des Handgelenks. »Darf ich fragen«, sagte sie, ihren breiten Rücken zu mir gewandt, »warum du in die Fenster geguckt hast?«
»Ich ... äh ...« Laß dir etwas einfallen, drängte ich mich selbst. »Ich dachte, ich schau mal vorbei, weil ... äh ...«
Mrs. Lezander drehte sich um und musterte mich mit ausdruckslosen Augen.
»Weil ... ich Dr. Lezander fragen wollte, ob er ... vielleicht ... eine Hilfe für nachmittags braucht. Ich dachte, ich könnte vielleicht im Keller aufräumen oder ausfegen oder ...« Ich zuckte mit den Schultern. »Was auch immer.«
Eine Hand ergriff mich von hinten.
Beinahe hätte ich laut aufgeschrien. Ich war nahe dran. Statt

dessen fühlte ich, wie mein Gesicht erstarrte, während alles Blut aus ihm wich.
Dr. Lezander sagte: »Ein ambitionierter junger Mann. Ist es nicht so, Veronica?«
»Ja, Frans.« Sie wandte sich von mir ab und packte weiter ihre Einkäufe aus.
Er ließ mich los. Ich blickte ihn an. Er war offensichtlich gerade aufgewacht; seine Augen waren noch verquollen vom Schlaf, Stoppeln waren um seinen säuberlich gestutzten Kinnbart zu erkennen, und er trug einen roten, seidenen Morgenmantel über einem Pyjama. Er gähnte und unterdrückte es mit derselben Hand, mit der er gerade noch meine Schulter umklammert gehalten hatte. »Einen Kaffee bitte, Liebste«, sagte er. »Je schwärzer, desto besser.«
Sie löffelte Kaffeepulver in einen Becher, auf dem das Bild eines Collies prangte. Dann, nachdem das erledigt war, drehte sie den Heißwasserhahn auf.
»Heute morgen so gegen vier habe ich Ost-Berlin gehört«, erzählte er ihr. »Ein wunderbares Orchester spielte Wagner.«
Mrs. Lezander füllte den Becher mit dampfendem Wasser und rührte darin herum. Dann reichte sie den ebenholzschwarzen Kaffee ihrem Mann, der zuallererst das Aroma einatmete. »Ahhhhh, ja!« sagte er. »Das wird mich schon wach bekommen!« Er trank schlürfend einen kleinen Schluck. »Gut und stark!« bemerkte er zufrieden.
»Ich gehe jetzt besser.« Ich schob mich vorsichtig zur Hintertür. »Ben Sears und Johnny Wilson warten am Lyric auf mich.«
»Ich dachte, du wolltest mich wegen eines Nachmittagsjobs fragen?«
»Nun ... ich gehe besser.«
»Ach, Unsinn.« Er streckte den Arm aus, und seine Hand fand abermals meine Schulter. Er hatte Eisen in seinen

Fingern. »Ich wäre froh und glücklich, wenn du mir an den Nachmittagen helfen würdest, Cory. Um die Wahrheit zu sagen, habe ich schon nach einem jungen Lehrling gesucht.«

»Wirklich?« Ich wußte nicht, was ich sonst sagen sollte.

»Wirklich.« Er lächelte mit seinem Mund, seine Augen aber waren auf der Hut. »Du bist ein cleverer junger Mann, nicht wahr?«

»Sir?«

»Ein cleverer junger Mann. Oh, sei nicht so bescheiden! Du läßt nicht locker, oder? Du packst eine Tatsache und verbeißt dich darin wie ein ... wie ein Terrier.« Wieder lächelte sein Mund, und der Silberzahn blitzte. Er trank einen größeren Schluck von seinem Kaffee.

»Ich weiß nicht, was Sie meinen.« Ich hörte, daß meine Stimme kaum merklich zitterte.

»Ich bewundere diese Eigenschaft an dir, Cory. Diese Terrier-Entschlossenheit, den Dingen auf den Grund zu gehen. Das ist eine feine Eigenschaft für einen Jungen.«

»Sein Fahrrad steht draußen, Frans«, sagte Mrs. Lezander, während sie Schachteln mit Rice-A-Roni, dem Leckerbissen aus San Francisco, in den Schrank räumte.

»Bring es bitte herein, ja?«

»Ich muß jetzt gehen«, sagte ich, und nun hatte die Angst begonnen, mir die Kehle zuzuschnüren.

»Un« – erwiderte er lächelnd – »sinn. Wenn wir Eisregen bekommen – und es sieht da draußen ganz so aus –, dann willst du doch sicher nicht, daß dein schönes Rad naß wird, oder?«

»Ich ... muß jetzt wirklich ...«

»Ich hole es herein«, unterbrach mich Mrs. Lezander und ging hinaus. Mit Dr. Lezanders Hand auf meiner Schulter beobachtete ich, wie die Frau Rakete über die Türschwelle und von dort ins Zimmer schob.

»Sehr gut.« Dr. Lezander nickte. Er trank noch etwas Kaffee. »Lieber vorsorgen, als nachher den Schaden tragen müssen, nicht wahr?«
Als Mrs. Lezander zurückkehrte, lutschte sie an ihrem linken Daumen. Sie zog ihn aus ihrem Mund, um das Blut daran zu zeigen. »Sieh dir das an, Frans. Ich habe mich an dem Rad geschnitten.« Sie sprach mit beinahe klinischem Desinteresse davon. Der Daumen kehrte in ihren Mund zurück. An ihrer Unterlippe war Blut.
»Wenn du schon mal hier bist, Cory, kann ich dir ja gleich zeigen, was du so alles tun müßtest. Meinst du nicht auch?«
»Ben und Johnny ... sie werden mich vermissen«, sagte ich.
»Ja, das werden sie, da bin ich sicher. Aber sie werden hineingehen und sich hinsetzen und sich den Film ansehen, glaubst du nicht auch? Sie werden wahrscheinlich denken« – er zuckte mit den Schultern – »daß etwas geschehen ist. Wie das bei Jungen eben so vorkommt.« Seine Finger begannen meine Schulter zu kneten. »Was für ein Film ist es?«
»*Die ins Gras beißen*. Es ist ein Kriegsfilm.«
»Oh, ein *Kriegs*film. Ich nehme an, die siegreichen amerikanischen Helden vernichten die heimtückischen deutschen Hunde, nicht wahr?«
»Frans«, sagte Mrs. Lezander leise.
Sie warf ihm einen Blick zu, so hart und scharf wie ein Dolch.
Dr. Lezanders Aufmerksamkeit wandte sich wieder mir zu. »Laß uns nach unten gehen, Cory. Einverstanden?«
»Meine Mom wird sich Sorgen machen«, versuchte ich es noch mal, doch ich wußte, daß es nichts nützen würde.
»Aber sie denkt doch, du seist im Kino, oder nicht?« Seine Augenbrauen hoben sich. »Laß uns jetzt nach unten gehen

und sehen, wofür ich dir zwanzig Dollar die Woche zahlen würde.«

Es verschlug mir den Atem. »*Zwanzig Dollar?*«

»Ja. Zwanzig Dollar die Woche für einen tüchtigen und verständigen Lehrling scheint mir nicht zuviel. Wollen wir gehen?« Seine Hand lenkte mich zu den Stufen, die nach unten führten. Es war eine kräftige Hand, und sie ließ keine Gegenwehr zu. Ich mußte mit ihm gehen. Dr. Lezander knipste den Schalter für die Lampe über der Treppe an, und Licht breitete sich vor mir aus. Während ich hinabstieg, hörte ich das Rascheln seines roten, seidenen Morgenmantels und das Scharren seiner Pantoffel auf den Stufen. Ich hörte ihn seinen Kaffee schlürfen. Es war ein gieriges Geräusch, und ich hatte Angst.

Mein Vater hatte Jacob Steiner und Lee Hannaford nicht direkt zum Union Pines Motel gefahren. Auf dem Weg, eingepfercht in den Pick-up, während die Scheibenwischer die Hagelkörner beiseite schoben, hatte Dad sie gefragt, ob sie vielleicht irgendwo zu Mittag essen wollten. Beide Männer hatten ja gesagt, und so kam es, daß sie nun gemeinsam das Bright Star Café betraten.

»Wie wär's mit einer Nische dort hinten?« fragte Dad Carrie French, und sie führte sie zu einer und ließ sie dann mit den Speisekarten allein.

Mr. Steiner zog seine Handschuhe und seinen Mantel aus. Darunter trug er einen Tweedanzug und eine hellgraue Weste. Er hängte seinen Mantel und seinen Hut an die Garderobe. Sein Haar war so weiß und dick wie eine Bürste. Während Mr. Steiner in die Nische rutschte und Dad sich ebenfalls setzte, schälte sich der jüngere Mann aus seinem Jackett. Er trug ein blaukariertes Hemd, dessen Ärmel bis über seine muskulösen Bizepse hochgekrempelt waren. Und auf dem rechten Bizeps ... da war es.

Dad sagte: »O mein Gott!«
»Was ist denn?« fragte Mr. Hannaford. »Ist es nicht erlaubt, daß ich hier drinnen mein Jackett ausziehe?«
»Nein, das ist schon in Ordnung.« Kleine Schweißperlen waren auf die Stirn meines Vaters getreten. Mr. Hannaford setzte sich neben Mr. Steiner. »Ich meine ... diese Tätowierung ...«
»Haben Sie ein Problem damit, mein Freund?« Die schiefergrauen Augen des jüngeren Mannes verengten sich zu bedrohlichen Schlitzen.
»Lee!« warnte Mr. Steiner. »Nein!« Es war, als würde er einen bösen Hund auffordern, sich zu setzen.
»Kein Problem«, sagte Dad. »Es ist nur, daß ...« Das Atmen fiel ihm schwer, und der Raum begann sich zu drehen. »Ich habe diese Tätowierung schon einmal gesehen.«
Die beiden Männer schwiegen. Mr. Steiner ergriff als erster das Wort. »Dürfte ich fragen, wo, Mr. Mackenson?«
»Bevor ich Ihnen das sage, möchte ich wissen, woher Sie kommen und warum Sie hier sind.« Dad riß seinen Blick von dem blassen Bild eines Schädels, von dessen Schläfen sich Flügel ausbreiteten, los.
»Ich würde es nicht tun«, warnte Mr. Hannaford Mr. Steiner. »Wir kennen diesen Kerl doch gar nicht.«
»Stimmt. Wir kennen niemanden hier, richtig?« Mr. Steiner blickte sich um, und Dad sah, wie seine Falkenaugen jede Einzelheit wahrnahmen. Etwa ein Dutzend Leute aßen zu Mittag und unterhielten sich. Carrie French verteidigte sich gegen die harmlosen Flirtversuche zweier Farmer. Im Fernsehen lief ein Baseballspiel. »Warum sollten wir Ihnen trauen, Mr. Mackenson?«
»Was hat das mit Vertrauen zu tun?« Etwas an diesem Mann – sein Gebaren, die Art, wie seine Augen ruhelos hin und her huschten und alles sahen – ließ Dad seine nächste Frage stellen. »Sind Sie von der Polizei?«

»Als Beruf, nein. Doch in einem gewissen Sinne ja.«
»In welchem Beruf sind Sie denn tätig?«
»Ich bin ... im Bereich der historischen Forschung tätig«, erwiderte Mr. Steiner.
Carrie French kam auf ihren langen, hübschen Beinen herüber, den Bestellblock in der Hand. »Was darf's denn sein?«
»Haben Sie Eierkuchen?« Mr. Hannaford zog ein Päckchen Luckys aus seiner Hemdtasche.
»Wie bitte?«
»Eierkuchen! Haben Sie nun welche oder nicht?«
»Ich glaube«, erklärte Mr. Steiner geduldig, während sich der jüngere Mann eine Zigarette ansteckte, »in diesem Teil des Landes nennt man sie Pfannkuchen.«
»Wir servieren jetzt kein Frühstück mehr.« Carrie versuchte sich an einem unsicheren Lächeln. »Tut mir leid.«
»Dann bringen Sie mir einen Burger.« Er stieß Rauch durch seine Nasenlöcher aus. »Jesus!«
»Ist die Hühnersuppe frisch gemacht?« fragte Mr. Steiner mit einem Blick auf die Speisekarte.
»Aus der Dose, aber trotzdem gut.«
»Ich esse keine Hühnersuppe aus Dosen, meine Teuerste.« Er musterte sie streng über den Rand seiner Brille hinweg. »Ich werde ebenfalls einen Hamburger nehmen. *Sehr* gut durch bitte.«
Dad bestellte das Gulasch und eine Tasse Kaffee. Carrie blieb stehen. »Sie sind nicht aus dieser Gegend, oder?« fragte sie die beiden Fremden.
»Ich komme aus Indiana«, sagte Mr. Hannaford. »Er kommt aus ...«
»Warschau, Polen, ursprünglich. Und ich kann für mich selber sprechen, danke.«
»Dann kommen Sie ja von ganz schön weit her«, sagte Dad, als Carrie gegangen war.
»Ich lebe jetzt in Chicago«, erklärte Mr. Steiner.

»Auch das ist noch ein ganz schöner Weg bis nach Zephyr.« Dads Blick huschte immer wieder zurück zu der Tätowierung. Es sah so aus, als hätte der jüngere Mann versucht, es aus seiner Haut zu bleichen. »Hat die Tätowierung irgendeine Bedeutung?«

Lee Hannaford ließ den Rauch aus seinem Mundwinkel entweichen. »Sie bedeutet«, sagte er schließlich, »daß ich keine Leute mag, die ihre Nase in meine Angelegenheiten stekken.«

Dad nickte. Die ersten Funken von Zorn zeigten sich in roten Flecken auf seinen Wangen. »Ach ja?«

»Ach ja.«

»Meine Herren, bitte«, fuhr Mr. Steiner dazwischen.

»Und was würden Sie dazu sagen, Mr. Neunmalklug?« Dad stützte seine Ellbogen auf den Tisch und kam mit seinem Gesicht näher an das des jüngeren Mannes heran. »Was würden Sie sagen, wenn ich Ihnen erzählte, daß ich vor zehn Monaten genauso eine Tätowierung wie Ihre auf dem Arm eines Toten gesehen habe?«

Mr. Hannaford erwiderte nichts. Sein Gesicht war ausdruckslos, seine Augen kalt. Er zog an seiner Zigarette und blies den Rauch wieder aus. »Hatte er blondes Haar?« fragte er. »Etwa dieselbe Farbe wie ich?«

»Ja.«

»Auch ungefähr meine Statur?«

»Ich würde sagen, ja.«

»Aha.« Mr. Hannaford wandte sein gemeißelt wirkendes Gesicht meinem Vater zu. Als er sprach, hinterließen seine Worte dünne Rauchspuren. »Ich würde sagen, Sie haben meinen Bruder gesehen.«

». . . und diese Käfige müssen absolut sauber gehalten werden«, sagte Dr. Lezander, während er auf sie zeigte. Im Augenblick waren sie leer. »Genauso wie der Boden. Wenn du dreimal die Woche kommst, erwarte ich, daß der Boden dreimal die Woche geschrubbt wird. Es wird von dir erwartet, daß du alle Tiere im Zwinger fütterst und mit Wasser versorgst und ihnen Bewegung verschaffst.« Ich folgte ihm, während er mich von Raum zu Raum durch den Keller führte. Hin und wieder schaute ich nach oben und sah einen Luftschacht über uns. »Ich bestelle mein Heu in Ballen. Ich erwarte von dir, daß du beim Entladen des Lasters hilfst, den Wickeldraht durchschneidest und das Heu für die Pferdeboxen ausbreitest. Ich kann bezeugen, daß das Zerschneiden von Ballendraht keine leichte Arbeit ist. Er ist straff genug, daß man ein Klavier damit bespannen könnte. Außerdem wird es zu deinen Aufgaben gehören, Botengänge für mich zu erledigen.« Er wandte mir das Gesicht zu. »Zwanzig Dollar die Woche für drei Nachmittage, sagen wir von vier bis sechs. Hört sich das fair an?«

»Mann.« Ich konnte es kaum glauben. Dr. Lezander bot mir ein Vermögen an.

»Wenn du samstags kommst, gebe ich dir fünf Dollar extra für die Zeit ... na, sagen wir, von zwei bis vier.« Er lächelte, und wieder tat dies nur sein Mund. Er trank seinen Kaffee aus und stellte den Collie-Becher auf einem leeren Maschendrahtkäfig ab. »Cory?« sagte er leise. »Ich habe zwei Bitten, bevor ich dir diesen Job gebe.«

Ich wartete darauf, sie zu hören.

»Erstens, deine Eltern dürfen nicht erfahren, wieviel ich dir zahle. Ich denke, sie sollten glauben, daß ich dir vielleicht zehn Dollar die Woche gebe. Der Grund dafür, daß ich das sage, ist, daß ... nun, ich weiß, daß dein Vater jetzt in der Tankstelle arbeitet. Ich habe ihn gesehen, als ich das letztemal dort getankt habe. Ich weiß, daß deine Mutter versucht, etwas Geld mit ihren Backwaren zu verdienen. Wäre es da nicht besser, wenn sie nicht wüßten, wieviel Geld du nach Hause bringst?«

»Sie meinen, ich sollte ihnen das verschweigen?« fragte ich verwirrt.
»Es ist natürlich deine Entscheidung. Doch ich denke, deine Eltern könnten ... es vielleicht darauf absehen, deinen Lohn mit dir zu teilen, wenn sie es erführen. Und es gibt *so viele* Dinge, die sich ein Junge mit fünfundzwanzig Dollar die Woche kaufen kann. Das einzige Problem ist, daß du bei diesen Einkäufen sehr diskret vorgehen müßtest. Du dürftest nicht alles im selben Laden ausgeben. Vielleicht müßte ich dich sogar nach Union Town oder Birmingham fahren, damit du dort etwas von dem Geld ausgeben kannst. Fallen dir denn nicht ein paar Dinge ein, die du haben möchtest und die deine Eltern dir nicht kaufen können?«
Ich dachte nach. Und dann erwiderte ich: »Nein, Sir. Es fällt mir nichts ein.«
Er lachte, als ob ihn das belustigte. »Das kommt schon noch. Mit all dem Geld in deiner Tasche wird das schon kommen.«
Ich antwortete nicht. Mir gefiel nicht, was ich vor meinen Eltern geheimhalten sollte, wenn es nach Dr. Lezander ging.
»Zweitens.« Er verschränkte die Arme vor der Brust, und ich sah, wie seine Zunge von innen gegen seine Wange drückte. »Da ist diese Angelegenheit mit Miss Sonia Glass.«
»Sir?« Mein Herz, das sich gerade etwas beruhigt hatte, begann wieder zu rasen.
»Miss Sonia Glass«, wiederholte er. »Sie hat mir ihren Papagei gebracht. Er starb an einer Hirnhautentzündung. Genau hier.« Er berührte den Maschendrahtkäfig. »Armes, armes Tier. Nun, Veronica und Miss Glass sind zufällig in derselben Klasse in der Sonntagsschule. Es scheint, daß Miss Glass sehr erregt und verwirrt ist wegen einiger Fragen, die du ihr gestellt hast, Cory. Sie sagte, du seist sehr neugierig

wegen eines bestimmten Liedes gewesen und weshalb ihr Papagei sich so ... seltsam aufgeführt hat, als er das Lied hörte.« Er lächelte ein wenig. »Miss Glass hat Veronica erzählt, sie glaube, du würdest von irgendeinem Geheimnis Kenntnis haben, und fragte, ob Veronica oder ich nicht wisse, was es sei? Und da war noch etwas Merkwürdiges. Du sollst angeblich eine grüne Feder von Miss Katharina Glass' totem Papagei besitzen. Miss Sonia konnte ihren Augen kaum glauben, als sie sie sah.« Er blickte zu Boden und begann mit den Knöcheln seiner rechten Hand zu knacken. »Sind diese Dinge wahr, Cory?«

Ich schluckte. Auch wenn ich nein sagen würde, würde er trotzdem wissen, daß ich log. »Ja, Sir.«

Er schloß die Augen. Sein Gesicht bekam kurz einen gequälten Ausdruck, dann war er auch schon wieder verschwunden. »Und wo hast du diese Feder gefunden, Cory?«

»Ich ... fand sie ...« Der Moment der Wahrheit war gekommen. Ich spürte, wie sich etwas im Raum zusammenzog wie eine Schlange und sich bereitmachte, zuzuschlagen. Obgleich das Licht der Deckenlampen hell und grell war, schien der geflieste Raum in Schatten getaucht zu sein. Plötzlich wurde mir bewußt, daß Dr. Lezander sich zwischen mich und die Treppe gestellt hatte. Er wartete mit geschlossenen Augen. Wenn ich versuchte davonzulaufen, würde Mrs. Lezander mich oben einfangen, selbst wenn ich es am Doktor vorbei schaffte. Abermals war mir die Entscheidung aus der Hand genommen. »Ich fand sie bei Saxon's Lake«, sagte ich, meinem Schicksal trotzend. »Am Waldrand. Vor Sonnenaufgang, als der Wagen mit dem angeketteten toten Mann hinter dem Steuer in den See stürzte.«

Dr. Lezander lächelte mit geschlossenen Augen. Es war ein schrecklicher Anblick. Die Haut seines Gesichts wirkte angespannt und klamm, und sein kahler Schädel schimmerte im Lampenschein. Dann begann er zu lachen – ein träges, keckerndes Lachen, das aus seinem Mund mit dem Silberzahn hervorblubberte. Seine Augen öffneten sich und durchbohrten mich. Für einen kurzen Moment hatte er zwei Gesichter: Das untere hatte ein silbern blitzendes Lächeln; das obere war eine Maske blanker Wut. »Gut, gut«, sagte er und schüttelte seinen Kopf, als hätte er gerade den komischsten Witz aller Zeiten gehört. »Und was werden wir in dieser Sache unternehmen?«

»Haben Sie diesen Mann schon einmal gesehen, Mr. Mackenson?«
Mr. Steiner hatte seine Brieftasche hervorgeholt und hatte eine laminierte Karte aus ihr herausgezogen. Nun schob er die Karte meinem Vater hin, während sie in der Nische im Bright Star Café saßen.
Es war ein körniges Schwarzweißfoto. Es zeigte einen Mann in einem weißen, knielangen Kittel, der jemandem außerhalb des Bildes zuwinkte. Er hatte dunkles, zurückgekämmtes Haar, das wie eine Kappe aussah, einen kantigen Kiefer und eine Kerbe in seinem Kinn. Hinter ihm war die Motorhaube eines glänzenden Wagens zu sehen, der wie eine Antiquität anmutete, so als stamme er aus den Dreißigern oder Vierzigern. Dad betrachtete das Gesicht einen Moment; besondere Aufmerksamkeit schenkte er dabei den Augen und der weißen Narbe. So angestrengt er es jedoch auch betrachtete, es blieb das Gesicht eines Fremden.
»Nein«, sagte er schließlich und schob das Foto über den Tisch zurück. »Noch nie.«
»Er wird jetzt wahrscheinlich anders ausschauen.« Mr. Steiner blickte auf das Bild, als würde er darauf das Gesicht eines alten Feindes sehen. »Vielleicht hat er sich operieren lassen. Die einfachste Methode, sein Aussehen zu verändern, ist, sich einen Bart wachsen zu lassen und sich den Kopf zu

rasieren. Auf die Art würde Sie nicht einmal Ihre eigene Mutter wiedererkennen.«

»Mir sagt das Gesicht nichts. Tut mir leid. Wer ist der Mann?«

»Sein Name ist Gunther Down in the Dark, Unten im Dunkeln.«

»*Was?*« Dad wäre beinahe das Herz stehengeblieben.

»Gunther Down in the Dark«, wiederholte Mr. Steiner. Er buchstabierte den Nachnamen, und dann zog er den Namen zusammen und sprach ihn als ein Wort aus: »Dahninaderke.«

Dad lehnte sich in der Nische zurück. Sein Mund stand offen. Er umklammerte die Tischkante, um zu verhindern, daß er von der sich drehenden Welt geschleudert wurde.

»Mein Gott«, flüsterte er. »Mein Gott. ›Komm mit mir ... Dahninaderke.‹«

»Wie bitte?« fragte Mr. Steiner.

»Wer ist er?« Dads Stimme klang heiser.

Lee Hannaford antwortete. »Er ist der Mann, der Jeff umgebracht hat, wenn es die Leiche meines Bruders ist, die da unten auf dem Grund dieses verdammten Sees liegt.« Dad hatte ihnen von den Geschehnissen an jenem Morgen im letzten März erzählt. Mr. Hannaford blickte so wütend drein, daß er es mit jeder Kobra hätte aufnehmen können. Er hatte nicht viel von seinem Hamburger gegessen, doch er hatte drei Luckys vertilgt. »Mein Bruder – mein hirnloser Bruder – muß ihn erpreßt haben, soviel wir herausgefunden haben. Jeff hat ein Tagebuch in einem Versteck in seiner Wohnung zurückgelassen, unten in Fort Wayne. Es war in Geheimschrift und zusätzlich noch in Deutsch geschrieben. Ich habe das Tagebuch im Mai gefunden, nachdem ich meinen Job in Kalifornien aufgegeben und mich auf die Suche nach ihm gemacht hatte. Erst vor zwei Wochen haben wir es endlich geschafft, den Code zu knacken.«

»Er basierte auf Richard Wagners *Ring des Nibelungen*«, erklärte Mr. Steiner. »Sehr, sehr kompliziert.«

»Ja, er war schon immer ganz verrückt auf diesen Codekram.« Mr. Hannaford drückte eine weitere Zigarette auf seinem mit Ketchup verschmierten Teller aus. »Selbst als Kind. Er hat sich immer Geheimschriften und so 'ne Scheiße ausgedacht. Also haben wir uns alles aus dem Tagebuch zusammengereimt. Er hat Gunther Dahninaderke erpreßt, zuerst fünfhundert Dollar pro Monat, dann achthundert, dann tausend. In dem Buch stand auch, daß Dahninaderke in Zephyr, Alabama, lebt. Unter falschem Namen, meine ich. Jeff und diese Schweinepriester haben ihm zu einer neuen Identität verholfen, nachdem er Kontakt zu ihnen aufgenommen hatte. Doch Jeff muß beschlossen haben, daß er eine Entschädigung für seine Mühen verdiente. Im Tagebuch sagte er, er würde noch einmal richtig absahnen, sein Zeug aus seiner Wohnung holen und nach Florida ziehen. Er sagte, er würde am dreizehnten März von Fort Wayne aus nach Zephyr fahren. Und das war der letzte Eintrag.« Er schüttelte den Kopf. »Mein Bruder muß nicht mehr alle Tassen im Schrank gehabt haben, sich auf diese Sache einzulassen. Nun, ich war genauso verrückt, mich darauf einzulassen.«

»Auf was einzulassen?« fragte Dad. »Ich verstehe nicht.«

»Kennen Sie den Ausdruck ›Neo-Nazi‹?« fragte Mr. Steiner.

»Ich weiß, was ein Nazi ist, wenn es das ist, was sie meinen?«

»Neo-Nazi. Ein neuer Nazi. Lee und sein Bruder waren Mitglieder einer amerikanischen Nazi-Organisation, die in Indiana, Illinois und Michigan operierte. Das Symbol jener Organisation ist die Tätowierung auf Lees Arm. Lee und Jeff wurden zur selben Zeit aufgenommen, doch Lee hat die Gruppe nach einem Jahr wieder verlassen und ist nach Kalifornien gegangen.«

»Verdammt richtig.« Ein Streichholz flammte auf, und eine Lucky brannte. »Ich wollte so weit weg von diesen Bastarden, wie ich konnte. Sie bringen Leute um, die beschließen, daß Hitler nicht gerade Rosen geschissen hat.«
»Aber Ihr Bruder ist bei ihnen geblieben?«
»Zum Teufel, ja. Er ist sogar irgend 'ne Art Sturmtruppführer oder so was geworden. Jesus, können Sie sich das vorstellen? Wir waren die Aushängeamerikaner in unserem Footballteam auf der High-School!«
»Ich weiß noch immer nicht, wer dieser Dahninaderke ist«, sagte Dad.
Mr. Steiner verschränkte die Finger auf dem Tisch. »Hier komme ich ins Spiel. Lee brachte das Tagebuch zur Fremdsprachenabteilung der Indiana University, um es entziffern zu lassen. Ein Freund von mir unterrichtet dort Deutsch. Als es ihm gelang, Dahninaderkes Namen in dem Tagebuch zu entschlüsseln, hat er das Tagebuch umgehend zu mir an die Northwestern University in Chicago geschickt. Ich habe das Projekt vom September an übernommen. Vielleicht sollte ich an dieser Stelle erklären, daß ich der Direktor der Fremdsprachenabteilung bin. Außerdem bin ich Geschichtsprofessor. Und schließlich jage ich noch Nazi-Kriegsverbrecher.«
»Würden Sie das noch einmal sagen?« Dad glaubte nicht richtig gehört zu haben.
»Nazi-Kriegsverbrecher«, wiederholte Mr. Steiner. »In den letzten sieben Jahren habe ich mitgeholfen, drei von ihnen aufzuspüren. Bittrich in Madrid, Savelshagen in Albany, New York, und Geist in Allentown, Pennsylvania. Als ich den Namen Dahninaderke sah, wußte ich, daß ich dem vierten auf der Spur war.«
»Ein Kriegsverbrecher? Was hat er getan?«
»Dr. Gunther Dahninaderke war leitender Arzt im Konzentrationslager Esterwegen in Holland. Er und seine Frau Kara entschieden, wer kräftig genug zum Arbeiten war und wer

vergast wurde.« Ein flüchtiges, eisiges Lächeln huschte über Mr. Steiners Gesicht. »Sehen Sie, sie waren es, die an einem sonnigen Morgen entschieden, daß ich noch immer kräftig genug zum Arbeiten war, aber meine Frau nicht.«
»Oh, das tut mir leid«, sagte Dad.
»Ist schon gut. Ich habe ihm den Schneidezahn ausgeschlagen und dafür ein Jahr Schwerstarbeit bekommen. Doch es hat mich hart gemacht, und das hat mich am Leben erhalten.«
»Sie ... haben ihm den Schneidezahn ausgeschlagen ...«
»Einfach rausgebrochen. Oh, diese beiden waren schon ein Pärchen.« Mr. Steiners Gesicht verzog sich vor Schmerz bei der Erinnerung daran. »Wir nannten seine Frau die Vogeldame, denn sie besaß zwölf Vögel, die aus Ton gemacht waren, unter den die Asche menschlicher Knochen gemischt worden war. Und Dr. Dahninaderke, der ursprünglich Tierarzt in Rotterdam gewesen war, hatte eine höchst bemerkenswerte Angewohnheit.«
Dad versagte die Stimme. Er preßte die Worte mit größter Mühe heraus. »Und welche?«
»Wenn die Gefangenen auf dem Weg in die Gaskammern an ihm vorbeigingen, dachte er sich Namen für sie aus.« Mr. Steiners Blick war verklärt, verloren in den Visionen einer grauenhaften Vergangenheit. »Komische Namen waren es. Ich werde nie vergessen, wie er meine Veronica, meine wunderschöne Veronica mit dem langen goldenen Haar nannte. Er nannte sie ›Sonnenstrahl‹. Er sagte: ›Kriech nur hinein, Sonnenstrahl! Kriech nur hinein!‹ Und sie war so krank, daß sie auf Händen und Knien kriechen mußte, durch ihre eigene ...« Tränen traten ihm in die Augen. Er nahm die Brille hastig ab, mit dem Gebaren eines Mannes, der seine Emotionen immer fest unter Kontrolle hielt. »Vergeben Sie mir«, sagte er. »Manchmal vergesse ich mich.«

»Sind Sie in Ordnung?« fragte Lee Hannaford meinen Vater. »Sie schauen schrecklich blaß aus.«

»Lassen Sie ... lassen Sie mich noch einmal das Foto sehen.«

Mr. Steiner schob es ihm hin.

Dad holte tief Luft. »O nein«, hauchte er. »Oh, bitte, nein.«

Mr. Steiner hatte es an Dads Stimme gehört. »Sie kennen ihn.«

»Das tue ich. Ich weiß, wo er wohnt. Es ist nicht weit von hier. Ganz in der Nähe. Aber ... er ist so *nett*.«

»Ich kenne Dr. Dahninaderkes wahren Charakter«, sagte Mr. Steiner. »Und den wahren Charakter seiner Frau. Sie haben ihn gesehen, als sie in Jeff Hannafords Gesicht blickten. Dr. Dahninaderke und Kara haben ihn vermutlich gefoltert, um herauszufinden, wer sonst noch wußte, wo er war, oder vielleicht haben sie auch die Information über das Tagebuch aus ihm herausbekommen, und sie haben ihn totgeprügelt, als er sich weigerte, ihnen zu sagen, wo es war oder wer sonst noch davon wußte. Als Sie in Jeff Hannafords Gesicht blickten, haben Sie die verderbte Seele von Dr. Gunther Dahninaderke gesehen. Ich bete zu Gott, daß Sie nie wieder einen solchen Anblick zu Gesicht bekommen.«

Dad stand auf und suchte mit zitternden Händen nach seiner Brieftasche, doch Mr. Steiner legte schon Geld auf den Tisch. »Ich bringe Sie zu ihm«, sagte Dad und ging zur Tür.

»So ein kluger junger Mann«, sagte Dr. Lezander, der zwischen mir und dem Weg nach draußen stand. »Das ist wieder diese Terrier-Entschlossenheit, nicht wahr? Diese grüne Feder zu finden und dann der Sache bis zur bitteren Neige auf den Grund zu gehen? Ich bewundere das, Cory. Wirklich.«

»Dr. Lezander?« Ich fühlte mich, als würde meine Brust von

eisernen Fesseln zusammengepreßt. »Ich möchte nach Hause gehen.«
Er machte zwei Schritte auf mich zu. Ich wich dieselbe Anzahl von Schritten zurück.
Er blieb stehen, denn er erkannte, welche Macht er über mich hatte. »Ich will diese grüne Feder. Weißt du, warum?«
Ich schüttelte den Kopf.
»Weil es Miss Sonia aufregt, daß du sie hast. Es erinnert sie an die Vergangenheit, und das gefällt ihr nicht. Wir sollten die Vergangenheit hinter uns lassen, Cory. Das Leben sollte weitergehen und sich nicht mehr um Vergangenes scheren, stimmst du mir da nicht zu?«
»Ich weiß ni ...«
»Aber nein, genau wie diese grüne Feder taucht die Vergangenheit immer und immer wieder auf. Sie wird umgepflügt und ausgebreitet, so daß jeder sie sehen kann. Die Vergangenheit wird ausgestellt, und jeder, der versuchte, in diesem Sumpf nicht zu ertrinken, muß den Preis dafür immer wieder und wieder zahlen. Es ist nicht fair, Cory, es ist nicht recht. Verstehst du?«
Ich tat es nicht. Irgendwo auf der Strecke war sein Zug entgleist.
»Wir waren ehrenwert«, sagte Dr. Lezander, und seine Augen glänzten fiebrig. »Wir hatten *Ehre*. Wir hatten Stolz. Doch sieh dir die heutige Welt an, Cory! Sieh dir an, was aus ihr geworden ist! Wir kannten das Ziel, doch sie erlaubten uns nicht, die Welt dorthin zu führen. Und nun siehst du, was du siehst. Chaos und Vulgarität auf allen Seiten. Entartete Rassenmischung, die nicht einmal Tiere unter sich dulden würden. Weißt du, ich hatte meine Chance, ein Arzt für menschliche Wesen zu sein. Und ich ergriff sie. Viele Male. Und weißt du, daß ich lieber im Schlamm knien und ein Schwein verarzten würde, als ein Menschenleben zu retten? Denn das ist es, was ich von der menschlichen Rasse

halte! Das ist es, was ich von den Lügnern halte, die uns den Rücken zugekehrt und unsere Ehre besudelt haben! Das ist, was ich ... das ist, was ich ... was ich von ihnen *halte*!«
Dr. Lezander packte den Collie-Becher und schleuderte ihn zu Boden. Er schlug dicht neben meinem rechten Fuß auf die Fliesen und zersplitterte mit dem Geräusch eines Pistolenschusses in tausend Stücke.
Stille.
Einen Augenblick später rief Mrs. Lezander von oben herunter: »Frans? Was ist da zerbrochen, Frans?«
Sein Verstand, dachte ich bei mir.
»Wir unterhalten uns«, antwortete Dr. Lezander. »Wir reden nur, nichts weiter.«
Ich hörte ihre Schritte, die schwer über den Boden dröhnten, als sie wieder wegging.
Dann scharrte etwas über uns.
Und einen Augenblick später vernahm ich Klaviermusik.
Die Melodie war »Beautiful Dreamer«. Mrs. Lezander war in der Tat eine sehr talentierte Klavierspielerin. Sie habe die Hände dafür, erinnerte ich mich an Miss Blue Glass' Ausspruch. Ich fragte mich, ob ihre Hände auch stark genug waren, Heuballendraht um den Hals eines Mannes zu schlingen und ihn zu erwürgen. Oder hatte Dr. Lezander das getan, während Mrs. Lezander dasselbe Lied im Zimmer oben spielte und die Papageien krächzten und kreischten bei solch brutaler Gewalt?
»Fünfundzwanzig Dollar die Woche«, sagte Dr. Lezander. »Aber du mußt mir die grüne Feder geben, und du darfst nie, *nie* wieder mit Miss Sonia Glass darüber sprechen. Die Vergangenheit ist tot. Sie sollte begraben bleiben, wo sie hingehört. Stimmst du mir nicht zu, Cory?«
Ich nickte. Ich hätte alles getan, um hier herauszukommen.
»Guter Junge. Wann kannst du mir die Feder bringen? Morgen nachmittag?«

»Ja, Sir.«
»Das ist sehr, sehr gut. Wenn du sie mir bringst, werde ich sie vernichten, damit Miss Sonia Glass nicht mehr an die Vergangenheit denkt und es ihr weh tut. Wenn du sie mir bringst, werde ich dir deinen ersten Wochenlohn geben. Ist dir das recht?«
»Ja. Sir.« Alles, alles.
»Also gut.« Er gab den Weg zur Treppe frei. »Nach Ihnen, *mein Herr.*«
Ich schreckte zusammen.
Die Haustürglocke läutete. »Beautiful Dreamer« verstummte abrupt. Wieder hörte ich das Scharren. Es war der Klavierstuhl, der zurückgeschoben wurde. Oben auf der Treppe legte Dr. Lezander seine Hand auf meine Schulter und hielt mich fest. »Warte«, flüsterte er.
Wir hörten, wie sich die Haustür öffnete.
»Tom!« sagte Mrs. Lezander. »Was kann ich für Sie ...«
»*Dad!*« schrie ich. »*Hilf* ...« Dr. Lezanders Hand preßte sich auf meinen Mund, und ich hörte, wie er einen erstickten Wutschrei darüber ausstieß, daß alles so enden mußte.
»Cory! Gehen Sie mir aus dem Weg, Sie ...!« Dad stürmte ins Haus, dicht gefolgt von Mr. Steiner und Lee Hannaford. Er stieß die massige Frau beiseite, doch im nächsten Augenblick brüllte Mrs. Lezander: »*Nein!*« und schlug ihm mit dem Unterarm ins Gesicht. Er fiel nach hinten gegen Mr. Steiner. Blut rann aus einer aufgeplatzten Augenbraue. Nur Mr. Steiner konnte die Worte verstehen, die Mrs. Lezander ihrem Mann auf deutsch zurief: »Gunther, lauf! Nimm den Jungen, und lauf weg!« Während sie das rief, packte Mr. Hannaford von hinten ihren Hals und zerrte sie mit seinem ganzen Gewicht und all seiner Kraft zu Boden. Sie richtete sich auf einem Knie auf und kämpfte, doch plötzlich hatte Mr. Steiner sich ebenfalls auf sie gestürzt und versuchte ihre umherfuchtelnden Arme festzuhalten. Ein Beistelltisch und

eine Lampe fielen krachend um. Mr. Steiner, dem der Hut vom Kopf geflogen und dessen Unterlippe von einer ihrer Fäuste gespalten war, brüllte: »Es ist aus, Kara! Es ist aus, es ist aus!«

Doch für ihren Mann war es noch nicht aus.

Als sie ihren Warnruf ausstieß, hatte er mich mit einem Arm hochgehoben und die Wagenschlüssel vom Küchentisch genommen, wo seine Frau sie hingelegt hatte. Während ich mich nach Leibeskräften zu befreien versuchte, schleppte er mich durch die Hintertür in den herabprasselnden Schneeregen hinaus. Der Wind zerrte an seinem roten, seidenen Morgenmantel. Er verlor einen Pantoffel, doch das konnte ihn nicht aufhalten. Er warf mich in den Buick, schlug die Tür zu, so daß beinahe noch mein Bein darin eingeklemmt wurde, und hätte sich fast auf meinen Kopf gesetzt, als er hinter das Lenkrad sprang. Er rammte den Schlüssel in die Zündung, drehte ihn um, und der Motor erwachte brüllend zum Leben. Während er den Rückwärtsgang einlegte und mit qualmenden Reifen die Auffahrt hinunterbrauste, setzte ich mich auf und konnte gerade noch sehen, wie Dad im grellen Licht der Scheinwerfer aus der Hintertür gelaufen kam.

»*Dad!*« Ich umklammerte den Türgriff neben mir. Ein Ellbogen bohrte sich in meine Schulter und ließ einen lähmenden Schmerz durch meinen Körper schießen, und als die Hand mich am Schopf packte und mich wie einen alten Sack auf den Boden warf, blieb ich benommen und verletzt liegen. Dr. Gunther Dahninaderke, der Mörder – den ich noch immer als Dr. Frans Lezander, den Mörder, kannte –, riß den Schaltknüppel in den ersten Gang, und der Wagen schoß mit aufheulendem Motor davon.

Hinter uns rannte mein Vater schon zurück durch das Haus, um zu seinem Pick-up zu gelangen. Er sprang über die kämpfenden Körper von Mr. Steiner, Mr. Hannaford und

Kara Dahninaderke. Die Frau wehrte sich noch immer, doch Mr. Hannaford bearbeitete ihr Pferdegesicht mit seinen Fäusten, und das Ergebnis ließ sie nicht gerade schöner aussehen.

Dr. Lezander raste durch die Straßen von Zephyr. Die Reifen des Buicks quietschten bei jeder Kurve. Ich versuchte, mich vom Boden hochzuziehen, doch Dr. Lezander fauchte mich an: »Bleib unten! Beweg dich nicht, du kleiner Bastard!«, schlug mir ins Gesicht, und ich rutschte wieder zurück. Wir mußten am Lyric vorbeigekommen sein; ich fragte mich, wieviel ein Held wohl ertragen konnte, bevor er ins Gras biß. Wir holperten mit vollem Tempo über die Wasserspeierbrücke, und als das Steuer dem in Panik geratenen Dr. Lezander für einen kurzen Augenblick aus den Händen glitt, schlingerte der Buick gegen die linke Seite der Brücke, und Funken und Chromteile flogen in die Luft, während das Wagenchassis unter der Wucht des Aufpralls stöhnte. Dann brachte er den Wagen wieder unter seine Kontrolle und steuerte uns mit zusammengebissenen Zähnen auf die Route 10 zu.

Ich sah, wie Licht im Rückspiegel aufflammte und Dr. Lezanders Augen blendete. Er stieß einen deutschen Fluch aus, der lauter als das Aufheulen des Buicks war, und ich konnte mir plötzlich sehr gut vorstellen, was die Papageien in jener Nacht hatten durchstehen müssen. Doch ich wußte, wessen Lichter das dort hinter uns waren, die gleißend vom Rückspiegel reflektiert wurden. Ich wußte, wer dem Buick dort dicht an der Stoßstange hing, während er den alten Pick-up fast bis zum Explodieren brachte. Ich wußte es.

Ich griff nach oben, packte den unteren Teil des Lenkrads und riß den Wagen nach rechts. Er schoß von der Straße hinunter auf losen Kies, und die Reifen verloren ihren Halt. Dr. Lezander bedachte mich mit einem weiteren deutschen Fluch, brüllte ihn mit der ganzen Wucht und Lautstärke einer gegen einen Schädel prallenden Granate heraus, und hämmerte meine Finger mit seiner Faust vom Steuer. Mit derselben Faust versetzte er mir einen Schlag gegen die Stirn, der so gewaltig war, daß ich purpurne Sterne vor meinen Augen tanzen sah, und das war das vorläufige Ende meines Heldenmuts.

»Laß mich in Ruhe!« kreischte er dem Pick-up zu, dessen Scheinwerfer den Rückspiegel füllten. *»Kannst du mich denn nicht in Ruhe lassen?«* Mit größter Mühe steuerte er den Buick um die Haarnadelkurven der Route 10, während die Schwerkraft ihr Bestes gab, die Reifen vom Asphalt zu reißen. Mit brummendem Schädel zog ich mich wieder auf den Sitz hoch, und Dr. Lezander brüllte: »Du kleiner Scheißer!« und packte mich hinten an der Jacke, doch er brauchte beide Hände am Lenkrad, und so ließ er mich wieder los.

Ich blickte zurück zum Pick-up meines Vaters. Keine zehn Meter trennten Dads vordere Stoßstange von Dr. Lezanders hinterer. Wir schossen aus der dichten Folge von engen Kurven heraus, und ich klammerte mich am Sitz fest, während Dr. Lezander Gas gab und den Abstand zwischen den beiden Fahrzeugen vergrößerte. Ich hörte einen Knall und riß gerade noch rechtzeitig den Kopf herum, um zu sehen, wie Dr. Lezander in das Handschuhfach griff, das er mit einem Schlag seiner Faust geöffnet hatte. Als er die Hand wieder herauszog, hielt er eine stupsnasige 38er Pistole darin. Er riß seinen Arm nach hinten, wobei er mir beinahe mit dem Lauf der Pistole einen Schlag gegen den Kopf versetzt hätte, hätte ich mich nicht rechtzeitig geduckt, und feuerte zweimal, ohne zu zielen. Die Heckscheibe explodierte, und die Glassplitter flogen auf Dads Pick-up zu wie messerscharfe Eiszapfen. Ich sah, wie der Pick-up schlingerte und beinahe von der Straße schleuderte, doch dann konnte Dad ihn wieder auf die Spur bringen. Als Dr. Lezanders Schußhand abermals über meinen Kopf hinwegzog, griff ich hoch, packte

sein Handgelenk und drückte die Pistole mit all meiner Kraft gegen den Sitz. Der Buick begann, hin und her zu schlittern, während Dr. Lezander gleichzeitig mit dem Lenkrad und mit mir kämpfte, doch ich ließ nicht locker.
Die Pistole ging vor meinem Gesicht los. Die Kugel bohrte sich durch den Sitz und durchschlug mit einem metallischen *Kläng* die Tür. Der Knall und die Hitze des Abfeuerns so dicht neben meinem Kopf jagten ein panisches Schaudern durch meinen Körper, und ich glaube, ich ließ sein Handgelenk los, doch ich kann mich nicht daran erinnern, und dann versetzte Dr. Lezander mir mit dem Pistolenlauf einen Schlag gegen die Schulter. Es war vielleicht der schlimmste Schmerz, den ich je in meinem Leben gespürt hatte; er füllte mich aus und quoll in Form eines Schreis aus meinem Mund über. Wäre da nicht das dicke Futter meiner Jacke im Weg gewesen, hätte ich sicher eine gebrochene Schulter gehabt. So jedoch umklammerte ich sie nur und sackte mit schmerzverzerrtem Gesicht und einem Arm, der sich fast wie abgestorben anfühlte, gegen die Beifahrertür. Als wäre ich in einem sich kreisrund schließenden Traum ähnlich dem in *Invasion vom Mars* gefangen, sah ich, daß wir gleich den dunkel glitzernden Saxon's Lake passieren würden. Und dann trat Dr. Lezander mit seinem nackten Fuß auf die Bremse, und als der Buick langsamer wurde und Dads Pick-up aufholte, riß der Doktor abermals seinen Arm nach hinten, und diesmal blickte er über seine Schulter, um zu zielen. Sein Gesicht schimmerte schweißnaß im gleißenden Licht der Scheinwerfer. Er hatte die Zähne zusammengebissen, und seine Augen waren die eines wilden, gehetzten Tiers. Er feuerte, und in der Windschutzscheibe von Dads Wagen war plötzlich ein faustgroßes Loch. Ich sah, wie sein Finger sich um den Abzug spannte, und wollte mich mit jeder Faser meines Körpers auf ihn stürzen, doch der

Schmerz in meiner Schulter hatte mich außer Gefecht gesetzt.

Etwas Riesiges und Dunkles und Schnelles brach aus dem Wald auf der anderen Straßenseite, ganz in der Nähe der Stelle, an der Mrs. Lezander an jenem Märzmorgen gestanden hatte.

Noch bevor Dr. Lezander es überhaupt bemerkt hatte, kam es schon auf uns zugestürmt, schnurgerade auf seine Tür zu. Im selben Augenblick, als die Pistole losging, rammte uns die Kreatur aus der verlorenen Welt.

Dies war wirklich ein Knall wie das Ende der Welt.

Über den Schuß und den Lezander-Schrei und das Zerbersten von Glas und Metall hinweg wurde der Buick auf die beiden Räder auf meiner Seite umgeworfen, und sie kreischten wie Quälgeister mit Verstopfung, als der gesamte Wagen vom Asphalt geschoben wurde. Dr. Lezander, dessen Tür sich verklemmt hatte, als hätte Gott selbst sie eingetreten, fiel quer über meinen Sitz und preßte mir den Atem aus der Lunge. Meine Rippen drohten unter seinem Gewicht zu brechen. Ich hörte ein Schnauben und Grunzen: Der Styracosaurus stieß in Verteidigung seines Reviers einen rivalisierenden Dinosaurier von der Route 10. Dr. Lezanders Gesicht wurde gegen das meine gepreßt, sein Gewicht erdrückte mich, und ich roch seine Furcht wie den Gestank grüner Zwiebeln. Dann schrie er abermals, und ich denke, ich schrie auch, denn plötzlich stürzte der Wagen ins Leere.

Wir schlugen mit einem durch Mark und Bein gehenden Ruck und Platschen auf.

Dunkles Wasser quoll über das Bodenblech. Saxon's Lake hatte uns in seine Arme geschlossen.

Die dampfende Motorhaube des Buicks hob sich. Als sie es tat, begann Wasser in den Kofferraum zu dringen und durch die zerborstene Heckscheibe ins Wageninnere zu strömen.

Das Fenster auf Dr. Lezanders Seite war ebenfalls zerbrochen, doch das Wasser hatte es noch nicht erreicht. Er lag über mir. Die Pistole war aus seiner Hand geglitten. Seine Augen waren glasig, und Blut rann aus seinem Mund, wo er sich auf seine Lippe oder Zunge gebissen hatte. Sein linker Arm, der Arm, der die ganze Wucht des Zusammenpralls mit der Bestie hatte abfangen müssen, lag in einem seltsam verdrehten Winkel abgeknickt da. Ich sah weiß schimmernde Knochen aus dem Handgelenk in seinem roten, seidenen Ärmel ragen.

Der See strömte nun immer schneller herein, und Luftblasen brodelten um den Kofferraum herum. Die Heckscheibe war ein Wasserfall. Ich konnte Dr. Lezander nicht von mir herunterstoßen, und nun neigte sich der Wagen langsam zu mir herüber. Der Buick rollte sich wie ein glückliches Schwein im Wasser herum, und meine Seite sank unter die Wasseroberfläche. Blutiger Schaum quoll aus Dr. Lezanders Mund, und ich erkannte, daß auch seine Rippen etwas von der Wucht des Stoßes abbekommen haben mußten.

»Cory! Cory!«

Ich blickte auf, vorbei an Dr. Lezander zu dem zerborstenen Fenster über mir.

Dort war mein Vater, sein Haar am Kopf klebend, sein Gesicht tropfnaß. Blut sickerte aus seiner aufgeplatzten Augenbraue. Er begann mit bloßen Fingern Glasscherben aus dem Rahmen zu brechen. Der Buick erbebte und stöhnte. Wasser kroch langsam über die Sitze, und seine kalte Berührung erschreckte mich. Dr. Lezander fing an, um sich zu schlagen.

»Kannst du meine Hand fassen?« Dad zwängte seinen Körper durch das eingedrückte Fenster und reckte sich, um mich zu erreichen.

Ich schaffte es nicht, nicht, solange dieses Gewicht auf mir lastete. »Hilf mir, Dad«, krächzte ich.

Er versuchte sich noch weiter hineinzuzwängen. Die Glasscherben mußten sich in seine Seiten bohren und sie aufreißen, doch sein Gesicht zeigte keinen Schmerz. Seine Lippen waren angespannt und grimmig, und seine Augen fixierten mich wie rotgeränderte Lampen. Seine Hand versuchte den Abstand zwischen uns zu überbrücken, doch der war zu groß.

Dr. Lezanders Körper bewegte sich mit einem Ruck. Er sagte etwas, doch es muß ein deutscher Fluch gewesen sein. Wasser schwappte über uns hinweg wie die kalte Hand des Grabes. Er blickte auf sein gebrochenes Handgelenk und stieß einen tiefen, stöhnenden Laut aus.

»Gehen Sie von meinem Sohn runter!« rief Dad. »Um Gottes willen, gehen Sie von meinem Sohn runter!«

Dr. Lezander zitterte und hustete. Beim dritten Husten spritzte rotes Blut aus seiner Nase und seinem Mund. Er umklammerte seine Seite, und plötzlich war Blut an seiner Hand. Die Kreatur aus der verlorenen Welt hatte seine Rippen durch seine Eingeweide gerammt.

Das Rauschen des Wassers war mittlerweile ohrenbetäubend. Der Kofferraum des Buicks versank unter der Wasseroberfläche.

»Bitte!« flehte Dad, während er sich weiter bemühte, mich zu erreichen. »Bitte geben Sie mir meinen Sohn!«

Dr. Lezander schaute sich um, so als versuchte er herauszufinden, wo genau er sich eigentlich befand. Er stemmte sich ein paar Zentimeter von mir hoch, so daß ich wieder Luft holen konnte, ohne mich wie eingeklemmt in einer Sardinenbüchse zu fühlen. Dr. Lezander blickte nach hinten auf den versinkenden Kofferraum und das Wasser, das dunkel schäumte, wo zuvor die Heckscheibe gewesen war, und ich hörte, wie er »*Oh*« flüsterte.

Es war das Flüstern der Kapitulation.

Dr. Lezanders Gesicht wandte sich um. Er starrte mich an. Blut tropfte aus seiner Nase und lief über meine Wange.

»Cory«, sagte er, und seine Stimme gurgelte. Seine gesunde Hand umklammerte mein Handgelenk.
»Hinauf mit dir«, flüsterte er. »Mustang.«
Mit letzter Kraft richtete er sich auf und führte meine Hand in die meines Vaters.
Dad zog mich heraus, und ich warf meine Arme um seinen Hals. Er hielt mich fest an sich gedrückt, während seine Beine Wasser traten und Tränen über sein heroisches Gesicht strömten.
Der Buick begann mit einem gewaltigen Aufbäumen und Ächzen zu sinken. Das Wasser um uns herum rauschte und brodelte und zog uns hinab. Dad versuchte uns mit kräftigen Stößen seiner Beine zu befreien, doch der Sog war zu stark. Dann wurde der Buick unter dem Zischen von Hitze und Flüssigkeit, die sich eine letzte Schlacht lieferten, in die Tiefe gezogen. Ich spürte, wie mein Vater gegen den Sog ankämpfte, und dann rang er keuchend nach Luft, und ich wußte, daß er verloren hatte.
Wir gingen unter.
Der Wagen versank unter uns, hinab in ein riesiges, finsteres Gewölbe, in das noch nie das Licht der Sonne gedrungen war. Luftblasen stiegen auf wie silberne Kaulquappen. Dad strampelte wild und versuchte sich aus dem Sog zu lösen, doch wir sanken mit Dr. Lezander hinab. Verschwommen sah ich, wie sich das weiße Gesicht des Doktors unter Wasser gegen die Windschutzscheibe preßte. Blasen quollen aus seinem geöffneten Mund.
Und plötzlich trieb etwas von unten zu uns herauf und klammerte sich an den Kofferraum. Etwas, das vielleicht ein großer Klumpen Moos gewesen sein mochte oder irgendwelche alten Fetzen, die jemand zusammen mit seinem Abfall in den See geworfen hatte. Was immer das Ding auch war, es bewegte sich langsam und unausweichlich durch die zerborstene Heckscheibe in den Buick hinein. Der Wagen dreh-

te sich, drehte sich herum wie ein bizarres Karussell auf dem Brandywine Carnival, freischwebend in der Dunkelheit. Während meine Lunge nach Luft schrie, sah ich abermals Dr. Lezanders verschwommenes weißes Gesicht, nur diesmal hatte sich das zerfetzte, bemooste Ding um ihn herumgewickelt wie eine faulige Robe. Was immer das Ding auch war, es hielt seinen Kiefer umklammert. Ich sah das schwache Blitzen eines Silberzahns, wie ein Stern, der in der Ferne erlosch. Dann drehte sich der Buick wie eine riesige Schildkröte auf den Rücken, und Luftblasen brodelten auf, und ich spürte, wie sie sich an uns brachen und uns aus der Umklammerung des Sogs befreiten. Wir stiegen wieder zum Reich des Lichts auf.

Dad hob mich hoch, so daß mein Kopf als erster die Oberfläche durchbrach.

Es gab dort oben heute nicht mehr viel Licht, doch es gab eine Menge Luft. Dad und ich hielten einander im aufgewühlten, dunklen Wasser fest und sogen sie tief ein.

Schließlich schwammen wir zu einer Stelle hinüber, an der wir uns durch den Schlamm und die Gräser auf feste Erde ziehen konnten. Dad ließ sich neben dem Pick-up auf den Boden sinken. Seine Hände waren aufgerissen und blutig von den Glasscherben. Ich hockte mich auf den roten Granitvorsprung und schaute hinaus auf den See.

»He, Partner!« sagte Dad. »Bist du okay?«

»Ja, Sir.« Meine Zähne klapperten, doch die Kälte war nur etwas Vorübergehendes.

»Setz dich besser in den Wagen«, sagte er.

»Das werde ich«, erwiderte ich, doch ich war noch nicht bereit dazu. Meine Schulter, die sich in den nächsten Tagen in eine einzige geschwollene blauschwarze Beule verwandeln würde, war gnädigerweise taub.

Dad zog die Knie an seine Brust. Noch immer fiel Schneeregen, doch wir waren schon naß und ausgekühlt, was mach-

te es also? »Ich habe dir eine Geschichte über Dr. Lezander zu erzählen«, sagte er.
»Ich möchte dir auch eine erzählen«, erwiderte ich. Ich lauschte; der Wind strich über die Oberfläche des Sees und ließ sie flüstern.
Er war nun unten im Dunkeln. Er war aus der Dunkelheit gekommen, und in die Dunkelheit war er zurückgekehrt.
»Er hat mich Mustang genannt.«
»Ja. Was soll man dazu sagen?«
Wir konnten nicht viel länger an diesem Ort bleiben. Der Wind war wirklich eisig. Es war ein Wetter, bei dem man sich leicht den Tod holte.
Dad blickte hinauf zu den tiefhängenden grauen Wolken und dem Schummerlicht des Januars. Er lächelte, und es war das Gesicht eines Jungen, der endlich von einer großen Last befreit war.
»Mann«, sagte er, »es ist ein wunderbarer Tag.«

Die Helden mochten ins Gras beißen, doch das Leben gehört den Lebenden.
Folgende Dinge geschahen nach unserer letzten Begegnung mit Saxon's Lake.
Als Mom sich nach ihrer Ohnmacht wieder vom Boden erhob, war sie in Ordnung. Sie umarmte Dad und mich, doch sie klammerte sich nicht an uns. Wir waren zwar mit einigen kleinen Blessuren zu ihr zurückgekehrt, doch wir *waren* zurückgekehrt. Besonders Dad; seine Träume von dem Mann auf dem Grund von Saxon's Lake hatten endlich ihr Ende gefunden.
Mr. Steiner und Mr. Hannaford waren – wenn auch enttäuscht darüber, daß sie Dr. Gunther Dahninaderke nicht wenigstens für einen kurzen Augenblick in ihre Finger bekommen hatten – doch zufrieden mit diesem gerechten Ausgang. Dafür hatten sie Mrs. Kara Dahninaderke und ihre

Vögel aus menschlichen Knochen in ihrem Gewahrsam, und das war ein großer Trost. Das letzte, was ich von ihr hörte, war, daß sie in einem Gefängnis saß, in dem sogar das Licht angekettet war.

Ben und Johnny waren außer sich. Ben vollführte einen Veitstanz, und Johnny blickte wütend drein und stampfte mit dem Fuß auf, als ihnen bewußt wurde, daß sie sich einen Film angeschaut hatten, während ich einen Kampf auf Leben und Tod mit einem Nazi-Kriegsverbrecher ausgetragen hatte. Zu sagen, daß mich das zu einer Berühmtheit in der Schule machte, wäre so, als sagte man, der Mond hätte ungefähr die Größe eines Flußkiesels. Selbst die Lehrer wollten meine Geschichte hören. Die hübsche Miss Fontaine war ganz begeistert darüber, und Mr. Cardinale wollte sie gleich zweimal hören. »Du solltest Schriftsteller werden, Cory!« sagte Miss Fontaine. »So wie du mit Worten umgehen kannst«, sagte Mr. Cardinale, »würdest du einen guten Autor abgeben, wenn ich meine Meinung äußern darf.«

Schriftsteller? Autor?

Geschichtenerzähler, dafür entschied ich mich schließlich.

An einem kalten, doch sonnigen Samstag morgen Ende Januar ließ ich Rakete auf der Veranda zurück und stieg zu Mom und Dad in den Pick-up. Dad fuhr mit uns über die Wasserspeierbrücke und auf der Route 10 entlang – sehr langsam, während er die ganze Zeit über Ausschau nach der Bestie aus der verlorenen Welt hielt. Obgleich sie weiter frei in den Wäldern umherlief, habe ich sie nie wieder gesehen. Ich glaube, es war ein Geschenk von Davy Ray an mich.

Wir erreichten Saxon's Lake. Der See war glatt und reglos. Es gab keine Spur von dem, was auf seinem Grund lag, doch wir alle wußten es.

Ich stellte mich auf den roten Granitvorsprung, griff in meine Tasche und holte die grüne Feder hervor. Dad hatte einen

Bindfaden darum gebunden, mit einer kleinen Bleikugel als Gewicht am anderen Ende. Ich warf sie in den See, und sie versank schneller, als man Dahninaderke sagen konnte. Viel schneller, da bin ich ganz sicher.
Ich wollte keine Souvenirs dieser Tragödie behalten.
Dad stand auf der einen Seite neben mir und Mom auf der anderen. Wir waren schon ein prächtiges Team.
»Ich bin jetzt soweit«, sagte ich zu ihnen.
Und ich fuhr nach Hause, wo meine Monster und mein Wunderkasten auf mich warteten.

FÜNF

ZEPHYR HEUTE

Es ist ein langer, kalter Winter gewesen, und ich kehre heim.

Von Birmingham aus Richtung Süden auf dem Interstate 65, jener geschäftigen Verkehrsader, die zur Hauptstadt des Staates führt. An der Ausfahrt 205 nach links abbiegen und dann der Straße folgen, während sie immer schmäler wird und sich an verschlafenen Nestern namens Coopers, Rockford, Hissop und Cottage Grove entlangwindet. Es gibt kein Schild mehr, auf dem der Name Zephyr zu lesen ist, doch ich weiß, wo es liegt, und ich kehre heim.

Ich komme nicht allein, an diesem wunderschönen Samstag nachmittag zu Beginn des Frühlings. Meine Frau, Sandy, sitzt neben mir, und unser »Kleines« hockt zusammengerollt zwischen verstreuten Baseballkarten auf dem Rücksitz, eine Birmingham-Barons-Baseballmütze auf dem Kopf. Dieser Tage mag dort hinten vielleicht ein Vermögen liegen, wer weiß? Das Radio – verzeihen Sie, der Stereokassettenrecorder – ist angeschaltet, und Tears For Fears dröhnen aus dem Lautsprecher. Ich halte Roland Orzabal für einen phantastischen Sänger.

Es ist 1991. Können Sie es glauben? Wir stehen an der Schwelle eines neuen Jahrhunderts, sei es nun besser oder schlechter. Ich nehme an, wir werden uns schon für eins von beiden entscheiden. Das Jahr 1964 scheint so weit zurückzuliegen. Die Polaroids, die in jenem Jahr aufgenommen wurden, sind vergilbt. Niemand trägt mehr sein Haar so wie damals, und die Kleidung hat sich verändert. Die Menschen haben sich auch verändert, denke ich. Nicht nur im Süden,

sondern überall. Zum Besseren oder Schlechteren? Sie können es für sich selbst entscheiden.
Und was wir und die Welt seit 1964 erlebt haben! Stellen Sie es sich nur einmal vor! Es war ein schnelleres, verwirrenderes Karussell, als es der Brandywine Carnival je hätte erfinden können. Wir haben Vietnam überlebt – wenn wir Glück hatten – und die Flower-Power-Ära, Watergate und den Sturz Nixons, den Ajatollah, Ronnie und Nancy, den Fall der Mauer und den Anfang des Endes des kommunistischen Rußlands. Wir leben wahrhaftig in einer Zeit der Wirbelstürme und Kometen. Und wie die Flüsse, die zum Meer hin fließen, muß die Zeit in die Zukunft fließen. Der Verstand vermag sich gar nicht vorzustellen, was uns dort wohl erwartet. Doch wie die Dame einmal gesagt hat, man kann nicht wissen, wohin man geht, bis man herausgefunden hat, wo man hergekommen ist. Manchmal denke ich, wir müssen noch viel herausfinden.
»Es ist ein so schöner Tag«, sagt Sandy, und sie lehnt sich in ihrem Sitz zurück, um sich die vorbeiziehende Landschaft anzuschauen. Ich werfe ihr einen Blick zu, und meine Augen sind gesegnet. Sie trägt Sonnenlicht in ihren blonden Haaren, als wären es goldene Blüten. Es ist auch etwas Silber darin, und es gefällt mir, obwohl sie sich darüber aufregt. Ihre Augen sind blaßgrau, und ihr Blick ist ruhig und beständig. Sie ist ein Fels, wenn ich Stärke brauche, und ein Kissen, wenn es mich nach Trost verlangt. Wir sind ein gutes Team. Unser Kind hat ihre Augen und ihre Ruhe, das Dunkelbraun meiner Haare und meine Neugier für die Welt. Unser Kind hat die scharfgeschnittene Nase meines Vaters und die schlanken »Künstlerhände« meiner Mutter. Ich denke, es ist eine gute Kombination.
»He, Dad!« Die Baseballkarten sind für den Moment vergessen.
»Ja?«

»Bist du aufgeregt?«
»Nein«, erwidere ich. Sei besser ehrlich, denke ich bei mir. »Nun ... ein kleines bißchen.«
»Wie wird es sein?«
»Ich weiß nicht. Es ist so ... oh ... laß mich nachrechnen, wir haben Zephyr 1966 verlassen. Also ist es ... sag du mir, wie viele Jahre es her ist.«
Ein Augenblick Pause. »Fünfundzwanzig.«
»So ist es«, sage ich. Unser Kind hat sein Talent für Mathematik ausschließlich von Sandys Seite der Familie geerbt, glauben Sie mir.
»Wieso bist du nie wieder hierher zurückgekommen? Ich meine, wenn es dir so gut gefallen hat?«
»Ich wollte schon, viele Male. Ich bin bis zur Abzweigung von der I-65 gekommen. Doch Zephyr ist nicht mehr das, was es einmal war. Ich nehme an, ich weiß, daß die Dinge nicht so bleiben können, wie sie waren, und so soll es auch sein, aber ... Zephyr war mein Zuhause, und es schmerzt mich, mir vorzustellen, daß es sich so sehr verändert hat.«
»Und wie hat es sich verändert? Es ist noch immer eine Stadt, oder nicht?« Ich höre, wie die Baseballkarten wieder hochgenommen und raschelnd nach Mannschaften und Alphabet geordnet werden.
»Nicht so, wie sie es früher war«, sage ich. »Der Luftwaffenstützpunkt hier in der Nähe ist 1974 geschlossen worden, und die Papierfabrik oben am Tecumseh hat zwei Jahre später die Tore zugemacht. Union Town ist gewachsen. Es ist ungefähr vier- oder fünfmal so groß wie damals, als ich ein Junge war. Doch Zephyr ... ist einfach immer kleiner geworden.«
»Hm.« Die Aufmerksamkeit schweift langsam ab.
Ich werfe Sandy einen Blick zu, und wir lächeln einander an. Ihre Hände finden meine. Sie sind dafür bestimmt, einander festzuhalten so wie jetzt. Vor uns erheben sich die Hügel

von Adams Valley. Sie sind bedeckt mit Bäumen, die vom Gelb und Purpur junger Knospen leuchten. Auch etwas Grün ist schon zu sehen, obgleich es noch nicht April ist. Die Luft außerhalb des Wagens ist noch immer kühl, doch die Sonne trägt schon das strahlende Versprechen des Sommers in sich.

Meine Eltern und ich haben Zephyr tatsächlich im August 1966 verlassen. Dad, der eine neue Stellung in Mr. Vandercamps Eisenwarenladen gefunden hatte, ahnte voraus, daß der Wind schon bald aus einer anderen Richtung blasen würde, und beschloß, nach einer grüneren Weide zu suchen. Er fand Arbeit in Birmingham, als zweiter Vorarbeiter der Nachtschicht in einem Coca-Cola-Abfüllwerk. Er verdiente zweimal soviel, wie er je als Milchmann bekommen hatte. Bis 1970 war er zum Vorarbeiter der Nachtschicht aufgestiegen und glaubte, es ginge uns nun bestens. Das war das Jahr, in dem ich aufs College ging, an der University of Alabama. Dad erlebte noch, wie ich meine Journalismusausbildung abschloß, bevor er 1978 an Krebs starb. Er mußte nicht lange leiden, wofür wir dankbar waren. Mom trauerte schrecklich um ihn, und ich dachte schon, ich würde auch sie verlieren. Doch 1983, auf einer Reise durch Alaska mit einer Gruppe von Freunden aus ihrer Gemeinde, lernte Mom einen verwitweten Gentleman kennen, dem ein Pferdegestüt in der Nähe von Bowling Green, Kentucky, gehörte. Zwei Jahre später wurde sie seine Frau, und sie lebt noch immer auf dem Gestüt. Er ist ein phantastischer Mensch und sehr gut zu meiner Mutter, doch er ist nicht mein Dad. Das Leben geht weiter, und die Straßen führen immer zu unerwarteten Zielen.

ROUTE 10 verkündet ein Schild, das mit rostigen Einschußlöchern übersät ist.

Mein Herz beginnt zu klopfen. Meine Kehle ist trocken. Ich erwarte Veränderung, aber ich habe auch Angst vor ihr.

Ich habe mit aller Kraft versucht, nicht alt zu werden. Das ist an sich schon eine schwere Aufgabe. Ich meine nicht alt nach Jahren, denn das ist etwas Ehrenvolles. Ich meine alt von der Einstellung her. Ich habe Männer meines Alters gesehen, die plötzlich eines Morgens aufwachten und vergessen hatten, daß ihnen ihre Väter verboten hatten, sich die teuflische Musik dieser Rolling Stones anzuhören. Sie hatten vergessen, daß ihre Väter sie aus dem Haus zu werfen drohten, wenn sie das Haar so lang in die Stirn tragen würden. Sie hatten vergessen, was es bedeutete, der Befehlsempfänger statt der Befehlsgeber zu sein. Natürlich ist die Welt jetzt härter, daran besteht kein Zweifel. Es müssen härtere Entscheidungen gefällt werden, mit schrecklicheren Konsequenzen. Kinder brauchen Führung, das ist sicher. Ich brauchte sie, und ich bin glücklich, daß ich geführt wurde, denn es half mir, einer Menge Fehler aus dem Weg zu gehen. Doch ich denke, Eltern sind keine Lehrer mehr. Eltern – oder zumindest eine ganze Menge von uns – führen mit ihrem Mund und nicht durch ihr Beispiel. Es kommt mir so vor, als wäre der steinige Weg des Lernens und Erfahrens ein ganzes Stück ebener, wenn der Held eines Kindes seine Mutter oder sein Vater ist – oder noch besser, wenn sie es beide sind. Und jedes kleine bißchen dieses Ebnens hilft, in dieser harten alten Welt, die Kinder zu Miniaturausgaben von Erwachsenen machen will, bar jedes Charmes, jeder Magie oder der Schönheit der Unschuld.
Nun, mein Nachname lautet weder Lovoy noch Blessett, also sollte ich jetzt wieder von der Kanzel steigen.
Natürlich habe auch ich mich seit 1964 etwas verändert. Ich habe nicht mehr so viele Haare, und ich trage eine Brille. Ich habe ein paar Falten bekommen, doch einige davon sind auch Lachfalten. Sandy sagt, sie findet, daß ich jetzt besser aussehe als je zuvor. Das nennt man Liebe. Doch wie ich schon bemerkte, ich habe wirklich versucht, nicht in meinen

Ansichten alt zu werden. Diesbezüglich wurde Musik meine Rettung. Ich glaube fest, daß Musik die Sprache der Jugend ist, und je mehr du sie als wichtig akzeptierst, desto jünger wird deine Einstellung. Mein Dank gebührt den Beach Boys, die einst mein Interesse für Musik weckten. Nun enthält meine Plattensammlung – verzeihen Sie, meine CD-Sammlung – solche Künstler wie Elvis Costello, U2, Sinéad O'Connor, Concrete Blonde, Simple Minds und Technotronic. Ich muß jedoch gestehen, daß es mich manchmal zu den Klassikern wie Led Zeppelin und Lovin' Spoonful zieht. Doch ich berausche mich an dieser Auswahl auf meinem Plattenteller.

Ich fahre vorbei an dem überwucherten Weg, der in den Wald führt, und ich weiß, welche Ruine sich fünfzig Meter weiter an seinem Ende befindet. Miss Grace und ihre bösen Mädchen haben ihre Zelte abgebrochen, nachdem die Blaylocks ins Gefängnis kamen. Das Dach des Hauses wurde während eines Sturms im Juli 1965 heruntergerissen. Ich bezweifle, daß jetzt noch viel davon übrig ist. Die Kudzuranken in dieser Gegend sind schon immer besonders gierig gewesen.

Ben begann sein Studium an der University of Alabama im selben Jahr wie ich, mit Betriebswirtschaft als Hauptfach. Er machte sogar sein Diplom, und ich hätte nicht in einer Million Jahren geglaubt, daß Ben wirklich Freude am Lernen haben könnte. Er und ich kamen hin und wieder an der Universität zusammen, doch mit der Zeit nahm ihn seine Fachschaft immer mehr in Anspruch, und ich bekam ihn nur noch selten zu Gesicht. Er trat der Sigma-Chi-Studentenverbindung bei und wurde Vizepräsident der Abteilung. Heute lebt er in Atlanta, wo er als Börsenmakler arbeitet. Er und seine Frau, Jane Anne, haben einen Jungen und ein Mädchen. Der Typ ist reich, er fährt einen goldfarbenen BMW, und er ist fetter als je zuvor. Vor drei Jahren rief er mich an, nachdem er eins meiner Bücher gelesen hatte, und wir sehen einander alle paar Monate. Im letzten Sommer fuhren wir gemeinsam zu einer kleinen Stadt in der Nähe der Staatsgrenze von Alabama und Florida, um den Polizeichef dort zu besuchen. Seine Name ist John Wilson.

Ich wußte immer, daß Johnny das Blut eines Häuptlings in seinen Adern hatte. Er hat die Stadt fest im Griff, und er läßt sich keinen Unsinn gefallen. Doch wie ich hörte, ist er ein gerechter Mann, und jeder scheint ihn zu mögen, denn es ist schon seine zweite Amtszeit. Als wir dort waren, lernten Ben und ich Johnnys Frau, Rachel, kennen. Rachel ist eine atemberaubende Frau, die aussieht, als wäre sie dem Titelblatt einer Modezeitschrift entstiegen. Sie vergöttert diesen Mann. Obgleich sie keine Kinder haben, sind Johnny und Rachel vollkommen glücklich. An einem Wochenende fuhren wir alle zusammen hinaus, um vor Destin zu angeln, und Johnny fing einen Thunfisch. Meine Angelschnur verhedderte sich unter dem Boot, und Ben hat sich den schlimmsten Sonnenbrand seines Lebens geholt. Aber wir haben viel gelacht und uns viel zu erzählen gehabt.

Er ist da, bevor es mir bewußt wird. Mein Magen zieht sich zusammen.

»Saxon's Lake«, sage ich zu ihnen. Sie recken beide ihre Hälse, um ihn sich anzuschauen.

Es hat sich überhaupt nicht verändert. Dieselbe Größe, dasselbe dunkle Wasser, derselbe Schlamm und dieselben Gräser, derselbe rote Granitvorsprung. Man muß sich nicht sehr anstrengen, um sich Dads Milchwagen dort vorzustellen, und ihn selbst, wie er gerade ins Wasser springt, um zu einem versinkenden Wagen hinüberzuschwimmen. Ebenso leicht ist es, sich an den Buick zu erinnern, wie er dort treibt, während das Wasser durch die zerborstene Heckscheibe hereinströmt und mein Vater versucht, mich mit seiner aufgeschnittenen Hand zu erreichen. Es ist ganz leicht.

Dad, ich liebe dich, denke ich, während wir Saxon's Lake hinter uns lassen.

Ich erinnere mich an sein Gesicht, getaucht in den Schein des Kaminfeuers, als er dort in dem Haus saß und mir die Sache mit Dr. Gunther Dahninaderke erklärte. Wir beide – und Mom auch, so wie wohl so ziemlich alle anderen in der Stadt – brauchten eine ganze Zeit, die Tatsache zu glauben, daß er und seine Frau solch grauenhafte Dinge getan hatten. Obgleich er nicht durch und durch böse war, oder weshalb hätte er sonst mein Leben gerettet? Ich denke, daß niemand so böse ist, daß es keine Rettung mehr für ihn gibt. Vielleicht ähnle ich darin meinem Dad, vielleicht bin ich naiv. Doch besser naiv, denke ich bei mir, als versteinert bis ins Herz.

Irgendwann später dämmerte es mir, was es mit Dr. Dahninaderke und seiner Nachtwachen am Kurzwellenempfänger auf sich gehabt haben mochte. Ich bin der festen Überzeugung, daß er den ausländischen Sendern lauschte, um Nachricht darüber zu erhalten, wer aus dem Nazi-Regime aufgespürt und vor Gericht gestellt worden war. Ich glaube, daß er unter seinem kühlen Äußeren in nie endenwollender Furcht lebte, immer in Erwartung jenes Klopfens an der Tür. Er hatte Todesqualen gebracht, doch er hatte sie auch selbst durchlitten. Hätte er mich getötet, wenn er erst einmal die grüne Feder in seiner Hand gehalten hätte, so wie er und Kara Jeff Hannaford wegen der Erpressung gefoltert und getötet hatten? Ich vermag es wirklich nicht zu sagen. Wissen Sie es?

O ja! Der Dämon!

Ben hat es mir erzählt. Der Dämon, die später auf der High-School gezeigt hatte, daß sie tatsächlich ein Genie war, ging aufs College und wurde Chemikerin bei DuPont. Sie war sehr erfolgreich, doch ihre seltsame Natur ließ ihr keine Ruhe. Das letzte, was Ben hörte, war, daß der Dämon als Performance-Künstlerin in New York auftritt und sich mit Jesse Helms in den Haaren liegt, und zwar wegen eines Kunstwerks, bei dem sie über das profitgierige Amerika schreit und zetert, während sie in einem Kinderplanschbecken voller ... nun, Sie können sich sicher vorstellen, worin sie sitzt.

Ich kann nur sagen, daß Jesse Helms sich besser nicht mit ihr anlegen sollte. Wenn er es tut, habe ich jetzt schon Mitleid mit ihm. Vielleicht muß er eines schönen Tages feststellen, daß er an seinem Schreibtisch festklebt.

Ich folge denselben Kurven, die mir den Angstschweiß ins Gesicht getrieben haben, als Donny Blaylock mit voller Fahrt um sie herum schleuderte. Und dann ziehen sich die Hügel zurück, und die Straße wird so schnurgerade wie ein von Mr. Dollar gezogener Scheitel, und vor uns liegt die Wasserspeierbrücke.

Ohne Wasserspeier. Die Köpfe der Konföderiertengeneräle sind abgeschlagen worden. Vielleicht war es Vandalismus, vielleicht war es jemand, der tausend Dollar pro Stück kassierte, als er sie auf einer Kunstauktion als Beispiele des Südstaaten-Primitivismus' verkaufte. Ich weiß es nicht, aber sie sind verschwunden. Dort ist die Eisenbahnbrücke, die sich kaum verändert hat, und dort ist das Glitzern des Tecumsehs. Ich stelle mir vor, daß Old Moses nun glücklicher ist, seit die Papierfabrik geschlossen wurde. Er hat keine Umweltverschmutzung mehr zwischen den Zähnen, wenn er sich einen Happen Schildkröte schnappt. Allerdings bekommt er auch sein Karfreitagsfestessen nicht mehr. Damit war es vorbei, als die Dame 1967 im hohen Alter von einhundertneun ihren eigenen Fluß überquerte, wie Ben mir erzählte. Der Mondmann, berichtete Ben, verließ die Stadt kurz darauf, um nach New Orleans zu gehen, und danach begann die Einwohnerschaft von Bruton dahinzuschwinden, sogar noch schneller als die von Zephyr. Der Tecumseh mag heute sauberer sein, doch ich frage mich, ob Old Moses nicht manche Nacht sein schuppiges Haupt über die Oberfläche erhebt und Rauch und Wasser aus den beiden Hochöfen seiner Nasenlöcher speit. Ich frage mich, ob er nicht in die Stille lauscht, die jenseits des Geräuschs des Flusses, der träge über die Steine schwappt, herrscht, und in der ihm eigenen Reptiliensprache bei sich denkt: Warum kommt denn bloß niemand mehr her und spielt mit mir?

Vielleicht ist er noch immer dort. Vielleicht ist er fort, ist dem Fluß zum Meer hin gefolgt.

Wir überqueren die Wasserspeier-lose Brücke. Und auf der anderen Seite ist meine Heimatstadt.

»Da wären wir«, höre ich mich selbst sagen, während ich den Wagen abbremse, doch mir wird augenblicklich bewußt, daß das nicht ganz richtig ist. Wir mögen uns an einem bestimmten Ort in der Zeit befinden, doch es ist nicht mehr Zephyr.

Zumindest nicht das Zephyr, das ich kannte. Die Häuser sind noch immer da, doch viele von ihnen sind verfallen, die Vorgärten ungepflegt. Aber es ist noch keine wirkliche Geisterstadt, denn manche der Häuser – eine kleine, sehr kleine Anzahl, wie es scheint – sind noch immer bewohnt, und es sind ein paar Wagen auf den Straßen zu sehen. Doch schon spüre ich, daß eine große Menschenmenge – eine wunderbare Ansammlung des Lebens – irgendwo anders hingezogen ist, und den Beweis ihrer physischen Existenz zurückgelassen hat wie einen Garten voller verwelkter Blumen.

Dies wird weit schwerer werden, als ich dachte.

Sandy spürt es. »Bist du in Ordnung?«

»Wir werden es herausfinden«, antworte ich und zwinge meine Lippen mühevoll zu einem schwachen Lächeln.

»Hier ist ja kaum jemand, oder, Dad?«

»Kaum eine Menschenseele«, erwidere ich.
Ich biege von der Merchants Street ab, bevor ich das Stadtzentrum erreiche. Das könnte ich jetzt noch nicht ertragen. Ich fahre zum Baseballfeld, wo die Branlins uns an jenem Tag so heimtückisch überfielen, und halte den Wagen am Spielfeldrand an.
»Macht es euch was aus, wenn wir hier eine Minute stehenbleiben, Leute?« frage ich.
»Nein«, sagt Sandy und drückt meine Hand.
Ein paar Worte zu den Branlins. Ich habe diese Informationen von Johnny, der ja ein Gesetzeshüter ist. Wie es scheint, waren Gotha und Gordo Branlin doch nicht mit demselben Charakter gesegnet. Gotha fing auf der High-School mit Football an und wurde zum Mann der Stunde, als er einen Paß der Union-Town-High-School direkt auf der Torlinie abfing und eigenhändig in einen Touchdown für seine eigene Mannschaft verwandelte. Der Ruhm wirkte Wunder für ihn, denn er bewies, daß er sich die ganze Zeit über nur nach der Aufmerksamkeit gesehnt hatte, die seine Mutter und sein Vater ihm aus Dummheit oder Gemeinheit verweigerten. Wie Johnny mir erzählte, lebt Gotha nun in Birmingham und verkauft Versicherungen, und nebenbei trainiert er eine Football-Jugendmannschaft. Johnny erzählte mir auch, daß Gotha nun keinen Wasserstoff mehr braucht, um sein Haar zu bleichen, denn er hat keine einzige Strähne mehr auf dem Kopf.
Gordo jedoch stieg immer weiter ab. Ich muß mit Bedauern sagen, daß Gordo 1980 vom Besitzer eines kleinen Ladens in Baton Rouge, Louisiana, erschossen wurde, wo er sich irgendeiner Bande angeschlossen hatte. Gordo starb bei dem Versuch, weniger als dreihundert Dollar aus der Kasse und alle Debbie-Kekse, die er tragen konnte, zu stehlen. Es kommt mir so vor, als hätte er einmal eine Chance gehabt, doch er hatte nicht auf den Giftsumach gehört.

»Ich steige mal für eine Minute aus und vertret' mir die Beine«, sage ich.
»Sollen wir mitkommen, Dad?«
»Nein«, erwidere ich. »Noch nicht.«
Ich steige aus und schlendere über das verwilderte Baseballfeld. Ich stelle mich auf den Werferplatz und lasse mich von der kühlen Brise und dem warmen Sonnenschein streicheln. Die Tribünenbänke, auf denen ich Nemo Curliss zum erstenmal sah, sind abgesackt. Ich halte meinen Arm hoch, die Handfläche zum Himmel gereckt, und warte.
Was würde geschehen, wenn der Ball, den Nemo Curliss in den Himmel schleuderte, plötzlich nach all diesen Jahren in meine Hand fiele?
Ich warte.
Doch es geschieht nicht. Nemo, der Junge mit dem perfekten Wurfarm, der von leider allzu unperfekten Umständen gefangen war, hatte diesen Ball weit über die Wolken hinweg geworfen. Er ist nie wieder heruntergekommen, und er wird es auch nie mehr, und nur Ben, Johnny und ich erinnern uns daran.
Ich schließe meine Handfläche und lasse den Arm wieder neben meinen Körper sinken.
Ich kann Poulter Hill von hier aus sehen.
Auch er ist verwildert. Unkraut schießt zwischen den Grabsteinen hoch, und es scheint, daß schon lange niemand mehr frische Blumen dorthin gebracht hat. Es ist eine Schande, denke ich bei mir, denn dort liegen all die treuen Seelen von Zephyr.
Ich möchte nicht zwischen den Grabsteinen umhergehen. Seit meinem nächtlichen Ausflug bin ich nie wieder dorthin zurückgekehrt. Ich hatte mich von Davy Ray verabschiedet, und er sich von mir. Alles andere wäre etwas, was nur ein Dummkopf tun würde.

Ich wende mich vom Tod ab und kehre zurück zu den Lebenden.

»Das war meine Schule«, sage ich zu meiner Frau und meinem Kind, als ich den Wagen neben dem Spielplatz anhalte. Wir steigen alle aus, und Sandy geht neben mir her, während meine Schuhe kleine Wolken des Spielplatzstaubs aufwirbeln. Unser »Kleines« fängt an, in immer größer werdenden Kreisen auf dem Spielplatz umherzulaufen, wie ein Pony, das nach langer Zeit im Stall endlich auf eine grüne Weide entlassen worden ist. »Sei vorsichtig!« warnt Sandy, denn sie hat eine zerbrochene Flasche entdeckt. Es scheint zum Muttersein zu gehören, sich Sorgen zu machen.

Ich lege meinen Arm um Sandy, und sie legt ihren Arm um meinen Rücken. Die Grundschule ist verlassen; einige der Fensterscheiben sind zerbrochen. Über allem liegt eine niederschmetternde Stille, wo früher so viele junge Stimmen gejohlt und geschrien haben. Ich sehe die Stelle neben dem Zaun, wo Johnny und Gotha Branlin ihren Entscheidungskampf austrugen. Ich sehe das Tor, durch das ich auf Rakete vor Gordo geflohen war, um ihm Luzifers Strafgericht zu überantworten. Ich sehe ...

»He, Dad! Schau mal, was ich gefunden habe!«

Unser »Kleines« kommt herübergelaufen. »Ich habe sie dort drüben gefunden! Toll, was?«

Ich blicke auf die zierliche Handfläche, die mir hingestreckt wird, und ich muß unwillkürlich lächeln.

Es ist eine schwarze Pfeilspitze, glatt und beinahe perfekt geformt. Es sind kaum Scharten daran zu erkennen. Sie war offensichtlich von jemandem gemacht worden, der stolz auf seine Fertigkeiten war. Höchstwahrscheinlich von einem Häuptling.

»Kann ich sie behalten, Dad?« fragt meine Tochter.

Ihr Name ist Skye. Sie ist im Januar zwölf geworden, und

sie ist gerade in ihrer »Raufphase«, wie Sandy es nennt. Skye setzt lieber eine Baseballmütze verkehrt herum auf und rennt grinsend durch den Staub, als mit Puppen zu spielen und von den New Kids on the Block zu träumen. Diese Dinge werden später kommen, da bin ich sicher. Für den Augenblick ist Skye ganz in Ordnung.

»Ich denke schon«, antworte ich, und sie schiebt die Pfeilspitze freudig in die Tasche ihrer Jeans wie einen geheimen Schatz.

Und nun fahren wir die Merchants Street entlang, hinein ins Zentrum eines Herzens, das schon lange zu schlagen aufgehört hat.

Alles ist geschlossen. Mr. Dollars Friseurladen, der Piggly-Wiggly, das Bright Star Café, der Eisenwarenladen, das Lyric, einfach alles. Die Schaufenster des Woolworth's-Kaufhauses sind mit weißer Farbe verschmiert. Die krebsartigen Wucherungen der Filialgeschäfte, Apartmentblocks und eines Einkaufszentrums mit vier Kinos in Union Town haben den Geist Zephyrs geschluckt, so wie Big Paul's Pantry der Untergang der Milchmänner war. Es geht voran, aber ist es auch ein Fortschritt?

Wir fahren am Rathaus vorbei. Stille. Vorbei am Freibad und der leeren Hülle des Spinnin' Wheel. Stille, Stille. Wir fahren vorbei an Miss Blue Glass' Haus, und die Stille an diesem Ort, an dem immer Musik erklungen war, lastet schwer auf allem.

Miss Blue Glass. Ich wünschte, ich könnte sagen, was aus ihr geworden ist, doch ich kann es nicht. Sie müßte jetzt in ihren Achtzigern sein, wenn sie noch immer am Leben ist. Ich weiß es einfach nicht. Dasselbe gilt für so viele andere, die in den vergangenen Jahren aus Zephyr abwanderten: Mr. Dollar, Sheriff Marchette, Jazzman Jackson, Mr. und Mrs. Damaronde, Nila Castile und Gavin, Mrs. Velvadine, Bürgermeister Swope. Ich denke, sie sind alle noch am Leben, in irgendeiner anderen Stadt. Ich denke, sie tragen einen Teil von Zephyr in sich, und wo immer sie hingehen mögen, lassen sie Zephyrs Saat im Boden zurück. So wie ich es tue.

Nachdem ich das College abgeschlossen hatte, habe ich zwei Jahre für eine Zeitung in Birmingham gearbeitet. Ich habe Schlagzeilen geschrieben und anderer Leute Artikel redigiert. Wenn ich nach der Arbeit in meine Wohnung in jener großen Stadt ging, setzte ich mich an meinen Wunderkasten – nicht mehr derselbe wie damals, sondern ein neuer Wunderkasten – und ich schrieb. Und ich schrieb. Die Geschichten gingen mit der Post raus, und die Geschichten kamen zurück. Und dann versuchte ich aus purer Verzweiflung, einen Roman zu schreiben. Und siehe da, es fand sich ein Verleger dafür.

Ich bin nun eine Bibliothek. Eine kleine zwar, doch ich wachse stetig.

Ich bremse den Wagen ab, als wir an einem Haus vorbeikommen, das ein Stück von der Straße zurückgesetzt neben einem Pferdestall steht. »Hier hat er gelebt«, sage ich zu Sandy.

»Mann!« ruft Skye aus. »Es ist unheimlich! Es sieht aus wie ein Spukhaus.«

»Nein«, entgegnete ich. »Ich denke, jetzt ist es einfach nur ein Haus.«

So wie Bo sich mit Football auskennt, kennt meine Tochter sich mit Spukhäusern aus. Sie kennt Vincent Price und Peter Cushing, die Filme der Hammer-Studios, die Werke von Poe, die Marschroniken und eine Stadt namens Salem's Lot. Doch sie kennt auch Alice hinter den Spiegeln und den kleinen Standhaften Zinnsoldaten, das Häßliche Entlein und die Reisen des Kleinen Stuart. Sie kennt Oz und die Dschungel Tarzans, und obgleich sie noch zu jung ist, etwas anderes als die Farben zu genießen, kennt sie die Kunstwerke von van Gogh, Winslow Homer und Miró. Sie hört sich Duke Ellington und Count Basie an, ebenso wie die Beach Boys. Gerade letzte Woche hat sie mich gefragt, ob sie ein gerahmtes Bild auf ihre Kommode stellen dürfe. Sie sagte, sie hielte den Typen für echt cool.

Seine Name ist Freddy.

»Skye«, sagte ich, »ich denke wirklich, du wirst von dem Ding nur Alpträu . . .«

Und dann hielt ich inne. Oh, oh! dachte ich bei mir. Oh, oh! Freddy, darf ich dir Skye vorstellen? Erzähl ihr bitte von der Macht der Phantasie, ja?

Ich steuere den Wagen in die Hilltop Street, und wir fahren die Steigung hinauf zu unserem Haus.

Ich komme ganz gut zurecht mit meinem Schreiben. Es ist eine harte Arbeit, aber sie macht mir Spaß. Sandy und ich sind nicht die Art von Leuten, die die halbe Welt brauchen, um glücklich zu sein. Allerdings muß ich gestehen, daß ich doch einmal über die Stränge geschlagen habe. Ich habe ein altes rotes Cabrio gekauft, das mich vom Hof eines Gebrauchtwagenhändlers aus anlachte, als Sandy und ich Urlaub in New England machten. Ich denke, früher hat man solche Wagen als heiße Schlitten bezeichnet. Ich habe ihn wieder so hergerichtet, wie er ausgesehen haben muß, als Zephyr noch jung war. Manchmal, wenn ich allein in dem Wagen bin und mit dem Wind in den Haaren und der Sonne auf meinem Gesicht dahinbrause, vergesse ich mich und spreche mit ihm. Ich nenne ihn bei einem bestimmten Namen.

Sie wissen schon, wie ich ihn nenne.

Das Fahrrad begleitete mich, als wir Zephyr verließen. Wir bestanden weitere Abenteuer miteinander, und das goldene Auge sah eine Menge Ärger kommen und hielt mich mehr als einmal davon ab, in ihn hineinzuschlittern. Doch schließlich begann es unter meinem Gewicht zu ächzen, und meine Hände schienen nicht mehr für den Lenker zu passen. Es wurde in den Keller verbannt, wo es unter einer blauen Plane stand. Ich stelle mir vor, daß es wie ein Vogel schlafen ging. Einmal kehrte ich an einem Wochenende vom College nach Hause zurück und mußte entdecken, daß Mom einen Flohmarkt mit alten Sachen von uns abgehalten hatte, zu denen auch die Dinge aus unserem Keller gehörten. »Und hier hast du das Geld, das dieser Mann für dein altes Rad gezahlt hat!« sagte sie, während sie mir eine Zwanzigdollarnote reichte. »Er hat es für seinen eigenen Jungen gekauft, ist das nicht toll, Cory? Cory? Ist das nicht toll?«

Es ist toll, hatte ich meiner Mutter beigepflichtet. Und an jenem Abend habe ich meinen Kopf an Dads Schulter gelegt und geweint, als wäre ich zwölf und nicht zwanzig.

Mein Herz setzt einen Schlag aus.

Da ist es. Direkt vor uns.

»Unser Haus«, sage ich zu Sandy und Skye.

Es ist alt geworden von der Sonne und dem Regen. Es braucht einen neuen Anstrich und eine fürsorgliche Hand. Es braucht Liebe, doch es steht nun leer. Ich halte mit dem Wagen am Bordstein und blicke auf die Veranda, und plötzlich sehe ich meinen Vater aus der Haustür treten. Er schaut stark und gesund aus, wie immer, wenn ich mich an ihn erinnere.

»He, Cory!« sagt er. »Wie geht's denn so?«

Einfach phantastisch, Sir, erwidere ich.

»Das wußte ich. Ich habe es gut gemacht, nicht wahr?«

Ja, Sir, das hast du, sage ich.

»Du hast wirklich eine hübsche Frau und eine gute Tochter, Cory. Und deine Bücher! Ich wußte, daß du es schon schaffen würdest, ich habe es die ganze Zeit gewußt.«

Dad? Möchtest du, daß ich hereinkomme und eine Weile bei dir bleibe?

»Du willst *hier* hereinkommen?« Er lehnt sich gegen einen der Verandapfosten. »Warum solltest du das wollen, Cory?«

Bist du denn nicht einsam? Ich meine ... es ist so still hier.

»Still?« Er lacht von ganzem Herzen. »Manchmal wünschte ich, es *wäre* still! Es ist hier überhaupt nicht still!«

Aber ... es ist leer, oder nicht?

»Es ist voll bis an den Rand«, erwidert mein Vater. Er blickt hinauf zur Sonne, die über den frühlingshaften Hügeln steht. »Du mußt nicht hierherkommen, um sie zu sehen, Cory. Und auch nicht, um mich zu sehen. Das mußt du wirklich nicht. Du mußt nicht das verlassen, was ist, um das zu besuchen, was war. Du hast ein gutes Leben, Cory. Besser, als ich es mir erträumt habe. Wie geht's deiner Mom?«

Sie ist glücklich. Ich meine, sie vermißt dich, aber ...

»Das Leben gehört den Lebenden«, sagt er zu mir mit seiner väterlichen Stimme. »Und nun geh und mach weiter, statt dir zu wünschen, in ein altes Haus mit einem abgesackten Boden zu kommen.«

Ja, Sir, erwidere ich, doch ich kann noch nicht fort.

Er ist im Begriff, wieder hineinzugehen, doch auch er hält inne. »Cory?« sagt er.

Ja, Sir?

»Ich werde dich immer lieben. Immer. Und ich werde deine Mutter immer lieben, und ich bin so glücklich für euch beide. Verstehst du?«

Ich nicke.

»Du wirst immer mein Junge sein«, sagt Dad, und dann kehrt er ins Haus zurück, und die Veranda ist wieder verlassen.

»Cory? Cory?«

Ich wende mein Gesicht um und blicke Sandy an.

»Was siehst du denn da?« fragt sie mich.

»Einen Schatten«, erwidere ich.

Ich möchte noch einen Ort aufsuchen, bevor ich den Wagen wende und davonfahre. Ich steuere uns die gewundene Temple Street hinauf zum Thaxter-Anwesen auf der Anhöhe. Hier hat sich wirklich alles verändert.
Einige der großen Villen sind doch tatsächlich abgerissen worden. An ihrer Stelle ist nur noch Rasen. Und hier ist eine weitere Überraschung. Der Herrensitz der Thaxters ist gewachsen, hat auf jeder Seite Anbauten bekommen. Das Gelände darum herum ist riesig. Mein Gott! wird es mir bewußt, Vernon muß noch immer hier wohnen! Ich fahre durch das Tor und an einem Swimmingpool vorbei. In den Zweigen einer knorrigen Eiche ist ein Baumhaus errichtet worden. Die Villa selbst ist makellos, das Anwesen wunderschön, und die kleinen Gebäude sind in seinem Stil errichtet worden.
Ich steige aus und gehe zur Tür hinüber. Meine Eingeweide zittern vor Erregung.
Doch bevor ich die Tür erreiche, höre ich eine Glocke läuten. *Ding ... ding ... ding ... ding.*
Ich höre eine Art Sturmflut, deren Donnern immer lauter wird.
Und es schwemmt mich davon und verschlägt mir den Atem.
Denn hier kommen sie.
Sie schwärmen aus der Tür wie die Wespen aus dem Nest in der Kirche am Ostersonntag. Hier kommen sie, lachend und johlend und einander anrempelnd. Hier kommen sie, ein wunderbarer lärmender Aufruhr.
Die Jungen. Dutzende von ihnen, Dutzende. Manche weiß, manche schwarz. Sie umfließen mich, als wäre ich eine Insel im Strom. Manche von ihnen laufen zu dem Baumhaus hinüber, andere toben über den weitläufigen grünen Rasen. Ich bin im Zentrum eines jungen Universums, und dann entdecke ich das Messingschild an der Mauer neben der Tür.

ZEPHYRER HEIM FÜR JUNGEN steht darauf.
Vernons Villa ist ein Waisenhaus geworden.
Und noch immer strömen sie an mir vorbei und kosten ungestüm ihre Freiheit aus, an diesem wunderbaren Samstag nachmittag. Ein Fenster im ersten Stock öffnet sich, und ein faltiges Gesicht späht heraus. »James Lucius!« krächzt eine weibliche Stimme. »Edward und Gregory! Kommt auf der Stelle für eure Klavierstunde herauf!«
Sie trägt Blau.
Zwei ältere Frauen, die ich nicht kenne, kommen heraus und jagen der Gruppe von Jungen hinterher. Viel Glück dabei, denke ich bei mir. Und dann tritt ein jüngerer Mann heraus und bleibt vor mir stehen. »Kann ich Ihnen helfen?«
»Ich ... habe hier früher gelebt. In Zephyr, meine ich.« Ich bin so benommen, daß ich kaum zu sprechen vermag. »Wann ist das hier zu einem Waisenhaus geworden?«
»1985«, antwortet der Mann. »Mr. Vernon Thaxter hat es uns geschenkt.«
»Lebt Mr. Thaxter noch?«
»Er hat die Stadt verlassen. Es tut mir leid, aber ich weiß nicht, was aus ihm geworden ist.« Dieser Mann hat ein gütiges Gesicht. Er hat blondes Haar, und seine Augen sind kornblumenblau. »Darf ich fragen, wer Sie sind?«
»Ich bin ...« Ich verstumme, denn plötzlich wird mir bewußt, wer er sein muß. »Wer sind *Sie?*«
»Ich bin Bubba Willow.« Er lächelt, und ich kann Chile in ihm erkennen. »Reverend Bubba Willow.«
»Freut mich wirklich sehr, Sie kennenzulernen.« Wir geben einander die Hand. »Ich habe einmal Ihre Mutter getroffen.«
»Meine Mom? Wirklich? Wie heißen Sie?«
»Cory Mackenson.«
Der Name ist ihm unbekannt. Ich war ein Schiff, das durch Chiles Nacht trieb. »Wie geht es Ihrer Mutter?«

»Oh, ganz phantastisch. Sie ist nach St. Louis gezogen und unterrichtet jetzt in der sechsten Klasse.«
»Ich wette, ihre Schüler sind glücklich darüber.«
»Herr Pastor?« sagt eine träge Stimme. »Pastor Willa?« Ein alter schwarzer Mann in einem ausgeblichenen Overall ist aus der Tür getreten. Um seine magere Taille trägt er einen Werkzeuggürtel mit Hämmern, Schraubenziehern und geheimnisvoll anmutenden Zangen. »Pastor, ich bin jetzt mit dem Leck oben fertig. Ich werd mir jetzt die alte Gefriertruhe anschauen.« Seine Augen finden mich. »Oh«, sagt er leise, und es klingt erstaunt. »Ich kenne Sie.«
Und ein Lächeln breitet sich über sein Gesicht aus wie der Tag, der der Nacht folgt.
Ich umarme ihn, und als er mich umfaßt, klimpert und scheppert sein Werkzeuggürtel.
»Cory Mackenson! Mein Gott! Bist du das?«
Ich blicke hinauf zu der Frau in Blau. »Ja, Ma'am, ich bin's.«
»Mein Gott, mein Gott! Verzeihen Sie mir, Reverend! *Mein Gott, mein Gott!«* Dann wendet sich ihre Aufmerksamkeit wieder den Dingen zu, denen sie gelten sollte: der neuen Generation von Jungen. »James Lucius! Kletter bloß nicht zu diesem Baumhaus rauf und brich dir deine Finger!«
»Wollen Sie und Ihre Familie nicht hereinkommen?« fragt Reverend Willow.
»Ja, bitte«, sagt Mr. Lightfoot lächelnd. »Gibt viel zu erzählen.«
»Wir haben Kaffee und Kuchen drinnen«, lockt mich der Reverend. »Mrs. Velvadine ist eine ausgezeichnete Köchin.«
»Cory, komm ja herein!« Dann: »James Luuuuucius!«
Sandy und Skye sind aus dem Wagen gestiegen. Sandy kennt mich, und sie weiß, wie gern ich eine Weile hierbleiben würde. Wir werden nicht lange bleiben, denn meine Heimatstadt ist nicht unser Zuhause, doch eine Stunde hier würde sich sicher lohnen.

Als sie hineingehen, bleibe ich kurz draußen vor der Tür stehen, bevor ich mich zu ihnen geselle.
Ich blicke hinauf zum strahlendblauen Himmel.
Ich denke, ich sehe vier Gestalten mit Flügeln und ihre geflügelten Hunde, die sich hinaufschwingen und in den Strömen aus Licht spielen.
Sie werden immer dort sein, solange die Magie lebt.
Und die Magie hat ein kräftiges, kräftiges Herz.

Danksagung

Kein Buch wird je ohne die Hilfe und Einflüsse anderer geschrieben. *Unschuld und Unheil* ist da keine Ausnahme. Also möchte ich mich bei einigen der Menschen und Dinge bedanken, die geholfen haben, *Unschuld und Unheil* entstehen zu lassen, ob sie sich dieser Hilfe nun bewußt waren oder nicht.

Mein Dank gilt Forrest J. Ackerman; Roger Corman; Boris Karloff; Vincent Price; Lon Chaney senior und junior; Dschungel-Jim; Sky King und Penny; *Screen Thrills Illustrated*; Ian Fleming und Bond, James Bond; Eudora Welty; Bob Kane; Barbara Steele; Big Daddy Roth; den Jungen von Hawthorne, obgleich ein junger Mann verschwunden ist; Clutch Cargo; den Space Angels; Super Car; dem Captain und Tom Terrrrific; Yancey Derringer; *Famous Monsters of Filmland*; Gordon Scott; Vic Morrow und dem *Combat*-Team; Jim Warren (tut mir leid, Forry!); Boston Blackie; Zorro; Cisco Kid und Pancho; dem Whistler; Kirk Douglas in *Spartakus*; den Rolling Stones; *Thriller* und diesen Tauben der Hölle; den Leuten von den Hammer Film Productions; Peter Cushing, dem einzig wahren van Helsing; Christopher Lee; Edgar Rice Burroughs; Red Skelton und der großen Parade; *Creepy* und *Eerie*; Ray Harryhausen und dem Ymir; Mr. Fernsehen persönlich, Milton Berle; *Eine total, total, total, total* (Habe ich da ein »total« vergessen?) *verrückte Welt*; Edgar Allan Poe; Lester Dent oder Kenneth Robeson oder wer immer sich all diese tollen Doc-Savage-Abenteuer hat einfallen lassen; Three Dog Night (Hallo, Cory!); Clayton Moore, *der* Lone Ranger; Richard Matheson; Roy Rogers und Trigger; den *X-Men*; Buffalo Bob und Howdy; den Gebrüdern Grimm; Bela Lugosi; Paladin; *The Outer Limits*; Brigitte Bardot (ich habe nicht meine ganze Zeit mit *Geographics* verbracht!); Basil Rathbone; Mister Dillon! Mister Dillon!; Sir Arthur Conan Doyle; *Invasion vom Mars*; Gene Autry; Steve Reeves; Tante Bea; Dr. Richard Kimble; The Who; Hans Christian Andersen; *13 Ghosts* und diesen seltsamen Brillen; Sergeant Preston vom Yukon; Mr. und Mrs. North; dem dünnen Mann; Peter Lorre; Alfred Hitchcock; Hier, Lassie!; Errol Flynn, dem perfekten Robin Hood; einem Mann namens Jed; den *Aquanauts*; Steve Roper und Mike Nomad; Clint Walker; Kookie, mir geht das Haar aus! *Gorgo*; *Rodan*; *Reptilicus*; Charles Laughton; Oral Roberts, kurier dich selbst; den *Gallant Men*; Victor Mature, wie er mit dem Kieferknochen ausholt; Walt Disney; Mr. Lucky; Burt Lancaster; *Hinter den Spiegeln*; Bronco und Sugarfoot; den Mavericks, so wild wie der Wind von Or-e-gon; Joe und Frank; *Fantasia*; dem Spukhaus auf dem Hügel; Guy Madison und Andy Devine; den *Mysterians*; *Dementia 13* (Igitt!); Captain America und Bucky; Harper Lee; Steve McQueen (ganz cool!) auf dem Motorrad, wie er über den Stacheldraht springt; Tom Swift und His; und so viele, viele andere, die mir einfallen werden, sobald ich denke, daß ich mit dieser Auflistung fertig bin.

Mein Dank gilt zwei sehr besonderen Einflüssen auf das Leben dieses Jungen und sein Schreiben: Mr. Rod Serling, für sein Talent und seine Phantasie, die weiterleben wird, auch wenn es die *Zone* nicht mehr gibt; und Mr. Ray Bradbury. Euer See wird immer tiefer und lieblicher sein als der meine, eure Krüge enthalten größere Geheimnisse, eure Raketen werden von größerer Wahrheit und viel mehr Herz angetrieben. Ich weiß nicht, wie ich euch jemals genug danken kann.

Nun, die alte Uhr an der Wand sagt mir, daß es Zeit ist, sich zu verabschieden. Auf Wiedersehen, Jungs!

ROBERT R. MCCAMMON 14. April – 23. September 1990

Knaur

Horror-Romane von
Robert R. McCammon

Foto: Sheri Vann

(1809)

(1810)

(1812)

(1817)

Von Robert R. McCammon sind außerdem bei Knaur erschienen:

Die schwarze Pyramide (1829)
Höllenritt (1831)
Tauchstation (1832)
Baal (1833)